O Portão de Ptolomeu

Jonathan Stroud

O Portão de Ptolomeu

Trilogia Bartimaeus
Livro 3

Tradução
Marcos Santarrita

JOSÉ OLYMPIO
EDITORA

Publicado primeiro pela Random House UK Limited, Londres, 2005, sob o título de
Ptolemy's Gate – Book III of The Bartimaeus Trilogy
Publicado mediante acordo com Laura Cecil Literary Agency.

Reservam-se os direitos desta edição à
EDITORA JOSÉ OLYMPIO LTDA.
Rua Argentina, 171 – 1º andar – São Cristóvão
20921-380 – Rio de Janeiro, RJ – República Federativa do Brasil
Tel.: (21) 2585-2060 Fax: (21) 2585-2086
Printed in Brazil / Impresso no Brasil

Atendemos pelo Reembolso Postal

ISBN 978-85-03-01003-0

Capa: Interface Designers / Sergio Liuzzi
Ilustração: Myong Youn Lee

CIP-Brasil. Catalogação-na-fonte
Sindicato Nacional dos Editores de Livros, RJ.

Stroud, Jonathan
S916p O portão de Ptolomeu / Jonathan Stroud; tradução Marcos Santarrita. – Rio de Janeiro: José Olympio, 2009. –(Trilogia Bartimaeus; v.3)

Tradução de: Ptolemy's gate
Seqüência de: O olho do golem
ISBN 978-85-03-01003-0

1. Magia – Ficção. 2. Magos – Ficção. 3. Ficção inglesa. I. Santarrita, Marcos. II. Título. III. Série.

CDD: 823
09-0567 CDU: 821.111-3

Para Isabelle,
com amor

Os Principais Personagens

OS MAGOS

Sr. Rupert Devereaux	*Primeiro-ministro da Grã-Bretanha e do Império, e Chefe de Polícia*
Sr. Carl Mortensen	*Ministro da Guerra*
Srta. Helen Malbindi	*Ministra do Exterior*
Sra. Jessica Whitwell	*Ministra de Segurança*
Sr. Bruce Collins	*Secretário do Interior*
Sr. John Mandrake	*Ministro da Informação*
Srta. Jane Farrar	*Subchefe de Polícia*
Sr. Quentin Makepeace	*Dramaturgo; autor de* Anáguas e fuzis *e outras obras*
Sr. Harold Button	*Mago, estudioso e colecionador de livros*
Sr. Sholto Pinn	*Comerciante; proprietário da Pinn New Accoutrements, em Piccadilly*
Sr. Clive Jenkins	*Mago de Segundo Nível, Departamento de Assuntos Internos*
Srta. Rebecca Piper	*Assistente do sr. Mandrake, Ministro da Informação*

OS PLEBEUS

Srta. Kitty Jones	*Estudante e garçonete*
Sr. Clem Hopkins	*Sábio itinerante*
Sr. Nicholas Drew	*Agitador político*
Sr. George Fox	*Proprietário da Hospedaria da Rã, em Chiswick*
Sra. Rosanna Lutyens	*Professora particular*

OS ESPÍRITOS

Bartimaeus	*Um djim — a serviço do sr. Mandrake*
Ascobol	*Djim superior — a serviço do sr. Mandrake*
Cormocodran	*Djim superior — a serviço do sr. Mandrake*
Muamba	*Djim superior — a serviço do sr. Mandrake*
Hodge	*Djim superior — a serviço do sr. Mandrake*
Purip	*Djim inferior — a serviço do sr. Mandrake*
Fritang	*Djim inferior — a serviço do sr. Mandrake*

Agradecimentos

Meus agradecimentos a Laura Cecil, Delia Huddy, Alessandra Balzer e Jonathan Burnham, ao falecido Rod Hall e a todos na Random House, Hyperion e Miramax. E a Gina, acima de tudo.

Nota da Editora

Bartimaeus (pronuncia-se "bartimeus"), como visto em *O amuleto de Samarkand*, livro 1 desta trilogia, era um djim, entidade sobrenatural do folclore islâmico oriunda dos mitos da Babilônia e da Mesopotâmia em geral. No primeiro livro, ele explica a hierarquia dos seres sobrenaturais:

> (...) de um modo geral, há cinco classes básicas que se pode encontrar trabalhando a serviço de um mago. Estas são, em ordem decrescente de poder e temor geral: marids, afritos, djins, trasgos, diabretes. (Há legiões de espíritos inferiores que são mais fracos que os diabretes, mas os magos dificilmente se dão ao trabalho de invocá-los. Da mesma forma, muito acima dos marids existem grandes entidades de poder terrível; raramente são vistas na Terra, uma vez que poucos magos ousam sequer revelar seus nomes.) Um conhecimento detalhado dessa hierarquia é de importância vital tanto para os magos quanto para nós, uma vez que a sobrevivência, freqüentemente, depende de conhecer exatamente sua posição. Por exemplo, como um espécime particularmente especial de djim, trato outros djins e qualquer coisa acima de minha categoria com um certo grau de cortesia e dou pouca consideração a trasgos e diabretes.

Parte Um

Alexandria
125 a.C.

Os assassinos saltaram nos terrenos do palácio à meia-noite, quatro sombras escuras e fugazes contra o muro. A queda foi de grande altura, o terreno era duro; não fizeram mais ruído no impacto que o tamborilar da chuva. Durante três segundos ficaram agachados bem junto ao chão e imóveis, farejando o ar. Então, foram-se esgueirando pelos jardins às escuras, entre os tamarindos e damasqueiros, para os aposentos onde repousava o menino. Um leopardo acorrentado mexeu-se no sono; muito longe, no deserto, chacais gritavam.

Seguiram nas pontas dos pés, sem deixar nenhum rastro na longa relva molhada. Os mantos esvoaçavam nas costas, fragmentando as sombras em filetes de fumaça e traços. Que se podia ver? Nada, além de folhas que se deslocavam na brisa. Que se podia ouvir? Nada, além do vento a suspirar entre as frondes das palmeiras. Nenhuma visão, nenhum ruído. Um crocodilo djim, postado de sentinela no lago sagrado, nem se mexeu, embora passassem à distância de uma escama da sua cauda. Para seres humanos, nada mal.

O calor do dia era apenas uma lembrança; o ar esfriara. Acima do palácio, uma fria lua redonda brilhava, banhando de prata telhados e pátios.[1]

[1]Era uma das peculiaridades da seita: agiam apenas com a lua cheia. Isso tornava as tarefas mais difíceis, o desafio maior. E nunca haviam falhado. Além do mais, só se vestiam de preto, evitavam carne, vinho, mulheres e o toque de instrumentos de sopro, e, curiosamente, não comiam queijo, exceto o feito de leite das cabras criadas em sua distante montanha deserta. Antes de cada trabalho, jejuavam durante um dia, meditavam de olhos fixos no chão, sem piscar, depois comiam bolinhos de haxixe e semente de cominho, sem água, até a garganta ficar amarela de tanto arder. É espantoso que chegassem a matar alguém.

Além do muro, a grande cidade murmurava na noite: rodas sobre estradas de terra, risos distantes que chegavam do bairro de prazer ao longo do cais, a maré lambendo as pedras. Luzes de lampiões brilhavam nas janelas, brasas ardiam em lareiras de coifas, e do alto da torre ao lado do portão do ancoradouro a grande fogueira de guarda enviava mensagens para o mar. As imagens dançavam como uma luz endiabrada nas ondas.

Em seus postos, os guardas disputavam jogos de azar. Nos vestíbulos sustentados por colunas, os empregados dormiam em camas de junco. Os portões do palácio eram trancados por ferrolhos triplos, cada um mais grosso que um homem. Nenhum olho se voltava para os jardins a oeste, por onde a morte vinha fazer sua visita, secreta como um escorpião, em quatro pares de patas silenciosas.

A janela do menino ficava no primeiro andar do palácio. Quatro sombras pretas curvavam-se mais abaixo. O chefe fez um sinal. Um por um, colaram-se na construção de pedra; um por um, começaram a subir, içados pelas pontas dos dedos e pelas unhas dos grandes dedões dos pés.[2] Desta maneira haviam escalado colunas de mármore e cascatas de gelo de Massilia até Hadhramaut; os blocos de pedra áspera eram fáceis agora. E para cima se foram, como morcegos numa parede de caverna. O luar refletia nas coisas brilhantes presas nas bocas.

O primeiro dos assassinos alcançou o parapeito da janela: saltou dali como um tigre e vasculhou com os olhos o interior do aposento.

O luar derramava-se pelo quarto; o catre estava iluminado como pela luz do dia. Deitado, o menino dormia imóvel como já morto. Os cabelos escuros caíam soltos nas almofadas, a pálida garganta de cordeiro a brilhar contra as sedas.

O assassino tirou o punhal de entre os dentes. Com silenciosa deliberação, inspecionou o quarto, medindo sua extensão e a possibilidade de

[2]As unhas eram todas repugnantes e curvadas, afiadas como garras de águias. Os assassinos tomavam muito cuidado com os pés, pela importância que tinham em seu trabalho. Eram lavados com muita freqüência, esfregados com pedra-pome e deixados de molho em óleo de gergelim até a pele ficar suave como penugem de aves.

armadilhas. Era grande, escuro, sem ostentação. Três colunas suportavam o teto. Ao longe erguia-se uma porta de teca, trancada pelo lado de dentro. Um baú, cheio pela metade de roupas, estava encostado na parede. O assassino viu um trono real coberto com um manto, sandálias caídas no chão, uma bacia de ônix cheia d'água. Um suave traço de perfume pairava no ar. O matador, para quem tais odores eram decadentes e corruptos, franziu o nariz.[3]

Apertou os olhos; inverteu a posição do punhal, segurando-o entre o dedo e o polegar pela ponta brilhante e cintilante. A arma vibrou uma, duas vezes. Ele media o alcance dali — até então, jamais errara um alvo desde Cartago à antiga Cólquida. Toda faca que atirara encontrara sua garganta.

O pulso vibrou; o arco prateado do vôo da faca cortou o ar em dois. Pousou com um ruído suave, até o fundo do cabo, na almofada, a menos de três centímetros do pescoço da criança.

O assassino fez uma pausa, em dúvida, ainda agachado no peitoril. As costas das mãos exibiam as cicatrizes em cruz que o assinalavam como um adepto da academia das trevas. Um adepto nunca errava o alvo. O arremesso fora exato, precisamente calibrado... Mas errara. Mexera-se a vítima uma fração crucial? Impossível — o menino dormia profundamente. O homem puxou um segundo punhal.[4] Outra mira cuidadosa (tinha consciência dos irmãos atrás e abaixo do muro: sentiu o sinistro peso de sua impaciência). Uma vibração do pulso, um arco momentâneo...

Com um ruído suave, o segundo punhal atingiu a almofada, a dois centímetros do *outro* lado do pescoço do príncipe. Dormindo, ele talvez sonhasse — um sorriso fantasmagórico contraiu-lhe os cantos da boca.

---

[3]A seita evitava perfumes por razões práticas, e seus membros preferiam cobrir-se com cheiros adequados às condições de cada atividade: pólen nos jardins, incenso nos templos, pó de areia nos desertos, esterco e vísceras de animal abatido nas cidades. Eram sujeitos devotos.

[4]Não vou dizer de *onde* o puxou. Digamos apenas que a arma tinha problemas de higiene, além de também ser muito afiada.

Atrás da gaze preta do cachecol que mascarava seu rosto o assassino armou uma carranca. De dentro da túnica, puxou uma tira de tecido enroscada firmemente numa corda. Em sete anos desde que o Ermitão ordenara o primeiro assassinato, o garrote nunca se soltara, as mãos nunca o decepcionaram.[5] Com a cautela furtiva do leopardo, ele deslizou do peitoril abaixo e esgueirou-se pelo piso do quarto enluarado.

Na cama, o menino murmurou alguma coisa. Mexeu-se sob o lençol. O assassino imobilizou-se, rígido, uma estátua preta no centro do quarto.

Atrás, na janela, dois de seus companheiros surgiram no peitoril. Esperaram, prestando atenção.

O rapazinho deu um pequeno suspiro e mais uma vez se calou. Deitava-se com o rosto virado para cima, em meio às almofadas, o cabo de um punhal projetando-se dos dois lados.

Passaram-se sete segundos. O assassino deslocou-se de novo. Esgueirou-se para trás das almofadas, enlaçando as pontas da corda em volta das mãos. Agora se encontrava bem acima da criança; curvou-se rapidamente, pousou a corda na garganta adormecida...

O menino abriu os olhos. Ergueu uma das mãos, agarrou o pulso esquerdo do assassino e, sem esforço, girou-o e atirou-o de cabeça contra a parede mais próxima, partindo-lhe o pescoço como um caule de junco. Livrou-se do lençol de seda, e com um salto estava em pé, de frente para a janela.

Em cima do peitoril, expostos em silhuetas contra a lua, dois assassinos silvaram como serpentes de pedra. A morte do camarada era uma afronta a seu orgulho coletivo. Um deles arrancou da túnica um tubo de osso; de uma cavidade entre os dentes sugou uma pelota, fina como uma

[5] O Ermitão da Montanha treinava seus seguidores em numerosos métodos infalíveis de assassinato. Eles sabiam usar como ninguém garrotes, espadas, facas, bastões, cordas, venenos, discos, bolas, pelotas e flechas, além de terem muito jeito com o mau-olhado. A morte pela ponta do dedo e do dedão do pé dobrado também era ensinada, e o beliscão furtivo, uma especialidade. Fios estomacais e solitárias ficavam à disposição dos alunos avançados. E o melhor de tudo era o fato de não haver culpa: cada assassinato era justificado e tolerado pelo poderoso desrespeito religioso à santidade das vidas de outras pessoas.

casca de ovo, cheia de veneno. Levou o tubo aos lábios, soprou uma vez: a pelota saiu disparada pelo quarto, dirigida ao coração da criança.

O menino deu um salto; a pelota se espatifou contra uma coluna, salpicando-a de líquido. Uma pluma de vapor verde borrifou o ar.

Os dois assassinos pularam no quarto, um para cada lado. Cada um agora tinha uma cimitarra na mão; giravam-nas em complexos floreios em volta da cabeça, os olhos escuros esquadrinhando o quarto.

O menino desaparecera. O quarto ficou quieto. Veneno verde escorria da pilastra; as pedras ferviam sob seu efeito.

Nunca, nem uma vez sequer em sete anos, de Antióquia a Pérgamo, haviam esses assassinos perdido uma vítima.[6] Pararam de mexer os braços; diminuíram o passo, em intensa atenção, provando no ar o gosto da contaminação do medo.

De trás de uma coluna no centro do quarto veio um baixíssimo ruído de pés se arrastando, como um camundongo recolhendo-se à sua cama de palha. Os assassinos entreolharam-se; avançaram bem devagar, ponta do pé após ponta do pé, cimitarras erguidas. Um foi pela direita, passando pelo corpo desabado do colega. Outro foi pela esquerda, ao lado da cadeira de ouro coberta com o manto real. Aproximavam-se como fantasmas pelas margens do quarto, dos dois lados, contornando em círculo as colunas.

Atrás da coluna, um movimento furtivo: a forma de um menino nas sombras. Os dois assassinos a viram; ergueram as cimitarras e lançaram-se sobre ela, pela esquerda, pela direita. Golpearam ao mesmo tempo, com a rapidez do louva-a-deus.

Um grito duplo, gargarejado e áspero. Do contorno da coluna veio uma barafunda de braços e pernas rolando aos trancos: os dois assassinos, trancados num abraço apertado, cada um varado na espada do outro,

---

[6]E não pretendiam começar agora. O Ermitão era famoso por sentir grande desprezo pelos discípulos que retornavam fracassados. Uma parede do instituto era coberta com camadas de suas peles — uma engenhosa exibição que encorajava vigor aos alunos, além de uma bela proteção contra correntes de ar.

como num espeto. Tombaram para a frente na poça de luar no centro do aposento, contorceram-se suavemente e jazeram calados.

Silêncio. O peitoril ficou vazio, nada além da lua. Uma nuvem passou pelo brilhante disco redondo, escurecendo os corpos no chão. A fogueira de sinais na torre do ancoradouro lançava uma fraca vermelhidão no céu. Tudo ficou parado. A nuvem seguiu à deriva para o mar, a luz retornou. De trás da coluna saiu o rapazinho, os pés descalços sem ruído no chão, o corpo rígido e cauteloso, como se sentisse uma pressão no quarto. Com passos cuidadosos, aproximou-se da janela. Devagar, muito devagar, mais perto, mais perto... Viu a massa envolta de jardins, árvores e as torres de sentinela. Notou a textura do parapeito, como o luar captava seus contornos. Mais perto... Agora apoiava as mãos na própria pedra. Curvou-se à frente para olhar o pátio na parte inferior da parede. Espichou a fina e branca garganta branca para fora...

Nada. O pátio estava vazio. A parede abaixo era íngreme e lisa, as pedras banhadas pelo luar. O menino prestou atenção na quietude. Tamborilou os dedos no parapeito, encolheu os ombros e voltou-se para dentro.

Então o quarto assassino, agarrando-se como uma magra aranha preta às pedras acima da janela, saltou atrás dele. Seus pés fizeram o ruído de penas caindo na neve. O menino ouviu; girou o tronco, virou-se. Uma faca brilhou, golpeou, foi desviada por uma mão desesperada — a lâmina tiniu contra a pedra. Dedos de ferro agarraram o pescoço do menino; suas pernas foram varridas por baixo. Ele caiu, batendo com força no chão, o peso do assassino em cima. As mãos presas. Não podia mover-se.

A faca desceu. Desta vez encontrou o alvo.

Assim, terminou como devia. Agachado acima do corpo do menino, o assassino permitiu-se respirar — a primeira vez desde que os colegas encontraram seu fim. Sentou-se nas ancas musculosas, afrouxou o punho cerrado na faca e soltou o pulso do menino, deixando-o cair no chão. Curvou a cabeça no tradicional sinal de respeito pela vítima tombada.

Nesse momento, o menino estendeu a mão e arrancou a faca do centro do tórax. O assassino piscou os olhos apavorados.

— Não é de prata, como vê — disse o menino. — Enganou-se.

Ergueu a mão.

Uma explosão no quarto. Centelhas verdes caíram em cascata da janela.

O menino levantou-se e jogou a faca no catre. Ajeitou o saiote escocês e soprou algumas cinzas dos braços. Depois tossiu a plenos pulmões.

Um baixíssimo ruído de pés se arrastando. Do outro lado do quarto o trono dourado se mexeu. O manto foi afastado para o lado por um cotovelo. Do meio de suas pernas avançou de rastros outro menino, idêntico ao primeiro, embora ruborizado e despenteado de tantas horas de esconderijo.

Parou sobre os corpos dos assassinos, ofegante. Depois ergueu os olhos para o teto. Ali estava o contorno enegrecido de um homem. Tinha o olhar meio sobressaltado.

O rapaz baixou o olhar para seu impassível *doppelgänger*,* que o olhava do outro lado do quarto enluarado. Eu lhe fiz uma saudação de gozação. Ptolomeu retirou o cabelo escuro dos olhos e fez uma mesura.

— Obrigado, Rekhyt — disse.

*Réplica, duplo (aparição). (*N. da E.*)

Bartimaeus

1

Os tempos mudam.

Houve época, há muito tempo, em que eu não perdia para ninguém. Sabia rodopiar pelo ar numa espiral de nuvem e provocar tempestades de poeira com minha passagem. Cortar montanhas em fatias, erguer castelos em pilares de vidro, derrubar florestas com um único sopro. Esculpia templos dos músculos da terra e comandava exércitos contra as legiões dos mortos, de modo que os harpistas de dezenas de terras tocavam música em minha memória e os cronistas de uma dezena de séculos escreviam meus feitos. Sim! Eu era Bartimaeus — a rapidez de um guepardo. Forte como um elefante, mortal como a cobra indiana krait dando o bote!

Mas isso foi naquele tempo.

E agora... Bem, agora *mesmo* eu estava deitado no meio de uma estrada à meia-noite, as costas achatadas e ficando ainda mais achatado. Por quê? Porque em cima de mim desmoronara um edifício. Seu peso me oprimia. Músculos distendiam-se, tendões estalavam; por mais que eu tentasse, não conseguia me libertar.

Em princípio, nada existe de vergonhoso em lutar quando um edifício desaba em cima da gente. Já enfrentei esses problemas antes; ossos do ofício.[1] Mas *de fato* ajuda se o edifício em questão for glamoroso e grande. E, nesse caso, a terrível construção que fora arrancada das fundações e arremessada sobre mim de uma grande altura não era nem grande nem suntuosa. Não era uma parede de templo nem um obelisco de granito. Não era o telhado de mármore do palácio de um imperador.

Não. O objeto que me prendia lamentavelmente no chão, como uma borboleta na bandeja do colecionador, vinha do século XX e tinha função muito específica.

Oh, tudo bem, era um banheiro público. Muito grande, veja bem, mas mesmo assim. Fiquei contente por nenhum harpista ou cronista estar passando por acaso.

Como atenuante, devo dizer que o banheiro em questão tinha paredes de concreto e telhado de ferro muito grosso, cuja aura cruel ajudou a enfraquecer meus já fracos membros. E havia dentro, sem dúvida, vários canos, cisternas e torneiras desesperadamente pesadas, tudo se somando à barafunda total. Mas mesmo assim era um espetáculo bastante lamentável para um djim de minha estatura ser esmagado por aquilo. De fato, a abjeta humilhação me aborreceu mais que o peso esmagador.

Em toda a minha volta, a água do encanamento partido e quebrado pingava forte na sarjeta. Só minha cabeça projetava-se livre de uma das paredes de concreto; eu tinha o corpo inteiramente preso.[2]

---

[1]Há muito tempo, no seu 15º ano de construção, uma pequena parte da Grande Pirâmide de Khufu desabou sobre mim numa noite sem lua. Eu guardava a área em que meu grupo trabalhava quando vários blocos de calcário tombaram do topo, paralisando-me dolorosamente por uma de minhas extremidades. Jamais se descobriu como exatamente aconteceu, embora minhas suspeitas se dirigissem ao meu velho amigo íntimo Faquarl, que trabalhava com um grupo rival no lado oposto. Não externei nenhuma reclamação, mas esperei um bom momento, enquanto minha essência se recuperava. Mais tarde, quando Faquarl retornava pelo deserto ocidental com algum ouro núbio, invoquei uma branda tempestade de areia, fazendo-o perder o tesouro e causar a ira do faraó. Levou alguns anos para retirar todas as peças das dunas.

[2]A solução óbvia teria sido mudar de forma — digamos, para a de um fantasma, ou um redemoinho de fumaça, e simplesmente desaparecer de fininho. Mas havia dois problemas. Primeiro: eu achava difícil mudar de forma agora, muito difícil, mesmo no melhor dos tempos. Segundo: a considerável pressão descendente teria desfeito minha essência assim que eu a suavizasse para fazer a mudança.

Chega de coisas negativas. O lado bom foi eu não ter condições de reingressar na batalha que se travava de cima a baixo da rua suburbana.

Era uma batalha bastante discreta, sobretudo no primeiro plano.* Não se via quase nada. As casas tinham todas as luzes apagadas, as lâmpadas elétricas de rua atadas com nós; a rua escura como um tinteiro, uma sólida laje negra. Algumas estrelas brilhavam friamente acima. Uma ou duas vezes, surgiram e desapareceram luzes azul-esverdeadas, como explosões bem distantes debaixo d'água.

As coisas se acirravam no segundo plano, onde se viam dois bandos de pássaros sobrevoando e lançando-se uns sobre os outros, esbofeteando-se barbaramente com asas, bicos, garras e rabos. Tal comportamento grosseiro teria sido repreensível entre gaivotas ou outras aves na feira popular; o fato de se tratar de águias tornava tudo mais chocante.

Nos planos mais altos, os disfarces dos pássaros eram completamente descartados, e as verdadeiras formas dos djins em luta entravam em foco.[3] Visto dessa perspectiva, o céu da noite era de fato inundado por formas que se precipitavam, formas contorcidas e sinistra atividade.

O jogo limpo era completamente desrespeitado. Vi um joelho com garra mastigar a barriga do adversário, mandando-o embora aos rodo-

---

**Os Sete Planos*: planos que revelam aspectos da realidade e se superpõem. Nas palavras de Bartimaeus: "O primeiro inclui as coisas materiais comuns (árvores, prédios, humanos, animais etc.), que são visíveis a todos; os outros seis contêm espíritos de variados tipos, cuidando tranqüilamente de suas vidas. Seres superiores (assim como eu) podem usar olhos internos para observar todos os sete planos de uma vez, mas criaturas inferiores têm de se satisfazer com menos. Humanos são especialmente inferiores. Os magos usam lentes de contato para enxergar do plano dois ao três, mas a maioria das pessoas só enxerga o primeiro plano, e isso as deixa na ignorância de todos os tipos de atividade de mágica."

[3]*Mais* verdadeiras, de qualquer modo. No fundo, somos todos semelhantes em nossa forma amorfa, mas todos os espíritos têm uma "aparência" que combina com eles, e com a qual costumam apresentar-se na Terra. Nossas essências são moldadas nessas formas pessoais nos planos mais altos, enquanto nos mais baixos adotamos disfarces apropriados à situação. Escutem, tenho certeza de que eu já lhes disse tudo isso antes.

pios para trás de uma chaminé, a fim de se recuperar. Infame! Ah, se eu estivesse lá em cima não teria me metido em nada disso.[4]

Mas eu não estava lá em cima. Tinha sido posto fora de ação.

Agora, se fosse um afrito ou marid que houvesse feito o estrago, eu poderia aceitar. Mas não era. De fato, minha conquistadora não passava de uma djim do terceiro nível, daquelas que em geral eu enrolaria, poria no bolso e fumaria depois do jantar. Ainda a via agora do lugar onde jazia, a ágil graça feminina meio prejudicada pela cabeça de porco e o ancinho comprido que agarrava com os pés. Ali estava ela, empoleirada numa caixa postal, atacando a torto e a direito com tanto brio que as forças do governo, do qual eu nominalmente fazia parte, recuaram e a deixaram em paz. Era uma cliente formidável, com experiência no Japão, a julgar pelo quimono. Na verdade, fui enganado por sua aparência rústica e passei tranqüilo por perto, sem erguer meus Escudos. Antes que me desse conta, percebi um grunhido penetrante, uma mancha de movimento e — *rump!* — ela me deixou preso no chão, cansado demais para me libertar.

Aos poucos, porém, meu lado foi começando a dominar. Vejam! Lá ia a passos largos Cormocodran, arrancando um poste de iluminação e balançando-o como um graveto; lá corria Hodge, disparando uma saraivada de dardos envenenados. O inimigo reduzia-se e começava a adotar disfarces cada vez mais fatalistas. Vi vários insetos grandes zumbindo e se esquivando, um ou dois fios de fumaça retorcendo-se freneticamente, dois ratos rumando para os morros. Apenas a porca mantinha, obstinada, a aparência original. Meus colegas avançaram. Um besouro caiu numa nuvem espiralada de fumaça; um fio se desfez por uma Detonação dupla. O inimigo fugiu; até a porca percebeu que o jogo ter-

[4]Eu o teria golpeado primeiro com o joelho, depois enfiado a ponta de uma asa no olho, enquanto lhe chutava a canela para ter certeza. Muito mais eficaz. As técnicas daqueles jovens djins eram muito ineficientes, e isso me doeu.

minara. Saltou graciosamente para uma varanda, deu uma cambalhota para cima de um telhado e desapareceu. Os vitoriosos djins partiram em frenética perseguição.

Fazia silêncio na rua. A água escorria ao passar pelas minhas orelhas. Do topete aos dedos dos pés minha essência era uma longa dor. Exalei um sincero suspiro.

— Deus do céu — riu baixinho uma voz. — Uma donzela aflita.

Eu devia ter dito que, em contraste com todos os centauros e ogros a meu lado, estivera usando um disfarce humano naquela noite. Por acaso, de menina: cabelos finos, longos e escuros, expressão mal-humorada. Não baseado em ninguém em particular, claro.

O falante surgiu contornando a borda do banheiro público e parou para afiar a unha contra um pedaço de cano quebrado. Com ele não tinha essa de disfarce delicado; como sempre, vestira-se com apuro de gigante de um olho só, músculos encaroçados e cabelos louros compridos presos numa trança, de uma maneira complexa e meio de menina. Usava um avental amorfo azul-acinzentado, que teria sido considerado medonho numa aldeia de pesca medieval.

— Uma pobre e doce donzela, frágil demais para se libertar.

O ciclope examinou com toda atenção uma das unhas; achando-a um tanto comprida, mordeu-a ferozmente com seus pequenos dentes afiados e raspou-a na parede de argamassa misturada com cascalho do banheiro.

— Pode fazer o favor de me ajudar a levantar? — pedi.

Ele olhou de um lado para o outro da rua vazia.

— Melhor ter cuidado, amor — disse, encostando-se casualmente no prédio e aumentando a pressão para baixo. — Tipos perigosos estão por todo lado esta noite. Djins e trasgos... e diabretes travessos, que poderiam lhe fazer mal.

— Não posso, Ascobol — rosnei. — Você sabe muito bem que sou eu.

O ciclope pestanejou decorosamente o olho único sob a camada de rímel.

— *Bartimaeus?* — perguntou, admirado. — Mas é possível...? Com certeza o grande Bartimaeus não cairia tão facilmente nessa armadilha! Você deve ser algum diabrete ou bolorento adotando descaradamente a voz dele e... Mas, não... estou errado! *É* você. — Ergueu a sobrancelha numa afetação de choque. — Incrível! Imaginar que o nobre Bartimaeus chegou a isto! O amo vai ficar *muito* decepcionado.

Recorri às minhas últimas reservas de dignidade.

— Todos os amos são temporários — respondi. — Todas as humilhações, igualmente. Aguardo meu bom momento.

— Claro, claro. — Ascobol girou os braços iguais aos de um macaco e fez uma pequena pirueta. — Muito bem falado, Bartimaeus! Não deixe seu declínio deprimi-lo. Não importa que seus grandes dias se foram, que você seja agora tão supérfluo quanto um fio de fumaça![5] Não importa que sua tarefa amanhã tenha tanta chance de ser de espanar o quarto do nosso amo quanto vagar sem destino no ar. Você é um exemplo para nós todos.

Sorri, mostrando os dentes brancos.

— Ascobol — disse —, não fui *eu* quem declinou, mas meus adversários. Lutei com Faquarl de Esparta, com Tlaloc de Tollan, com o astuto Tchue das Kalahari... nossos conflitos dividiram a Terra, arrancaram rios. Sobrevivi. Quem é meu inimigo agora? Um ciclope medroso de saia. Quando eu sair daqui, não vejo esse novo conflito durando muito.

O ciclope pôs-se a recuar, como magoado.

— Que cruéis ameaças! Devia se envergonhar. Estamos no mesmo lado, não é? Sem dúvida, você tem bons motivos para se esconder do

[5]Fio de fumaça: pequenos espíritos que lutam para acompanhar os tempos. Visíveis como chamas tremeluzentes no primeiro plano (embora revelado em outros mais como lulas saltitantes), os fios de fumaça eram, outrora, usados pelos magos para fazer os transgressores de estradas remotos saírem para fossos ou atoleiros. As cidades mudaram tudo isso; os fios de fumaça urbanos agora têm sido obrigados a rondar à espreita sob disfarces, com efeito muito menor.

combate debaixo desse banheiro. Como sou educado, não vou me dar o trabalho de perguntar, embora me permita dizer que lhe falta sua cortesia normal.

— Dois anos de serviço ininterrupto acabaram com tudo isso — expliquei. — Fiquei irritável e estafado, com uma coceira perpétua em minha essência que não posso coçar. E isso me torna perigoso, como logo vai saber. Agora, pela última vez, Ascobol, tire isso.

Bem, houve mais alguns muxoxos e beicinhos, mas minha atitude exerceu sua influência. Com um único encolher dos ombros peludos, o ciclope suspendeu o lavatório e afastou-o de mim, atirando-o com estardalhaço na calçada oposta. Uma menina meio enrugada levantou-se, vacilante.

— Afinal — eu disse. — Você não teve pressa nenhuma.

O ciclope arrancou um punhado de escombros do avental.

— Desculpe, mas eu estava ocupado demais ganhando a batalha para ajudá-lo a sair antes. Apesar disso, está tudo bem. Nosso amo vai ficar satisfeito... com *meus* esforços, pelo menos — lançou-me um olhar de lado.

Agora que eu estava na vertical, não tinha a menor intenção de discutir mais. Examinei o estrago nas casas ao redor. Não era grande demais. Alguns telhados quebrados, janelas despedaçadas... A escaramuça fora contida com êxito.

— Um bando de franceses? — perguntei.

O ciclope encolheu os ombros, o que era uma façanha visto que não tinha pescoço.

— Talvez. Possivelmente checos ou espanhóis. Quem sabe? Estão todos nos mordiscando hoje em dia. Bem, o tempo urge e preciso inspecionar a perseguição. Deixo você tratando de suas mazelas e dores, Bartimaeus. Por que não experimenta chá de hortelã ou um escalda-pés de camomila, como outros velhos? *Adieu!*

O ciclope puxou as saias para cima e com um salto pesado lançou-se no ar. Asas surgiram-lhe nas costas; com grandes golpes afastou-se. Tinha toda a graça de um arquivo pesado, mas pelo menos tinha a energia para voar. Eu, não. De qualquer modo, não enquanto não desse uma respirada.

A garota de cabelos escuros rastejou para o outro lado até um pedaço quebrado de chaminé num jardim vizinho. Devagar, com os arquejos e movimentos cautelosos de uma inválida, desabou numa posição sentada e envolveu a cabeça com as mãos em concha. Fechou os olhos.

Apenas um breve descanso. Cinco minutos serviriam.

Passou o tempo, a madrugada chegou. As estrelas frias apagaram-se no céu.

Nathaniel

2

Como se tornara um hábito nos últimos meses, o grande mago John Mandrake tomou o café-da-manhã em sua sala de visitas, sentado na cadeira de vime ao lado da janela. As cortinas pesadas haviam sido negligentemente afastadas; o céu além era plúmbeo, e uma névoa vigorosa abria caminho entre as árvores da praça.

A mesinha circular diante dele era esculpida de cedro libanês. Quando aquecida pela luz solar, emanava uma agradável fragrância, mas nessa manhã a madeira estava escura e fria. Mandrake despejou café no copo, tirou o tampo de prata do prato e atacou os ovos com bacon ao caril. Num suporte atrás da torrada e da geléia de groselha havia um jornal bem dobrado e um envelope com um selo rubro. Mandrake tomou um gole de café com a mão esquerda; com a direita, abriu o jornal na mesa. Deu uma olhada na primeira página, grunhiu menosprezando-a e estendeu a mão para o envelope. Uma espátula de marfim pendia de um gancho no suporte; largando o garfo, ele abriu o envelope com um único movimento descontraído e retirou um pergaminho dobrado. Leu-o com cuidado, franzindo as sobrancelhas numa carranca. Depois tornou a dobrá-lo, enfiou-o de volta no envelope e com um suspiro retornou à sua refeição.

Uma batida na porta; com a boca meio cheia de bacon, Mandrake deu uma ordem abafada. A porta abriu-se em silêncio, e uma jovem esguia cruzou-a, timidamente, uma pasta na mão.

Ela parou.

— Desculpe, senhor — começou. — Cheguei cedo demais?

— De jeito nenhum, Rebecca, em absoluto. — Fez-lhe sinal para que se aproximasse, indicou uma cadeira no outro lado da mesa do café-da-manhã. — Já comeu?

— Sim, senhor

Ela se sentou. Usava saia e blazer azul-escuro com uma blusa branca dura de goma. Tinha os cabelos castanhos lisos afastados da testa e presos com um grampo na nuca. Pôs a pasta no colo.

Mandrake espetou com o garfo um bocado de ovo ao caril.

— Perdoe se eu continuar comendo — disse. — Fiquei acordado até as três, respondendo ao distúrbio mais recente. Kent, desta vez.

A srta. Rebecca assentiu com a cabeça.

— Eu soube, senhor. Tinha um memorando no Ministério. Foi contido?

— Sim; pelo que revelou minha bola de cristal, de qualquer modo. Enviei alguns demônios para lá. Bem, cuidemos do presente. Que trouxe para mim hoje?

Ela abriu a pasta e retirou alguns documentos.

— Várias propostas de ministros subalternos, senhor, referentes às campanhas de propaganda nas regiões periféricas. Para sua aprovação. Algumas novas idéias de cartazes.

— Vamos ver. — Tomou um gole de café e estendeu a mãos. — Mais alguma coisa?

— As minutas da última reunião do Conselho...

— Lerei isso depois. Os cartazes primeiro. — Passou os olhos na página em cima. — *Aliste-se para servir ao seu país e ver o mundo...* Isso pretende transmitir *o quê*? Parece mais uma brochura de férias que recrutamento. Leve demais... Continue falando, Rebecca... Estou prestando atenção.

— Recebemos os últimos relatórios da linha do fronte dos Estados Unidos. Pus um pouco em ordem. Devíamos ter meios de fazer outra matéria sobre o cerco de Boston.

— Que enfatize a heróica tentativa, não o fracasso abjeto, espero... — Equilibrando os documentos nos joelhos, passou um pouco de geléia de groselha numa torrada. — Bem, vou tentar escrever alguma coisa mais tarde... Pois bem, gostei deste... *Defenda a pátria e ganhe fama*... Bom. Sugere um jovem tipo camponês de aparência viril, o que é ótimo, mas que tal pôr o grupo familiar... digamos, pais e irmãzinha... ao fundo, parecendo vulnerável e admirador? Devemos jogar com a família.

A srta. Rebecca assentiu vigorosamente com a cabeça.

— Podia mostrar a esposa dele também, senhor.

— Não. Queremos os solteiros. São as mulheres as mais problemáticas quando eles não voltam — mastigou a torrada. — Mais outras mensagens?

— Uma do sr. Makepeace, senhor. Veio por diabrete. Quer saber se o senhor vai passar lá para vê-lo esta manhã.

— Não posso. Ocupado demais. Haverá tempo depois.

— O diabrete dele também deixou esta filipeta... — Com o semblante contrito, a srta. Rebecca ergueu um papel cor lilás. — Anunciando a estréia de sua peça mais tarde nesta semana. Chama-se *De Wapping a Westminster*. A história da ascensão à glória de nosso primeiro-ministro. Uma noite que nunca esqueceremos, parece.

Mandrake deu um grunhido.

— Sorte seria uma boa coisa. Ponha na lata de lixo. Temos coisas melhores a fazer que discutir teatro. Que mais?

— O sr. Devereaux também enviou um memorando. Devido aos "tempos problemáticos", senhor, ele pôs os mais importantes tesouros da nação sob guarda especial nas casas-fortes de Whitehall. Ali permanecerão até ordem em contrário.

Mandrake ergueu então os olhos, com ar de reprovação.

— Tesouros? Como o quê?

— Não diz. Eu gostaria de saber se são...

— São o Cajado, o Amuleto e outros artigos do grau superior — ele sibilou brevemente pelos dentes. — Não é o que ele devia fazer, Rebecca. É possível que precisemos usá-los!

— Sim, senhor. Também tem esta do sr. Devereaux — ela apresentou um pacote fino.

O mago examinou-o com um ar sinistro.

— Não é outra toga?

— Uma máscara, senhor. Para a festa de hoje à noite.

Com um grito, ele indicou o envelope na prateleira.

— Já recebi o convite. Ultrapassa qualquer crença o fato de que, com a guerra indo de mal a pior, o Império cambaleando à beira do abismo, nosso primeiro-ministro só pense em peças e festas. Certo. Guarde com os documentos. Vou levá-lo junto. Os cartazes parecem bons. — Devolveu os papéis. — Talvez não suficientemente instigante... — Pensou um momento, assentiu com a cabeça. — Tem uma caneta? Experimente *Lute pela liberdade e pelo estilo de vida britânico*. Não quer dizer nada, mas parece bom.

A srta. Rebecca examinou-o.

— Acho que é bastante profundo, senhor.

— Excelente. Então os plebeus vão comprá-lo. — Levantou-se, limpou a boca com leves pancadinhas do guardanapo e jogou-o na bandeja. — Bem, seria melhor vermos como os demônios estão se saindo. Não, não, Rebecca, por favor... você primeiro.

Se a srta. Rebecca via o patrão com mais do que uma pequena admiração, não era de modo algum a única entre as mulheres da elite. John Mandrake era um rapaz atraente, e o perfume de poder pairava sobre ele, doce e embriagante, como madressilva no ar da noite. De altura média, corpo esguio, agia com rapidez e confiança. O rosto fino, claro, apresentava um intrigante paradoxo que combinava extrema juventude — tinha apenas 17 anos — com experiência e autoridade. Os olhos eram escuros, rápidos e sérios, a testa prematuramente vincada.

A autoconfiança intelectual, que um tanto perigosamente sobrepujara seus outros talentos, era agora favorecida por uma certa postura social. Mostrava-se igualmente cortês e encantador com os pares e inferiores em todas as ocasiões, embora também meio distante, como distraído por uma melancolia interna. Junto com os grosseiros apetites e excentricidades dos ministros de sua mesma categoria, esse distanciamento velado atingia uma elegância que só aumentava sua mística.

Mandrake usava o cabelo escuro num corte rente, militar — uma inovação consciente para honrar os homens e as mulheres ainda na guerra. Fora um gesto bem-sucedido: os espiões notaram que, entre os plebeus, ele era o mago mais popular. O penteado curto fora assim copiado por vários outros, enquanto os ternos escuros preferidos por ele haviam do mesmo modo inspirado uma breve moda. Não se incomodava mais com gravata: em geral, andava com o colarinho da camisa informalmente desabotoado.

O sr. Mandrake era encarado por seus rivais como terrivelmente, na verdade perigosamente, talentoso, e — após a promoção para ministro da Informação — reagiram de acordo. Mas cada tentativa de assassinato fora superficialmente repelida: os djins não retornavam, armadilhas ricocheteavam sobre o remetente, feitiçarias desfeitas com um estalo e enfraquecidas. Por fim, cansado disso, Mandrake fez questão de desafiar publicamente qualquer inimigo oculto a se apresentar e atacá-lo em combate mágico. Ninguém respondeu ao chamado e seu prestígio elevou-se mais que nunca.

Morava numa elegante casa urbana georgiana, cercada por outras elegantes casas georgianas, numa praça larga e aprazível. Ficava a um quilômetro de Whitehall, e suficientemente longe do rio para escapar ao seu cheiro no verão. A praça era uma generosa vastidão de faias e alamedas sombreadas, com um verde aberto no centro. Era tranqüila e pouco freqüentada, embora sempre observada. Policiais de uniforme cáqui patrulhavam o perímetro de dia; após o crepúsculo, demônios em forma de corujas e curiangos esvoaçavam silenciosamente de árvore para árvore.

Essa segurança era devida aos moradores da praça, que abrigava vários dos maiores magos de Londres. No lado sul, o sr. Collins, recém-designado secretário do Interior, residia em uma casa creme decorada com colunas falsas e cariátides de seios grandes. A noroeste espreguiçava-se o grandioso conjunto de edifícios do ministro da Guerra, sr. Mortensen, com uma cúpula dourada que se refletia no telhado.

A residência de John Mandrake era menos ostentosa. Um elegante prédio de quatro andares, pintado de amarelo botão-de-ouro, ao qual se chegava por uma série de degraus de mármore branco; taipais brancos debruavam as janelas altas. Os aposentos eram decorados com sobriedade, papéis de parede delicadamente estampados e tapetes persas nos pisos. O ministro não ostentava seu status; exibia poucos tesouros nas salas de recepção e empregava apenas dois criados humanos para cuidar da casa. Dormia no terceiro andar, num quarto simples, caiado, anexo à sua biblioteca. Eram aposentos privados, que ninguém visitava.

No andar abaixo, separado dos outros cômodos da casa por um corredor vazio, reverberante, revestido com painéis de madeira manchada, ficava o gabinete do sr. Mandrake. Ali ele realizava quase todo seu trabalho diário.

Mandrake seguiu pelo corredor, mastigando um resto de torrada. A srta. Rebecca vinha em passos leves atrás. No fim do corredor havia uma porta de metal sólido, decorada, no centro, por uma face de metal em alto-relevo de excepcional feiúra. As sobrancelhas bulbosas pareciam derreter-se e escorrer pelos olhos; o queixo e o nariz sobressaíam como cabos de quebra-nozes. O mago parou e encarou o rosto com profunda desaprovação.

— Achei que tinha mandado você parar de fazer isso — disse, irritado.

Abriu-se uma boca de lábios finos; o queixo e o nariz ressaltados bateram um no outro indignados.

— Fazer o quê?

— Assumir essa aparência tão medonha. Acabei de tomar meu café-da-manhã.

Parte de uma sobrancelha ergueu-se, deixando um globo ocular rolar para a frente com um chape. O rosto não expressava arrependimento algum.

— Desculpe, parceiro — disse. — É apenas minha função.

— *Seu* trabalho é apenas destruir qualquer um que entrar em meu gabinete sem autorização. Nem mais, nem menos.

Guardar a porta, pensou.

— Verdade. Mas eu procuro me apropriar de antemão da entrada assustando transgressores. No meu modo de pensar, impedimento é mais esteticamente satisfatório que castigo.

O sr. Mandrake resfolegou:

— Transgressores à parte, você vai na certa matar a srta. Rebecca aqui de susto.

O rosto balançou de um lado para outro, um movimento que fazia o nariz tremer assustadoramente.

— Nem tanto. Quando ela vem sozinha, eu modero minhas feições. Reservo o horror total para aqueles que considero moralmente maus.

— Mas você acabou de olhar para mim assim!

— Onde está a contradição...?

Mandrake inspirou fundo, passou uma das mãos pelos olhos e gesticulou. A face retrocedeu no metal e tornou-se um delicadíssimo contorno; a porta abriu-se. O grande mago empertigou-se, e mandando a srta. Rebecca seguir na frente, entrou no gabinete.

Era um espaço funcional — alto, arejado e pintado de branco, iluminado por duas janelas voltadas para a praça. Não tinha excesso de decoração. Nessa manhã em particular, nuvens espessas encobriam o sol, por isso Mandrake acendeu as lâmpadas do teto ao entrar. Estantes de livros corriam por toda a extensão de uma das paredes, enquanto o outro lado era vazio, a não ser por um gigantesco quadro de tachas, coberto de notas e diagramas. Piso de madeira liso e escuro. Cinco círculos se inscreviam nele, cada um com seus próprios pentagrama, runas, velas e potes de incenso. Quatro desses eram do tamanho convencional, porém o quinto, mais próximo à janela, era significativamente maior: continha uma escrivaninha de tamanho completo, gabinete de arquivos e várias cadeiras. Esse círculo-amo era unido a outros menores por uma série de linhas precisamente desenhadas e correntes de runas. Mandrake e a srta. Rebecca cruzaram o círculo maior e sentaram-se atrás da escrivaninha, estendendo os documentos diante deles.

Mandrake pigarreou.

— Muito bem, então. Ao trabalho. Srta. Rebecca, vamos tratar primeiro dos relatórios comuns. Queira ativar o indicador de presença.

A srta. Rebecca recitou um breve encantamento. No mesmo instante, as velas em torno do perímetro de dois dos círculos menores tremeluziram e ganharam vida; filetes de fumaça subiram para o teto. Nos potes ao lado, flocos de incenso mexeram-se e deslocaram-se. Os outros dois círculos permaneceram imóveis.

— Purip e Fritang — disse ela.

O mago fez que sim com a cabeça.

— Purip primeiro.

Proferiu uma ordem em voz alta. As velas no pentagrama à extrema esquerda irromperam em chamas; com um delicado vislumbre, surgiu uma forma no centro do círculo. Modelada como um homem, usava um respeitoso e sóbrio terno e gravata azul-escura. Movimentou a cabeça brevemente na direção da escrivaninha e esperou.

— Recorde-me, Rebecca — pediu Mandrake.

A srta. Rebecca deu uma olhada nas anotações.

— Purip tem observado a reação aos nossos folhetos de guerra e outras propagandas — disse. — Observado o estado de ânimo dos plebeus.

— Muito bem. Purip... que anda vendo? Fale.

O demônio fez uma ligeira mesura:

— Não há muita novidade a relatar. As pessoas são como um rebanho de gado da pradaria do rio Ganges, meio mortas de fome mas complacentes, desacostumadas a mudança ou pensamento independente. Mas a guerra pressiona suas mentes e creio que o descontentamento venha se espalhando. Eles lêem os panfletos, da mesma maneira que lêem os jornais, mas fazem isso sem prazer. Não os satisfaz.

O mago fez um ar carrancudo:

— Como se manifesta esse descontentamento?

— Eu detecto na cuidadosa falta de expressão das feições quando a polícia se aproxima. Vejo na dureza dos olhos quando passam pelas cabines de recrutamento. Vejo se acumular em silêncio com as flores nas portas dos enlutados. A maioria não o declara abertamente, mas a raiva deles da guerra e do governo tem se intensificado.

— São apenas palavras — disse Mandrake. — Você não me dá nada de tangível.

O demônio encolheu os ombros e sorriu

— A revolução *não* é tangível... para começar com ela, não. Os plebeus mal sabem que o conceito existe, mas o respiram quando dormem e o provam quando bebem.

— Chega de enigmas. Continue com seu trabalho. — O mago estalou os dedos; o demônio saltou fora do círculo e desapareceu. Mandrake abanou a cabeça. — Não passa de um incompetente. Bem, vejamos o que Fritang tem a oferecer.

Outro comando: o segundo círculo ganhou vida, chamejando. Numa nuvem de incenso, materializou-se um novo demônio — um cavalheiro baixinho, gordo, de rosto redondo e olhos queixosos. Ficou piscando agitadamente os olhos na luz artificial.

— Enfim! — gritou. — Tenho uma notícia terrível! Não pode esperar nem mais um momento!

Mandrake conhecia Fritang de longa data.

— Pelo que sei — disse devagar —, você tem patrulhado as docas, à caça de espiões. Suas notícias têm alguma coisa a ver com isso?

Uma pausa.

— Indiretamente... — respondeu o demônio.

Mandrake deu um suspiro.

— Continue, então.

— Eu cumpria suas ordens — disse Fritang — quando... Oh, como a lembrança me estarrece! Meu disfarce foi desmascarado. Eis meu relato. Andei pedindo informações numa loja de bebidas. Quando saí, me vi cercado por uma tribo de diabolôs de rua, alguns pouco mais altos que meu joelho. Disfarçado de criado, fazia meu trabalho em silêncio. Não tinha feito barulhos altos nem gestos extravagantes. No entanto, fui escolhido e atingido por 15 ovos, a maioria atirada com força.

— Qual era seu disfarce exato? Talvez fosse em si uma provocação.

— Como me vê agora. Cabelo grisalho, sóbrio e costas retas, o modelo de tediosa virtude.

— É claro que os jovens patifes decidiram emboscar um homem com essas qualidades. Foi falta de sorte sua, só isso.

Fritang arregalou os olhos e tremeu as narinas.

— Tinha mais coisa ali! Eles me conheciam pelo que sou!

— Como um demônio? — Mandrake, céptico, retirou com um piparote uma partícula de pó da manga. — Como poderiam saber?

— Minhas suspeitas foram despertadas por sua repetitiva cantoria: "Fora, fora, demônio vil. Odiamos você e sua crista amarela caída."

— Verdade? Muito interessante... — O mago avaliou Fritang cuidadosamente através de suas lentes. — Mas que crista amarela é essa? *Eu* não a vejo.

O demônio apontou um espaço no alto da cabeça.

— É porque o senhor não pode ver o sexto ou o sétimo planos. Nestes, minha crista se destaca, brilhante como um girassol. Permita-me acrescentar que não é caída, embora o cativeiro a *faça* se curvar, sim, um pouco.

— O sexto e o sétimo planos... e você tem certeza absoluta de que não deixou seu disfarce escapar por um momento? Sim, sim — Mandrake apressou-se a erguer uma das mãos, quando o demônio começou um veemente protesto. — Tenho certeza de que tem razão e sou-lhe grato pelas informações. Sem dúvida, vai querer descansar após o trauma com os ovos. Desapareça! Está dispensado.

Com um grito de prazer, Fritang partiu atravessando em movimento de saca-rolha o centro do pentagrama, como sugado ruidosamente por um ralo. Mandrake e a srta. Rebecca entreolharam-se.

— *Mais um* caso — disse a srta. Rebecca. — Crianças de novo.

— Humm. — O mago recostou-se na cadeira e esticou os braços atrás da cabeça. — Talvez você possa simplesmente examinar as pastas, conseguir o número exato. Preciso convocar os demônios de volta de Kent.

Ele curvou-se para a frente, os cotovelos apoiados na escrivaninha, e fez o encantamento a meia voz. A srta. Rebecca levantou-se e atravessou a sala até o arquivo na borda do círculo. Abriu a primeira gaveta e pegou uma pasta bojuda de papel manilha. Ao retornar para a cadeira, retirou o elástico em volta da pasta e começou a folhear rapidamente os documentos que continha. O encantamento terminou em meio a um derramamento de jasmim e rosa amarela. No pentagrama à direita surgiu uma forma volumosa — um gigante de cabelo louro, trançado, e um único olho brilhante. Ela continuou lendo.

O gigante encenou uma mesura baixa e complexa.

— Amo, eu o saúdo com o sangue de seus inimigos, com seus gritos e lamentações! A vitória é nossa!

Mandrake ergueu uma sobrancelha.

— Então você os rechaçou, imagino.

O ciclope assentiu com a cabeça.

— Eles fugiram como ratos na frente de leões. Literalmente, em alguns casos.

— De fato. Era de esperar. Mas você capturou algum?

— Matamos vários. O senhor precisava ouvi-los guinchar! E seus cascos em fuga abalaram bastante a Terra.

— Certo. Então não capturou nem um único. Foi o que ordenei expressamente que você e os outros fizessem. — Mandrake tamborilou os dedos na mesa. — Em questão de dias, eles voltarão a atacar. Quem os enviou? Praga? Paris? América do Norte? Sem prisioneiros é impossível saber. Não avançamos sequer um passo.

O ciclope fez uma saudação decidida.

— Bem, meu trabalho foi feito. Alegra-me ter proporcionado satisfação — fez uma pausa. — O senhor parece absorto em pensamento, ó amo.

O mago fez que sim com a cabeça.

— Estou decidindo, Ascobol, se o submeto aos Espetos Incandescentes ou ao Abraço Infeliz. Tem alguma preferência?

— O senhor não poderia ser tão cruel! — O ciclope mexeu-se agoniado de um lado para o outro, brincando com uma trança de cabelo. — Culpe Bartimaeus, não eu! Mais uma vez, ele não teve nenhuma participação útil na ação, mas foi atacado por um único golpe. Fui impedido de continuar a perseguição pelos seus altos pedidos para que ajudasse a levantá-lo de baixo de um seixo. Está tão fraco quanto um girino, e mau por isso: devia submetê-*lo* aos Espetos agora mesmo.

— E onde está Bartimaeus?

O ciclope fez um biquinho.

— Não sei. É possível que tenha expirado de exaustão nesse meio tempo. Ele não teve nenhuma participação na ação.

O mago deu um profundo suspiro.

— Ascobol, suma daqui.

Mandrake fez um sinal de repúdio. Os gritos agudos de obrigado do gigante foram cortados bruscamente; ele desapareceu numa gota de chama. Mandrake virou-se para sua assistente.

— Algum sucesso, Rebecca?

Ela assentiu com a cabeça.

— Aqui estão as aparições de demônios não autorizados dos últimos seis meses. Quarenta e dois... não, 43 agora no total. No que se refere aos demônios, não há padrão: tivemos afritos, djins, diabretes e miúdos, todos localizados. Mas quando examinamos os plebeus... — Deu uma olhada na pasta aberta. — A maioria é criança, e a maioria dessas crianças é bem jovem. Em 30 casos, com menos de 18 anos. Que é isso? Uns 70%. E em mais da metade as testemunhas tinham menos de 12 anos. — Ergueu os olhos. — Estão começando a nascer com isso. Com o poder para ver.

— E quem sabe com o que mais. — Mandrake girou a cadeira e fitou acima dos galhos cinzentos nus das árvores na praça. Névoas ainda serpeavam em volta delas, obscurecendo a visão do terreno. — Muito bem — disse —, basta por ora. São quase nove horas, e eu tenho trabalho privado para fazer. Obrigado por sua ajuda, Rebecca. Vejo-a no Ministério mais tarde. Não deixe aquele guarda da porta importuná-la ao sair.

Por alguns momentos após a partida da assistente o mago permaneceu imóvel, tamborilando os dedos, sem objetivo. Por fim, curvou-se e abriu uma gaveta lateral na escrivaninha. Retirou uma pequena trouxa de tecido e depositou-a na mesa à sua frente. Abrindo o tecido para os lados, revelou um disco de bronze, brilhante pelo uso de anos.

O mago fitou no fundo do espelho mágico, querendo que ganhasse vida. Alguma coisa se mexeu em suas profundezas.

— Traga Bartimaeus — mandou.

Bartimaeus

3

Com o amanhecer, as primeiras pessoas retornaram à pequena cidade. Hesitantes, temerosas, tateando o caminho como cegos rua acima, começaram a inspecionar os estragos causados em suas casas, lojas e jardins. Alguns membros da Polícia Noturna os acompanhavam, brandindo bastões Inferno e outras armas, embora a ameaça já houvesse desaparecido muito tempo antes.

Faltava-me vontade de partir. Mandei um Encobrimento em volta do toco de chaminé onde me sentava e me retirei da visão dos humanos. Vi-os passar com um olhar sinistro.

Minhas poucas horas de descanso pouco bem me haviam feito. Como poderiam? Fazia dois anos inteiros desde que eu recebera permissão para deixar esta amaldiçoada Terra; dois anos inteiros desde que escapara da multidão idiota de doce humanidade a fervilhar. Eu precisava mais que um sono tranqüilo num pedaço de chaminé para lidar com isso, pode acreditar. Precisava ir para casa.

Se não fosse, ia morrer.

É tecnicamente possível um espírito permanecer por tempo indefinido na Terra, e vários de nós numa ou noutra ocasião suportamos prolongadas visitas, em geral graças por sermos presos à força dentro de canopos, caixas de sândalo ou outros espaços arbitrários escolhidos por nossos cruéis amos.[1] Por mais terrível que seja, essa punição tem ao menos a vantagem de ser segura e calma. Não somos convocados para *fazer* nada, por isso nossa essência cada vez mais enfraquecida não corre risco imediato. A principal ameaça vem do tédio implacável, que pode levar à loucura do espírito em questão.[2]

Minha atual provação era de um contraste gritante. Não tinha o luxo de ficar escondido numa lâmpada ou amuleto aconchegantes. Não — dia sim, dia não, eu era um microdjim na rua, abaixando-me, mergulhando, correndo riscos, expondo-me ao perigo. E a cada dia tornava-se um pouco mais difícil sobreviver.

Pois eu não era mais o Bartimaeus despreocupado de antigamente. Minha essência se arruinava com a corrupção da Terra; minha mente se obscurecia com a dor. Eu andava mais devagar, fraco e distraído de minhas tarefas. Achava difícil mudar de forma. Na batalha, meus ataques eram atabalhoados e fracos — minhas Detonações tinham a força explosiva de uma limonada, minhas Convulsões tremiam como gelatina numa brisa. Toda minha força se fora. Quando antes, na escaramuça da noite anterior, eu teria enviado aquele banheiro público de volta àquela porca, acrescentando uma cabine telefônica e uma parada de ônibus para ter certeza, agora nada podia fazer para resistir. Estava vulnerável como um gatinho. Alguns prédios pequenos na cara, eu conseguia agüentar. Mas já me achava quase à mercê de almofadinhas de segunda classe

---

[1]Quando aguilhoado a invocar o feitiço do Confinamento Indefinido, os magos em geral comprimem o espírito no primeiro objeto por perto que concentram o olhar. Uma vez enfrentei um amo meio astutamente durante seu chá da tarde; quando dei por mim, estava preso dentro de um pote pela metade de geléia de morango, e teria permanecido ali possivelmente por toda a eternidade não houvesse seu aprendiz aberto o pote por engano no jantar naquela mesma noite. Mesmo assim, minha essência ficou infestada de pegajosas sementinhas por muito tempo depois.

[2]O afrito Honório foi um desses casos: enlouqueceu depois de 100 anos preso num esqueleto. Um espetáculo muito deplorável. Agrada-me pensar que com minha personalidade envolvente poderia me manter entretido por um tempo *um pouco* mais longo que isso.

como Ascobol, um idiota sem grande história para contar.[3] E se encontrasse um inimigo com apenas um grão de força, minha sorte com toda certeza terminaria.

Um djim fraco é um escravo ruim — duas vezes ruim, pois é, ao mesmo tempo, ineficaz *e* motivo de chacota. Não dá privilégio algum aos magos mantê-los no mundo. Por isso é que eles, em geral, nos deixam voltar para o Outro Lugar numa base temporária, para corrigir nossa essência e renovar nossa força. Nenhum amo em perfeito juízo permitiria que um djim se deteriorasse ao ponto em que me deteriorei.

Nenhum amo em seu perfeito juízo... Bem, esse, claro, era o problema.

Fui interrompido em minha sombria cogitação por uma agitação em pleno ar. A menina olhou para cima.

Adiante na rua surgiu um fraquíssimo vislumbre — um delicado tremeluzir de belas luzes rosa, fortes e amarelas. Era invisível no primeiro plano, e por isso seguiu despercebido pelas pessoas que caminhavam a custo pela rua, mas se alguma criança o houvesse visto, teria na certa adivinhado que era pó de fada.

O que mostra como podemos nos enganar.

Com um brusco e áspero ruído, as luzes se imobilizaram e foram puxadas do meio para os lados como duas cortinas. Entre elas surgiu o rosto de um bebê careca com acne. Tinha os olhinhos malignos vermelhos e inflamados, indicando que o dono cumpria longas horas e maus

---

[3] É um fato curioso que, apesar de nossa fúria por sermos convocados a este mundo, os espíritos como eu extraem muita satisfação retrospectiva de seus feitos. Na época, claro, fazemos o diabo para evitá-los, mas depois exibimos, muitas vezes, um certo orgulho enfastiado dos mais inteligentes, corajosos ou sortudos acontecimentos em nosso currículo. Os filósofos poderiam especular que isso se deve essencialmente ao fato de sermos definidos por nossas experiências neste mundo, pois no Outro Lugar não somos tão facilmente individualizados. Portanto, aqueles que têm longas e brilhantes carreiras (por exemplo, eu) tendem a menosprezar aqueles (por exemplo, Ascobol) cujos nomes foram revelados mais recentemente, e não acumularam tantas realizações excelentes. No caso de Ascobol, também me desagradava nele sua voz de falsete idiota, que cai mal num ciclope de dois metros e meio.

hábitos. Por alguns momentos esforçaram-se por ver miopemente de um lado para o outro; o bebê praguejou em voz baixa e esfregou os olhos com pequenos e imundos punhos fechados.

No mesmo instante notou meu Encobrimento e lançou uma terrível praga.[4] Encarei-o com fria impassividade.

— Oi, Bart! — gritou o bebê. — É você aí? Mexa-se! Está sendo procurado.

Eu perguntei casualmente.

— Por quem?

— Você sabe muito bem. E, rapaz, está enrascado! Imagino que desta vez seja com certeza o Fogo Atrofiante.

— É mesmo? — A menina permaneceu firmemente acomodada na chaminé quebrada e cruzou os braços esguios. — Bem, se Mandrake me quer, pode vir ele mesmo me pegar.

O bebê sorriu maldosamente.

— Ótimo. Eu esperava que dissesse isso. Não tem problema, Barty! Transmitirei o recado. Estou doido para ver o que ele vai fazer.

A alegria maldosa do diabrete me irritou.[5] Se eu tivesse um pouco mais de energia, teria saltado em cima dele e engolido o desgraçado ali mesmo. Contentei-me em arrancar um cano de chaminé e atirá-lo com certeira pontaria. Atingiu a cabeça careca do bebê com um satisfatório tinido.

— Como eu pensei — eu disse. — Oca.

O desagradável sorriso transformou-se numa carranca.

— Seu malcriado! Espere só... para ver quem vai estar rindo quando eu vir você arder.

---

[4]Provavelmente de origem germânica — envolvia pregar as entranhas de alguém num carvalho.

[5]Éramos, afinal, escravos juntos; havíamos os dois sofrido por muito tempo nas mãos de Mandrake. Acho que um pouco de compaixão não teria caído de todo mal. Mas o longo confinamento do diabrete havia, ao contrário, azedado sua visão do mundo, o que tem acontecido com espíritos muito melhores que ele ao longos dos anos.

Impelido por uma rajada de linguagem chula, ele saltou de volta para trás de suas cortinas de luzes tremeluzentes e logo as fechou. Cintilando fracamente, as luzes se dissiparam na brisa. O diabrete desapareceu.

A menina retirou uma mecha de cabelo para trás de uma das orelhas, tornou a dobrar sinistramente os braços e a instalar-se para esperar. Agora haveria conseqüências, que era exatamente o que eu precisava. Já estava na hora de um confronto adequado.

Para início de conversa, anos antes, meu amo e eu nos entendíamos muito bem. Não quero dizer amigavelmente, nem nada tão ridículo assim, mas nossa irritação mútua fundamentava-se numa coisa que se aproximava do respeito. Durante uma série de incidentes iniciais, desde a conspiração de Lovelace ao caso do golem, eu fora obrigado a reconhecer a verve e ousadia de Mandrake, sua energia e até (fracamente) lampejos de sua consciência. Não era grande coisa, reconheço, mas tornava a excessiva afetação, obstinação, orgulho e ambição dele um pouco menos duros de engolir. Em compensação, não me faltavam, obviamente, traços maravilhosos para ele admirar, e, de qualquer modo, mal conseguia levantar-se de manhã sem precisar de mim para salvar sua lamentável pele. Coexistíamos num cauteloso estado de tolerância.

Durante mais ou menos um ano após a derrota do golem e sua promoção a diretor de Assuntos Internos, Mandrake não me pressionou demais. Convocava-me de vez em quando para ajudá-lo com incidentes menores, que não tenho tempo para examinar aqui,[6] mas em termos gerais me deixava inteiramente em paz.

Nas esporádicas ocasiões que ele de fato me chamava, nós dois sabíamos qual era nosso lugar. Tínhamos uma espécie de acordo. Eu sabia

[6]Se não me falha a memória, incluíram o caso do Afrito, o Envelope e a Esposa do Embaixador, o caso da Mala Curiosamente Pesada e o complicado episódio do Anarquista e a Ostra. Mandrake quase perdeu a vida em todos esses. Como digo, nenhum deles foi de muito interesse.

seu nome de nascimento e ele sabia que eu sabia. Embora me ameaçasse com conseqüências medonhas se o dissesse a alguém, na prática me tratava com cuidadoso distanciamento em todas as nossas atividades. Guardei seu nome para mim mesmo e ele me guardou das missões mais perigosas — o que basicamente se resumia a lutar na guerra da América do Norte. Dezenas de djins vinham morrendo ali — as reverberações das perdas soavam asperamente em todo o Outro Lugar —, e fiquei feliz por não participar dela.[7]

Passou-se o tempo; Mandrake trabalhava em sua função com o zelo habitual. Surgiu uma oportunidade de promoção, e ele a aceitou. Era agora ministro da Informação, um dos mais poderosos do Império![8]

Oficialmente, seus deveres tinham a ver com propaganda — criar meios inteligentes para vender a guerra ao povo britânico. Extra-oficialmente, a pedido do primeiro-ministro, continuou fazendo grande parte do trabalho policial do Ministério do Interior, operando uma condenável rede de djins de vigilância e espiões humanos, que prestavam contas diretamente a ele. Sua carga de trabalho, que sempre fora severa, agora se tornava incapacitante.

---

[7]Para aqueles de nós que se mantêm a par da história humana, a causa da guerra mais recente era temerosamente conhecida. Durante anos, os americanos haviam-se recusado a pagar os impostos exigidos por Londres. Os britânicos logo recorreram ao argumento mais antigo de todos, e enviaram um exército para atacar os colonos. Após fáceis vitórias iniciais, instalou-se a estagnação. Os rebeldes recuaram para as matas densas, mandando djins emboscar as tropas que avançavam. Vários magos britânicos ilustres foram mortos; convocaram-se as Sexta e Sétima frotas da China para impulsionar a campanha — mas mesmo assim a luta continuava se arrastando. Passaram-se meses, o contingente do Império foi desperdiçado nas desoladas terras americanas, e as repercussões ressoaram por todo o globo.

[8]Sua chance veio graças à guerra. As guerrilhas dos rebeldes vinham causando problemas ao exército britânico. Após um ano de guerra de atrito, o ministro do Exterior, um certo sr. Fry, visitou as colônias secretamente com a finalidade de organizar uma trégua. Oito mágicos o observaram quando viajou; uma hoste de horlas vigiou cada passo seu: o ministro era invulnerável. Ou assim acharam. Em sua primeira noite na Filadélfia, foi traiçoeiramente morto por um diabrete escondido na torta que lhe serviram à noite. Em meio à indignação geral, o primeiro-ministro redistribuiu seus ministros, e Mandrake juntou-se ao Conselho governante.

Seguiu-se uma tristonha mudança na personalidade de meu amo. Nunca foi exatamente famoso pelo bom humor, mas tornou-se positivamente brusco e anti-social, ainda menos disposto que antes a conversar fiado com um djim cosmopolita. Mas, por cruel paradoxo, também começou a me convocar com freqüência cada vez maior e motivo cada vez menor.

Por que fazia isso? Principalmente porque, sem dúvida, queria minimizar as chances de eu ser convocado por outro mago. Seu antigo temor, agora alentado por fadiga crônica e paranóia, era que eu divulgasse seu nome de nascimento a um inimigo, tornando-o vulnerável a ataque. Bem, muito justo, isso sempre foi *possível*. Eu *poderia* tê-lo feito. Não tenho certeza. Mas ele se virara sem mim antes, e nada lhe acontecera. Por isso achei que mais alguma coisa também vinha ocorrendo.

Mandrake mascarava muito bem as emoções, mas toda a sua vida era trabalho — implacável e infindável. Além disso, vivia agora cercado por um bando de maníacos perversos e de olho grande — os outros ministros —, dos quais a maioria lhe desejava o mal. O único colega íntimo, durante algum tempo, era o teatrólogo escrevinhador Quentin Makepeace, tão maquiavélico quanto todos os demais. Para sobreviver nesse mundo pouco amistoso, Mandrake ocultou suas melhores qualidades sob camadas de untuosidade e fanfarronice. Toda a vida antiga — os anos com os Underwood, sua existência vulnerável como o menino Nathaniel, os ideais que outrora abraçara — fora enterrada longe, a grande profundidade. Todo elo com sua infância foi cortado, exceto comigo. Não acho que conseguiria resolver-se a romper essa última ligação.

Propus essa teoria à minha maneira gentil habitual, mas Mandrake não estava a fim de ouvir meus insultos. Era um homem preocupado.[9]

[9]Sei que faço uma interpretação meio forçada da palavra. Àquela altura, de meados para fim da juventude, talvez apenas mal passasse por homem. Quando visto por trás. A certa distância. Numa noite muito escura.

As campanhas americanas vinham saindo imensamente caras, as linhas de abastecimento britânico se esgotavam. Com a atenção dos magos desviada, outras partes do Império tornaram-se problemáticas. Espiões estrangeiros infestavam Londres como larvas numa maçã. Os plebeus eram instáveis. Para conter tudo isso, Mandrake trabalhava como um escravo.

Bem, não *literalmente* como um escravo. Esta era minha função. E também bastante ingrata. Mas, de volta aos Assuntos Internos, algumas das missões haviam sido quase dignas de meus talentos. Eu interceptara mensagens inimigas e decifrava-as, divulgava notícias falsas, seguia espíritos inimigos, enganei alguns deles etc. Era um trabalho simples, satisfatório — extraía um prazer artístico dele. Além disso, ajudei Mandrake e a polícia na busca de dois fugitivos do caso do golem. O primeiro era um certo mercenário misterioso (traços característicos: grande barba, expressão sinistra, roupas pretas chamativas, invulnerabilidade geral a Infernos/Detonações/quase tudo mais). Fora visto pela última vez em Praga, e como era bastante previsível, nunca recebemos um sinal dele. O segundo era um sujeito ainda mais nebuloso, no qual ninguém jamais pusera os olhos. Parece que se chamava Hopkins, e afirmava ser um sábio. Além de suspeito por todos de ser o mentor da conspiração do golem, eu soube que também se envolvera com a Resistência. Mas bem poderia também ser um espectro ou sombra, a julgar por toda substância que pudemos encontrar. Descobrimos uma assinatura comprida e fina num livro de admissões, numa antiga biblioteca que talvez tenha sido dele. Só isso. A pista, na verdade, esfriou.

Então Mandrake se tornou ministro da Informação e eu logo fui empregado para o trabalho mais deprimente, ou seja, colar anúncios em mil tapumes por toda Londres; distribuir panfletos a 25 mil casas pela dita cidade; encurralar animais selecionados para "entretenimentos" de festividades públicas;[10] supervisionar comida, bebida e... "higiene" para os mesmos; voar de um lado para o outro da capital durante horas a fio arrastando bandeiras pró-guerra. Ora, podem me chamar de exigente, mas eu diria que quando se pensa num djim de 5 mil anos, flagelo de civilizações e confidente de reis, certas coisas vêm à mente — espionagem de capa e espada, talvez, ou batalhas valorosas, escapadas emocionantes e excitação geral de múltiplas finalidades. O que *não* pensam é nesse mesmo nobre djim sendo obrigado a preparar tonéis gigantescos de *chilli con carne* para dias de festival, ou lutando em esquinas de rua com pregadores de cartazes e potes de cola.

Sobretudo sem ter permissão de voltar para casa. Logo meus períodos de repouso no Outro Lugar tornaram-se tão fugazes que eu quase fui açoitado viajando de ida e volta para lá. Então, um dia, Mandrake deixou de me liberar totalmente, e foi o que bastou. Fiquei preso na Terra.

Durante os dois anos seguintes, fui ficando continuamente mais fraco, e no momento em que chegava ao fundo do poço, quase sem forças para erguer uma brocha de colar cartaz, o desgraçado do menino começou mais uma vez a me enviar em missões mais perigosas — combater bandos de djins que os vários inimigos da Grã-Bretanha vinham usando para provocar tumultos.

Antes eu teria tido uma conversa tranqüila com Mandrake, expressando minha desaprovação com sucinta franqueza. Mas meu acesso privilegiado a ele deixara de existir. Passara a me convocar com uma hoste

[10]Segundo a tradição romana, os magos tentavam manter o povo dócil com festejos regulares, nos quais se encenavam espetáculos grátis em todos os parques principais. Exibiam-se montes de feras exóticas de todas as partes do Império, além de espíritos menores supostamente capturados durante a guerra. Faziam-se os prisioneiros humanos desfilar pelas ruas, ou os prendiam em globos especiais de vidro transparente e os expunham nos pavilhões de St. James Park para a vaia do populacho.

de outros escravos, dando ordens em massa e nos despachando como cachorros. Essa intimação múltipla é um negócio difícil, que exige grande força mental da parte do mago, mas Mandrake fazia-a diariamente sem esforço aparente, conversando em voz baixa com sua assistente ou até mesmo folheando um jornal enquanto surgíamos e suávamos em nossos círculos.

Esmerei-me ao máximo para chegar a ele. Em vez de usar um disfarce monstruoso como meus colegas escravos (o ciclope de Ascobol e o animal gigantesco com cabeça de javali de Cormocodran eram típicos), passei a usar a imagem de Kitty Jones, a jovem da Resistência que Mandrake perseguira anos antes. Sua suposta morte ainda lhe pesava na consciência: eu sabia disso porque ele sempre reagia à minha imitação do rosto dela com um rubor do seu. Ficava zangado, envergonhado e afirmativo ao mesmo tempo. Não o fez me tratar nada melhor, vejam só.

Bem, eu já agüentara quase tanto quanto podia de Mandrake. Era hora de resolver com ele. Recusando-me a voltar com o diabrete, obriguei o mago a me mandar chamar oficialmente, o que iria sem dúvida magoar, mas era ao menos provável que ele me desse sua atenção por cinco minutos.

O diabrete já partira havia horas. Antes, eu teria recebido uma rápida resposta do meu amo, mas o atraso era típico de sua nova distração. Tornei a ajeitar os longos cabelos escuros de Kitty Jones e lancei o olhar à pequena cidade rural em volta. Vários cidadãos haviam se juntado em volta do correio arruinado e dedicavam-se a um acirrado debate; resistiram aos esforços de um solitário policial para fazê-los retornar às suas casas. Era indubitável isto: as pessoas estavam ficando agitadas.

O que fez meus pensamentos voltarem mais uma vez a Kitty. Apesar das aparências em contrário, ela não morrera na batalha com o golem três anos antes. Em vez disso, após agir com abnegação e coragem incomuns para salvar o desprezível esconderijo de Mandrake, afastara-se tranqüilamente. Nosso encontro fora breve mas estimulante: sua veemente oposição à injustiça me fez lembrar de outra pessoa que conhecera, muito tempo atrás.

Parte de mim *esperava* que Kitty houvesse comprado uma passagem só de ida para algum lugar seguro e distante e aberto um café na praia, ou qualquer coisa assim, ficando a salvo. Mas no íntimo sabia que ela continuava ali perto, trabalhando contra os magos. Esse conhecimento muito me alegrava, embora ela não morresse de amores por djins.

O que quer que estivesse fazendo, desejei que se mantivesse longe de apuros.

Kitty

4

O demônio viu Kitty assim que ela se mexeu. Abriu-se uma larga boca na cabeça eriçada de tocos de pêlos e sem feições; filas de dentes desceram e subiram do revestimento da mandíbula, fechando-se curiosamente e fazendo um barulho de mil tesouras a cortar em uníssono. Dobras de carne verde-acinzentado moveram-se em cada lado do crânio, revelando dois olhos dourados que faiscaram ao voltar-se para ela.

Kitty não repetiu o erro. Permaneceu imóvel, distante uns dois metros, se tanto, da cabeça curvada a farejar, e conteve a respiração.

O demônio arrastou um dos pés, hesitante, no chão, abrindo cinco fundos talhos de garras nos ladrilhos. Emitiu um curioso zumbido do fundo da garganta. Avaliava-a, ela sabia, calculando sua força e decidindo se atacava. Nos momentos finais da crise, a mente dela absorveu muitos detalhes sem importância do disfarce da fera: as pontas de pêlo cinzento nas juntas, as brilhantes escamas de metal no torso, as mãos com dedos demais e ossos de menos. Os membros dela tremiam; as mãos se retorceram, como para encorajá-la a fugir, mas ela combateu o medo e venceu-o.

Então veio uma voz: doce e feminina, curiosamente inquisidora:

— Vai fugir, minha querida? Eu só posso capengar com estes pés aleijados. Ah, Deus, tão lento! Tente. Nunca se sabe; pode escapar.

Tão delicada era a voz que Kitty levou um momento para compreender que vinha da pavorosa boca. Fora o demônio que falara. Paralisada, ela sacudiu a cabeça.

O demônio dobrou seis dedos num gesto incompreensível.

— Então, pelo menos, se aproxime — disse a voz meiga. — Isso me pouparia o tormento de capengar até você com estes pobres pés aleijados. Ah, Deus, doem tanto! Minha essência hesita com a atração de sua terra áspera e cruel.

Mais uma vez Kitty balançou a cabeça, mais devagar agora. O demônio deu um suspiro e curvou a cabeça, como se estivesse decepcionado.

— Minha querida, você não é cortês. Imagino se sua essência discordaria de mim se eu fosse você. Sou um mártir da indigestão... — Ergueu a cabeça; os olhos faiscaram, os dentes estalaram como mil tesouras. — Vou arriscar.

Sem pausa, as juntas da perna se curvaram e saltaram, as mandíbulas se abriram enormes; os dedos se fecharam. Kitty caiu para trás e deu um grito.

Um muro de lascas de prata, finas como floretes, ergueu-se do chão, espetando o demônio a saltar; um clarão, uma chuva de faíscas — o corpo explodiu em chamas lilases. Ele pairou em pleno ar por uma fração de segundo, contorceu-se, emitiu uma única gota de fumaça e desceu adejando para o solo, leve como papel a queimar. Uma vozinha murmurou, triste, ressentida:

— Ah, Deus...

Já não passava de uma casca, que desmoronou sobre si mesma e acabou por reduzir-se a cinzas.

Kitty tinha os músculos paralisados numa careta de terror; com um feroz esforço, conseguiu fechar a boca e piscar os olhos, uma, duas vezes. Passou a mão trêmula pelos cabelos.

— Deus do céu — dissera o amo, no pentáculo do outro lado do aposento. — Eu não esperava isso. Mas a estupidez dessas criaturas não tem limites. Varra a sujeira, querida Lizzie, e podemos discutir o procedimento. Deve estar muito orgulhosa de seu sucesso.

Dormente, olhos ainda arregalados, Kitty conseguiu fazer o mais leve dos acenos de cabeça. Saiu com as pernas rígidas do círculo e foi pegar a vassoura.

— Bem, você é uma garota esperta, não tem dúvida. — O amo sentava-se no sofá ao lado da janela, bebendo numa xícara de louça. — E faz um bom chá também, o que é uma bênção num dia como este.

A chuva batia nas vidraças e açoitava a rua. O vento gemia nos corredores da casa. Kitty encolheu os pés da corrente de vento que redemoinhava pelo chão e tomou um gole do forte chá pardo de sua caneca.

O velho limpou a boca com as costas da mão.

— Sim, um chamado muito satisfatório. Nada mal mesmo. E muito interessante para mim... quem teria pensado que essa era a verdadeira aparência de um súcubo?* Deus do céu! Então, Lizzie, notou que você pronunciou mal a Sílaba Repressora, bem no fim? Não o bastante para quebrar o muro de segurança, mas a criatura foi encorajada, achou que devia tentar a sorte. Felizmente tudo mais que você fez foi perfeito.

Kitty ainda tremia. Recostou-se entre as almofadas do sofá antigo.

— Se eu... cometesse qualquer outro erro, senhor — disse, gaguejando — que teria...?

— Oh, Deus do céu... eu não preocuparia sua cabecinha com isso. Não cometeu, e é o que conta. Quer um digestivo de chocolate? — Indicou a bandeja entre eles. — Acomoda o estômago, eu acho.

Ela pegou um biscoito e mergulhou-o no chá.

— Mas *por que* ele me atacou? — perguntou, franzindo a testa. — Certamente, poderia ver que as defesas do pentáculo entrariam em ação.

O amo deu uma risadinha.

*Em *O amuleto de Samarkand,* Bartimaeus explica que o súcubo é um djim de aspecto sedutor em forma feminina e muito popular entre magos homens. (*N. da E.*)

— Quem pode saber? Talvez esperasse que você saísse do círculo quando ele saltou: isso teria destruído na mesma hora sua prisão e lhe permitiria devorá-la. Veja que ele já tinha tentado dois estratagemas infantis para convencer você a deixar o pentáculo. Hum, não era um djim sofisticado. Mas talvez estivesse cansado da escravidão, talvez simplesmente quisesse morrer. — Olhou a borra no fundo da xícara pensativo. — Quem sabe? Nós entendemos tão *pouco* de demônios, o que os movimenta. São difíceis de sondar. Tem mais na chaleira?

Kitty examinou-a.

— Nada, vou fazer mais.

— Se quiser, querida Lizzie, se quiser. Pode me passar aquele exemplar de Trismegisto no caminho. Ele tem algumas notas interessantes sobre súcubos, se bem me lembro.

O ar frio atacou-a quando ela entrou no corredor e foi até a cozinha. Ali, curvando-se perto da chama de gás azul que chiava sob a chaleira, seu autocontrole finalmente cedeu. Pôs-se a tremer — fortes tremores, de sacudir o corpo, que a fizeram agarrar-se à bancada para apoiar-se.

Fechou os olhos. As mandíbulas abertas do demônio mergulharam em sua direção. Ela os abriu rápido.

Na borda da pia havia uma sacola de papel com frutas. Mecanicamente, ela pegou uma maçã e comeu-a, engolindo-a desesperada em grandes nacos. Pegou outra e acabou-a mais devagar, olhando sem ver a parede.

O tremor diminuiu. A chaleira assobiou. Jakob tinha razão, pensou, lavando a caneca sob um jato de água gelada. Sou uma idiota. Só um louco faria aquilo. Só um louco.

Mas mesmo um louco podia ter sorte. E até agora, por três longos anos, sua sorte agüentara.

Desde o dia em que sua morte fora comunicada e aceita, e as autoridades haviam lacrado seu arquivo com uma bolha de cera preta quente,

Kitty nem uma vez deixara Londres. Por mais que o bom amigo Jakob Hyrnek, a salvo com parentes em Bruges e trabalhando como joalheiro, mandasse epístolas suplicantes em que lhe pedia para ir viver com ele. Por mais que a família dele a exortasse, nos encontros secretos e irregulares, a deixar os perigos da cidade e recomeçar a vida. Por mais que seu bom senso lhe gritasse que ela nada podia fazer de útil sozinha. Nada a detinha. Em Londres ficou.

Teimosa ainda podia ser, mas sua velha inquietação envolvia-se agora em cautela. Tudo, desde sua aparência até a rotina diária, era cuidadosamente planejado para evitar despertar as suspeitas das autoridades. Isso era essencial, uma vez que, para Kitty Jones, a própria existência já era um crime. Para esconder-se dos olhos daqueles poucos que a conheciam, cortara os cabelos curtos e usava-os num bob por baixo da touca. Trazia sob rédea curta as feições demasiado móveis, qualquer que fosse a provocação; fazia o máximo para ter olhos baços, cara de pedra, nada além de um número na multidão.

Talvez com o rosto mais magro por excesso de trabalho e falta de comida não essencial, embora talvez com algumas rugas em torno dos olhos, ainda tinha as energias mercuriais que a haviam levado a entrar e a sair viva da Resistência e a apoiavam na perseguição a um certo projeto ambicioso, e na manutenção de nada menos que duas identidades falsas.

Alojava-se no terceiro andar de uma casa caindo aos pedaços na zona oeste de Londres, numa rua próxima das fábricas de munição. Acima e abaixo vários outros quartos haviam sido espremidos pela empreendedora senhoria na casca do velho prédio. Todos estavam ocupados, mas, tirando o zelador, um homem diminuto que morava no porão, Kitty não falara com nenhum dos moradores. Às vezes passava por eles na escada: homens e mulheres, velhos e jovens, todos vivendo vidas de isolamento e anonimato. Satisfazia-se com isso: gostava e precisava da solidão que a casa lhe proporcionava.

O conteúdo de seu quarto era pouco. Um pequeno fogão branco, uma geladeira, um armário e, num canto, atrás de um lençol pendurado, uma pia e uma privada. Abaixo da janela, que dava para um emaranhado de paredes e quintais não cuidados até os fundos das casas defronte, via-se uma confusão de lençóis e travesseiros embolados: a cama de Kitty. Além disso, empilhavam-se bem arrumados seus bens terrenos: roupas, latas de comida, jornais, panfletos recentes sobre a guerra. Os artigos mais preciosos achavam-se escondidos em vários pontos sob o colchão (um disco de lançamento prateado embrulhado num lenço), na caixa-d'água da privada (um saco de plástico lacrado contendo os documentos de que precisava para manter as novas identidades) e no fundo do saco de roupa suja (vários livros grossos encadernados em couro).

Com sua disposição prática, Kitty não encarava o quarto com muita afeição. Era um lugar para dormir e pouco mais. Ela não passava muito tempo ali. Apesar disso, era seu lar, e já vivia ali havia três anos.

Apresentara-se à senhoria com o nome de Clara Bell. Isso coincidia com os documentos que trazia consigo a maior parte do tempo — a carteira de identidade carimbada e os papéis de residência, saúde e educação que mapeavam seu passado recente. Haviam sido forjados com grande habilidade pelo velho sr. Hyrnek, pai de Jakob, que também criara um conjunto separado sob o nome de Lizzie Temple. Ela não tinha nenhum documento com seu nome verdadeiro. Só à noite, quando se deitava na cama com as cortinas fechadas e a única lâmpada apagada, tornava-se mais uma vez Kitty Jones. Era uma identidade envolta em escuridão e sonhos.

Durante meses após a partida de Jakob, Clara Bell trabalhara na gráfica de Hyrnek, entregando livros recém-encadernados e ganhando um salário mínimo. Isso não durou muito — ela relutava em pôr os amigos em perigo com uma ligação demasiado próxima, e logo arrumou um emprego num pub à beira do rio. A essa altura, porém, suas tediosas tarefas lhe haviam proporcionado uma oportunidade para lá de incomum.

Uma manhã, fora chamada ao escritório do sr. Hyrnek e recebera um pacote para entregar. Pesado, cheirava a cola e couro, e estava metodicamente amarrado com barbante. O rótulo dizia: SR. H. BUTTON, MÁGICO.

Kitty inspecionou o endereço:

— Earls Court — disse. — Não têm muitos mágicos ali.

O sr. Hyrnek limpava o cachimbo com um canivete enegrecido e um pedaço de pano.

— Entre os nossos amados governantes — disse, jogando fora um fragmento de fumo queimado —, esse Burton é encarado como um excêntrico incurável. É muito talentoso, segundo todas as versões, mas jamais tentou subir nas fileiras. Acostumou-se a trabalhar como bibliotecário na Biblioteca de Londres, até sofrer um acidente. Perdeu uma perna. Agora apenas lê, recolhe livros onde pode e escreve um pouco. Me disse outro dia que lhe interessava o conhecimento pelo conhecimento. Daí não ter dinheiro. Daí Earls Court. Leve lá, está bem?

Kitty fez isso, e achou a casa do sr. Burton numa região de vilas acinzentadas, altas e pesadas, com imensas colunas sustentando vistosas varandas acima das portas. No passado, uma área rica, o bairro todo tinha uma melancólica aura de pobreza e decadência. O sr. Burton morava no fim de um beco sem saída ladeado de árvores, numa casa encoberta por escuros loureiros. Kitty tocou a campainha e esperou no degrau manchado e sujo. Ninguém respondeu, e ela notou então que a porta estava entreaberta.

Espiou lá dentro: um corredor caindo aos pedaços, estreitado por pilhas de livros encostadas nas paredes. Tossiu insegura.

— Alô?

— Sim, sim, entre! — ecoou, débil, uma voz abafada. — Depressa, por favor. Me sinto um pouco incomodado.

Kitty entrou depressa, e num quarto adjacente, tornado indistinto pelas cortinas endurecidas de poeira fechadas nas janelas, descobriu uma bota que se projetava retorcendo-se debaixo de uma colossal pilha de livros caídos. Examinando mais, deu com a cabeça e o pescoço de um velho cavalheiro lutando inutilmente para se livrar da barafunda.

— Obrigado, minha cara. Se importa de me passar minha bengala? Eu a estava usando para pegar um livro, o que receio tenha causado toda essa encrenca.

Kitty pegou uma longa bengala de freixo em meio aos detritos e entregou-a ao mágico. Era um homem frágil, de olhos brilhantes, rosto estreito e uma desgrenhada juba de cabelos lisos e grisalhos pendendo na testa. Usava uma camisa xadrez sem gravata, um cardigã verde remendado e calças cinza, surradas e manchadas. Faltava uma perna da calça; fora dobrada e costurada pouco abaixo do torso.

— Eu estava simplesmente tentando pegar um volume de Gibbon — dizia o sr. Burton —, que vi embaixo de uma pilha. Me descuidei e perdi o equilíbrio. Foi um *tal* deslizamento de terra! Você não imagina como é cansativo encontrar alguma coisa nesta casa.

Kitty olhou em volta. Do outro lado do quarto, inúmeras pilhas de livros erguiam-se como estalagmites do velho tapete. Muitas dessas colunas eram da sua altura; outras haviam caído umas contra as outras, formando pequenos arcos cobertos de poeira. Livros empilhavam-se alto sobre uma mesa e enchiam os armários de uma cômoda; recuavam por uma porta em números insondáveis e entravam fundo num quarto lateral. Algumas estreitas passagens continuavam abertas, ligando as janelas a dois sofás espremidos diante de uma lareira e à saída para o corredor.

— Acho que faço idéia — ela disse. — De qualquer modo, aqui está uma coisa para acrescentar a seus problemas. — Pegou o pacote. — De Hyrnek.

Os olhos do velho faiscaram.

— Ótimo! Ótimo! Deve ser minha edição dos *Apócrifos* de Ptolomeu, recém-encadernados em couro de bezerro. Karel Hyrnek é uma maravilha. Minha cara, você melhorou o meu dia duas vezes! Eu *insisto* em que fique para o chá.

Meia hora depois, Kitty ficara sabendo de três coisas: que o velho cavalheiro era falador e afável, que tinha um ótimo estoque de chá e bolo de especiarias e que era muito premente sua necessidade de um auxiliar.

— Meu último ajudante me deixou há 15 dias — ele disse, com um suspiro fundo. — Foi-se juntar à luta pela Grã-Bretanha. Eu tentei convencê-lo a não ir, claro, mas ele estava decidido. Acreditava no que lhe diziam: glória, boas perspectivas, promoção, tudo isso. Logo estará morto, eu imagino. É, coma esse último pedaço de bolo, querida. Precisa comer. Está muito bem para *ele* ir morrer, mas eu receio que meus estudos foram seriamente limitados.

— Que estudos são esses, senhor? — perguntou Kitty.

— Pesquisas, querida. História da magia e outras coisas. Uma área fascinante, tristemente esquecida. É uma vergonha gritante que tantas bibliotecas estejam sendo fechadas; mais uma vez, o governo age por medo. Bem, eu salvei muitos livros importantes sobre o tema e desejo catalogá-los e indexá-los. É minha ambição preparar uma lista definitiva de todos os djins sobreviventes, pois os registros existentes são muito aleatórios e contraditórios... Mas, como você viu, não sou bastante habilidoso para pesquisar minha própria coleção, graças a este impedimento...

Sacudiu o punho para a perna inexistente.

— É..., como foi que aconteceu, senhor? — arriscou Kitty. — Se não se incomoda de eu perguntar.

— Minha perna? — O velho baixou as sobrancelhas, olhou para um lado e outro e ergueu o olhar para ela. — Marid.

— Marid? Mas eles não são os mais...?

— O tipo mais poderoso de demônio comumente invocado. Certo. — O sr. Button deu um sorriso levemente presunçoso. — Eu não sou nenhum preguiçoso, minha querida. Não que nenhum de meus *colegas* — disse a palavra com veemente desgosto — admitiria isso, ao diabo com eles. Eu gostaria de ver Rupert Devereaux ou Carl Mortensen se saírem, tão bem. — Farejou o ar e instalou-se de volta no sofá. — A ironia da coisa foi que eu só queria fazer algumas perguntas. Não ia escravizá-lo, de jeito nenhum. Seja como for, esqueci de acrescentar uma Inflamação Terciária; a coisa explodiu e minha perna foi arrancada antes que a

Dispensa automática se instalasse. — Balançou a cabeça. — É o castigo por minha curiosidade, querida. Bem, eu me viro de algum modo. Vou procurar outro ajudante, se os americanos não matarem toda a nossa população de rapazes.

Deu uma mordida em seu bolo de especiarias. Mesmo antes que engolisse, Kitty já tomara uma decisão.

— Eu ajudo o senhor.

O velho mago piscou os olhos para ela.

— Você?

— Sim, senhor. Vou ser sua assistente.

— Desculpe, minha querida, mas achei que você trabalhava para Hyrnek.

— Oh, eu trabalho, senhor, mas apenas temporariamente. Estou procurando outro emprego. Me interesso muito por livros e magia, senhor. Realmente me interesso. Sempre quis aprender a respeito.

— De fato. Fala hebraico?

— Não, senhor.

— Tcheco? Francês? Árabe?

— Não, nenhuma dessas, senhor.

— De fato... — Por um instante, o rosto do sr. Button se tornou menos amistoso, menos cortês. Ele a olhou de lado, com olhos entrecerrados. — E a verdade é, claro, que você não passa de uma *plebéia*...

Kitty fez que sim com a cabeça, sorrindo.

— Sim, senhor. Mas sempre acreditei que os infortúnios do nascimento não devem estorvar o talento. Eu sou enérgica e rápida, e ágil também. — Indicou o labirinto de pilhas de livros empoeiradas. — Poderei pegar qualquer livro que o senhor queira, rápida como o pensamento. Do fundo de qualquer pilha.

Continuava sorrindo e tomou um gole de chá.

O velho esfregava o queixo com os dedos gordos e pequenos, e murmurava consigo mesmo.

— Uma criança plebéia... sem veto... É muitíssimo inortodoxo... Na verdade, as autoridades proíbem expressamente. Mas bem, afinal... — Deu um risinho consigo mesmo. — Por que não? Eles julgaram adequado me esquecer estes anos todos. Seria uma experiência interessante. — Tornou a olhar para Kitty, os olhos entrecerrados. — Você sabe que eu não posso lhe pagar nada.

— Está tudo bem, senhor. Eu... ééé... me interesso por conhecimento pelo conhecimento. Arranjo outro trabalho. Posso ajudar o senhor quando precisar, em meio expediente.

— Muito bem então, muito bem. — O sr. Button estendeu a mão rosada. — Vamos ver como funciona. Nenhum de nós tem qualquer obrigação contratual com o outro, você entende, e estamos livres para encerrar o relacionamento a qualquer momento. Veja bem: se você for desleixada ou desonesta, eu chamo um medonho para encolhê-la. Mas, Deus do céu, onde está minha educação? Eu nem perguntei ainda seu nome.

Kitty escolheu uma identidade.

— Lizzie Temple, senhor.

— Bem, Lizzie, é um prazer conhecê-la. Espero que nos demos bem.

E deram-se mesmo. Desde o início, Kitty se fez indispensável ao sr. Button. Para começar, suas tarefas tratavam apenas de navegar pela casa escura e amontoada, acessando livros obscuros em pilhas distantes e trazendo-os para ele incólume. Isso era mais fácil dizer do que fazer. Ela, muitas vezes, saía à luz da lâmpada do gabinete do mago espirrando e coberta de poeira, ou ferida pela maldosa queda de um livro, apenas para ficar sabendo que era o volume errado, ou uma edição incorreta, e mandada de volta para começar de novo. Mas se apegou ao serviço. Aos poucos, foi-se tornando capaz de localizar os volumes que ele pedia; começou a reconhecer os nomes, as capas, os métodos de encadernação empregados por diferentes impressores em diferentes cidades no correr dos séculos. Pelo seu lado, o mago ficou muito satisfeito; a ajudante poupava-lhe muita inconveniência. Assim passaram-se meses.

Kitty passou a fazer breves perguntas sobre algumas das obras que ajudava a localizar. Às vezes, o sr. Button dava respostas sucintas e animadas; com mais freqüência, mandava procurar ela própria a solução. Quando um livro era escrito em inglês, ela podia fazer. Pegava emprestados alguns dos volumes mais fáceis, mais gerais, e levava-os para ler na cama. Essas leituras noturnas provocavam outras perguntas ao sr. Button, que a orientava para outros textos. Assim, guiada pelo capricho e dedicação, ela começou a aprender.

Após um ano desse progresso, Kitty começou a sair em missões para o mago. Arranjava passes oficiais e visitava bibliotecas por toda a capital; fazia excursões de vez em quando a herbalistas e fornecedores de produtos mágicos. O sr. Button não tinha diabretes a seu serviço, nem praticava uma magia muito atualizada. Seu interesse estava nas culturas do passado e na história dos contatos com demônios. De vez em quando, ele invocava uma entidade menor para perguntar-lhe sobre algum ponto histórico em particular.

— Mas é uma coisa difícil de fazer com uma perna só — ele disse a Kitty. — As invocações são muito ruins com as duas, mas quando a gente tenta desenhar o círculo, a varinha de condão escorrega e o giz não pára de cair, é um truque infernal. Não me arrisco mais a fazer isso com muita freqüência.

— Eu poderia dar uma mãozinha, senhor — sugeriu Kitty. — O senhor teria de me ensinar o básico, claro.

— Oh, isso seria impossível. Extremamente perigoso para nós dois.

Kitty achou o sr. Button bastante inflexível nisso, e levou vários meses atormentando-o para conseguir vencê-lo. Por fim, para ganhar um momento de paz, ele permitiu-lhe encher as tigelas com incenso, segurar o pino na posição certa quando inscrevia os arcos de círculos e acendia as velas de banha de porco. Ela ficou atrás da cadeira dele quando o demônio surgiu e foi interrogado. Depois ajudou a aspergir as marcas de brasa deixadas para trás. Seu tranqüilo comportamento impressionou o mago; logo ela passou a ajudá-lo ativamente em todas as suas invocações. Como em tudo, Kitty aprendia bem rápido. Começou a decorar algumas das fórmulas em latim vulgar, embora continuasse ignorando a língua. O sr. Button, que achava o trabalho ativo oneroso para sua saúde, e também tinha tendência à preguiça, começou a delegar cada vez mais procedimentos à sua assistente. À sua maneira superficial e apressada, ajudou-a a preencher algumas lacunas em seu conhecimento, embora se recusasse a instruí-la formalmente.

— A verdadeira arte — dizia — é a própria simplicidade, mas esta tem infinitas variações. Precisamos sempre nos ater ao básico: invocar a criatura, mantê-la imobilizada e despachá-la de volta mais uma vez. Não tenho tempo nem inclinação para ensinar a você todas as sutilezas.

— Assim está ótimo, senhor — disse Kitty.

Ela não tinha tempo nem inclinação para aprendê-las. Um conhecimento prático básico de invocação era tudo que exigia.

Passaram-se os anos. A guerra se arrastava. Os livros do sr. Button foram caprichosamente classificados, catalogados e empilhados por autor. Sua assistente era inestimável para ele. Agora ia dirigi-la para invocar trasgos e até djins inferiores, enquanto se sentava observando confortavelmente. Era um acordo bastante satisfatório.

E — com exceção do estranho medo — Kitty também o achou satisfatório.

Com a chaleira fervendo afinal, Kitty fez o chá e retornou ao mago, sentado como antes nas profundezas do sofá, estudando seu livro. O sr. Button emitiu um grunhido de agradecimento quando ela acomodou o bule de chá.

— Notas de Trismegisto — ele disse. — Esses súcubos tendem a imprudências quando chamados, e são freqüentemente impelidos à autodestruição. Podem ser aplacados colocando-se frutas cítricas entre o incenso, ou pelo suave toque de flautas de Pã. Hum, são, evidentemente, feras sensuais — arranhou com ar ausente seu toco de perna por cima da calça comprida. — Oh, encontrei outra coisa também, Lizzie. Quem era aquele demônio sobre o qual você perguntava no outro dia?

— Bartimaeus, senhor.

— Sim, é isso mesmo. Trismegisto tem uma referência a ele, numa de suas tabelas de Antigos Djins. Em algum lugar nos apêndices, você encontrará.

— Oh, é mesmo, senhor? Que maravilha. Obrigada.

— Dá um pouco da história de sua invocação. Breve. Você não vai achar lá muito interessante.

— Não, senhor. Duvido muito. — Estendeu uma mão. — Importa-se que eu dê uma olhadela?

Parte Dois

Alexandria

126 a.C.

Numa quente manhã do solstício de verão um touro sagrado libertou-se rompendo seu cercado ao lado do rio; causou grandes estragos pelos campos acima, mordendo moscas e girando os chifres para qualquer coisa que se movesse. Três homens que tentaram segurá-lo foram gravemente feridos; o touro mergulhou entre os juncos e precipitou-se por um caminho onde crianças brincavam. Quando elas gritaram e se dispersaram, ele parou, como em dúvida. Mas o sol refletido na água e a brancura das roupas das crianças o enfureceram. Cabeça baixa, arremessou contra a menina mais próxima, e a teria perfurado ou matado a patadas não estivéssemos Ptolomeu e eu passando por aquele caminho.

O príncipe ergueu a mão. Eu agi. O touro parou, a meio caminho do ataque, como se houvesse colidido com uma parede. A cabeça rodopiando, olhos vesgos, caiu emborcado na poeira, onde permaneceu até os ajudantes o prenderem com cordas e o conduzirem de volta para seu campo.

Ptolomeu esperou enquanto os ajudantes acalmavam as crianças, e depois retomou a caminhada. Não se referiu mais ao incidente. Mesmo assim, quando retornamos ao palácio, um bando de rumores alçara vôo, mergulhando e rodopiando em volta de sua cabeça. Ao cair da noite, todo mundo na cidade, do mendigo até o mais esnobe sacerdote de Rá, já ouvira contar ou entendera mal alguma coisa do ocorrido.

Como era meu hábito, eu tinha perambulado até tarde por entre os mercados noturnos, prestando atenção nos ritmos da cidade, no fluxo e refluxo de informações transportadas na maré humana. Meu amo, sentado de pernas cruzadas no telhado de seus aposentos, riscava intermitentemente numa tira de papiro e fitava na direção do mar enegrecido. Pousei no rebordo em forma de abibe e fixei-o com um olho perolado.

— Está circulando por todos os bazares — eu disse. — Você e o touro.

Ele mergulhou o estilete na tinta.

— Que importância tem isso?

— Talvez nenhuma; talvez muita. Mas as pessoas murmuram.

— Murmuram o quê?

— Que você é um feiticeiro e tem contato com demônios.

Ele riu e rematou um perfeito algarismo.

— De fato, elas estão corretas.

O abibe martelou as garras na pedra.

— Eu protesto! A palavra "demônio" é falaciosa e abusiva ao extremo![1]

Ptolomeu largou o estilete.

— É um engano se preocupar muito com nomes e títulos, meu caro Rekhyt. Essas coisas nunca passam de aproximações grosseiras, questões de conveniência. As pessoas falam desse modo por simples ignorância. Só quando entendem sua natureza e continuam sendo abusivas você tem de se preocupar. — Deu-me um largo sorriso de lado. — O que é sempre possível, vamos enfrentar.

[1]Note bem minha restrição aqui. Eu tinha um estilo de conversa muito elevado naqueles dias, por conversar com Ptolomeu. Alguma coisa nele nos deixava pouco inclinados a ser vulgares, blasfemos ou descarados demais, e chegou até a me refrear no uso da gíria do estuário egípcio. Não que ele nos proibisse de fazer qualquer dessas coisas, porém acabávamos nos sentindo meio culpados, como se baixássemos de nível perante nós mesmos. Injúria chula também era inaceitável. É surpreendente que não me restasse nada a dizer.

Ergui um pouco as asas, deixando o vento marinho passar pelas penas, arrepiando-as.

— Em geral, você tem se saído bem nas histórias até então. Mas, grave minhas palavras, logo vão dizer que você deixou o touro solto.

Ele deu um suspiro.

— Com toda franqueza, minha reputação, para o bem ou para o mal, não me incomoda muito.

— Talvez não aborreça você — retruquei, carrancudo —, mas tem gente no palácio para quem a questão é de vida ou morte.

— Só para os que se afogam no guisado da política — ele disse. — E não sou nada para eles.

— Que assim seja — respondi, ainda carrancudo. — Que assim seja. Que está escrevendo agora?

— Sua descrição das muralhas elementares às margens do mundo. Portanto, tire essa carranca do bico e me fale mais disso.

— Bem, vou deixar por aí.

Discutir com Ptolomeu nunca resultava em nada bom.

Desde o início, ele era um amo de curiosos entusiasmos. A acumulação de riqueza, mulheres e preciosas propriedades com a fachada voltada para o Nilo — as preocupações consagradas pelo tempo da maioria dos magos egípcios — não o fascinavam. Buscava um certo tipo de conhecimento, mas não era desses que transformam as muralhas de cidade em pó e pisoteiam o pescoço do inimigo derrotado. Tinha um molde mais do outro mundo.

Em nosso primeiro encontro, me modelou com ele.

Eu era uma pilar de areia rodopiante, uma estrutura na moda naquele tempo. Minha voz estrondava como pedras a rolar, ecoando, de um barranco.

— Ordene seu desejo, mortal.

— Djim — ele disse —, me responda uma pergunta.

A areia rodopiou mais rápido.

— Eu sei os segredos da Terra e os mistérios do ar; conheço a chave para a mente de mulheres.[2] Que deseja? Fale.

— Que é essência?

A areia parou em pleno ar.

— Hem?

— Sua substância. De que é feita exatamente? Como funciona?

— Bem, hum...

— E o Outro Lugar. Fale-me dele. O tempo lá é sincrônico como nosso? Que forma assumem seus habitantes? Têm um rei ou líder? É uma dimensão de substância sólida, um inferno giratório ou outra coisa? Quais os limites entre seu reino e esta Terra, e até que ponto são permeáveis?

— Hum...

Em suma, Ptolomeu estava interessado em nós. Djins. Seus escravos. Nossa natureza interior, isto é, não a habitual baboseira da superfície. As mais hediondas formas e provocações o faziam bocejar, enquanto minhas tentativas de zombar de sua mocidade e jeito feminino pareciam provocar apenas risadinhas cordiais. Ele ficava no centro de seu pentáculo, estilete no joelho, escutando com extasiada atenção, censurando-me quando eu apresentava uma lorota mais do que em geral óbvia, e muitas vezes interrompendo para esclarecer alguma ambigüidade. Não usava Espetos, nem Lanças, nem outros instrumentos de correção. Suas invocações raras vezes duravam mais que algumas horas. Para um djim embrutecido como eu, que tinha uma idéia bastante precisa dos modos malignos dos humanos, era quase desconcertante.

Eu fazia parte de um grupo de djins e espíritos inferiores regularmente invocados. A rotina normal nunca divergia: convocações, conversa, rabiscos frenéticos do mágico, despedida.

Com o tempo, minha curiosidade foi despertada.

---

[2]Claramente, tudo mentira. Sobretudo o último trechinho.

— Por que faz isso? — perguntei-lhe, brusco. — Por que todas essas perguntas? Toda essa escrita?

— Eu li a maior parte dos manuscritos na Grande Biblioteca — disse o menino. — Têm muita coisa sobre invocação, punição e outras coisas práticas, mas quase nada sobre a natureza dos próprios demônios. Sua personalidade, seus desejos pessoais. A mim parece que isso é de suma importância. Eu pretendo escrever a obra definitiva sobre o assunto, um livro que será lido e admirado para sempre. Para fazer isso, eu preciso fazer muitas perguntas. Minha ambição o surpreende?

— Sim, na verdade. Desde quando algum mágico se importou com nossos padecimentos? Não há motivo para você se importar. Não é do seu interesse.

— Oh, mas é, sim. Se permanecermos ignorantes, e continuarmos a escravizar vocês, em vez de entendê-los, vai dar problema mais cedo ou mais tarde. É o meu pressentimento!

— Não existe nenhuma alternativa para essa escravidão. Cada convocação nos enreda em grilhões!

— Você é muito pessimista, djim. Os mercadores me falam de xamãs de lugares muito remotos, entre as regiões ermas do norte, que saem de seu próprio corpo para conversar com espíritos em outro mundo. Em minha opinião, trata-se de um método muito mais cortês. Talvez devêssemos aprender essa técnica.

Dei uma risada áspera.

— Isso nunca acontecerá. Esse percurso é extremamente perigoso para os sacerdotes alimentados a milho do Egito. Poupe sua energia, menino. Esqueça suas perguntas fúteis. Mande-me embora e liquide o assunto.

Apesar de meu ceticismo, ele não foi dissuadido. Passou-se um ano; aos poucos, minhas mentiras se esgotaram. Comecei a dizer-lhe a verdade. Por sua vez, ele me contava alguma coisa de si mesmo.

Era sobrinho do rei. Ao nascer, 12 anos antes, não passava de um frágil e delicado nanico, tossindo no mamilo, guinchando como um gatinho.

Seu desconforto teve uma conseqüência funesta na cerimônia de batismo: os convidados partiram às pressas, as autoridades caladas trocaram olhares sombrios. À meia-noite, sua ama-de-leite chamou um sacerdote de Hathor,[3] que declarou a criança próxima da morte; no entanto, concluiu os rituais necessários e entregou-o à proteção da deusa. A noite se passou com crises intermitentes. Chegou o amanhecer; os primeiros raios de sol tremeluziam através das acácias e caíam sobre a cabeça do infante. Seu berreiro abrandou, o corpo ficou calmo. Sem ruído ou hesitação, ele se aninhou no peito e mamou.

A natureza dessa suspensão temporária não passou despercebida, e a criança foi logo dedicada ao deus do sol, Rá. Cresceu continuamente em força e anos. Olhos rápidos e inteligente, nunca foi tão robusto quanto seu primo, o filho do rei[4] — oito anos mais velho e forte ainda por cima. Continuou sendo uma figura periférica na corte, mais feliz com os sacerdotes e as mulheres do que com os meninos queimados de sol que brigavam no jardim.

Naquele tempo, o rei estava freqüentemente em campanha, lutando para proteger as fronteiras contra as incursões dos beduínos. Uma série de conselheiros governava a cidade, se enriquecendo com subornos e impostos portuários, e ouvindo com atenção cada vez maior as palavras suaves dos agentes estrangeiros — em particular da potência que emergia do outro lado do mar: Roma. Cercado de luxo em seu palácio de mármore, o filho do rei caiu em devassidão precoce. Em fins da adolescência, era um grotesco de beiço frouxo, já barrigudo de bebida; os olhos reluziam de paranóia e medo de assassinato. Impaciente pelo poder, vadiava à sombra do pai, em busca de rivais na família de sangue, enquanto esperava o velho morrer.

---

[3]Hathor: mãe divina e protetora dos recém-nascidos; os djins em seus templos usavam disfarces femininos com cabeças de gado.

[4]Também era um Ptolomeu. Como eram todos esses reis do Egito, por 200 anos e mais, um após o outro, até Cleópatra cortar a corrente. A originalidade não era o forte da família. Fácil entender, talvez, por que o meu Ptolomeu encarava os nomes com tão pouco caso. Pouco significavam. Ele me disse o seu na primeira vez que lhe perguntei.

Ptolomeu, ao contrário, era um menino estudioso, esguio e bonito, com feições quase mais egípcias do que gregas.[5] Embora distante em linhagem do trono, claramente não era guerreiro nem estadista, e, em geral, era ignorado pela família real. Passava a maior parte do tempo na Biblioteca de Alexandria, mais perto da beira-mar, estudando com seu tutor. Esse homem, um sacerdote idoso de Luxor, era erudito em várias línguas e na história do reino. Também era um mago. Ao encontrar um aluno excepcional, transmitiu-lhe seu conhecimento. Ele se iniciou e se formou discretamente, e só muito depois, com o incidente do touro, o rumor disso vazou para o mundo exterior.

Dois dias depois, enquanto conversávamos, um criado bateu à porta do meu amo.

— Perdoe-me, alteza, mas uma mulher o espera sem falta.

— Sem falta do quê?

Eu vestia o disfarce de um estudioso, para o caso exatamente de tal interrupção.

Ptolomeu silenciou-me com um gesto.

— Que deseja ela?

— Uma praga de gafanhotos ameaça as colheitas do marido, senhor. Ela vem em busca de sua ajuda.

Meu amo fez uma carranca.

— Ridículo! Que é que eu posso fazer?

— Senhor, ela fala do... — O empregado hesitou, estivera conosco no campo. — Do seu poder sobre o touro.

— Isso já passou da conta! Estou mergulhado num trabalho difícil aqui. Não posso ser interrompido. Mande-a embora.

— Como quiser.

O empregado suspirou, fez menção de fechar a porta.

---

[5]Vinham do lado da mãe, eu imagino. Era uma nativa de algum lugar rio acima, uma concubina nos aposentos reais. Eu nunca a vi. Ela e seu pai morreram da peste antes de meu tempo.

Meu amo se inquietou.

— Ela está *muito* infeliz?

— Muitíssimo, senhor. Chegou aqui ao amanhecer.

Ptolomeu deu um sopro de impaciência.

— Oh, isso é tolice total! — Virou-se para mim. — Rekhyt, vá com ele. Veja o que se pode fazer.

Após algum tempo, retornei, todo pimpão.

— Os gafanhotos se foram.

— Muito bem — ele ralhou com suas tabuletas. — Perdi inteiramente o fio da meada. Falávamos da fluidez do Outro Lugar, creio...

— Você percebe — eu disse, sentando-me delicadamente no tapete de palha — que está liquidado agora. Ganhou fama. Alguém que pode resolver os males comuns. Agora *nunca* mais vai ter paz. O mesmo aconteceu com Salomão em relação àquela coisa da sabedoria. Não podia pôr o pé fora de casa sem alguém lhe atirar um bebê na cara. Veja bem, isso foi muitas vezes por um motivo diferente.

O menino abanou a cabeça.

— Sou um estudioso, um pesquisador, nada mais. Devo ajudar a humanidade com os frutos de minha escrita, não pelo sucesso com touros ou gafanhotos. Além disso, é *você* quem está fazendo o trabalho, Rekhyt. Se incomoda de retirar essas penas do canto da boca? Obrigado. Agora, para começar...

Ptolomeu era sábio em algumas coisas, era, sim, mas não em outras. O dia seguinte viu mais duas mulheres paradas do lado de fora de seu gabinete; uma tinha problemas com hipopótamos em sua terra, a outra trazia um filho doente. Mais uma vez, ele me mandou tratá-las o melhor possível. Na manhã do dia seguinte, uma pequena fila de pessoas estendia-se até lá fora na rua. Meu amo arrancou os cabelos e lamentou sua má sina; no entanto, fui mais uma vez despachado, junto com Affa e Penrenutet, dois de seus outros djins. E assim continuou. O progresso em sua pesquisa reduziu-se a um passo de caracol, enquanto a velocidade de sua reputação entre as pessoas comuns de Alexandria aumentava rápido como o florescer do verão. Ptolomeu suportava as interrupções com boa, embora exasperada, graça. Limitou-se a concluir um livro sobre os mecanismos de convocação e pôs de lado suas outras pesquisas.

O ano envelheceu, e no devido tempo veio a inundação anual do Nilo. As enchentes baixaram, a terra escura brilhou, fértil e úmida, plantaram-se as colheitas, uma nova estação começou. Às vezes, a fila de suplicantes na porta de Ptolomeu era longa, em outras, nem tanto, mas nunca desaparecia inteiramente. E em breve esse ritual diário se tornou conhecido dos sacerdotes de manto negro dos templos maiores, e do príncipe de coração negro sentado no seu trono regado a vinho.

Nathaniel

5

Um desrespeitoso ruído alertou Mandrake para o retorno do diabrete da cristalomancia. Ele largou a pena com que escrevia notas para os mais recentes panfletos de guerra e cravou os olhos no disco polido. As distorcidas feições do bebê comprimiram-se na superfície do bronze como se ele tentasse freneticamente libertar-se com empurrões. Mandrake ignorou seu estorço.

— Então? — perguntou.

— Então o quê? — o diabrete gemeu e fez força.

— Onde está Bartimaeus?

— Sentado num monte de alvenaria 40 quilômetros a sudeste daqui, na forma de uma menina de cabelos compridos. Muito bonita e tudo mais. Mas ele não vai voltar.

— Como? Ela-ele se recusou?

— Sim. Uui, é muito apertado aqui. Faz seis anos que estou aqui dentro deste disco sem ter nunca um vislumbre de casa. Você podia me deixar sair, podia mesmo. Eu o servi de coração e alma.

— Você não tem alma — disse Mandrake. — Que disse Bartimaeus?

— Não posso dizer. Você é muito menino. Foi rude, veja bem. Fez minhas orelhas ficarem de pé. Bem, ele não vai vir voluntariamente e é tudo o que tenho a dizer. Queime ele e acabe logo com isso, se quer minha opinião. Não entendo por que já não o extinguiu. Oh, não, voltar de novo para aquela gaveta, não. Você não tem misericórdia, seu menino odioso?

Com o disco envolto no pano e a gaveta fechada rapidamente, Mandrake esfregou os olhos. O problema de Bartimaeus estava se tornando insolúvel. O djim estava mais fraco e intratável que nunca; quase imprestável como empregado. Em toda lógica, ele devia deixá-lo ir, mas — como sempre — achava a idéia repugnante. Exatamente o porquê era difícil saber, uma vez que só ele, de todos os seus escravos djins, nunca o tratara com qualquer coisa que se aproximasse de respeito. Os insultos dele eram extenuantes, exasperantes além da medida... e estranhamente revigorantes. Mandrake vivia num mundo onde as emoções se escondiam para sempre atrás de máscaras de sorrisos educados. Bartimaeus não disfarçava em nada sua antipatia. Enquanto Asc e companhia eram brandos e aduladores, Bartimaeus era impertinente agora como no primeiro dia em que o conhecera, no passado, quando não passava de uma criança, dono de um nome completamente diferente...

A mente de Mandrake vagava. Ele tossiu e empertigou-se. *Este* era o ponto básico, claro. O djim sabia seu nome de nascimento. Era uma coisa arriscada para um homem em sua posição que outro mago o convocasse e aprendesse o que o demônio sabia...

Deu um suspiro; a mente rodava de um caminho bem percorrido para outro. *A menina de cabelos escuros. Bonita.* Não tinha graça adivinhar o disfarce do djim. Desde que Kitty Jones morrera, Bartimaeus usava a forma dela para zombar dele. Aliás, não sem sucesso. Transcorridos três anos, visualizar o rosto dela dava a Mandrake uma forte pontada no coração. Ele sacudiu a cabeça em desgastada auto-reprovação. Esqueça-a! Era uma traidora, morreu e desapareceu.

Bem, o desgraçado do demônio não era nenhuma questão de importância. A questão premente era a perturbação cada vez maior causada pela guerra. Aquilo — e as perigosas e novas habilidades que surgiam entre os plebeus. O relato de Fritang sobre os diabretes tacando ovos era apenas a mais recente numa longa série de histórias problemáticas.

Desde Gladstone, os magos haviam observado uma regra básica. Quanto menos plebeus soubessem sobre magia e suas ferramentas, melhor. Por isso, todo escravo, do mais reles diabrete ao mais arrogante afrito, tinha ordem de evitar exposição desnecessária quando saísse em missões para os amos. Alguns utilizavam o poder da invisibilidade; a maioria trabalhava disfarçada. Assim, era uma miríade de demônios afluindo às ruas da capital ou correndo por cima dos telhados, em geral despercebidos.

Mas já não era o que ocorria.

Toda semana trazia novos relatos de exposição demoníaca. Um rebanho de diabretes mensageiros foi localizado acima de Whitehall por um grupo de escolares aos gritos agudos; magos informaram que os diabretes se haviam disfarçado corretamente de pombos — não deviam ter despertado suspeita. Dias depois, um aprendiz de joalheiro, recém-chegado a Londres, percorreu desabalado e de olhos enlouquecidos à Horseferry Road e saltou sobre a amurada do rio Tâmisa. Testemunhas afirmaram que ele gritara advertências sobre fantasmas entre as multidões. Uma severa investigação revelou que demônios espiões estavam em ação em Horseferry Road naquele dia.

Se os plebeus agora nasciam com o poder de ver demônios, a perturbação que recentemente vinha atormentando Londres só podia piorar... Mandrake abanou a cabeça, irritado. Precisava visitar uma biblioteca, procurar precedente histórico. Um flagelo desses poderia ter acontecido antes... Mas não tinha tempo — o presente já estava bastante difícil. O passado teria de esperar.

Uma batida na porta; seu empregado entrou discretamente, mantendo-se bem afastado dos pentagramas no chão.

— A subchefe da polícia está aqui para vê-lo, senhor.

Mandrake franziu a testa, surpreso.

— Oh. É mesmo? Muito bem. Acompanhe-a até aqui.

O empregado levou três minutos para descer até a sala de recepção dois andares abaixo e retornar com a visitante, dando ao sr. Mandrake amplo tempo para sacar um espelhinho de bolso e inspecionar-se cuidadosamente. Ele alisou os cabelos tosquiados onde despontavam acima num tufo; retirou com os dedos algumas partículas de poeira dos ombros. Satisfeito afinal, mergulhou nos documentos na escrivaninha — um modelo de zeloso e bem cuidado empenho.

Reconhecia que tanta arrumação era risível, mas a fazia de qualquer modo. Sempre ficava tímido quando a subchefe da polícia vinha vê-lo.

Uma batida brusca; com pés leves e movimentos destros, decisivos, Jane Farrar entrou e atravessou a sala, trazendo um estojo redondo numa das mãos. O sr. Mandrake meio se levantou cavalheirescamente, mas ela lhe indicou com um aceno de mão que se sentasse.

— Não precisa me dizer a que se deve tanta honra, John. Eu já entendi. Tenho uma coisa importante a lhe mostrar.

— Por favor...

Ele indicou uma cadeira de couro ao lado da escrivaninha. Ela se sentou, largando pesadamente o estojo redondo no tampo da mesa, e deu-lhe um largo sorriso. Mandrake o retribuiu. Ficaram rindo como dois gatos a se enfrentarem sobre um camundongo ferido, macios, lustrosos, fortes e confiantes em sua mútua desconfiança.

O caso golem três anos antes terminara com a morte e desgraça do chefe de polícia, Henry Duvall, e desde então o primeiro-ministro não julgara apropriado nomear um sucessor. De fato, em sinal de sua desconfiança cada vez maior dos magos em volta, conferira a *si mesmo* o título, e dependia da subchefe de polícia para fazer quase todo o trabalho. Durante dois anos, Jane Farrar vinha exercendo essa função. Sua aptidão era famosa: permitira-lhe sobreviver a uma estreita associação com o sr. Duvall e reconquistar o caminho do favor do sr. Devereaux. Ela e Mandrake eram agora dois de seus mais íntimos aliados. Por isso, entre si mesmos eram dolorosamente cordiais; no entanto, a antiga rivalidade eriçava-se logo abaixo da superfície.

Mandrake achava-a desconcertante por outro motivo. Ela continuava sendo muito bela: cabelos longos de brilho escuro, olhos oblíquos e verdes sob longas pestanas. A aparência dela o distraía; exigia toda a confiança de sua maturidade para manter o ritmo com ela na conversa.

Ele sentou-se casualmente com má postura na cadeira.

— Eu também tenho de lhe dizer uma coisa — ele disse. — Quem fala primeiro?

— Oh, vá lá. Você primeiro. Mas se apresse.

— Tudo bem. *Precisamos* fazer o primeiro-ministro se interessar por esses novos talentos que alguns cidadãos têm adquirido. Outro dos meus demônios foi desmascarado ontem. Eram, mais uma vez, crianças. Não preciso lhe dizer os problemas que isso provoca.

A srta. Farrar arqueou as elegantes sobrancelhas.

— Não — ela disse —, não precisa. Esta manhã recebemos novas notícias de greves de estivadores e maquinistas. Passeatas. Manifestações. Não apenas em Londres, mas nas províncias também. Estão sendo organizadas por homens e mulheres com esses poderes incomuns. Vamos ter de capturá-los.

— Hum, mas a *causa*, Jane. Qual é?

— Podemos descobrir quando eles estiverem seguros na Torre. Temos espiões trabalhando agora em todos os bares, obtendo informação. Vamos reprimir com força. Mais alguma coisa?

— Precisamos discutir também o mais recente ataque em Kent, mas isso pode esperar até o Conselho.

A srta. Farrar estendeu dois dedos finos, abriu o zíper do estojo, puxou um tecido e expôs uma pequena esfera de cristal branco-azulada e perfeita, com uma base reta. Empurrou-a para o centro da escrivaninha.

— Minha vez — disse.

O mago empertigou-se um pouco na cadeira.

— Um de seus espiões?

— Sim. Agora preste atenção, John, isto é importante. Sabe que o sr. Devereaux me pediu para manter forte vigilância sobre nossos magos, para o caso de algum tentar seguir os passos de Duvall e Lovelace?

Mandrake assentiu com a cabeça. Mais que os rebeldes americanos, mais que seus inimigos na Europa, mais que os cidadãos violentos que se manifestavam nas ruas, o primeiro-ministro temia seus ministros, os homens e as mulheres que se sentavam à sua mesa e bebiam seu vinho. Era uma ansiedade justificada: seus colegas tinham ambições; não obstante, isso o distraía de outros negócios urgentes.

— O que você descobriu? — ele perguntou.

— Alguma coisa.

Ela passou a mão pela esfera, curvando-se para que os longos cabelos escuros caíssem em volta do rosto. Pigarreando, Mandrake também se curvou para a frente, gostando (como sempre) do perfume dela, sua forma, a proximidade partilhada dos dois. Perigosa e felina como ela era, a companhia da srta. Farrar tinha seus encantos.

Ela disse algumas palavras: grãos de azul afastaram-se correndo pela superfície da esfera e juntaram-se numa poça junto à base. A superfície superior ficou vazia. Aí se formou uma imagem — uma face de trevas. Tremeluziu, mexeu-se, mas não se aproximou.

A srta. Farrar ergueu os olhos.

— Este é Yole — disse. — Yole tem mantido vigilância num certo mago iniciante que despertou meu interesse. Chama-se Palmer, segundo nível, trabalha no Departamento do Interior. Foi preterido como candidato a promoção várias vezes e é um homem frustrado. Ontem comunicou doença; não foi trabalhar. Em vez disso, deixou seu apartamento a pé e dirigiu-se para uma estalagem perto de Whitechapel. Usava roupas de trabalhador comum. Yole aí o seguiu e pode transmitir o que ocorreu. Acho que vai interessar a você.

Mandrake fez um gesto sem compromisso.

— Continue, por favor.

Jane Farrar estalou os dedos e falou para o globo.

— Mostre a estalagem, com som.

O rosto sombreado retirou-se, desapareceu. Formou-se uma imagem dentro do globo — vigas, paredes caiadas de branco, uma mesa de cavalete embaixo de um lustre pendurado de metal. Fumaça deslizava pelas janelas encardidas de cristal de rocha. O ponto de observação era bem embaixo; como se eles estivessem deitados no chão. Mulheres desalinhadas e homens de ternos mal talhados passavam acima. Fracamente, como de muito longe, chegavam risadas, tosse e o tinir de copos.

Um homem sentava-se à mesa de cavalete, um cavalheiro forte de meia-idade, de rosto meio rosado, com salpicos brancos nos cabelos. Usava um sobretudo surrado e um boné de feltro. Desviava sem cessar os olhos de um lado para outro, evidentemente esquadrinhando as pessoas na estalagem.

Mandrake inclinou-se mais para perto, dando uma leve inalada. O perfume de Jane era especialmente forte nesse dia. Exalava alguma coisa de romã.

— Este é Palmer? — ele perguntou. — Que ângulo mais estranho que temos. Baixo demais.

Ela assentiu com a cabeça.

— Yole era um camundongo junto ao rodapé. Ele quis ser discreto, mas isso foi um erro crasso, não foi, Yole?

Ela alisou a superfície da esfera.

Uma voz de dentro, choramingando e submissa.

— Sim, senhora. Hum. Sim, este é Palmer. Em geral, um sujeito muito esmerado. Agora, isto é importante. Não é fácil vê-lo daqui debaixo, mas ele tem uma caneca de cerveja na mão.

— Admirável — murmurou Mandrake. — Sendo um bar e tudo mais. *Sem a menor dúvida* romãs... e possivelmente uma sugestão de limão...

— Espere só. Ele está à espreita de alguém.

Mandrake examinou a figura no globo. Como era de esperar num mago no meio de plebeus, o sr. Palmer parecia pouco à vontade. Movia constantemente os olhos; o suor cintilava no seu pescoço e a testa brilhava. Duas vezes ergueu o copo como a beber a cerveja inglesa; duas vezes deteve-a junto aos lábios e tornou a largá-la devagar na mesa, fora da visão.

— Nervoso — disse Mandrake.

— É. Coitado, coitado do Palmer.

Ela falava com suavidade, mas alguma coisa no tom era afiado como faca. Mandrake inspirou mais uma vez. Aquela sugestão cítrica era perfeita. Afastava o aroma mais doce muito bem.

A srta. Farrar tossiu.

— Algum problema na sua cadeira, Mandrake? — indagou. — Chegue um pouco mais para a frente e estará no meu colo.

Ele ergueu apressado o olhar do globo, evitando por um triz bater na testa na dela.

— Perdão, Jane, perdão — pigarreou e falou, com voz profunda: — É apenas a tensão, não consigo me afastar. Gostaria de saber qual é o jogo desse Palmer. Uma personagem muito suspeita.

Puxou, distraído, um punho de manga.

A srta. Farrar olhou-o por um momento, depois indicou a esfera com um gesto.

Ela o encarou por um segundo, depois indicou o globo.

— Bem, observe.

No campo visual, vindo do lado da esfera, surgiu um recém-chegado, com uma caneca de cerveja. Chegou sem chapéu, os cabelos louro-avermelhados, lisos e brilhantes para trás, botas de operário sujas e calças se arrastando embaixo de uma capa de chuva comprida preta. Com passos casuais mas deliberados, aproximou-se do sr. Palmer, que se deslocara no banco para lhe abrir espaço.

O recém-chegado sentou-se. Pôs a cerveja na mesa e empurrou os óculos mais para cima no pequeno nariz.

O sr. Mandrake ficou fascinado.

— Espere! — sibilou. — Eu o conheço!

— Yole — ordenou a srta. Farrar. — Pare a cena.

Os dois homens no globo meio que viravam as cabeças para se cumprimentar um ao outro. Ao comando dela, a imagem imobilizou-se.

— Isso é ótimo — disse a srta. Farrar. — Você o reconhece?

— Sim. É *Jenkins*. Clive Jenkins. Trabalhou no Departamento de Assuntos Internos comigo. Talvez ainda trabalhe, pelo que sei. Nível de secretário. Indo a parte alguma. Ora, veja só. Mas é interessante.

— Espere.

Ela estalou os dedos; Mandrake notou o esmalte rosa-claro nas unhas, a cor suave das cutículas. A imagem no globo retomou o movimento: os dois homens viraram a cabeça, balançaram-nas uma para a outra, desviaram-nas. O recém-chegado, Clive Jenkins, tomou um gole de cerveja. Os lábios se moveram; meio segundo depois, a voz metálica e distorcida era audível na esfera.

— Muito bem, Palmer. As coisas estão mudando rápido e é hora de decisão. Precisamos saber se você está dentro, ou fora.

O sr. Palmer tomou um longo gole do copo. Seu rosto reluzia de transpiração, os olhos não paravam de mexer-se. Ele mais resmungava que falava.

— Eu preciso de mais informações.

Jenkins riu, ajustou os óculos.

— Relaxe, relaxe. Não vou morder você, Palmer. As informações você terá. Mas primeiro precisamos de provas de suas boas intenções.

O outro homem fez um movimento estranho de atacar com os lábios e os dentes.

— Quando foi que eu dei motivo a vocês para duvidarem de mim?

— Não deu. Mas tampouco nos deu muito motivo para acreditar em você. Precisamos de prova.

— Como assim? Quer dizer um teste?

— Mais ou menos. O sr. Hopkins precisa ver por si mesmo seu compromisso. Você pode ser policial, pelo que sabemos. Trabalhando para Devereaux, ou aquela cadela Farrar. — Palmer tomou outro gole de cerveja. — Cuidado nunca é demais.

Fora do globo, em outro tempo e outro lugar, John Mandrake ergueu os olhos para Jane Farrar e arqueou uma sobrancelha. Ela sorriu, preguiçosa, mostrando um canino pontudo.

— *Hopkins*... — ele começou. — Você acha que é o mesmo...?

— O intelectual que mostrou a Duvall como trabalhar com os golens — disse Jane. — O elo perdido da última conspiração. Sim, eu acho. Mas preste atenção.

O sr. Palmer estava no meio de um protesto acalorado, encaminhando-se para uma agonia de ressentida reprovação. Clive Jenkins nada disse. Palmer acabou terminando sua tirada; ele murchou como um balão troncho.

— Bem, que você quer que eu faça? — perguntou. — Estou lhe avisando, Jenkins, é melhor não armar para cima de mim...

Ergueu o copo para refrescar-se. Ao fazê-lo, pareceu vacilar; o cotovelo com um reforço de tecido derrubou o braço do outro. Derrubou o copo de quartilho, a cerveja derramou sobre a mesa. Palmer deu um miadinho de raiva.

— Seu idiota desastrado.

Jenkins não pediu desculpa.

— Se fizer o que é necessário — disse —, você colherá as recompensas junto a mim e ao resto. Vai se encontrar com ele... *aqui*.

— Quando?

— Então. Isso é tudo. Vou embora agora.

Sem outra palavra, o esguio homem de cabelos louro-avermelhados saiu furtivamente por trás da mesa de cavalete e desapareceu. Por alguns minutos o sr. Palmer permaneceu sentado, o rosto avermelhado e desesperado. E também ele se foi.

A srta. Farrar estalou os dedos. A imagem sumiu; muito ao longe, a face das sombras retornou, relutante. Jane recostou-se na cadeira.

— Desnecessário dizer — ela concluiu. — Yole nos decepcionou. Do ponto de observação dele como camundongo, não podia ver a superfície da mesa. Não achou que Jenkins tinha derramado a cerveja de propósito, nem que tinha escrito a hora e o lugar do encontro no líquido na mesa. Bem, Yole seguiu Palmer pelo restante do dia e não viu nada. Nessa noite, tornou a se comunicar comigo. Enquanto fazia isso, Palmer deixou seu apartamento e não voltou. É evidente que foi manter seu compromisso com o misterioso Hopkins.

John Mandrake tamborilou os dedos com impaciência.

— Teremos de interrogar o sr. Palmer quando ele retornar.

— Isso envolve um problema. Ao amanhecer desta manhã, os engenheiros que trabalham no Esgoto de Rotherhithe viram alguma coisa estendida num monturo. Acharam a princípio que era uma pilha de trapos.

Mandrake hesitou.

— Não vai me...

— Temo que sim. Era o corpo de sr. Palmer. Ele tinha sido apunhalado no coração.

— Oh! — exclamou Mandrake. — Ah. Mas que inconveniência.

— De fato. Mas também é promissor. — Jane Farrar passou uma das mãos por todo o globo, que escureceu, ficou frio e azul opaco. — Significa que esse seu Clive Jenkins... e esse Hopkins... andam planejando alguma coisa grande. Grande o bastante para envolver assassinato muito casual, e estamos nisso.

Os olhos dela cintilaram de excitação. Os compridos cabelos escuros se despentearam um pouco; várias mechas caíram atravessadas pelas sobrancelhas. Tinha o rosto ruborizado e respirava rápido.

Mandrake ajeitou ligeiramente sua gola.

— Por que está me dizendo isso agora, fora do Conselho?

— Porque confio em você, John, e não confio em nenhum dos outros. — Ela retirou as mechas do olho. — Whitwell e Mortensen estão os dois fazendo intrigas contra nós. Você sabe disso. Não temos nenhum amigo no Conselho, além do primeiro-ministro. Se conseguirmos desmascarar esses traidores sozinhos, nossa posição ficará admiravelmente fortalecida.

Ele fez que sim com a cabeça.

— Verdade. Bem, está claro o que fazer. Mandar um demônio ir na cola de Clive Jenkins e ver se ele pode nos levar à verdade.

A srta. Farrar fechou com zíper a bola de cristal na bolsa e levantou-se.

— Vou deixar isso ao seu encargo, se me permite. Yole não tem jeito e todos os meus outros estão presos a tarefas. É apenas observação nessa fase. Você não vai precisar de nada poderoso. Ou estão todos os seus djins amarrados?

Mandrake olhou para os pentagramas silenciosos.

— Não, não — ele respondeu devagar. — Tenho certeza de que vou conseguir encontrar alguém.

Bartimaeus

6

Eu lhe pergunto. Você erra numa missão, molesta um mensageiro e recusa categoricamente uma ordem para retornar. Depois torna a se sentar à espera de que o mago responda, e nada acontece. Durante horas. Sem convocações, nenhuma tentativa de punição, nada.

Que nome se dá a esse tipo de mago?

Se há uma coisa que *realmente* me deixa injuriado, é ser ignorado. Tratamento severo eu suporto, gestos insultantes, também. Pelo menos mostram que a gente está tendo algum tipo de efeito. Mas ser simplesmente deixado apodrecer, como se eu não fosse nada melhor que um diabrete de dois vinténs num cristal de consulta... isso me deixa mais que apenas injuriado.

A metade do dia já tinha chegado ao fim quando senti o primeiro puxão na minha essência: firme, insistente, como fio de navalha varando meus órgãos vitais. A invocação, afinal! Que bom — hora de partir! Não é do meu feitio qualquer relutância temerosa nem fugir da raia. Eu me levantei da chaminé quebrada, estiquei-me, retirei o Encobrimento de mim mesmo, assustei um cachorro de passagem, fiz um ruído grosseiro para uma senhora idosa no jardim seguinte e empurrei a chaminé até onde podia na rua.[1]

---

[1]Devido à minha fraqueza, ela não atravessou até o outro lado da rua. Mas, rapaz, o gesto foi violento

Chega de trapalhada. Eu ainda era Bartimaeus de Uruk, al-Arish e Alexandria. Desta vez falava sério.

Deixei a invocação suspender minha essência e levá-la para longe. A rua logo se desintegrou numa massa confusa de luzes e faixas de cores. Um segundo depois, fundiram-se mais uma vez na forma de um típico salão de convocação: feixes de luz nos tetos, múltiplos pentagramas no chão. O Ministério da Informação, como sempre. Deixei meu corpo retomar a forma do disfarce de Kitty Jones. Era mais simples que tentar pensar em qualquer outra coisa.

Certo. O maldito Mandrake: onde estava ele?

Ali! Sentado atrás de uma escrivaninha, pena na mão, fitando um calhamaço de papéis à frente. Nem olhava em minha direção! Pigarreei, pus as delicadas mãos nos quadris, preparei-me para falar...

— Bartimaeus! — uma voz suave. Baixa demais para ser a de Mandrake. Virei-me, vi uma jovem delicada, de cabelos castanhos tom de camundongo, sentada à outra mesa num pentagrama vizinho. Era Rebecca Piper, a assistente de meu amo, agora esforçando-se ao máximo para ser severa. Tinha a fronte enrugada numa coisa que se assemelhava a uma carranca; as pontas dos dedos espetadas e rígidas. Encarou-me como uma professora irritada num jardim-de-infância. — Por onde andou, Bartimaeus? — começou. — Devia ter retornado esta manhã quando requisitado. O sr. Mandrake teve de esforçar-se muito para arrastá-lo de volta, quando está tão desesperadamente ocupado. Não é nada bom isso, sabe. Seu comportamento está de fato se tornando *muito* maçante.

Não era isso que eu tinha em mente mesmo. Empertiguei-me.

— Maçante? — gritei. — Maçante? Esqueceu-se de a quem está se dirigindo? Eu sou Bartimaeus! Sou Sakhr al-Jinni, N'gorso, o Poderoso, construtor de muralhas, destruidor de impérios. Tenho 20 nomes e títulos em várias línguas, e minhas façanhas reverberam em cada sílaba! Não tente me rebaixar, mulher! Se desejar viver, aconselho-a a erguer as pontas das saias e partir a toda velocidade. Eu pretendo falar com o sr. Mandrake a sós.

Ela estalou a língua.

— Você simplesmente está sendo bastante impossível hoje, Bartimaeus. Acho que devia ter mais juízo. Agora, temos um trabalhinho aqui pra você...

— Como? Vá mais devagar!

No pentagrama, avancei meio passo; faíscas estalaram de meus olhos e um nimbo de fogo coral tremeu em minha pele.

— Terei de resolver coisas com Mandrake primeiro!

— Receio que o ministro no momento esteja indisposto.

— Indisposto? Balela! Eu o vejo bem ali!

— Ele está ocupado trabalhando no folheto de notícias de hoje. Aproxima-se o prazo final.

— Bem, ele pode parar de inventar mentiras por alguns minutos.[2] Quero uma palavra.

A srta. Piper enrugou o nariz.

— Você não pode ter nada que valha a pena dizer. Agora, por favor, ouça com atenção sua missão.

Dei-lhe as costas; dirigi-me à figura na escrivaninha.

— Oi, Mandrake!

Não obtive resposta.

Repeti-me, apenas mais alto. Os documentos estalaram e esvoaçaram em sua escrivaninha.

O mago correu a mão pelos cabelos à escovinha bem curtos e ergueu os olhos com uma expressão vagamente dolorida. Era como se estivesse

[2] Como parte da tentativa de satisfazer os plebeus, Mandrake iniciara uma série de terríveis folhetos de um centavo que contavam casos heróicos de soldados britânicos lutando na selvageria americana. Um título típico era *Histórias Reais de Guerra*. Eram ilustrados por péssimas xilogravuras e pretendiam ser verdadeiros relatos de acontecimentos recentes. Desnecessário dizer que os magos americanos eram selvagens e cruéis, usando a mais negra magia e os mais hediondos demônios. Reciprocamente, os britânicos de queixo quadrado sempre insistiam em boa educação, jogo limpo e invariavelmente saíam de encrencas improvisando armas de fabricação caseira com vigas de cerca, latas de estanho e pedaços de corda. A guerra era retratada como sendo ao mesmo tempo necessária e virtuosa. Era a velha, velha e mesma história — vi diabretes esculpirem imagens semelhantes em monólitos oficiais acima e abaixo do delta do Nilo que defendiam guerras faraônicas. O povo tendia a ignorar essas também.

sendo chamado para lembrar um antigo machucado num local sensível. Ele virou-se para sua assistente.

— Srta. Piper, por favor informe a Bartimaeus que não estou nem remotamente interessado nas queixas dele. Lembre-lhe que a maioria dos amos o teria punido com severidade por sua incompetência na batalha, e que ele tem sorte por continuar vivo. É só isso.

Pegou mais uma vez a pena.

A srta. Piper abriu a boca para falar, mas eu fui mais rápido.

— Por favor, informe àquele insignificante cabeça de restolho — retruquei, áspero — que é imperativo que ele me dispense neste instante. Meus poderes, embora ainda assombrosos, andam meio reduzidos e precisam ser renovados. Se ele não concordar com esta razoável e justa exigência, serei obrigado a agir, em desespero, *contra os meus interesses e os dele próprio*.

Ela franziu o cenho.

— Que quer dizer o último trechinho?

Arqueei uma sobrancelha.

— *Ele* sabe — virei-me para Mandrake. — Você sabe, não sabe?

Ele lançou-me um olhar.

— Sim, obviamente.[3] — Com portentosa deliberação, largou mais uma vez a pena. — Srta. Piper — disse —, por favor, assinale a esse pernicioso demônio que se um certo pensamento de traição chegar sequer a tremeluzir em sua mente, vou transferi-lo para os pântanos de Boston, onde se vê perecer todo dia uma dúzia de djins.

— Diga-lhe que isto não cola agora, amiguinha. Minhas defesas estão tão baixas que é provável eu perecer fazendo as compras dele. Que tenho a perder com o lugar onde isso ocorrer?

— Diga-lhe que, com certeza, exagera sua fraqueza. Este não parece o Bartimaeus que andava com Salomão.

---

[3]Sem dúvida sabia. Seu nome de batismo pairava sobre a cabeça como uma espada desembainhada.

— *E* com Fausto e Zarbustibal.

— Fausto, Zarbustibal, seja quem for. Não vou dar a relação completa. Contudo, diga-lhe, srta. Piper, que se ele concluir com êxito a missão seguinte eu concordaria com sua dispensa temporária para fins de recuperação, e que ele se satisfaça com isso.

Funguei afrontosamente.

— Diga-lhe que a oferta só será aceitável se a missão for simples, rápida e inteiramente sem perigo.

— Diga-lhe... Oh, tenha a santa paciência, diga-lhe apenas do que trata a missão e liquide o assunto!

Com uma rajada de papéis e um rangido da cadeira de couro o mago retornou ao trabalho. A srta. Piper parou de mexer a cabeça; estivera girando de um lado para outro como uma coruja preocupada. Massageou o pescoço com cuidado.

— Então, desembuche logo — eu disse.

Ela pareceu meio magoada pelo meu tom brusco, mas eu não estava com humor algum para delicadezas. Mais uma vez Mandrake me tratara com desprezo e escárnio. Mais uma vez ignorara minhas ameaças e súplicas. Pela milionésima vez jurei vingança. Talvez eu me aventurasse na América, fosse para lá e arriscasse a vida em combate. Já sobrevivera a coisas assim antes. Mas não quando me achava nem perto de uma fraqueza igual... Não, ia ter de recarregar minha força primeiro, e isso queria dizer aceitar... aquela missão final. Esperei mal-humorado. No outro lado da sala, ouvia a caneta de Mandrake percorrer o papel, rascunhando mais mentiras.

A srta. Piper ficou visivelmente aliviada com o fim do confronto.

— Bem — ela disse, sorrindo airosamente. — Tenho certeza de que vai achá-la muito simples, Bartimaeus. Queremos que siga um mago menor chamado Clive Jenkins, acompanhando de perto cada ato e movimento dele. Não se deixe ser visto nem pressentido. Ele está metido em algum tipo de conspiração contra o governo, e já envolvido em assassinato. Além disso, sabemos que tem trabalhado para o intelectual fugitivo Hopkins. Isso despertou meu interesse de uma maneira meio vaga. Fazia anos desde que havíamos tido uma pista dele. Mas continuei com a expressão de Kitty no modo mal-humorado de adolescente.

— Jenkins: ele é forte?

Ela franziu a testa.

— Acho que não.

Meu amo ergueu os olhos, bufou.

— Jenkins? Dificilmente.

— Trabalha no Departamento de Assuntos Internos — disse a srta. Piper. — Segundo nível. Tem um diabrete chamado Truklet. Sabemos que tentou corromper outros magos de nível inferior; ainda não está claro por quê. Mantém, certamente, comunicação com Clem Hopkins.

— *Esta* é a prioridade — disse Mandrake. — Encontre Hopkins. Não aja nem ataque: sabemos que você está tão fraco quanto um besouro, Bartimaeus. Só descubra onde ele está. Também descubra o que eles andam armando. Se tiver êxito, eu vou... *Oh, mande-o pelos ares.* — O telefone tocara na escrivaninha. Ele ergueu o receptor. — *Sim?* Oh... alô, Makepeace... — revirou os olhos para o teto. — Sim, sim, eu adoraria dar um pulo aí, adoraria, sim, mas não posso no momento. Devo sair logo para o Conselho... de fato já estou atrasado... De que se trata? Hum, hum, muito misterioso. Talvez mais tarde. Tudo bem. Vou tentar. Até logo, então. — Desligou o telefone com força. — Preciso ir, Piper. Terminarei a matéria do cerco de Boston durante o almoço. Mando-o a você por diabrete mais tarde, certo? Podemos tê-los impressos para as feiras da noite. — Levantava-se agora, enfiando papéis numa maleta. — Precisa saber de mais alguma coisa, Bartimaeus? Não quero ouvir desculpas nem queixumes; não tenho tempo para isso.

Minha versão de Kitty rangeu os dentes.

— E quanto à segurança de apoio? Se eu chegar a esse Hopkins, haverá mais de um diabrete protegendo-o.

— Ele é apenas um *intelectual*, Bartimaeus. Mas, ainda que tivesse defesas, não queremos que você se meta com elas. Posso mandar Cormocodran e os outros para lidar com ele no momento, e a srta. Farrar tem um monte de policiais de prontidão. Apenas me comunique quando obtiver a informação. Darei a você um mandato de porta aberta: pode retornar a mim sempre que estiver pronto.

— Onde você estará?

— Salão de Westminster esta tarde; na mansão de Devereaux em Richmond à noitinha. De noite, minha casa.

Fechou a maleta com um estalo; estava ansioso por partir.

— Onde se deve procurar Jenkins agora?

— No prédio do Departamento de Assuntos Internos, 16º andar, no escritório de Whitehall, nos fundos. É um homem minúsculo, cabelos louro-avermelhados, meio desprezível. Mais alguma coisa em mente?

— Você não gostaria de ouvi-la.

— Sem a menor dúvida. Um último detalhe, Bartimaeus — ele disse. — Eu lhe dei minha palavra, mas talvez você me incentive a mantê-la se largar esse disfarce em particular. — Olhou-me então, de frente, quase pela primeira vez. — Pense nisso.

Fez um sinal complexo: os elos que me mantinham preso no círculo enrolaram-se à minha volta, giraram em direções opostas e me dispararam em espiral para o mundo.

Kitty

7

Bartimaeus: Chamado de o demônio Sakhr al-Jinni, mencionado em Procópio e Michelot. Djim de nível médio de prestígio antigo, grande engenhosidade e poder nada pequeno. Registrado pela primeira vez em Uruk; mais tarde em Jerusalém. Lutou na batalha de al-Arish contra os assírios. Entre os amos famosos, Gilgamesh, Salomão, Zarbustibal, Heraclius, Hauser.

Outros nomes de Bartimaeus incluem: N'gorso, Necho, Rekhyt.

Classificação segundo o sistema de Lynneu: 6, perigoso. Ainda vivo.

Kitty baixou o livro ao colo e olhou para fora pela janela do ônibus. De seu lugar no patamar superior viu os músculos e tendões do governo dos magos percorrendo acima e abaixo as ruas de Londres. A polícia noturna caminhava entre os pedestres, esferas de vigilância vagavam em cada esquina, pequenos e velozes pontos luminosos passavam bem acima no céu da tarde. As pessoas comuns faziam suas atividades, mantendo os olhos cuidadosamente desviados dos vigilantes em toda a volta. Kitty suspirou. Mesmo com seus exércitos em ação muito distante, o poder do governo era completo demais, óbvio demais para permitir dissidência. Os cidadãos sozinhos nada podiam fazer, isso estava claro. Precisavam de outro tipo de ajuda.

Ela tornou a baixar os olhos para o *Manual* de Trismegisto, fixou-os na pequena face de tipos complicados e releu o trecho pela enésima vez. Os nomes Necho e Rekhyt eram novos para ela, mas o resto, tediosamente conhecido. A magra lista de amos, por exemplo. Embora não se conhecesse quase nada sobre os rostos de Gilgamesh ou Salomão, eram certamente reis adultos. Heraclius era um mago-imperador — um guerreiro, não uma criança. Quanto a Zarbustibal, ela localizara uma descrição dele meses atrás num velho inventário de amos árabes: foi famoso no mar Vermelho pelo nariz adunco e verrugas protuberantes. Hauser fora jovem, corretíssimo, mas era norte-europeu, louro e sardento — uma gravura num dos livros do sr. Button lhe dissera isso. Nenhum deles poderia ter sido o menino de cabelos escuros e pele morena cujo disfarce Bartimaeus gostava de usar.

Kitty balançou a cabeça, fechou o livro e jogou-o na bolsa. Provavelmente, só estava perdendo tempo. Ia esquecer seu palpite e fazer as invocações de qualquer maneira.

A hora do almoço chegou e se foi, o ônibus se apinhava de homens e mulheres de volta ao trabalho. Alguns conversavam em tons sussurrados; outros, já cansados, cochilavam e balançavam a cabeça. Um homem sentado do outro lado do corredor defronte a ela lia o último episódio de *Histórias Reais de Guerra*, o relato regular do Ministério da Informação sobre o avanço da guerra. A capa da frente do panfleto era decorada por uma xilogravura; mostrava um soldado britânico correndo uma encosta de morro acima, baioneta calada. Era nobre, determinado, uma estátua clássica em movimento. No topo da colina, um rebelde americano encolhia-se, o rosto contorcido de raiva, terror e outras emoções desagradáveis. Usava um manto de mago antiquado, desenhado para parecer ridículo, efeminado. Tinha os braços erguidos defensivamente; a seu lado um aliado — um demônio menor em pose semelhante. Rosto murcho e mau; usava, em miniatura, as mesmas roupas de mago. O soldado britânico não tinha demônio. Uma legenda sob a xilogravura dizia: "*Outro triunfo de Boston*".

Kitty crispou o lábio com desprezo pela gritante propaganda da xilogravura. Aquilo era obra de Mandrake: ele chefiava a Informação agora. E pensar que ela o deixara viver.

Mas fora o djim Bartimaeus que a encorajara a fazê-lo, a agir para poupar a vida do mago, e três anos depois isso ainda a deixava perplexa e intrigada. Nada do que conhecera sobre demônios a preparara exatamente para a personalidade de Bartimaeus. As conversas dos dois, contra um pano de fundo de medo e perigo, continuavam frescas em sua mente — cheias de vitalidade, percepção e, acima de tudo, inesperada concordância. Ele lhe abrira uma porta, dando-lhe um vislumbre de um processo histórico que ela nunca imaginara: milhares de anos de magos escravizando demônios, obrigando-os a emprestar seu poder. Milhares de anos durante os quais uma dezena de impérios ascendera à glória, minguara e depois desabara. O padrão retornava repetidas vezes. Demônios eram invocados, magos lutavam pela conquista de seu caminho para a riqueza e a fama. A estagnação instalou-se. Cidadãos descobriram habilidades inerentes que não sabiam que tinham — resistência à magia acumulada através das gerações que lhes permitira rebelar-se contra seus governantes. Os magos caíram; novos apareceram em outro lugar e começaram mais uma vez o processo. E assim prosseguiu: um ciclo infinito de conflito. A pergunta era: poderia ser interrompido?

A buzina ressoou; com um solavanco, o ônibus parou de repente. Kitty caiu de volta no banco e esticou o pescoço junto à janela, num esforço para ver a causa.

Em algum lugar além da frente do ônibus um rapaz voou, debatendo-se no ar. Caiu pesadamente na calçada, ficou ali um instante e começou a levantar-se. Dois policiais noturnos, de uniforme cinza, botas brilhantes e quepe, surgiram correndo no campo visual. Lançaram-se sobre o jovem, mas ele lutou, chutou, libertou-se com os punhos. Esforçava-se para se manter de pé. Uma policial retirou um cassetete do cinturão: disse uma palavra — uma tremeluzente corrente azul crepitou na ponta do cassetete. Os curiosos que se haviam aglomerado recuaram alarmados. O rapaz recuou devagar. Kitty viu que tinha a cabeça ensangüentada, os olhos ensandecidos.

A policial avançou, brandindo o bastão ondulante. Um súbito arremesso, uma cutucada. A corrente pegou o rapaz no peito. Ele foi sacudido e contorceu-se por um momento; a fumaça subiu de suas roupas em chamas. Então ele riu — um áspero e melancólico som, como o crocitar de um corvo. Estendeu a mão e agarrou o cassetete na ponta ativa. Energias azuis vibraram em sua pele, mas ele pareceu impenetrável: em dois movimentos rápidos, já agarrara o bastão, virara-o ao contrário — e atirara a policial na calçada, num clarão de luz. Os membros dela se contorceram, o corpo arqueou-se e parou de mexer-se. Ela ficou ali estendida, inteiramente imóvel.

O rapaz atirou para o lado o cassetete ondulante, girou nos calcanhares e, sem um olhar para trás, desapareceu num beco lateral. Os curiosos separaram-se para ele passar.

Com um sacolejo triturante e um estrondo de engrenagens, o ônibus partiu. Uma mulher sentada diante de Kitty abanou a cabeça para ninguém em particular.

— A guerra — disse. — Está causando todo esse problema.

Kitty olhou para seu relógio. Quinze minutos até a biblioteca. Fechou os olhos.

Era meio verdade: a guerra vinha causando a maioria dos problemas, tanto no país quanto no exterior. Mas a resistência disseminada dos cidadãos ajudava a propagar as chamas.

Seis meses antes, o ministro de Guerra, sr. Mortensen, implementara um novo programa de ação. Numa proposta para impor submissão aos rebeldes americanos, decidira aumentar drasticamente o tamanho da força do governo. Para esse fim, decretou a Doutrina Mortensen — um programa de mobilização em todo o país. Escritórios de recrutamento foram abertos, e os cidadãos encorajados a alistar-se nas Forças

Armadas. Atraídos pela perspectiva de empregos preferenciais ao voltarem, muitos homens assim fizeram. Depois de alguns dias de treinamento, embarcaram para a América do Norte em navios de transporte de tropas especiais.

Passaram-se meses; o esperado retorno dos heróis conquistadores não se concretizou. Tudo ficou quieto. As informações das colônias mal chegavam; as declarações do governo tornaram-se evasivas. Por fim, começaram os rumores, talvez espalhados por comerciantes que operavam do outro lado do Atlântico: o Exército se atolara fundo em território inimigo; dois batalhões haviam sido massacrados; muitos homens estavam mortos, alguns haviam fugido pelas florestas sem trilhas e nunca mais foram vistos de novo. Ouvia-se falatório de fome e outros horrores. As filas no Escritório de Recrutamento minguaram e sumiram; uma carranca instalou-se imperceptivelmente nos semblantes das pessoas nas ruas de Londres.

No devido tempo, o ressentimento passivo transformou-se em ação. Começou com alguns episódios isolados, distantes e breves, cada um dos quais podia ser atribuído a causas locais aleatórias. Numa cidade, uma mãe realizou um protesto solitário, lançando uma pedra na janela de um Escritório de Recrutamento; noutra, um grupo de operários largou as ferramentas e recusou-se a trabalhar pela escassa remuneração diária. Três comerciantes viraram na rua de Whitehall um caminhão carregado de produtos preciosos — aveia dourada, farinha fina, presunto defumado — e, após o borrifarem com querosene, atearam-lhe fogo, disparando uma tênue faixa de fumaça no céu. Um mago menor das colônias orientais, talvez enlouquecido com anos de dietas estrangeiras, correu aos gritos para o Ministério da Guerra com uma Esfera de Elementos na mão; em segundos já ativara a esfera, destruindo a si mesmo e duas jovens recepcionistas num redemoinho de ar enfurecido.

Embora nenhum dos incidentes fosse tão dramático quanto os ataques empreendidos certa vez pelo traidor Duvall, e até pela moribunda Resistência, tiveram maior poder de permanência na mente pública.

Apesar dos melhores esforços do sr. Mandrake no Ministério da Informação, discutiam-nos repetidas vezes em feiras, locais de trabalho, bares e cafés, até pela estranha alquimia de mexerico e rumor os enredaram numa única e grande história, tornando-se os sintomas de um protesto coletivo contra o governo dos magos.

Mas era um protesto sem dentes, e Kitty, que tentara a rebelião ativa em sua época, não tinha quaisquer ilusões sobre como iria terminar. Toda noite, trabalhando na Hospedaria da Rã, ouvia propostas de greves e manifestações, mas nenhuma sugestão de como impedir os demônios de magos de vararem o ar. Sim, alguns indivíduos dispersos tinham resistência, como ela, mas só isso não bastava. Também eram necessários *aliados.*

O ônibus largou-a numa rua tranqüila, frondosa, ao sul de Oxford Street. Pendurando a bolsa no ombro, ela seguiu a pé as duas últimas quadras até a Biblioteca de Londres.

O guarda vira-a muitas vezes, tanto sozinha quanto em companhia do sr. Button. No entanto, ignorou sua saudação, estendeu a mão para o passe e examinou-o com azedume de seu poleiro num tamborete alto atrás de uma escrivaninha. Sem comentário, mandou que entrasse. Kitty sorriu docemente e entrou no saguão da biblioteca.

A biblioteca enchia cinco andares labirínticos, estendendo-se pela largura de três casas urbanas, na esquina de uma tranqüila praça. Embora fora dos limites permitidos aos cidadãos, não se dedicava basicamente a textos mágicos, mas em vez disso às obras que as autoridades consideravam perigosas ou subversivas nas mãos erradas. Estas incluíam livros de história, matemática, astronomia e outras ciências, além da literatura que fora proibida desde a época de Gladstone. Poucos dos principais magos tinham tempo ou inclinação para visitá-lá, mas o sr. Button, de cuja atenção raros textos históricos estavam a salvo, enviava Kitty para folheá-los com freqüência.

Como sempre, a biblioteca encontrava-se quase deserta. Olhando para os recantos que se estendiam além da escada de mármore, Kitty distinguiu um ou dois cavalheiros de idade avançada, sentados bem juntos abaixo das janelas à damascena luz da tarde. Um segurava um jornal frouxo nas mãos; outro, decididamente, dormia. Ao longo de uma distante passagem divisória, uma jovem varria o chão; chap, chap, chap, seguia a vassoura, e fracas nuvens de poeira vazavam pelas prateleiras até as passagens do outro lado.

Kitty tinha uma lista de títulos a tomar emprestados em nome do sr. Button, mas também um programa de trabalho próprio. Após dois anos de visitas regulares, sabia onde procurar; logo depois chegava a um corredor retirado no segundo andar, postando-se diante da seção de demonologia.

Necho, Rekhyt... Seu conhecimento de línguas antigas era inexistente: aqueles nomes poderiam fazer parte de quase qualquer cultura. Babilônica, assíria? Num palpite, tentou egípcia. Consultou várias listas gerais de demônio, todas encadernadas em couro preto rachado, páginas amareladas cobertas de grossas e desbotadas colunas de escrita. Passou-se meia hora; ela não encontrou nada. Uma breve consulta ao índice da biblioteca levou-a a uma remota alcova ao lado de uma janela. Um assento de janela com almofadas púrpuras esperava, convidativo. Ela baixou vários almanaques especializados em egípcio e começou a pesquisar.

Quase imediatamente, num dicionário de porte, encontrou alguma coisa.

> *Rekhyt*: tradução: abibe. Essa ave simbolizava escravidão para os egípcios; ocorre em geral na arte tumular e em hieróglifos em papiros de magos. Demônios com este nome repetem-se nos períodos antigo, novo e tardio.

Demônios, *plural*... Este foi frustrante. Mas ela identificou a época, para ter certeza. Bartimaeus fora empregado no Egito; durante parte desse tempo, pelo menos, fora conhecido como Rekhyt... Na mente, Kitty viu o djim como se lembrava dele: moreno, leve, usando um simples saiote lembrando o escocês. Pelo que conhecia da aparência dos egípcios, Kitty achou que talvez estivesse a caminho de alguma coisa.

Por mais uma hora ficou ali sentada, folheando, satisfeita, as páginas empoeiradas. Alguns livros eram inúteis, escritos em línguas estrangeiras, ou em frases tão confusas que as orações pareciam enrolar-se em si mesmas diante de seus olhos. O resto era denso e proibitivo. Davam listas de faraós, funcionários públicos, dos sacerdotes guerreiros de Rá; forneciam tabelas de invocações conhecidas, de registros sobreviventes, de demônios obscuros enviados em tarefas mundanas. Era uma busca assustadora, e mais de uma vez a cabeça de Kitty balançou. Ela tornou a despertar para a vida assustada por sirenes da polícia à distância, por gritos e cantoria de uma rua perto, uma vez por um mago idoso assoando alto o nariz ao arrastar os pés pelo corredor.

O sol do outono baixava ao nível da janela da biblioteca, os raios aqueciam o assento com uma luz dourada. Ela deu uma olhada no relógio de pulso. Quatro e quinze! Faltava pouco para a biblioteca fechar, e ainda não encontrara os livros do sr. Button. Em três horas também devia estar no trabalho. Era uma noite importante e George Fox da Hospedaria da Rã era um defensor da pontualidade. Cansada, abriu outro volume na balaustrada da janela. Passados mais apenas cinco minutos, piscou os olhos. Ali estava. Uma lista, oito páginas de comprimento, de demônios selecionados, tabulados alfabeticamente. Ora, veja... Kitty varreu-a com treinada rapidez. Paimose, Pairi, Penrenutet, Ramose... Ah! Ah! — Rekhyt. Três.

> *Rekhyt* (I): Afrito. Escravo de Sneferu (4ª Dinastia) e outros de lendário temperamento maligno. Morto em Cartum.
> *Rekhyt* (II): Djim. Chamado de Quishog. Guardião da Necrópole de Tebas (18ª Dinastia). Propensões mórbidas.
> *Rekhyt* (III): Djim. Também chamado Nectanebo ou Necho. Enérgico, mas indigno de confiança. Escravo de Ptolomeu de Alexandria (fl. 120s a.C.).

Era o terceiro, *tinha* de ser... O verbete era muito sucinto, mas Kitty sentiu uma onda de excitação nas veias. Um novo amo, uma nova possibilidade. Ptolomeu... o nome era muito conhecido. Tinha certeza de que o sr. Button o mencionara; certeza até de que ele tinha livros com o nome no título... *Ptolomeu*. Ela queimou a mufa — bem, seria bastante fácil buscar a referência, quando voltasse.

Com pressa febril, Kitty anotou as descobertas em seu livrinho, passou a tira de elástico em volta e jogou-o na surrada sacola de lona. Juntou os livros numa pilha desarrumada, içou-os nos braços e devolveu-os às prateleiras. Quando o fez, a distante campainha tocou no saguão. A biblioteca estava fechando! E ela ainda não pegara os livros do amo!

Hora de se mandar. Mas foi com uma definida sensação de triunfo que Kitty atravessou a toda o corredor. *É melhor tomar cuidado, Bartimaeus*, pensou enquanto corria. *É melhor tomar cuidado... Estou me aproximando de você.*

Nathaniel

8

A reunião do Conselho à tarde foi ainda menos satisfatória do que temera John Mandrake. Realizou-se no Salão das Estátuas em Westminster, uma sala retangular construída de pedra rosa-cinzenta, com abóbadas medievais projetadas bem no alto e grossos tapetes persas revestindo as lajes. Numa dúzia de nichos ao longo das paredes viam-se estátuas em tamanho natural dos grandes magos do passado. Ali, na ponta, austero e proibitivo, estava Gladstone; na frente dele, extravagante numa túnica-casaca, o mortal rival Disraeli. Todos os primeiros-ministros sucessores eram apresentados, junto com outros notáveis. Nem todo nicho, contudo, continha uma estátua, mas o sr. Devereaux, o primeiro-ministro atual, tinha ordenado que se enchessem os vazios com uma exposição de suntuosos objetos florais. Presumiu-se que os espaços desocupados o faziam lembrar-se de sua própria mortalidade.

Globos de luz de diabrete deslizavam junto ao teto, iluminando — no centro do salão — uma mesa circular de carvalho inglês, larga em diâmetro e polida à perfeição por diabretes trabalhadores. À volta desta, sentava-se o Conselho, os grandes do Império, brincando com canetas e garrafas de água mineral.

O sr. Devereaux escolhera uma mesa redonda por motivos de diplomacia. Tecnicamente, nenhuma pessoa tinha precedência sobre outra —

uma admirável medida que fora solapada por sua insistência em usar uma gigantesca cadeira dourada, ornadamente esculpida com querubins inchados. O ministro de Guerra, sr. Mortensen, seguira o exemplo com uma ostentosa cadeira de sequóia canadense envernizada. Para não ficar para trás, o sr. Collins, do Ministério do Interior, reagira com um monumental trono de brocado esmeralda, completo com borlas perfumadas. E assim se seguia. Apenas John Mandrake e sua antiga superior, sra. Jessica Whitwell, haviam resistido à tentação de modificar de algum modo o assento deles.

A localização da cadeira de cada mago era do mesmo modo sutilmente disputada até que se houvesse estabilizado a situação para refletir as facções que iam se abrir no Conselho. Os dois favoritos do sr. Devereaux sentavam-se a seu lado: John Mandrake, o ministro da Informação, e Jane Farrar, da Polícia. Além de Jane Farrar sentavam-se a sra. Whitwell e o sr. Collins, famosos por serem céticos em relação à direção da guerra. Além de Mandrake estavam o sr. Mortensen e a srta. Malbindi, do Ministério do Exterior: eram os programas de ação deles que o governo vinha atualmente seguindo.

A reunião começou inauspiciosamente com uma propaganda. De uma sala veio um gigantesco orbe de cristal estrondando numa plataforma sobre rodízios. Puxada por um bando de diabretes escravos, era encabeçada por um supervisor trasgo que brandia um chicote de crina de cavalo. Quando se aproximaram da mesa, o trasgo deu um grito, os diabretes saltaram em posição de sentido, e com o estalar do chicote desapareceram um após outro em nuvens de vapor colorido. O orbe de cristal cintilou fúcsia, depois laranja; no centro surgiu um rosto largo e sorridente, que piscou e falou.

— Estimadas senhoras e senhores do Conselho! Permitam-me lembrar-lhes que estão apenas a dois dias do evento teatral da década, o evento social do ano! Reservem seus ingressos agora para a estréia de minha mais recente obra, baseada na vida de nosso amado amigo e líder, sr. Rupert Devereaux! Preparem-se para rir, chorar, bater os pés junto com as coristas de *De Wapping a Westminster: uma odisséia política*. Tragam seus companheiros, tragam seus amigos e não esqueçam os lenços. Eu, Quentin Makepeace, prometo a todos vocês uma noite sensacional!

O rosto desapareceu; o orbe apagou-se. Os ministros reunidos tossiram e remexeram-se nas cadeiras.

— Deus do céu — sussurrou alguém. — É um *musical*.

O sr. Devereaux sorriu à roda em volta.

— O amável gesto de Quentin é um *pouco* desnecessário — disse. — Tenho certeza de que todos vocês já receberam seus ingressos.

E receberam. Havia pouca opção.

O trabalho do dia começou. O sr. Mortensen fez um relato das últimas notícias da América, trazidas por djins do outro lado do oceano. Era coisa ruim: impasse nas matas, escaramuças menores, nenhum ganho decisivo. Fora assim durante semanas.

John Mandrake mal ouvia. O relato foi previsível e deprimente; apenas aumentou a frustração que fervia dentro dele. *Tudo* estava fora do controle — a guerra, os cidadãos, a situação em todo o Império. Alguma coisa decisiva precisava ser feita, e logo, se se quisesse salvar a nação. E ele sabia o que era. O Cajado de Gladstone — uma arma de incrível poder — jazia inútil nas urnas embaixo daquela própria câmara, suplicando para ser retirado por qualquer um com talento para usá-lo. Se manejado eficazmente, destruiria os rebeldes, os inimigos covardes da Inglaterra, mandaria os cidadãos correndo de volta ao trabalho. Mas precisava de um mago do mais forte nível para comandá-lo, e Devereaux não era esse homem. Em conseqüência — com receio por sua própria posição —, mantinha-o afastado e seguramente trancado.

Seria Mandrake capaz de usar o Cajado, tendo oportunidade? Com toda franqueza, não sabia. Talvez. Era o mais forte mago na sala, com a possível exceção da sra. Whitwell. Mas também, três anos antes, quando adquirira o Cajado em nome do governo, tentara e fracassara.

Esse conhecimento, essa frustrada ambição, misturada à dúvida pessoal, contribuíra para a lassidão que recentemente se apodera dele. Dia-a-dia, seu trabalho era fútil — cercavam-no tolos competitivos, incapazes de melhorar a situação. O único vislumbre de esperança vinha da caça ao traidor Hopkins. Talvez *aí* ele pudesse fazer uma abertura, alcançar alguma coisa tangível para variar. Bem, teria de ver o que Bartimaeus descobrira.

Mortensen falou sem parar. Vencido pela chatice, Mandrake fazia anotações inconstantes no bloco. Tomou um gole d'água. Avaliou os colegas membros do Conselho, um por um.

Primeiro: o primeiro-ministro, cabelos raiados de branco, rosto inchado e manchado com a tensão de guerra. Um peso pairava à sua volta; parecia hesitante e garganteando no discurso. Só quando discutia teatro voltava um traço de sua antiga animação, o contagioso carisma que tanto inspirara Mandrake na infância. Em outras vezes era perigosamente vingativo. Não muito antes, a antecessora do sr. Collins no Departamento de Assuntos Internos, uma mulher chamada Harknett, se pronunciara contra seus programas políticos. Seis medonhos vieram a ela naquela noite. Esses fatos perturbavam Mandrake — isto não sugeria o pensamento claro digno de um líder. Além disso, era moralmente doentio.

Adiante de Devereaux sentava-se Jane Farrar. Sentindo a avaliação dele, ela olhou-o e sorriu, os olhos conspiradores. Enquanto ele os examinava, ela escreveu alguma coisa num pedaço de papel e empurrou-o para ele do outro lado. Dizia: *Hopkins. Alguma notícia?* Mandrake fez que não com a cabeça, articulou sem som:

— Cedo demais... — exibiu uma expressão sentida e desviou os olhos para a vizinha dela.

A ministra de Segurança, Jessica Whitwell, suportara vários anos em desfavor; agora ia reconquistando firmemente a estima. A razão era simples — ela era muito poderosa para ser ignorada. Vivia frugalmente, não tentava acumular grande riqueza e dedicava as energias a enfatizar os serviços de Segurança. Vários ataques repentinos recentes haviam sido aniquilados graças a seus esforços. Continuava magricela, os cabelos brancos espectrais e espetados. Ela e Mandrake encaravam-se um ao outro com respeitosa abominação.

À esquerda dela: o sr. Collins, o mais novo membro do Conselho. Um homenzinho arrebatado, moreno, rosto redondo, olhos em geral brilhantes de indignação. Repetidas vezes enfatizara o dano que as guerras vinham causando à economia; prudente, contudo, não chegara a exigir abertamente o fim das hostilidades.

À direita de Mandrake sentava-se a facção da guerra: primeiro, Helen Malbindi, ministra do Exterior. Era por natureza submissa e maleável, mas a pressão do cargo atual tornara-a propensa a explosões de raiva esganiçada entre os membros de sua equipe. O nariz era um bom indicador de seu estado de espírito: em momentos de estresse, ficava branco e exangue. Mandrake não a estimava muito.

Carl Mortensen, o ministro de Guerra, sentado atrás de Helen Malbindi, reunia seu relatório. Durante anos sua estrela estivera em contínua ascendência; fora ele quem com mais força defendera a guerra à América do Norte, cujas estratégias haviam sido seguidas mais de perto. Os cabelos compridos e ralos continuavam compridos (não se dignara a cortá-los bem rente, no estilo militar), e ele ainda falava, confiante, em êxito. Mas exibia as unhas roídas até o sabugo, e os outros membros do Conselho fitavam-no com os olhos fixos de abutres.

— Lembro a todos vocês que precisamos permanecer engajados — ele disse. — Trata-se de um momento crucial. Os rebeldes estão se esgotando. Em contraposição, mal testamos nossos recursos. Poderíamos manter nossa presença lá por pelo menos mais um ano.

Em sua cadeira dourada o sr. Devereaux correu um dedo pela anca de um querubim; falou suavemente.

— Mais um ano não o veria nesta sala, Carl. — Deu um sorriso forçado. — A não ser que você fosse incorporado a algum tipo de ornamento.

O sr. Collins riu; a srta. Farrar sorriu, gélida. Mandrake inspecionou o topo de sua caneta.

O sr. Mortensen empalidecera, mas enfrentou o olhar do primeiro-ministro.

— Bem, não vamos precisar de um ano, claro. Usei o termo apenas como ilustração.

— Um ano, seis meses, seis semanas, é tudo a mesma coisa — a sra. Whitwell falava, furiosa. — Enquanto isso, nossos inimigos no mundo todo se aproveitam de nós. Fala-se de rebelião em toda parte! O Império está em tumulto.

Mortensen fez uma careta.

— Você exagera — Devereaux suspirou. — Qual é o *seu* relatório, Jessica?

Ela fez uma mesura contida.

— Obrigada, Rupert. Só ontem à noite três ataques separados ocorreram em meu próprio território! Meus lobos destruíram um grupo de atacantes holandeses que chegaram da costa de Norfolk, enquanto os djins de Collins tiveram de repelir um ataque aéreo sobre Southampton: imaginamos que eram demônios espanhóis, não é, Bruce?

O sr. Collins assentiu com a cabeça.

— Eles usavam túnicas amarelo e laranja, decoradas com as armas de Aragão. Despejaram uma chuva de Infernos no centro da cidade.

— Nesse meio tempo *outro* bando de demônios destruiu uma parte de Kent — continuou a sra. Whitwell. — Creio que o sr. Mandrake cuidou disso.

Fungou.

— Cuidei, sim — disse John Mandrake em voz baixa. — A força inimiga foi destruída, mas não temos quaisquer indícios de onde eles vieram.

— Lamentável. — Whitwell tamborilou um ritmo na mesa com os brancos e magros dedos. — Mesmo assim, o problema é claro: trata-se de um fenômeno em âmbito europeu, e nossas principais forças não se acham disponíveis para esmagá-lo.

O sr. Devereaux assentiu, desgastado.

— Verdade, verdade. Apetece a alguém mais uma guloseima neste momento? — olhou em volta. — Não? Então me aventurarei a uma sozinho — tossiu. Uma alta sombra cinzenta vinda do nada contornou sua cadeira, e com dedos espectrais estendeu uma bandeja dourada diante dele, empilhada com tortas e pastéis amarelos. A sombra retirou-se. Devereaux escolheu uma rosquinha caramelizada. — Ah, excelente. Jane, peço que nos dê uma perspectiva da polícia sobre a situação interna.

A srta. Farrar adotou uma pose lânguida, que no entanto exibia seu corpo em bela vantagem.

— Francamente, é problemática. Não apenas temos esses ataques relâmpagos, difíceis de combater, mas há a questão da desagregação citadina. Cada vez mais pessoas parecem resistentes a ataques mágicos. Desmascaram as ilusões, localizam nossos espiões... Inspiradas por seu exemplo, têm-se realizado greves e manifestações. Eu considero isso potencialmente mais importante até que a guerra.

O primeiro-ministro limpou fragmentos de açúcar da boca.

— Jane, Jane, não devemos ser distraídos. Podemos cuidar dos cidadãos no devido tempo. Eles estão agitados por causa da guerra.

Olhou significativamente para o sr. Mortensen.

A srta. Farrar inclinou a cabeça; uma mecha de cabelos caiu, atraente, pelo seu rosto.

— A decisão é sua, claro, senhor.

O sr. Devereaux bateu uma das mãos na coxa.

— Certamente que é! E eu decido que faremos agora um pequeno intervalo. Café e guloseimas em toda a mesa!

A sombra retornou; com variados graus de relutância, os ministros aceitaram seus lanches. Mandrake acorcundou-se sobre sua xícara, olhando mais uma vez para Jane Farrar. A verdade é que os dois eram aliados no Conselho: suspeitos aos olhos dos outros, favorecidos por Devereaux, tinham há muito tempo se isolado juntos. Mas isso significava pouco. Essas alianças, às vezes, mudavam de uma hora para outra. Como sempre, ele achava difícil resolver a forte sedução pessoal dela com a fria dureza de sua personalidade. Franziu o cenho; era um fato curioso que, apesar de seu autocontrole, apesar de sua crença nas virtudes do governo dos magos, ver alguém como Jane Farrar de perto o fazia sentir-se, bem no íntimo, inseguro, hesitante, perturbado por um desconforto. Apesar disso, ela era muito linda.

Pensando bem, claro, todo o Conselho fazia-o sentir mal-estar. Exigia-lhe toda a sua frieza interior manter seu status em companhia deles. Cada um exalava ambição, força, inteligência e malícia; nenhum jamais agira contra seus próprios interesses. Para sobreviver, ele fizera o mesmo.

Bem, talvez este fosse o modo natural. Por acaso conhecera alguém que *agira* de outro modo? Sem ser convidado, o rosto de Kitty Jones veio-lhe à mente. Ridículo! Uma traidora, violenta, tempestuosa, indomada... Ele fez um rabisco no bloco: um rosto com longos cabelos pretos... Ridículo! De qualquer modo, a moça estava morta. Apressou-se a riscá-lo.

E remontando mais atrás ao passado — faz agora muito, muito tempo —, também houve sua professora de arte, sra. Lutyens. Engraçado, não conseguia mais se lembrar com clareza do rosto dela...

— Não me ouve, John? — Devereaux falava quase em seu ouvido. Ele sentiu pequenos flocos de açúcar de rosquinha sopradas em seu rosto. — Discutíamos nossa posição na Europa. Eu pedia sua opinião.

Mandrake empertigou-se na cadeira.

— Perdão, senhor. Hum, meus agentes me dizem que o descontentamento se alastra até a Itália. Houve revoltas em Roma, pelo que sei. Mas não é minha área.

Magra, severa, varapau, a ministra de Segurança, Jessica Whitwell, falou.

— Mas é minha. Itália, França, Espanha, os Países Baixos. Em todos os lugares ocorre o mesmo. Nossas tropas estão num dos pontos mais baixos de todos os tempos. Qual o resultado? Dissidência, revolta, rebelião. Toda a Europa está estourando. Todo último descontente sob o sol prepara-se para nos atacar; vamos nos ver combatendo numa dúzia de países antes do mês terminar.

— Não é hora de exagero, Jessica.

O sr. Mortensen lançou-lhe um olhar de aço.

— *Exagero?* — Uma mão ossuda bateu na mesa; a sra. Whitwell levantou-se. — Esta será a pior insurreição desde 1914! E onde estão nossas forças? A milhares de quilômetros! Ouça o que lhes digo, vamos perder a Europa se não tomarmos cuidado!

Agora Mortensen também elevava a voz. Meio se levantou da cadeira.

— Oh, e talvez você tenha uma solução, tem?

— Claro que sim. Nós nos retiramos da América do Norte e trazemos nossas forças para casa!

— Como? — Mortensen virou-se para o primeiro-ministro, o rosto sombrio de fúria. — Está ouvindo, Rupert? Isto não passa de fétido apaziguamento! Beira a traição!

Um brilho azul-esverdeado esguichou em volta do punho fechado de Jessica Whitwell; o ar zumbiu com uma onda de força sobrenatural. De repente, sua voz se acalmou.

— Poderia ter a bondade de repetir isso, Carl?

O ministro da Guerra permaneceu rígido, os dedos cravados nos braços da cadeira de sequóia canadense, os olhos faiscando de um lado para o outro. Acabou por retornar a uma posição de furioso repouso. O brilho no punho da sra. Whitwell primeiro tremeluziu, depois desapareceu. Ela esperou mais alguns segundos, e sentou-se vitoriosa com cuidado.

De acordo com sua aliança, os outros ministros sorriram afetados ou fizeram um ar carrancudo. O sr. Devereaux examinou suas cutículas; parecia um pouco entediado.

John Mandrake levantou-se. Não ligado a Mortensen nem a Jessica Whitwell, sentiu o ímpeto de recuperar a iniciativa, aceitar o jogo, livrar-se da inércia.

— Tenho certeza de que nenhum dos nossos excelentes ministros teve a intenção de fazer uma ofensa, nem foi infantil a ponto de recebê-la — disse. — Claramente, os dois têm razão: a ansiedade de Jessica é prudente, pois a situação na Europa está se tornando lamentável; a recusa de Carl a admitir isso também é louvável. Nós não podemos deixar a América do Norte nas mãos de criminosos. Eu gostaria de sugerir uma solução para o problema.

— Qual? — A sra. Whitwell não se impressionou.

— Retirar as tropas não é a resposta — continuou Mandrake friamente. — Passa a mensagem errada aos nossos inimigos em âmbito mundial. Mas precisamos dar um fim a esse conflito. Nossos demônios não são suficientes, nem... com o perdão do sr. Mortensen... os soldados comuns. Precisamos de uma arma decisiva que os americanos não têm. Alguma coisa contra a qual não possam combater. Simples. Usamos o Cajado de Gladstone.

Esperara a obstrução de barulho que saudou sua proposta; não tentou falar mais, porém, com um laivo de sorriso, sentou-se. Jane Farrar encontrou seu olhar e ergueu uma sobrancelha interrogativa; as expressões dos outros variavam de indignação.

— Impossível!

— Que fantasia mais tola!

— Inteiramente fora de cogitação!

O barulho diminuiu. Mandrake mexeu-se.

— Desculpem-me — disse —, mas eu não entendo bem suas objeções.

Carl Mortensen fez um gesto de recusa.

— O Cajado não foi experimentado, testado.

— É difícil de controlar — disse Helen Malbindi.

— Um artefato altamente perigoso — acrescentou Jessica Whitwell.

— Mas essa é a *questão* — afirmou Mandrake. — Com o Cajado, Gladstone conquistou a Europa. Fará o mesmo com suficiente facilidade em Boston. Nossos amigos em Paris e Roma vão tomar conhecimento e esconder-se mais uma vez atrás de seus parapeitos. Problema resolvido. Assim que atravessar o oceano, a coisa toda não levaria mais que uma semana. Por que manter o Cajado trancado a sete chaves quando é a solução para nossas dificuldades?

— *Porque* — disse uma voz fria — *eu* prefiro não usá-lo. E a minha palavra continua.

Mandrake virou-se para olhar o primeiro-ministro, que girara em sua cadeira e empertigara-se. O rosto de Devereaux ficara duro e vincado; a flacidez, menos óbvia. Os olhos baços, opacos.

— Você talvez tenha recebido um memorando esta manhã, Mandrake — ele disse. — O Cajado e outros itens foram transferidos para a Sala dos Tesouros neste mesmo prédio. Estão cercados por uma série de proteções mágicas de alto nível. Não serão usados. Você entende?

Mandrake hesitou; o pensamento era manter-se firme. Então se lembrou do destino da srta. Harknett.

— Claro, senhor — começou. — Mas preciso perguntar por quê...

— *Precisa?* Você não precisa fazer nada! — Ficara de repente com o rosto contorcido, os olhos enlouquecidos e encarando-o. — Você saberá seu lugar e não tentará desestabilizar este Conselho com suas teorias ocas. Agora cale-se e pense antes de falar de novo! E tenha cuidado para que eu não suspeite que tenha um programa de trabalho próprio. — O primeiro-ministro deu-lhe as costas. — Mortensen, abra os mapas. Dê-nos uma atualização mais firme de nossa posição. Sei que encurralamos os rebeldes numa área pantanosa.

— Isso foi um pouco precipitado — sussurrou Jane Farrar, atravessando com Mandrake o corredor uma hora depois. — Quem tem o Cajado tem o verdadeiro poder. Devereaux tem medo do que essa pessoa faça a *ele*.

Mandrake assentiu, mal-humorado. A depressão que expulsara brevemente retornara com força total.

— Eu sei. Mas alguém tem de defender o caso aberta e claramente. O país está mergulhando no caos. Não me surpreenderia se metade do Conselho estiver tramando alguma coisa.

— Se concentre no complô de que temos conhecimento. Mais alguma coisa sobre Jenkins?

— Ainda não. Mas não vai demorar muito. Meu melhor djim está no caso.

Bartimaeus

9

Desde os tempos do antigo Egito, quando tomei a forma de um falcão prateado e segui os atacantes cuxitas até muito longe do outro lado das dunas de areia, sempre fui muito hábil em seguir alguém sem ser visto. Bem, vejam esses atacantes: deixaram djins, sob a forma de chacais e escorpiões, para guardar o deserto em sua esteira. Mas o falcão voou alto contra o sol e facilmente fugiu deles. Descobri a base oculta dos atacantes entre os pés de goma laca no oásis de Kharga e atraí sobre eles o exército do faraó. Assim, eles morreram, até o último homem.

Empregava agora semelhantes discretas habilidades, mas mortais, embora se deva dizer que as circunstâncias eram um pouco menos glamorosas. Em vez de uma horda feroz de atacantes vestidos de couro de puma, tínhamos um secretário magrela e ruivo; em vez das dolorosas vistas do Saara, uma rua malcheirosa atrás de Whitehall. Tirando isso, o paralelo era exato. Oh, e eu não era mais falcão — um infeliz pardal caía melhor em Londres.

Eu me empoleirava num parapeito olhando uma suja janela defronte. Quem quer que fosse o dono do parapeito não curtia muito os pássaros; cobrira-o de visgo, pontas metálicas e pão envenenado. Típicas boas-vindas inglesas. Chutei o pão para a rua, usei um pouco de Inferno para incinerar o visgo, entortei umas duas pontas e espremi minha frágil carcaça entre elas. Estava tão fraco a essa altura que esse hercúleo esforço quase me liquidou. Com a cabeça a girar, instalei-me para vigiar a presa.

Não era exatamente uma vista desimpedida. Através da sujeira acumulada na janela eu via Clive Jenkins sentado a uma escrivaninha. Magro, curvado e meio fraco, se houvesse uma luta direta entre ele e o pardal eu apostaria no pássaro. De seu corpo pendia um terno caro, parecendo relutar a chegar perto demais; a camisa era de uma perturbante cor malva. Tinha a cara pálida e meio sarapintada, os olhos pequenos e míopes por trás de grossas lentes e cabelos avermelhados emplastrados para trás numa espécie de pêlo oleoso, que lembrava uma raposa apanhada pela chuva. Pequenas mãos ossudas batiam sem entusiasmo numa máquina de escrever.

Mandrake não errara na avaliação que fizera dos poderes de Jenkins. Assim que me instalei em meu poleiro, verifiquei os sete planos em busca de redes de sensores, prismas de relógios, olhos violeta, tocaias na sombra, órbitas, matrizes, plumas disparadoras, duendes, bruxas e outros meios que os magos usariam como mágica proteção. Absolutamente nada. Ele tinha uma xícara de chá na escrivaninha, e só. Procurei qualquer sinal de comunicação sobrenatural com Hopkins ou outro, mas o secretário não dizia palavra alguma, nem fazia sinais impróprios. Os dedos tamborilavam nas teclas; de vez em quando, esfregavam o nariz, ajustavam os óculos ou coçavam a ponta do queixo. Assim passou a tarde. Era simplesmente fascinante.

Embora eu fizesse o melhor possível para manter-me concentrado no serviço imediato, descobri-me com a mente a vagar em intervalos regulares (a) porque era muito chato e (b) porque a dor em minha essência me deixava a cabeça turva e distraída. Era como sofrer de insônia crônica: eu ficava vagando e pensando em assuntos que nada tinham a ver — a garota, Kitty Jones; meu velho inimigo Faquarl a afiar o punhal; ao longe, Ptolomeu — antes da mudança. Toda vez tinha de me forçar a voltar ao presente com um sobressalto; mas Jenkins continuava como antes, logo não fazia mal.

Chegamos às cinco e meia, e com isso uma quase imperceptível mudança em Jenkins. Uma nova e sorrateira vida pareceu tremular em suas veias; a letargia cedeu. Com rápidos movimentos, ele pôs uma capa na máquina de escrever, arrumou a gravata, pegou alguns maços de papel e pendurou um casaco no braço. Deixou o escritório e sumiu.

O pardal abriu a asa dolorida, sacudiu a cabeça para aliviar a dormência atrás do olhos, e partiu. Desci ao lado da rua e acima do tráfego pesado, e vãs blindadas despejavam a Polícia Noturna a intervalos no meio da multidão. A guerra trouxera perturbação às ruas, e as autoridades não estavam a fim de correr riscos no centro da capital. Diabretes e trasgos vigiavam nos beirais de prédios próximos.

Pousei num carvalho no pequeno pátio que separava o prédio dos Assuntos Internos da rua, e esperei. Havia um policial a meu lado no portão. Uma porta acabou por abrir-se, e surgiu Jenkins; usava um longo capote de couro e trazia um chapéu amassado na mão. No portão, acenou com a cabeça para o guarda, mostrou um passe e saiu. Dobrou para o norte em Whitehall, pôs o chapéu na cabeça, quebrado de banda, e com passos de repente ávidos mergulhou na multidão.

Não é fácil seguir um indivíduo em meio a uma multidão em movimento, mas quando se é um especialista em perseguições como eu, tudo bem. O segredo é não se distrair. Mantive os olhos fixos na copa do chapéu de Jenkins, continuando um pouco atrás, para o caso de ele se voltar. Não havia muita chance de que suspeitasse que estava sendo seguido, mas vocês me conhecem, faço tudo direito. É preciso vocês se levantarem muito cedo para *me* alcançar na arte de seguir alguém.[1]

---

[1]Uma vez, quando fui empregado pelos xamãs algonquins, um afrito inimigo veio a nossa tribo à noite e seqüestrou um filho do chefe. Quando se fez a descoberta, o afrito já ia longe; disfarçara-se com couro de búfalo e cobrira a criança com um Glamour, de modo que ela parecia um bezerro a berrar. Mas os afritos têm cascos de fogo: eu segui os talos sapecados de capim por 150 quilômetros ao longo da ondulante pradaria e matei o seqüestrador com uma lança de prata. A criança foi devolvida viva, embora meio verde por ter comido capim demais.

Além dos topos dos prédios, o sol de outono mergulhava atrás das árvores de Hyde Park; uma bela neblina rubra pairava no céu. O pardal olhou-a com ar aprovador. Lembrou-me a vista das pirâmides, quando os djins adejavam como pequenas andorinhas acima dos túmulos dos reis, e...

Um ônibus buzinou; o pardal retornou de chofre ao presente. *Cuidado* — quase fora apanhado ali sonhando... Bem, então: Jenkins...

Ah.

Vasculhei frenético de um lado para outro. Onde estava o chapéu típico? Não se via em parte alguma. Talvez ele o tivesse tirado... Neca: nenhuma cabeleira de raposa nas vizinhanças. Homens, mulheres, crianças, sim. Todos os detritos de humanidade. Mas de Jenkins, nada.

O pardal bateu o bico irritado. Era culpa de *Mandrake*. Se ele me tivesse dado alguns meses de repouso, eu estaria com a cabeça mais clara. Não ia ficar me distraindo. Era como a época em que eu...

Concentre-se. Talvez Jenkins estivesse num ônibus. Dei um vôo rápido além dos mais próximos, mas o secretário não estava a bordo. O que significava que se desmaterializara ou entrara num prédio... Notei um pub então, o Cheddar Cheese, espremido entre dois prédios do governo, mais ou menos no ponto em que Jenkins desaparecera. Como a desmaterialização voluntária é *rara* nos seres humanos,[2] calculei que o pub era a opção provável.

Não havia tempo a perder. O pardal caiu como uma pedra na calçada e arrastou-se, sem ser notado pela multidão apressada, até a porta aberta. Ao passar por ela, rangi os dentes e mudei: o pardal virou uma mosca, uma mosca azul de rabo peludo. A explosão de dor da transformação tornou errático meu padrão de vôo; perdi a noção de onde estava, vagueei pelo ar fumarento e pousei, com um baque surdo, na taça de vinho de uma senhora que a levava aos lábios.

[2]Tende a ser involuntária: *i.e.*, quando a gente os atinge com uma Detonação.

Ela baixou os olhos, sentindo um movimento, e me viu flutuando de costas dois centímetros abaixo do nariz. Acenei uma pata peluda; ela soltou um grito de babuíno e jogou a taça longe. O vinho bateu na cara de um homem de pé no balcão; ele caiu para trás com o choque, derrubando duas outras senhoras dos tamboretes. Gritos, berros, muitos braços agitados. Tumulto em toda a volta. Encharcada de vinho, a mosca azul aterrissou no tampo do balcão, bateu, deslizou, aprumou-se e escondeu-se atrás de um pote de amendoim.

Bem, se não fui *tão* discreto como desejava, pelo menos houve distração suficiente para que eu fizesse um rápido exame do aposento. Limpei algumas facetas do olho, saltei do balcão e subi numa coluna próxima, saracoteando entre as batatinhas e sacos de iscas de porco. De um ponto privilegiado acima, olhei em volta.

De pé no centro do aposento, falando avidamente com dois homens, lá estava Jenkins.

A mosca voou para mais perto, entre as sombras, conferindo os planos. Nenhum dos homens tinha defesas mágicas ativas, embora o fedor de incenso se grudasse em suas roupas e a pele tivesse a palidez do típico mago operário. Formavam um trio esbodegado, por certo — como Jenkins, os outros usavam ternos grandes demais e bons demais para eles; sapatos pontudos, ombreiras um pouco altas demais. Todos na casa dos 20 anos, ou assim julguei. Aprendizes, secretários: nenhum exalava uma aura de poder. Mas falavam com avidez; os olhos luziam na penumbra do Cheddar Cheese com o fervor dos fanáticos.

De cabeça para baixo no teto, a mosca espichou-a para escutá-los. Não teve sorte — o converseiro no balcão abafava o som. Caí em pleno ar, circulei sorrateiro para cima deles, amaldiçoando a ausência de paredes próximas. Jenkins falava: cheguei mais perto, o suficiente para sentir o cheiro de laca no escalpo, ver os poros no narizinho rubicundo.

— ... o negócio é assegurar que vocês estejam preparados para a noite. Já escolheram os seus?

— Burke já. Eu, não.

Fora o mais desajeitado do trio que falara: olhos remelentos, peito côncavo — comparado a ele, Jenkins parecia um atlas.[3] O terceiro homem, Burke, dificilmente parecia melhor, um indivíduo de pernas cambaias, os ombros salpicados de caspa.

Jenkins grunhiu.

— Vamos com isso então. Tentem usar Trismegisto ou Porter: os dois têm muitas opções.

O sujeito mais mal-amanhado soltou um balido melancólico.

— O problema não é *opção*, Jenkins. É só que... com que força devo ir? Eu não quereria...

— Não está com *medo*, está, Withers? — O sorriso de Jenkins era mordaz, hostil. — Palmer ficou com medo; e você sabe o que aconteceu com *ele*. Não é tarde demais para encontrar mais alguém.

— Não, não, não. — Withers estava eufórico de segurança. — Vou estar pronto. Vou estar pronto. Quando você quiser.

— Somos muitos? — perguntou Burke.

Se Withers balia feito uma ovelha, a voz desse Burke era a mais bovina, de um estúpido ruminante.

— Não — disse Jenkins. — Sabe que não. Sete no total. Um para cada cadeira.

Burke deu uma longa risada soluçada, e Withers uma risadinha num tom mais alto. A idéia parecia-lhes engraçada.

A cautela de Jenkins ressurgiu.

— E têm certeza de que estaremos seguros até então?

— Devereaux está distraído com a guerra, Jane Farrar e Mandrake, com a agitação dos plebeus. Tem muita coisa acontecendo para qualquer

[3]*Atlas*: um marid de força e definição muscular incomuns, empregado pelo mago grego Fídias para construir o Panteão, cerca de 440 a.C. Atlas esquivou-se ao trabalho e estragou os alicerces. Quando surgiram rachaduras, Fídias confinou-o abaixo do chão, encarregando-o de sustentar indefinidamente a construção. Pelo que sei, talvez ainda esteja lá.

um *nos* dar alguma atenção. — Os olhos de Jenkins brilharam. — Quem, afinal, já nos deu alguma atenção? — Fez uma pausa, para permitir um pouco de carrancas mútuas, e repôs o chapéu na cabeça. — Certo, preciso ir — disse. — Tenho mais algumas visitas a fazer. Não esqueçam os diabretes, tampouco.

— Mas a experiência... — Burke curvara-se para mais perto. — Withers tem razão. Vamos precisar de uma *prova* de que foi bem-sucedido antes de... Está entendendo?

Jenkins riu.

— Vocês *terão* a prova. O próprio Hopkins lhes mostrará que não há efeitos colaterais. Mas eu lhes garanto que é muito impressionante. Para começar...

Vapt. Com aquele barulho incomum, minha escuta foi interrompida abruptamente. Num momento, eu passava zumbindo discretamente pela orelha de Jenkins, e no seguinte um jornal enrolado descia como um raio do céu e me pegava por detrás. Foi um ataque traiçoeiro.[4] Fui derrubado como chumbo no chão, a cabeça rodopiando, as seis patas esparramadas. Jenkins e companhia olharam-me com vaga surpresa. Meu atacante, um forçudo garçom de bar, brandiu animado o jornal para eles.

— Peguei ela! — sorriu. — Zumbindo bem em seu ouvido, senhor. Uma horrível grandona, fora da estação.

— É — disse Jenkins. — Não é?

Apertou os olhos, sem dúvida me examinando através das lentes, mas eu era uma mosca nos planos um a quatro, por isso não lhe dizia nada. Ele se mexeu de repente, esticando um pé para me esmagar. Com mais agilidade, talvez, do que *devia* ter uma mosca machucada, eu me esquivei e voei inseguro para a janela mais próxima.

[4]O que tornou a coisa pior foi que era um exemplar de *Histórias Reais de Guerra*. O jornal de Mandrake! Outra ofensa para eu acrescentar à lista dos intermináveis crimes dele.

Na rua, fiquei de olho na porta do pub, inspecionando minha tenra essência. É um triste estado de coisas quando um djim que ______________[5] é abatido por um pedaço de papel enrolado, mas essa era a triste verdade no momento. Todas aquelas mudanças e espancamento não me faziam bem. *Mandrake*... Era coisa de Mandrake. Ele ia *pagar* por isso na primeira chance que eu tivesse.[6]

Eu receava que Jenkins tivesse desconfiado que não se tratava de um inseto comum e tomasse medidas evasivas, mas para meu alívio ele apareceu na porta alguns minutos depois e subiu Whitehall. Eu sabia que o disfarce de mosca não mais serviria com ele, e assim — gemendo de dor — tornei-me mais uma vez um pardal e parti em sua perseguição.

Com o crepúsculo a cair sobre a cidade, o mago Jenkins abriu caminho a pé pelas alamedas do centro de Londres. Tinha mais três encontros. O primeiro era num hotel não longe de Trafalgar Square. Não tentei entrar desta vez, mas fiquei vigiando-o por uma janela, enquanto ele falava com uma mulher de olhos estreitos e vestido vistoso. Em seguida ele atravessou Covent Garden até Holborn, onde entrou num pequeno café. Mais uma vez julguei sensato manter distância, mas tinha uma visão desimpedida da pessoa com quem ele falou, um homem de meia-idade com uma curiosa cara de peixe. Os lábios pareciam ter-lhe sido emprestados por um bacalhau. Como minha essência, minha memória era cheia de buracos; ainda assim, alguma coisa nele me parecia meio conhecida... Não desisti. Não o identificava.

---

[5]Insira um dos feitos de sua escolha da seguinte seleção: (a) combateu de mãos nuas os utukku na batalha de Quadesh, (b) esculpiu as grandes muralhas de Uruk do chão vivo, (c) destruiu três amos consecutivos com o uso de Trocadilho Hermético, (d) falou com Salomão ou (e) outros.

[6]Não que eu pudesse fazer nada contra ele em meu atual estado. Pelo menos sozinho. Certos djins, Faquarl entre eles, havia muito defendiam uma rebelião coletiva contra os magos. Eu sempre descartara isso como papo furado, impossível de conseguir, mas se Faquarl me procurasse com alguma idéia maluca naquele momento, eu teria me juntado a ele com muitas palmas e inanes gritos de alegria.

No todo, foi uma coisa curiosa. Pelo que eu escutara, preparavam algum tipo de plano. Mas aquelas pessoas pareciam estranhamente inadequadas a maquinações perigosas. Nenhuma delas era poderosa ou dinâmica. Na verdade, muito pelo contrário. Se se alinhassem todos os magos de Londres contra uma parede de pátio de recreio e escolhessem lados para uma partida de futebol, eles seriam deixados por último, junto com o menino gordo e o outro engessado. O desleixo geral deles era evidentemente parte de um padrão, mas eu não poderia, nem para salvar minha vida, dizer qual.

Chegamos por fim a um café caindo aos pedaços em Clerkenwell, e ali, pela primeira vez, notei uma leve alteração em Jenkins. Até então, fora apressado, abrupto e casual em seus tratos com os outros. Agora, antes de entrar, ele parou, como para firmar-se. Alisou os cabelos para trás, ajeitou a gravata e chegou até a examinar a espinha no queixo com um espelhinho que trazia no bolso. Então, entrou no café.

Ora, *isto* era interessante. Não ia mais falar com iguais ou inferiores. Talvez o misterioso sr. Hopkins em pessoa esperasse lá dentro. Eu precisava descobrir.

O que significava que tinha de triturar meus diminutos lombos de pardal e fazer outra mudança.

O café era fechado, as janelas, também. Uma pequena fenda embaixo da porta deixava sair uma faixa de luz amarela. Com um gemido de desespero, me transformei num fiapo de fumaça enroscada, que se enfiou, cansada, pela fenda.

Um simpático bafio de café, cigarro e bacon fritando. A ponta de fumaça espiou por baixo da porta, recuou e olhou de um lado para outro. Tudo meio borrado — após a transformação, meus olhos se nublavam mais que nunca —, mas distingui Jenkins instalando-se a uma mesa distante. Um vulto escuro também se sentava ali.

A fumaça atravessou o aposento, mantendo-se baixa no chão e serpeando cuidadosa pelos pés das cadeiras e pelos sapatos dos fregueses.

Ocorreu-me uma idéia inquietante; parando embaixo de uma mesa, emiti uma Pulsação em busca de magia hostil.[7] Enquanto esperava, olhava o companheiro de Jenkins, mas ele me dava as costas: eu não via detalhes.

A Pulsação voltou — um laranja virulento, raiado de vermelho. Apavorado, eu a vi desaparecer. Magia ali *havia*, e não das fracas.

Que deveria fazer eu? Deixar o café não ia me ajudar a conhecer os planos de Jenkins, única forma de justificar meu afastamento. Além disso, se o vulto escuro *era* Hopkins, eu podia segui-lo depois, voltar a Mandrake e estar livre ao amanhecer. No todo — quaisquer que fossem os riscos —, eu tinha de ficar.

Bem, os muros de Praga não foram feitos sem esforço.[8] Com duas ondulações silenciosas, um traço de fumaça vagou entre as mesas, cada vez mais perto dos dois. Na penúltima mesa, reuni minhas energias na ponta da toalha de plástico, e dali olhei, hesitante.

Via o vulto escuro com mais clareza agora, embora ele ainda me desse as costas. Usava um capote pesado e também um chapéu de aba larga, que lhe escondia o rosto.

Jenkins tinha a pele cor de cera de tanta tensão.

— ... e Lime chegou da França hoje de manhã — disse.[9] — Estão todos prontos. Esperam avidamente o momento.

Pigarreou sem necessidade. O outro não falou. Uma aura vagamente conhecida exalava dele. Eu vasculhava meu turvo cérebro. Onde a vira

---

[7]A Pulsação tinha a forma de uma esfera azul-esverdeada, mais ou menos do tamanho de uma bola de gude, visível apenas no sétimo plano. Serpearia em alta velocidade pelo local, antes de retornar ao seu senhor. Ao voltar, sua aparência indicaria o nível de magia que descobrira: azul-esverdeado significava que a área estava limpa; amarelo, que havia um traço de magia; laranja sugeria forte encantamento, e vermelho e índigo eram minha deixa para desculpar-me e dirigir-me à saída.

[8]Nem, na verdade, por mim. Os batalhões de diabretes em bandos de forçados com grilhões comeram o pão que o diabo amassou, enquanto eu ficava deitado na rede a segura distância, fitando as estrelas.

[9]Lime! *Esse* era o nome que eu estava procurando. O homem de cara de peixe no café fora um dos conspiradores do caso Lovelace, cinco anos antes. Se ia sair do esconderijo de repente, as coisas, decididamente, estavam quentes.

antes? Um garçom passou por mim, trazendo duas canecas de café. Depositou-as com força na frente dos dois. Assobiando desafinado, afastou-se.

Eu observava a mesa vizinha. Jenkins tomou um gole de café. Não falou.

Uma mão estendeu-se para a segunda caneca — uma mão grande; as costas cobertas por um curioso cruzamento de finas cicatrizes brancas.

Vi a mão pegar a caneca, erguê-la delicadamente da mesa. A cabeça girou um pouco ao se inclinar para beber; vi a testa pesada, o nariz em bico, as pontas de pêlos da barba negra aparada. E então, tarde demais, senti a onda de reconhecimento.

O mercenário tomou seu café. Eu voltei encolhido às sombras.

Bartimaeus

10

O caso era que eu conhecia aquele mercenário. Nas duas vezes em que nos víramos, tivemos uma diferença de opinião e fizemos o melhor possível para resolvê-la de forma civilizada. Mas se o esmaguei sob uma estátua, explodi com uma Detonação ou (como em nosso último encontro) simplesmente lhe ateei fogo e joguei-o por uma montanha abaixo, ele jamais pareceu sofrer o menor ferimento. De sua parte, chegou irritantemente perto de me matar com várias armas de prata. E agora, exatamente quando eu me achava no ponto mais fraco, lá estava ele de novo. Isso me fez parar. Não estava com *medo* dele, claro; Deus do céu, não. Digamos: judiciosamente nervoso.

Como sempre, ele usava um par de botas de couro antigas, arranhadas e gastas, que decididamente fediam a magia.[1] Devem ter sido as botas que dispararam minha Pulsação. As botas de sete léguas, que podem cobrir grandes distâncias no piscar de um olho, são na verdade raras; combinadas com a extrema maleabilidade do sujeito e seu treinamento de assassino, faziam dele um inimigo formidável. Eu estava mais ou menos feliz por me achar bem escondido atrás da toalha da mesa.

[1]Em contraste com a maioria dos sapatos de meu amo, que apenas, decididamente, fediam.

O mercenário acabou o café de um só gole,[2] e pousou a mão coberta de cicatrizes na mesa mais uma vez. Falou:

— Quer dizer que todos já escolheram?

Era a velha voz conhecida, calma, deliberada e com a profundeza do oceano.

Jenkins assentiu com a cabeça.

— Sim, senhor. E seus diabretes também. Espero que bastem.

— Nosso líder fornecerá o restante.

A-ha! Agora, sim! Um líder! Seria Hopkins, ou mais alguém? Devido à minha dor, eu sentia um zumbido na cabeça — achava difícil escutar. Melhor chegar mais perto. A fumaça saiu retorcendo-se de debaixo da mesa.

Jenkins tomou um gole de sua bebida.

— Deseja que eu faça mais alguma coisa, senhor?

— Por enquanto, não. Eu organizo os furgões.

— E as correntes e cordas?

— Cuido disso também. Eu tenho... experiência nesse departamento.

Correntes! Cordas! Furgões! É juntar tudo isso, e que se tem? Não, eu não tinha a menor pista, tampouco. Mas me parecia trabalho sujo. Em minha excitação, serpenteei um pouco mais para perto.

— Vá pra casa — disse o mercenário. — Você trabalhou bem. Vou me apresentar ao sr. Hopkins agora. As coisas ganham ritmo.

— E se eu precisar entrar em contato com ele? Ainda está no Ambassador?

— No momento, sim. Mas só faça isso como último recurso. Não devemos chamar atenção.

Sob a mesa próxima, a espiral de fumaça devia estar-se parabenizando de alegria, se sua essência tivesse tal substância. O Ambassador tinha

[2]Devia estar pelando. Cara, ele era durão.

de ser um hotel ou qualquer coisa parecida. O que significava que eu tinha o endereço de Hopkins, exatamente como Mandrake exigira. Estava quase livre! Como disse, posso estar um pouco abaixo da crítica, mas não cometo erros quando sigo alguém na moita.

Jenkins parecia um pouco pensativo.

— Por falar nisso, senhor... Acabo de me lembrar... Bem, mais cedo esta noite uma mosca horrível voejava por perto quando eu conversava com Burke e Withers. Na certa era inocente, mas...

A voz do mercenário pareceu um trovão distante.

— É mesmo? E que fez você?

Jenkins empurrou os oclinhos redondos para cima no nariz — um gesto ansioso, que eu bem podia entender. O mercenário era um palmo mais alto que ele, com quase duas vezes a largura. Podia partir a espinha dele com um único golpe.

— Tive muito cuidado ao continuar — gaguejou Jenkins —, mas não vi nada.

Naturalmente. Embaixo da mesa, a espiral de fumaça sorriu consigo mesma.

— Também pedi a Truklet, meu diabrete, que me seguisse à distância e se apresentasse aqui.

Ah. Já não estava tão bom assim. Encolhi-me e me retorci de um lado para outro, olhando entre as pernas das cadeiras, todos os planos. A princípio — nada. Então, que vejo, senão uma pequena aranha que vinha rastejando sozinha pelo chão. Olhava debaixo de cada mesa, os olhos brilhantes vasculhando todos os lados. Eu desapareci elevando-me, fiquei a pairar ondulante nas sombras. À espera.

A pequena aranha veio rastejando, rastejando, até a minha mesa. Passou embaixo... me avistou num instante e ergueu as patas traseiras para dar o alarme. A espiral de fumaça despencou, envolveu a aranha. Seguiu-se uma breve luta, um guincho desesperado.

A espiral de fumaça tornou a deslocar-se. Foi devagar, a princípio, em grossos rolos, como uma píton após empanturrar-se, mas logo começou a ganhar velocidade.[3]

Olhei para trás. Os conspiradores se despediam; o mercenário de pé, Jenkins sentado, na certa até seu diabrete aparecer.[4] Era hora de decisão.

Mandrake mandara-me localizar Hopkins e descobrir sua trama, e eu já me adiantara bastante no cumprimento da primeira ordem. *Poderia* simplesmente voltar a meu amo naquele momento, uma vez que por direito já fizera o suficiente para justificar minha dispensa. Mas "direitos", sobretudo meus, não eram coisa que Mandrake entendesse muito bem. Decepcionara-me antes. Logo, era melhor ter absoluta certeza; atingi-lo com tanta informação que ele só poderia agradecer-me humildemente e me levar a um pentáculo.

E naquele momento mesmo o mercenário ia procurar Hopkins.

A espiral de fumaça se enroscou como uma mola embaixo da mesa. Eu vigiava o chão próximo. Nada... Nada... Surgiram duas botas; velho couro marrom, arranhado e gasto.

Quando passaram, eu me desenrosquei, saltei — e ao fazê-lo operei outra mudança.

O mercenário foi até a porta com passos altivos. O capote farfalhava, armas tilintavam no corpo. Um pequeno lagarto de longas garras grudava-se no couro da bota direita.

Do lado de fora, a noite caíra. Alguns carros roncavam numa rua distante. Os passantes eram poucos e com grandes intervalos. O mercenário deixou a porta do café bater atrás de si, deu alguns passos e parou. O lagarto enfiou mais as garras. Eu sabia o que vinha pela frente.

Uma pulsação de magia, uma vibração que abalou minha essência até o núcleo. A bota em que me encontrava ergueu-se, inclinou-se e

[3]A essência do pobre Truklet era magra ração. Em geral, eu haveria empinado o nariz para ele. Mas eram tempos desesperados, e eu precisava de toda a energia que conseguisse. Além disso, o pequeno suíno ia me traçar.

[4]Jenkins ia ter de esperar muito. Eu devia ter-lhe pago outro café.

tornou a cair no chão — um único passo, mas em toda a minha volta a rua, a noite e as luzes do café haviam-se transformado num fluxo líquido. Mais um passo, e mais outro. O rio de luz tremulou; vagamente, senti prédios, pessoas e fragmentos partidos de barulho, mas estava ocupado demais, agarrado à vida querida, enquanto a bota de sete léguas se movia sem consideração com o espaço e tempo normais. Era como estar de volta ao Outro Lugar; eu teria apreciado muito a viagem, se não sentisse pequenos grãos de essência soltando-se de minhas extremidades e caindo atrás como brasas mortas de uma fogueira. Mesmo aquecido como estava pela comida recente, começava a ser difícil manter uma forma viável.

No terceiro passo, a bota parou. Na mesma hora o borrão de luzes congelou-se, tornou-se um novo conjunto de arredores, outra parte de Londres, a alguns quilômetros do café. Esperei que meus olhos parassem de rodopiar e lancei um lacrimoso olhar em volta.

Estávamos num dos parques, perto de Trafalgar Square. Com a descida da noite, os plebeus da cidade haviam-se dirigido para ali, a fim de soltar-se e relaxar. Eram ajudados nesse objetivo pelas bondosas autoridades, que — nos meses desde que a guerra azedara — providenciavam festas diárias do tipo mais vistoso, destinadas a estimular os sentidos e desencorajar a contemplação.

No centro do parque brilhava o grande Palácio de Vidro, uma maravilhosa confusão de cúpulas e minaretes, tudo tremulando com a luz. Feito de 20 mil folhas curvas de vidro sobre uma estrutura de ferro, fora construído no primeiro ano da guerra, e depois entupido de lanchonetes e carrosséis, rinhas de ursos e espetáculos de aberrações. Era popular entre os plebeus; menos entre os djins. Não gostávamos daquele ferro todo.

Outros pavilhões pontilhavam o parque, esporadicamente iluminado pelas coloridas lanternas de diabrete penduradas entre as árvores. Ali, trenzinhos davam voltas e mergulhavam, rodas-gigantes empinavam e giravam; no Castelo do Sultão, beldades dançavam diante de uma horda de plebeus.[5] Ao longo da trilha central, vazavam-se tonéis de vinho e cerveja, e melancólicos bois rodavam nos espetos. O mercenário destacava-se entre eles, andando num passo humano.

Passamos a Esquina dos Traidores, onde vários cativos rebeldes pendiam acima da multidão a zurrar numa caixa de vidro. Ao lado, em outro prisma, via-se um hediondo demônio negro no primeiro plano. Rosnava e dava cabriolas, sacudindo o punho para a malta amedrontada. Mais adiante, erguera-se um palco. Uma faixa proclamava o título da peça: *Traição colonial vencida*; atores corriam de um lado para outro, contando a história oficial da guerra com a ajuda de espadas de borracha e demônios de papel machê. Para todo lado que se olhava, senhoras sorridentes empurravam suplementos grátis de *Histórias Reais de Guerra* em mãos estendidas. O barulho, cor e confusão incessantes eram tais que ninguém podia pensar direito, quanto mais formar um argumento coerente contra a guerra.[6]

Eu já vira tudo aquilo antes, muitas vezes. Concentrei-me então em me grudar ao mercenário, que deixara a trilha central e atravessava a passos largos os gramados escurecidos rumo a um lago ornamental entre as árvores.

Esse lago dificilmente era uma coisa grande — durante o dia, aves aquáticas pousavam desajeitadas nele, e crianças espadanavam a água em pequenos barcos alugados — mas à noite tinha um certo mistério discreto. As margens perdiam-se em sombras e um labirinto de leitos de juncos; pontes em estilo oriental o cobriam, ligando ilhas silenciosas. Um pagode chinês erguia-se de uma delas. Em frente ao pagode, uma varanda de madeira estendia-se sobre a água.

---

[5]Algumas das beldades eram pessoas de verdade, embora em planos superiores. Avistei duas que não eram o que deviam ser: uma, uma concha vazia, sólida na frente, oca atrás; outra, um sorridente trasgo de pernas de palito ocultas por baixo de seu Glamour.

[6]Vi a mão de Mandrake por trás disso — tinha toda a sua atenção ao detalhe, junto com a teatralidade que ele aprendera com seu cupincha, o dramaturgo Makepeace. Uma perfeita combinação de vulgar e sutil. O demônio "americano" cativo era sobretudo bom, eu achei, sem dúvida invocado por alguém do governo especialmente para a ocasião.

O mercenário dirigiu-se para lá apressado. Atravessou uma ponte ornamental, as botas batendo nas pranchas. Adiante, na escuridão da varanda, vislumbrei um vulto à espera. Sinistras formas vagavam vigilantes em torno de sua cabeça.

Hora de ter cuidado. Grudado à bota, eu seria logo avistado mesmo pelo diabrete mais retardado. Mas ainda podia chegar perto o suficiente para espiar e escutar. Abaixo do passadiço estendia-se um leito de junco, denso e negro. Um lugar perfeito para me esconder. O lagarto desgrudou-se, deu um salto e caiu entre os juncos. Segundos depois, após mais uma dolorosa transformação, uma cobrinha verde nadava rumo à ilha entre os talos em decomposição.

Ouvi o mercenário elevar a voz, tranqüila, respeitosa.

— Sr. Hopkins.

Uma abertura nos juncos. A cobra contornou um galho podre que se projetava da água e ergueu a cabeça, olhando a varanda. Lá estava o mercenário, e com ele outro homem, franzino, de ombros curvados, que batia a mão no braço dele num gesto de apoio camarada. Forcei os olhos cansados. Por um breve instante, avistei o rosto dele: brando, feições regulares, nada memorável. Então, por que alguma coisa nele despertava uma profunda sensação de reconhecimento e me fazia sentir calafrios?

Os homens afastaram-se da varanda e desapareceram. Xingando fluentemente, a cobra avançou com dificuldade, varando os juncos em elegantes ondulações. Se ao menos pudesse ouvir a voz de Hopkins, ter a menor pista...

Dez talos de junco se mexeram; cinco altas sombras cinzentas isolaram-se da massa das outras. Dez pernas finas se curvaram e saltaram. Tudo aconteceu sem o menor barulho: num momento, eu estava sozinho no lago; no seguinte, cinco garças mergulharam sobre mim como fantasmas cinzentos, os bicos estocando como espadas, os olhos rubros chamejando. Asas bateram na água, bloqueando rotas de fuga, garras atacaram a desesperada cobra, bicos estocaram. Enrolei-me e, rápido como o pensamento, mergulhei abaixo da superfície. Mas as garças foram mais rápidas ainda: um bico prendeu minha cauda; outra fechou-se rápida em meu corpo, pouco abaixo da cabeça. Bateram as asas e levantaram vôo, levando-me consigo, pendurado feito uma minhoca.

Varri meus adversários nos sete planos: eram trasgos, todos os cinco. Em circunstâncias normais, eu teria enfeitado a cidade com suas penas, mas na situação atual combater um único deles era forçar a barra. Senti minha essência começando a rasgar-se.

Lutei, debati-me e me contorci. Lancei veneno a torto e a direito. A raiva me tomou, deu-me um pouco de força. Transformei-me, reduzindo-me a uma pequena enguia escorregadia, que se livrou das garras e caiu na bem-vinda água.

Um bico mergulhou.

Um estalo. Escuridão em tudo à volta.

Agora a coisa *era* profundamente embaraçosa. Após o tratamento recente que dispensara ao diabrete, também eu *fora* engolido. Uma essência estranha rodopiou à minha volta. Eu a sentia corroendo a minha.[7]

Eu não tinha escolha. Convoquei todas as minhas energias e usei uma Detonação.

Bem, foi forte e suja, mas teve o efeito desejado. Choveram pedacinhos de trasgos para todos os lados, e eu com eles, parecendo uma pequena pérola negra.

A pérola caiu na água. Na mesma hora, as quatro garças restantes estavam em cima, os olhos rubros luzindo, espetando os bicos em febril perseguição.

Deixei-me afundar rápido na lama, fundo, fora do alcance, onde o lodo e o emaranhado de galhos mortos me ocultavam em todos os planos.

---

[7]Nessas circunstâncias, a gente tem de agir rápido, antes de ser simplesmente absorvido pela outra. As entidades fracas não têm chance, se engolidas por uma força maior, e aquilo ia ser por um triz.

Minha mente vacilou; quase perdi a consciência. Não, eles me encontrariam se eu dormisse. Tinha de escapar, voltar ao meu amo. Precisava fazer um esforço final para escapar.

Patas gigantes pisavam a escuridão em volta; bicos-lança chiavam, cortando a água como balas. Ecos abafados das pragas das garças estrondavam entre os juncos. Um pequeno girino serpenteou até a margem, deixando ciscos de essência agonizante em sua esteira. Chegando lá, rompeu todos os recordes de idade e tornou-se uma desastrada rã, com um pé aleijado e a boca caída, que se enfiou no mato com a rapidez possível.

Eu já estava a meio caminho da estrada quando os trasgos me avistaram. Um deles deve ter voado alto e visto minha marcha capenga; com gritos roucos irromperam do lago e lançaram-se sobre o mato escuro.

Um mergulhou; a rã deu um salto frenético. O bico enterrou-se no chão.

Na trilha, entre as multidões. A rã saltava para aqui, para acolá, entre as pernas, sob toldos, de cabeças para ombros, de cestas para carrinhos de bebê, o tempo todo a coaxar e gargarejar, olhando com os olhos loucos saltados. Homens berravam, mulheres gritavam, crianças arquejavam horrorizadas. Atrás vinham as garças, lampejando as penas, batendo as asas, cegas pela sede de sangue. Atravessavam as barracas, derrubavam potes de vinho, escorraçavam cachorros uivando para a escuridão. As pessoas eram jogadas de lado como pinos de boliche; pilhas de *Histórias Reais de Guerra* saíam voando — algumas aterrissavam no vinho, outras nos buracos de churrasqueiras.

O anfíbio fugitivo pulou para o palco ao ar livre, sob as fortes luzes dos diabretes, fazendo um ator saltar nos braços de outro e um terceiro mergulhar na multidão. A rã pulou dentro de um alçapão, seguida de perto por uma garça; reapareceu um instante depois em outro, na cabeça de um gobelino de papelão. Tornou a saltar na faixa acima e ali se agarrou com duas patas. Uma garça ergueu-se atrás, estalou o bico e rasgou a faixa — a tira de pano caiu como uma selva de cipó e jogou a rã por cima da trilha para um prisma de cristal onde estava o demônio cativo.

A essa altura eu já perdia a noção de onde me achava e o que fazia. Na verdade, minha essência se desintegrava rapidamente: eu mal podia ver; o mundo cheio de barulhos estranhos. Eu saltava sem pensar, mudando de direção a cada salto, buscando escapar ao assalto que sabia que viria.

Claro, uma de minhas perseguidoras perdeu a paciência com a caçada. Devo ter tentado uma convulsão, creio; de qualquer modo, saltara de lado; não sei se ela bateu no prisma, não ouvi o cristal partir-se. Não foi minha culpa. Nada a ver comigo. Não vi o grande demônio negro fazer uma careta de surpresa e enfiar as longas unhas curvas na rachadura. Não ouvi o sinistro despedaçar-se quando o imenso globo cedeu, nem os gritos e prantos das pessoas quando o demônio saltou no meio delas.

Não soube de nada. Soube apenas do ritmo batido da perseguição, senti apenas minha essência amolecendo e vazando em líquido a cada salto desesperado. Estava morrendo, mas não podia descansar. Uma morte mais rápida vinha voando logo atrás.

Kitty

11

O amo de Kitty ergueu os olhos do sofá — uma ilha solitária num mar de papéis espalhados, todos escritos com sua letra apertada. Mastigava a ponta de uma caneta esferográfica, que deixara pequenas manchas azuis em seus lábios. Piscou os olhos em leve surpresa.

— Eu achava que não ia ver você esta noite, Lizzie. Achei que tinha de ir para seu emprego.

— Eu tenho, senhor. Muito em breve. Agora, senhor...

— Me diga: você pegou aquele exemplar original da *Desiderata curiosa*, de Peck? E *A anatomia da melancolia*? Eu queria o volume quatro, veja bem.

A mentira de Kitty era bem treinada.

— Desculpe, senhor, não peguei, nenhuma das duas. A biblioteca fechou cedo hoje. Houve uma perturbação do lado de fora, um protesto de plebeus, e fecharam os portões por motivo de segurança. Me pediram que saísse antes de eu poder encontrar os livros.

O sr. Button soltou uma petulante exclamação e mordeu a caneta com mais força.

— Que inconveniência! Plebeus protestando, diz você? Que virá a seguir? Cavalos livrando-se das bridas? Vacas recusando-se a ser ordenhadas? Esses desgraçados precisam conhecer seu lugar. — Enfatizou a declaração com pequenas estocadas da caneta e ergueu o olhar com um ar de culpa. — Não quis ofender, Lizzie.

— Não me senti ofendida, senhor. Senhor, quem foi Ptolomeu?

O velho esticou os braços cansados atrás da cabeça.

— Um mago bastante notável — lançou-lhe um olhar queixoso. — Tem tempo para pôr a chaleira no fogo, Lizzie, antes de sair?

Kitty insistiu:

— Era egípcio?

— Na verdade, era, embora o nome seja grego, claro. Vinha de tronco macedônio. Muito bem, Lizzie. Não muitos manifestantes plebeus poderiam saber disso!

— Eu esperava ler alguma coisa dele, senhor.

— Ia achar difícil, pois ele escreveu em grego. Eu tenho a principal obra dele em minha coleção: *O olho de Ptolomeu*. É leitura obrigatória para todos os magos, pois é muito perceptivo sobre os mecanismos para atrair demônios do Outro Lugar. Veja bem, o estilo é tépido. Sabe-se que os outros textos são os *Apócrifos*. Acho que me lembro de que você os trouxe da casa de Hyrnek, em sua primeira visita aqui... É uma coleção estranha, cheia de idéias fantásticas. Sobre aquele chá...

— Vou pôr a chaleira no fogo — disse Kitty. — Posso ler alguma coisa sobre Ptolomeu, enquanto faço isso?

— Deus do céu, você tem suas pequenas fantasias. Sim. *O livro de nomes* tem um verbete. Na certa você sabe em que pilha está.

Kitty leu o trecho rapidamente, com a chaleira a saltar e borbulhar às suas costas.

Ptolomeu de Alexandria (fl. c. 120 a.C.)

Menino mago, nascido na dinastia ptolomaica, sobrinho de Ptolomeu VIII e primo do príncipe herdeiro (mais tarde Ptolomeu IX). Passou a maior parte de sua curta vida em Alexandria, trabalhando na Biblioteca, mas os detalhes permanecem obscuros. Notável prodígio, adquiriu considerável reputação como mago ainda muito jovem; diz-se que o primo se sentiu ameaçado pela popularidade dele entre os plebeus e tentou assassiná-lo.

As circunstâncias de sua morte são desconhecidas, mas é certo que não viveu até a velhice. Pode ter sido morto por violência, ou sucumbido à fragilidade física. Menciona-se num manuscrito alexandrino uma súbita deterioração de sua saúde após uma "difícil viagem", embora isso esteja em desacordo com outros registros, que afirmam que ele jamais deixou os limites da cidade. É registrado como definitivamente morto na época do funeral do tio e acessão do primo ao trono (116 a.C.), portanto, não é provável que tenha chegado à casa dos 20 anos.

Seus papéis permaneceram na Biblioteca por mais de 300 anos, tempo em que foram estudados por Tertuliano e outros magos romanos. Parte dos textos foi publicada, em Roma, como o famoso *O olho de Ptolomeu*. O arquivo original foi destruído no grande terremoto e incêndio do século III; os fragmentos que sobreviveram foram reunidos como os *Apócrifos*. Ptolomeu é uma figura de interesse histórico, pois lhe creditam a invenção de várias técnicas, incluindo a Incisão Estóica e o Escudo de Bolorentas (usados em invocações até os dias de Loew), além de fantasias especulativas extraordinárias, como o "Portão de Ptolomeu". Tudo isso apesar da extrema juventude; se tivesse sobrevivido à maturidade, certamente seria classificado entre os grandes. Seus demônios, com os quais se diz ter uma ligação incomum, incluíam: Affa,[†] Rekhyt ou Necho,[‡] Methys,[†] Penrenutet.[†]

[†]falecimento registrado.
[‡]destino desconhecido.

O sr. Button deu um sorriso ausente quando ela chegou com o chá.

— Encontrou o que queria?

— Na verdade não sei, senhor, mas tenho uma pergunta. É comum os demônios assumirem a aparência dos amos?

O mago largou a caneta.

— Quer dizer, para persegui-los, confundi-los? Certamente! É um truque antigo, um dos mais antigos do manual, e seguro para desencorajar os inexperientes. Nada é mais perturbador que enfrentar um fantasma de nós mesmos, sobretudo quando a própria criatura usa isso para fazer contorções provocadoras. Rosenbauer de Munique ficou tão perturbado, eu creio, por uma imagem exata de suas muitas afetações que jogou no chão sua pomada e saiu correndo do seu círculo, com resultados melancólicos. Eu próprio fui obrigado a ver meu corpo em lenta decomposição, até com efeitos sonoros, quando tentava questionar isso sobre os princípios da arquitetura cretense. Honra-me o fato de que minhas notas não fazem sentido algum. É isso que você quer dizer?

— Bem, na verdade... não, senhor. — Kitty inspirou fundo. — Eu queria saber se algum dia um djim tomou a aparência do amo por... respeito, ou mesmo afeição. Porque se sentia bem.

Fez uma careta; ao ouvi-la, a idéia lhe pareceu inteiramente ridícula.

O velho franziu o nariz.

— Eu dificilmente pensaria que sim.

— Quer dizer, depois de morto o mago.

— Minha querida Lizzie! Talvez, se o mago em questão é particularmente hediondo ou deformado, o demônio use sua forma para assustar outros. Acredito que Zarbustibal do Iêmen reapareceu durante algum tempo depois de morto. Mas por respeito? Deus do céu! A idéia pressupõe um relacionamento entre senhor e escravo inteiramente sem precedentes. Só uma pleb... desculpe... só alguém inexperiente como você teria uma idéia tão esquisita! Deus do céu, Deus do céu...

Deu uma risadinha consigo mesmo, estendendo a mão para a bandeja de chá.

Kitty já se dirigira à porta.

— Obrigada, senhor; o senhor foi muito útil. A propósito — acrescentou —, o que era o Portão de Ptolomeu?

Do meio do sofá, entre a bagunça de papéis, o velho mago gemeu.

— Que é? Uma idéia ridícula! Um mito, uma fantasia, um barril de luar! Poupe suas perguntas para temas de valor. Agora preciso trabalhar. Não preciso da tolice de auxiliares tolas. Fora com você! Portão de Ptolomeu, ora vejam...

Piscou os olhos e mal-humorado mandou-a sair com um gesto.

— Mas...

— Não tem um emprego para ir, Lizzie?

Quarenta minutos depois, Lizzie saltava de um ônibus na rua do Embankment. Usava um casaco de lã grossa e mastigava, atenta, um sanduíche. Levava no bolso os documentos que confirmavam sua falsa identidade: Clara Bell.

O céu escurecia, embora umas poucas nuvens ainda fulgissem um amarelo sujo com o reflexo do fulgor da cidade. Abaixo do muro da maré o Tâmisa jazia distante, encolhido e murcho. Kitty passou por cima de um grande banco de lama, onde garças andavam entre as pedras e refugos na água. O ar estava frio; uma forte brisa soprava na direção do mar.

Numa curva do rio, a calçada dava uma volta de 90 graus, afastando-se do Tâmisa, a rota bloqueada por um extenso prédio com telhados pontudos e dormentes de finas pontas. Fortes estacas entrançavam-se nas paredes; janelas iluminadas brilhavam em alturas aleatórias, lançando uma rica luz sobre a rua e as águas escuras do rio. O andar de cima projetava-se para fora sobre o de baixo em todos os lados, ora vigoroso, ora cedendo como a ponto de cair. Uma tabuleta verde desbotada balançava numa vara acima da rua, tão desgastada pelo tempo que não se podia ler as palavras escritas. Isso era de pouca importância, pois a Rã era um notável marco local. Famosa pela cerveja, pela carne e pelos torneios semanais de dominó. E também era local do trabalho noturno de Kitty.

Ela passou abaixada sob o arco e desceu o lado escuro como breu para o pátio do pub. Ao entrar, olhou para cima. Uma fraca luz vermelha pairava ao lado das torres. Se se a olhasse diretamente, a forma era borrada e indistinta; se se afastassem os olhos, via-se claramente o contorno — uma pequena esfera de vigilância, espreitando.

Kitty ignorou o espião. Atravessou o pátio até a porta principal, abrigada do tempo por uma antiga esfera negra, e entrou na Hospedaria da Rã.

As luzes fortes da sala a fizeram piscar. Haviam puxado as cortinas contra a noite e uma lareira iluminava a grade. As cores das chamas tremulavam em filas de copos reunidos em cima do balcão; George Fox, o gerente, polia-os diligentemente um por um. Balançou a cabeça para Kitty quando ela passou e pendurou a mochila no cabide de casacos.

— Chegou na hora, Clara. Bem na hora.

Ela olhou o relógio.

— Ainda faltam 20 minutos para eles chegarem, George.

— Não o bastante para o que planejei para você.

Ela jogou o chapéu num cabide.

— Não tem problema — indicou a porta atrás com a cabeça. — Há quanto tempo aquilo está ali?

— Umas duas horas. O tipo de sempre. Apenas tentando nos assustar. Não ouve. Não vai interferir.

— Tudo bem. Me jogue uma toalha.

Em 15 rápidos e eficientes minutos a sala estava limpa e pronta, os copos polidos, os tampos de mesa tinindo. Kitty pusera dez jarras no balcão acima da torneira, e Sam, o garçom da Rã, começou a enchê-las de jatos de cerveja parda espumante. Kitty distribuiu as últimas caixas de dominó, enxugou as mãos nas calças, pegou um avental no cabide e tomou posição atrás do balcão. George Fox abriu a porta principal e deixou entrar os fregueses.

Como sempre, a reputação da Rã garantia uma clientela sempre em mudança; e nessa noite Kitty notou várias pessoas que não vira antes: um cavalheiro alto, de porte militar, uma velha sorridente e arrastando-se para uma cadeira, um jovem louro, de barba e bigode. Começou o conhecido estalido dos dominós; a convivialidade encheu o ar. Alisando o avental, ela corria entre as mesas e recebia os pedidos para o jantar.

Passou-se uma hora; os restos de sanduíches com grossas fatias de carne jaziam abandonados em pratos ao lado dos cotovelos dos jogadores. Com a comida acabada, logo esmoreceu o interesse pelo dominó. As peças continuavam em posição em todas as mesas, caso a polícia fizesse uma incursão, mas os jogadores agora se sentavam em seus bancos de repente alertas e sóbrios. Kitty encheu uns poucos últimos copos e voltou a postar-se atrás do balcão, quando um homem junto à lareira se levantou devagar.

Era velho e frágil, curvado pela idade. Toda a sala caiu em silêncio.

— Amigos — ele começou —, pouca coisa aconteceu aqui digna de nota desde a semana passada, por isso vou abrir rapidamente nosso encontro. Como sempre, gostaria de agradecer a nosso patrono, o sr. Fox, por sua hospitalidade. Talvez devamos ouvir primeiro Mary, para ter notícias da situação americana.

Sentou-se. Junto a uma mesa ao lado, levantou-se uma mulher de rosto fino e cansado. Kitty julgou que ela ainda não chegara aos 40, embora tivesse os cabelos salpicados de grisalho.

— Um navio mercante chegou tarde da noite ontem — ela começou. — O último porto que tocou foi Boston, na zona de guerra. A tripulação tomou o café em nossa hospedaria hoje de manhã. Nos contaram que a mais recente ofensiva britânica fracassou: Boston continua em mãos americanas. Nosso Exército se retirou para os campos, em busca de suprimentos, e tem sido atacado desde então. As perdas são altas.

Um surdo murmúrio encheu a sala. O velho cavalheiro levantou-se.

— Obrigado, Mary. Quem quer falar a seguir?

— Se eu puder — disse o jovem barbado; era atarracado e autoconfiante; tinha um ar assertivo. — Eu represento uma nova organização, a Aliança dos Plebeus. Talvez tenham ouvido falar.

Houve um geral arrastar de pés, uma sensação de nervosismo. De trás do balcão, Kitty franziu a testa. Alguma coisa na voz do orador... a preocupava.

— Estamos tentando conseguir apoio — prosseguiu o homem — para uma nova série de greves e manifestações públicas. Temos de mostrar aos magos como é a coisa. A única maneira de alertá-los é a ação combinada por todos nós. Estou falando de protestos em massa.

— Eu posso falar? — A velha, de aparência imaculada, num vestido azul e xale roxo, tentou levantar-se; seguiu-se um coro de amigável protesto e ela permaneceu sentada. — Tenho medo do que está acontecendo em Londres — disse. — Essas greves, essa agitação... Certamente, não é uma resposta. Que vão conseguir? Só ferroar nossos líderes e levá-los a represálias mais duras. A Torre ecoará com os lamentos de homens honestos.

O jovem bateu fortemente na mesa com o punho.

— Qual é a alternativa, madame? Ficar quietinho? Os magos não nos vão agradecer se ficarmos. Vão nos reduzir mais a pó. Temos de agir agora! Lembrem-se: eles não podem prender todo mundo!

Ouviu-se uma rodada de aplausos irregulares. A velha balançou teimosamente a cabeça.

— Você está inteiramente errado — disse. — Seu argumento só funciona se os magos puderem ser destruídos. Não podem!

Outro homem falou.

— Calma aí, vovó. Isso é conversa derrotista.

Ela esticou o queixo.

— Bem? Podem? Como?

— É óbvio que eles estão perdendo o controle, senão venceriam facilmente os rebeldes.

— Podemos obter apoio dos europeus também — acrescentou o louro. — Não esqueçam isso. Os checos nos financiarão. E os franceses.

George Fox assentiu com a cabeça.

— Espiões franceses me deram dois artigos mágicos — disse. — Só para o caso de encrenca. Nunca tive de usá-los, vejam bem.

— Desculpe — disse a velha —, mas você não explicou como algumas greves vão de fato derrubar os magos. — Ergueu o queixo ossudo e olhou desafiante o grupo em volta. — Então?

Vários dos homens emitiram ruídos de desaprovação, mas estavam ocupados demais tomando bebidas para dar uma resposta exata.

De trás do balcão, Kitty falou:

— Você tem razão, madame, quando diz que derrotá-los é difícil — disse em voz baixa —, mas não impossível. As revoluções tiveram êxito dezenas de vezes. Que aconteceu no Egito, Roma ou Praga? Todos eram invencíveis... por algum tempo. Todos caíram quando o povo despertou.

— Mas, minha cara — disse a velha —, em cada caso havia exércitos inimigos...

— Em cada caso — prosseguiu Kitty, determinada —, líderes estrangeiros se aproveitaram das fraquezas internas dos reinos. O povo já se rebelava. Não tinham magos fortes nem grandes exércitos... eram plebeus exatamente como nós.

A velha franziu os lábios num sorriso sem graça.

— Talvez. Mas quantos de nós querem uma invasão de estrangeiros? Nossos governantes podem não ser perfeitos, mas pelo menos são britânicos.

O jovem barbado bufou.

— Vamos voltar ao *agora*. Hoje à noite os metalúrgicos de Battersea vão entrar em greve... pouco abaixo no rio em relação daqui. Venham juntar-se a nós! E daí se os magos mandarem seus demônios? Não terão mais bucha de canhão da gente.

— E onde estarão seus metalúrgicos? — apressou-se a perguntar a velha. — Alguns na Torre, alguns no fundo do Tâmisa. E outros tomarão o lugar deles.

— Os demônios não imporão a todos sua vontade — disse o jovem. — Algumas pessoas são *maleáveis*. Você deve ter ouvido falar nisso. Agüentam ataques, desvendam ilusões...

Quando ele falou, de repente os olhos de Kitty viram claro. Viu além do denso bigode dele, da barba loura desgrenhada: conhecia-o, claro como o dia. Nick Drew, que fugira da Abadia de Westminster na hora mais sombria deles, deixando os amigos para trás. Estava mais velho, mais gordo, mas era todo o velho trapaceiro. Você ainda *fala* de um bom combate, ela pensou perversamente. Sempre foi bom para *falar*. Aposto que se mantém bem longe quando a greve fica desagradável... Um súbito medo apoderou-se dela: recuou da linha de visão dele. Por mais inútil que fosse Nick Drew, se a reconhecesse, o disfarce dela seria desmascarado.

O grupo estava ocupado discutindo o fenômeno da resistência.

— Eles vêem a magia. Claro como o dia — disse uma mulher de meia-idade. — Foi o que soubemos.

A velha balançou a cabeça.

— Boatos, boatos cruéis — disse com ar triste. — É tudo mexerico de segunda mão. Eu não ficaria surpresa se fosse espalhado pelos próprios magos, para tentar vocês a empreender ações brutas. Me digam — continuou —, alguém já *viu* de fato um pouco dessa resistência em ação?

Silêncio na Rã. Kitty mudou impaciente de um pé para outro, ansiando por falar. Mas Clara Bell não era ninguém especial — decidira muito tempo atrás. Além disso, a cautela com Nick a impedia. Olhou a sala em volta. O grupo, a maioria do qual ela conhecera em segredo havia anos, era em geral de meia-idade ou velho. Resistência não era uma coisa que conhecessem muito, ou em primeira mão. Com exceção de Nick Drew, que tinha pelo menos tanta resistência quanto ela própria. Mas ele se calara, sem falar nada.

O clima na sala fora azedado pela discussão. Após alguns minutos de sombria reflexão, o velho cavalheiro tornou a levantar-se, devagar.

— Amigos — começou —, não vamos nos deixar abater. Talvez os magos sejam perigosos demais para combatermos, mas podemos pelo menos resistir à propaganda deles. Uma nova edição de *Histórias Reais de Guerra* saiu hoje. Desprezem! Digam a seus amigos que são mentiras!

Com isso, George Fox falou.

— Eu acho que vocês estão sendo meio duros nesse caso. — Ergueu a voz contra um murmúrio geral de descrença. — Sim. Eu me incumbi de recolher tantas edições de *Histórias Reais de Guerra* quanto possível.

— Oh, que vergonha, sr. Fox — disse a velha com voz trêmula.

— Não, eu tenho orgulho em admitir — ele prosseguiu. — E se qualquer um de vocês preferir fazer uma visita aos restaurantes depois, vai encontrar amplas provas do valor desses panfletos. São muitíssimo absorventes.

Houve uma risada geral. Mantendo-se de costas para o rapaz louro, Kitty adiantou-se com uma jarra para tornar a encher os copos.

— Bem, o tempo não pára — disse o velho cavalheiro —, e devemos nos separar. Mas primeiro, como é tradicional, faremos nosso juramento.

Sentou-se.

George Fox meteu a mão embaixo do balcão e pegou uma grande taça, velha e amassada, com um par de dominós dominando a tampa. Era feita de sólida prata. Pegou uma garrafa escura na prateleira e, destampando-a, serviu uma generosa dose de vinho do Porto. Kitty ergueu-a nas mãos e levou-a ao velho cavalheiro.

— Todos nos alternaremos — ele disse. — Que vivamos para ver o dia em que se estabelecerá mais uma vez um Parlamento dos Plebeus. Que esse Parlamento mantenha os direitos antigos de todo homem e mulher: discutir, debater e discordar das políticas de nossos líderes, e fazê-los responder por suas ações.

Com a devida reverência, ergueu a taça e tomou um gole, antes de passá-la ao vizinho, à direita.

O ritual era um ponto alto em tais reuniões na Rã: após os debates, que jamais chegavam a qualquer conclusão, oferecia o consolo de uma coisa fixa e conhecida. A taça de prata passou devagar de pessoa a pessoa, de mesa em mesa. Todos esperavam sua chegada, veteranos e novatos igualmente, a não ser a velha, que se preparava para ir embora. George passou para a frente do balcão e — junto com Sam, o garçom — começou a retirar os copos das mesas perto da porta. Kitty seguia a taça, que passava entre as mesas quando pedida. Mantinha o rosto oculto de Nick Drew o melhor possível.

— Precisamos de mais Porto, Clara? — gritou George. — Mary ali tomou um grande gole, eu vi.

Kitty ergueu a taça e examinou-a.

— Não. Ainda resta muito.

— Ótimo. Minha cara senhora, certamente não vai nos deixar.

A velha sorriu.

— Preciso ir, meu caro. Com todas essas perturbações nas ruas, não fico fora de casa tarde demais.

— Sim, decerto. Clara, traga a taça para esta senhora, para que ela beba antes de ir embora.

— Pois não, George.

— Oh, não precisa, meu caro. Tomo um gole duplo da próxima vez.

Isso provocou risadas e alguns aplausos; um ou dois homens se levantaram para deixar a velha passar, espremendo-se.

Kitty seguiu-a.

— Aqui, senhora, ainda tem muito.

— Não, não, eu realmente preciso ir, obrigada. Já é tarde demais.

— Madame, deixou cair o xale.

— Não, não. Desculpem, por favor...

— Calma, querida! Veja onde empurra...

— Desculpem, desculpem...

Rosto pétreo, os olhos escuros e brancos como os buracos cortados de uma máscara, a velha atravessava rapidamente a sala, voltando a cabeça repetidas vezes para olhar Kitty, que avançava depressa atrás dela. Kitty mantinha a taça estendida — primeiro reverentemente, como se oferecesse um presente; depois, de repente, balançando-a de um lado para outro como uma lâmina em fintas. A proximidade da prata parecia incomodar a velha — ela se encolhia. George colocou a pilha de copos com cuidado numa mesa lateral e levou a mão a um bolso. Sam abriu um armário na parede e meteu a mão. O restante do grupo permaneceu sentado, as expressões entre o divertimento e a incerteza.

— A porta, Sam — disse George Fox.

A velha atirou-se para a frente. Sam voltou-se para ela, bloqueando a porta; tinha um curto bastão escuro na mão.

— Espere, dona — disse, razoavelmente. — Regras são regras. A senhora tem de tomar um gole antes de ir embora. É uma espécie de teste. — Fez um gesto de constrangimento e olhou-a com ar de desculpas. — Sinto muito.

A velha parou e encolheu os ombros.

— Não sinta.

Ergueu uma das mãos. Uma luz azul partiu da palma, envolvendo o rapaz numa rede estralejante de poderosa força azul. Ele saltou, arrepiou-se, dançou curiosamente como um boneco e caiu fumegando no chão.

Soou um apito, agudo e impertinente. A velha voltou-se, as mãos em concha erguidas e fumegantes.

— Ora, ora, meu caro...

Kitty jogou a taça de prata no rosto dela.

Um clarão de forte luz verde, um chiado escaldante. A velha rosnou feito um cachorro, agarrou o rosto com dedos que pareciam garras. Kitty voltou a cabeça.

— George...!

Do bolso, o taberneiro puxou uma caixinha delicada e comprida. Jogou-a para Kitty, num gesto duro e rápido, acima dos gritos e cabeças erguidas dos homens e das mulheres mais próximos. Ela pegou-a numa das mãos, girou-a num único movimento e lançou-a na figura que se retorcia...

A velha tirou os dedos do rosto, que em grande parte desaparecera. Entre os alinhados cabelos brancos e o colar de pérolas no pescoço reluzia uma massa informe. Não tinha forma regular, nem feições. Kitty ficou pasma; hesitou. A mulher sem rosto ergueu a mão e disparou outro brilhante jato de luz safira, atingindo em cheio Kitty e envolvendo-a num vórtice de tremeluzente energia. Ela gemeu. Os dentes chocalharam na caveira; cada osso pareceu soltar-se dos vizinhos; luzes deslumbrantes cegaram-na. Ela sentiu as roupas ardendo no corpo.

Cessou o ataque; os raios de energia azul desapareceram: de onde fora suspensa, cerca de um metro acima, Kitty caiu bamba no chão.

A velha dobrou e desdobrou os dedos, grunhiu de satisfação e olhou a sala em volta. Para todos os lados, pessoas fugiam, derrubando mesas, mandando cadeiras pelos ares, chocando-se umas com as outras, guinchando de medo mortal; o rapaz louro escondia-se atrás de um barril. Do outro lado da sala, viu George Fox esgueirando-se para uma arca ao lado da porta. Outra explosão — mas ele se lançara em desespero para um lado: uma parte do balcão se desintegrou num monte de vidro e lascas de madeira; George rolou para trás de uma mesa e desapareceu.

Ignorando os lamentos e correrias em volta, a velha virou-se mais uma vez para sair. Ajeitou o colar de duas voltas, afastou uma mecha grisalha do rosto arruinado, passou por cima do corpo de Sam e estendeu o braço para a porta.

Outro assobio, agudo e impertinente, soou acima do clamor. A velha imobilizou-se com os dedos na maçaneta. Inclinou a cabeça para um lado e voltou-se.

Então Kitty, que tinha os olhos ligeiramente vesgos, as roupas raiadas e rasgadas, os cabelos eriçados como uma juba de algodão, mas conseguira levantar-se apesar disso, jogou a caixinha. Quando caiu nos pés da velha, Kitty disse uma única palavra.

Uma explosão de luz, rasgando em sua intensidade; uma coluna de chama, de dois metros de diâmetro, ergueu-se do chão ao teto. Tinha os lados absolutamente lisos, parecendo mais um pilar que uma coisa que se movia. Cercou a velha de todos os lados, como um inseto dentro de âmbar; cabelos grisalhos, colar de pérolas, vestido azul, tudo. O pilar solidificou-se, de repente ficou opaco, e aprisionou a velha lá dentro.

A luz esmaeceu, o pilar tornou-se frágil e nebuloso. Desapareceu, deixando uma perfeita marca de queimadura circular no chão. A velha de rosto derretido se fora.

A princípio, a sala da Rã ficou absolutamente quieta: uma devastação de mesas viradas, cadeiras esmagadas, fragmentos de madeira, corpos caídos e dominós espalhados. Só Kitty permanecia de pé, braços entreabertos, respirando forte, olhando o espaço vazio diante da porta.

Então, um a um, os membros começaram a manifestar choque e pavor; moviam-se no chão, despertavam, levantavam-se devagar, começavam a gemer e balbuciar. Kitty continuou calada; olhava o balcão arruinado. De um ponto distante ao longo dele surgiu o rosto de George. Olhou para ela sem uma palavra.

Ela ergueu uma sobrancelha.

— Então?

— Deixe que eles recuperem o fôlego. Depois podem ir embora. A esfera de vigilância não deve notar nada.

Com movimentos lentos, rígidos, Kitty foi até o próximo monte de madeira estilhaçada e contornou o corpo do garçom do bar. Empurrando para o lado de um lacrimoso cavalheiro que engatinhava para a saída, fechou a porta. Ficou ali durante cinco minutos, enquanto os assustados clientes se recuperavam, e deixou-os sair, um a um.

O último a sair foi Nicholas Drew, que surgira de trás do barril. Os olhos dos dois se encontraram; ele parou na porta.

— Oi, Kitty — ele disse. — Ainda enérgica como sempre, estou vendo.

A expressão dela não mudou.

— Nick.

O jovem alisou os cabelos para trás e começou a abotoar o paletó.

— Não se preocupe — disse. — Vou esquecer até mesmo que vi você. Nova vida, essa coisa toda. — Olhou os detritos em volta. — A menos que você queira se juntar na Aliança dos Plebeus. Precisamos de alguém como você.

Ela balançou a cabeça.

— Não, obrigada. Estou feliz assim.

Ele assentiu.

— Certo. Bem, então. Adeus. E... boa sorte.

— Adeus, Nick.

Ela fechou a porta atrás dele.

George Fox agachava-se sobre o corpo de Sam; rostos brancos, aterrorizados, olhavam da cozinha. Kitty encostou-se na porta e fechou os olhos. Só um demônio — um espião — fizera aquilo tudo. Em Londres havia centenas deles. Ao mesmo tempo, na semana seguinte, as pessoas iam voltar à Rã para conversar, debater e nada fazer. Enquanto isso, todo dia, de um lado a outro de Londres, ouviam-se brevemente vozes de protestos — rápida e brutalmente cortadas. As manifestações eram inúteis. A conversa era inútil. *Tinha* de haver outra maneira.

Talvez houvesse. Era tempo de pôr em prática o seu plano.

Nathaniel

12

A noite caíra sobre a mansão do primeiro-ministro em Richmond. Nos gramados do lado oeste, várias colunas altas haviam sido erguidas; nos topos ardiam luminárias de diabretes coloridas, iluminando a cena com uma fantástica radiação. Criados em vistosas vestes de pássaro de fogo e salamandras vagavam aqui e ali, oferecendo comida e bebida. Na negra muralha de árvores além do lago músicos invisíveis tocavam uma doce pavana; os sons passavam delicados acima das vozes dos convidados.

Os grandes do Império serpeavam pelo jardim, falando em voz baixa, desanimados, olhando os relógios. Usavam trajes formais e casacas; tinham as feições ocultas por trás de ornadas máscaras de animais, pássaros e demônios. Essas festas eram uma das muitas extravagâncias do sr. Devereaux, e haviam se tornado bastante comuns no período da guerra.

John Mandrake encostou-se numa coluna, olhando os convidados passarem. Sua máscara era feita de lascas de pedra lunar, habilmente montadas para assemelhar-se à cabeça de um lagarto albino. Sem dúvida bem feita, objeto de admiração, mas ainda assim não se encaixava. Ele achava difícil ver, e duas vezes pisara nos canteiros de flores. Soltou um suspiro. Nenhuma palavra ainda de Bartimaeus... Teria esperado *alguma coisa* a essa altura.

Um grupinho passou por ele, um pavão cercado por duas atentas linces fêmeas e uma dríade bajuladora. Na pança do pavão e no presunçoso gaguejar ele reconheceu o sr. Collins; as mulheres, na certa, eram magas menores de seu departamento, ávidas por promoção. Mandrake franziu o cenho. Collins e o resto haviam-se apressado a criticá-lo quando ele levara o Cajado ao Conselho. Passara o resto da sessão suportando uma dezena de insinuações torpes, além do gélido olhar de Devereaux. Não havia dúvida, sua proposta fora imprudente, um erro idiota para um político.

Ao diabo com a política! Suas convenções o sufocavam — sentia-se como uma mosca capturada numa teia. Passara toda a *vida* apaziguando Devereaux, combatendo os rivais dele. Era preciso *alguém* para firmar o Império antes que fosse tarde demais. *Alguém* tinha de desafiar os outros, e usar o Cajado.

Antes de deixar Whitehall, Mandrake descera aos subterrâneos embaixo do Salão das Estátuas. Não ia ali fazia anos; agora, parado ao pé da escada, ficou surpreso ao ver uma linha de tijolos vermelhos incrustada no chão na outra ponta da câmara. Um corpulento amanuense, que saltara de uma mesa, aproximou-se.

Mandrake balançou a cabeça para ele.

— Quero inspecionar os cofres do tesouro, se possível.

— Certamente, sr. Mandrake. Quer ter a bondade de seguir-me?

Atravessaram a câmara. Ao lado dos tijolos vermelhos, o amanuense parou.

— Nessa conjuntura, senhor, devo pedir-lhe que tire qualquer objeto mágico que traga consigo e dispense qualquer presença invisível. A linha assinala o limite. Além dos tijolos não se permite nada mágico, nem mesmo um Encanto. O mais simples vestígio invocará um tremendo castigo.

Mandrake vasculhou o escuro e nu corredor à frente.

— É mesmo? De que tipo?

— Não tenho permissão de dizer, senhor. Não tem nada fantástico a declarar? Depois poderemos prosseguir.

Entraram num labirinto de estreitos corredores de pedra branca, mais antigos que os prédios do Parlamento acima. Aqui e ali, portas de madeira, escuras aberturas. Lâmpadas elétricas iluminavam o corredor central. Mandrake olhou com atenção, mas não viu sinal do alçapão oculto. O amanuense olhava apenas direto em frente; enquanto caminhava, trauteava baixinho.

Acabaram por chegar a uma grande porta de aço. O amanuense apontou.

— A sala dos tesouros.

— Podemos entrar?

— Não seria aconselhável, senhor. Há uma grade de observação, se o senhor desejar.

Mandrake aproximou-se, afastou uma minúscula janela no centro da porta. Espiou. Do outro lado havia um aposento fortemente iluminado e de tamanho considerável. Distante, no centro, um plinto de mármore rosa e branco. No plinto, em plena vista, os mais preciosos tesouros do governo — uma pequena pilha de ornamentos, luzindo com uma dúzia de cores. Os olhos de Mandrake logo avistaram o Cajado de madeira, bruto e sem enfeites, com uma bola visivelmente esculpida na ponta. Além disso, vislumbrou um curto colar de ouro, com um pequeno oval de ouro suspenso; no centro do oval, um clarão forte e escuro de jade.

O Cajado de Gladstone e o Amuleto de Samarkand... Mandrake sentiu a aguda dor interna da privação. Vasculhou os primeiros três planos: não havia sinais de feitiços, fios, teias ou quaisquer outros guardas. Mesmo assim, os tijolos em volta da base da coluna eram de uma curiosa cor verde; tinham uma aparência doentia.

Ele se afastou da grade.

— O que guarda o aposento, se posso perguntar?

— Uma Pestilência, senhor. Particularmente voraz. Deixaria o senhor reduzido aos ossos em segundos, se decidisse entrar sem avisar.

Mandrake olhou o amanuense.

— Exato. Muito bem. Vamos embora.

Uma rajada de risos veio da casa. Mandrake olhou o coquetel azul que tinha no copo. Se a visita ao cofre provara alguma coisa, era que Devereaux pretendia agarrar-se inteiramente ao poder. O Cajado estava fora de alcance. Não que ele de fato quisesse... Bem, não sabia *o quê* pretendia de fato. Achava-se num humor azedo; o grupo e todas as suas safadezas deixavam-no frio. Ergueu o copo e engoliu o líquido. Tentou lembrar a última vez que fora feliz.

— John, seu velho lagarto! Vejo que está de cara amarrada nessa parede.

Do outro lado do gramado vinha um cavalheiro baixo e redondo, esplendidamente vestido num traje azul-turquesa. Usava a máscara de um feroz diabrete sorridente. Pelo braço trazia um jovem com uma máscara de cisne agonizante. O rapaz dava risadinhas incontroláveis.

— John, John — disse o diabrete. — Está ou não se divertindo a valer?

Deu um tapa de brincadeira no ombro de Mandrake. O rapaz soltou uma gargalhada abafada.

— Oi, Quentin — murmurou Mandrake. — Se divertindo?

— Quase tanto quanto o jovem Rupert. — O diabrete apontou a casa, onde uma figura saltitante com cabeça de touro era iluminada contra as janelas. — Isso realmente o deixa louco, você sabe. Pobre querido.

Mandrake ajustou a máscara de lagarto.

— E quem é esse jovem cavalheiro?

— Este — disse o diabrete, puxando a cabeça do cisne para si — é o jovem Bobby Watts, estrela de minha próxima extravagância. Rapaz de talento meteórico! Não esqueça, não esqueça — parecia meio inseguro nos pés — que a *première* de *De Wooping a Westminster* está quase em cima. Estou lembrando a todo mundo. Dois dias, Mandrake, dois dias! Com certeza, vai mudar as vidas de todos que virem! Hem, Bobby? —

deu um rude empurrão no jovem. — Agora vá nos buscar uma bebida! Tenho uma coisa a dizer ao meu amigo de escamas aqui.

A cabeça de cisne afastou-se, tropeçando no gramado. Mandrake observou-o em silêncio.

— Agora, John — o diabrete se aproximou —, venho mandando recados há dias. Creio que você andou me ignorando. Quero que venha me visitar. Amanhã. Não vai esquecer, vai? É importante.

Por baixo da máscara, Mandrake franziu o nariz ao cheiro de bebida que vinha do outro.

— Sinto muito, Quentin. O Conselho se arrastou indefinidamente. Não pude me afastar. Amanhã vou poder.

— Ótimo, ótimo. Você sempre foi o mais brilhante, Mandrake. Continue assim. Boa noite, Sholto! Creio que reconheço você.

Passava uma figura imensa, com a máscara incongruente de um cordeirinho; o diabrete desgrudou-se de Mandrake, cutucou o recém-chegado com um dedo e saiu valsando.

O lagarto e o cordeiro se entreolharam.

— Esse Quentin Makepeace — disse o cordeiro com um tom profundo e sincero. — Não gosto dele. É insolente, e creio que mentalmente desequilibrado.

— É animado, sem dúvida. — Consigo mesmo, Mandrake partilhava os sentimentos do cordeiro. — Bem, bem. Não vejo você há muito tempo, Sholto.

— De fato. Estive na Ásia. — O homenzarrão suspirou e apoiou-se pesadamente na bengala. — Estou reduzido a ser o batedor de meus próprios produtos agora. Tempos difíceis.

Mandrake assentiu. A fortuna de Sholto Pinn jamais se recuperara de todo após a destruição da carga de sua nau capitânia durante o reinado de terror do golem. Embora ele tivesse com muito esforço reconstruído a loja, as finanças tornaram-se perigosas. Isso coincidiu com a guerra e a perturbação do comércio; menos artefatos chegavam a Londres, e menos magos se dispunham a comprá-los. Como muitos nos últimos anos, Pinn envelhecera visivelmente. O corpo imenso parecia encolhido; o terno branco pendia-lhe frouxo dos ombros. Mandrake sentiu um pouco de pena dele.

— Quais são as notícias da Ásia — perguntou. — Como vai o Império?

— Esses trajes *idiotas*, juro que me deram o mais ridículo de todos. — Pinn ergueu a máscara de cordeiro e passou o lenço pelo rosto suado. — O Império, Mandrake, está afundando. Fala-se de rebelião na Índia. Magos das montanhas do norte convocam sem parar demônios para o ataque, ou pelo menos é o que se diz. Nossas guarnições em Deli pediram a nossos aliados japoneses ajuda para a defesa da cidade. Imagine só! Temo por nós, temo mesmo. — O velho suspirou e repôs a máscara. — Que tal pareço, Mandrake. Um cordeiro saltitante?

Dentro da máscara, Mandrake riu.

— Já vi mais ágeis.

— Foi o que pensei. Bem, se tenho de fazer papel de idiota, vou fazer de barriga cheia. Ei, moça!

Ergueu a bengala e partiu na direção de uma criada. Mandrake viu-o afastar-se, o momentâneo bom humor evaporando-se rapidamente no frio ar noturno. Olhou o vazio céu da noite acima.

Sentado num jardim há muito tempo, lápis na mão.

Jogou o copo atrás da coluna e partiu na direção da casa.

No saguão da mansão, um pouco afastada do mais próximo grupo de convivas, Mandrake viu Jane Farrar. A máscara dela — uma ave do paraíso com finas plumas cor de damasco — pendia-lhe do pulso. Estava prestes a vestir o casaco de viagem, seguro por um impassível criado. Ao se aproximar Mandrake, o homem afastou-se.

— Indo embora tão cedo?

— É. Estou cansada. E se Quentin Makepeace me pegar de novo para falar daquela desgraçada peça dele mais uma vez, vou bater nele.

Fez um beicinho encantador.

Mandrake aproximou-se mais.

— Eu escolto você de volta, se quiser. Também já acabei por aqui.

Com um movimento descuidado, retirou a máscara.

Ela sorriu.

— Tenho três djins e quatro trasgos para me escoltar, se eu precisar. Que pode você me oferecer e eles não?

O melancólico desapego que vinha aumentando nele a noite toda incendiou-se então em súbita inquietação. Pouco estava ligando para implicações ou conseqüências; a proximidade de Jane Farrar o tornava ousado. Tocou de leve a mão dela.

— Vamos pegar meu carro e voltar para Londres. Eu lhe farei perguntas na viagem.

Ela riu.

— É uma longa viagem, sr. Mandrake.

— Talvez eu tenha muitas perguntas.

Jane Farrar passou o braço pelo dele; juntos, avançaram pelo saguão. Vários pares de olhos os observaram ao passarem.

O vestíbulo da mansão estava desocupado, a não ser por dois criados parados de pé na porta. Uma lareira crepitava por baixo de uma muralha de cabeças de veados e baças cotas d'armas, roubadas muito tempo atrás de lares estrangeiros. Um grande vitral na parede defronte mostrava os prédios do centro de Londres: a abadia, o palácio de Westminster, os principais prédios do governo ao lado do Tâmisa. As ruas estavam cheias de multidões de adoradores; no centro do pátio do palácio a radiante figura do primeiro-ministro, as mãos erguidas num gesto de bênção. O vidro brilhava baço sob as luzes do saguão: atrás erguia-se a laje escura da noite.

Abaixo da janela havia um sofá baixo e verde, coberto de almofadas de seda.

Mandrake parou.

— Está quente aqui. Espere enquanto eu procuro meu chofer.

Jane Farrar não soltou o braço, mas olhou o sofá.

— Ou podíamos ficar *os dois* um tempo aqui...

— É verdade.

Ele voltou o rosto dela para si, o corpo formigando. Jane teve um pequeno arrepio.

— Sentiu isso também? — perguntou.

— Sim — ele disse baixinho —, mas não fale.

Ela empurrou-o.

— Foram nossas redes de sensores, seu tolo. Alguma coisa os disparou.

— Oh. Sim.

Ficaram parados ouvindo a madeira estalar na lareira, o barulho abafado da festa no jardim além do corredor. Ao longe, acima de tudo isso, vinha um zumbido alto e agudo.

— É o alarme de Nexo de Devereaux — ele disse. — Alguma coisa invadiu os jardins, vinda de fora.

Ela franziu a testa.

— Os demônios vão interceptar.

— Parece que estão atacando o intruso...

De algum ponto além do vitral ecoaram gritos em gargantas não humanas, junto com barulhos fortes, como trovões a rolar e ricochetear em montanhas distantes. Os dois magos ficaram calados. Ouviam fracos gritos no jardim.

Os barulhos aumentaram de volume. Um homem de óculos escuros e smoking passou correndo, murmurando uma fórmula mágica. Plasmas laranja-escuro lampejavam na palma de sua mão; com a outra, ele abriu a porta principal e desapareceu.

Mandrake fez que ia segui-lo.

— Devemos ir ver...

— Espere, John! — Jane Farrar concentrava o olhar no alto, na janela. — Está vindo para cá...

Ele também olhou, paralisado, os painéis de vidro, subitamente iluminados por variada cor pelo clarão de luz do lado de fora. Os barulhos aumentaram mais. Agora era como se um furacão se abatesse sobre eles

— uma explosão estridente de loucura e ferocidade. Tornou-se cada vez mais alto. Eles recuaram. Soaram explosões e berros horríveis. Outro clarão: e por instante viram recortada a silhueta de um gigante, forma monstruosa, só tentáculos, asas e garras que pareciam foices, lançando-se para a janela.

Mandrake arquejou. Jane gritou. Caíram para trás, agarrando-se um ao outro.

Uma explosão de sombra negra encheu a janela e bateu no vidro...

Um tinido! Um pequeno painel no meio da janela, o que mostrava o primeiro-ministro, explodiu em mil pedaços. Por ele passou um minúsculo objeto, lampejando cor de esmeralda à luz do saguão e arqueando-se no ar. Caiu no chão de ladrilhos à frente deles com um barulho macio e triste, ricocheteou uma vez e quedou-se bambo.

Os dois magos, mudos, o olhavam. Uma rã sem vida.

Continuaram a ouvir barulho do lado de fora da janela, porém mais fracos agora, recuando a cada segundo. Um ou dois novos clarões iluminaram um instante a janela, depois a noite ficou mais uma vez escura.

Mandrake curvou-se sobre a rã embolada. Tinha as pernas curvadas e espalhadas, a boca meio aberta, os olhos bem fechados. Um curioso fluido incolor espalhava-se devagar pelos ladrilhos em volta. O coração disparado, Mandrake usou as lentes: em todos os três planos a rã parecia exatamente a mesma.

— O que é essa criatura hedionda? — Jane Farrar tinha o rosto pálido contorcido de nojo. — Vou chamar meu djim para vê-la nos planos superiores, depois podemos jogar...

Mandrake ergueu a mão.

— Espere — curvou-se para mais perto e falou à rã: — Bartimaeus?

A srta. Farrar franziu a testa.

— Quer dizer que essa coisa é...?

— Não sei. Fique calada. — Tornou a falar à rã, desta vez mais perto da pobre cabeça curvada. — Bartimaeus... é você? Sou eu... — Parou e umedeceu os lábios. — Seu amo.

A rã mexeu uma das patas. Mandrake agachou-se e ergueu o olhar excitado para a companheira.

— Ainda está vivo! Você viu...?

Os lábios de Jane eram uma linha dura. Ela se manteve um pouco afastada, como se sutilmente se distanciasse da cena. Surgiram um ou dois palafreneiros de olhos arregalados na periferia do saguão; com movimentos irritados, ela os mandou embora.

— Não vai continuar vivo por muito tempo. Veja a essência se esgotando. Você pediu que ele viesse aqui?

Mandrake não a olhava; examinava ansioso o corpo no chão.

— Sim, sim, dei uma ordem em aberto a ele. Devia voltar quando tivesse informação sobre Hopkins — tentou de novo. — Bartimaeus!

Um súbito interesse surgiu na voz de Jane.

— É mesmo? E pelos barulhos que ouvimos parece que ele era perseguido. Interessante! John, temos pouco tempo para perguntas. Em algum lugar próximo, Devereaux deve ter sua câmara de pentáculo. Será uma coisa por pouco, mas se usarmos força suficiente antes que a criatura perca *toda* a essência, podemos...

— Silêncio. Ele está acordando.

As costas da rã tornaram-se borradas e indistintas. A pata da frente mexera-se de novo. Ainda assim, uma das pálpebras de repente tremulou; e foi-se abrindo por miúdos aumentos. Um olho saltado olhou para fora, nublado e sem foco.

— Bartimaeus...

Uma vozinha miúda, como se viesse de muito longe:

— Quem quer saber?

— Mandrake.

— Oh. Eu pensei que valia... a pena despertar por um minuto lá.

A cabeça cedeu, a pálpebra caiu.

A srta. Jane aproximou-se e cutucou a pata da rã com o sapato pontudo.

— Cumpra sua missão — disse. — Nos fale de Hopkins.

A rã abriu um pouco um dos olhos. Girou-o dolorosamente e focalizou-o por um instante nela. A vozinha miúda tornou a soar.

— Essa ave é sua? Me diga que não é. Oh, Deus do céu!

Fechou o olho de novo, e apesar dos pedidos de Mandrake e Jane juntos, não o reabriu. Mandrake sentou-se nos calcanhares e correu a mão angustiada pelos cabelos.

Jane pôs a mão impaciente no ombro dele.

— Se componha, John. É só um demônio. Veja a essência derramada! Se não tomar medidas imediatamente, vamos perder a informação!

Ele se levantou então, e olhou-a com um ar cansado.

— Acha que podemos despertá-lo?

— Acho, sim, com as técnicas certas. A Bobina Tremulante ou a Grade de Tortura da Essência, talvez. Mas eu diria que temos menos de cinco minutos. Não posso manter a forma dele.

— Essas técnicas o destruiriam.

— É. Mas teríamos a informação. Vamos lá, John. Você! — Estalou os dedos para um criado que pairava na periferia de um pequeno grupo de convidados curiosos. — Venha cá! Traga uma bandeja de lixo e alguma espécie de pá... precisamos raspar logo essa sujeira.

— Não... há outro jeito.

Mandrake falou em voz baixa, baixa demais para a srta. Farrar ouvir. Enquanto ela dava ordens aos homens em volta, ele se agachou mais uma vez ao lado da rã e emitiu um longo e complexo bruxedo em voz baixa. As patas da rã tremeram; uma leve névoa cinzenta desprendeu-se de seu corpo, como de ar frio batendo no calor. Com grande rapidez o corpo da rã se derreteu na névoa; a névoa enroscou-se em torno dos sapatos de Mandrake e afastou-se.

A srta. Farrar voltou-se e viu Mandrake se levantando. A rã desaparecera.

Por alguns segundos, ela ficou a olhá-lo, pasma.

— Que foi que você fez?

— Dispensei meu criado.

Olhava para outro lado. Passava os dedos de uma das mãos no colarinho.

— Mas... a informação! Sobre Hopkins.

Estava verdadeiramente pasma.

— Pode ser adquirida por meu criado em dois dias. A essa altura, a essência terá se curado o suficiente no Outro Lugar para ele poder falar comigo.

— Dois dias! — A srta. Farrar deu um longo guincho de raiva. — Isso pode ser tarde demais! Não temos idéia do que Hopkins...

— Ele era um criado valioso — disse Mandrake. Olhou-a, e tinha os olhos baços e distantes, embora o rosto tivesse enrubescido com as palavras. — Não será tarde demais. Eu vou falar com ele quando ele ficar bom.

Os olhos de Jane lampejaram, sinistros. Ela se aproximou, e ele captou uma súbita onda com cheiro de romãs, com uma pitada de limão.

— Pensei — ela disse — que você valorizasse mais meu olhar que a gosma espalhada de um demônio agonizante. Essa criatura falhou! Foi encarregada de trazer informação e não pôde fazê-lo. Informação importante havia... e você o liberou!

— Só temporariamente.

Mandrake acenara com a mão e falara uma sílaba sem ar: um Bulbo de Silêncio cercou-os, bloqueando suas palavras da considerável multidão que agora se empurrava na entrada do jardim para o saguão. Ainda usavam as máscaras: ele vislumbrou as cores cintilantes e vibrantes, as formas estranhas e exóticas, as fendas de olhos vazias. Ele e Jane eram os únicos magos sem máscara — isso o fez sentir-se exposto e nu. Além do mais, sabia que não tinha resposta de fato para a raiva dela, pois suas ações haviam tomado de surpresa até a ele mesmo. O que o deixou furioso por sua vez.

— Por favor, se controle — disse friamente. — Eu trato meus escravos da forma que quiser.

Ela deu uma risada breve e selvagem.

— Trata mesmo. Seus escravos... ou talvez queira dizer seus *amiguinhos*.

— Ora, vamos lá...

— Chega. — Ela deu-lhe as costas. — As pessoas já vêm caçando seus pontos francos há algum tempo, Mandrake — disse, voltando-se para trás —, e eu, sem querer, descobri. Extraordinário! Jamais adivinharia que você era um idiota tão sentimental.

A capa girou à sua volta; com passos decisivos, ela passou por uma membrana do Bulbo e, sem mais um olhar para trás, deixou o saguão pisando forte.

Ele a viu partir. Inspirou fundo. Depois, com uma única palavra, dispensou o Bulbo de Silêncio e foi avidamente recebido por um oceano de barulho e especulação.

Parte Três

Alexandria
125 a.C.

Naquela, como em todas as manhãs, um grupinho de suplicantes reunia-se diante dos apartamentos de meu amo Ptolomeu. Estavam ali muito antes do amanhecer, envoltos em xales, as pernas roxas e tremendo, em paciente espera do sol. Quando a luz se derramou sobre o rio, os criados do mago abriram as portas e nos deixaram entrar, um a um.

Naquela, como em todas as manhãs, a lista de queixas, injustiças e puras e simples desgraças era recitada e considerada. A alguns davam-se conselhos. A uns poucos (os mais obviamente cobiçosos ou iludidos) recusava-se ajuda. Ao resto, prometiam-se e cumpriam-se ações de um ou outro tipo. Diabretes e trasgos partiam pelas janelas e atravessavam voando a cidade numa variedade de missões. Viu-se um certo nobre djim partir e, após algum tempo, retornar. Durante várias horas um constante fluxo de espíritos ia e vinha. Era uma casa muito movimentada.

Às onze e meia fecharam-se as portas e encerrou-se o dia. Daí em diante, por um caminho de trás (para evitar pedintes que ainda se demoravam, e que o atrasariam), o mago Ptolomeu partiu para a Biblioteca de Alexandria, a fim de reiniciar seus estudos.

Nós atravessávamos o pátio diante do prédio da biblioteca. Era hora de almoço, e Ptolomeu desejava comprar pão de anchova no cais. Eu andava ao seu lado como um escriba egípcio, calvo e de pernas cabeludas, muito ocupado em discutir com ele a filosofia dos mundos.[1] Um ou dois sábios passaram por nós: gregos briguentos; romanos magros, de olhos ardentes e pele macia; escuros nabateus e corteses diplomatas de Meroe e da distante Párcia, todos ali para beberem conhecimento dos profundos poços egípcios. Quando já íamos deixando os terrenos da biblioteca, soou uma explosão de trombetas mais adiante na rua. Vinha um grupinho de soldados, as cores ptolomaicas flutuando nos chuços. Separaram-se e revelaram o primo de Ptolomeu, filho do rei e herdeiro do trono do Egito, que subia oscilando os degraus. Em seu séquito vinha um punhado de favoritos adoradores — bajuladores e sabujos até o último.[2] Meu amo e eu paramos; curvamos a cabeça na forma tradicional de respeito.

— Primo! — O filho do rei também parou; usava uma túnica apertada na barriga, úmida do suor que a breve caminhada lhe extraíra da carne. Tinha o rosto inchado de vinho, a aura oscilava junto. Os olhos eram duas moedas baças sob as pálpebras pesadas. — Primo! — tornou a dizer. — Pensei em lhe fazer uma visitinha.

Ptolomeu tornou a curvar-se.

— Meu senhor. É uma honra, por certo.

— Pensei em ver onde você passa seus dias amuado, em vez de ficar a meu lado — inspirou —, como deve fazer um primo leal. — Os bajuladores deram risinhos. — Felipe, Alexandre e todos os meus outros primos têm explicações. Estão lutando no deserto, trabalham como embaixadores em principados no leste e no oeste. Provam sua lealdade à nossa dinastia. Mas você... — Uma pausa; ele pegou o pano molhado da túnica. — *Bem*. Podemos contar com *você*?

[1]Ele afirmava que a ligação entre os dois devia ter um objetivo: era tarefa dos magos e espíritos trabalhar para maior entendimento de qual seria esse objetivo. Eu encarava isso (polidamente) como pura bobagem. A pouca interação que existia entre nossos mundos não passava de uma cruel aberração (a escravização de nós, djins), que devia ser encerrada o mais breve possível. Nossa discussão se acalorara, e só se evitavam as vulgaridades terrenas por minha preocupação com a pureza retórica.

[2]Incluíam altos sacerdotes, nobres do reino, parceiros de farra em espeluncas, lutadores profissionais, uma mulher barbada e um anão. O filho do rei tinha um apetite mimado e gostos diversificados; um círculo social amplo.

— De qualquer forma em que queira que eu o sirva.

— Mas *podemos*, Ptolomeu? Você não sabe sacar uma espada ou esticar um arco com esses seus braços de mocinha; logo, onde está sua força, hem? Aqui *em cima.* — Bateu na cabeça de meu amo com um dedo vacilante. — Foi o que eu soube. Aqui em cima. Que faz neste lugar triste então, sem tomar sol?

Ptolomeu curvou modestamente a cabeça.

— Estudo, meu senhor. Os papiros e livros de registro que os dignos sacerdotes compilaram, desde tempos imemoriais. Obras de história e religião...

— E magia também, claro. Obras proibidas.

Isso foi dito por um sacerdote alto, de manto negro, cabeça raspada e barro branco espalhado de leve sob os olhos. Cuspiu as palavras em voz baixa, como uma cobra lançando veneno. Provavelmente, era um mago ele próprio.

— Ah! Sim. Todo tipo de perversidade. — O filho do rei chegou-se um pouco mais para perto; vapores azedos pairavam em volta de suas roupas e saíam-lhe da boca. — As pessoas o celebram por isso, primo. Você usa sua magia para atraí-las, conquistá-las para si. Eu soube que vão diariamente à sua casa testemunhar seu demonismo. Soube de todo *tipo* de histórias.

Ptolomeu franziu os lábios.

— Soube, meu senhor? Isso transcende minha compreensão. É verdade que sou empesteado por alguns daqueles que decaíram de sorte. Ofereço conselhos a eles, nada mais. Sou apenas um rapaz... fraco, como você diz, e sem conhecimento do mundo. Prefiro ficar sozinho, buscando apenas um pouco de conhecimento.

A afetação de humildade (pois *era* afetação — Ptolomeu tinha uma fome de conhecimento tão voraz quanto o desejo de poder do filho do rei, e era muito mais viril) pareceu enfurecer o príncipe, levando-o a um paroxismo. O rosto dele ficou escuro como carne crua; pequenas serpentes de saliva balançavam nos cantos da boca.

— Conhecimento, hem? — ele gritou. — Sim, mas de que espécie? E para quê? Os manuscritos e estilos não são nada para um homem de verdade, mas nas mãos de pálidos necromantes podem ser mais mortais que o mais forte ferro. Dizem que no antigo Egito os eunucos reuniam exércitos com o bater de um pé e varriam os faraós de direito para o mar! Não pretendo deixar que isso aconteça *comigo*. De que é que *você* está rindo, escravo?

Eu não pretendera sorrir. Apenas gostara da história dele, pois estivera na linha de frente do exército que fizera a limpeza, mil anos antes. É bom quando se causa impressão. Eu me curvei e fiz um rapapé.

— Nada, meu amo. Nada.

— Você sorriu, eu vi! *Ousa* rir de mim... o herdeiro real?

A voz tremia; os soldados conheciam os sinais. Fizeram poucos ajustes com as lanças. Ptolomeu emitiu ruídos aplacadores.

— Ele não pretendeu ofender, meu senhor. Meu escriba nasceu com um infeliz tique facial, uma careta que na luz crua pode parecer um sorriso maldoso. É um mal triste...

— Vou mandar espetar a cabeça dele no Portão do Crocodilo! Guardas...

Os soldados baixaram as lanças, cada um mais determinado que o outro a encharcar as pedras com meu sangue. Esperei mansamente pelo inevitável.[3]

Ptolomeu adiantou-se.

— Por favor, primo. Isso é ridículo. Eu lhe peço...

— Não. Não vou discutir. O escravo morrerá.

— Então eu devo *dizer* a você.

De repente, meu amo estava perto demais do primo abrutalhado; parecia de algum modo mais alto, e o equivalente em peso. Os olhos negros fitavam direto os aguados do outro, que se retorciam nas órbitas como um peixe num espeto. O filho do rei acovardou-se e encolheu-se; seus

[3]Isto é, um redemoinho de massacre. Executado por mim.

soldados e seguidores se mexeram, nervosos. O calor do sol diminuiu; o pátio escureceu. Um ou dois dos soldados tinham as pernas arrepiadas.

— Você vai deixá-lo em paz — disse Ptolomeu, a voz baixa e clara. — Ele é meu escravo, e eu digo que não merece castigo. Vá embora com seus lacaios e volte a seus tonéis de vinho. Sua presença aqui perturba os sábios e não traz crédito à sua família. Suas insinuações, igualmente. *Está entendendo?*

O filho do rei curvara-se tanto para trás, evitando o olhar penetrante, que metade de sua capa arrastava no chão. Ele emitiu um ruído que parecia de um sapo acasalando-se no pântano.

— Sim — coaxou. — Sim.

Ptolomeu afastou-se. No mesmo instante, pareceu diminuir; a escuridão que se formara em torno do grupinho como uma nuvem de inverno se desfez e desapareceu. As pessoas à volta relaxaram. Os sacerdotes esfregaram as nucas; os nobres expiraram ruidosamente. Um anão espiou por trás de um lutador.

— Vamos, Rekhyt. — Ptolomeu rearrumou os manuscritos embaixo do braço e olhou o filho do rei com estudado desinteresse. — Adeus, primo. Estou atrasado para o almoço.

Fez que ia passar. O filho do rei, a cara branca e oscilando, disse uma palavra incoerente. Adiantou-se; de debaixo da capa surgiu uma faca. Com um rosnado, saltou ao lado de Ptolomeu. Eu ergui a mão e fiz um gesto: ouviu-se um impacto abafado, como de um bloco de alvenaria caindo num saco de banha. O filho do rei curvou-se, agarrando o plexo solar, a boca espumando, os olhos saltando. Caiu de joelhos. A faca rolou impotente sobre as pedras.

Ptolomeu seguiu andando. Quatro dos soldados saltaram inseguros; baixaram os chuços e emitiram ruídos agressivos. Eu girei as mãos num semicírculo: e lá voaram eles, um atrás do outro — cabeça para a frente, pés para trás, por cima das pedras do pátio. Um bateu num romano, outro, num grego; um terceiro deslizou um metro sobre o nariz. O quarto caiu sobre a tenda de um feirante e ficou meio enterrado por uma avalanche de doces e confeitos. Quedaram-se estendidos como ponteiros num relógio de sol.

Os outros no grupo eram covardes. Juntaram-se acovardados e não se mexeram. Eu mantinha cerrada vigilância sobre o velho sacerdote careca — via que ele estava tentado a fazer alguma coisa. Mas encontrou meus olhos e decidiu que era melhor viver.

Ptolomeu continuou andando. Eu o segui. Fomos procurar pão de anchova. Quando voltamos, cumprida nossa missão, o recinto da biblioteca estava silencioso e parado.

Meu amo sabia que o incidente não era auspicioso, mas o que lhe interessava eram seus estudos, e ele preferiu ignorar as implicações. *Eu*, porém, não, nem as pessoas de Alexandria. Boatos sobre o caso circularam rápido, uns mais criativos que outros.[4] O filho do rei era impopular; sua humilhação foi encarada com hilaridade geral, e cresceu a popularidade de Ptolomeu.

À noite eu flutuava acima nos ventos acima do palácio, conversando com os djins.

— Quais são as notícias?

— Notícias, Bartimaeus, do filho do rei. Ele está com a testa pesada de ira e suor. Murmura todo dia que Ptolomeu pode mandar um demônio destruí-lo e tomar o trono. O perigo pulsa em sua têmpora como um tambor.

— Mas meu amo só vive para escrever. Não se interessa pela coroa.

— Mesmo assim. O filho do rei remói o problema até tarde da noite, tomando vinho. Manda emissários em busca de homens que o ajudem a esmagar essa ameaça.

— Affa, eu lhe agradeço. Voe bem.

— Voe bem, Bartimaeus.

---

[4]Uma história, pichada nas paredes do porto e ilustrada com um animado desenho, mostrava o filho do rei curvado sobre uma mesa da biblioteca com a bunda de fora, sendo espancado com um açoite real por demônio ou demônios desconhecidos.

O primo de Ptolomeu era um idiota e um tolo, mas eu entendia os medos dele. Ele próprio não era um mago. Os magos de Alexandria não passavam de sombras ineficazes dos grandes do passado, sob os quais eu mourejei.[5] O Exército estava mais fraco que há gerações, e a maior parte, distante. Em comparação, Ptolomeu era de fato poderoso. Não havia dúvida de que o filho do rei estaria vulnerável se meu amo decidisse derrubá-lo.

O tempo passou. Eu vigiava e esperava.

O filho do rei encontrou os homens que procurava. Pagou-se. Uma noite de luar, quatro assassinos esgueiraram-se nos jardins do palácio e fizeram uma visita a meu amo. Como eu já disse, a visita foi de curta duração.

O filho do rei tomara a precaução de estar fora de Alexandria nessa noite: fora para o deserto caçar. Ao retornar, foi recebido, primeiro, por um bando de abutres que circulavam no céu acima do Portão do Crocodilo, depois, pelos corpos pendurados dos assassinos. Os pés deles roçaram as plumas de suas carruagens quando entraram na cidade. O rosto sarapintado de branco e roxo, o príncipe retirou-se para suas câmaras e não foi visto durante dias.

— Amo — eu disse. — Sua vida continua em risco. Você deve deixar Alexandria.

— Absolutamente impossível, Rekhyt, como você sabe. A Biblioteca fica aqui.

— Seu primo é seu inimigo implacável. Vai tentar de novo.

— E você estará lá para frustrá-lo, Rekhyt. Tenho toda confiança em você.

— Os assassinos eram apenas homens. O próximo que vier não será humano.

---

[5] Os antigos faraós contavam tradicionalmente com seus sacerdotes para esses serviços, e a dinastia grega não vira motivo para alterar essa política. Mas, apesar de os talentosos indivíduos do passado terem chegado ao Egito para exercer seu ofício, permitindo ao Império tornar-se forte nas costas dos djins a chorar, essa época havia muito passara.

— Tenho certeza de que você dará conta. Tem de se abaixar tanto? Isso me perturba.

— Hoje eu sou um diabrete. Os diabretes se abaixam. Escute — eu disse —, sua confiança em mim muito me satisfaz, mas francamente posso passar sem ela. Como posso passar sem estar na linha de fogo quando um marid vier bater em sua porta.

Ele deu uma risadinha dentro da taça.

— Um marid! Acho que você superestima a habilidade de nossos magos da corte. Num bolorento de uma perna só eu acredito.

— Seu primo joga a rede mais ampla. Bebe muito tempo com os embaixadores de Roma, e Roma, pelo que sei, é onde tudo acontece no momento. Todo mago daqui ao Tigre corre para lá em busca de glória.

Ptolomeu deu de ombros.

— Assim, ficará para sempre no bolso de Roma. Por que iriam me atacar?

— Para que ele fique sempre devedor deles. E enquanto isso *eu* estarei morto. — Soltei uma rajada de enxofre de aborrecimento: a feliz absorção de meu amo em seus estudos podia ser irritante. — Está tudo bem para *você* — gritei. — Você pode invocar qualquer número de nós para proteger sua pele. O que nós sofremos não vale um vintém furado.

Fechei as asas sobre o bico como um morcego amuado e fiquei pendurado do caibro do quarto.

— Rekhyt, você já me salvou a vida duas vezes. Sabe o quanto lhe sou grato.

— Palavras, palavras, palavras. Não significam necas.[6]

— Isso não é muito justo. Sabe a direção de meu trabalho. Desejo entender os mecanismos que nos dividem, humanos e djins; busco refazer o equilíbrio, estabelecer a confiança entre nós...

— Ééé, ééé... E enquanto faz isso eu estou guardando suas costas e esvaziando seu penico.

[6]Um pouco de jargão egípcio.

— *Agora* você está inventando. Quem faz isso é Anhotep. Eu jamais...

— Estou falando no sentido figurado. O que quero dizer é que, sempre que estou em seu mundo, estou encurralado. Você dá as ordens. A confiança não entra nisso.

O diabrete fuzilou o olhar através da membrana da asa e soltou outra erupção sulfurosa.

— Quer parar com isso? Eu tenho de dormir neste quarto esta noite. Então duvida de minha sinceridade, hem?

— Se quer minha opinião, amo, toda a sua conversa de reconciliação entre nossos povos não passa de papo furado.

— É mesmo? — Meu amo endureceu o tom da voz. — Muito bem, Rekhyt, eu tomo isso como um desafio. Creio que meus estudos estão chegando a um ponto em que eu talvez possa agir, além de falar. Como você sabe, estudei histórias das tribos do norte. A prática ali é os magos e espíritos fazerem concessões mútuas. Pelo que você e os outros me contaram, acho que posso fazer melhor.

Afastou a taça, levantou-se e começou a andar de um lado para outro da câmara.

O diabrete baixou as asas, incerto.

— Que quer dizer? Não estou entendendo.

— Oh, não precisa *me* entender — disse o rapaz. — Inteiramente o contrário. Quando eu estiver pronto, estarei entendendo *você*.

Nathaniel

13

Os infelizes incidentes que ocorreram na festa do primeiro-ministro em Richmond foram rápidos e confusos, e levou algum tempo para descobrir-se o que acontecera. As testemunhas entre os convidados da festa foram poucas, uma vez que, quando irrompeu a carnificina nos céus acima, a maioria já se jogara de cabeça nos canteiros de rosas e poços ornamentais. Contudo, após o sr. Devereaux reunir os magos responsáveis pela segurança da propriedade, e eles por sua vez reunirem os demônios que guardavam o perímetro, surgiu uma espécie de quadro.

Parece que o alarme disparou quando um djim em forma de rã manca invadiu o Nexo da propriedade. Era perseguida de perto por um grande bando de demônios, que acossavam, implacáveis, a presa a fugir pelos gramados. Os demônios da propriedade logo se meteram na confusão, atacando com valentia qualquer coisa que se mexesse, de modo que dois ou três dos invasores foram rapidamente destruídos, junto com três convidados, um submordomo e grande parte da estatuária antiga nos gramados sul, atrás dos quais a rã se abrigou por algum tempo. No caos, a rã escapou, entrando na própria casa, ao que os outros invasores viraram e abandonaram a cena. A identidade deles, e a de seus amos, permaneceu desconhecida.

Em contraste, a identidade do amo da rã logo foi estabelecida. Muita gente vira os acontecimentos no vestíbulo da mansão para John Mandrake escapar à detecção. Pouco depois da meia-noite arrastaram-no à presença do sr. Devereaux, do sr. Mortensen e do sr. Collins (os três mais importantes ministros que restavam na casa) e ele admitiu que dera ao djim em questão a liberdade para voltar a qualquer hora. Sob duro interrogatório, o sr. Mandrake foi então obrigado a dar alguns detalhes da operação na qual se empenhara seu demônio. Citou-se o nome do sr. Clive Jenkins, e logo se despacharam cinco medonhos ao apartamento dele em Londres. Após algum tempo eles voltaram. O sr. Jenkins não estava em casa. Seu paradeiro era desconhecido.

Como Mandrake nada sabia do que seu djim descobrira, e como invocar o ferido Bartimaeus imediatamente poderia destruir sua essência — sem se obter qualquer resposta —, abandonou-se o assunto por um primeiro momento. Ordenaram a Mandrake que comparecesse perante o Conselho três dias depois, a fim de convocar seu escravo para interrogatório.

Nesse meio tempo, o jovem mago carregou o peso do desagrado geral. O primeiro-ministro ficou fora de si, de fúria com a perda de sua estatuária grega, e o sr. Collins — que no princípio do alarme fora o primeiro a saltar no poço dos patos, apenas para se ver meio afogado debaixo de uma das mais gordas damas — o encarava com um ar sinistro, de sob uma camada de toalhas. O terceiro-ministro, sr. Mortensen, não sofrera ferimentos, mas havia anos detestava Mandrake. Juntos, condenaram-no por conduta irresponsável e cheia de segredos, e insinuaram uma ampla gama de castigos, embora deixassem os detalhes para depois da próxima reunião do Conselho.

O sr. Mandrake não deu respostas às acusações. Ele abandonou a mansao e foi conduzido de volta a Londres.

No dia seguinte, o sr. Mandrake tomou o café-da-manhã sozinho. A srta. Piper, apresentando-se como sempre para a primeira sessão informativa matinal, foi barrada por um criado. O ministro estava indisposto; ia recebê-la em seu gabinete mais tarde. Desconcertada, ela saiu.

Com passos de chumbo, o mago seguiu para o gabinete. O guarda na porta, tentando uma branda brincadeira, viu-se detonado por uma palpitação. Mandrake ficou um longo tempo sentado à sua mesa, fitando a parede.

Acabou por pegar o telefone e discar um número.

— Alô, escritório de Jane Farrar? Posso falar com ela, por favor? Sim, é Mandrake... Oh... Entendo. Muito bem.

Repôs o telefone no gancho.

Bem, tentara avisá-la. Que ela se recusasse a falar com ele dificilmente era culpa dele. Na noite anterior, fizera o possível para manter o nome dela de fora, mas não adiantara. A discussão deles fora vista. Sem dúvida, ela agora receberia uma reprimenda. Ele sentia apenas um leve interesse por isso; toda a idéia da bela srta. Farrar causava-lhe uma estranha repulsa.

A verdadeira estupidez no caso era que essa encrenca poderia ter sido evitada se ele fizesse exatamente o que ela dissera. Quase certamente, Bartimaeus teria recebido a informação sobre a trama de Jenkins que ajudaria a aplacar Devereaux. Ele devia tê-la arrancado de seu escravo sem pensar duas vezes. Em vez disso, porém... deixara-o ir embora. Era absurdo! O djim não passava de uma farpa — abusado, contestador, fraco... e, devido ao seu nome de batismo, potencialmente uma ameaça fatal. Devia tê-lo destruído quando ele era incapaz de lutar. Como teria sido simples!

De olhos vazios, fitava os papéis em sua mesa. *Sentimental e fraco...* Talvez Jane tivesse razão. John Mandrake, ministro do governo, agira contra seus próprios interesses. Agora estava vulnerável aos inimigos. Ainda assim, por mais que tentasse reunir uma fria fúria — contra Bartimaeus, contra Jane e, sobretudo, contra ele próprio —, sabia que não podia ter agido de outra forma. A visão do corpinho quebrado do djim o chocara tanto que o levara a uma decisão impulsiva.

E *esse* era o fato ruinoso, muito mais importante que as ameaças e o despeito dos colegas. Durante anos, sua vida fora um tecido de cálculos. Era da implacável dedicação ao trabalho que Mandrake derivava sua identidade; a espontaneidade tornara-se alheia a ele. Mas agora, à sombra desse único ato impensado, a perspectiva de trabalho de repente não tinha mais apelo. Em outras partes nessa manhã, exércitos se chocavam, os Ministérios se alvoroçavam: muito havia a ser feito. John Mandrake sentia-se bambo, flutuando, de repente desligado das exigências de seu nome e cargo.

Uma série de pensamentos da noite anterior retornou-lhe à mente. Uma imagem: sentado com sua tutora, a sra. Lutyens, muito tempo atrás, feliz da vida desenhando no jardim, num dia de verão... Ela sentava-se a seu lado, rindo, os cabelos brilhando à luz. A visão tremulou como uma miragem. E sumiu. A sala estava vazia e escura.

Após algum tempo o mago deixou o gabinete. Em seu círculo de madeira enegrecida, o guarda encolheu-se quando ele passou.

O dia não foi bem para Mandrake. No Ministério da Informação, um ácido memorando do escritório da srta. Farrar o esperava. Ela decidira apresentar uma queixa oficial sobre a recusa dele a interrogar seu demônio, ato que na certa se mostraria prejudicial à investigação policial. Assim que Mandrake acabou de ler isso, chegou uma sombria delegação do Ministério do Interior, trazendo um envelope com uma fita preta. O sr. Collins queria interrogá-lo sobre a séria perturbação em St. James Park na noite anterior. Os detalhes eram sinistros para Mandrake: uma rã em fuga, um selvagem demônio libertado de seu prisma, várias baixas na multidão. Seguira-se um pequeno motim, com os plebeus destruindo parte da feira. A tensão nas ruas ainda era alta. Pediram a Mandrake que preparasse uma defesa a tempo para a reunião do Conselho dentro de dois dias. Ele concordou, sem discutir; sabia que o fio que sustentava sua carreira estava se esgarçando depressa.

Durante a reunião, os olhos dos deputados se divertiram em zombaria. Um ou dois chegaram a sugerir a convocação de seu djim imediatamente, para limitar os danos políticos. Mandrake, com o rosto pétreo e obstinado, recusou. Passou o dia todo irritado; até a srta. Piper passava ao largo.

No fim da tarde, quando o sr. Makepeace ligou para lembrar-lhe do encontro, ele já estava farto. Saiu do escritório pelo dia todo.

Durante alguns anos, desde o caso do Cajado de Gladstone, Mandrake fora um íntimo associado do dramaturgo sr. Quentin Makepeace. Havia um motivo para isso — acima de tudo, o primeiro-ministro adorava o teatro, e o sr. Makepeace por conseguinte exercera grande influência sobre ele. Fingindo partilhar o prazer de seu líder, Mandrake conseguira manter uma ligação com Devereaux que outros membros mais intolerantes do Conselho só podiam invejar. Mas isso tinha um preço: mais de uma vez, Mandrake se vira pressionado a aparecer em pavorosas produções amadoras em Richmond, dando cabriolas pelo palco com perneiras de chiffon ou calças bufantes, e — numa terrível ocasião que jamais seria esquecida — balançando num cinto de escalada, com asas de reluzente gaze. Suportara com estoicismo o divertimento dos colegas: a boa vontade de Devereaux valia mais.

Em troca desse apoio, Quentin Makepeace freqüentemente lhe oferecera conselhos, e ele o descobrira surpreendentemente astuto, rápido em captar os boatos interessantes, preciso nas previsões do humor flutuante do primeiro-ministro. Muitas vezes, obtivera vantagens seguindo o conselho do dramaturgo.

Mas nos últimos meses, à medida que aumentavam os compromissos de trabalho, Mandrake se cansara da companhia dele e ressentira-se do tempo perdido alimentando os entusiasmos de Devereaux. Não tinha tempo para trivialidades. Durante semanas, evitou aceitar os convites de Makepeace para que o visitasse. Agora, com olhos mortos e desorientado, não mais resistia.

Um criado recebeu-o na casa silenciosa. Mandrake atravessou o saguão, passando por baixo dos candelabros cor-de-rosa e uma monumental tela a óleo do dramaturgo curvado em traje de cetim numa pilha de obras de sua autoria. Mantendo os olhos desviados (sempre considerava o traje um pouco curto demais), Mandrake desceu a escada central. Os sapatos batiam sem ruído no grosso tapete de lã. Cobriam as paredes cartazes emoldurados de teatros de todo o mundo. PRIMEIRA NOITE! *PREMIÈRE* MUNDIAL! O SR. MAKEPEACE TEM O PRAZER DE APRESENTAR! Em silêncio, uma dúzia de anúncios gritava suas mensagens.

Ao pé da escada, uma porta de ferro conduzia ao estúdio do dramaturgo.

Quando ele bateu, a porta se abriu. Um rosto largo e radiante olhou para fora.

— John, meu rapaz! Excelente! Estou tão contente. Feche a porta. Vamos tomar chá, com um toque de hortelã. Parece que você precisa se reanimar.

O sr. Makepeace era um redemoinho de pequenos movimentos, exatos, definidos, de balé. Sua diminuta estrutura girava e ondulava, servindo o chá, salpicando a hortelã, inquieto como um passarinho. O rosto brilhava de vigor, os cabelos ruivos fulgiam; o sorriso contorcia-se repetidas vezes, como se refletisse um prazer secreto.

Como sempre, as roupas expressavam a exuberante personalidade: sapatos marrom, calças verde-ervilha com quadriculados marrons, um vistoso colete amarelo, gravata cor-de-rosa, camisa de linho folgada com pregas nas mangas. Nesse dia, porém, tinha as mangas enroladas acima dos cotovelos, e a gravata e o colete escondiam-se por trás de um avental branco. Evidentemente, o sr. Makepeace estava mergulhado no trabalho.

Mexeu o chá com uma minúscula colher, bateu-a duas vezes no vidro e entregou o resultado a Mandrake.

— Ai! — exclamou. — Tome isso. Agora, John — o sorriso era terno, solícito —, um passarinho me contou que nem tudo anda bem.

Em poucas palavras, sem se estender muito, Mandrake falou dos acontecimentos das últimas horas. O homem menor fazia muxoxos e arrulhava em solidariedade.

— Que vergonha! — exclamou por fim. — E você estava apenas cumprindo seu dever! Mas gente como a srta. Farrar está sempre demasiado disposta a fazê-lo em pedaços, na primeira chance que tem. Sabe qual é o problema deles, John? — fez uma pausa. — Inveja. Estamos cercados de nulidades invejosas, que se ressentem de nossos talentos. Eu recebo essa reação o tempo todo no teatro, críticos malhando meus trabalhos.

Mandrake grunhiu:

— Bem, você os põe de novo no lugar deles amanhã. Com a *première*.

— Vou pôr mesmo, John. Na verdade, vou. Mas sabe, às vezes o governo é tão, mas tão inamistoso. Espero que você se sinta assim, não sente? Se sente sozinho. Mas eu sou seu amigo, John. *Eu* respeito você, mesmo que ninguém o respeite.

— Obrigado, Quentin. Tenho certeza de que não é tão ruim quanto...

— Você sabe, tem alguma coisa que eles não têm. Sabe o que é? Visão. Eu sempre vi isso em você. Você tem visão clara. E é ambicioso, também. Eu vejo isso em você, vejo mesmo.

Mandrake baixou o olhar para seu chá.

— Bem, eu não sei...

— Quero lhe mostrar uma coisa, John. Um pequeno experimento mágico. Quero sua opinião. Veja se consegue ver... bem, vamos. Não há momento melhor que o presente. Pode levar esse diabrete-espeto a seu lado? Obrigado. Sim, pode trazer o chá.

Com passos curtos e rápidos, o sr. Makepeace foi na frente em direção a um arco interno. Com certa perplexidade, Mandrake seguiu-o. Um experimento mágico? Ele jamais vira Makepeace fazer mais que os feitiços mais básicos; sempre achara que era um feiticeiro bem menor... Era a opinião de todo mundo. Que estava ele então...?

Dobrou uma quina e parou. Com dificuldade, impediu que a xícara de chá caísse de suas mãos. Arregalou os olhos na meia luz. Ficou boquiaberto.

— Que acha? Que acha, meu rapaz?

O sr. Makepeace sorria junto a seu ombro.

Por um longo momento Mandrake não conseguiu falar, mas apenas olhar a câmara em volta. Antes, era um lugar de homenagem do dramaturgo a si mesmo: uma coleção de troféus, recortes de jornal, fotos e curiosidades. Agora esse santuário desaparecera. Uma única lâmpada elétrica lançava pouca luz. A sala continha dois pentáculos, cuidadosamente traçados no chão de concreto. O primeiro, do mago, de tamanho padrão, e o outro, muito maior.

Uma cadeira de metal ocupava o centro do pentáculo de invocação, fixada no chão com grandes rebites. Feita de ferro, as pernas grossas e fortemente soldadas, brilhava um pouco à meia-luz. Sentado nela, com os pulsos e tornozelos presos por tiras de lona, um homem.

— Um senhor quadro, não?

O sr. Makepeace mal podia conter a excitação. Praticamente saltava e dançava ao lado de Mandrake.

O prisioneiro estava consciente; olhos em pânico os fitavam. Uma grosseira mordaça cobria a boca e parte do bigode e da barba; cabelos louros em desordem, um leve machucado brilhando numa das faces. Usava roupas de plebeu, rasgadas na gola.

— Quem... quem é ele? — mal conseguiu falar Mandrake.

— Esta belezinha? — O sr. Makepeace deu uma risadinha. Saltou para dentro do pequeno pentáculo e pôs-se a acender as velas. — Certamente, você sabe que tem havido problemas com os metalúrgicos de Battersea. Eles "entraram em greve". Aparentemente, passam o tempo dando festas na porta da fábrica. Bem, ontem à noite meus agentes encontraram este ótimo sujeito falando aos manifestantes da carroceria de um caminhão. E tinha uma bela voz. Um verdadeiro orador. Agitou a multidão por 20 minutos, dizendo que tinham de se rebelar, que se aproximava rápido o tempo em que os magos fariam as malas. Obteve uma boa rodada de aplausos no fim. Bem, apesar das belas palavras, não quis ficar a noite toda com os operários no frio, e acabou indo para casa. Aí meus rapazes o seguiram e lhe bateram na cabeça quando ninguém estava olhando. Trouxeram-no para cá. Eu vou precisar desse diabrete-espeto, se você não se importa. Não, pensando bem, fique *você* com ele. Estou ocupado demais com a convocação.

Mandrake girou a cabeça.

— Que convocação? Que... — o pasmo deu lugar à agitação. — Quentin, se importa de me dizer exatamente o que está fazendo?

— Faço melhor ainda. Eu lhe mostro. — O sr. Makepeace acabou de acender as velas, olhou as bacias de runas e incensos e saltou até a cadeira do cativo. Com dedos delicados, manipulou a mordaça. — Não me agrada usar isto, mas tinha de mantê-lo de boca fechada. O cara ficou *inteiramente* histérico. Agora, você... — o sorriso desapareceu do seu rosto — responda às minhas perguntas com toda precisão, senão sabe o que vai lhe acontecer. — Arrancou a mordaça; a cor voltou aos lábios presos. — Como é seu nome?

Uma tossida, um arquejo.

— Nic... Nicholas Drew, senhor.

— Ocupação?

— Caixeiro de loja.

— Então é um plebeu?

— Sim.

— E ativista político nas horas vagas?

— Si-sim, senhor.

— Muito bem, o que é Fogo Atrofiante, e quando se aplica?

A pergunta saiu com a rapidez de uma flecha; o prisioneiro encolheu-se, a incompreensão tomou seu rosto.

— Eu... eu... não sei.

— Ora, vamos. Me responda! O meu amigo aqui vai cutucá-lo com esse espeto.

Mandrake franziu o cenho, furioso.

— Makepeace! Pare com essa...

— Um momento, meu rapaz — o mago cresceu para o cativo. — Então, mesmo com ameaça de dor, você persiste em sua mentira?

— Não é mentira! Eu juro! Eu jamais ouvi falar nesse fogo. Por favor...

Um largo sorriso.

— Ótimo. Isso basta. — Com movimentos rápidos, Makepeace recolocou a mordaça. Saltou para o outro pentáculo atrás. — Ouviu isso tudo, John?

Mandrake tinha o rosto pálido de raiva e nojo.

— Makepeace, qual é o objetivo desta exibição? Não podemos pegar homens nas ruas e submetê-los a tortura...

O dramaturgo bufou.

— Tortura? *Ele* está bem. Mal foi tocado. Além disso, você ouviu: é um agitador, uma ameaça ao país. Mas eu não pretendo fazer mal a ele. Está apenas me ajudando com o experimento. Observe...

Adotou uma pose dramática; retorceu os dedos, como para reger uma orquestra.

Mandrake adiantou-se.

— Eu insisto em...

— Cuidado, John. Sabe que não deve brincar quando está em andamento uma convocação.

Com isso, o dramaturgo deu início a um rápido bruxedo. A luz baixou; uma brisa vinda não se sabe de onde soprou as chamas das velas. A duas salas de distância, a porta de ferro se fechou. Mandrake recuou, erguendo por instinto o espeto que trazia. Sem ter consciência disso, ouviu as palavras: latim... uma intimação bastante típica, as cláusulas de sempre. O nome do demônio: — Borello... Mas espere, como foi esse trecho...?

— *In corpus viri*... "no vaso que lá encontrarás..." "obediente à vontade do corpo"...

Era curioso e parecia conhecido.

Terminou o bruxedo. Mandrake olhou para a cadeira, onde tremulava um vulto escuro. Desapareceu. O corpo do homem retorceu-se, como se ele forçasse todos os músculos, depois relaxou. Mandrake esperou. A brisa baixou, a lâmpada elétrica brilhou mais uma vez. O homem permanecia inerte e passivo. Fechara os olhos.

O sr. Makepeace baixou as mãos. Deu uma piscadela para Mandrake.

— Agora, então...

Deu um passo à frente. Mandrake arquejou e gritou um aviso:

— Espere, seu idiota! O demônio está ali! É suicídio...

Calmo e lento como um gato ao meio-dia, Makepeace deixou seu círculo e entrou no outro. Nada aconteceu. Sorrindo, ele mais uma vez retirou a mordaça e deu um delicado tapinha numa das faces.

— Sr. Drew! Acorde! Isso não é hora de dormir!

Languidamente, o homem mexeu-se. Esticou as mãos e os pés contra as cordas. Parecia ter dificuldade de lembrar-se de sua situação. Fascinado apesar de si mesmo, Mandrake se aproximou mais um pouco.

— Fique com o espeto pronto — disse Makepeace. — Tudo pode dar errado. — Curvou-se mais sobre o homem, falou com delicadeza. — Como se chama, amigo?

— Nicholas Drew.

— É seu *único* nome? Pense bem. Tem outro?

Uma pausa. O homem franziu o rosto.

— Sim... tenho.

— E qual é?

— Borello...

— Ah, bom; me diga, Nicholas, qual é sua ocupação?

— Caixeiro de loja.

— E o que é Fogo Atrofiante?

Um breve franzido de perplexidade deu lugar a uma vazia certeza.

— É o castigo por desobediência, se falharmos de propósito em nosso encargo. Nosso amo condena nossa essência à tocha. Ah, nós temos medo!

— Muito bom. Obrigado. — O sr. Makepeace virou-se, saltou com cuidado sobre as marcas de giz seguintes e aproximou-se de John Mandrake, que tinha o rosto vazio de expressão. — Que acha, meu rapaz? Não é uma situação fascinante?

— Eu não sei... É um truque esperto...

— É mais que um truque! O demônio se alojou nesse homem. Está preso aí dentro como se ele fosse um pentáculo. Você não ouviu? E o conhecimento do demônio está às ordens dele. De repente, ele soube o significado de Fogo Atrofiante. Tinha o conhecimento, onde antes havia apenas vazio. Agora, pense nas implicações...

Mandrake franziu a testa.

— O feito é de moral duvidosa. Esse sujeito é uma vítima relutante. Além disso, é plebeu. Não pode usar direito a informação do demônio.

— A-ha! Perceptivo como sempre. Esqueça a dimensão moral por um instante. Imagine se...

— Que é que ele está fazendo?

Mandrake estudava o cativo, que deveria ter reconhecido havia pouco seu ambiente. A agitação voltara-lhe ao rosto; ele lutava com as cordas. Uma ou duas vezes voltou violentamente a cabeça de um lado para outro, como um cachorro irritado com uma pulga.

Makepeace deu de ombros.

— Talvez sinta o demônio dentro de si. Talvez fale com ele. Difícil dizer. Não tentei isso com um plebeu antes.

— Usou outros?

— Apenas um. Um voluntário. Essa união funcionou extremamente bem.

Mandrake esfregou o queixo. A visão do cativo a retorcer-se o perturbava, perturbava seu interesse intelectual. Não podia pensar no que dizer.

O sr. Makepeace não tinha esses problemas.

— As implicações, como digo, são imensas. Vê como entrei no pentáculo incólume? O demônio estava impotente para me deter, já que eu estava numa prisão inteiramente *diferente*. Agora eu queria que você visse isso, John, com a máxima urgência, porque confio em você, assim como você, espero, confia em mim. E se...

— Por favor! — um grito queixoso do cativo na cadeira. — Eu não agüento! Oh, ele sussurra! Está me deixando louco!

Mandrake encolheu-se.

— Ele está sofrendo. Você deve dispensar o demônio.

— Daqui a pouco, daqui a pouco. Na certa ele não tem a capacidade mental para restringir a voz do demônio...

O cativo contorceu-se de novo.

— Eu lhe conto tudo que sei! Sobre os plebeus, sobre nossos planos! Posso lhe dar informação...

Makepeace fez uma careta.

— Silêncio, não pode nos dar nada que nossos espiões já não saibam. Pare com esse berreiro. Estou com dor de cabeça.

— Não. Eu posso lhe falar da Aliança dos Plebeus! Dos cabeças!

— Nós conhecemos todos eles, os nomes, as esposas, as famílias. São formigas que a gente pisa quando quer. Agora... eu tenho questões vitais para discutir aqui...

— Mas... mas não sabe *o seguinte*: uma combatente da velha Resistência está viva! Mora aqui em Londres! Eu a vi, horas atrás. Posso levar você ao lugar...

— Isso tudo é história antiga. — O sr. Makepeace tomou o espeto de ferro dos dedos de Mandrake e sopesou-o casualmente na palma da mão. — Eu sou um homem paciente, sr. Drew, mas você começa a me irritar. Se não parar...

— Espere um instante. — A voz de Mandrake se alterara; o tom deteve cerce o dramaturgo. — Que combatente da Resistência é essa? Mulher?

— É! É, uma moça. Chama-se Kitty Jones, embora use outro nome... Ah, quer parar com esses sussurros!

Ele gemeu e se debateu contra as cordas que o prendiam.

Um leve chiado soou na cabeça de Mandrake. Por um momento ele se sentiu tonto, como se fosse cair. Ficou com a boca seca.

— Kitty Jones? Está mentindo!

— Não! Eu juro! Me soltem que eu levo vocês a ela.

— Essa linha de interrogatório é *realmente* necessária. — O sr. Makepeace tinha uma petulante testa franzida. — A Resistência há muito está morta. Por favor, se concentre no que eu digo, John. É extremamente importante, sobretudo em sua atual situação. John? *John?*

Mandrake não o ouviu. Via Bartimaeus, usando o traje de um menino de pele escura. Viu-se parado num pátio de pedras anos antes. Ouviu o garoto falar. *O golem a pegou... incinerou em segundos.* Kitty Jones estava morta. O djim dissera a ele. Ele acreditara. E agora, vindo do passado, a sóbria expressão do menino de repente transforma-se num horrível risinho de desprezo.

Mandrake curvou-se sobre o cativo.

— Onde a viu? Me diga, que eu lhe solto.

— Na Hospedaria da Rã, em Chiswick! Ela trabalha lá. Tem o nome de Clara Bell. Agora, por favor...

— Quentin, tenha a bondade de dispensar o demônio e libertar este homem imediatamente. Eu preciso partir.

O dramaturgo calara-se, de repente recolhido.

— Certamente, John... se você assim quer. Mas não vai esperar? Eu o aconselho energicamente a ouvir o que tenho a dizer. Esqueça a moça. Há coisas mais importantes. Quero discutir o experimento...

— Depois, Quentin.

Mandrake tinha o rosto branco; já estava no arco.

— Mas aonde vai? Não vai voltar ao trabalho?

Mandrake falou por entre os dentes cerrados.

— Dificilmente. Preciso fazer eu mesmo uma convocação.

Bartimaeus

14

O tempo, como eu já devo ter dito uma ou duas vezes, na verdade não existe no Outro Lugar. Mesmo assim, a gente sabe muito bem quando recebeu troco a menos. E eu mal me havia reabsorvido com as energias nutritivas da tempestade quando tornei a sentir o cruel puxão de uma convocação, sugando-me para fora como a gema de um ovo e mergulhando-me de volta à dura e amarga Terra.

Já. E minha essência mal começara a curar-se.

Minhas últimas aventuras no mundo material haviam sido tão dolorosas, tão perigosas para minha essência, que eu mal as lembrava. Mas uma coisa estava bastante clara: minha maldita fraqueza, que me deixava dormente! Como eu — cujo poder dispersara os magos de Nimrod, que ateara fogo à Costa da Barbária, que mandara os cruéis Ammet, Kot e Jabor rodopiando para o fim —, como eu, aquele mesmo Bartimaeus, me vira reduzido a fugir como uma miserável e imprestável rã, incapaz de trocar a mais mínima Detonação com uma gangue de garças mercenárias?

Durante toda a *débâcle* eu estivera muito perto da morte para sentir realmente a justa raiva que devia. Mas sentia-a agora. Meu próprio ser espumava com ela.

Lembrava-me vagamente de meu amo dispensando-me. Na certa lhe desagradava a sujeira que eu fazia em seu chão. Talvez minha decrepitude o tivesse constrangido afinal. Bem, fosse qual fosse o motivo, não levou muito tempo para ele mudar de idéia.

Ótimo. Eu estava por aqui com ele. Iríamos os dois para a morte. Eu ia usar seu nome contra ele agora, acontecesse o que acontecesse. Meu último desejo era vê-lo contorcer-se.

E não ia sair como um reles anfíbio, tampouco.

Nas poucas horas em que me afastara da Terra, o Outro Lugar operara a magia. Eu conseguira absorver um pouco de energia. Não ia durar muito, mas eu ia dar-lhe um bom uso.

Quando me materializei, juntei o que restava de minha essência numa forma que lembrava minhas emoções com simples pureza, ou seja, um demônio de chifres grandes, com músculos parecendo melões e muitos dentes. Era o serviço completo. Tudo mesmo. Enxofre, cauda em forma de lança, asas, cascos, garras, até dois chicotes. Os olhos pareciam anzóis ardentes, a pele fulgia como lava esfriando. Não particularmente original, mas como declaração de intenção fazia o serviço muito bem. Irrompi na sala como um rolar de trovão próprio para mandar os mortos vivos correndo para seus caixões. Isso foi seguido por um uivo de faminta raiva, daqueles dados pelos chacais de Anúbis quando caçam nos túmulos de Mênfis — só um pouco mais alto e longo, um vil barulho artificialmente prolongado.

Na verdade, estava ainda no meio desse uivo quando avistei a figura do pentáculo defronte e fiquei completamente desorientado. O rugido de ataque contraiu-se no balbucio incerto que subiu umas duas oitavas e acabou num guincho em falsete com um ponto de interrogação no fim. O demônio — que vinha se erguendo, asas abertas, chicotes estalando — imobilizou-se numa postura instável, com o traseiro projetando-se. As asas desabaram; os chicotes penderam, bambos. A nuvem crescente de enxofre se reduziu a um medroso fiapo que desapareceu discretamente por trás de meus cascos.

Parei e fiquei olhando.

— Tudo bem — disse a moça, ácida. — Deixe essa expressão idiota. Já foi convocado por uma mulher antes?

O demônio ergueu o dedo musculoso e repôs o queixo em posição.

— Já, mas...

— Mas nada. Pare de criar essa confusão.

Uma língua bifurcada igual à minha cauda saiu da boca do demônio e umedeceu os lábios secos.

— Mas... mas... espere um minuto...

— E que horrível tipo de manifestação você chama isso, aliás? — ela prosseguiu. — Esse barulho! Esse fedor! Todas essas dobras, verrugas e tudo mais! Que está tentando provar? — Estreitou os olhos. — Acho que você está compensando alguma coisa.

— Escute — comecei —, esta é uma forma tradicional estabelecida que...

— Tradicional coisa nenhuma. Onde estão suas roupas?

— Roupas? — perguntei em voz fraca. — Em geral não me preocupo com elas neste disfarce.

— Bem, podia pôr um calção, pelo menos. Você não está decente.

— Não tenho certeza se combina com as asas... — o demônio franziu a testa, piscou os olhos. — Espere aí, chega disso!

— Calção de couro combinaria. Complementaria o couro das asas.

Com dificuldade, reuni os pensamentos.

— Pare! Esqueça as roupas! A questão é... a questão é: que está fazendo você aqui? Convocando *a mim*! Eu não compreendo. Está tudo errado.

Em minha perplexidade, cessaram todas as tentativas de terrores tradicionais estabelecidos. Para grande alívio de minha essência ferida, o enorme demônio encolheu-se, tremulou e ajustou-se com mais conforto ao pentáculo. Minhas asas de couro tornaram-se dois caroços nos ombros, e a cauda sumiu.

— *Por que* está errado? — perguntou a moça. — É apenas mais uma dessas coisas entre amo e criado de que você me falava quando nos encontramos pela última vez. Você sabe: *eu sou* a ama, *você* o escravo. *Eu* dou as ordens, *você* obedece, sem perguntas. Lembra agora como funciona?

— O sarcasmo não fica bem com um rosto bonito — eu disse. — Por isso fique à vontade para fazer muitos outros comentários nesse sentido. Sabe perfeitamente o que quero dizer. *Você não é maga.*

Ela deu um doce sorriso e gesticulou mostrando o ambiente.

— É mesmo? De que modo não me encaixo no papel?

O demônio, confortável, olhou à esquerda. Olhou à direita. Ela tinha razão. Ali estava eu, aprisionado num pentáculo. Lá estava ela, de pé em outro. E em toda a nossa volta a parafernália de sempre: candelabros, bacias de incenso, bastões de giz, grandes livros na mesa. Fora isso, era uma sala vazia, sem cortinas nas janelas. Uma grande lua redonda brilhava lá no alto, espalhando uma luz prateada em nossos rostos. A não ser pela lisa divisória erguida no meio, onde haviam pintado as runas e o círculo, o chão era de tábuas tortas, irregulares. Por trás do odor de alecrim todo o lugar fedia a umidade, desuso e roedores variados. Tão distante, tão *ordinário*. Eu já vira o triste espetáculo mil vezes — a única coisa que chegava a mudar era a vista da janela.

Não, o que me preocupava era a própria convocadora, a chamada maga.

Kitty Jones.

Lá estava ela. Em tamanho natural e duas vezes mais confiante, de pé, mãos nas cadeiras e um sorriso largo como o estuário do Nilo. Exatamente como eu a retratara todas aquelas vezes em que irritava Mandrake.[1] Os longos cabelos escuros haviam sido cortados no nível das orelhas; talvez tivesse o rosto um pouco mais fino do que eu lembrava. Mas parecia em muito melhor forma do que quando eu a vira a última vez, vagando pela rua após o triunfo sobre o golem. Quanto tempo fazia isso? Três anos — não mais. Mas o tempo, de algum modo, parecia ter

[1]Ou quase. Eu às vezes exagerava as curvas.

passado de forma diferente para ela: os olhos tinham a calma do conhecimento conquistado.[2]

Tudo muito bem. Mas ainda assim ela não podia ter me convocado. Eu *sabia* disso.

O demônio de bolso balançou a cabeça.

— É um truque — eu disse devagar. Olhei em volta, o olhar sondando os cantos da sala com precisão de espadim. — O verdadeiro mago está em alguma parte aqui... escondido...

Ela sorriu.

— Como, acha que o estou escondendo na manga? — Sacudiu o braço de uma forma meio desnecessária. — Nada. Aqui, não. Talvez na velhice você esteja ficando esquecido, Bartimaeus. Foi *você* quem fez a magia.

Eu a recompensei com uma carranca adequadamente demoníaca.

— Diga o que quiser, há outro pentáculo perto... tem de haver... Já vi esse tipo de truque antes... Sim, atrás daquela porta, por exemplo.

Apontei a única saída.

— Não há.

Cruzei os braços. Os quatro.

— É ali que ele está.

Ela balançou a cabeça, quase rindo.

— Eu lhe garanto que não.

— Prove! Vá abrir e me mostre.

Ela riu alto.

— Sair do meu pentáculo? Para você me esquartejar membro a membro? Caia na real, Bartimaeus.

Disfarcei minha decepção com uma cara arrufada e um muxoxo.

— Isso é desculpa esfarrapada. Ele está lá atrás, com certeza.

---

[2]O traje não era a questão para mim então, mas para os exigentes entre vocês, ela se vestia assim: túnica preta e calça de caubói, muito atraente, para quem gosta. A túnica abria-se na garganta; não usava jóias. Tinha os pés metidos em tênis brancos. Que idade teria agora? Por volta dos 18 anos, num palpite. Nunca pensei em perguntar-lhe, e agora é tarde demais.

As expressões dela sempre foram bem mutáveis. Agora passaram para uma de tédio.

— Estamos perdendo tempo. Talvez isto o convença.

Ela disse uma rápida palavra de cinco sílabas. Uma chama de cor lilás ergueu-se do centro do meu pentáculo e deu uma rápida estocada em minha área privada. Meu salto até o teto distraiu-a de meu berro de dor — pelo menos, foi essa minha intenção. Quando aterrissei, a chama desaparecera.

— *Agora* não acha que devia usar umas calças?

Olhei-a longa e profundamente.

— Você tem sorte — disse, com tanta dignidade quanto pude reunir — por eu ter decidido não reverter a Estocada Punitiva contra você. Eu sei seu *nome*, srta. Jones. Isso me dá proteção, ou seus estudos não a levaram tão longe?

Ela deu de ombros.

— Ouvi alguma coisa a respeito. Não estou interessada nos detalhes.

— Eu digo de novo: você não é maga. Os magos são obcecados por detalhes. É o que os mantém vivos. Realmente não sei como você sobreviveu a todas as suas outras convocações.

— Que outras? Este é meu primeiro vôo solo.

Apesar dos fundilhos sapecados, de onde saía um delicado odor de torrada queimada, o demônio vinha fazendo o melhor possível para aparecer em tardio comando da situação. Mas essa nova informação derrubou-o de novo.[3] Mais uma queixa se formava em meus lábios, mas deixei-a vagar sem fazê-la. Não adiantava muito. De qualquer modo que eu olhasse a situação, nada ali fazia sentido. Por isso tentei uma estratégia nova e desconhecida, e fiquei calado.

---

[3]Nós djins do quarto nível não somos os mais fáceis dos espíritos para convocar corretamente, pois somos exigentes e muito corretos e mantemos o ouvido atento para quaisquer errinhos nas fórmulas mágicas. Por esse motivo, e por nosso formidável intelecto e dominadora presença (em geral não envolvendo o cheiro de torrada queimada), os magos nos evitam até terem bastante prática.

A moça pareceu pasma com essa astuta técnica. Após alguns segundos de espera, percebeu que lhe cabia continuar nossa conversa. Inspirou fundo para acalmar os nervos e começou a falar.

— Bem, você tem toda razão, Bartimaeus — disse. — Eu *não* sou maga, graças a Deus. E esta é a única convocação que pretendo fazer. Venho planejando-a nos últimos três anos.

Tornou a inspirar fundo e esperou... Ocorreram-me mais uma dezena de perguntas.[4] Mas eu nada disse.

— É só um meio para chegar a um fim — ela prosseguiu. — Não estou interessada nas coisas que um mago quer. Não precisa se preocupar com isso.

Outra pausa. Eu falei? Não. Mantive-me calado.

— Não quero nada disso — disse a moça. — Não quero adquirir um vasto poder ou riqueza. Acho tudo isso desprezível.

Minha estratégia estava dando certo, embora a passo de tartaruga com botas de chumbo. Estava obtendo uma explicação.

— E *certamente* não quero subjugar espíritos escravizados — ela acrescentou radiante. — Se é *isso* que está pensando.

— Não se interessa por subjugação?! — Lá se foi minha estratégia. Mas, ei, consegui manter mais de um minuto de silêncio, o que era em si uma espécie de recorde. O demônio encolhido passou com todo cuidado os dedos na região queimada, soltando pequenos ohs e ahs de desconforto. — Você tem uma maneira engraçada de tratar disso então. Estou com dores, você sabe.

— Eu só estava provando uma afirmação, só isso — ela disse. — Escute, se importa de não fazer isso? Está me tirando do sério.

— Fazendo o quê? Eu só estava sentindo...

— Eu sei o que você estava sentindo. Apenas pare. E enquanto estamos nisso, não pode se transformar em outra coisa? Essa é de fato a mais hedionda encarnação. Eu pensava que você tinha mais classe.

---

[4]Para não falar de 21 possíveis soluções para cada uma, 16 hipóteses resultantes e contrateoremas, oito especulações abstratas, uma equação quadrilateral, dois axiomas e um poema humorístico. Taí inteligência para vocês.

— *Esta*... hedionda? — assobiei. — Você de fato *não* fez muitas convocações, fez? Tudo bem, então, como é tão sensível vou cobrir minha modéstia.

Mudei para meu disfarce favorito. Ptolomeu me servia, pois me sentia à vontade em sua forma, e ele também servia à moça, pois ficava com as partes queimadas ocultas sob a tanga.

Assim que me alterei, os olhos dela se iluminaram.

— Sim — sussurrou baixinho. — *É isso aí.*

Olhei-a, olhos entrecerrados.

— Desculpe, posso ajudá-la em alguma coisa?

— Não, não é nada. Hum, é... é uma forma muito melhor.

Mas estava sem fôlego e excitada, e foram-lhe necessários alguns momentos para reconquistar o equilíbrio. Sentei-me de pernas cruzadas no chão e esperei.

A moça também se sentou. Por algum motivo, parecia muito mais relaxada. Quando, alguns minutos antes, dizia palavras lentas e sem jeito, agora explodiam dela num verdadeiro fluxo.

— Bem, quero que me escute com muito cuidado, Bartimaeus — disse, curvada com os dedos apoiados no chão.

Eu os observava de perto, para o caso de traçarem uma linha de giz, talvez *borrando-a* um pouco. Interessava-me o que ela tinha a me dizer, claro; mas não ia perder uma oportunidade de escapar.

Ptolomeu apoiou o queixo nas costas de uma das mãos.

— Vá em frente. Estou escutando.

— Ótimo. Oh, estou tão *contente* por ter dado tão certo. — Ela oscilou para a frente e para trás sobre os quadris, quase se abraçando de prazer. — Eu mal ousava esperar que desse certo. Tinha tanta coisa a aprender... você não faz *idéia*... Bem, talvez faça — admitiu —, mas, como ponto de partida, posso lhe assegurar que não teve muita graça.

Meus olhos escuros se concentraram nela.

— Você aprendeu tudo isso em três anos?

Eu estava impressionado, e não pouco duvidoso.

— Comecei não muito depois de ver você. Quando recebi os novos documentos de identidade. Pude visitar bibliotecas, obter livros de magia...

— Mas você *detesta* os magos! — explodi. — Odeia o que eles fazem. E também os espíritos. Me disse isso na minha cara, o que, posso acrescentar, fere um pouco meus sentimentos. Qual foi a mudança que fez você querer invocar um?

— Oh, eu não estava atrás de um demônio qualquer — ela disse. — Todo o objetivo do meu estudo esse tempo todo, de eu reunir esse... esses perversos talentos, era invocar você.

— Eu?

— Você parece surpreso.

Eu me recompus.

— De jeito nenhum, de jeito nenhum. Que foi que a chamou de volta? Minha maravilhosa personalidade, suponho. Ou minha brilhante conversação.

Ela deu um risinho.

— Bem, a personalidade, não, claro. Mas, sim: *foi* a conversa que liquidou a questão para mim, que prendeu minha imaginação quando falamos antes.

Na verdade, eu também me lembrava dessa conversa. Três anos se haviam passado, mas parecia mais tempo agora, no tempo em que meu perene amo Nathaniel ainda era um estranho, arquejando por reconhecimento. Fora no meio da crise do golem, quando Londres era assediada pelo monstro de barro *e* o afrito Honório, que meu caminho se cruzou com o de Kitty Jones pela segunda vez. Ela me impressionou então tanto pela força da personalidade quanto pelo feroz idealismo, qualidades raramente misturadas nos magos. Era uma plebéia — dificilmente educada, ignorante de tudo que conspirava para criar o mundo, mas, apesar disso, desafiante e com esperanças de mudança. E mais que isso ainda por cima: arriscara a vida para salvar a do inimigo, um desprezível inferior, alguém que não serve nem para lamber as botas dela.[5]

É, ela me causou impressão. E em meu amo também, pensando bem.

Eu sorri.

— Então gostou do que ouviu, hem?

— Você me fez pensar, Bartimaeus, com toda a sua conversa de civilizações que vieram e passaram. Acima de tudo, disse que devíamos buscar *padrões*, e eu sabia que tinha de encontrá-los.

Espetou um dedo para baixo ao fazer a afirmação, *quase* tocando a linha de giz vermelho. Foi muito perto, e bem feito.

— Por isso — disse simplesmente —, eu saí buscando.

Ptolomeu ajeitou o canto da tanga.

— Está tudo muito bem, mas isso é diferente de lacerar cruelmente um inocente djim em seu lugar de repouso. Minha essência tem uma desesperada necessidade de folga. Mandrake me manteve no serviço — fiz um rápido cálculo com os dedos das mãos e dos pés. — Durante 683 dias dos últimos 700. E *isso* teve seus efeitos. Eu sou como uma maçã no fundo do barril: doce e bonita de olhar, mas reduzido a uma polpa por baixo da pele. E você me tirou de meu lugar de cura.

Ela inclinou a cabeça; olhou-me por baixo das sobrancelhas.

— O Outro Lugar, você quer dizer.

— Esse é apenas um dos nomes.

— Bem, sinto muito haver perturbado você. — Falou como se apenas tivesse me acordado de um ligeiro cochilo. — Mas eu nem sabia que podia fazer isso. Achava que minha técnica fosse defeituosa.

— Sua técnica é ótima — eu disse. — Na verdade é boa. E isso me leva à pergunta mais importante: *Como* você aprendeu a me invocar?

Ela encolheu os ombros com modéstia.

— Ah, não foi tão difícil assim. Sabe o que eu acho? Os magos andaram exagerando na dificuldade durante anos, apenas para despistar os

[5]Meu amo, quer dizer. Adivinharam?

plebeus. Que é preciso, afinal? Algumas linhas cuidadosamente traçadas com réguas, barbante e compasso; algumas runas, algumas palavras faladas. Correr o mercado para comprar algumas ervas... Um pouco de calma e silêncio, um pouco de memória. É fazer tudo isso, e pronto.

— Não — eu disse. — Um plebeu jamais fez isso antes, até onde eu sei. É inaudito. Você deve ter tido ajuda. Com os idiomas, as runas e círculos, a nociva mistura de plantas... tudo isso. Um mago. Quem?

A moça torceu uma mecha de cabelo por trás da orelha.

— Bem, dificilmente vou dar o *nome* dele. Mas você tem razão. Eu tive ajuda. Não para fazer *isto*, exatamente, não é preciso dizer. Ele me acha mais uma amadora entusiasta. Se soubesse que eu ia fazer isso, explodiria. — Deu um sorriso. — Neste momento está ferrado no sono dois andares acima. É meio carinhoso, na verdade. Seja como for, levou tempo, mas não saiu tão ruim assim. Me surpreende que outras pessoas não tenham tentado.

— A maioria das pessoas — eu disse, com um tom significativo — fica um pouco nervosa com o que pode invocar.

A moça assentiu com a cabeça.

— É verdade. Mas não é tão ruim se você não tem medo do demônio em questão.

Eu me assustei.

— Como?

— Bem, eu sei que podem acontecer coisas terríveis se a gente fala a fórmula mágica errada, ou traça errado o pentáculo, ou alguma coisa assim, mas essas coisas terríveis ficam mais ou menos a cargo do demônio... desculpe, eu queria dizer djim, claro... do djim em questão. Não é? Se fosse algum velho afrito que nunca vi, é óbvio que eu ia ficar um pouco preocupada, se começássemos com o pé errado. Mas nós já nos conhecemos, não, você e eu? — Deu-me um sorriso cativante. — E eu sabia que você não me faria mal se eu cometesse algum errinho.

Eu observava as mãos dela, que mais uma vez gesticulavam na vizinhança da linha vermelha de giz...

— É mesmo?

— É. Quer dizer, nós formamos mais ou menos uma equipe na última vez, não foi? Você sabe, com o golem. Você me disse o que fazer. E eu fiz. Uma boa parceria, não foi?

Ptolomeu esfregou os cantos dos olhos.

— Havia uma pequena diferença então — dei um suspiro. — E parece que devo lhe explicar. Três anos atrás nós dois estávamos sob o tacão da bota de Mandrake. Eu era escravo dele, você, a caça. Tínhamos um interesse comum em frustrá-lo e garantir nossa sobrevivência.

— Exato! — ela exclamou. — E nós...

— Nada mais tínhamos em comum além disso — prossegui, imperturbável. — Claro, tínhamos uma leve camaradagem. Claro, eu lhe *dei* algumas dicas sobre as fraquezas do golem, mas apenas num espírito científico, para ver de que forma perversa sua curiosa consciência ia se comportar. E era muito perversa mesmo.

— Eu não aceito...

— *Se* eu puder enfiar uma palavra — eu disse —, observarei a destacada diferença entre então e agora. Então, nós dois éramos vítimas dos magos. Certo? Certo. Mas *agora* um de nós, ou seja, *moi* — bati no peito nu —, continua sendo vítima, ainda escravo. Quanto à outra...

Ela balançou a cabeça.

— Não.

— É uma vira-casaca...

— Não sou, não...

— Uma traidora que esfaqueia pelas costas.

— Bartim...

— Uma traidora torpe, oportunista e duas caras, que tomou a si aumentar meus intermináveis anos de escravidão! Que decidiu aprender as artes malditas, sem estímulo nem coerção! Isso se pode dizer em favor de Nathaniel e do resto... eles não tiveram escolha no assunto. A maioria foi feita maga antes de terem idade para saber que não devia! Mas você... você podia ter tomado uma dezena de caminhos diferentes. E em vez disso decidiu escravizar Bartimaeus, Sakhr al-Jinni, a Serpente de Penas de Prata, o guardião com mandíbulas de lobo do iroquês. E em sua arrogância acha que não lhe vou fazer mal algum! Bem, deixe-me dizer-lhe, minha jovem madame, você me subestima por sua conta e risco! Eu sou senhor de mil truques, 100 armas! Eu posso... Uff!

De uma forma meio esquentada, eu vinha enfeitando meus argumentos com uma série de bruscas estocadas do dedo, uma das quais ultrapassou a marca e tocou a linha vermelha do meu pentáculo. Com uma pequena explosão de faíscas amarelas, minha essência foi repelida: vi-me jogado para o alto e para trás, de cabeça para baixo, pedalando num frenesi em pleno ar, para evitar cruzar a linha do outro lado. Com a agilidade fruto do desespero, consegui, e caí no chão com a cara chamuscada e a tanga rasgada.

A moça examinou a última com uma desaprovadora torcida da boca. Muxoxeou e disse:

— Voltamos à casa 1.

Eu rearrumei delicadamente os fragmentos de pano.

— Permanece a questão. Me invocando, você redefiniu nossos papéis. Só pode haver ódio entre nós.

— Oh, que besteira — ela disse. — De que outro modo eu pegaria você? Não o estou escravizando, seu idiota. Queria discutir uma coisa com você, como iguais.

Ergui o que me restava das sobrancelhas.

— Dificilmente dará certo. As mariposas conferenciam com os leões?

— Ora, deixe de ser tão exigente. Quem é Nathaniel mesmo?

Pisquei os olhos para ela, inseguro.

— Quem? Nunca ouvi falar dele.

— Você acabou de falar de uma pessoa chamada Nathaniel.

— Não, não, você deve ter ouvido errado. — Apressei-me a mudar de assunto. — Toda essa idéia é ridícula, de qualquer modo. É impossível a igualdade entre os humanos e os djins. Você é jovem e tola, por isso talvez eu não deva ser tão duro, mas a idéia é errada. *Eu* conheci 100 amos em 5 mil anos, e quer os pentáculos deles fossem traçados na areia do deserto ou na turfa da estepe, a inimizade entre mim e meus invocadores sempre foi grande e duradoura. Assim tem sido. E assim será.

Acabei num tom sonoro e plangente que não tolerava discussão. Isso ecoou dramaticamente de um lado para outro pela sala vazia. A moça alisou os cabelos para trás.

— Absoluta besteira — disse. — Que tal você e Ptolomeu?

Kitty

15

Kitty soube imediatamente que sua teoria era correta. A resposta do djim mostrara isso. Desde o acidente dele nas margens do pentáculo o jovem menino egípcio a vinha enfrentando, o queixo e o peito estufados, as mãos balançando de um lado para outro, para ilustrar suas expansivas declarações e de vez em quando pôr a tanga rasgada na posição. Assim que ela falou, porém, toda a bazófia e empáfia dele cessaram de repente. Uma grande quietude se abateu sobre ele, como se de algum modo tivesse sido apanhado no tempo. Só mexia os olhos: devagar, muito devagar, as pupilas mudaram e fixaram-se nela. O menino sempre tivera os olhos escuros — mas agora se haviam tornado inteiramente negros. Sem o querer, ela se viu olhando dentro deles: era como olhar um claro céu noturno — todo negro, frio e infinito, com minúsculas luzes brilhando, inalcançáveis e distantes... Era terrível, mas belo; ela se sentiu atraída para ele como uma criança para uma janela. Sentava-se em segurança no centro de seu pentáculo. Descruzou as pernas pela metade e se curvou para a frente, apoiando-se num dos braços, esticando o outro para fora e aproximando-se devagar dos olhos, de sua solidão e vazio. Os dedos tremiam acima das franjas do círculo; ela suspirou, hesitou e estendeu a mão...

O menino piscou os olhos, as pálpebras adejaram como as de um lagarto. O sortilégio fora quebrado. Kitty sentiu sua pele arrepiar-se; puxou a mão para trás. Encolheu-se no centro de seu círculo, um suor novo porejando a testa. Ainda assim, o menino não se mexeu.

— Você tem a pretensão — disse uma voz — de saber a meu respeito?

Soara em toda a volta da moça — não alta, mas muito clara e próxima — uma voz diferente de qualquer outra que ela já ouvira antes. Falava em inglês, mas a inflexão era curiosa, como se a língua achasse o idioma estranho e estrangeiro; soou perto, mas também não, como se raspada de uma distância incalculável.

— Que sabe você? — tornou a dizer a voz, mais baixo que antes.

O djim tinha os lábios imóveis, os olhos negros travados nos dela. Kitty curvou-se em direção ao solo, tremendo, os dentes cerrados. Alguma coisa na voz a acovardou, mas o quê? Não falara com violência ou raiva, exatamente. Mas era uma voz de poder de um lugar distante, uma voz de terrível comando, e também de criança.

Ela baixou a cabeça e sacudiu-a, olhando embotada o chão.

— ME DIGA!

Agora havia raiva na voz; ao soar, um grande barulho ressoou na sala — um trovão que fez trepidar a janela e ondulou pelas tábuas do chão, fazendo lascas de reboco podre caírem das paredes. A porta fechou-se com um estrondo (mas ela não a abrira, nem a vira aberta); a janela despedaçou-se e caiu. Ao mesmo tempo, elevou-se um forte vento em torno do cômodo, rodopiando em toda a sua volta, cada vez mais rápido, fazendo voar os vasos de alecrim e sorva e jogando-os contra as paredes, pegando os livros e castiçais, a mochila e o casaco dela e jogando-os para cima e para baixo, assobiando e zunindo, circulando sem parar até se tornarem um borrão. E agora as próprias paredes se mexiam também, sendo arrancadas das bases no chão e cuspindo os tijolos que rodavam e espiralavam abaixo do teto. Finalmente, o teto desapareceu, e a terrível imensidão do céu noturno se estendeu acima, as estrelas e a lua a girarem, as nuvens arrastadas em pálidos fios brancos que disparam para todos os lados, até os únicos pontos fixos em todo o universo serem Kitty e o menino dentro de seus círculos.

Ela estalou os dedos diante dos olhos e enterrou a cabeça entre os joelhos.

— Por favor, pare! — gritou. — Por favor!

E o tumulto cessou.

Ela abriu os olhos; nada viu. Ainda agarrava o rosto com as mãos.

Com rígido e doloroso cuidado, ergueu a cabeça e baixou as mãos. A sala estava exatamente como antes, como sempre estivera: porta, livro, castiçais e janela, paredes, teto, chão; além da janela, um céu plácido. Tudo em silêncio, a não ser... O menino no pentáculo defronte agora se mexia, curvando as pernas muito devagar — e sentando-se com abrupta decisão, como se toda energia tivesse se esvaído dele. Fechara os olhos. Passou a mão cansada diante dos olhos.

Olhou para ela então, e os olhos, embora escuros, nada tinham do vazio anterior. Quando falou, a voz voltara ao normal, mas soava cansada e triste.

— Se você invoca djins — disse —, invoca a história deles junto com eles. É sensato manter tudo no presente, por medo do que você pode despertar.

Com grande dificuldade, Kitty obrigou-se a sentar-se ereta e de frente para ele. Tinha os cabelos úmidos de suor; passou a mão por eles e enxugou a testa.

— Não havia necessidade disso. Eu apenas falei...

— Um nome. Você deve saber o que os nomes podem fazer.

Kitty pigarreou. A primeira onda de medo passava, logo substituída por um sentimento lacrimoso. Ela o combateu.

— Se você está tão a fim de manter tudo no presente — engoliu em seco, furiosa —, por que insiste em usar... a forma *dele*?

O menino franziu a testa.

— Você está um tanto esperta demais hoje, Kitty. O que a faz pensar que estou usando o disfarce de *alguém*? Mesmo em meu estado debilitado, posso tomar a aparência que quiser. — Sem se mexer, mudou mais uma vez de forma uma, meia dúzia de vezes, cada uma mais espantosa que a outra, cada uma sentada na mesma posição no círculo. Acabou como uma espécie de gigantesco roedor, gordo e peludo, as patas traseiras dobradas de irritação.

Kitty não piscou.

— É, mas em geral você não vira um hamster tamanho família — disse. — Sempre reverte ao mesmo menino escuro de tanga. Por quê? Porque significa alguma coisa para você. Isso é óbvio. É alguém importante do seu passado. Eu só teria de descobrir quem.

O hamster lambeu a pata rósea e alisou um tufo de pêlo atrás de uma das orelhas.

— Eu não reconheço verdade em nenhuma dessas declarações exageradas — disse. — Mas estou curioso. Aonde você vai daí? O menino pode ser qualquer um.

Ela assentiu com a cabeça.

— É verdade. Aconteceu assim. Após nosso último encontro, eu estava a fim de falar com você. Tudo que sabia de você era seu nome, ou um deles: Bartimaeus. O que era bastante, pois eu nem sabia como soletrá-lo. Mas sabia que se olhasse bem você acabaria por aparecer em alguma parte nos registros históricos. Assim, quando comecei a estudar, fiquei de olhos abertos para qualquer menção a você.

O hamster assentiu, modesto.

— Imagino que não demorou muito. Deve haver incontáveis referências a meus feitos.

— Na verdade, levei quase um ano para encontrar a mais leve menção. Consegui os nomes de muitos outros demônios de todos os tipos aqui e ali entre os livros da biblioteca. Nouda, o Terrível, aparecia sempre, assim como um afrito chamado Tchue e uma coisa chamada Faquarl também era notável numa dezena de culturas. E então, de repente, você apareceu... uma menção de passagem numa nota de pé de página.

O hamster eriçou-se.

— *Como?* Que livros você olhou? Todos os melhores devem ter sido retirados. Um pé de página, veja você!

Continuou a murmurar indignado dentro dos pêlos.

— Meu problema — apressou-se a dizer Kitty — era que você nem sempre foi conhecido como Bartimaeus, e assim, mesmo quando tinha muito longas e importantes menções, eu não o encontrava. Mas a nota de pé de página me ajudou, você sabe, porque ligava o nome que eu queria... Bartimaeus de Uruk... a dois outros: Sakhr al-Jinni (não era o seu nome persa?) e Wakonda de Algonquin. Depois disso, pude encontrar mais referências a você aqui e a... quer dizer, em toda parte que olhava. E assim fui em frente. Fiquei sabendo muita coisa sobre algumas de suas tarefas e aventuras, e descobri os nomes de vários de seus amos o que também foi interessante.

— Bem, espero que tenha ficado impressionada — disse o hamster. Ainda parecia meio aborrecido.

— Claro — prosseguiu Kitty. — *Muito.* Você falou mesmo com Salomão?

O hamster grunhiu.

— Ééé, ééé, só um breve papo — mesmo assim, parecia bastante amolecido.

— O tempo todo — disse Kitty — eu aprendia a arte da invocação. Meu amo era meio lento, e eu mais ainda, receio, mas fui aos poucos chegando ao estágio em que senti que podia invocar você. Mas ainda não tinha pista alguma da identidade desse menino, o que era uma pena, porque sabia que era importante para você. E aí, de repente, descobri a pista vital! Descobri seu nome egípcio: Rekhyt. E liguei *isso* ao mago Ptolomeu.

Interrompeu-se, com um sorriso de triunfo.

— Mesmo assim — disse o hamster —, que lhe disse isso? Eu tive 100 amos, e quer seus pentáculos tenham sido traçados na areia do deserto ou na estepe, a inimizade...

— Sim, sim — Kitty fez o hamster calar-se com um gesto. — Era exatamente essa a questão. Uma versão falava de uma estreita ligação entre esse Ptolomeu e seus escravos. Também dizia que ele era apenas um menino quando morreu. Foi quando tudo ficou claro para mim. Foi quando percebi a identidade de seu disfarce favorito.

O hamster ocupava-se limpando uma das unhas dos pés.

— E que detalhes — perguntou sem muito interesse — pode lhe ter dado a versão sobre a relação entre o djim e o menino? Só por curiosidade... entende?

— Não muitos — admitiu Kitty. — Na verdade, nada. Acho que não se sabe mais muita coisa sobre Ptolomeu como pessoa. Alguns de seus textos sobreviveram, creio. Falavam de uma coisa chamada "Portão de Ptolomeu", seja lá o que for...

Interrompeu-se. O hamster olhava a lua da meia-noite além da janela. Finalmente voltou a cabeça para ela, e ao fazê-lo reverteu à forma conhecida do menino mago, Ptolomeu de Alexandria.

— Chega — disse. — Que quer você de mim?

Agora que o palpite dela se confirmara, Kitty descobriu que sua visão do disfarce do djim mudara completamente. Era uma coisa curiosa e desconcertante perceber que via o rosto de um verdadeiro menino morto havia 2 mil anos. Antes, via o disfarce apenas como uma máscara, uma fantasia, uma ilusão entre muitas. Agora, embora reconhecendo que ainda era verdade, não podia deixar de sentir a antiga presença. Que o demônio reproduzia com precisão o menino, ela não tinha dúvida: pela primeira vez, notava dois sinais na pele do pescoço pardo, uma pequena cicatriz clara embaixo do queixo, cotovelos ossudos nos braços finos. Havia ali uma devoção ao detalhe que só podia vir com genuína afeição, ou talvez mesmo com amor.

O conhecimento deu-lhe confiança para prosseguir.

— Tudo bem — disse. — Eu lhe digo. Mas primeiro quero repetir: não vou escravizar você. Seja qual for sua resposta, vou libertá-lo.

— É muita bondade sua — disse o menino.

— Só quero que escute bem o que tenho a dizer.

— Bem, se vai mesmo continuar com isso, eu posso tentar. — O djim cruzou os braços. — Mas digo uma coisa a seu favor — prosseguiu, pensativo. — Em todos os séculos de meu fardo, nem um *único* mago se interessou o suficiente para perguntar sobre este disfarce. Por que deveriam? Eu sou um "demônio" e, portanto, deliberadamente perverso. Não tenho motivos além de maldade e tentação. Apesar do medo geral e do desejo de autopreservação, nunca me perguntam nada sobre mim mesmo. Mas *você* perguntou. Descobriu coisas. Não direi que foi esperta, porque você é humana, mas não foi uma má tentativa, no todo. Assim, pois — acenei com a mão régia —, mande.

— Certo — Kitty instalou-se confortavelmente. — Não sei se você notou, mas tudo vai indo de mal a pior em Londres. Os magos começam a perder o controle. Os plebeus são enviados para a luta, o trabalho fica prejudicado. Há muito mais pobreza, e isso levou à agitação, tem havido motins em algumas cidades. E há muito ressentimento contra... os demônios.

— É como eu previ quando falamos da última vez — disse o djim. — As pessoas começam a notar espíritos e descobrir sua própria maleabilidade. Vão explorar as possibilidades e começar a retaliar.

Kitty assentiu.

— Mas os magos estão reagindo; a polícia reprime, há violência, pessoas são presas e desaparecem, e coisas ainda piores.

— Acontece — disse o menino.

— Eu acho que os magos estarão dispostos a empreender atos terríveis — prosseguiu Kitty — para permanecer no poder. Há muitos grupos secretos de plebeus, mas são fracos, divididos. Ninguém tem força para se opor ao governo.

— Isso virá — disse o djim. — Com o tempo.

— Mas *quanto* tempo? Esta é a questão.

— Quer um cálculo por cima? — o menino inclinou a cabeça para o lado, pensando. — Creio que em mais duas gerações. Digamos 50 anos.

Isso permitirá à maleabilidade chegar aos níveis necessários para uma revolta vitoriosa. Cinqüenta anos não é muito ruim. Com sorte, você pode ver, quando for uma meiga vovó, balançando grandes bebês gordos nos joelhos. Na verdade — ergueu uma das mãos, interrompendo o grito de protesto dela —, não, está errado. Minha projeção é incorreta.

— Ótimo.

— Você jamais será uma meiga vovó. Digamos em vez disso uma "triste velha solitária".

Kitty bateu com o punho no chão.

— Cinqüenta anos não bastam! Quem sabe o que os magos terão feito a essa altura? Toda a minha vida terá passado! Provavelmente estarei morta quando a revolução começar.

— É verdade — disse o menino. — Mas *eu* estarei aqui para vê-la. Serei exatamente o mesmo.

— É — disse Kitty. — Não é um cara de sorte?

— Você acha? — O menino baixou os olhos para sua forma de pernas cruzadas. Sentava-se com as costas retas, as pernas bem dobradas, à maneira de um escriba egípcio. — São 2.129 anos desde que Ptolomeu morreu — disse. — Ele tinha 14 anos. Oito impérios mundiais se ergueram e caíram desde aquele tempo, e ainda tenho a cara dele. Quem *você* acha que é o cara de sorte?

Kitty não respondeu. Por fim, perguntou:

— Por que você faz isso? Adota a forma dele.

— Porque prometi a mim mesmo — disse o djim. — Estou mostrando a ele como ele era. Antes de mudar.

— Mas eu achava que ele jamais tinha crescido — disse Kitty.

— É. Está certo. Não cresceu.

Ela abriu a boca para fazer uma pergunta, mas em vez disso balançou a cabeça.

— Estamos chegando ao que interessa — disse, com firmeza. — Não posso me dar o luxo de esperar e ver enquanto os magos fazem mais coisas perversas; a vida é curta demais. É necessário agir *agora*. Mas nós... o povo, os plebeus... não podemos derrubar o governo sozinhos. Precisamos de ajuda.

O menino encolheu os ombros.

— Pode ser.

— Portanto, minha idéia, ou proposta, na verdade — disse Kitty —, é que os djins e outros espíritos nos ajudem.

Reclinou-se para trás.

O menino olhou-a.

— Diga isso de novo.

— Você nos ajudou. Afinal, como acabou de dizer: somos todos vítimas neste caso, djins e plebeus. Os magos nos subjugam da mesma forma, quer sejamos humanos ou espíritos. Então. Podemos nos juntar e derrotá-los.

O rosto do menino não exibiu expressão alguma.

— Só isso?

— Bem, não vai ser fácil, claro. Mas tem de haver uma saída. Por exemplo, se plebeus como eu podem invocar importantes djins como você, por que não podemos tomar o governo juntos? É preciso pensar muito, e muito mais... espíritos se envolverem, mas teríamos a vantagem da surpresa, não teríamos? E seria muito mais eficaz lutarmos como uma força *igual*: nem escravos nem amos. Nenhuma briga entre nós nem essa de solapar uns aos outros. Só cooperação, sem percalços. Ninguém nos deteria!

Curvava-se para a frente no pentáculo agora; olhos brilhantes e vivos com a visão. O garoto também pareceu imobilizado; durante um longo tempo não respondeu. Finalmente, falou:

— Loucura — disse. — Belos cabelos, belo traje, mas inteiramente maluca.

Kitty retorceu-se de frustração.

— Você só tem de *escutar*...

— Muitos dos meus amos no correr dos séculos foram malucos — continuou o menino. — Tive fanáticos religiosos que espancavam os próprios traseiros com galhos, imperadores de olhos mortos que cometiam assassinato em massa sem o menor prazer, avaros que ansiavam por arcas de ouro. Tive incontáveis violadores de si mesmos e de outros... Você é uma espécie perversa e nada apetitosa. Chego mesmo a dizer que *sua* loucura em particular, Kitty, é menos danosa que a da maioria, mas a levará à morte, e à minha também, se eu não tomar cuidado, por isso vou ser franco com você. O que acaba de sugerir é ridículo de mil formas, e se eu as repassasse todas ainda estaríamos aqui quando o Império Britânico finalmente *cair*. Por isso, vou escolher dois motivos. Nenhum djim, nenhum afrito, nenhum marid que palmilha a cidade ou mariposa que irrita a pele, jamais, jamais se juntará (como diz você) com qualquer tipo de humano. *Formar equipe*... eu lhe pergunto! Você nos vê a todos usando a mesma faixa ou alguma coisa assim, indo para a batalha de mãos dadas? — O menino riu: um som áspero e desagradável. — Não! Sofremos demasiada dor para algum dia encarar um humano como aliado.

— Isso é mentira! — gritou Kitty. — Eu repito: e Ptolomeu?

— *Ele* foi único! — o menino cerrou os punhos. — Era a exceção. Não meta ele nisso!

— Ele não desmente nada do que você disse! — gritou Kitty. — Claro, seria difícil convencer a maioria dos demônios, mas...

— Difícil? Jamais se poderia!

— Foi o que você disse sobre a possibilidade de eu aprender o suficiente para invocar você. Mas eu invoquei!

— Absolutamente irrelevante. Vou lhe dizer uma coisa. Fiquei sentado aqui, falando legal, mantendo boas maneiras como um bom djim, mas o tempo todo fiquei vigiando você como um falcão, à espera para ver se você punha ao menos um dedão do pé fora do círculo. Se pusesse, eu estaria em cima de você mais rápido que um piscar de olhos, e você teria aprendido uma coisa sobre os humanos e demônios, isso eu lhe digo.

— Éëé? — escarneceu Kitty. — Em vez disso, você botou seu estúpido dedão fora e explodiu a saia. O que resume mais ou menos seus últimos milênios. Você não vai a parte alguma sozinho, companheiro.

— É mesmo? — o menino tinha o rosto lívido de cólera. — Bem, deixe eu passar ao segundo motivo porque seu plano é falho, posso? Mesmo que eu quisesse lhe ajudar, mesmo que 100 outros djins de quase igual poder partilhassem esse sentimento e não quisessem nada melhor que jogar a sorte deles com alguns humanos de miolo mole, não poderíamos. Porque a única maneira de virmos à Terra é pela invocação. Significa obedecer ao amo. E não há igualdade nessa equação.

— Besteira! — disse Kitty. — Não tem de ser assim.

— Claro que tem. Qual é a alternativa? Toda invocação nos prende. É o que fazem. Você procuraria algum meio de nos soltar da correia? Com nosso poder? Ficaria feliz em nos passar o controle?

— Claro — ela disse, firme. — Se fosse necessário.

— Não ficaria, não! Nem em um milhão de anos.

— Ficaria, sim. Se houvesse confiança, ficaria.

— É mesmo? Bem, por que não provar isso agora mesmo? Saia de seu pentáculo.

— Como?

— Você ouviu muito bem. Saia, cruze essas linhas. É, essas bem aí. Vamos ver essa sua confiança em ação, vamos. Dê poder *a mim* por um momento. Vamos ver se banca sua aposta.

Ao falar isso, o menino saltou, e após um instante, ela também. Ficaram nos pentáculos opostos, olhando-se. Kitty mordeu o lábio. Sentia calor e frio ao mesmo tempo. Não era como pretendera que fosse — a rejeição de sua posição seguida por um desafio imediato; não imaginara a coisa assim. Que fazer agora? Se quebrasse a invocação saindo de seu pentáculo, Bartimaeus poderia destruí-la antes de desaparecer. Sua maleabilidade não o impediria de fazê-la em pedaços. Essa idéia fez sua carne tremer sob as roupas.

Olhou o rosto do menino morto havia muito tempo. Ele sorria-lhe com o que evidentemente pretendia ser uma forma amistosa, mas tinha os olhos duros e gozadores.

— Bem? — disse. — Que tal?

— Você acabou de me falar — ela disse em voz rouca — do que me faria se eu quebrasse as proteções. Disse que cairia em cima de mim mais rápido que um piscar de olhos.

O sorriso vacilou.

— Oh, não dê atenção a isso. Eu só estava blefando. Não precisa acreditar em tudo que o velho Bartimaeus diz, *precisa*? Estou sempre brincando, você sabe. — Kitty nada disse. — *Vá em frente* — continuou o menino. — Não farei nada a você. Ponha-se em meu poder por um momento. Confie em mim.

Kitty correu a ponta seca da língua pelo lábio inferior. O menino sorriu mais que nunca: forçara tanto o sorriso que ficou com a superfície do rosto esticada. Ela baixou o olhar para as marcas de giz no chão, depois para os próprios pés e de novo para o giz.

— É o bilhete da passagem — disse o menino.

Ela de repente percebeu que se esquecera de respirar. Exalou violentamente.

— Não — arquejou. — Não. Isso não vai dar em nada.

Os olhos negros a vigiavam, a boca uma súbita linha.

— Bem — disse o djim contrariado. — Admito que minhas esperanças não eram grandes.

— Não é uma questão de confiança — ela disse, mentindo. — É que você simplesmente se desmaterializaria. Não pode ficar na Terra sem o poder da invocação, e eu não tenho energia para invocá-lo de novo agora. A questão — continuou, desesperada — é que, se você e outros djins juntassem forças comigo, poderíamos derrotar os magos e impedi-los de invocá-lo. Depois que os derrotássemos, você jamais seria chamado de novo.

O djim bufou.

— Eu não tenho tempo para fantasias, Kitty. Escute a si mesma: nem *você* acredita numa palavra do que está dizendo. Bem, se é só isso, é melhor me dispensar.

O menino deu-lhe as costas.

Diante disso, uma grande raiva se apoderou de Kitty. As lembranças dos últimos três anos nadaram diante de seus olhos; sentiu de novo o enorme esforço necessário para chegar até ali. E agora esse espírito orgulhoso e de bitolado rejeitava de saída as suas idéias. Não lhe dera um momento de justa consideração. Claro, os detalhes tinham de ser trabalhados; havia muitas questões a serem resolvidas, mas, evidentemente, era possível e necessário algum tipo de cooperação. Ela se sentia à beira das lágrimas, mas afastou furiosa a sensação. Bateu os pés, fazendo o piso reverberar.

— Então, esse estúpido menino egípcio era bastante bom para você, não era? Confiou *nele* muito alegremente. Então, por que não eu? Que foi que *ele* fez para você que eu não posso fazer? Então? Ou sou inferior demais para saber dos grande feitos dele?

Falou com amargura, selvageria, desprezo pelo demônio que fazia a bile lhe subir por dentro.

Ele não se voltou para olhá-la. O luar derramava-se por suas costas nuas e as pernas de palito.

— Para começar, ele me seguiu até o Outro Lugar.

Kitty encontrou finalmente a voz.

— Mas isso é...

— Não é impossível. Apenas não se faz.

— Eu não acredito.

— *Você* não precisa. Mas Ptolomeu acreditou. Eu o desafiei a provar sua confiança em mim também. E foi o que ele fez: idealizando o Portão de Ptolomeu. Atravessou os quatro elementos para me encontrar. E pagou o preço, como imaginou que faria. Depois disso... bem, se *ele* propusesse uma união maluca de plebeus e djins, talvez então eu me juntasse. Não havia limite para a nossa ligação. Mas quanto a você, bem-intencionada como é...? Desculpe, Kitty. Acho que não dá.

Ela fitava as costas dele, sem nada dizer. Finalmente, o menino voltou-se, o rosto oculto na sombra.

— O que Ptolomeu fez foi único — disse em voz baixa. — Eu não pediria a mais ninguém, nem mesmo a você.

— Isso o matou? — ela perguntou.

Ele deu um suspiro.

— Não...

— Então, que preço foi esse...?

— Minha essência está *um pouco* vulnerável hoje — disse Bartimaeus. — Eu ficaria agradecido se você cumprisse a palavra e me soltasse.

— Vou soltar. Mas acho que você podia ficar e falar mais um pouco. O que Ptolomeu fez não tinha de ser único. Talvez se trate apenas de que ninguém desde então sabe muito sobre essa coisa de Portão.

O menino deu um breve sorriso.

— Oh, sabem, sim. Ptolomeu escreveu sobre sua viagem; algumas das anotações sobreviveram. Como você, ele falava um monte de besteira sobre uma trégua entre magos e djins. Esperava que outros seguissem seu exemplo, corressem o mesmo risco que ele. E durante esses anos uns poucos *tentaram*, mais por ganância e sede de poder que com seu idealismo. Não se deram muito bem.

— Por que não?

Nenhuma resposta; o menino desviou o olhar.

— Tudo bem, não *diga* nada — ela gritou. — Vou ler eu mesma as anotações de Ptolomeu.

— Oh, você entende grego antigo, entende? — Ele riu da expressão no rosto dela. — Não se preocupe com isso, Kitty. Ptolomeu há muito se foi, e o mundo moderno é sombrio e complicado. Você não fará diferença. Cuide de si mesma e sobreviva. É o que *eu* faço. — Cutucou a própria carne. — Ou tento. Mandrake quase acaba de me matar.

Kitty inspirou fundo. Embaixo, num canto cheio de livros de sua mansão decadente, o sr. Button dormia; na manhã seguinte a esperaria animada e cedo para começar a colagem de novos jornais. À noite ela estaria mais uma vez na Rã, ajudando a consertar o balcão, servindo bebidas a passivos plebeus... Sem o plano secreto para impeli-la, essas perspectivas pareciam de fato chatas.

— Não preciso de seu conselho — ela disse, áspera. — Não preciso de nada de você.

O menino ergueu o olhar.

— Bem, sinto muito se a desanimei um pouco — disse —, mas essas coisas precisam ser ditas. Eu sugiro...

Kitty fechou os olhos e deu a ordem. Foi hesitante, a princípio, depois muito rápido — ela sentiu uma súbita violência em si: queria livrar-se dele, acabar com aquilo.

O ar moveu-se em torno de seu rosto, fumaça de vela encheu-lhe as narinas, a voz do demônio recuou para o nada. Ela não precisou olhar para saber que ele desaparecera, e com ele três anos inteiros de suas esperanças e sonhos.

Nathaniel

16

Na metade do caminho da casa de Quentin Makepeace para a sua, John Mandrake deu uma súbita ordem. O chofer assentiu, saudou e fez uma meia-volta no pesado tráfego. Dirigiram-se para Chiswick em alta velocidade.

A noite caíra. As janelas da Hospedaria da Rã estavam escuras e fechadas, a porta barrada. Um cartaz grosseiro, escrito à mão, fora pregado na varanda.

O FUNERAL DE SAM WEBBER
SERÁ HOJE
ESTAMOS FECHADOS
REABRIREMOS AMANHÃ

Mandrake bateu repetidas vezes, mas não obteve resposta. O vento soprava no feio e cinzento Tâmisa; na margem de seixos, gaivotas brigavam por restos depositados pela maré. Uma esfera vermelha de vigilância no pátio pulsava quando ele se afastou. Mandrake fez uma carranca para ela e voltou ao centro de Londres.

A questão de Kitty Jones podia esperar. A de Bartimaeus, porém, não.

Todos os demônios mentiam: era um fato indiscutível. Assim, na verdade, Mandrake não devia ter ficado *particularmente* surpreso por seu escravo encaixar-se no tipo. Mas quando soubera que Bartimaeus ocultara a sobrevivência de Kitty Jones, o choque o afetara profundamente.

Por quê? Em parte, por causa da imagem que fizera da Kitty havia muito morta. Durante anos, o rosto dela flutuara em sua memória, iluminada por um culpado fascínio. Fora sua inimiga mortal, mas sacrificara-se por ele; era um gesto que ele mal compreendia, mas cuja estranheza, junto com a juventude, o vigor e o feroz desafio nos olhos dela, haviam assumido um tom agridoce que jamais deixava de vará-lo. A perigosa combatente da Resistência que ele caçara tanto tempo antes tornara-se, nos lugares silenciosos e secretos de sua mente, uma coisa pura e pessoal, uma bela repulsa, um símbolo, um pesar... Muitas coisas, na verdade — todas muito distantes da moça original viva, respirando.

Mas se ela estivesse viva...? Mandrake sentiu uma pontada de dor. Era a sensação causada pela destruição desse pacífico santuário interior, pela súbita onda de confusão e renovadas lembranças do concreto e bagunçado passado; por ondas de raiva e descrença. Kitty Jones não era mais uma imagem privada em sua cabeça — o mundo a reclamara. Ele se sentia quase enlutado.

E Bartimaeus lhe mentira. *Por que* fizera isso? Para irritá-lo, sem dúvida — mas isso não parecia suficiente. Bem, então — para proteger Kitty. Mas isso pressupunha uma intimidade entre moça e djim, um tipo de ligação. Poderia ser? Mandrake sentiu um ciumento conhecimento na boca do estômago de que *era*: a idéia enroscou-se e escorregou dentro dele.

Se era difícil sondar o motivo da mentira do djim, o momento da revelação não poderia ter sido mais amargo, vindo tão logo depois de Mandrake pôr em perigo sua carreira para salvar a vida do criado. Sentia os olhos arderem quando se lembrava do ato; sua loucura crescia e o sufocava.

Na solidão da meia-noite no estúdio ele fez as invocações. Vinte quatro horas haviam se passado desde que dispensara a rã; se a essência de

Bartimaeus teria se curado a essa altura, ele não sabia. Não mais ligava. Sentava-se rígido como uma vara, as mãos tamborilando na escrivaninha. E esperava.

O pentáculo permanecia frio e quieto. A fórmula mágica ecoava na cabeça de Mandrake.

Ele umedeceu os lábios.

Não fez uma terceira tentativa, mas continuou sentado, pesado, na poltrona de couro, buscando suprimir o pânico que lhe subia por dentro. Não podia haver dúvida: o demônio já estava no mundo. *Alguém mais* o invocara.

Os olhos de Mandrake ardiam na escuridão. Devia ter previsto isso. Um dos outros magos havia ignorado o risco para a essência do djim e buscara descobrir o que ele sabia sobre a trama de Jenkins. Dificilmente importava quem era. Quer fosse a srta. Farrar, Mortensen, Collins ou um outro, a perspectiva para Mandrake era de fato sinistra. Se Bartimaeus sobrevivesse, sem dúvida daria a eles o primeiro nome do amo. Claro que daria! Já o traíra uma vez. Então os inimigos mandariam seus demônios, e ele morreria, sozinho.

Não tinha aliados. Não tinha amigos. Perdera o apoio do primeiro-ministro. Em dois dias, se sobrevivesse, estaria em julgamento perante o Conselho. Estava por conta própria. Claro, Quentin Makepeace lhe oferecera seu apoio, mas muito provavelmente estava desequilibrado. Aquele *experimento* dele, aquele cativo a contorcer-se... A lembrança repugnou John Mandrake. Se conseguisse salvar sua carreira, tomaria medidas para deter tais atividades grotescas. Mas essa dificilmente era a prioridade agora.

A noite avançava. Mandrake sentava-se à sua escrivaninha, pensando. Não dormiu.

Com o tempo e o cansaço, os problemas que o acossavam começaram a perder a clareza. Bartimaeus, Farrar, Devereaux e Kitty Jones, o Conselho, o julgamento, a guerra, suas intermináveis responsabilidades — tudo se fundiu e tremulou à sua frente. Surgiu nele um grande anseio por jogar tudo fora, retirar como um úmido e fétido conjunto de roupas e sair fora, nem que fosse por um momento.

Ocorreu-lhe uma idéia louca, impulsiva. Pegou a lente de cristal e ordenou ao diabrete que localizasse uma certa pessoa. O espírito o fez rapidamente.

Mandrake ergueu-se da poltrona, consciente do mais estranho sentimento. Uma coisa arrastada do passado — quase uma mágoa, que o deixou pouco à vontade, mas também satisfeito. Ele deu-lhe boas-vindas, embora o deixasse nervoso. Acima de tudo, não era da sua vida atual — nada tinha a ver com eficiência ou efetividade, com reputação ou poder. Ele não podia se livrar do desejo de ver de novo o rosto dela.

Primeira luz: céus carregados e calçadas escuras cobertas de folhas. O vento corria por entre os galhos das árvores e em torno da espira nua do memorial de guerra no centro do parque. A mulher tinha o casaco virado para cima, contra o rosto. Ao aproximar-se, andando rápido pelo canto da rua, cabisbaixa, mão segurando o lenço, Mandrake não a reconheceu a princípio. Era menor do que ele lembrava, os cabelos mais longos e um pouco salpicados de grisalho. Mas então, do nada, um detalhe conhecido: a bolsa em que trazia as canetas — velha, mas reconhecível ainda assim. A mesma bolsa! Ele balançou a cabeça, admirado. Podia comprar-lhe uma nova, uma dúzia delas — se ela quisesse.

Ele esperou no carro até ela quase emparelhar-se, sem saber até o último instante se ia saltar mesmo. As botas dela espalhavam as folhas, passavam por cima com cuidado das poças mais fundas, andando rápido devido ao frio e à umidade no ar. Logo passaria por ele...

Mandrake desprezou-se pela hesitação. Abriu a porta do lado da rua, saltou e aproximou-se para interceptá-la.

— Sra. Lutyens.

Viu-a tomar um súbito susto e os olhos negros correrem de um lado para outro, avaliando-o, a ele e ao liso carro preto parado atrás. Ela deu mais dois passos hesitantes e parou, indecisa. Ficou a olhá-lo, um braço pendendo solto ao lado, o outro agarrando o pescoço. A voz, quando saiu, era miúda — e, ele notou, meio assustada.

— Sim?

— Posso lhe dar uma palavrinha?

Ele escolhera usar um traje mais oficial que de costume. Não precisara fazer isso exatamente, mas descobrira que queria causar a melhor impressão. Na última vez que ela o vira, ele não passava de um menino humilhado.

— Que é que você quer?

Ele sorriu. Ela estava muito defensiva. Deus sabe o que julgava ser ele. Algum funcionário, que vinha lhe fazer perguntas sobre seus impostos...

— Só uma conversinha — disse. — Eu reconheci você... e fiquei me perguntando se... se você me reconhecia.

O rosto dela ficou pálido, ainda marcado pela preocupação; franzindo a testa, os olhos vasculharam os dele.

— Desculpe — ela começou. — Eu não... Oh! Sim, reconheço. Nathaniel... — hesitou. — Mas acho que não pode usar esse nome.

Ele fez um gesto elegante.

— É melhor esquecer, sim.

— É...

Ela ficou parada olhando-o: o terno, os sapatos, o anel de prata, mas, sobretudo, o rosto. A avaliação dela era mais profunda do que ele esperara, séria e intensa. Meio para sua surpresa, ela não sorriu, nem demonstrou qualquer excitação imediata. Mas, claro, o aparecimento dele fora súbito.

Ele pigarreou.

— Eu ia passando, vi a senhora e... bem, faz muito tempo.

Ela assentiu com a cabeça, devagar.

— É.

— Achei que seria... Então, como está, sra. Luytens? Como está indo?

— Estou bem — ela disse, e então, quase áspera: — Você tem um nome que eu possa usar?

Ele ajeitou um dos punhos da camisa, sorriu vagamente.

— Eu me chamo agora John Mandrake. Talvez tenha ouvido falar de mim.

Ela assentiu de novo, sem expressão.

— Sim. Claro. Então, você está indo... bem.

— Sim. Sou ministro da Informação agora. Nos últimos dois anos. Foi uma senhora surpresa, pois eu era meio jovem. Mas o sr. Devereaux decidiu apostar em mim e — encolheu um pouco os ombros — aqui estou.

Esperara que isso causasse mais do que outro breve assentimento, mas a sra. Luytens permaneceu sem efusões. Com uma ligeira irritação na voz, ele disse:

— Achei que você ficaria satisfeita por ver como tudo saiu bem, depois... depois da última vez que nos vimos. Aquilo tudo foi muito... infeliz.

Usava as palavras erradas, isso podia ver — deslizava para a estudada discrição da vida ministerial, em vez de dizer exatamente o que pensava. Talvez por isso ela parecesse tão rígida e sem reação. Tentou de novo:

— Fiquei agradecido a você, é o que queria lhe dizer. Agradecido então. E continuo agora.

Ela balançou a cabeça.

— Agradecido por quê? Eu não fiz nada.

— Você sabe... quando Lovelace me atacou. Aquela vez que ele me bateu, e você tentou detê-lo... Eu nunca tive uma chance de...

— Como você diz, foi infeliz. Mas foi também há muito tempo. — Afastou uma mecha de cabelo do rosto. — Então, você é o ministro da Informação? É o responsável por aqueles panfletos que distribuem nas estações?

Ele sorriu modestamente.

— É. Sou eu.

— Aqueles que nos dizem que estamos travando uma ótima guerra e que só os melhores jovens estão se alistando para ela, que é trabalho de homem navegar para a América e combater pela liberdade e segurança? Os que dizem que a morte é um preço justo a pagar pela sobrevivência do Império?

— Um pouco sucinto demais, mas é essa a essência, eu creio.

— Bem, bem. Você foi longe, sr. Mandrake.

Olhava-o quase com tristeza.

O ar estava frio; o mago enfiou as mãos nos bolsos das calças e olhou um lado e outro da rua, em busca de alguma coisa para dizer.

— Creio que, em geral, você não torna a ver seus alunos — disse. — Quando eles crescem, quero dizer. Ver como eles vão indo...

— É — ela concordou. — Meu trabalho é com crianças. Não com os adultos que elas se tornam.

— De fato. — Ele olhou a bolsa esbodegada, lembrando seu interior de cetim, com uma caixinha de lápis, giz, canetas-tinteiro e pincéis chineses. — É feliz com seu trabalho, sra. Lutyens? — perguntou de repente. — Quer dizer, feliz com o dinheiro, status e tudo mais? Pergunto porque eu posso, você sabe, encontrar outro emprego que prefira. Tenho influência, e posso encontrar uma coisa melhor. Há estrategistas no Ministério da Guerra, por exemplo, que precisam de pessoas com seu conhecimento para projetar pentáculos produzidos em massa para a campanha americana. Ou mesmo em meu Ministério: nós criamos um departamento de publicidade para melhor transmitir nossa mensagem ao povo. Técnicos como você seriam bem-vindos. É um bom trabalho, tratando de informação confidencial. Você subiria de status.

— Por "o povo" entendo que você quer dizer "plebeus"? — ela perguntou.

— É como os chamamos agora em público — ele concordou. — Eles parecem preferir assim. Não significa nada, claro.

— Entendo — ela disse secamente. — Bem, não, obrigada, mas estou muito bem onde estou. Tenho certeza de que nenhum dos departamentos ia querer uma velha plebéia como eu empurrada no meio deles, e de qualquer modo, ainda gosto do meu trabalho. Mas é muita bondade sua, seja como for.

Ela puxou a manga do casaco e olhou o relógio.

O mago juntou as mãos.

— A senhora precisa ir! — disse. — Escute, por que não pega uma carona comigo. Meu chofer pode levá-la a qualquer parte. Pode poupá-la de se espremer como sardinha num ônibus ou trem...

— Não, obrigada. Você é muito bondoso.

Tinha o rosto de pedra.

— Muito bem, se é assim que se sente. — Apesar do ar gelado, ele sentia calor e irritação. Desejava ardentemente ter ficado dentro do carro. — Bem, foi um prazer tornar a vê-la. Claro, tenho de pedir que trate do que sabe na mais estrita confidência... Não que eu precise dizer isso, tenho certeza — acrescentou, meio idiotamente.

Ao ouvir isso, a sra. Luytens olhou-o de tal maneira que ele se viu de repente transportado metade da vida para trás, aos dias em que o raro desprazer dela lançava sua sala de aula em desesperada tristeza. Viu-se olhando os próprios sapatos.

— Você acha mesmo — ela disse, ácida — que eu vou querer contar ao mundo que uma vez o vi, o grande John Mandrake, nosso querido ministro da Informação, pendurado de cabeça para baixo com o traseiro à mostra? Que ouvi seus berros e lamentos enquanto homens cruéis lhe batiam? Acha que eu contaria isso? É isso mesmo o que pensa?

— Não. Isso, não. Eu me referia ao meu nome...

— Ah, isso. — Ela deu um riso curto e seco. — Talvez o surpreenda saber — continuou — que eu tenho coisas melhores a fazer com o meu tempo. Sim, mesmo eu, com meu tolo trabalho sem importância, não tenho grande desejo de trair as crianças com quem trabalhei um dia, não importa o que tenham se tornado. Seu nome de nascença, sr. Mandrake, está seguro comigo. Agora eu tenho de ir. Estou atrasada para o meu trabalho.

Deu as costas e começou a afastar-se pela calçada. Ele mordeu o lábio, a raiva misturada com angústia.

— A senhora está interpretando mal o que eu digo — gritou. — Não vim aqui para me gabar com você. Só não tive uma chance, naquele tempo, de agradecer...

A sra. Luytens parou e olhou para trás. O rosto perdera toda a raiva.

— Não, eu acho que entendo — disse. — E fico feliz em saber. Mas você se engana. Era o menino que me era agradecido, e você não é mais aquele menino. Não fala por ele. Não temos nada em comum, você e eu.

— Eu queria lhe dizer que sei que você estava tentando me salvar e...

— É — ela disse —, e sinto muito não ter salvo. Adeus, sr. Mandrake.

E foi-se, afastando-se rapidamente dele entre as folhas úmidas.

Bartimaeus

17

Mais algumas horas, outra convocação — oba, assim é que eu gosto. Um dia sem escravização é um dia desperdiçado, no que me diz respeito.

Vamos ver... Já tivera Mandrake. Já tivera a moça. Quem seria *desta vez*? Após o aparecimento surpresa de Kitty no pentáculo, eu meio esperava que agora fosse o carteiro.

Não tive tanta sorte. Era meu velho e querido amo de novo, com o rosto parecendo o trovão. Com uma lança de ponta de prata pronta na mão.

Sua evidente intenção estimulou uma rápida resposta. Forcei minha pobre essência velha numa forma imponente: um guerreiro com cabeça de leão, daqueles que travavam as guerras do Egito.[1] Peitoral de couro, saia de bronze dobrado, olhos brilhando como cristal, dentes afiados brilhando em gengivas escuras. Legal. Estendi a pata em advertência.

— Nem *pense* nisso, cara.

---

[1]Tecnicamente, creio, eu tinha cabeça de leoa, pois me faltava a juba. As jubas são muito superestimadas; tudo bem, são boa para poses, mas bloqueiam toda a nossa visão lateral na batalha, e ficam pegajosas demais com o sangue acumulado.

— Quero respostas, Bartimaeus! Respostas! E se não... está vendo esta lança? Eu a faço *comê-la* antes de acabar.

As palavras saíram em cascata da boca retorcida. Olhos arregalados, olhando fixo como um peixe. Ele parecia meio perturbado.

— *Você?* Você só saberia qual é a ponta afiada se se sentasse nela. — Minha voz era macia como veludo. — Mas tenha cuidado. Eu não estou exatamente indefeso.

Da pata acolchoada brotou uma garra, curva como um crescente. Girei-a ociosamente, para que captasse a luz.

Ele deu um risinho perverso.

— Ah, mas isso é só exibição, não é? Há dois dias você não conseguia nem *falar*, quanto mais resistir a um ataque. Aposto que se o cutucar com esta lança aqui você saberá a respeito. E não poderá virá-la contra mim tampouco.[2]

— Você acha? — a leoa ergueu-se em toda a sua altura. As orelhas cobertas de tufos roçaram o teto. — São palavras muito grandes, estranho. Vá em frente e prove-as.

Ele rosnou, avançou fracamente com a lança. A leoa fintou para o lado e baixou a garra sobre a haste. Foi uma exibição patética, no todo: os dois erramos por quilômetros.

— Que tipo de estocada você chama isso — escarneceu a leoa, saltando de um pé para outro. — Você parece um pardal cego dando bicadas numa minhoca.

— Você não foi melhor.

O mago passava de um lado para outro dentro de seu pentáculo, abaixando-se, pulando, fintando com a lança em toda direção conhecida pelo homem. Espirrava, arquejava; exibia toda a habilidade de alguém cujos criados em geral lhe mostram como pegar o garfo e a faca.

---

[2]Ele tinha razão, infelizmente. Se ele tivesse feito uma magia de castigo, eu poderia tê-la virado contra ele (a grande vantagem de saber seu nome de nascimento), mas eu não tinha essa defesa contra um real ataque de lança, especialmente no meu estado debilitado.

— Ei — eu disse. — Eu estou aqui. Para a frente.

— *Respostas*, Bartimaeus! — ele tornou a gritar. — Me diga a verdade! Sem demoras, sem evasões. Quem o invocou?

Eu esperava isso. Mas não podia dizer-lhe que Kitty continuava viva, claro. Por mais desorientada que ela fosse, me tratara com honra. A leoa pareceu escabreada.[3]

— Quem diz que alguém me invocou?

— *Eu* digo, e não negue! Tentei ontem a noite e você tinha desaparecido. Quem foi? Com que mago você estava?

— Não fique tão excitado. Foi um breve encontro. Nada sério. Acabou.

— *Nada sério*? — outra estocada com a lança. — Acha que eu vou acreditar nisso?

— Se acalme, sr. Ciumento. Está fazendo uma cena.

— Quem foi? Homem ou mulher?

Tentei ser tranqüilizante.

— Escute, sei o que você está pensando, e *não fiz*. Isso basta para você?

— Não! Você espera que eu confie numa palavra do que diz?

Lá se foi a tranqüilidade. A leoa voltou a um descaramento sem pé nem cabeça.[4]

— Tudo bem, então, confie nisto: vá se catar, não é da sua conta. Eu não lhe devo nada.

O menino estava tão zangado que achei que ia explodir o seu terno. Era o medo que sentia, claro; o medo de eu passar o nome dele.

— Escute, filhinho — eu disse. — Eu jamais passo informação de um amo, a não ser que seja do meu mais firme interesse, por isso não espere que eu diga nada sobre a noite passada. Pelo mesmo motivo, não falei a ninguém de seu patético nomezinho de batismo. Por que deveria? Não

[3]Uma analogia confusa, mas vocês pegaram a idéia.
[4]Confuso de novo. Desculpem.

significa nada para mim. Mas se você está tão preocupado com a possibilidade de eu revelar seus segredos de infância, há uma solução simples. Me dispense para sempre! Mas não, não pode se levar a fazer isso, pode? Na verdade, acho que você não *quer* mesmo romper com o passado. É por isso que me mantém por perto, por mais fraco que eu fique. Para poder se apegar ao Nathaniel que um dia foi, além do grande e mau John Mandrake que se tornou.

O mago nada falou, mas me olhou com uma expressão vazia nos olhos quentes e ocos. Eu não podia censurá-lo. Ficara meio surpreso eu mesmo, na verdade. Não sabia de onde vinham aquelas penetrantes intuições. Mesmo assim, perguntava-me se elas lhe subiam à cabeça. Ele não parecia bem.

Estávamos em seu estúdio; creio que era no fim da tarde. Papéis espalhavam-se pelo aposento; um prato não comido em cima da escrivaninha. O ar tinha um cheiro azedo, mofado, que sugeria uma prolongada ocupação por um jovem que não tomava banho. E, claro, o jovem em questão não era meu elegante amo. Ele tinha o rosto inchado, olhos vermelhos e loucos; a camisa (perturbadoramente desabotoada) pendia por fora das calças de uma maneira desleixada. Tudo muito fora da personagem: Mandrake era em geral definido pelo seu rígido autocontrole. Alguma coisa parecia ter varrido tudo isso.

Bem, o pobre rapaz era emocionalmente quebradiço. Precisava de manuseio simpático.

— Você está um *lixo* — impliquei. — Perdeu feio. Que foi que houve? Toda a sua culpa e ódio de si mesmo de repente o pegaram? Não pode ser *apenas* porque mais alguém me invocou.

O menino ergueu os olhos para os olhos de cristal da leoa.

— Não... — disse devagar. — Tenho outro motivo de queixa também. E *você está* no centro disso tudo.

— *Eu?* — e lá estava eu, lamentando meu declínio. Parecia que ainda havia vida no velho djim. Empertiguei-me. — Como assim?

— Bem — ele apoiou a lança no chão, evitando por pouco empalar o dedão do pé —, vou simplesmente repassar para você, está bem? Primeiro, nas últimas 24 horas houve vários motins sérios em Londres. Os plebeus causaram muitos estragos. Houve luta e algumas baixas. Mesmo agora há desordem nas ruas. Devereaux declarou estado de emergência. Soldados bloquearam Whitehall. A maquinaria do Império foi seriamente perturbada.

— Parece um dia ruim no escritório para você — eu disse. — Mas nada a ver comigo.

Ele tossiu.

— Uma certa rã — disse — começou isso tudo duas noites atrás, causando o caos em St. James Park. Graças aos atos dela, um perigoso djim se soltou na multidão. Foi *esse* incidente que causou a confusão.

A leoa soltou um rugido de protesto.

— Isso dificilmente foi culpa minha! Eu estava tentando cumprir *suas* ordens, numa condição inteiramente debilitada. Tive êxito em circunstâncias difíceis. Pare, não ria desse jeito. É arrepiante.

O jovem jogara a cabeça para trás e soltara um sorriso latido, oco, não diferente do de uma hiena.

— Teve êxito? — gritou. — É como você chama? Quase expirou a meus pés, incapaz de dar uma palavra do relatório que eu tinha pedido, fazendo-me parecer idiota em público. Se isso é sucesso, eu prefiro o fracasso a qualquer hora.

— *Eu* fiz *você* parecer idiota? — a leoa mal podia conter a risada. — Caia na real. Você não precisa de ajuda para isso, chapa. Que foi que eu fiz? Chamei a atenção para sua crueldade, talvez, por estar quase morto. Que mago mantém um djim neste mundo até ele estar fraco demais para sobreviver? Me surpreende que não tenha me liquidado.

Os olhos de Mandrake chamejaram.

— Eles é que queriam! — gritou. — Queriam arrancar a informação de você e deixá-lo morrer! E eu, idiota, o salvei. Deixei que fosse embora. O que me deixou sem defesa alguma contra toda a destruição que você causou. Como resultado, minha carreira quase certamente acabou. Talvez minha vida também. Meus inimigos estão se reunindo. Vou a julgamento amanhã, graças a você.

Sua voz tremeu, os olhos úmidos; praticamente se ouvia o som de tristes violinos. A guerreira leoa esticou a língua para fora e emitiu um ruído desrespeitoso.

— Isso poderia ter sido evitado — disse com toda selvageria — se você confiasse em mim o bastante para me dispensar mais. Eu ficaria em melhor condição então e evitaria facilmente os demônios de Hopkins.

Ele ergueu o olhar rápido.

— Ah! Então encontrou Hopkins?

— Não mude de assunto. Eu estava dizendo: é tudo culpa *sua*. Devia ter tido fé em mim. Mas mesmo após esses anos todos, após o que eu fiz por você com Lovelace, com Duvall, com o Anarquista e a Ostra...

Ele piscou os olhos.

— Não fale desta última.

— ... mesmo depois de tudo *isso* — continuei, implacável — você reverteu ao tipo, se tornou um mago típico, me tratou como inimigo. Eu sou um demônio perverso, portanto, não se pode confiar em mim para... — Interrompi-me. — O *quê?* Escute, esse seu riso está *realmente* me dando nos nervos.

— Mas é exatamente isso! — ele exclamou. — *Não* se pode confiar em você. Você *mente para mim.*

— Cite uma ocasião.

Os olhos dele brilharam.

— Kitty Jones.

— Não sei o que você quer dizer.

— Você me disse que ela estava morta. Eu sei que ela está viva.

— Ah! — minhas suíças curvaram-se um pouco. — Você a viu?

— Não.

— Então está enganado. — Eu me recompus o melhor que pude. — Ela está mortinha. Nunca vi mais morta. Aquele golem a engoliu inteira. Gulp! Estalo de lábios! Foi-se. É triste, mas mesmo assim nada com que se preocupar tantos anos depois...

Deixei por aí mesmo. Não me agradava a expressão nos olhos dele.

Mandrake balançou a cabeça devagar. Manchas rubras de raiva competiam com as brancas pela posse do seu rosto. Era um empate, uma divisão meio a meio.

— Engoliu inteira, não foi? — ele disse. — Engraçado, parece-me lembrar que você disse que o golem a torrou todinha.

— Oh, disse? É, bem, ele fez isso também. Primeiro. Antes de engolir pedaço por... Ai!

Sem aviso, o mago erguera a lança e estocara. Eu estava lento demais, fraco demais para reagir — a lança me pegou em cheio na barriga. Arquejei com o choque, olhei para baixo... e tornei a relaxar.

— Ponta errada — disse. — Essa é a parte rombuda.

Mandrake também notara. Com uma praga de frustração, jogou a lança fora, fora do círculo. Ficou me olhando, respirando forte, tentando dominar as emoções. Passou-se mais ou menos um minuto. As batidas do coração dele ficaram mais lentas.

— Sabe onde ela está? — perguntei.

Ele não disse nada.

Falei em voz baixa.

— Deixe-a em paz. Ela não está fazendo mal nenhum. E salvou sua vida, lembre-se... Eu *não* menti sobre isso.

Ele pareceu que ia falar, depois sacudiu de leve a cabeça, como se afastando à força a idéia da mente.

— Bartimaeus — disse —, eu lhe declarei no outro dia que o dispensaria se você concluísse sua missão, e... apesar da interminável provocação... mantenho minha palavra. Me diga o que aconteceu quando você seguiu Jenkins que eu o solto.

A leoa tinha as musculosas patas dobradas. Baixou os olhos para ele de uma grande altura.

— Permanentemente?

Ele desviou os olhos para o lado.

— Eu nunca disse isso.

— Mas *eu* digo. A menos que muito me engane, minha informação é a única coisa que pode impedir você de ir para a Torre. Certo?

Ele rangeu os dentes.

— Creio que Hopkins está metido em alguma conspiração. Se eu a frustrar, minha posição na certa estará segura, sim.

— Assim, então, que fazer? Eu tenho boa informação. Você não vai se decepcionar.

A voz dele saiu praticamente inaudível.

— Tudo bem... Se for mesmo boa.

— É, sim. Boa, é muito mais. Um acordo sensato, como nos velhos tempos. Você sabe, Mandrake — disse a leoa, com ar pensativo. — As coisas eram melhores quando você era pequeno. Você tinha mais juízo então.

Ele fuzilou os pés com os olhos.

— É o que me dizem. Bem, vamos em frente com isso.

— Tudo bem. — A leoa juntou as patas, estalou os dedos e começou. — Eu segui Jenkins por toda Londres. Ele tem uma rede de magos envolvidos em seus planos; sete ao todo, todos meio como ele: baixo nível, ressentidos, fracos em poder... nada de meter medo, pensando bem, a alguém duro como você.

— Algum nome?

O mago ouvia atentamente, absorvendo tudo.

— Withers e Burke. Não, não significaram nada para mim também. Mas você vai reconhecer este: Lime.

Mandrake arregalou os olhos.

— Rufus Lime? O amigo de Lovelace? *Isso* está mais perto. Ele ainda...?

— Sim. Com a mesma cara de peixe de sempre. Acaba de chegar de Paris, ao que parece.

— E os planos deles: que detalhes você conseguiu?

— Nada concreto, para ser franco. Estão todos atarefados escolhendo demônios para o trabalho. Mas são magos, é o que se espera que façam. Houve muito papo sobre cordas e correntes. Oh, e furgões.

Ele franziu o nariz.

— Furgões?

— Vá adivinhar. Falaram também alguma coisa sobre um experimento. Queriam prova de que seria bem-sucedido. Mas não faço idéia do que era. — Cocei a orelha. — Que mais...? Oh, Jenkins disse que eles eram sete porque era "um para cada cadeira".

Mandrake grunhiu.

— O Conselho. Somos sete. Eles planejam uma rebelião.

— Como sempre.

— Bem, é interessante, mas meio pobre em detalhes. — Ele me olhou de um jeito estranho. — Você espera dispensa por *isso*?

— Tem mais. Jenkins não apenas visitou esses amigos decaídos; encontrou-se com mais alguém. Eu lhe dou três chances de adivinhar.

— Quem?

— Vamos lá, dê um palpite. Oh, você não tem graça. Vou lhe dar uma pista. Barba. Ah, bem feito.

— Eu não respondi.

— Não, mas vejo que entendeu pela cor de seu rosto.[5] É, o mercenário voltou à cidade, com a testa mais enrugada do que você se lembra. Na maior bravura e astúcia, eu me grudei nas botas de sete léguas dele e o segui até o parque, onde ele se encontrou com um sujeito que só posso supor seja o fugidio Hopkins. Não, não ouvi uma palavra do que disseram. Foi quando o djim deles me localizou. O resto você sabe. Deixei metade de minha essência entre ali e Richmond.

---

[5]Para constar, era um interessante branco-amarelado. Assim como uma torta.

— Tudo muito bem — cortou Mandrake —, mas de que me adianta isso? Não posso agir sozinho com base em nada disso. Preciso de alguma coisa se quero sobreviver ao julgamento amanhã... Hopkins: ele é a chave. Você pode descrevê-lo?

A leoa coçou o nariz.

— Engraçado. É difícil... Ele tem uma aparência meio comum. Os ombros meio caídos, talvez; rosto comum, sem se barbear... cabelo de rato, eu acho... hum... Por que está apoiando a cabeça nas mãos?

Ele voltou o rosto para o teto.

— Ah, não tem jeito! Eu devia saber que não devia entregar essa tarefa a você. *Ascobol* teria feito um serviço melhor.

Isso me alfinetou.

— Oh, é mesmo? Quer dizer que ele teria descoberto onde mora Hopkins, não é?

— Como?

— Ele teria obtido o endereço exato, não é? Eu já estou vendo, um grande ciclope gordo com capa de chuva e chapéu de pano, juntando-se a Jenkins e o mercenário no café, pedindo um café e tentando escutar... Oh, sim, bastante discreto.

— Deixe isso pra lá. Você sabe onde Hopkins está? Me diga!

— Está hospedado no Hotel Ambassador — eu disse. — Pronto. É só uma coisinha que eu peguei, quando não estava sendo perseguido até me reduzir a uma colherinha[6] de minha vida. Agora, eu... Espere, que está fazendo?

O mago saltara em súbita ação. Voltando-se de frente para os outros pentáculos traçados no chão, pigarreou e esfregou os olhos cansados e vermelhos.

— Eu tenho uma chance, Bartimaeus — disse. — Uma chance, e vou pegá-la. Amanhã, meus inimigos me derrubarão, a menos que eu

[6]Termo técnico: medida de essência.

tenha alguma coisa tangível para mostrar a eles. E poucas coisas mais tangíveis haverá que o sr. Hopkins, entrouxado e amarrado.

Dobrou e desdobrou os dedos, iniciou uma fórmula mágica. Um vento frio soprou em volta de meus tornozelos. Um uivo melancólico encheu o ar. Honestamente, efeitos como esses eram condenados em *Uruk* por serem anacrônicos.[7] Não se veria um mago moderno deixar seu pentáculo por causa desse barulho, a não ser que desabasse de tanto rir. Balancei a cabeça, com ar sinistro. Não havia prêmios por adivinhar o que viria a seguir.

Claro, com um barulho de gongo de jantar, o gigante de cabelos louros se materializou no pentáculo seguinte. Na mesma hora, desatou uma corrente de súplicas e queixas, que o amo sensatamente ignorou. O recém-chegado não me vira. Esperei até ele cair de joelhos, torcendo as mãos e implorando dispensa, depois dei uma suave tossida.

— Precisa de um lenço, Ascobol? Estou ficando com os pés molhados.

O ciclope apressou-se a ficar de pé, o rosto uma máscara em chamas de vergonha e desaprovação.

— Que faz *ele* aqui, "senhor"? — baliu. — Realmente acho que não posso trabalhar com ele.

— Não se preocupe — eu disse. — Só estou vendo você receber as ordens. Depois disso dou o fora. Não dou, "senhor"?

Mandrake nos ignorou. Continuara com suas fórmulas mágicas, dirigindo a energia aos pentáculos restantes na sala. Seguiram-se mais efeitos baratos — estalos e explosões, guinchos e barulhos de pés correndo, cheiros de ovo, pólvora e metano. Era como a festa de aniversário de um menino. Só faltavam os chapéus de bobo.

Em questão de segundos haviam-se juntado a nós os suspeitos de sempre, o resto da turma de Mandrake. Era um saco de gatos. Primeiro,

---

[7]A última vez que *eu* usei esse forte uivo de vento desincorporado foi para distrair o gigante Humbaba nas florestas de pinheiros, para que meu amo Gilgamesh rastejasse por trás dele e o matasse. Estamos falando de 2600 a.C. E só funcionou *então* porque Humbaba estava algumas pinhas aquém de um abeto.

e menos importante, tínhamos Ascobol, fuzilando-me com os olhos por entre as tranças; em seguida Cormocodran, um excêntrico de terceiro nível e sem senso de humor, que cumprira pena na Irlanda durante o crepúsculo celta — gostava do disfarce de homem javali, com presas e patas pintadas de forte azul-anil. Mais adiante vinha Muamba, uma djim que trabalhara com as tribos abaluyia da África oriental. Eu gostava dela, que não se entregava aos tediosos comentários dos outros. Agora, por motivos mais bem conhecidos por ela, aparecera como um gigantesco lagarto magro usando botas de couro que lhe chegavam às coxas. No extremo oposto, mal se espremendo dentro de seu pentáculo, via-se Hodge, só espinhos, odores e má personalidade. Nós cinco havíamos trabalhado juntos muitas vezes nos meses anteriores, mas lamentavelmente nenhum dos outros partilhava minha personalidade otimista.[8] Tínhamos atritos, palavras ásperas. Nossa relação agora podia ser descrita como tensa.

Mandrake enxugou o suor da testa.

— Eu invoquei vocês — disse — pelo que espero seja a última vez. — Isso despertou um certo interesse; ouviram-se arrastar de pés, tosses, estalar de espinhas. — Se completarem a missão de hoje — continuou —, não chamarei nenhum de vocês de novo. Espero que esta promessa seja suficiente para que cumpram o encargo ao pé da letra.

Cormocodran falou; a voz atropelou-se entre as presas.

— Qual é o encargo?

— Está hospedado no Hotel Ambassador um humano chamado Hopkins. Quero que o prendam e tragam aqui a esta sala. Se eu não estiver, esperem dentro dos pentáculos a minha volta. Hopkins provavelmente é um mago... e sem dúvida tem aliados que podem sublevar djins de baixo nível, embora pelo que temos visto não é provável que

[8]Muamba era leve como uma borboleta, Cormocodran taciturno e abrutalhado e Ascobol e Hodge apenas insuportáveis, lamentavelmente dados ao sarcasmo.

eles tenham poder suficiente para lhes causar problema. Mais perigoso que Hopkins é um homem alto, de barba preta; não é mago, embora tenha a capacidade de resistir a ataque mágico. Esse indivíduo pode ou não estar presente no hotel. Se estiver, podem capturá-lo ou matá-lo, pouco importa. Mas é de Hopkins que eu preciso.

— Vamos precisar de uma descrição — sibilou Muamba. — E boa. Todos vocês humanos me parecem iguais.

Ascobol assentiu com a cabeça.

— Não parecem? Têm todos a mesma forma básica, o mesmo número de pernas e cabeças... Vejam bem, alguns detalhes variam. Se a gente olha para...

Mandrake apressou-se a erguer as mãos.

— É verdade. Felizmente, Bartimaeus já encontrou Hopkins e poderá guiar vocês.

Eu tomei um susto.

— Espere um minuto! Assim não dá. Você disse que eu estaria livre depois de contar o que aconteceu.

— De acordo. Mas sua descrição de Hopkins foi rudimentar, incompleta. Não posso agir com base nela. Vá com os outros e mostre-lhes quem é Hopkins. Não espero que o enfrente em sua condição. Quando voltarem, estarão dispensados.

Voltou-se para os outros e começou a dar outras instruções, mas a leoa nada ouviu. Meus ouvidos cobertos de tufos zumbiam de raiva; eu estava tão furioso que mal me mantinha de pé. Que arrogância! Ele estava feliz por renegar uma promessa tão recente que os ecos ainda ressoavam na sala! Muito bem, eu iria. Tinha pouca escolha. Mas se algum dia ficasse sob meu poder, Mandrake ia lamentar as vezes que me tapeara.

O mago concluiu:

— Mais alguma pergunta?

— *Você* não vem conosco? — perguntou Hodge.

Mexia-se e ajeitava o grande casaco de pele de esgana-gata.

— Não. — Mandrake franziu o cenho. — Lamentavelmente, tenho de ir ao teatro. O que resta de minha carreira depende disso. E — lançou-me uma olhada; li a mensagem em seus olhos — eu talvez tenha *outro* compromisso também.

A leoa o encarou com um ar implacável.

— Vai cometer um grande erro. — Desviei os olhos. — Vamos então — disse aos outros. — Sigam-me.

Kitty

18

Durante todo o dia Kitty andara mal-humorada. Estava carrancuda, quieta e eriçada, de pavio curto, quando foi desafiada pelo mestre. Completou suas tarefas com senso de dever mas sem entusiasmo, batendo portas, pisando forte nos aposentos da mansão e uma vez, graças a uma manobra apressada num espaço apertado, derrubando duas altas colunas de livros cuidadosamente ordenados. O sr. Button ficou muito irritado por seu lado.

— Tenha cuidado, Lizzie — gritou. — Minha paciência está se esgotando.

Ela parou diante do sofá. Tinha a testa enrugada com o mais negro franzido.

— Não estou satisfazendo, sr. Button?

— Na verdade, não! O dia todo você esteve danada da vida, andando aos trancos como um elefante louco pela minha casa, a cara feia como a de um afrito! Quando falo com você, você responde rudemente, sem respeito. Estou chocado com sua insolente vulgaridade! E aquele chá que preparou estava insípido como mijo de gato. Isso não pode continuar assim. Que é que há com você, moça?

— Nada.

— Emburrada de novo! Estou lhe avisando, se isso continuar assim, você vai para o olho da rua.

— Sim, senhor. — Kitty deu um suspiro. Afinal, não era culpa do sr. Button que Bartimaeus lhe tivesse falhado. — Sinto muito, senhor. Eu tive... um probleminha.

— Problema? — As rugas de irritação no rosto do velho se suavizaram. — Minha cara, você devia ter falado. Me diga. Talvez eu possa ajudar. — Um tremor de ansiedade cruzou-lhe a testa. — Não é nada financeiro?

— Não, senhor. Nada assim.

Ela hesitou. Dificilmente poderia contar-lhe a verdade, que todo o seu objetivo ao ajudá-lo se tornara inútil nas primeiras horas da manhã. Após quase três anos, o sr. Button dependia dela; apesar de suas maneiras bruscas, ela sabia que ele a valorizava muito. Mas ainda era um mago.

— É meu trabalho noturno, senhor — disse. — Você sabe que eu trabalho numa estalagem. Tivemos um ataque de demônios dois dias atrás. Um de meus colegas foi morto.

— Ataque! — o sr. Button franziu a testa. — Por quê?

— A coisa de sempre, senhor: tentar descobrir descontentes, pessoas dispostas a agir contra nossos líderes.

Ela pegou uma fatia de bolo no prato à frente dele e mordiscou-a, desanimada.

— Bem, Lizzie, você deve compreender que é direito de todo governo se proteger. Não sei se você deveria freqüentar essa estalagem, se é um viveiro tão ativo de subversão.

— Mas na verdade não é, senhor. Essa é a questão. Tudo que os plebeus fazem é falar: da guerra, da polícia, das restrições às suas liberdades. Só conversa. São impotentes para fazer qualquer coisa *a respeito*, como deve saber.

— Huumm. — O sr. Button olhou o céu vazio de outubro pela janela suja. — Eu dificilmente culpo os plebeus por estarem insatisfeitos. A guerra já durou tempo demais. Receio que o sr. Devereaux não esteja agindo como deve. Mas que podemos fazer? Mesmo eu, um mago, estou impotente! O poder se concentra no Conselho, Lizzie. O resto de nós deve vigiar e esperar dias melhores. Bem, bem, eu entendo sua raiva se um amigo seu foi morto. Lamento sua perda. Pegue outro bolo.

— É muita bondade sua, senhor. Obrigada, senhor.

Ela se sentou no braço do sofá e pegou.

— Talvez você deva tirar a tarde de folga, Lizzie — disse o sr. Button. — Estarei trabalhando no meu índice de demônios e isso me manterá ocupado. São tantos demônios! Seria de pensar que o Outro Lugar dificilmente pode apinhá-los lá dentro!

Kitty tinha a boca cheia de migalhas de bolo. Engoliu-as.

— Perdão, senhor, mas que *é*, exatamente, o Outro Lugar?

O velho grunhiu.

— Uma região de caos, um redemoinho de intermináveis abominações. Dulac, se bem me lembro, chamou-o de "poço de loucura". Não dá nem para começar a imaginar o horror de tal reino — teve um arrepio. — Basta para fazer a gente querer um terceiro bolo de especiarias.

— Então os magos o *visitaram*? — perguntou Kitty. — Quer dizer, têm de ter visitado, para saber como é.

— Ah. Bem — o sr. Button encolheu os ombros —, não exatamente. No todo, as autoridades usaram relatórios de escravos de confiança. Aventurar-se lá em pessoa é outra história. Um risco para o corpo e a mente.

— Então, não foram?

— Oh, *tentaram*. O amo de Dulac, Ficino, por exemplo. Ele esperava ganhar poder demoníaco. Em vez disso, perdeu o juízo... literalmente. E não o recuperou. Quanto ao corpo... Não. Os detalhes são revoltantes demais.

— Oh, continue, senhor.

— Claro que não. Houve um punhado de outros, mas todos saíram loucos ou pior. O único mago que disse ter conseguido foi Ptolomeu. Ele deixou detalhes em seus *Apócrifos*, mas são de valor duvidoso. Na verdade, ele sugere que o procedimento só pode ser conseguido com a ajuda de um demônio benigno, cujo nome se invoca para criar o Portão — bufou. — A idéia é palpavelmente ridícula: quem iria confiar a vida a sério a um demônio? E é provável que o próprio Ptolomeu haja sofrido em conseqüência da experiência. Segundo a maioria das versões, ele não viveu por muito tempo depois.

Confiança. Bartimaeus enfatizara exatamente isso. Ptolomeu se dispusera a confiar nele. Em conseqüência, não havia limite para a ligação deles. Kitty olhou o teto, lembrando o desafio do djim a que saísse do círculo. Não o fizera, pelo óbvio motivo de que ele na certa a teria despedaçado membro a membro. Não havia confiança nesse caso. De nenhum dos lados.

Uma grande raiva ardeu dentro dela mais uma vez: raiva por desperdiçar tantos anos em busca de um sonho sem esperança. Deslizou para fora do braço do sofá.

— Se importa se eu *tirar* a tarde de folga, senhor? — perguntou. — Acho que preciso de um pouco de ar.

Ao pegar o casaco no corredor passou por uma pilha de livros que classificara havia pouco, prontos para ser arrumados numa das prateleiras recém-compradas. Entre eles havia obras do antigo Oriente Médio, dentro das quais... Parou, conferiu. Sim. Lá estava, o terceiro, de cima para baixo: um volume fino. *Apócrifos*, de Ptolomeu.

Kitty franziu os lábios. De que adiantava? Bartimaeus dissera que estava escrito em grego, que lhe seria inútil. Afastou-se, apenas para voltar a parar na metade do corredor. Bem, por que não? Não podia fazer mal algum.

Velhos hábitos de investigação custam a morrer. Ela saiu da casa com o livro no bolso.

Naquela noite, com tempo de sobra, Kitty foi a pé até a Hospedaria da Rã. Esperava que o exercício queimasse um pouco da frustração que inchava incontrolável dentro dela, mas, ao contrário, só a fez piorar.

As pessoas pelas quais passava tinham os rostos franzidos e carrancudos, os ombros caídos; olhavam para o chão enquanto andavam na rua. Esferas de vigilância giravam acima das portas; a Polícia Noturna postava-se arrogante nos principais cruzamentos. Uma ou duas ruas haviam sido barricadas. Houvera desordem no centro de Londres; agora as autoridades reprimiam. Furgões brancos da polícia passaram por ela mais de uma vez. Ouvia sirenes ao longe.

Apressou o passo, o olhar baço e sem nada ver. Sentia-se assoberbada pela absoluta futilidade de tudo. Três anos passara trancada em bibliotecas e salas empoeiradas, brincando de maga. E tudo para quê? Nada mudara. Nada *ia* mudar. Um manto de injustiça estendia-se sobre Londres, e ela, como todo mundo, era sufocada por ele. O Conselho fazia o que queria, indiferente ao sofrimento que causava. E ela era incapaz de fazer qualquer coisa a respeito.

Na Rã predominava um clima semelhante. O balcão das torneiras fora arrumado, a devastação de duas noites atrás, limpa. Na ponta do balcão um reluzente novo pedaço de madeira tapava o buraco feito pelo ataque dos demônios; não combinava muito com o resto da superfície, mas George Fox o disfarçara com uma mostra de postais e ferragens de cavalo. Todas as mesas e cadeiras quebradas haviam sido substituídas; a marca circular de fogo perto da porta, coberta com um tapete.

O sr. Fox deu a Kitty uma discreta acolhida.

— Trabalho extra para nós esta noite, Clara — disse. — Ainda não encontrei ninguém para, você sabe, substituir Sam.

— Não, não. Claro que não.

A voz de Kitty era suave, mas uma fúria impotente sacolejava por dentro dela. Tinha vontade de gritar. Agarrando um pano como se fosse o pescoço de um mago, foi cuidar do trabalho.

Passaram-se duas horas; a sala encheu-se. Homens e mulheres amontoavam-se às mesas ou ficavam de pé junto ao balcão falando em voz baixa. Teve início uma não muito entusiástica partida de dardos. Kitty servia bebidas atrás do balcão, perdida em seus pensamentos. Mal ergueu o olhar quando a porta se abriu, trazendo uma rajada do frio vento de outono.

Como se se houvesse ligado um interruptor ou desligado uma bateria, toda a conversa na Rã de repente cessou. Frases ficaram inacabadas, copos pararam a caminho de bocas abertas; olhos reviraram-se, algumas cabeças voltaram-se. Um dardo cravou-se na parede ao lado do alvo. George Fox, que se curvava ao lado de uma mesa conversando, pôs-se ereto devagar.

Lá estava um rapaz que sacudia a chuva do longo capote preto.

Kitty viu o recém-chegado por entre as cabeças dos fregueses próximos. Tremeu a mão, derramando gim no tampo do balcão. A boca emitiu um breve ruído.

O rapaz descalçou as luvas. Correu a fina mão pelos cabelos — curtos, cortados à escovinha e salpicado de chuva — e olhou a sala silenciosa em volta.

— Boa noite — disse. — Quem é o dono aqui?

Silêncio. Arrastar de pés. Então George Fox pigarreou.

— Sou eu.

— Ah, ótimo. Uma palavrinha, por favor.

O pedido foi feito em voz baixa, mas tinha a presunção da autoridade. Tudo no rapaz tinha: o capote, o elegante paletó preto, a camisa branca de pregas, os sapatos de couro. À sua maneira, era uma figura tão estranha na sala da Rã quanto um demônio sem rosto.

Animosidade e medo correram em ondas pela sala. O rapaz sorriu.

— *Se* vocês não se importam.

George Fox adiantou-se.

— Que posso fazer por você?

O rapaz era mais baixo que ele meia cabeça, e tão esbelto quanto ele robusto.

— Creio que uma moça trabalha aqui — disse. — Qual é o nome dela?

Um ou dois dos fregueses de pé junto ao balcão olharam para Kitty, que se encolhera encostada ao armário atrás do balcão. A porta para o corredor estava fechada: ela podia esgueirar-se pela cozinha e ir embora.

O sr. Fox piscou os olhos.

— Hum, Clara Bell. É a única moça, desde que Peggy foi embora... — A voz sumiu, substituída por uma contida hostilidade. — Por quê? Por que pergunta?

— Clara Bell está trabalhando esta noite?

George Fox hesitou — exatamente a resposta que o rapaz esperava.

— Ótimo — ele disse. — Chame-a.

Olhou em volta. Kitty escondia-se atrás dos fregueses de pé junto ao balcão. Afastou-se aos poucos para a porta do quarto dos fundos.

— Chame-a — disse de novo o rapaz.

Ainda assim, George não se mexeu; tinha o rosto pétreo, os olhos saltados.

— Por que você quer vê-la? — repetiu, impassível. — Quem é você? Que quer com ela?

— Não estou acostumado — disse o rapaz, a voz cansada — a me explicar, nem a pedir mais de uma vez. Sou do governo. Isso deve bastar para qualquer um de vocês aqui... Oh, desculpem! Creio que não...

Um homem sentado perto da entrada havia se esgueirado de seu assento e corrido para a porta. Abriu-a, fez que ia sair. O mago disse uma palavra e fez um gesto. O homem foi fisicamente lançado para trás na sala, indo cair com força ao lado da lareira. A porta fechou-se com tanta força que os metais chocalharam nas paredes.

— Nenhum de vocês deixa esta sala enquanto não se encontrar Clara Bell. — O rapaz olhou aborrecido o homem caído no chão. — Pare com esse gemido! Você não está machucado. — Tornou a voltar-se para George Fox. — Então?

Kitty estava junto à porta do quarto dos fundos. Um dos homens no balcão gesticulou quase imperceptivelmente com a cabeça.

— Vá — disse. — Vá embora.

O rapaz bateu com o sapato nos ladrilhos.

— Não será surpresa para vocês saber que não vim sozinho a esta espelunca. A menos que me tragam a moça dentro de 30 segundos, eu darei ordens que vocês acabarão por lamentar.

Olhou seu relógio.

George Fox baixou os olhos para o chão. Olhou para teto. Cerrou e descerrou as mãos. Tentou não encontrar os olhares das pessoas em volta. Rugas de cansaço e idade riscavam-lhe as faces. Abriu e fechou a boca.

— Tudo bem, George. — Kitty contornou a ponta do balcão; trazia o casaco no braço. — Não precisa. Obrigada. — Caminhou devagar por entre as mesas. — Bem, sr. Mandrake. Vamos?

Por um instante, o mago não respondeu. Olhava-a fixamente, o rosto pálido um tanto ruborizado, talvez afetado pelo calor da sala. Recompondo-se, fez uma ligeira curvatura.

— Srta. Jones! Estou honrado. Se importaria de vir comigo?

Afastou-se para um lado. Empertigada, Kitty passou por ele, que a seguiu até a porta.

O rapaz olhou a silenciosa sala atrás.

— Minhas desculpas por perturbar a noite de vocês.

Saiu; a porta fechou-se. Por quase um minuto ninguém se mexeu nem falou.

— Vai precisar de uma nova garçonete, George — disse alguém.

No pátio, a esfera de vigilância desaparecera. Uns poucos faróis de carro passavam na rua ao lado do passadiço. Caía uma chuva fina. Kitty ouvia-a tamborilando no rio e na escuridão abaixo do parapeito. O ar frio roçava-lhe o rosto, deixando pontinhos de umidade; o súbito toque deles a fazia sentir-se viva.

Atrás dela, uma voz:

— Srta. Jones. Meu carro está aqui perto. Sugiro que andemos até ele.

Ao som, uma feroz excitação de repente desabrochou nela. Longe do medo que *devia* sentir, experimentava apenas desafio e uma espécie de alegria. Desde o primeiro choque surdo do aparecimento de Mandrake, ficara muito calma — calma e curiosamente revivida. Durante três longos anos levara uma vida solitária, cautelosa. Agora, com todas as perspectivas despedaçadas, sabia que não poderia ter suportado essa vida por mais um momento. Queria ação, independente das conseqüências. A velha inquietação inundou-a de volta, numa onda de raiva frustrada.

Voltou-se. Mandrake estava à sua frente — *Mandrake*, um dos membros do Conselho. Era como a resposta às suas preces.

— Então, que vai fazer? — perguntou. — Me matar?

O rapaz piscou os olhos. Tinha o rosto pouco iluminado pelas luzes das janelas da velha estalagem, que lhe davam um tom doentio, amarelo. Ele pigarreou.

— Não. Eu...

— Por que não? Não é o que você faz com os traidores? — a palavra foi cuspida. — Ou *qualquer um* que o contraria? Um de seus demônios esteve aqui duas noites atrás. Matou um homem, que tinha uma família. Nunca tinha feito nada contra o governo. Mas ele o matou mesmo assim.

O mago fez um barulho irritado por trás dos dentes.

— É uma infelicidade. Mas nada tem a ver comigo.

— Não, a não ser que você controla os demônios. — A voz de Kitty era dura e aguda. — São apenas escravos. É *você* que os dirige.

— Eu *queria dizer* que não fui eu pessoalmente. Não é meu departamento. Agora, srta. Jones...

— Desculpe — ela disse, rindo —, é simplesmente a mais lamentável desculpa que já ouvi. *Não é meu departamento*. Oohh, isso torna tudo certo então. E suponho que a guerra não é seu departamento tampouco, nem a Polícia Noturna, nem as prisões na Torre. Nada disso tem a ver com você.

— Na verdade, não tem. — A voz dele tornou-se severa. — Agora pode dar um jeito de ficar calada, srta. Jones? Ou talvez deseje minha ajuda? — Estalou um dedo: uma sombra destacou-se do mais escuro canto do pátio. — Esse é Fritang — disse. — O mais selvagem de meus escravos. Fará qualquer coisa que eu orde...

Kitty deu um grito de desprezo.

— Tudo bem, me ameace! Exatamente como ameaçou as pessoas na hospedaria. Não consegue fazer *nada* sem força por trás, consegue? Não sei como dorme à noite.

— Essa é muito boa, vindo de *você* — ele cortou. — Não lembro que a Resistência tivesse medo de usar a força quando lhe convinha. Vamos ver, agora, quais foram os números das baixas? Várias pessoas mortas, outras estropiadas e...

— *Aquilo* era diferente. Nós lutávamos por *ideais*...

— Bem, eu também. Contudo... — ele inspirou fundo. — Admito que fui descortês no caso atual. — Mexeu uma das mãos e disse uma palavra de dispensa; a sombra ameaçadora dissolveu-se no nada. — Pronto. Agora pode falar sem medo.

Kitty olhou-o diretamente.

— Eu não estava com medo.

Mandrake encolheu os ombros. Olhou para trás a porta fechada da estalagem, depois a rua. Em contraste com sua imperiosa eficiência dentro da Rã, parecia de repente hesitante, sem saber o que fazer.

— Então? — disse Kitty. — Que acontece em geral depois que você prende alguém? Uma sessão de tortura? Espancamento? Que é que vai ser?

Um suspiro.

— Eu não prendi você. Pelo menos, não necessariamente.

— Então estou livre para ir embora?

— Srta. Jones — ele rosnou —, eu estou aqui como indivíduo privado, *não* como membro do governo, embora, se você não parar com esse histrionismo, isso possa mudar. Oficialmente, você está morta. Ontem eu recebi a notícia de que estava viva. Queria confirmação.

Kitty apertou os olhos.

— Quem lhe disse que eu estava aqui? Um demônio?

— Não. Não importa.

Veio a clareza.

— Ah, foi Nick Drew.

— Eu disse que não importa. Você não pode ficar *surpresa* por eu querer encontrá-la: uma fugitiva da justiça, membro da Resistência.

— Não — ela disse. — Só estou surpresa por você já não ter cortado minha garganta.

O mago deu um grito de verdadeira irritação.

— Eu sou um ministro, não um assassino. Eu ajudo a proteger as pessoas contra... contra terroristas como você e seus amigos.

— Ééé, porque as pessoas estão seguras aos seus cuidados — escarneceu Kitty. — Metade de nossos jovens está morrendo na América, e temos a polícia arrastando outros nas ruas, e demônios atacando qualquer um que proteste, e inimigos e espiões à solta em nossos subúrbios. Vocês estão se divertindo à beça.

— Se não fosse por nós, seria muitíssimo pior! — A voz de Mandrake saiu alta e tensa; com evidente esforço, ele baixou-a a um ronronar. — Nós usamos nosso poder para o bem de todos. Os plebeus precisam de liderança. Reconheço que temos ido mal, mas...

— Seu poder se baseia na escravidão! Como pode ser para o bem de *alguém*?

O mago pareceu realmente chocado.

— Não é escravidão humana — disse. — Só de demônios.

— Isso torna tudo melhor, não é? Eu acho que não. Tudo que você faz é manchado pela corrupção.

A resposta dele foi fraca.

— Não é assim.

— É assim, sim, e eu acho que você sabe. — Ela franziu a testa para ele. — Para quê está aqui? Que quer? A Resistência foi muito tempo atrás.

Mandrake pigarreou.

— Me disseram... — Ajeitou o paletó, olhou para o outro lado do rio. — Me disseram que você me salvou do golem. Que arriscou a vida para salvar a minha. — Olhou-a; ela manteve o rosto impassível. — Também me disseram que você morreu ao fazer isso. Agora que a encontro viva, estou... naturalmente curioso para saber a verdade.

Kitty franziu de novo o cenho.

— Que é que você quer: os detalhes? Sim, salvei, e devia estar louca. Impedi o golem de esmagar sua lamentável cabeça e reduzi-la a uma polpa. Depois fugi. Só isso.

Olhou-o fixo; ele retribuiu, o rosto pálido na luz artificial. A chuva batia entre os dois.

Mandrake tossiu.

— Bem, os detalhes estão ótimos. Obrigado. Na verdade, não se trata tanto disso quanto... quanto de eu mais ou menos me perguntar *por quê*.

Enterrou as mãos nos bolsos.

— Eu não sei — disse Kitty. — Não sei mesmo.

— Ponha o casaco — ele disse. — Está ficando encharcada.

— Como se você ligasse.

Mesmo assim, pôs.

O mago viu-a lutar com as mangas. Quando ela acabou de fechar os botões, ele tornou a pigarrear.

— Bem, quaisquer que tenham sido seus motivos — começou —, creio que tenho de agrad...

— Não agradeça — ela disse. — Não. Eu não quero ouvir. De você, não.

Ele franziu a testa.

— Mas...

— Eu fiz aquilo sem pensar, e se quer saber a verdade, tenho lamentado desde então, sempre que vi seus horríveis e mentirosos panfletos nas ruas, ou passei por aqueles palcos onde seus atores mentem por você. — Ela arrepiou-se; a chuva se intensificara muito. — Se você *tem* de agradecer a alguém, agradeça a Bartimaeus. Foi ele que me levou a salvar sua vida.

Mesmo no escuro, ela viu que isso o deixou pasmo. Enrijeceu de postura, a voz tornou-se seca.

— *Ele* levou você? Acho difícil acreditar nisso.

— *Por quê?* Porque ele é um demônio? Ééé, eu sei. Não faz muito sentido. Mas ele me disse como deter o golem, me chamou de volta quando eu teria fugido. Sem ele, você estaria morto. Mas não se preocupe com isso. Ele é apenas um escravo.

O mago ficou calado por algum tempo. Depois disse:

— Eu vinha querendo lhe perguntar sobre Bartimaeus. Por algum motivo, ele a encara com afeição. Por que isso?

A risada de Kitty foi sincera.

— *Não* há afeição entre nós.

— Não? Por que então ele me disse que você estava morta? Disse que o golem a matou. Por isso eu não a procurei em todos esses anos.

— Ele disse isso? Eu não sabia... — Kitty olhou o outro lado do rio negro. — Bem, talvez fosse porque eu o tratei com algum respeito! Talvez porque não o escravizei, talvez porque não procurei mantê-lo em serviço ano após ano sem uma folga, até sua essência se esgotar!

Mordeu o lábio, olhou rapidamente para o mago.

Ele tinha os olhos ocultos numa faixa de escuridão.

— E *que* — disse em voz muito baixa — pode você ter sabido sobre *isso*? Você não vê Bartimaeus há anos. *Vê?*

Ela recuou na direção da amurada do rio. O mago avançou para ela...

Um súbito chiado no ar; gotas de chuva espocavam e evaporavam-se em alguma coisa que se materializava acima da água. Uma pequena esfera, rosa e brilhante. Vinha uma música parecida à de uma orquestra distante. Mandrake recuou; praguejou baixinho.

Um leve rosto redondo, perturbado pelos estalos da estática, apareceu na esfera. Uma voz saiu, do mesmo modo perturbada:

— John! Eu o encontrei! Está atrasado! Os músicos já estão se aquecendo! Venha logo!

O mago fez uma leve curvatura.

— Quentin? Minhas desculpas. Eu me atrasei.

— Não há tempo a perder. — O rosto pareceu fixar-se no de Kitty. — Traga sua namorada também. Eu arranjo um assento. Dez minutos, John. Dez minutos.

A esfera chiou, tornou-se vaga e desapareceu. A negra chuva caía sem parar no Tâmisa.

Kitty e Mandrake olharam-se um ao outro.

— Parece — ele disse devagar — que vamos ter de continuar esta conversa depois. Gosta de teatro, srta. Jones?

Ela franziu os lábios.

— Não muito.

— Nem eu. — Ele fez um gesto elegante indicando a rua. — Vamos ter de sofrer juntos.

Bartimaeus

19

Nosso ataque ao Hotel Ambassador foi planejado com precisão militar e o máximo cuidado. Apenas uma briga de dez minutos numa cabine telefônica, e acertamos o plano.

Após deixar nosso amo, voamos à toda até o outro lado de Londres disfarçados de estorninhos, passando por cima do parque onde tão recentemente eu tivera minha desventura. O Palácio de Vidro, o pagode indiano, o fatídico lago — todos reluziam baços à última luz do entardecer. A maior parte da iluminação continuava desligada; as multidões normais estavam ausentes, embora pequenos bolsões de plebeus atravessassem aqui e ali o gramado sem objetivo conhecido. Vi cordões policiais, diabretes apressados, uma quantidade incomum de atividade... e então estávamos acima das ruas de St. James, baixando em círculos sobre o hotel.

Era uma coisa luxuosa, uma esguia casa de pedra cinzenta instalada entre as embaixadas e clubes de cavalheiros; um lugar de sofisticação e discrição, onde os diplomatas estrangeiros e principezinhos podiam dar descanso aos criados na cidade. Não parecia o tipo de hotel para receber a invasão de cinco djins esmolambados, sobretudo tão desagradáveis como Hodge. Vimos feitiços reluzindo nas janelas e uma gelosia de finos nós sobre a escada de incêndio. O porteiro, resplendente numa libré verde-limão, tinha a aparência atenta de alguém que usa lentes. Exigia-se cautela. Não podíamos simplesmente ir entrando.

A cabine telefônica ficava bem defronte. Um por um, cinco estorninhos baixaram atrás dela. Um por um, cinco ratos saltaram para dentro por um buraco. Muamba usou a cauda para afastar a maior parte das pontas de cigarro, e demos início ao nosso solene conclave.

— Certo, soldados — eu disse, animado. — Eis o que eu sugiro...

Um rato caolho ergueu uma pata em protesto.

— Só um momento, Bartimaeus — disse. — Que é que faz de você o *líder* assim de repente?

— Quer todo o inventário de meus talentos? Lembrem-se que temos de capturar Hopkins em algum momento desta noite.

— Se papo furado valesse alguma coisa, Bartimaeus, nós o seguiríamos com prazer. — Era Cormocodran. A voz densa de basalto ecoou na cabine telefônica; a vibração fez minhas suíças ondularem-se. — Infelizmente, você está velho, cansado e inútil.

— Soubemos de suas aventuras como uma rã poderosa — acrescentou Hodge, com uma risadinha. — Dependendo do amo para salvar você, espalhando sua essência como chuva sobre a cidade.

— Mas dificilmente é culpa dele, é? — interveio Muamba bondosamente.

De todos os ratos, era o mais elegante e convincente. Ascobol só tinha um olho, Hodge, uma série de espinhos venenosos entre as cerdas, e Cormocodran, como sempre, parecia mais uma latrina sentina de tijolos que qualquer outra coisa. Quanto a mim, minha essência jogava de novo contra o dono: eu tinha algumas manchas vagas nas extremidades, embora esperasse que fossem pequenas demais para alguém notar.

— Talvez não, mas é uma responsabilidade num serviço como este — disse Ascobol. — Veja a silhueta dele agora. Inteiramente vaga.

— Vai nos atrasar. Estava ficando para trás quando viemos.

— É, e seria um desastre numa luta.

— É provável que se reduza a uma torta.[1]

— Bem, você não me pega comendo-a.

— Nem eu. Não estamos fazendo serviço de babá aqui.

— Apesar de sua alta opinião de meus poderes — rosnei —, eu sou o único que *viu* Hopkins. Vão sem mim se quiserem. Vejam até onde chegam.

— Está ficando amuado agora — disse Hodge num tom contemplativo. — Um ego de balão. Cuidado! Vai explodir!

Muamba bateu a cauda irritada no chão.

— Estamos perdendo tempo. Bartimaeus pode estar decrépito, mas precisamos da opinião dele antes de começar. — Deu um sorriso tão meigo quanto o de um rato de esgoto. — *Por favor*, prossiga, Bartimaeus. Conte o que viu.

Vocês me conhecem. Não sou de guardar ressentimentos.[2] Dei um descuidado encolher de ombros.

— Na verdade, não é muita coisa. Eu vi Hopkins, mas só ligeiramente. Se ele é mago ou não, eu não sei. Creio que sim. Sem dúvida, *alguém* usou um bando de trasgos e djins para me expulsar.

— Só uma idéia, isso — disse Muamba. — Tem certeza de que ele é humano?

— Hopkins? Sim, eu o verifiquei em todos os sete planos. Humano em cada um. Se pudermos pegá-lo de surpresa, vamos segurá-lo.

— Oh, eu seguro — disse Hodge, com uma voz sombria e exultante. — Não se preocupem com isso. Tenho um lugarzinho legal à espera dele, um lugar onde não se precisa de cordas e grilhões. Um lugar bem aqui... *sob minha pele.*

Deu um risinho amoroso; o som se desfez.

Os outro quatro ratos se entreolharam.

---

[1]*Uma torta*: outro termo técnico. Denota um total colapso de essência quando no plano mortal. No Outro Lugar, claro, nossa essência corre sempre solta e não tem de estar presa a uma forma particular.

[2]Pelo menos quando não posso fazer nada a respeito. Porém, mais cedo ou mais tarde, quando retornasse ao pleno vigor, eu voltaria a encontrar Hodge, Ascobol e Cormocodran. Então aplicaria o castigo adiado com toda a selvagem ferocidade de um urso ferido. Vingança bem-sucedida é só questão de tempo.

Ascobol disse:

— Acho que vamos ficar com o método antigo, Hodge. Obrigado pela oferta. Certo, continuando, sabemos que Hopkins está aqui. Alguma idéia em que quarto?

Dei de ombros

— Nem uma pista.

— Vamos ter de verificar o livro de recepção. E depois?

Cormocodran mudou o peso do corpanzil.

— Corremos para cima, arrombamos a porta, reduzimos Hopkins a uma polpa de tanta porrada e o trazemos. Simples, eficiente, satisfatório. Pergunta seguinte.

Balancei a cabeça.

— Taticamente brilhante, mas ele pode ser alertado quando subirmos a escada correndo. Devemos ser sutis nisso.

Cormocodran franziu o cenho.

— Não sei se sou sutil.

— Além disso — falou Muamba —, ele talvez nem tenha voltado. Precisamos ir ao quarto dele em silêncio e verificar. Se estiver fora, a gente se esconde lá dentro.

Assenti com a cabeça.

— Precisamos de disfarces, e no caso de Hodge mais um banho e fumigação. Os humanos têm o sentido do olfato, vocês sabem.

O rato em questão se agitou indignado, sacudindo os espinhos envenenados.

— Venha cá, Bartimaeus. Eu quero provar sua essência.

— Oh, sim? Acha que pode me pegar?

— Nada seria mais fácil ou bem-vindo.

Por algum tempo, prosseguiu a discussão, cintilante de humor, verve e prontas respostas,[3] mas antes que eu pudesse derrotar meu oponente

---

[3]Amostra de diálogo: "Oh, então acha que pode, hem?" "Ééé, não tem problema, chapa!" "Ééé?" "Ééé!" Tudo isso tendo como pano de fundo gritos e batidas nas peludas coxas dos outros. Em matéria de alcance e vigor intelectuais, ficava a meio caminho entre os debates dos sábios de Atenas e os dos mais recentes Parlamentos ingleses.

com uma prova final devastadora um idiota entrou para usar a cabine telefônica, e os ratos bateram em retirada e se espalharam.

Vinte minutos se passaram. Na entrada do Hotel Ambassador o porteiro andava ritmadamente de um lado para outro, batendo as mãos para manter-se aquecido. Um grupo de pessoas aproximou-se, uma mulher e três homens, todos muito bem vestidos com ternos de tecido da rua da Seda. Falavam em voz baixa, numa língua árabe; a mulher usava jóias de pedra lunar no pescoço. Todos emitiam tranqüilizantes emanações de riqueza, dignidade e equilíbrio social.[4] O porteiro recuou, fez uma saudação. Os quatro agradeceram-lhe com acenos de cabeça e graciosos sorrisos. Subiram os degraus e entraram no saguão do hotel.

Uma jovem sentava-se sorridente atrás do balcão de mogno.

— Posso ajudá-los?

O mais elegante dos homens aproximou-se.

— Boa noite. Nós somos da embaixada do Reino de Sabá. Um grupo real nosso vai chegar dentro de poucas semanas e queremos inspecionar as instalações com vista para que reservemos.

— Sem dúvida, senhor. Gostaria de me seguir? Vou procurar a gerente.

A recepcionista levantou-se de sua mesa e percorreu com pés leves um corredor. Os quatro diplomatas de Sabá seguiram-na; ao fazerem isso, um deles abriu o punho fechado. Um pequeno e desagradável inseto levantou vôo, só patas, espinhos e odores sulfurosos, e seguiu com um zumbido de asas para o balcão agora vazio, onde passou a verificar o registro.

A gerente do hotel era uma senhora pequena, muito acolchoada, de meia-idade. Tinha os cabelos cinza-osso arrepanhados para trás e fixados no lugar por um pedaço de osso de baleia polido. Recebeu os visitantes com educada reserva.

[4]Com a possível exceção de Cormocodran, que ainda conseguia se assemelhar a um bezerro de chifres curvos e terno.

— São da embaixada de Sabá?

Eu fiz uma cortês mesura.

— Correto, madame. Sua perspicácia está além de comparação.

— Bem, a moça me disse. Mas eu não sabia que Sabá era um Estado independente. Achava que fazia parte da Confederação Árabe.

Eu hesitei.

— Bem... tudo isso está para mudar, madame. Dentro em breve estaremos nos governando. É para comemorar isso que nossos hóspedes reais estão vindo.

— Entendo... Deus do céu, governo próprio é uma tendência perigosa. Espero que Sabá não seja um exemplo para nosso Império... Bem, sem dúvida vou-lhes mostrar um quarto típico. Este é um hotel de muito prestígio, como tenho certeza que sabem: privado e extremamente exclusivo. Os sistemas de segurança foram autorizados pelos magos do governo. Temos a última palavra em demônios de guarda na porta de cada quarto.

— É mesmo? Cada uma.

— É. Desculpem, deixem-me procurar a chave certa. Não demora um minuto.

A gerente afastou-se depressa. A diplomata voltou-se para mim.

— Seu *idiota*, Bartimaeus — sibilou. — Você jurou que Sabá ainda existia.

— Bem, existia na última vez que estive lá.

— E quando foi, exatamente?

— Uns 500 anos atrás... É, está certo. Não precisa ficar tão nervoso.

O enorme diplomata falou num tom rumoroso.

— Hodge está demorando.

— Será que ele não sabe ler? — perguntei. — Essa pode ser a falha em nosso plano.

— Claro que sabe. Silêncio. Ela está voltando.

— Já tenho as chaves, senhores, madame. Se tiverem a bondade...

A gerente seguiu por um corredor, todo de painéis de carvalho, espelhos dourados e desnecessários potes e vasos em pedestais, apontando para arcos variados.

— Este é o restaurante... decorado em estilo rococó, com uma pintura original de Boucher; mais adiante ficam as cozinhas. À esquerda, o grande salão, único aposento onde se pode usar demônios. Nas outras partes nós proibimos a presença deles, pois em geral não têm higiene, são barulhentos e uma repelente chatice. Sobretudo os djins. Disse alguma coisa, senhor?

Cormocodran soltara um coaxado de raiva. Engoliu-o.

— Não, não.

— Me digam — continuou a gerente. — Sabá é uma sociedade mágica? Receio que devia saber, mas aprendi tão pouca coisa sobre outras terras. A gente tem muita coisa com que se ocupar em seu próprio país, não acham? É difícil ter muito tempo para estrangeiros, sobretudo quando tantos deles são selvagens e antropófagos. Eis o elevador. Vamos subir ao segundo andar.

Gerente e diplomatas entraram no elevador e voltaram-se para ficar de frente. Quando as portas se fecharam, ouviu-se um zumbido. Sem que a gerente visse, um inseto irritante, só espinhos, pousou na manga da diplomata de Sabá e arrastou-se até sua orelha.

Ela se voltou para mim, com a mensagem:

— Quarto 23.

Assenti com a cabeça. Tínhamos a informação que precisávamos. Os quatro diplomatas se entreolharam. Em uníssono, voltaram a cabeça para olhar a diminuta gerente, que tagarelava feliz sobre as delícias da sauna do hotel, indiferente à súbita mudança de atmosfera no elevador lotado.

— Não precisamos — eu disse em árabe. — Podemos amarrá-la.

— Ela pode berrar — disse a diplomata. — E onde vamos colocá-la?

— É verdade.

— Bem, então.

O velho elevador subia. Chegou ao segundo andar. As portas se abriram. Quatro diplomatas saltaram, acompanhados pelo inseto a zumbir. O maior dos quatro palitava os dentes com um grampo de cabelo de osso de baleia. Logo acabou, enfiou o grampo na terra de um volumoso vaso de planta diante do elevador e desceu o silencioso corredor atrás dos outros.

Com a porta do quarto 23 à vista, paramos mais uma vez.

— Que fazemos agora? — sussurrou Muamba.

Ascobol fez um ruído de impaciência.

— Batemos. Se ele estiver aí, arrombamos a porta e o pegamos. Se não...

Sua inundação de inspiração o esgotara; ele parou.

— A gente entra e espera — disse Hodge, zumbindo em torno de nossas cabeças.

— A mulher falou de um guarda na porta — adverti. — Vamos ter de lidar com ele.

— Será que é difícil?

O grupo de diplomatas aproximou-se da porta. Muamba bateu. Esperamos, olhando um lado e outro do corredor. Tudo quieto.

Muamba tornou a bater. Vimos um movimento dentro de um painel circular no centro da porta. Os grãos da madeira mexeram-se, ondulando e contorcendo-se para formar os leves contornos de um rosto, que piscou sonolento e falou numa voz rachada, nasal.

— O ocupante deste quarto está fora. Por favor, voltem depois.

Eu recuei e examinei a base da porta.

— É muito bem encaixada. Acham que podemos deslizar por baixo?

— É duvidoso — disse Muamba. — Talvez o buraco da fechadura sirva, se nos transformarmos em fumaça.

Ascobol deu um risinho.

— Bartimaeus não *precisa* mudar. Vejam a metade de baixo dele: já está gasosa.[5]

---

[5]Ferino, grosseiro, mas havia um grão de verdade nisso. Eu não me deteriorara exatamente até minha condição como rã, mas a cada minuto que passava minha força e controle de essência se tornavam um pouco menores. Eu estava meio fluido lá pelas calças.

Cormocodran franzia o cenho para seu torso imenso.

— Não sei se *viro* fumaça.

O guarda da porta escutara com certa preocupação.

— O ocupante do quarto acaba de sair — tornou a guinchar. — Por favor, não tentem entrar. Eu serei obrigado a agir.

Ascobol se aproximou.

— Que tipo de espírito é você? Um diabrete?

— Sim, senhor. Na verdade, sou.

O guarda parecia incrivelmente orgulhoso.

— Quantos planos você pode observar? Cinco? Muito bem, dê uma olhada em nós no quinto. Que está vendo? Bem? Não está tremendo?

O rosto na porta engolira em seco audivelmente.

— Um pouco, senhor... Mas, se posso perguntar, que é essa mancha nebulosa pairando na direita?

— Bartimaeus. Não ligue para ele. Nós outros somos implacáveis e fortes, e exigimos entrar no quarto. Que diz?

Uma pausa, um pesado suspiro.

— Estou preso a um voto, senhor. Tenho de impedi-los.

Ascobol praguejou.

— Então assine sua sentença de morte. Nós somos poderosos djins. Você é uma mancha insignificante. Que pode esperar fazer?

— Posso dar o alarme, senhor. Exatamente o que acabo de fazer.

Uma fraca explosão, como de bolhas rebentando-se na lama quente Os diplomatas olharam um lado e outro; ao longo do corredor, nas duas direções, cabeças brotavam do tapete. Cada uma oval como uma bola de futebol americano, lisa e reluzente, preto besouro, com dois olhos claros bem perto da base. Cada uma se soltou e subiu no ar, arrastando uma faixa de tentáculos a retorcer-se.

— Temos de cuidar disso rápido, em silêncio e bem — disse Muamba. — Hopkins não pode saber de nada que aconteceu.

— Certo.

Num silêncio de certa forma ameaçador, as cabeças vieram em nossa direção.

Não esperamos para ver o que elas planejavam fazer. Agimos, cada um segundo sua especialidade. Muamba saltou na parede, subiu até o teto e ficou lá grudada como um lagarto, despejando Espasmos na cabeça mais próxima. Hodge inchou do tamanho de inseto num piscar de olhos, virou e sacudiu a casca, mandando inúmeros dardos de veneno contra o inimigo. Dos ombros de Ascobol brotaram asas emplumadas; ele se ergueu no ar e disparou uma Detonação. Cormocodran tornou-se um homem javali. Baixou as presas, rodou os enormes ombros e entrou na briga. Quanto a mim, enfiei-me no vaso de planta ornamental mais próximo, ergui o Escudo que pude e tentei parecer invisível.[6]

Imaginava vagamente, ao rearrumar as folhas maiores, que tipo de ameaça seriam as cabeças flutuantes. Logo descobri. Assim que uma ou duas se aproximavam, curvavam-se para trás, os tentáculos se separavam, e tubos lá dentro esguichavam jatos negros que inundavam tudo à frente. Cormocodran foi apanhado em pleno ataque; soltou um berro de dor: onde batia, o líquido queimava a essência; borbulhava, cuspia, devorava sua forma. Mesmo assim, ele não estava liquidado. Avançou com as presas e mandou uma cabeça a rolar pelo corredor afora. A Detonação de Ascobol pegou outra, explodiu-a em pleno ar; a espuma negra espalhou-se nas paredes, cobrindo ainda mais Cormocodran, que se contorcia, e até salpicando as folhas mais altas de meu confiável pote de planta.

No teto, Muamba saltava e se esquivava, evitando tudo, menos os mais leves salpicos de tinta preta. Os Espasmos dela encontravam o alvo: aqui e ali cabeças giravam e separavam-se. Os dardos venenosos de Hodge haviam igualmente lanceado umas duas: as cabeças inchavam, ficavam amarelas e caíam no tapete, onde se tornavam fluidas e desapareciam.

[6]Eu teria adorado tomar parte na briga. Adorado mesmo. Em geral, sou o primeiro da linha para combater aquelas cabeças. Mas essa não era minha tarefa naquele momento. Eu tinha pouquíssima essência para derramar.

As cabeças ganharam uma velocidade surpreendente. Voavam para um lado e outro, buscando evitar os dardos, Espasmos e Detonações, e passar para trás dos djins e fazer outros ataques. Eram atrapalhadas nisso pelos limites do corredor, e pela loucura que parecia haver atingido Cormocodran. Com as presas derretidas e uma cara que se desfazia e fumegava, ele rugiu e atacou, varrendo tudo com os punhos, agarrando tentáculos, pisando com os cascos, aparentemente insensível aos jatos. Com um tal inimigo, as cabeças se deram mal. Em menos de um minuto a última caiu borbulhando. Acabara a batalha.

Muamba despencou do teto, Ascobol desceu flutuando. Eu saí cautelosamente de trás da planta. Olhamos o corredor. Ia dar uma senhora surpresa aos faxineiros na manhã seguinte, fosse qual fosse o plano em que operassem. Metade das paredes achava-se coberta da espuma preta; chiava, fumegava e escorria em fios para o chão. O corredor era um caleidoscópio de manchas, queimaduras e lodo a endurecer. Até a metade da frente do vaso de minha planta saíra seriamente queimada; girei-a com cuidado para mostrar seu lado bom ao mundo.

— Pronto — disse, rindo. — Acham que Hopkins vai notar alguma coisa?

Cormocodran estava em péssima forma, a cabeça de javali mal reconhecível, as presas enegrecidas, as belas tatuagens quase desaparecidas. Com membros bambos, aproximou-se da porta do quarto 23, onde o diabrete observava piscando os olhos em seu círculo.

— Agora, meu amigo — disse —, precisamos decidir a natureza de sua morte.

— Um momento! — gritou o guarda. — Não há necessidade dessa grosseria! Nossa diferença de opinião acabou!

Cormocodran estreitou os olhos.

— Por quê?

— Porque o ocupante do quarto já voltou e vocês podem resolver o assunto pessoalmente com ele. Bom-dia para vocês.

Os grãos de madeira mexeram-se e relaxaram; a silhueta do rosto desapareceu.

Ficamos deliberando um ou dois segundos o mistério das palavras do diabrete. Depois mais um segundo quando nos voltamos devagar para olhar o corredor atrás.

Na metade dele estava um homem.

Viera evidentemente de fora, pois usava um capote de inverno sobre um terno cinza. Tinha a cabeça descoberta e os cabelos castanhos ligeiramente assanhados pelo vento: uma mecha caía sobre a face nem velha nem jovem. Era o mesmo homem que eu vira no parque, magro, peitudo, inteiramente comum. Trazia uma sacola plástica de livros na mão esquerda. Ainda assim, alguma coisa nele puxava nervosa minha memória, como da última vez. Que seria? Eu juraria que não encontrara Hopkins antes.

Examinei-o nos sete planos. Difícil ter certeza, mas sua aura parecia um pouco mais forte que a da maioria dos humanos. Talvez fossem as luzes. Sem dúvida, era um homem.

O sr. Hopkins nos olhava. Nós o olhávamos.

Então ele sorriu, se virou e correu.

Lá fomos nós; Muamba e Ascobol na frente, Hodge correndo atrás, eu em seguida, conservando o máximo de energia possível, e finalmente o pobre Cormocodran fechando a rabeira.[7] Depois da quina nos embolamos, na reentrância do elevador.

— Aonde ele foi?

— Ali! As escadas! Rápido.

— Para cima ou para baixo?

Vi um lampejo de manga na curva abaixo.

— Para baixo! Rápido. Alguém aí mude.

Um brilho. Muamba era um pássaro de asas verde-escuras, mergulhando pelo centro do poço da escada. Ascobol virou um abutre, escolha menos esperta, pois tinha dificuldade para virar o corpo no espaço estreito.

[7]Eram suas feridas que o atrasavam, mas a recente refeição não pode ter ajudado. Ele realmente engolira a gerente.

Hodge encolheu-se, subiu na balaustrada na forma de um pangolim de má catadura. Enroscou-se numa bola, para que suas placas o protegessem, e caiu fisicamente no poço. Eu e Cormocodran não tivemos essa rapidez; corremos para baixo o melhor que pudemos.

No andar térreo, passamos por portas dobradiças e saímos no corredor. Eu parei, apenas para ser derrubado por Cormocodran, que atacava às cegas atrás.

— Para que lado foram eles?

— Não sei. Nós os perdemos. Não... escute!

Barulho de gritos e berros — sempre um bom indício de onde estariam meus cupinchas. Vinha dos lados do restaurante. Quando olhamos, um grupo de humanos — uma espécie de piquenique de clientes e pessoal da cozinha — vinha correndo pelo arco e fugiu uivando corredor acima. Esperamos o mais gordinho passar, e corremos. Entramos no restaurante, passamos por uma trilha de cadeiras espalhadas, talheres e copos quebrados e um par de portas de vaivém da cozinha.

Ascobol olhou para trás.

— Rápido! — gritei. — Nós o cercamos!

O ciclope estava de pé a cavaleiro de uma pia de metal, apontando. À esquerda dele, Muamba bloqueava o espaço entre duas prateleiras de panelas, a cauda escamosa balançando de um lado para outro, a longa língua bifurcada lampejando no ar. À sua direita, Hodge saltara sobre uma mesa de cortar legumes e erguia e baixava os espinhos venenosos com malévola intenção. Todos olhavam fixo o outro canto da cozinha, onde o fugitivo se refugiara. Tinha atrás de si uma sólida parede, sem portas nem janelas. Não havia chance de escapar.

Cormocodran e eu tomamos nossos lugares na fila. Ascobol olhou-nos do outro lado.

— O idiota se recusa a vir por bem — disse. — Precisamos assustá-lo um pouco. Hodge deu umas risadinhas bastante maníacas, mas ele não se mexeu um centímetro. Vamos, Bartimaeus, não consegue pensar em alguma coisa um pouco mais assustadora? Ponha seu disfarce.

Pode se dizer que um homem que não tem medo de um ciclope, um guerreiro com cabeça de javali, um lagarto gigante e um pangolim de aparência perversa não ficaria muito perturbado com um monstro a mais ou a menos, mas eu entendi. Um diplomata de Sabá não é a coisa mais aterradora do mundo. Remexi em meu inventário de disfarces e escolhi um que amedrontava bastante as pessoas das planícies. O diplomata desapareceu. Em seu lugar surgiu uma alta e sinistra figura, envolta numa capa de penas e ossos de animais; tinha corpo humano, mas a cabeça — fina e negra, com olhos de fogo líquido — era de um corvo selvagem. O cruel bico se abriu, soltando um grasnido mau para o mundo. Vários talheres chocalharam na cozinha.

Curvei a cabeça para Ascobol.

— Que tal este?

— Vai ter de dar.

Imediatamente, os cinco terríveis djins se aproximaram da presa.

— É melhor baixar essa coisa — aconselhou Muamba severamente. — Nós o temos cercado.

Ah, sim. Essa coisa. Eu também a notara. Era uma certa espécie de implemento de cozinha que Hodge pegara para defender-se. Mas longe de segurá-lo como uma ameaça à frente, como seria de esperar, ele brincava com ela de uma maneira imprópria a um intelectual, jogando para cima com uma das mãos e pegando-a com agilidade entre o indicador e o polegar com a outra. Se fosse um abridor de lata ou descascador de batata, mesmo uma concha ou colher de sopa, eu não teria me preocupado tanto. Mas não era nada disso. Era um cutelo de carne, e grande ainda por cima.

Alguma coisa na forma como ele o manejava fez soar um fraco alarme.

— Bem, então — disse o sr. Hopkins, sorrindo —, eis o enigma. Foram vocês que me cercaram, ou o contrário?

Deu um pequeno chute ao falar, como se estivesse para dançar uma horrível giga celta; em vez disso, ergueu-se delicadamente do chão e pairou acima de nós, sorrindo de uma orelha a outra.

Foi inesperado. Até Hodge parou seu sorriso de escárnio. Os outros se entreolharam pasmos. Eu, não. Fiquei calado, paralisado no lugar, um incômodo fio de gelo viajando à vontade por minha espinha abaixo.

Eu reconhecera a voz, vocês sabem. Não era a do sr. Hopkins. Não era sequer humana.

Era a de Faquarl.

Bartimaeus

20

— É, chapas — arrisquei. — Acho que devemos ir com cuidado agora.

De sua posição em pleno ar, o sr. Hopkins jogou o cutelo para o alto; reluzindo ao girar, o instrumento fez um arco em torno do teto e caiu com o cabo para baixo em seu dedo estendido. Ele viu meu olho e piscou.

Ascobol estava abalado, mas falou grosso para encobrir isso.

— Quer dizer que ele levita — rosnou. — E faz malabarismos. Isso também faz metade dos famintos faquires da Índia, e eu nunca corri deles. Vamos lá. Lembrem-se, temos de pegá-lo vivo.

Com um grito horrível, saltou do tampo da pia. O homem com cabeça de corvo estendeu uma mão em advertência.

— Espere! — eu disse. — Tem alguma coisa errada aqui. A voz dele...

— Seu covarde, Bartimaeus! — O pangolim soltou uma rajada de dardos que bateram no chão ao lado de meus pés. — Você teme pelo que resta de sua essência. Bem, salte na primeira cadeira e guinche. Quatro djins de verdade podem segurar esse homem.

— Mas é exatamente isso! — protestei. — Não sei se isso é um homem mesmo. Ele...

— *Claro* que sou. — Lá no alto, o sr. Hopkins bateu no peito com orgulho. — Planos um a sete, carne e osso. Não estão vendo?

Era verdade. Ele era humano de qualquer modo que a gente o olhasse. Mas era Faquarl quem falava.

O lagarto gigante movia a cauda, agitada; pegou uma panela e a revirou.

— Espere aí — disse Muamba. — Que língua estamos falando?[1]

— Ééé... aramaico, por quê?

— Porque ele também fala.

— E daí? É um intelectual, não é? Em épocas conturbadas, Ascobol pulverizava línguas semitas.

— É, mas parece meio estranho...

O sr. Hopkins olhou ostensivamente o relógio.

— Escutem, sinto muito meter o bedelho — gritou —, mas sou um homem ocupado. Tenho um assunto importante hoje à noite, que interessa a todos nós. Se vocês se mandarem agora, eu os poupo. Até mesmo Bartimaeus.

Cormocodran vinha apoiando sua pobre essência num fogão de oito botões, mas a estas palavras retornou à vida.

— Você, poupar a *nós*? — rugiu. — Por essa impudência eu vou furá-lo, e sem muita delicadeza! — Deu uma patada no chão com um casco e adiantou-se.

Os outros djins seguiram o exemplo; ouviu-se um chocalhar geral de chifres, espinhos, escamas e outras peças de armadura. O sr. Hopkins passou o cutelo devagar de uma das mãos para a outra e girou-o nos dedos.

— Esperem, seus idiotas! — gritou o homem corvo. — Vocês não *ouviram*? Ele me conhece. Ele sabe meu nome! Isso é...

— Não é coisa sua ficar na periferia da batalha, Bartimaeus — gritou o sr. Hopkins rindo, e caindo sobre os djins que avançavam. — Em

[1]No calor do momento, nós djins às vezes perdemos a noção de que jargão estamos usando. Quando trabalhamos juntos neste mundo, tendemos a falar línguas que conhecemos e não necessariamente a usada pela civilização *du jour*. (Lá vamos nós, como estão vendo.)

geral fica *muito* mais longe, acovardado numa catacumba em desuso ou qualquer coisa assim.

— Aquele incidente da catacumba foi muito grosseiramente interpretado! — rugi. — Como já expliquei *incontáveis* vezes, eu o protegia contra os inimigos de Roma, que bem podiam ter preferido...

Parei por aí mesmo. Ali estava a prova. Nenhum humano sabia onde eu tinha ficado durante a invasão bárbara, e só muito poucos espíritos.[2] Na verdade, eu só me lembrava de um djim que ainda trazia o assunto à baila com metronômica regularidade, sempre que nossos caminhos se cruzavam no correr dos séculos. E certamente esse era...

— Pare! — eu gritei, saltando de um lado para outro de agitação. — Não é Hopkins, de jeito nenhum. Eu não sei *como*, mas é Faquarl, e ele...

Já era tarde demais, claro. Meus companheiros emitiam demasiados rugidos e estrondos para poderem escutar. Vejam bem, eu duvido que houvessem parado mesmo que *escutassem*. Certamente, Ascobol e Hodge, que não tinham respeito pelos mais velhos ou superiores, teriam seguido adiante de qualquer modo. Talvez Muamba hesitasse.

Mas não escutaram, e todos caíram em cima.

Bem, eram quatro contra um. Faquarl, armado apenas com uma faca de cozinha, *versus* quatro dos mais ferozes djins então à solta em Londres. Era um hediondo desequilíbrio.

Eu teria ajudado os companheiros se achasse que isso faria alguma diferença.

Em vez disso, esgueirei-me com cuidado para a porta. O negócio era que eu *conhecia* Faquarl. Ele tinha uma certa confiança leviana que vinha de ser muito bom no que fazia.[3]

---

[2]Os trasgos Frisp e Pollux estavam presentes quando me descobriram; divertiram-se depois contando a história a diabretes conhecidos. Lamentavelmente, trasgos e diabretes logo foram mortos de várias formas numa única noite: uma bizarra coincidência, que muito me desgastou.

[3]Não era como fora Jabor, isto é, um fortão retardado a ponto de ser indestrutível. Não era como o sinistro Tchue, que raras vezes precisava erguer um dedo para os inimigos, de tão assustadoras e inventivas eram suas palavras. Não, Faquarl era um homem dos sete instrumentos — tinha uma visão prática da sobrevivência que respeitava igualmente o poder e a astúcia. A partir daquele instante, essa era a minha visão também: era pelo astucioso respeito ao seu poder que eu pretendia evitar ser assassinado.

Muito bem, e muito rápido. Cabeça-de-corvo acabava de passar por uma prateleira de frigideiras e esgueirava-se pelas estantes de massas quando uma chuva de pratos despencou sobre ele. Pratos *blindados*, quer dizer, que haviam pertencido ao pangolim.

Foram seguidos mais ou menos um segundo depois por uma ou duas outras coisas — algumas das quais, sinto dizer, reconhecíveis.

Só quando cheguei à porta da cozinha arrisquei uma rápida olhada para trás. No outro extremo da sala, vi um redemoinho, clarões de luz, barulhos e gritos. De vez em quando, erguiam-se mãos daquele vórtice, agarravam mesas ou pequenas frigideiras, e desapareciam com elas na *melée*. Fragmentos de metal, madeira e essência saltavam periodicamente.

Hora de dar o fora. Alguns djins conhecidos meus soltaram uma névoa para cobrir as pistas; outros preferiram soltar um denso vapor venenoso ou algumas ilusões em sua esteira. Eu apaguei as luzes. A cozinha e o restaurante mergulharam em escuridão. Fantásticos reflexos de uma dezena de cores emitidas pelos djins em luta deslizavam e giravam nas paredes. À frente, uma solitária cunha de luz assinalava o caminho para o corredor lá fora. Apertei minha capa de penas contra o corpo e fui engolido pelas sombras.[4]

Não chegara ainda à metade do corredor quando cessou todo barulho de combate lá atrás.

Parei, esperando contra a esperança os gritos de triunfo de meus colegas.

Não tive essa sorte. O silêncio batia em minha emplumada cabeça.

Concentrei-me e *realmente* me esforcei para ouvir um fiapo de som... Talvez tenha me esforçado demais. Julguei ouvir um barulho baixinho, como de alguém flutuando no escuro.

---

[4]O disfarce de cabeça-de-corvo era o totem de uma tribo que vivia entre as estepes e a floresta. Eles valorizavam o pássaro por ser cheio de segredos e furtivo, além de inteligente. A capa tinha penas de todas as aves daquela região: com seu poder absorvido em mim, eu podia andar desapercebido pela grama ou pela pedra, além de conversar respeitosamente com o xamã da tribo, que vestia uma roupa parecida, assim como uma máscara.

Apressei o passo. Não havia sentido em correr — esgueirar-me era a chave. Eu não estava em condições de disputar com Faquarl, por mais excêntrico que fosse o disfarce dele. Fiquei pelo restaurante, mantendo distância das mesas e dos talheres descartados. Meu manto de sombras cobria-me a cabeça curvada; um olho amarelo espiava por baixo da franja de penas. Verifiquei atrás.

Pelo arco de luz que levava à cozinha vinha uma mancha de móvel escuridão; a luz faiscava em alguma coisa na sua mão. Ganhei um pouco de velocidade, e ao fazê-lo chutei uma colher de chá, que tilintou contra a parede.

— Deus do céu, Bartimaeus — gritou uma voz. — Você *está* mesmo confuso esta noite. Um humano pode ser frustrado pela escuridão, mas eu o vejo claro como ao meio-dia, amuado aí embaixo desses trapos. Pare um pouco e converse comigo. Senti falta de seus papos.

Cabeça-de-corvo não deu resposta, mas correu para a porta.

— Não está um pouco curioso? — a voz soava mais perto agora. — Eu diria que você está *morrendo* para saber da forma que escolhi.

Claro, eu estava curioso, mas "morrendo para saber" era exatamente o que não estava. Tenho prazer em me entregar a gabolices com os melhores, mas os papos estão fora quando a alternativa é escapar com vida. Em meio passo, o homem com cabeça de corvo saltou à frente, mãos estendidas, como se mergulhasse numa piscina; a capa de penas girou em volta, drapejou, tornou-se asas negras. O homem desapareceu; um desesperado corpo lançou-se à frente, um raio de penas voando para a porta...

Um suspiro, um baque, um grasnido de dor. A marcha do corvo foi detida de uma maneira que não aceitava discussão, uma ponta de asa varada e suspensa abaixo de clarão que tremulava, vibrava, parava — e tornou-se um cutelo de carne embutido na parede.

Com indiferente ociosidade, a coisa com o corpo do sr. Hopkins desceu do outro lado da sala vazia. O corvo o aguardava, balançando de leve, uma expressão indignada no bico.

O sr. Hopkins se aproximou. Tinha um dos ombros do terno um pouco chamuscado, e sofrera um ligeiro corte na bochecha. Além disso, não parecia ferido. Pairou na escuridão a mais ou menos um metro de distância, encarando-me com um sorrisinho. Imaginei que ele verificava minha condição nos vários planos; a fraqueza fazia-me sentir embaraçado, quase nu. Bati contra as penas da asa livre na parede.

— Então, vamos lá — disse. — Acabe logo com isso.

Uma carranca passou pelo rosto inexpressivo dele.

— Quer que eu o mate já?

— Isso, não. A piada de lixo em que você está pensando. De que é bom *ter a mim por perto*, ou alguma coisa assim. Vá em frente, você sabe que quer. Tire isso do seu organismo.

O intelectual pareceu magoado.

— Como se eu fosse me rebaixar tanto, Bartimaeus. Você me julga pelos seus próprios padrões subterrâneos de resposta espirituosa, tão lamentáveis quanto a condição de sua essência. Veja você. Perfurado como uma esponja. Se eu fosse seu amo, usaria você para limpar o chão.

Soltei um gemido.

— Isso, na certa, está no programa. Fiz tudo mais.

— Tenho certeza que sim. Bem, é uma pena ver qualquer espírito cair tão baixo, mesmo um frívolo e irritante como você. Quase me faz sentir pena. — Ele coçou o nariz. — Quase, mas não exatamente.

Vasculhei os olhos cinza-claros.

— *É* você, não é? — perguntei.

— Claro que sim!

— Mas sua essência... Onde...?

— Bem aqui, escondida dentro do corpo do nosso caro sr. Hopkins. Como você deve ter deduzido, não se trata de um mero *disfarce*. — Faquarl deu uma risadinha. — Que era aquela patética fantasia de pássaro que você estava usando ainda há pouco? Um totem nativo norte-americano? Tão bagunçado e antiquado. Bem, eu vou além desse tipo de coisa.

— Você está *dentro* do corpo dele mesmo? — perguntei. — Puxa! É um barato. Quem fez isso para você, Faquarl? Quem é seu amo?

Eu não estava entendendo nada.

— Meu amo? — Pairando, ele se sacudiu com a risada. — Ora, o sr. Hopkins, claro, e eu lhe sou muito grato. *Tão* grato que acho que nós dois vamos trabalhar juntos por algum tempo ainda. — Deu outra exuberante e gostosa risada.[5] Muita coisa aconteceu desde que nos encontramos pela última vez. Lembra-se de como nos separamos?

— Não.

Lembrava-me, sim.

— Você tacou fogo em mim, amigo velho. Acendeu um fósforo e me deixou queimando num bosque.

O corvo mexeu-se nervoso sob o cutelo.

— Isso é um gesto de carinho em algumas culturas. Alguns abraçam, alguns beijam, alguns tacam fogo um no outro em pequenos trechos de mata.

— Huumm... você foi escravo de mais humanos que eu, Bartimaeus. Se alguém conhece os costumes deles, é você. Mesmo assim, *foi* meio doloroso...

Chegou mais perto.

— Você não ficou tão mal — protestei. — Eu o avistei uns dois dias depois, dando uma de cozinheiro na cozinha no Heddleham. Não pare-

[5]Vindo de um djim bastante velho como Faquarl, aquela risada era curiosamente desanimadora. Nós, espíritos superiores, temos nosso humor, claro, que empregamos como um corretivo aos nossos intermináveis anos de servidão na Terra. Em geral, encaixa-se numa certa categoria — seco, sardônico e observador, sempre espantado com os pontos fracos dos magos. Não tendemos a cair na histeria — isso simplesmente não se faz. (Não falo de diabretes, claro, que raramente se elevam acima do pastelão recreativo.) Sendo assim, havia alguma coisa estranhamente *incontida* na alegria de Faquarl, uma coisa um tanto *envolvida*.

cia *sapecado* demais. Que negócio é esse de você com as cozinhas, aliás? Está sempre por perto de uma delas.[6]

Hopkins — ou Faquarl — assentiu com a cabeça

— Têm muitas armas bacanas nas cozinhas. — Experimentou o cutelo com a ponta do dedo; corvo e lâmina vibraram e pulsaram. — Por isso desci até aqui ainda há pouco. E é mais espaçosa que o corredor lá em cima. Eu precisava de espaço para mexer os braços um pouco... O espaço custa caro neste hotel. Veja bem, meu quarto *tem* uma piscina jacuzzi.

Senti a cabeça girar.

— Espere um segundo — eu disse. — *Eu* conheço você como Faquarl de Esparta, o flagelo do Egeu. Vi você como um gigante negríssimo esmagando exércitos sob seus tacões. Agora que é você? Um humano peitudo que gosta de tomar banho. Que é que há? Há quanto tempo está preso assim?

— Só dois meses. Mas dificilmente estou *preso*. O Ambassador é um estabelecimento muito luxuoso e exclusivo. Hopkins gostava das coisas boas da vida, você entende. Também fica fora do alcance dos espiões do governo, por isso posso entrar e sair à vontade. Não vi motivo para mudar os arranjos.

O corvo revirou os olhos.

— O hotel, *não*. Eu estava falando do corpo.

Uma risadinha.

— A resposta é a mesma, Bartimaeus. Só faz algumas semanas desde que o bom sr. Hopkins... como direi?... me convidou a entrar. Levei

[6]Era verdade. Desde as cozinhas reais de Nínive, cerca de 700 a.C. Eu fora mandado para lá por magos babilônicos numa missão diplomática, isto é, pôr arsênico na comida de Senaquerib durante um banquete. Infelizmente, Faquarl fora empregado pelo rei assírio para buscar assassinos: ele não gostou do truque de minhas gostosas panturrilhas gordas e me perseguiu pelo salão. Após a mãe de todas as lutas por comida, eu o derrubei com um bem mirado osso de presunto e escapei. Nosso relacionamento em geral se deteriorou a partir daí.

algum tempo para me aclimatar, mas estou agora *extremamente* à vontade. E apesar das aparências, meu poder não foi de modo algum reduzido. Como seus amigos acabaram de descobrir. — Outra risadinha. — Não como tanto há muito tempo.

— É, bem. — Tossi, sentindo-me desconfortável. — Espero que não esteja pensando em fazer o mesmo comigo. Nós nos conhecemos há muito tempo, eu e você. Uma maravilhosa associação; muitas experiências partilhadas.

Os olhos do sr. Hopkins luziram de diversão.

— Assim está melhor, Bartimaeus. Seu senso de humor está se mostrando. Mas na verdade eu *não* pretendo devorar você.

O corvo estivera pendurado pelo cutelo de uma forma meio infeliz. Agora, com essa inesperada notícia, reanimou-se.

— Não? Faquarl, você é um amigo generoso! Peço desculpas por aquele incidente no bosque, por nossas brigas pelo Amuleto e por aquela Convulsão que lhe apliquei por trás, em Heidelberg, em "32" — hesitei —, que vejo você não sabia ter sido eu. Hum, e todo o resto. Assim, muito obrigado, e se você retirar esse cutelo, eu me mando.

O homem de cara mansa não retirou o cutelo. Em vez disso, curvou-se mais para perto do corvo.

— Eu não disse que ia *poupar* você, Bartimaeus. Só que não vou *comer* você. Que idéia! Simplesmente olhar para sua essência já me dá indigestão. Mas tampouco vou deixar você ir embora. Esta mesma noite você morrerá, de uma forma horrível...

— Oh. Sensacional.

— De uma forma tão dolorosa e prolongada quanto eu possa imaginar.

— Escute, não precisa se esforçar tanto em relação a isso...

— Mas primeiro quero lhe dizer uma coisa. — A cara sorridente de Hopkins se aproximou mais. — Quero dizer que você estava errado.

Eu me orgulho de minha rápida e penetrante inteligência, mas essa eu passei.

— Como?

— Incontáveis vezes, Bartimaeus — continuou Faquarl —, eu lhe estendi a esperança de que os djins um dia seriam livres. Djins como você e eu. Por que lutamos? Porque somos postos uns contra os outros por nossos malditos amos humanos. Por que obedecemos a eles? Porque não temos escolha. Incontáveis vezes tenho especulado que se pode contestar aqueles brutos; incontáveis vezes você me disse que era errado.

— Eu não disse *exatamente* isso. Eu disse que você era um completo...

— Você disse que jamais teríamos chance de nos libertar dos problemas gêmeos, Bartimaeus. O problema do livre-arbítrio e da dor. E vejo essa certeza em seus olhos vesgos de novo! Mas está enganado. Veja-me agora: o que está vendo?

Eu pensei um pouco.

— Um maníaco assassino em forma humana? Um hediondo amálgama do pior dos humanos e djins? Éééé... não sei responder... um ex-inimigo me olhando com inesperada piedade e companheirismo?

— Não, Bartimaeus. Não. Eu lhe digo. Você vê um djim sem dor. Você vê um djim com livre-arbítrio. Não me surpreende que você não entenda; em 5 mil anos, jamais houve uma maravilha assim! — Estendeu uma mão bastante humana e assanhou de leve minhas penas. — Você imagina, pobre criatura ferida? Não há dor! Não há *dor*, Bartimaeus! Ah — suspirou —, você não pode *pensar* como isso me deixa com as idéias claras.

Não há dor... No fundo de minha mente cansada e confusa vi uma súbita imagem: o esqueleto de Gladstone, saltando, rodopiando...

— Um dia encontrei um afrito — eu disse. — Ele disse uma coisa assim, também. Mas a essência dele estava presa em ossos humanos e ele enlouqueceu. No fim, preferiu a extinção a continuar vivendo.

Faquarl moldou o rosto de Hopkins na aproximação de um sorriso.

— Ah, está falando de Honório? Sim, ouvi falar dele. O pobre coitado foi muito *influente*! Minha essência é protegida, como a dele, e como ele eu tenho livre-arbítrio. Mas guarde *isto*, Bartimaeus: *eu* não vou enlouquecer.

— Mas para estar neste mundo você deve ter sido convocado — insisti. — Logo, estaria cumprindo ordens de outro...

— *Hopkins* me convocou, e eu *cumpri* a ordem dele. Agora estou livre. — Pela primeira vez julguei ver alguma coisa do djim escondido dentro do homem: no fundo dos olhos, um breve clarão de triunfo, quase uma chama. — Você deve lembrar, Bartimaeus, que em nossa última conversa eu falei com otimismo da inquietação de certos magos londrinos, homens que um dia podem nos dar uma chance.

— Eu me lembro — respondi. — Você falava de Lovelace.

— É verdade, mas não apenas dele. Bem, acontece que eu tinha razão. Nossa chance chegou. Primeiro, Lovelace exagerou. O golpe dele fracassou, ele morreu e eu fui...

— Libertado! — gritei. — Sim! Graças a *mim*. Você me deve uma, sem dúvida.

— ... submerso num cofre ao largo, graças a uma cláusula *post-mortem* em minha convocação. Passei o tempo maldizendo quem matou Lovelace.

— Ah, esse teria sido meu amo. Eu *disse* a ele que seria um ato precipitado, mas ele *escutou...*?

— Por sorte, fui libertado logo depois por um dos amigos de Lovelace, que sabia de mim e de meus talentos. Desde então venho trabalhando com ele.

— Hopkins — eu disse.

— Bem, na verdade, *não*. O que me lembra... — Faquarl olhou o relógio. — Não posso ficar aqui parado conversando fiado com você a noite toda. A revolução começa hoje à noite, e tenho de estar lá para testemunhá-la. Você e seus amigos idiotas já me atrasaram demais.

O corvo pareceu esperançoso.

— Isso quer dizer que não tem tempo para a longa e dolorosa morte que me prometeu?

— *Eu* não tenho, mas *você* terá todo o tempo do mundo. — Estendeu as mãos, me agarrou pelo pescoço e desencravou o cutelo de minha asa. A forma de Hopkins ergueu-se no ar e voltou-se para o escuro restaurante. — Vamos ver... — murmurou Faquarl. — É... parece promissor.

Vagamos por cima das mesas, em direção à parede defronte. Havia ali um carrinho de servir, como os garçons o haviam deixado. No centro, apenas uma grande terrina com a tampa em cúpula. De prata.

O corvo contorceu-se e debateu-se desesperado nas garras do captor.

— Vamos *lá*, Faquarl — implorei. — Não faça nada de que vá se arrepender.

— Com toda certeza, não vou. — Ele desceu ao lado dos carrinhos, segurou-me acima da terrina; a fria radiação do fatal metal roçou minha esfarrapada essência. — Um djim saudável pode ficar semanas num túmulo de prata feito este — disse. — No estado em que você se acha, creio que não sobreviverá mais que duas horas. Agora, eu imagino o que temos aí dentro... — com um rápido giro dos dedos, abriu a tampa. — Hum. Sopa de peixe. Deliciosa. Bem, adeus, Bartimaeus. Enquanto você morre, console-se sabendo que a escravização dos djins já quase acabou. Desta noite em diante, nós nos vingamos.

Os dedos separaram-se; com um delicado *plop*, o corvo caiu na sopa. Faquarl acenou um adeusinho e fechou a tampa. Flutuei na escuridão. Prata em toda a minha volta: minha essência murchou e empolou-se.

Eu tinha uma chance — só uma: esperar um pouco até ele partir, reunir minhas últimas energias e tentar abrir a tampa. Seria difícil, mas factível — desde que ele não a tivesse fechado com uma trava ou alguma coisa assim.

Faquarl não se deu o trabalho de arranjar uma. Preferiu a parede toda. Ouvi um grande rugido e baque, um impacto terrível; a terrina desabou à minha volta, esmagada numa bagunça amassada pelo peso da alvenaria em cima. A prata apertava de todos os lados; o corvo contorceu-se, debateu-se, mas não tinha espaço para mexer-se. Minha cabeça começou a nadar, a essência a ferver; quase agradecido, caí na inconsciência.

Queimado e esmagado até a morte numa sopeira de prata. Devia haver formas piores de partir. Mas não muitas.

Nathaniel

21

Nathaniel olhou pela janela da limusine a noite, as luzes, as casas e as pessoas. Passavam numa espécie de borrão, uma massa de cores e movimento que mudava sem parar, cativante, e não significavam nada. Por algum tempo ele deixou o olhar cansado vagar por entre as formas em mutação, depois — quando o carro diminuiu a marcha ao se aproximar de um cruzamento — concentrou-se no próprio vidro e no reflexo nele. Tornou a ver-se.

Não era uma visão muito tranqüilizante. Seu rosto desenhava-se com cansaço, os cabelos úmidos, o colarinho pendendo frouxo. Mas nos olhos ainda ardia uma faísca.

Mais cedo nesse dia não fora assim. Crises sucessivas — a humilhação em Richmond, as ameaças à sua carreira e a descoberta de sua traição anterior por Bartimaeus — haviam-no atingido com força. A persona cuidadosamente construída de John Mandrake, ministro da Informação e membro jovialmente garantido do Conselho, começara a rachar-se à sua volta. Mas fora a rejeição pela sra. Luytens nessa manhã que desferira o golpe decisivo. Em poucos instantes de sistemático desprezo ela despedaçara a armadura de seu status e pusera a nu o menino por baixo. O choque fora quase demais para Nathaniel; com a perda da auto-estima viera o caos — ele passara o resto do dia trancado em seus aposentos, alternadamente furioso e mergulhado em silêncio.

Mas duas coisas se haviam combinado para atraí-lo de volta, impedi-lo de afogar-se em autopiedade. Primeiro, num plano prático, o tardio relatório de Bartimaeus dera-lhe um salva-vidas. As notícias do paradeiro de Hopkins ofereceram a Nathaniel uma chance final de agir antes do julgamento no dia seguinte. Capturando o traidor, ele poderia frustrar a srta. Farrar, Mortensen e o resto de seus inimigos: Devereaux esqueceria seu desagrado e devolveria Nathaniel a uma posição de prestígio.

Esse sucesso não era garantido, mas ele confiava no poder dos djins que mandara ao hotel. E já se sentia revivido pelo simples ato de mandá-los. Uma sensação boa correu-lhe pelas costas, fazendo-o estremecer um pouco no espaço apertado do carro. *Finalmente* estava sendo resoluto mais uma vez, jogando pelas apostas mais altas, sacudindo fora a inércia dos últimos anos. Sentia-se quase como quando criança, emocionado com a audácia de suas ações. Era assim que sempre fora, antes de a política e o papel embrutecedor de John Mandrake fecharem o cerco sobre ele.

E não mais desejava fazer esse papel. Claro, se o destino fosse bom, primeiro ia assegurar sua carreira política. Mas havia muito se cansara dos outros ministros, e sentia-se nauseado pela corrupção moral deles, a ganância egoísta. Fora preciso chegar até agora, ao desdém nos olhos da sra. Lutyens e Kitty Jones, para reconhecer a doença em si mesmo. Bem, não ia afundar de volta nas rotinas do Conselho! Era necessária uma ação decisiva para salvar o país de sua administração. Olhou pela janela as silhuetas borradas das pessoas nas ruas. Os plebeus precisavam ser liderados; precisavam de um novo líder. Alguém que pudesse impor um pouco de paz e segurança. Pensou no Cajado de Gladstone abandonado nos subterrâneos de Whitehall.

Não que fosse usar a *força*, claro — pelo menos, não nos plebeus. Kitty Jones tinha razão nisso. Olhou para o outro lado, onde — agradavelmente próximo dele — a moça se sentava, olhando com notável serenidade a noite.

Ela fora o segundo motivo de suas energias terem revivido, a faísca reacesa, e estava feliz por tê-la encontrado. Kitty tinha os cabelos mais curtos do que ele lembrava, mas a língua tão afiada quanto sempre. Na discussão diante da estalagem, ela cortara suas pretensões como uma faca, envergonhando-o repetidas vezes com sua apaixonada segurança. Contudo — e isso era a parte estranha —, descobriu que queria muito continuar a conversa.

Também — fechou a expressão — pela sugestão de que ela sabia mais sobre a carreira pregressa de Bartimaeus do que ele julgaria possível. Era muito estranho... Mas podia-se explorar isso sem pressa, após a peça, e após — com sorte — seus djins retornarem vitoriosos. O que ia fazer com ela, então, honestamente não sabia.

A voz do chofer despertou Nathaniel de seu devaneio.

— Quase no teatro, senhor.

— Ótimo. Quanto tempo levou?

— Doze minutos, senhor. Tive de fazer o percurso mais longo, o centro da cidade ainda está barricado. Há manifestações nos parques. Muita atividade policial.

— Bem, com sorte perderemos o começo da representação.

Kitty Jones falou pela primeira vez na viagem. Como antes, ele ficou impressionado com o equilíbrio dela.

— Então, o que *é* essa peça que vou ter de agüentar?

Nathaniel deu um suspiro.

— Uma *première* de Makepeace.

— Não é aquele que fez *Os cisnes da arábia*?

— Receio que sim. O primeiro-ministro é fã, portanto todo mago do governo, até o terceiro secretário, tem de assistir ao espetáculo, sob pena de absoluto desagrado dele. É de suma importância.

Ela franziu a testa.

— Como, com uma guerra em andamento e as pessoas amotinadas nas ruas?

— Mesmo assim. Eu próprio tenho trabalho vital a fazer esta noite, mas devo pô-lo de lado até a cortina baixar. Espero apenas que tenha muitos intervalos.

Sentiu a forma de sua bola de cristal dentro do paletó — entre os atos, verificaria o progresso de seus djins.

Entraram na avenida Shaftesbury — uma curva cheia de restaurantes, bares e teatros, muitos recentemente reconstruídos no melhor concreto, sob as medidas de eliminação de cortiços do governo. Luzes de néon, uma nova invenção vinda do Japão, formavam os nomes de cada estabelecimento em rosas, amarelos, malvas e vermelhão: multidões de magos menores e plebeus de alta casta passavam pela rua, acompanhados pela vigilante Polícia Noturna. Nathaniel buscou sinais de desordem social, mas a multidão parecia calma.

A limusine diminuiu a marcha, encostou numa área isolada por cordas sob um toldo dourado. Policiais e magos de casacas negras surgiam por trás das barricadas; alguns fotógrafos se ajoelhavam abaixo deles, câmeras instaladas em tripés. A frente do teatro era uma explosão de luz; um elegante tapete vermelho corria entre a rua e as portas abertas.

Um cavalheiro baixo e redondo esperava sobre o tapete, agitando freneticamente as mãos. Quando o carro parou, Quentin Makepeace ondulou para a frente e abriu a porta mais próxima.

— Mandrake! Finalmente você chegou! Não temos um momento a perder.

— Desculpe, Quentin. Problema nas ruas...

Desde que testemunhara o desagradável experimento do dramaturgo com o plebeu, Nathaniel encarava-o com extrema antipatia. O homem era uma pestilência, e precisava ser afastado. Tudo no devido tempo.

— Eu sei, eu sei. Vamos, saia daí! Tenho de estar no palco em três minutos! As portas do saguão já se fecharam, mas eu tenho espaço para você em meu camarote privado. Sim, sim, sua namorada também. É muito mais bonita que você ou eu; podemos nos refestelar na radiação dela! Vamos, em acelerado! Dois minutos!

Com uma série de cutucadas, puxões e gestos de encorajamento, o sr. Makepeace tirou Nathaniel e Kitty do carro, atravessaram o tapete e as portas do teatro. A luz forte do saguão os fez piscar; abriram caminho entre os presentes, afastaram almofadas e bandejas de vinho cintilante. Cartazes anunciando a peça cobriam as paredes: a maioria mostrava Quentin Makepeace sorrindo, piscando ou com um ar profundo, de uma variedade de ângulos. O próprio parou numa estreita escada.

— Por aqui! Meu camarote privado. Logo me junto a vocês. Desejem-me sorte!

E se foi, um diminuto redemoinho de cabelos emplastrados, dentes brilhantes e olhos faiscantes.

Nathaniel e Kitty subiram a escada. No topo havia uma cortina fechada. Afastaram-na e entraram curvados num pequeno cercado com cortinados de cetim. Três cadeiras ornamentais voltadas para uma baixa balaustrada; além e abaixo, o palco — meio oculto por trás de grossas cortinas —, o poço da orquestra e um mar de reservados, cheios de minúsculas cabeças a mover-se. As luzes haviam sido reduzidas; a multidão murmurava como o vento na floresta; nas profundezas, a orquestra emitia sons dissonantes.

Sentaram-se, Kitty na cadeira mais afastada, Nathaniel a seu lado. Ele se curvou e murmurou ao ouvido dela.

— É uma grande honra para você, srta. Jones. Você é, sem dúvida, a única plebéia presente. Está vendo aquele camarote ali defronte? Aquele sujeito curvado para a frente com a desajeitada avidez de um colegial? É o nosso primeiro-ministro. Ao lado dele está o sr. Mortensen, querido ministro da Guerra. O pançudo é Collins, do Ministério do Interior. No camarote abaixo, com a carranca, Sholto Pinn, o famoso retalhista. À esquerda, bocejando feito um gato, está Whitwell, da Segurança. A srta. Farrar, da Polícia, está no camarote adiante...

Interrompeu-se — como se sentisse seu escrutínio, Jane Farrar olhara-o do outro lado do grande golfo escuro. Nathaniel fez-lhe uma irônica saudação, um ligeiro aceno. Sua sensação de nervosa excitação vinha crescendo com o passar dos minutos — se tudo desse certo, Ascobol e os outros logo teriam Hopkins sob sua guarda. Veria como a cara srta. Farrar cuidaria *disso* no dia seguinte. Com certa ostentação, curvou a cabeça para perto de Kitty Jones.

— Que pena sua Resistência não estar mais ativa — sussurrou. — Uma bomba bem mirada decapitaria o governo.

Era verdade. Os reservados embaixo estavam cheios de todos os ministros secundários, suas esposas, assistentes, delegados e conselheiros especiais. Ele via o obsessivo esticar de pescoços quando cada pessoa comparava sua posição com a dos rivais: via o clarão dos binóculos, ouvia o barulho das embalagens de doces, sentia a excitação que se irradiava da multidão. No segundo e terceiro planos, viam-se vários diabretes menores saltando e dançando nos ombros de seus amos, muito atarefados em inflar os peitos e bíceps até tamanhos improváveis e trocando insultos com os vizinhos.

Os barulhos da orquestra reduziram-se. Um violino guinchou uma vez; tudo ficou em silêncio.

As luzes baixaram no auditório. Um holofote iluminou as cortinas no centro do palco.

Silêncio.

Um rufar de tambores; uma extática fanfarra da seção de trompetes. A cortina torceu-se e abriu-se.

Saiu Makepeace, resplendente numa casaca de veludo verde-fosco. Abriu os braços como uma mãe aos filhos e recebeu os aplausos da platéia. Duas mesuras para as sacadas, uma aos reservados. Ergueu as mãos.

— Senhoras e senhores, vocês são muito bondosos, muito bondosos. Por favor! — Os aplausos morreram. — Obrigado. Antes do início do espetáculo, um anúncio especial. É um privilégio... não, uma honra!... apresentar minha última bobagem a um tão distinto público. Vejo que temos todo um complemento dos grandes, liderados por nosso maravilhoso árbitro do bom gosto, o sr. Rupert Devereaux. — Uma pausa judiciosa para aplauso entusiástico. — Exato. E foi por causa do afeto que todos temos pelo caro Rupert que escrevi *De Wapping a Westminster*, uma pequena diversão baseada em sua vida edificante. Como verão nas notas do programa, só a cena no dormitório das freiras é fictícia; o resto de maravilhas, sensações, portentos e prodígios baseia-se em sólidos fatos. Espero que se eduquem e instruam! — Breve mesura, largo sorriso. — Como sempre acontece com minhas produções, peço que não haja *flashes* de fotografias. Podem perturbar os atores. Além disso, vários dos efeitos especiais usados na peça esta noite são de origem mágica, criados por uma equipe de demônios voluntários. Essas ilusões serão mais satisfatórias se vocês as virem sem lentes. Nada arruína mais uma cena de casamento que ver um casal de diabretes de traseiro redondo soltando os fogos no fundo. — Riso. — Obrigado. Também quero pedir que os demônios pessoais sejam dispensados enquanto durar o espetáculo, para que não se distraiam. Aproveitem a noite. Que seja inesquecível!

Um passo atrás; um farfalhar de cortinas. A luz do holofote extinguiu-se. Por todo o auditório correram um leve farfalhar e estalos — barulhos de caixas de binóculos retiradas de bolsas e bolsos de paletó, abertas, enchidas e fechadas de novo. Os magos emitiram secas ordens; os diabretes tremeluziram, reduziram-se e sumiram.

Ao baixar o binóculo, Nathaniel olhou para Kitty Jones, que se sentava impassível olhando o palco. Não *parecia* provável que ela fosse fazer alguma tolice; mesmo assim, ele sabia que corria um risco. Fritang fora dispensado, e todos os seus outros demônios estavam fora, perseguindo Hopkins. E se ela revertesse a seu tipo anterior?

Um rufar de tambores, uma onda de violinos na escuridão abaixo. Ressoaram clarins ao longe; uma fanfarra militarista, que logo se transformou num tema de teatro de variedades. As cortinas abriram-se, revelando um quadro muito bem desenhado de uma cena de rua londrina 40 anos antes. Casas altas, barracas de feira, um céu azul pintado atrás, a Coluna de Nelson no fundo, fofos pombos voando de um lado para outro em filas. Uma procissão de meninos com carrinhos de mão percorria o palco, entrando pelos dois lados; ao se encontrarem, trocavam ruidosas brincadeiras no linguajar das ruas e punham-se a dar tapas nas coxas ao ritmo da batida do teatro de variedades. Com o coração pesado, Nathaniel sabia que a primeira música já se abatera sobre eles. Reclinou-se na cadeira, pensando desesperado na bola de cristal no bolso. Talvez pudesse dar uma escapada e conferir o que se passava...

— Não é um mau começo, hem, John? — Como se houvesse saltado de um alçapão oculto, o sr. Makepeace estava a seu lado, instalando-se em sua cadeira, a enxugar o suor da testa. — Um belo numerozinho. Prepara admiravelmente a cena. — Deu uma risadinha. — O sr. Devereaux já está imobilizado. Veja como ele ri e aplaude!

Nathaniel perscrutou a escuridão.

— Você tem a vista melhor que a minha. Não o distingo.

— É porque guardou o binóculo. Pegue-o de novo e veja.

— Mas...

— Pegue-o de novo, meu rapaz. Aqui em meu camarote as regras são diferentes. Você está isento da orientação geral.

— Mas e as ilusões?

— Oh, você verá o bastante para manter-se entretido. Confie em mim.

Uma gostosa risadinha.

O sujeito era um tolo caprichoso! Com uma mistura de aborrecimento e diversão, Nathaniel tornou a olhar pelo binóculo. Olhando o segundo e terceiro planos, logo pôde reduzir a escuridão do auditório e distinguir os magos do outro lado. Como dissera Makepeace, Devereaux esticava a cabeça para a frente, olhos grudados no palco; balançava a cabeça ao ritmo da música. Os outros ministros, em várias atitudes de abatimento e consternação, haviam-se entregue ao inevitável.

No palco, os meninos dos carrinhos saíram, deixando o caminho aberto para o aparecimento do jovem futuro primeiro-ministro. O pálido garoto magro que Nathaniel conhecera em Richmond agora deixava os bastidores. Usava um paletó de colégio, camisa e gravata, e umas calças curtas das quais as pernas peludas sobressaíam até uma desconcertante distância. Tinha as bochechas muito pintadas para dar-lhe uma aparência de vigor infantil, mas os movimentos eram curiosamente flácidos. Parou ao lado de uma caixa de correio e iniciou uma trêmula oração. Na escuridão, ao lado de Nathaniel, Makepeace fez um muxoxo de insatisfação.

— Bobby mostrou-se uma *tal* provação — murmurou. — Durante os ensaios, pegou uma tosse horrível, e ficou inteiramente pálido. Creio que está tuberculoso. Tive de dar-lhe uma forte dose de conhaque só para levantá-lo.

Nathaniel balançou a cabeça.

— Acha que tem energia suficiente para chegar ao fim da noite?

— Acho. Não é uma montagem longa. Me diga, que está a srta. Jones achando do espetáculo?

No segredo da meia escuridão, Nathaniel volveu os olhos para a moça sentada a seu lado. Distinguiu o elegante perfil dela, o agradável brilho dos cabelos, o rosto contorcido numa careta de insondável tédio. Apesar de si mesmo, a expressão o fez sorrir. Ele...

O sorriso imobilizou-se e desapareceu. Após uma pausa, ele se curvou de volta a Makepeace.

— Me diga, Quentin — falou. — Como, *exatamente*, você sabia que essa dama era a srta. Jones?

Olhou; os olhinhos do outro brilhavam na escuridão. Um sussurro:

— Eu sei *muitas* coisas, meu rapaz. Mas silêncio! Silêncio agora! Estamos chegando ao clímax da apresentação!

Nathaniel estremeceu, franziu a testa.

— *Já!* É admirav... notavelmente curto.

— Tive de adiantá-lo, graças à indisposição de Bobby. Ele teria massacrado o solilóquio principal; não tem fôlego suficiente. Mas... silêncio agora! Está com o binóculo? Ótimo. Então olhe.

Os olhos de Nathaniel retornaram ao palco, onde nada encontraram de excitante. A orquestra atacara de novo. Encostado na caixa postal, o jovem tentava um solo, a voz nasalada de vez em quando interrompida por tosses devastadoras. Além dele, ninguém mais havia no palco; uma ou duas das frentes da casa ondularam numa brisa de algum lugar nos bastidores. Mandrake procurou em vão algum sinal de climática ilusão mágica. Nada — no segundo ou terceiro planos. Que pretendia dizer Makepeace?

Uma onda de movimento captou seu olhar no segundo plano — não vinda do palco, mas do fundo mesmo do teatro, bem ao longe, atrás do reservado mais distante. No mesmo instante, Makepeace cutucou-o com o cotovelo e apontou. Nathaniel olhou, e tornou a olhar, os olhos arregalados de estupefação. Mal distinguia nas mais densas sombras três portas de saída que levavam ao saguão, e por essas portas vinha rastejando uma multidão de minúsculos demônios. A maioria era de diabretes (embora um ou dois — um pouco maiores, com cristas ou plumagens mais ostentosas — talvez fossem tipos de trasgos), mas todos pequenos e em silêncio. Os pés e cascos, garras e tocos, tentáculos e ventosas cruzaram o tapete do teatro sem um barulho, os olhos e dentes luzindo feito vidro. Traziam nas mãos hábeis círculos de corda e pano, cujos donos saltavam e rodopiavam, deslizavam e se esquivavam, lançavam-se para a frente com ávida rapidez para a fila de trás dos reservados. Os líderes pularam nos assentos e sem demora caíram sobre as pessoas ali sentadas — dois ou três diabretes para cada. Enfiaram trapos em bocas, mãos pegaram e amarraram com corda; puxaram cabeças para trás e puseram vendas; em segundos, os magos daquela fila eram cativos. Enquanto isso, a maré de diabretes avançava, saltando para a fila da frente, e a seguinte; e pelas portas chegavam reforços num fluxo interminável. Tão repentino fora o ataque que a maioria da platéia foi presa sem um barulho: alguns conseguiram soltar os mais breves guinchos, apenas para ser abafados pelos violinos, o crescendo e soluço dos clarinetes e violoncelos. Pelos reservados os demônios passavam numa minúscula onda negra, chifres brilhando, olhos chamejando; e à frente deles os magos tinham os olhos fixos no palco.

Nathaniel usava as lentes; por elas, a escuridão do auditório era moderada — ele viu tudo. Fez que ia saltar de pé; um aço frio comprimiu-se em seu pescoço. Makepeace sussurrou com insistência:

— Não faça tolice, meu rapaz. Está vendo minha mais bela hora! Não é arte da mais alta ordem? Fique sentado, relaxe, aproveite! Se mover um fio de cabelo, sua cabeça cairá nos reservados.

Mais de metade do auditório fora inundada, e os diabretes continuavam a despejar-se. Nathaniel ergueu os olhos para os camarotes defronte; os magos mais importantes haviam tirado as lentes, mas tinham pontos de observação vantajosos como o seu. Sem dúvida iam ver, iam agir... Ele deixou cair o queixo, horrorizado. Em cada camarote, quatro ou cinco demônios, muito maiores que os de baixo — grandes trasgos e djins, de corpos brancos esguios e músculos nodosos —, haviam deslizado entre as cortinas às costas dos magos. Esgueiraram-se atrás das maiores figuras do Império — Devereaux sorrindo e acenando para a música; Mortensen e Collins desabados, braços cruzados, balançando a cabeça nos assentos; Whitwell consultando o relógio; a srta. Malbindi tomando notas num arquivo de recortes —, os demônios se ergueram, as cordas altas nos punhos com garras, mordaças e redes ajustadas em silêncio, até ficarem imóveis, como uma fila de altas lápides atrás deles. Depois, como se por uma única ordem inaudível, caíram em cima.

A srta. Malbindi conseguiu dar um grito que se fundiu em harmonia com o pranto dos violinos. A sra. Whitwell, contorcendo-se num ossudo abraço, deu um jeito de atear um Inferno com as pontas dos dedos: durou um instante, depois ela teve a boca fechada e amordaçada, a ordem cortada pela raiz — a chama murchou e morreu; ela desabou numa massa de redes.

O sr. Mortensen lutou como um homem no poder de três gordos trasgos; acima da orquestra, Mandrake ouviu-o chamar seu demônio. Mas, como acontecia com o resto da platéia, dispensara-o obedientemente, e o chamado não foi ouvido. A seu lado, o sr. Collins desceu sem um barulho.

A canção acabou. O sr. Devereaux, primeiro-ministro da Grã-Bretanha e do Império, levantou-se; olhos brilhando de lágrimas, aplaudiu entusiasmado o final. Atrás no camarote, três de seus guarda-costas pessoais foram dominados e assassinados. Ele tirou uma rosa da lapela e jogou-a para o jovem no palco. Um demônio se aproximou; Devereaux estava insensível — gritou por um bis. O jovem no palco curvou-se, pegou a rosa, e com um súbito surto de energia agitou-a para o camarote imperial.

Nesse momento, a criatura que assomava por trás do ombro do primeiro-ministro saiu das sombras; o jovem deu um guincho, desmaiou, oscilou e desabou com estrondo na boca do eufônio. Devereaux recuou chocado e colidiu com o demônio. Voltou-se e soltou um gemido; asas negras o envolveram.

Para Nathaniel, tudo isso aconteceu num piscar de olhos. Embaixo, a maré de diabretes avançara até os reservados da frente. Todas as cabeças humanas achavam-se amarradas e amordaçadas; um triunfante demônio saltava em cada ombro.

Ele volveu os olhos em pânico para o camarote da srta. Farrar. No assento dela, sentava-se um sorridente demônio. Olhou para outras partes — e captou o olhar do único mago que opusera resistência.

O sr. Sholto Pinn, meditando em seu camarote, não retirara as lentes pelo simples motivo de que não as usava. Ignorara a recomendação de Makepeace e mantivera o monóculo firme no olho esquerdo. De vez em quando tirava-o para limpá-lo com o lenço. Foi quando assim se ocupava que a onda de diabretes desabou sobre os reservados; apesar disso, ele devolveu a lente ao olho a tempo de surpreendê-los no meio do ataque.

Soltou um palavrão, pegou a bengala, voltou-se e viu três vultos entrando nas pontas dos pés em seu camarote. Sem preâmbulo, Sholto ergueu a bengala e disparou um Plasma — um dos vultos miou e desfez-se em pó; os outros se separaram, um para o teto e o outro achatado no chão. A bengala disparou de novo: o vulto no teto pegou um golpe de raspão; ferido e gemendo, caiu esparramado sobre uma cadeira. Mas enquanto fazia isso, o do chão saltou para a frente. Agarrou a bengala do velho e, usando-a como um porrete, derrubou-o no chão a cacetadas.

No camarote defronte, Makepeace vira isso com uma ruga de insatisfação.

— É sempre assim — disse. — Nenhuma obra de arte sai inteiramente perfeita; tem sempre de ter uma falha. De qualquer forma, tirando Pinn, creio que podemos considerar esse um trabalho bem-feito.

Mantendo a faca no pescoço de Nathaniel, o dramaturgo levantou-se da cadeira e adiantou-se para melhor examinar a cena. Com agônico cuidado, Nathaniel virou a cabeça uma fração; seus olhos encontraram os de Kitty. Sem lentes, a moça só tomara consciência da atividade no fim, quando os Plasmas de Pinn estouraram na escuridão, e um a um dos demônios tornaram-se visíveis no plano comum. De olhos arregalados, ela voltou-se para Nathaniel — e por fim viu Makepeace e a faca. Seu rosto mostrava confusão, dúvida e descrença. Nathaniel manteve o olhar nela, que viu a boca mexer-se num frenesi, emitindo pedidos mudos; as sobrancelhas tentando complicadas súplicas. Se pudesse afastar a faca, só por um instante, ele poderia saltar sobre Makepeace, arrancá-la das mãos dele. *Rápido* — se ela agisse agora, enquanto o maluco estava distraído...

Kitty olhou para Makepeace, depois de novo para Nathaniel. Franziu a testa. O suor escorria pelos lados do rosto dele. Não adiantava — ela não ia ajudá-lo. Por que deveria? Tinha desprezo por ele.

Makepeace inclinava-se a meio sobre a balaustrada, irrompendo em risadinhas solitárias ao ver as novas humilhações embaixo. A cada movimento, a faca afundava um pouco mais no pescoço de Nathaniel.

Então Nathaniel viu Kitty fazer o mais leve dos acenos. Viu-a ficar tensa, preparar-se para saltar. Lambeu os lábios, preparando-se...

Kitty Jones saltou para a frente. Na mesma hora, um raio de energia verde caiu sobre ela, jogando-a de costas contra a balaustrada, que se rachou e abriu sob o impacto. Fogo esmeralda brincava em seu corpo; as pernas mexiam-se, os cabelos fumegavam. O fogo extinguiu-se. Kitty desabou no chão, a cabeça e o braço pendendo sobre o auditório. Os olhos meio abertos, sem ver.

Chamas verdes subiram fumegantes, saídas da mão esquerda do sr. Makepeace, mas a outra mantinha a faca na garganta de Nathaniel. Os olhos do dramaturgo haviam se reduzido a pequenas uvas, os dentes expostos.

— Garota tola — ele disse. Gesticulou com a faca, que pinicou a pele do queixo de Nathaniel e tirou sangue. — Levante-se.

Embotado, Nathaniel se levantou. Por todo o saguão a ordem fora repetida 100 vezes. Com um vasto farfalho, todos os cativos se levantaram, cegos, amarrados e impotentes, encorajados por vários tapas e beliscões dos diabretes. Em vários casos, em que a experiência fora demasiada e a vítima ficara inconsciente, um ou mais demônios levantavam o corpo. Nos camarotes acima, onde os djins cuidavam dos magos mais importantes, nada se deixava ao acaso: todos eram enfiados em grossas redes negras e enrolados como recheio de lingüiça.

Nathaniel conseguiu falar.

— Você trouxe a ruína sobre todos nós.

O rosto de Quentin Makepeace abriu-se num largo sorriso.

— Dificilmente, John. Estamos no alvorecer de uma nova era! Mas a cortina baixou e devo cuidar da logística. Eis alguém para cuidar de que você mantenha o juízo enquanto estamos separados.

Fez um gesto com a cabeça para o fundo do camarote. A cortina mexeu-se. Um alto vulto numa capa preta adiantou-se: a presença do mercenário encheu o espaço.

— Creio que vocês se conhecem muito bem — disse o sr. Makepeace, embainhando a faca sob a casaca. — Sem dúvida, vão ter muita coisa a discutir. Não vou humilhá-lo, John, fazendo pequenas ameaças, mas tenho uma palavra de aviso. — Olhou o alto da escada atrás. — Não prefira morrer como a pobre jovem Kitty ali; ainda tenho muita coisa para mostrar a você.

Desapareceu. Nathaniel ficou parado olhando o corpo no chão. Abaixo, num terrível silêncio, quebrado apenas pelo arrastar dos pés dos demônios tagarelas, o governo britânico fora rapidamente retirado.

Parte Quatro

Alexandria
124 a.C.

Era um tempo perigoso no Egito. Atacantes vindos do sul esgueiravam-se pelas Cataratas e passavam as aldeias fronteiriças a fio de espada. Tribos beduínas causavam devastação nas caravanas de mercadores que passavam pela periferia do deserto. Um mar de piratas da Barbária predava os navios. Os conselheiros do rei exortavam-no a procurar ajuda no exterior, mas ele era velho, altivo e cauteloso, e recusou.

Num esforço tardio para apaziguar os inimigos na corte Ptolomeu pôs seus talentos a serviço deles.

— Devem perdoar essa indignidade — disse, quando nos sentávamos num sofá na noite anterior à minha partida. — Com o devido respeito a Affa e Penrenutet, você, meu caro Rekhyt, é o mais vigoroso dos meus servos. Tenho certeza de que fará maravilhas em favor do país. Peço desculpas por quaisquer dificuldades que possa passar, mas a longo prazo você também será beneficiado. Com sorte, seus esforços tirarão de minhas costas os agentes de meu primo e me permitirão concluir minhas pesquisas.

Eu usava o disfarce de um nobre leão do deserto, e dei um rugido adequadamente baixo e profundo.

— Você nada sabe da baixeza no coração dos homens. Seu primo não lhe dará descanso enquanto você não estiver morto. Espiões vigiam cada movimento seu: eu peguei dois diabretes dos sacerdotes escondidos em seu banheiro esta manhã. Tive uma palavrinha com eles. Numa forma de dizer, agora servem a você.

O menino balançou a cabeça.

— É muito bom saber disso.

O leão deu um arroto.

— É, eles tiveram a bondade de doar suas essências para fortalecer a minha. Não se mostre tão chocado. Em nosso mundo, somos todos um só mesmo, como já lhe disse.

Como sempre, bastava a mais simples menção ao Outro Lugar: os olhos de meu amo faiscaram com uma luz distante; o rosto tornou-se sonhador e pensativo.

— Rekhyt, meu amigo — ele disse —, você já me disse muito, mas eu quero saber mais. Creio que bastarão mais algumas semanas de trabalho. Affa tem alguma experiência com os xamãs de uma terra distante; está me aconselhando sobre os métodos deles para sair do corpo. Quando você voltar... Bem, vamos esperar para ver.

O leão bateu ritmadamente a cauda nos ladrilhos do teto.

— Você deve se concentrar nos perigos *deste* mundo. Seu primo...

— Penrenutet me protegerá enquanto você estiver fora, não tenha medo. Agora... veja, estão acendendo a fogueira na torre. A frota se concentra lá embaixo. Temos de partir.

Seguiu-se um período de muita atividade para mim, durante o qual não tive contato com meu amo. Naveguei com a frota egípcia contra piratas e participei numa batalha campal ao largo da costa da Barbária.[1] Depois marchei com as tropas para o deserto de Tebas e embosquei os beduínos, fazendo vários reféns. Durante a marcha de volta fomos

[1]Durante a qual destruímos o principal forte pirata e libertamos 100 cativos. A briga foi memorável sobretudo porque combati pessoalmente um ígneo afrito acima de dois barcos que afundavam. Perseguimo-nos de um lado para outro ao longo dos remos em chamas, e esgrimimos entre o cordame usando partes do mastro quebrado. No fim, estourei-lhe os miolos com um golpe de sorte e o vi afundar, ainda fumegando, nas profundezas verde-ervilha.

atacados por um bando de djins com cabeça de hiena, derrotados apenas por pouco.[2]

Sem pausa para descanso, dirigi-me para o sul e juntei-me ao corpo principal do exército do rei, em busca de vingança contra os povos montanheses do baixo Nilo. As campanhas ali duraram dois meses, terminando com a infame Batalha das Cataratas, durante a qual lutei contra 20 trasgos numa aba de pedra no alto das ondas espumantes. As perdas foram sérias, mas ganhamos o dia, e devolvemos a paz à região.[3]

Eu passara por consideráveis provações, mas a essência continuou forte, e não me ressenti. Na verdade, as pesquisas de meu amo — o desejo de estabelecer paridade entre os djins e os humanos — me haviam tocado, apesar do meu ceticismo. Ousei esperar que alguma coisa resultasse disso. Ainda assim, temia por ele. Vivia inteiramente fora deste mundo, insensível aos perigos em volta.

Uma noite, durante nossa ocupação da região montanhosa, uma bolha se materializou dentro de minha tenda. O rosto de Ptolomeu surgiu na superfície de vidro, fraco e distante.

— Saudações, Rekhyt. Eu soube que lhe devemos considerações. As notícias de seus sucessos chegaram à cidade.

Curvei-me.

— Seu primo está aborrecido.

Meu amo pareceu suspirar.

— Infelizmente, o povo proclama isto como *minha* vitória. Apesar dos meus protestos, aplaudem meu nome dos telhados. Meu primo não está satisfeito.

— Não surpreende. Você deve... Que é isso em seu queixo? Uma cicatriz?

---

[2]Um certo indivíduo de pele vermelha se destacou entre eles. Após causar considerável devastação, Jabor foi finalmente posto fora de ação quando eu o atraí para um sistema de grutas de arenito e fiz o teto do túnel desabar sobre ele.

[3]Paz *egípcia*, quer dizer. Ainda houve muitos estupros, pilhagem e assassinato, mas agora feitos por *nós*, não contra nós. Logo, tudo bem.

— Não é nada. Um arqueiro disparou contra mim na rua. Penrenutet me jogou para o lado e está tudo bem.

— Eu vou voltar.

— Ainda não. Preciso de outra semana para concluir o trabalho. Volte dentro de sete dias. Enquanto isso, vá aonde quiser.

Olhei o rosto.

— Mesmo?

— Você vive se queixando das limitações ao livre-arbítrio. Agora é sua chance de testá-lo. Sei que tolera a dor desta Terra por mais um pouco. Faça o que quiser. Vejo você em sete dias.

A bolha tornou-se um vapor e desapareceu.

Esse convite era tão inesperado que por alguns minutos eu só pude vagar ao léu em torno da tenda, rearrumando as almofadas e olhando meu reflexo nos metais polidos. Depois me atingiu todo o impacto de suas palavras. Saí, dei uma olhada no acampamento e, com um grito, me lancei no ar.

Passaram-se sete dias. Voltei a Alexandria. Meu amo me esperava de pé em sua sala de trabalho, usando uma túnica branca e sem sandálias. Tinha o rosto mais magro que antes, as órbitas dos olhos cinzentas de cansaço, mas me recebeu com o antigo entusiasmo.

— Bem na hora! — disse. — Como estava o mundo?

— É vasto e belo, embora tenha água demais. No leste, as montanhas erguem-se até as estrelas, ao sul, florestas engolem a terra. A arquitetura da Terra é infinitamente variada; me deu muito o que pensar.

— Um dia eu também a verei. E os humanos? Que tal?

— Brotam em lugares isolados, como espinhas numa bunda. A maioria passa sem magia, creio.

Ptolomeu sorriu.

— Suas visões são profundas. Agora é minha vez.

Levou-me para uma porta e introduziu-me numa silenciosa câmara interna. O chão era coberto por um círculo — maior que a média —, enfeitado com hieróglifos e runas. Ao lado, no chão, ervas, feitiços, pilhas de papiro e tabuinhas de cera, todas cobertas com os rabiscos de meu amo. Ele me deu um sorriso cansado.

— Que acha?

Eu me ocupava olhando as barreiras do pentáculo e as cadeias de palavras.

— Não há nada especial aqui. Coisa bastante comum.

— Eu sei. Tentei todo tipo de reforços e bruxedos complexos, mas tudo pareceu errado. Então me ocorreu: todas as nossas salvaguardas normais se destinam a *restringir* o movimento... você sabe, manter o djim longe, e nós, seguros. Eu quero o efeito oposto; quero poder me movimentar com liberdade. Assim, se fizer *isto* — com um deliberado dedão, borrou a linha carmim que assinalava o perímetro do círculo —, esse ato deve permitir que meu espírito parta. Por esse buraco na linha. Meu corpo permanecerá aqui.

Franzi a testa.

— Por que usar o pentáculo?

— A-ha! Boa pergunta. Segundo nosso amigo Affa, os xamãs de regiões distantes, que conversam com os djins nas fronteiras de nosso reino, falam certas palavras e deixam os corpos à vontade. Não usam círculos. Mas *não* estão tentando cruzar as fronteiras entre nossos mundos... essas fronteiras elementares das quais você me falou. E eu *estou*. Acho que, assim como o poder do círculo puxa você diretamente para mim quando o convoco, o mesmo círculo pode mandar-me na direção oposta, através das paredes, quando se invertem as palavras. Compreende?

Cocei o queixo.

— É... Desculpe, que foi mesmo que Affa disse?

Meu amo ergueu os olhos para o céu.

— Não importa. Acho que posso reverter facilmente a convocação normal, mas se se *abrir* um portão, preciso de alguma coisa do outro lado para me guiar em segurança na passagem. Alguma coisa que ofereça um destino.

— Esse é o problema — eu disse. — Não *há* destinos no Outro Lugar. Nem montanhas nem florestas. Eu já lhe disse isso inúmeras vezes.

— Eu sei. É aí que você entra.

O menino agachava-se no chão, remexendo numa pilha da parafernália mágica de sempre que todo egípcio acumulava: escaravelhos, roedores mumificados, pirâmides novidade, tudo. Ele pegou um pequeno *ankh*[4] e empurrou-o em minha direção.

— Acha que isto é ferro?

Uma onda fria de essência ferroante; eu recuei irritado.

— É. Pare de balançar isso por aí.

— Ótimo. Vou guardar no corpo como proteção. Só para o caso de algum diabrete chamar quando eu estiver fora. Agora voltemos a você. Rekhyt, eu lhe agradeço por todos os serviços que me prestou; sou seu devedor. Num momento eu o dispenso. Sua obrigação comigo, a que houver, acaba agora.

Eu me curvei da maneira habitual.

— Obrigado, amo.

Ele agitou a mão.

— Esqueça esse negócio de amo. Quando estiver no Outro Lugar, fique à escuta do seu nome... o nome *verdadeiro*, quero dizer.[5] Quando eu acabar minha fórmula mágica, chamarei três vezes seu nome. Se quiser, pode me responder: creio que será o bastante para oferecer o destino que eu preciso. Cruzarei o portão até você.

Eu pareci em dúvida como costumo fazer.

— Você acha?

— Sim. — O menino sorriu para mim. — Rekhyt, se você está farto de me ver após esse tempo todo, a solução é simples. Não responda ao meu chamado.

---

[4]*Ankh* ou cruz alçada: espécie de amuleto em forma de T, com um círculo no topo. Símbolo da vida. No Egito faraônico, quando a magia era lugar-comum, muitos *ankhs* continham entidades presas e eram poderosos protetores. No tempo de Ptolomeu, eram apenas simbólicos. Mas o ferro, como a prata, sempre repele os djins.

[5]Bartimaeus, quer dizer. Embora vocês possam ter esquecido, Ptolomeu jamais o usava, por educação.

— Fica a meu critério?

— Claro. O Outro Lugar é seu domínio. Se *achar* melhor me chamar, eu ficarei muito honrado.

O rosto dele ficou corado de excitação, as pupilas dilatadas como as de um gato; já saboreava mentalmente as maravilhas do outro lado. Observei seus movimentos quando se dirigiu a uma bacia ao lado da janela. Continha água. Ele lavou o rosto e o pescoço.

— Suas teorias estão muito bem — arrisquei —, mas lhe disseram o que acontecerá ao seu corpo quando atravessar? Você não é uma criatura de essência.

Ele secou-se com um pano, olhando além dos telhados, onde a comoção e agitação do meio-dia pairavam como um invisível sudário sobre a cidade.

— Às vezes — murmurou —, sinto que tampouco sou uma criatura da Terra. Passei a vida toda trancado em bibliotecas, jamais experimentando as sensações do mundo. Quando eu voltar, Rekhyt, vou vagar longe, como fez você... — virou-se e esticou os braços. — Você tem razão, claro: eu não sei o que vai acontecer. Talvez sofra com isso. Mas vale o risco, creio, para ver o que nenhum outro homem viu.

Atravessou a sala e fechou as cortinas da janela, nos envolvendo numa luz baixa e clara. Depois fechou a porta da câmara.

— Talvez — eu disse — você se veja em meu poder, quando tornarmos a nos encontrar.

— Muito provável.

— Mas confia em mim?

Ptolomeu riu.

— Que mais venho fazendo esse tempo todo? Quando foi a última vez que o prendi em meu pentáculo? Veja você agora: tão livre quanto eu. Pode me enforcar num piscar de olhos e ir embora.

— Oh. Ééé.

Eu não tinha pensado nisso.

O menino bateu palmas.

— Bem, chegou a hora. Penrenutet e Affa já foram dispensados: não me restam obrigações. Assim, é sua vez. Se quiser saltar dentro do pentáculo, eu o liberto.

— E sua própria segurança? — Olhei a sala escura em volta. Faixas de luz das cortinas corriam como marcas de garras pela parede e pelo chão. — Sem nós você estará impotente se os inimigos o encontrarem.

— A última tarefa de Penrenutet foi assumir meu disfarce e cavalgar para o sul pela velha estrada. Ele se deixa ver. Os espiões seguirão sua caravana. Assim, como vê, Rekhyt, eu pensei em tudo.

Fez sinal para mim. Eu entrei no círculo.

— Sabe, você não *precisa* se arriscar nesta experiência — eu disse.

Olhava os estreitos ombros dele, o pescoço magrela, as pernas finas saindo por baixo da túnica.

— Não é experiência — ele disse. — É um gesto. É reparação.

— Pelo quê? Trezentos anos de escravidão? Por que assumir o fardo de tantos crimes? Nenhum outro mago jamais pensou desse jeito.

Ele sorriu.

— É exatamente isso. Eu sou o primeiro. E se minha aventura der certo, e eu voltar para registrá-la, muitos outros me seguirão. Haverá uma nova era entre os djins e os homens. Já fiz algumas das anotações, Rekhyt, meu livro ocupará lugar de honra em toda biblioteca da Terra. Não estarei lá para ver, mas, quem sabe, talvez *você* esteja.

Sua paixão me conquistou. Balancei a cabeça.

— Esperemos que tenha razão.

Ele não respondeu, apenas estalou os dedos e falou a Dispensa. A última coisa que vi ao partir foi seu rosto me olhando, confiante, sereno.

Kitty

22

Kitty acordou com uma luz que a cegava e uma dor aguda no lado. Com o passar dos segundos, imóvel, tomou consciência do sangue martelando na cabeça e da secura na boca aberta. Os pulsos doíam. Sentiu um cheiro terrível de pano queimado e uma pressão de mão em torno da sua.

O pânico avolumou-se dentro de seu peito; ela forçou os membros, abriu os olhos e tentou erguer a cabeça. Foi recompensada com uma chuva de dor e algumas intuições sobre sua situação: pulsos amarrados, sentava-se contra alguma coisa dura, alguém agachado a seu lado, olhando seu rosto. A pressão na mão foi suficientemente aliviada.

Uma voz.

— Está me ouvindo? Você está bem?

Ela abriu o olho uma fração. Um vulto negro entrou em foco. O mago, Mandrake, curvou-se para perto; tinha uma expressão de preocupação misturada com alívio.

— Pode falar? — ele perguntou. — Como se sente?

A voz dela saiu fraca.

— Você estava segurando minha mão?

— Não.

— Ótimo.

Ela se aclimatava à luz; abriu bem os olhos e olhou em volta. Sentava-se no chão na periferia de uma grande sala de pedra, mais velha e mais antiga do que qualquer coisa que já sentira. Grandes colunas sustentavam um teto abaulado; no chão, belos tapetes espalhavam-se sobre lajes. Nas paredes, em muitos nichos, estátuas de homens e mulheres da realeza usando trajes de outras eras. Globos mágicos flutuavam contra a abóbada, criando um desenho sempre mutável de luz e sombra. No centro da sala, uma mesa muito polida e sete cadeiras.

No lado mais próximo da mesa um homem andava de um lado para outro.

Kitty esforçou-se para mudar de posição, uma operação dificultada pelas cordas que amarravam seus pulsos. Alguma coisa enterrou-se em suas costas. Ela praguejou.

— Ah! Você pode...?

Mandrake estendeu as mãos amarradas, os dedos envoltos em fina corda branca.

— Tente se mexer para a esquerda. Está encostada numa cunha de pedra. Cuidado: você foi seriamente espancada.

Kitty mexeu o traseiro para o lado e ficou um pouco mais à vontade. Baixou o olhar para si mesma. Tinha um lado do casaco enegrecido e queimado; via fragmentos esfarrapados de sua blusa embaixo e, pendendo solto de um bolso interno, um canto chamuscado do livro do sr. Button. Franziu a testa. Como havia...?

O teatro! Num jato, lembrou: as explosões no camarote defronte, o aumento das luzes, o mar de demônios nos reservados abaixo. Sim, e Mandrake a seu lado, pálido e assustado, o homenzinho gordo segurando uma faca em sua garganta. Ela tentara...

— Fico feliz por você estar viva — disse o mago. Tinha o rosto pálido, mas a voz era calma. Sangue seco cobria-lhe o pescoço. — Você tem uma impressionante resistência. Pode ver por trás das ilusões também?

Ela sacudiu a cabeça, irritada.

— Onde estamos? Que...?

— O Salão das Estátuas de Westminster. É a sala onde se reúne o Conselho.

— Mas que aconteceu? Por que estamos aqui?

O pânico a envolveu; ela forçava freneticamente as cordas.

— Acalme-se... estamos sendo vigiados.

Indicou com a cabeça o vulto junto à mesa. Era alguém que ela não conhecia, um jovem de pernas cambaias, ainda andando de um lado para outro.

— *Acalme-se?* — Kitty deu um estrangulado grito de fúria. — Como *ousa* você? Se eu estivesse livre...

— É, mas não está. Nem eu. Logo, cale a boca por um minuto e me deixe contar o que aconteceu — aproximou-se. — Todo o governo foi feito cativo naquele teatro. Todo mundo. Makepeace usou uma hoste de demônios para dominá-los.

— Eu tenho olhos, não tenho? Eu vi tudo.

— Tudo bem, ótimo. Bem, talvez alguns tenham sido mortos, mas creio que a maioria está viva, embora amordaçada e amarrada, por isso não podem convocar ninguém. Fomos todos arrebanhados e levados para o fundo do teatro, onde esperava um grupo de furgões. Todos foram enfiados dentro deles; jogaram os ministros uns em cima dos outros, como fardos de carne. Os furgões deixaram o teatro e vieram para cá. Ninguém fora do teatro sabe de nada ainda. Não sei para onde levaram os prisioneiros. Devem estar trancados em algum lugar próximo. Makepeace está cuidando disso agora, eu acho.

A cabeça de Kitty doía. Ela lutou para captar as implicações.

— Foi ele que... — baixou os olhos para seu lado — me fez isto?

— Foi. Um Inferno. À queima-roupa. Quando você tentou... — O rosto dele corou um pouco —, quando você tentou me ajudar. Devia estar morta; na verdade, achamos que *estava* morta, mas quando o mercenário ia me levando você gemeu e babou, por isso ele a trouxe também.

— O mercenário?

— Não pergunte.

Kitty ficou calada um tempo.

— Então Makepeace vai assumir?

— Parece que ele acha isso. — O mago franziu a testa. — O sujeito está inteiramente louco. Como planeja governar o Império sem uma classe governante, eu nem imagino.

Kitty soltou um bufido.

— Sua classe governante não estava indo tão bem assim, vamos encarar os fatos. Ele pode ser uma melhora.

— Não seja tola! — o rosto de Mandrake ensombreceu-se. — Você não faz a menor idéia do que... — Controlou-se com dificuldade. — Sinto muito. Não é culpa sua. Eu não devia tê-la levado ao teatro, para começar.

— É verdade — Kitty olhou a sala em volta. — Mas o que me irrita é que não entendo por que nos trouxeram para *aqui*.

— Nem eu. Fomos separados por algum motivo.

Ela olhou o homem a andar de um lado para outro junto à mesa do Conselho. Parecia nervoso; consultava a toda hora o relógio e olhava para as portas duplas.

— Ele não parece lá essas coisas — ela sussurrou. — Você não pode convocar um demônio para nos tirar daqui?

Mandrake soltou um gemido.

— Todos os meus escravos saíram numa missão. Se eu pudesse chegar a um pentáculo, os chamaria facilmente, mas sem um, e com os dedos amarrados desse jeito, estou empacado. Não tenho nem um diabrete para invocar.

— Inútil — cortou Kitty. — E se chama mago.

Um franzir de testa.

— Me dê tempo. Meus demônios são poderosos, sobretudo Cormocodran. Com sorte, eu terei uma chance de...

As portas no fim do corredor se abriram. O homem ao lado da mesa virou-se. Kitty e Mandrake esticaram os pescoços.

Entrou uma pequena procissão.

As primeiras pessoas eram desconhecidas de Kitty. Um homem diminuto de olhos redondos e úmidos, com a constituição de um galho no inverno; uma mulher de cara burra, meio desleixada; um cavalheiro de meia-idade, pele clara e brilhante e lábios protuberantes. Atrás deles vinha um rapaz esbelto, de passo ágil, cabelos ruivos oleados e óculos empoleirados num nariz pequeno. Parecia pairar sobre os quatro um ar de contida excitação; tagarelavam, sorriam e olhavam em volta com movimentos rápidos e nervosos.

O homem de pernas cambaias ao lado da mesa correu a juntar-se a eles.

— Até que enfim! — disse. — Onde está Quentin?

— Aqui, meus amigos!

Makepeace adentrou pelas portas, o casaco esmeralda drapejando, o peito inflado como um galo. Rolava os ombros, balançava os braços com um movimento insolente. Passou pelos companheiros, dando um sonoro tapa nas costas do ruivo, assanhando os cabelos da mulher e piscando o olho para o resto. Dirigiu-se até a mesa, olhando um lado e outro da sala com descontração de proprietário. Ao notar Kitty e Mandrake sentados junto da parede, acenou com o dedo gordo.

À mesa do Conselho, escolheu a maior das cadeiras, um trono dourado com enfeites talhados. Sentou-se, cruzando as pernas com um floreio, e tirou do bolso um enorme charuto. Um estalo de dedos: a ponta do charuto explodiu em fumaça. Quentin Makepeace o pôs entre os lábios e inalou com satisfação.

Kitty ouviu Mandrake arquejar de raiva a seu lado. Ela própria viu apenas ostentação teatral na atuação. Se não fosse prisioneira, poderia até se divertir.

Makepeace fez um expansivo gesto com o charuto.

— Clive, Rufus, querem ter a bondade de trazer nossos amigos até aqui?

O ruivo aproximou-se, seguido pelo companheiro de lábios grossos. Rudemente, sem cerimônia, levantaram Kitty e Mandrake. Ela notou que os dois conspiradores encaravam Mandrake com malévola antipatia. Viu o mais velho abrir os lábios, adiantar-se e dar um tapa na cara do prisioneiro.

O homem esfregou a mão.

— *Isso* é por tudo que você fez a Lovelace.

Mandrake deu um tênue sorriso.

— Jamais fui esbofeteado por um peixe molhado antes.

— Eu soube que você andava me *procurando*, Mandrake — disse o ruivo. — Então, que vai fazer comigo agora?

Da cadeira dourada veio uma voz melíflua:

— Calma, rapazes, calma! John é nosso convidado. Eu tenho afeição por ele! Tragam-nos aqui, estou dizendo.

Uma pata no ombro de Kitty; ela foi lançada para a frente e ficou com Mandrake num tapete diante da mesa.

Os outros conspiradores sentaram-se. Tinham olhos hostis. A mulher de cara amarrada falou.

— Que *fazem* eles aqui, Quentin? Este é um momento crucial.

— Você devia matar Mandrake e acabar logo com isso — disse o mago com cara de peixe.

Makepeace tirou uma baforada do charuto; os olhinhos faiscaram de diversão.

— Rufus, você é apressado demais. Você também, Bess. É verdade, John ainda não faz parte do nosso grupo, mas tenho grandes esperanças de que fará. Temos sido aliados há muito tempo, eu e ele.

Kitty deu uma aguda olhada lateral no jovem mago. Ele tinha uma das faces escarlate da bofetada e não respondeu.

— Não temos tempo para joguinhos — disse o homem de olhos arregalados e úmidos; a voz era nasalada, fanhosa. — Precisamos nos dar o poder que você prometeu.

Baixou o olhar para a mesa, correu os dedos por ela num gesto ao mesmo tempo cobiçoso e medroso. A Kitty, ele pareceu fraco e covarde, e furiosamente cônscio de sua covardia. Pelo que ela via, nenhum dos conspiradores era nem um pouco diferente, a não ser Makepeace, que irradiava auto-satisfação de seu trono dourado.

O dramaturgo bateu uma bolota de cinza do charuto no tapete persa.

— Nada de *jogos*, meu caro Whiters — disse, sorrindo. — Eu lhe garanto que estou falando muito sério. Os espiões de Devereaux há muito comunicam que, entre os plebeus, o John aqui é o mais popular dos magos. Ele pode dar ao nosso Conselho uma cara atraente... bem, sem dúvida mais atraente que qualquer um de *vocês*. — Sorriu do desagrado que causou. — Além disso, tem talento e ambição de sobra. Tenho a sensação de que ele há muito deseja uma oportunidade de chutar Devereaux e recomeçar tudo... Não está correto, John?

Mais uma vez Kitty olhou para Mandrake. Mais uma vez o pálido rosto dele não deu nenhuma pista de seus pensamentos.

— Devemos dar algum tempo a John — disse Quentin Makepeace. — Vai ficar tudo claro para ele. E você logo terá todo o poder que conseguir exercer, sr. Withers. Se ao menos o bom Hopkins se apressasse, poderíamos prosseguir.

Deu uma risadinha para si mesmo — e com esse ruído, com esse nome, Kitty o reconheceu.

Era como se um denso véu tivesse caído de seus olhos. Ela se viu de volta na Resistência, três anos antes. A conselho do amanuense que parecia um camundongo, Clem Hopkins, fora a um encontro num teatro em desuso. E uma vez lá... uma adaga contra a sua nuca, uma conversa sussurrada com um homem invisível — cujas palavras de orientação os levaram à abadia e ao pavoroso guardião da cripta...

— Você! — ela gritou. — *Você!*

Todos os olhos se voltaram para ela, que ficou imóvel, encarando o homem no trono dourado.

— *Você* foi o beneficiário — ela sussurrou. — Você foi o homem que nos traiu.

O sr. Makepeace piscou para ela.

— Ah! Você me reconhece finalmente! Eu *imaginava* se ia se lembrar... Claro, *eu* reconheci você assim que a vi com Mandrake. Por isso me divertiu convidá-la ao meu pequeno espetáculo esta noite.

Ao lado dela, John se mexeu por fim.

— Que é isso? Vocês se encontraram antes?

— Não pareça tão chocado, John! Foi tudo por uma boa causa. Por intermédio de meu associado, o sr. Hopkins... a quem conhecerá daqui a pouco; está agora cuidando de nossos cativos... eu seguia havia muito as atividades da Resistência. Divertia-me vigiar os esforços deles, ver a indignação nos rostos dos tolos do Conselho quando não os localizavam. Com exceção deste grupo aqui, John!

Outra risadinha.

A voz de Kitty saiu sem expressão.

— Você sabia do monstro no túmulo de Gladstone, mas junto com Hopkins me mandou lá pegar o Cajado. Meus amigos *morreram* por sua causa.

Deu um pequeno passo na direção dele.

— Oh, *cale a boca*! — Quentin Makepeace revirou os olhos. — Vocês eram plebeus traidores. Eu era um mago. Esperava que eu *me importasse*? E não chegue mais perto, mocinha. Da próxima vez não vou usar apenas um feitiço. Eu corto sua garganta. — Sorriu. — Na verdade, porém, eu estava do *seu* lado. Esperava que você destruísse o demônio. Depois eu lhe tomaria o Cajado, para meu próprio uso. Na verdade — bateu o charuto, tornou a cruzar as pernas e olhou sua platéia em volta —, na verdade o resultado foi misto: você fugiu com o Cajado e deixou o afrito Honório escapar do túmulo. *Que* impacto causou Honório! Os ossos de Gladstone saltando pelos telhados com um demônio preso dentro. Um espetáculo maravilhoso. Mas me fez pensar a mim e a Hopkins...

— Me diga, Quentin — Mandrake tornou a falar; a voz era suave. — Supunha-se que esse sr. Hopkins se envolvesse com o golem também? Foi assim?

Makepeace sorriu; fez uma pausa antes de responder. Ele *representa* o tempo todo, pensou Kitty. É um exibicionista incorrigível, tratando isso como se fosse uma de suas peças.

— Claro! — gritou Makepeace. — Sob minha orientação! Eu tenho o dedo em muitos bolos. Sou um *artista*, John, um homem de incansável criatividade. Durante anos o Império está indo para o brejo e à ruína; Devereaux e os outros o administraram mal de uma forma vergonhosa. Você sabia que muitas de minhas peças tiveram de sair de cartaz em Boston, Calcutá, Bagdá, graças à pobreza, agitação e violência locais? E essa guerra interminável!... As coisas têm de mudar! Bem, durante anos eu observei nos bastidores, fazendo experiências aqui e ali. Primeiro, encorajei meu bom amigo Lovelace em sua tentativa de rebelião. Lembra-se daquele pentáculo decididamente *grande*, John? Foi idéia minha! — Deu uma risadinha. — Depois veio o pobre Duvall. Queria poder, mas não tinha um fio de cabelo criativo em todo o corpo. Só sabia seguir conselhos. Por meio de Hopkins eu o encorajei a usar o golem para espalhar agitação. E enquanto o governo se distraía — riu de novo para Kitty — eu quase consegui o Cajado. Do qual, a propósito, pretendo me apoderar esta mesma noite.

Para Kitty, a maior parte disso nada significava; ela olhava o odioso homenzinho na grande cadeira dourada quase tremendo de fúria. Via, como de longe, os rostos de seus companheiros mortos — com cada palavra, Makepeace manchava a memória deles. Ela não poderia ter falado.

Em contraste, Mandrake parecia tornar-se quase loquaz.

— Isso é muito interessante, Quentin — disse. — O Cajado sem dúvida será útil. Mas como dirigirá o governo? Você esvaziou todos os departamentos. Isso vai causar problemas, mesmo com figuras titânicas como essas de sua equipe.

Sorriu para os conspiradores em volta.

Makepeace fez um gesto descontraído.

— Alguns dos prisioneiros serão libertados no devido tempo, assim que jurarem lealdade.

— E os outros?

— Serão executados.

Mandrake deu de ombros.

— Parece uma perspectiva arriscada para você, mesmo com o Cajado.

— De jeito nenhum! — Pela primeira vez Makepeace pareceu aborrecido. Levantou-se da cadeira e jogou fora o resto do charuto. — Vamos aumentar nosso poder com o primeiro ato criativo em 2 mil anos de magia. Na verdade, eis o homem mesmo que mostrará a você. Senhores e senhoras, apresento-lhes... o sr. Clem Hopkins!

Uma figura mansa e tímida entrou na sala. Três anos haviam-se passado desde que Kitty pusera os olhos nele pela última vez, sentado a uma mesa de café no agradável ar de verão. Ela mal passava de uma menina; tomara um *milkshake* e comera pão gelado, enquanto ele lhe fazia perguntas sobre o Cajado roubado. Depois, como ela não fornecera a informação que ele pedia, o sr. Hopkins gentilmente a traíra mais uma vez — mandando-a para a casa onde Mandrake esperava para encurralá-la.

E assim fora. Com o passar dos anos, e as feições do intelectual desbotadas da memória, a sombra dele crescera dentro dela, espalhara-se como um contágio no fundo da mente. Ele, às vezes, a provocava nos sonhos.

E agora ali estava, atravessando em silêncio os tapetes do Salão das Estátuas, um sorrisinho no rosto. O aparecimento dele pareceu causar grande excitação nos conspiradores; houve um movimento de antecipação. O sr. Hopkins foi parar ao lado da mesa, bem defronte a Kitty. Olhou, primeiro, para Mandrake, depois para ela. Os olhos claros examinaram-na, o rosto sem expressão.

— Seu traidor — rosnou Kitty.

O sr. Hopkins franziu um pouco a testa, como se sentisse certa perplexidade. Não mostrou o menor sinal de reconhecimento.

— Agora, pois, Clem... — Makepeace deu-lhe um tapinha nas costas — não se irrite com a presença da jovem Kitty. É apenas uma piadinha para lembrar-lhe os dias da Resistência. Não a deixe aproximar-se, veja bem. É bem uma megerazinha! Como estão nossos prisioneiros?

O intelectual assentiu com a cabeça, sério.

— Bastante seguros, senhor. Não podem ir a parte alguma.

— E lá fora? Está tudo tranqüilo?

— Ainda há alguma agitação nos parques centrais. A polícia está cuidando do assunto. Ninguém sabe que deixamos o teatro.

— Ótimo. É hora de agir. Meus amigos, o Hopkins aqui é uma *maravilha*, uma jóia absoluta. Ele respira idéias como eu engulo ar; ele as sonha no sono, digere com o jantar. Foi *ele* quem notou pela primeira vez as propriedades únicas do afrito Honório. Não foi, Clem?

Hopkins deu um leve sorriso.

— Se você assim diz.

— Hopkins e eu vimos logo que o demônio *habitava* o corpo de Gladstone. Não era um simples disfarce, uma ilusão da essência: o esqueleto era *real*. O demônio se misturara com os ossos mesmo. Nos ocorreu uma idéia ambiciosa: por que não invocar um demônio num corpo *vivo*... especificamente, o corpo de um mago? Se o mago controlasse o demônio, e usasse seu poder, que maravilhas não faria? Não haveria mais necessidade de pentáculos, de ficar mexendo com runas e giz, nem riscos de erros fatais! Na verdade, invocar-se a si mesmo logo se tornaria desnecessário!

Kitty ficara sabendo o suficiente sobre o sr. Hopkins para perceber a natureza radical de sua proposta; ela sabia o bastante para partilhar da absoluta descrença de Mandrake.

— Mas os riscos são grandes demais — ele dizia. — Aquele plebeu em nossa sala de trabalho ouviu o demônio falando em sua cabeça! Ele o teria levado à loucura!

— Só porque ele não teve a força de *vontade* de eliminá-lo. — Makepeace ficara impaciente: falou rápido. — Com indivíduos de inteligência e forte personalidade como *nós*, o efeito será harmonioso.

— Você não quer dizer que vocês *todos* vão correr esse risco — protestou Mandrake. — É claro que não! Os efeitos podem ser catastróficos! Vocês não sabem o que pode acontecer.

— Oh, sabemos, sim. — O intelectual pareceu embaraçado por verse foco de atenção. — Eu invoquei um djim bastante poderoso. Quando ele entrou, senti uma certa luta, como um verme vivo dentro da cabeça. Mas tive apenas de me concentrar, e o demônio aceitou o inevitável. Está inteiramente quieto agora. Eu mal sei que ele está aqui.

— Mas você pode invocar o poder e conhecimento dele, não pode, Hopkins? — perguntou Makepeace. — É realmente bastante notável.

— Mostre! — sussurrou a conspiradora.

— É, mostre! Mostre!

Em toda a mesa o pedido foi adotado, repetidas vezes. Cada rosto brilhava de fome furiosa e ávida. Para Kitty, pareciam maus, mas também impotentes, como filhotes de passarinho à espera de serem alimentados. Ela foi tomada de uma súbita repulsa e ansiou por dar o fora.

Os olhos de Makepeace eram fendas brilhantes; ele cutucou o braço do intelectual.

— Que acha, Hopkins? Mostre a eles um pouco, só para abrir o apetite.

— Se acha apropriado, senhor.

O intelectual deu um passo atrás e curvou a cabeça, concentrado. Então, sem visível esforço, elevou-se no ar. Vários dos conspiradores ficaram boquiabertos. Kitty olhou para Mandrake; ele também tinha a boca aberta.

Hopkins elevou-se dois metros acima do solo, depois saiu a vagar, afastando-se da mesa. Quando já se achava a alguma distância, baixou uma das mãos, apontando uma estátua de alabastro no outro lado do salão. Mostrava um mago calvo e atarracado fumando um charuto. Depois, viu-se um clarão de luz azul — a estátua explodiu num chuveiro de faíscas. O mago ruivo gritou de excitação; os outros, parados, aplaudiram ou bateram na mesa com louca alegria. O sr. Hopkins elevou-se mais alto, em direção ao teto.

— Mostre a eles mais alguma coisa, Hopkins! — gritou Makepeace. — Dê um espetáculo!

Todos esticavam os olhos para cima. Kitty arriscou-se. Devagar, muito devagar, recuou da mesa, um passo, dois... Ninguém notara; todos olhavam o intelectual a fazer acrobacias lá no alto, contra o teto, soltando gotas de fogo das pontas dos dedos.

Ela se virou e correu. No fim do corredor, as portas duplas permaneciam abertas. Os pés dela eram silenciosos nos densos tapetes. Tinha as mãos amarradas, o que tornava difícil correr, mas em segundos já atravessara — para o corredor de pedra, com quadros a óleo nas paredes e caixas de vidro com ornamentos de ouro... Seguiu reta; o corredor acabava numa porta aberta. Ela mergulhou. Parou, praguejou. Uma sala vazia, talvez um gabinete oficial: uma mesa, uma estante de livros, um pentáculo no chão. Um beco sem saída.

Com um arquejo de frustração, ela se voltou, correu de volta por onde viera — pelo corredor, passou pelas portas duplas, contornou outra quina...

... e bateu de frente com uma coisa dura e pesada. Foi jogada para o lado, tentou instintivamente aparar a queda com a mão estendida — mas tinha os braços amarrados e não pôde fazê-lo; aterrissou com toda força nos ladrilhos.

Olhou para cima e prendeu a respiração. Um homem pairava sobre ela, enquadrado pelos globos do teto; um homem alto, barbudo, vestido de preto. Olhos azuis brilhantes a examinaram, as sobrancelhas negras fechadas numa carranca.

— Por favor! — ela arquejou. — Por favor, me ajude!

O homem barbudo sorriu. Estendeu a mão enluvada para ela.

No Salão das Estátuas, o sr. Hopkins retornara ao chão. Os rostos dos conspiradores pareciam maravilhados; dois dos homens puxavam tapetes do centro da sala. Quando Kitty foi trazida, meio sufocada, suspensa pela gola pelo barbudo, eles pararam e soltaram os tapetes. Um por um, todos se voltaram para olhá-la.

Uma voz grave falou junto a seu ombro.

— Que tal esta moça? Eu a peguei fugindo para a rua.

O ruivo sacudiu a cabeça.

— Diabos. Eu nem notei que ela tinha ido embora.

O sr. Makepeace adiantou-se, uma petulante carranca no rosto.

— Srta. Jones, na verdade não temos tempo para tais distrações... — franziu mais a testa, encolheu os ombros e virou-se. — A princípio a presença dela me divertiu, mas, para ser franco, ela não me interessa mais. Podem matá-la.

Nathaniel

23

Nathaniel viu o mercenário jogá-la no tapete; viu-o afastar a capa para trás, enfiar a mão no cinto e tirar uma longa faca, curva como uma cimitarra. Viu-o estender a mão para agarrá-la pelos cabelos, erguê-la, expor a garganta...

— Espere! — Ele se adiantou; falou com tanta autoridade quanto conseguiu reunir. — Não toque nela! Eu a quero viva!

O mercenário deteve a mão. Ergueu o olhar para ele, os olhos azul-claro. Depois, devagar e com grande deliberação, continuou a puxar a cabeça de Kitty para trás e encostou a faca.

Nathaniel praguejou.

— *Espere*, eu disse.

Os conspiradores observavam com certa diversão. O rosto pálido e úmido de Rufus Lime fez uma careta.

— Você dificilmente está numa posição tão senhorial, Mandrake.

— Pelo contrário, Rufus. Makepeace me convidou a entrar em seu grupo. E após ver a admirável demonstração do sr. Hopkins tenho prazer em concordar com essa proposta. Os resultados são muito impressionantes. Isso significa que sou um dos seus agora.

Quentin Makepeace estivera ocupado desabotoando a casaca esmeralda. Estreitou os olhos, calculando; olhou de lado para Nathaniel.

— Decidiu juntar-se a nosso pequeno plano?

Nathaniel enfrentou o olhar dele com tanta calma quanto pôde.

— De fato — disse. — Seu plano é um ato de gênio, um golpe de mestre. Eu só queria ter prestado mais atenção a você quando me mostrou aquele plebeu outro dia. Mas pretendo retificar isso agora. Nesse meio tempo, a moça ainda é *minha* prisioneira. Quentin, eu tenho... planos para ela. Ninguém a toca, a não ser eu.

Makepeace esfregou o queixo; não respondeu. O mercenário ajustou a faca um pouco na mão. Kitty olhava sem ver o chão. Nathaniel sentiu o coração martelando no peito.

— Muito bem. — Makepeace mexeu-se rápido. — A moça é sua. Largue-a, Verroq. John, você falou bem e confirmou minha boa opinião a seu respeito. Mas cuidado: as palavras são fáceis; as ações, melhores! Num momento vou libertar você e vê-lo se unir a um demônio de sua escolha. Mas primeiro vou me preparar para minha própria invocação! Burke! Withers! Tirem esses tapetes! Os pentáculos devem ser preparados!

Voltou-se para dar outras ordens. Sem expressão, o mercenário soltou os cabelos de Kitty. Nathaniel, cônscio dos olhos hostis sobre si — Jenkins e Lime em particular o observavam com indisfarçada suspeita —, não correu para o lado dela, que ficou onde estava, caída de joelhos, cabeça baixa, cabelos pendendo sobre o rosto. A visão o varou.

Duas vezes nessa noite Kitty Jones quase morrera, e tudo por causa do que ele fizera. Porque a encontrara, porque a arrancara de sua vida tranqüila e a trouxera consigo, apenas para satisfazer sua curiosidade egoísta.

Quando, no teatro, o Inferno a atingira, Nathaniel a julgara morta. A dor o arrasara; quase fora emasculado pela culpa. Apesar da dura advertência do mercenário, jogara-se ao lado dela, e só *então* percebera que ela respirava. Na hora seguinte, enquanto ela permaneceu inconsciente, sua sensação de vergonha fora crescendo aos poucos. Aos poucos começara a reconhecer sua loucura.

Já nos últimos dias tinha começado a desligar-se do nome de Mandrake, do papel que durante anos se tornara uma segunda pele. Mas só com os acontecimentos do teatro esse desligamento se tornou uma verdadeira separação. As duas certezas chave que o governavam — a crença na invulnerabilidade do governo e na virtude essencial de seus motivos — foram varridas dele em questão de momentos. Os magos foram dominados. Kitty foi abatida. As duas coisas pela mão de Makepeace, e era com horror que Nathaniel reconhecia naquela mão brutal e indiferente um reflexo seu.

A princípio, a enormidade do crime de Makepeace quase o cegara para sua natureza: a fanfarronice teatral do golpe, a bizarra perversão dos demônios dentro do corpo, todo o papo idiota de gênio e criatividade ajudaram a desviar a atenção da brutal realidade dos fatos. Não passava de outro homenzinho frio e ambicioso jogando pelo poder. Não diferia de Lovelace, Devereaux ou Duvall — dos próprios pensamentos de Nathaniel naquela noite mesma, sentado no carro e sonhando com a tomada do Cajado e o fim da guerra. Oh, sim, *dissera* a si mesmo, era pelos motivos certos, para ajudar os plebeus e salvar o Império, mas onde terminava tal idealismo? Com corpos como o de Kitty caídos no chão.

Como devia ter sido nua e óbvia sua ambição! Makepeace a vira. Jane Farrar também. A sra. Luytens a percebera e dera o fora.

Não *admira* que Kitty o tivesse tratado com tal desprezo... Olhando o corpo dela no Salão das Estátuas, chegara a partilhar desse desprezo.

Mas, então, ela acordara, e com o alívio dele veio uma nova determinação.

Os conspiradores estavam ocupados. Andavam de um lado para outro da sala, trazendo a parafernália das convocações: velas, bacias, ervas e flores. No centro da sala os densos tapetes haviam sido retirados e sem cerimônia jogados para um lado. Vários pentáculos apareceram por baixo, lindamente incrustados em madrepérola e lápis-lazúli. Makepeace postara-se dentro de um deles, fazendo beicinho e emitindo ordens estridentes.

Kitty Jones permanecia agachada como antes.

Nathaniel adiantou-se, curvou-se ao lado dela e falou em voz baixa.

— Kitty, se levante. — Estendeu as mãos amarradas. — Vamos. É isso. Sente-se aqui. — Afastou uma grande cadeira de madeira vermelha e ajudou a baixá-la. — Descanse aqui. Você está bem?

— Estou.

— Então espere. Vou prosseguir com isso.

— Como, exatamente?

— Confie em mim.

Curvou-se contra a mesa, avaliando a situação. O mercenário permanecia junto à porta, braços cruzados, com um olhar implacável sobre eles. Não havia possibilidade de fuga por ali. Os próprios conspiradores eram fracos; via-se a facilidade com que Makepeace os escolhera. Escolhera os fracos, os não preferidos, os devorados pelo ciúme e pela malícia, que aproveitariam a oportunidade mas nunca seriam uma ameaça a ele. O dramaturgo era um homem diferente, um mago formidável. Sem os demônios, Nathaniel ficava impotente.

Makepeace... Ele maldisse de novo sua própria estupidez. Durante *anos* desconfiara da presença de um traidor em alta posição no governo, alguém ligado a Lovelace e às tramas de Duvall. Haviam sido necessários quatro magos para invocar o grande demônio Ramuthra de volta a Heddleham Hall — o quarto jamais fora visto, a não ser por clarões de uns óculos de piloto, uma barba ruiva... e desaparecera. Makepeace disfarçado? É fácil imaginar agora.

Durante o caso do golem, Nathaniel ficara surpreso ao ver como o dramaturgo descobrira a localização da fugitiva Kitty: deve ter sido Hopkins então — seu contato com a Resistência. Nathaniel rangeu os dentes. Como Makepeace o conquistara *rapidamente*, usara-o como aliado, fizera dele um bobo. Bem, a questão ainda não acabara.

Com rosto pétreo, Nathaniel viu o sr. Hopkins passar apressado para cumprir as ordens do líder. Então *aquele* era o misterioso intelectual que ele por tanto tempo procurara! O poder de um demônio corria pelo corpo do vilão — disso não havia dúvida. O manso homenzinho, porém, dificilmente seria páreo para Cormocodran, Ascobol e os outros se Nathaniel pudesse trazê-los para seu lado. Mas embora Hopkins causasse seu estrago ali, os incompetentes djins se achavam a mais de um quilômetro de distância, em vã espera por ele no Hotel Ambassador!

Nathaniel franziu as sobrancelhas de frustração. Mexeu nas cordas que lhe amarravam as mãos. Podia apenas esperar até que Makepeace o libertasse e o deixasse entrar no pentáculo. *Então* poderia agir. Num instante, chamaria seus criados e os traidores teriam de prestar contas.

— Meus amigos, estou pronto! Venham, Mandrake, srta. Jones, devem juntar-se à platéia.

Makepeace pusera-se no círculo mais próximo, mangas de camisa enroladas, colarinho desabotoado; adotara uma pose heróica: mãos nos quadris, pélvis projetada para a frente, pernas afastadas o bastante para abarcar um cavalo. Os conspiradores a uma respeitável distância; até o mercenário mostrou interesse suficiente para chegar um pouco mais perto. Juntos, Nathaniel e Kitty aproximaram-se do pentáculo.

— Chegou a hora! — gritou Makepeace. — O momento pelo qual eu trabalhei tantos anos. Só a excitação da antecipação, meus amigos, me impede de explodir com as emoções represadas! — Com um dinâmico floreado, tirou um lenço de seda de um dos bolsos e enxugou os olhos. — Quanto suor, quantas lágrimas derramei para chegar até aqui? — gritou. — Quem sabe? Quanto sangue...?

— Pondo as secreções de lado — interveio Rufus, mal-humorado —, não é melhor prosseguir com isso? Algumas dessas velas estão se acabando.

Makepeace fuzilou-o com o olhar, mas enfiou o lenço no bolso.

— Muito bem. Meus amigos, após o sucesso de Hopkins dominando o demônio do poder moderado — Hopkins deu um sorrisinho, que podia significar qualquer coisa —, eu decidi aplicar mais meu considerável talento em domar uma entidade maior. — Fez uma pausa. — Esta noite mesma Hopkins localizou na Biblioteca de Londres um volume que relaciona os nomes dos espíritos da antiga Pérsia. Decidi usar um nome que ele descobriu ali. Meus amigos, aqui e agora, diante de seus próprios olhos, invocarei para dentro de mim o maior demônio, conhecido como... Nouda!

Nathaniel soltou uma curta exclamação. *Nouda?* O sujeito estava louco.

— Makepeace — disse. — Certamente você está brincando. Esse procedimento já é arriscado o suficiente sem tentar uma coisa tão poderosa.

O dramaturgo franziu os lábios, irritado.

— Eu não estou brincando, John, apenas sou ambicioso. O sr. Hopkins me garantiu que o controle é a maior simplicidade, e sou muito obstinado. Espero que não queira sugerir que eu não estou à altura disso.

— Oh, não — apressou-se a dizer Nathaniel. — De jeito nenhum. — Inclinou-se para Kitty. — O sujeito é um idiota — sussurrou. — Nouda é uma entidade *terrível*; uma das mais terríveis registradas. Deixou Persépolis em ruínas...

Kitty inclinou-se e sussurrou de volta:

— Eu sei. Destruiu o exército do próprio Dario.

— É — assentiu Nathaniel, e piscou os olhos. — Como? Como você sabia?

— John — a voz de Makepeace era irritada. — Chega de colóquios! Eu preciso de silêncio agora. Hopkins, se vir alguma coisa dar errado, inverta o processo. Use a Regra Maior de Asprey. Certo. Silêncio, todos.

Fechou os olhos e curvou a cabeça sobre o peito. Ergueu os braços e dobrou os dedos. Inspirou fundo. Depois ergueu o queixo, abriu os olhos e começou a recitar uma fórmula em voz alta e clara. Nathaniel ouvia com atenção: como antes, era uma invocação latina bastante simples, mas a força do espírito invocado sugeria que tinha de ser reforçada com múltiplas palavras-trava e tortuosas subcláusulas que se dobravam sobre si mesmas para reforçar a ordem. Ele teve de admitir que Makepeace as dizia bem. Passaram-se minutos — a laringe do homem não falhava, ele ignorava o suor que lhe escorria pelo rosto. Fez-se silêncio na câmara: Nathaniel, Kitty, os conspiradores — todos observavam, paralisados.

O mais ávido de todos era o sr. Hopkins — curvava-se para a frente boquiaberto, com um ar ligeiramente faminto.

No sétimo minuto, a sala esfriou. Não aos poucos, mas num instante, como se tivessem ligado de repente um interruptor. Todos começaram a tremer. No oitavo minuto veio a mais doce fragrância, de linho campestre e celidônia. No nono minuto, Nathaniel detectou alguma coisa no pentáculo de Makepeace. Estava ali no terceiro plano — uma coisa nebulosa, flutuante, sugando a luz —, uma massa escura, com chifres, ora alta, ora larga, com braços que se abriam e pressionavam o pentáculo. Nathaniel baixou os olhos; julgou ver os limites incrustados do círculo estufarem-se um pouco no chão. Não se viam as feições do recém-chegado. Ele pairava acima de Makepeace, que seguiu falando, inteiramente esquecido do novo companheiro.

Makepeace chegou ao clímax de sua ordem no momento em que prendeu o demônio dentro de si mesmo. Com um grito, disse as palavras finais: o escuro vulto desapareceu, como um piscar de olhos.

Makepeace parou. Ficou inteiramente imóvel. Os olhos procuravam além da platéia, como uma coisa distante.

Todos olhavam, imobilizados no lugar. Ele nada fez; seu rosto era um vazio.

— Hopkins — disse Rufus Lime, rouco. — Dispense-o... Rápido!

Com um grande grito, Makepeace retornou à vida. Foi de todo inesperado. Nathaniel gritou, todos saltaram; até o mercenário recuou.

— Sucesso! — Makepeace saltou para fora do círculo. Bateu palmas, saltou girou, cabriolou e rodopiou. — Sucesso! Que triunfo! Nem posso começar a dizer a vocês...

Os conspiradores aproximaram-se um pouco. Jenkins espiava por cima dos óculos.

— Quentin... é verdade? Qual é a sensação...?

— É! Nouda está aqui! Eu o sinto aqui dentro! Ah! Por um ou dois segundos, meus amigos, houve uma luta, eu admito. O efeito foi desconcertante. Mas eu o dominei com a maior severidade, com todo o meu poder. E senti esse demônio murchar e obedecer. Está subserviente dentro de mim. Sabe quem é o amo! Qual a sensação? Difícil descrever... Não é exatamente doloroso... Eu o sinto como uma brasa dura e quente na cabeça. Mas quando ele obedeceu... senti um tal surto de energia! Oh, vocês nem podem imaginar!

Com isso, os conspiradores romperam em ruidosa comemoração; guinchavam e saltavam de alegria.

— O poder do demônio, Quentin! — gritou Lime. — Use!

— Ainda não, meus amigos. — Makepeace ergueu as mãos para acalmá-los; a sala mergulhou em silêncio. — Eu podia destruir esta sala — disse —, fazer tudo virar pó, se quisesse. Mas haverá tempo suficiente para diversão depois que vocês me seguirem. Vão para seus pentáculos! Invoquem seus demônios! Depois trataremos de nosso destino! Vamos pegar o Cajado de Gladstone e dar um passeio por Londres. Creio que alguns plebeus estão ocupados em manifestações. Nossa primeira tarefa será pô-los em seu lugar.

Como ávidas crianças, os conspiradores correram para seus círculos. Nathaniel puxou Kitty pelo braço, puxou-a para um lado.

— Num momento — sibilou — vão me chamar para entrar nessa loucura. E vou fingir que vou. Não se assuste. No último minuto, usarei o pentáculo para chamar uma trupe dos mais fortes djins. Com sorte, eles destruirão Makepeace e esses outros idiotas. No mínimo dos mínimos, teremos a oportunidade de escapar! — Fez uma pausa triunfante. — Você não parece lá muito impressionada.

Kitty tinha os olhos cansados, com olheiras vermelhas. Andara chorando? Ele não notara. Ela deu de ombros.

— Espero que você tenha razão.

Nathaniel engoliu a irritação; na verdade, também estava nervoso.

— Você vai ver.

Do outro lado da sala começaram as invocações: Rufus Lime, olhos fechados com força, a boca de peixe aberta, entoava suas palavras num murmurado coaxar; Clive Jenkins, os óculos tirados do pequeno nariz e seguros ansiosos nas mãos, falava num tom rápido e monótono. Os outros, cujos nomes Nathaniel não lembrava, achavam-se em posições solitárias, agachados, eretos, gaguejando outras fórmulas e fazendo os gestos necessários. Hopkins e Makepeace andavam entre eles com um ar aprovador.

— John! — chamou Makepeace; em agradável excitação, saltou. — Ah! Que energia! Eu podia saltar até as estrelas. — Ficou sério. — Não está voltando atrás, está, rapaz? Por que não está num círculo?

Nathaniel ergueu as mãos.

— Talvez, se me desamarrassem.

— Ah, sim. Que descortesia minha. Pronto! — Um estalar de dedos; as cordas explodiram em chamas lilases. Nathaniel estava livre. — Tem um pentáculo vazio naquele canto ali, John — disse Makepeace. — Que demônio você escolheu?

Nathaniel citou dois ao acaso.

— Eu estava decidindo entre dois djins de textos etíopes: Zosa e Karloum.

— Escolha interessante, se bem que modesta. Sugiro Karloum. Bem, vá lá.

Nathaniel balançou a cabeça. Lançou uma rápida olhada de lado a Kitty, que o observava com atenção, e encaminhou-se para o mais próximo pentáculo vago. Não tinha muito tempo: pelo canto do olho, viu sombras estranhas e contorcidas pairando acima de Jenkis e Lime. Sabia Deus que trasgos haviam chamado, mas com sorte levaria um tempo para controlarem seus escravos internos. Antes que isso acontecesse, Cormocodran e Hodge os eliminariam num átimo.

Entrou no círculo, pigarreou e olhou em volta. Makepeace observava-o atentamente. Sem dúvida, desconfiava. Nathaniel deu um sorriso sombrio para si mesmo; bem, essas desconfianças iam ser confirmadas da forma mais dramática possível.

Um momento final de preparação — ia precisar de trabalhar rápido quando seus djins chegassem, dar ordens precisas e urgentes —, e agiu. Fez um gesto elaborado, gritou os nomes dos cinco fortes demônios e apontou os círculos vizinhos. Preparou-se para as explosões, a fumaça e o fogo infernal, a súbita aparição de formas tensas e hediondas.

Com um miserável rangido, uma coisa pequena e sem substância bateu no centro do círculo, espalhando-se para fora como uma fruta jogada do alto. Não tinha forma discernível, mas soltava um forte cheiro de peixe.

Um calombo brotou do seu centro. Soou uma vozinha.

— Salvo! — o calombo girou, pareceu notar o sr. Hopkins. — Oh!

Nathaniel olhava-o, mudo.

Quentin Makepeace também o notara. Aproximou-se, inspecionou-o.

— Que estranho! Parece ser uma espécie de comida crua. Com sensibilidade. Que acha, Hopkins.

O sr. Hopkins aproximou-se; seus olhos brilharam ao fitarem Nathaniel.

— Receio que não seja nada tão inocente assim, senhor. São os restos de um pernicioso djim, que mais cedo esta noite tentou me capturar. Vários outros demônios, que o acompanhavam, eu já matei. Receio que o sr. Mandrake esperava nos pegar desprevenidos.

— É mesmo? — Quentin Makepeace se empertigou com um ar triste. — Oh, Deus, isso muda as coisas um pouco. Eu sempre tive tão grandes esperanças em você, John. Achava mesmo que podíamos trabalhar juntos. Contudo, deixa pra lá, eu posso contar com Hopkins e meus cinco amigos *leais*. — Olhou os conspiradores em volta, que após terem terminado suas invocações haviam se imobilizado nos círculos. — Já chega. Nosso primeiro prazer será ver você e sua criatura morrerem... Opa! — Levou a mão à boca. — Me desculpe. Receio que — um soluço — esteja com indigestão. Agora, pois — outro soluço, um arquejo; os olhos saltaram. — Que coisa mais curiosa. Eu...

Esticou a língua, os joelhos cederam; ele pareceu na iminência de cair.

Nathaniel recuou chocado. O corpo de Makepeace sofreu uma súbita torção; contorceu-se como uma serpente, como se todos os ossos tivessem se tornado fluidos. Depois firmou-se, enrijeceu-se. O dramaturgo pareceu recompor-se. Pelo mais breve instante, uma expressão de pânico irrompeu nos olhos; a língua conseguiu balbuciar a palavra:

— É...

Uma furiosa contorção afogou o resto. Makepeace movia-se como uma marionete com os cordões embaraçados.

Jogou para trás a cabeça. Os olhos fitavam sem vida.

E a boca ria.

Parados à sua volta nos círculos, Lime, Jenkins e o resto dos conspiradores juntaram-se na risada. Seus corpos pareciam imitar o do líder; torciam-se e retorciam-se também.

Nathaniel ficou paralisado quando o barulho explodiu à sua volta. Não era um riso bondoso ou agradável, mas particularmente maldoso, ganancioso, triunfante ou cruel. Teria sido menos perturbador se fosse. Em vez disso, o som era oco, diferente e absolutamente estranho. Não continha emoção humana reconhecível.

Na verdade, não era humano, de jeito nenhum.

Bartimaeus

24

Foi a sopa que me salvou. Era de peixe, grossa e cremosa, enchendo o espaço da terrina de prata. A princípio, quando fui apertado com força contra as paredes de prata, minha essência se dissolveu rapidamente. Mas, sem que eu esperasse, tudo melhorou. Quase assim que Faquarl me deixou, caí numa inconsciência causada pela prata, e isso significou que meu disfarce de corvo se desfez. Vi-me reduzido a uma massa oleosa, fluida, não diferente de água suja de lavar prato, que flutuou dentro da sopa, isolado da prata pelo líquido em toda volta. Eu não diria que fiquei exatamente bem, mas minha essência agora se desintegrava muito mais devagar do que Faquarl teria esperado.

Lampejos de consciência iam e vinham. A certa altura, pensei que estava no Egito, conversando com Ptolomeu pela última vez; no seguinte, via fragmentos de bacalhau e hipoglosso passarem nadando. De vez em quando, a declaração de Faquarl ecoava em minha mente: *A partir desta noite, nos vingaremos*. Parecia sinistro para alguém. Bem, que ficassem à vontade. Eu estava cansado. Para mim, chegava. Estava feliz por me achar num lugar tranqüilo, morrendo sozinho.

E então, de repente, a sopa desapareceu; a gelada camada de prata também. Eu estava livre da terrina.

Boas-novas, sem dúvida. O problema era que eu não mais estava só.

Meu amo — é, isso era previsível, eu mal podia enfrentá-lo. Mas também, quando me virei rápido para verificar a cena, que vi em seguida? Digamos apenas que quando nosso arquiinimigo nos prendeu num lugar de morte certa, e sobrevivemos heroicamente contra todas as possibilidades, a última coisa que desejamos ver, ao finalmente escaparmos, é esse mesmo arquiinimigo nos fuzilando com os olhos e uma expressão de aborrecido desgosto.[1] Não apenas isso — nós estamos fracos, parecemos uma água viva e cheiramos a sopa de ostra. Em tal circunstância, nosso senso de triunfo como que perde a força.

Mas isso não era nem a metade. Além de Mandrake e Faquarl, havia outros homens na sala, e cheguei bem na hora para ver exatamente o que faziam.

Cinco portões para o Outro Lugar se abriam, e minha essência tremeu com a precipitação de atividade. Havia humanos em cinco pentáculos. No primeiro plano, pareciam sozinhos. No segundo e no terceiro, eram acompanhados por sombras enfunadas de incertas proporções; nos planos superiores, essas sombras se definiam em hediondas massas a retorcer-se, nas quais inúmeros tentáculos, membros, olhos, espinhos e presas mantinham uma incômoda proximidade. Vi cada massa comprimir-se e fundir-se dentro do humano à espera. Logo, mesmo a mais desajeitada perna ou tentáculo já havia sumido.

Durante os primeiros segundos, os humanos pareceram estar no comando. Piscavam, se agitavam, coçavam a cabeça, e no caso de meu velho amigo Jenkins, punha os óculos cuidadosamente no nariz. Só o fato de que suas auras agora fulgiam com extraordinária força indicava que alguma coisa estranha se passara. Não me deixei enganar, claro. Pelo que vira de Faquarl e do tratamento que dera ao sr. Hopkins, achava que os humanos não ficariam por cima muito tempo.

E, claro, não ficaram.

[1]Mesmo um arquiinimigo *diferente* seria, imagina-se, um pouquinho melhor.

Uma vibração nos planos atrás de mim. Girei como uma ameba num prato de toca-discos e vi outro humano, um homem baixo e redondo, usando um calção com demasiadas franjas. Foi aí que fiquei preocupado *mesmo*: ele tinha uma aura *imensa* — irradiava-se para fora como um sol —, vibrando com cores do outro mundo e uma malévola vitalidade. Eu não precisava que me dissessem que *alguma coisa* já instalara residência dentro dele.

Ele falou; eu não ouvia. De repente, sua aura pulsou, só uma vez, como se a porta de uma fornalha no fundo dele houvesse se escancarado. E o homenzinho redondo perdeu o juízo.

Apesar de todos os protestos em contrário de Faquarl, a idéia de união com um humano é bastante nociva. Para começar, não se sabe por onde ele andou. Depois, misturar nossa essência com a horrível e pesada carne terrestre é coisa que não se faz em termos de estética; nos deixa nervosos só de pensar. E, depois, há a questãozinha do controle, de aprender a operar o corpo humano. Faquarl tivera uma certa prática disso com Hopkins. Mas os recém-chegados, não.

Como um só, os seis magos — o homenzinho redondo e os outros nos círculos — riram, contorceram-se, sacudiram-se, tropeçaram, jogaram os braços para todos os lados e caíram.

Ergui o olhar para Faquarl.

— Ôôô, estão com medo. Começa a vingança dos djins — ele disse.

Fechou a cara, curvou-se para ajudar seu líder e foi distraído por um movimento perto da porta. Era outro velho amigo — o mercenário. Ele tinha no rosto, que normalmente mostrava todas as fraquezas e as emoções de uma laje de granito, os olhos arregalados de choque. Talvez fosse a visão dos magos caídos de costas como percevejos, retorcendo braços e pernas impotentes. Talvez fosse a compreensão de que não era provável conseguir uma passagem. O que quer que fosse, ele decidiu ir embora. Andou para a porta...

Faquarl cruzou o ar; aterrissou junto ao mercenário. Uma única torção do pulso fino e o mercenário foi atirado do outro lado da sala, caindo pesado contra uma estátua. Levantou-se com esforço e uma faca; Faquarl já estava em cima dele num átimo. Viu-se um movimento borrado, o barulho de múltiplos socos; parecia uma briga numa fábrica de pires. A cimitarra saiu girando pelo chão. O mercenário desabou nas lajes, lutando por respirar. Faquarl se empertigou, ajustou a gravata do sr. Hopkins e voltou ao centro da sala.

Eu olhara tudo com relutante aprovação.

— Boa. Venho tentando fazer isso há anos — disse.

Faquarl deu de ombros.

— O segredo é evitar a magia, Bartimaeus. A maleabilidade do homem é demais; quase parece se alimentar das nossas energias. Ajuda estar encaixado num corpo mortal. E não pense que *você* vai a lugar algum tampouco. Logo cuido de você.

Saiu quase correndo atrás do corpo do homenzinho redondo, que agora rolava pelo chão, soltando estranhos latidos e gritos.

Talvez fosse uma coisa de vaidade, mas eu estava um pouco cansado de continuar como uma bolha de gosma. Com um tremendo esforço, guindei-me para o topo da pirâmide de visgo. Era melhor? Não. Mas já me achava esgotado demais para tentar qualquer coisa sofisticada. O visgo procurou Mandrake em volta. Se as coisas tinham dado mal para mim, não eram lá muito brilhantes para ele também.

Para meu espanto, vi-o de pé a uma mesa com Kitty Jones.[2] Ora, *isso* me pegou de surpresa. Eu não podia encaixá-la na equação de jeito nenhum. E mais, Mandrake se atarefava tentando desatar umas cordas que amarravam as mãos dela. Esquisito! Quando nada, era mais estranho que aquela coisa de Faquarl/Hopkins. Nenhum dos dois parecia em muito boa forma, mas conversavam avidamente, olhando em direção à porta. Não tinham perdido a desventura do mercenário — não faziam nenhum movimento apressado.

[2]Era a parte de Kitty Jones que era espantosa. Não a mesa. Embora esta fosse muito bem polida.

Devagar, como faz o visgo, atravessei o piso rumo a eles. Mas não chegara muito longe quando todo o piso tremeu, as lajes racharam e as estátuas desabaram contra as paredes. Parecia um terremoto, ou uma rocha mãe que tivesse caído acima. Na verdade, o culpado era o homenzinho redondo, que ainda jazia no chão. Conseguira rolar para um lado, mas agora tentava se levantar usando apenas as pernas — um esforço que o fazia rodar devagar no sentido dos ponteiros do relógio. O que quer que estivesse dentro dele, ficava cada vez mais frustrado; uma das mãos batia com petulância nas pedras — com os tapas, fazia tremer o chão.

Faquarl acorrera e buscava pô-lo de pé.

— Aperte a planta do pé no chão, lorde Nouda. Assim! Apóie seu peso em mim. Isso! Firme-se! Agora pode levantar-se. Sucesso! Estamos na vertical!

Nouda... A pirâmide de visgo inclinou seu ápice. Ouvira corretamente? Claro que não. Claro que nem o mais estúpido mago seria tão vaidoso, tão idiota, tão simplesmente *ignorante* a ponto de convidar um ser como Nouda para dentro de si. Certamente *alguém* conhecia sua folha corrida.[3]

Parecia que não. Faquarl empurrava para a frente o corpo a retorcer-se, como um inválido, encorajando-o com palavras tranqüilizadoras.

— Só mais um pouco, lorde Nouda. Uma cadeira o espera. Tente mover os pés em vez das mãos. Isso, está indo esplendidamente.

---

[3]Oh. Certo. Bem, é o seguinte. Como devo ter mencionado uma ou duas vezes, há cinco níveis básicos de espírito: os diabretes (repreensíveis), os trasgos (negligenciáveis), os djins (uma classe fascinante, com um ou dois absolutos gênios), os afritos (superestimados) e os marids (pavorosamente cheios de si). Acima desses níveis existem entidades mais poderosas, sombrias por natureza, só ocasionalmente convocadas ou mesmo definidas. Nouda era uma dessas, e seus raros aparecimentos na Terra deixavam uma trilha de sangue e infelicidade. Só os mais desagradáveis regimes o empregavam: os assírios (durante a batalha de Nínive, quando Nouda devorou mil medas); Timur, o Cruel, no saque de Deli, durante o qual Nouda pôs as cabeças dos prisioneiros em estacas de 15 metros de altura); os astecas (um compromisso constante de Nouda, no fim, ele descobriu uma ambigüidade nos chamados de Montezuma — como recompensa, Nouda devastou Tenochtitlán e deixou-a indefesa contra os espanhóis). Era um freguês formidável, em outras palavras, faminto e não inclinado à simpatia.

Da boca frouxa do homem veio uma voz estentórea.

— Quem está falando?

— Sou eu, Faquarl.

— Ah, Faquarl! — gritou a voz. — Você não mentiu. É exatamente como disse. Que alegria eu sinto! Não tenho dor! Nem compulsão! Sinto o cheiro do mundo humano e todos os líquidos do corpo à espera. Oh, mas minha coordenação me constrange. Para *isso* você não me preparou.

— Leva um pouco de tempo, um pouco de tempo — disse Faquarl. — Você logo se aclimatará.

— Tantos músculos peculiares, eu não sei para que servem! Juntas que giram até um certo ponto e não mais, tendões que correm para todos os lados! O surdo chocalhar do sangue, como é estranho que seja meu. Me dá vontade de rasgar a carne e bebê-lo.

— Eu conteria esse impulso, senhor — disse Faquarl, secamente. — Pode descobrir que não é bom. Ainda haverá muitas outras carnes para desfrutar, não receie. Agora, aqui: sente-se nesse trono. Descanse um pouco.

Recuou; o corpo redondo e curto de Makepeace afundou na cadeira dourada. A cabeça olhou de lado, os membros tremeram. Do outro lado da mesa Kitty e Mandrake se encolheram.

— Onde estão minhas tropas, caro Faquarl? — perguntou a voz estentórea. — Onde está o exército que você me prometeu?

Faquarl pigarreou.

— Bem aqui nesta sala, senhor. Eles, como você, estão apenas... se ajustando a seu novo estado.

Olhou para trás. Dos cinco magos, três ainda jaziam no chão, um se sentava com um sorriso insano, e o quinto na verdade se levantara e cambaleava ao léu pela sala, girando os braços como um moinho de vento, os pés tropeçando no tapete.

— Parecem ótimos — eu disse. — Um dia talvez consigam até conquistar esta sala.

Faquarl virou-se com um ar determinado.

— Ah, sim. Eu tinha *esquecido* você.

Os olhos giraram cegos na bamba cabeça redonda.

— Com quem está falando, Faquarl?

— Um djim. Não dê atenção. Não vai estar conosco muito tempo.

— Que djim é esse? Apóia nosso plano?

— É Bartimaeus, um cético.

Um braço se ergueu, fez um movimento espasmódico provavelmente destinado a chamar. A voz estentórea reboou.

— Venha cá, djim.

A pirâmide de visgo hesitou, mas não tinha como evitar. Eu não possuía poder para resistir ou fugir. Com toda a verve de um caracol ferido, rastejei para a cadeira dourada, deixando atrás uma trilha desagradável. Curvei-me o melhor que pude.

— É uma honra conhecer um espírito de tal força e renome — eu disse. — Eu não passo de um cisco no vento; ainda assim, meu poder é seu.[4]

A cabeça bamba deu um salto; com um louco giro, os olhos me discerniram.

— Maiores ou menores, somos todos filhos do Outro Lugar. Que sua essência prospere.

Faquarl adiantou-se.

— Bem, eu não iria tão longe — disse. — Bartimaeus é tão volúvel quanto um raio de luar e tão assustadiço quanto um potro. E sarcástico ainda por cima.

O grande espírito agitou a gorda mão no que na certa se destinava a ser um gesto brando; a mão voou louca e rachou o tampo da mesa em dois.

— Seja delicado, Faquarl. Após séculos de escravidão, *nossas* personalidades se distorcem um pouco.

---

[4]Notem a ausência de qualquer piada, escárnio ou conteúdo satírico nessas frases. Apesar da atual indisposição de Nouda, eu não duvidava de que ele poderia me atomizar com um único olhar. Achei melhor ser educado.

— Eu não sei — disse Faquarl em dúvida. — Ele está um bocado distorcido.

— Mesmo assim. Nós não brigamos entre nós mesmos.

A pirâmide de visgo balançou avidamente a cabeça.

— Está certo. Escutou isso, Faquarl? Escute e aprenda.

— Sobretudo — continuou a voz estentórea — quando o djim está num estado tão lamentável assim. Olhe só para ele! Um arroto de bebê dispersaria sua essência. Você foi maltratado, Bartimaeus. Juntos, nós acharemos seu opressor e devoraremos a carne dele.

Lancei um olhar sub-reptício a meu amo, que recuava para a porta, levando Kitty consigo.[5]

— É uma oferta generosa, lorde Nouda.

Faquarl pareceu meio aborrecido.

— O problema — disse — é que Bartimaeus não aprova nosso plano. Já se referiu à ocupação deste vaso por mim — indicou o peito de Hopkins e fez uma pausa dramática — como "nojenta".

— Bem, olhe pra você — eu cortei. — Preso dentro de um horrendo... — Controlei-me, de novo consciente da terrível aura de Nouda. — Para ser franco, lorde Nouda, não sei exatamente qual é seu plano. Faquarl não explicou bem.

— Isso se remedia facilmente, pequeno djim. — Nouda pareceu de algum modo consciente de que os músculos do queixo se associavam de algum modo à fala. Ao falar, a boca se abria e fechava ao acaso, às vezes larga, às vezes, não; de qualquer modo, em total falta de sincronia com as palavras. — Durante séculos nós padecemos nas mãos dos humanos. Agora é nossa vez de impor a eles o padecimento. Graças a Faquarl, e ao tolo mago cujo corpo agora uso, chegou nossa chance. Entramos no mundo em nossos próprios termos; e cabe a nós decidir o que fazer com ele.

[5]O tratamento que ele dava a ela parecia... Bem, digamos assim: era difícil saber exatamente *como* era em interesse próprio. Sem dúvida, havia outros motivos, se se soubesse onde procurá-los.

Estalou os dentes duas vezes num jeito meio faminto. *Esse* espasmo pareceu bastante intencional.

— Mas, com todo o devido respeito — arrisquei —, vocês são apenas sete, e...

— O mais difícil já foi *feito*, Bartimaeus — disse Faquarl, alisando o paletó. — Por mim. Foram necessários anos para atrair Makepeace à sua desgraça. A ambição dele era sempre inflexível, mas só com o aparecimento de Honório nos ossos de Gladstone eu percebi como melhor usá-la. A fraqueza de Makepeace era seu vaidoso desejo de inovação, do irresponsável ato criativo. Com sutis insinuações, eu o encorajei. No devido tempo, Hopkins se apresentou como voluntário para a experiência, e eu fui o djim invocado. Depois, tudo foi fácil. Destruí a mente de Hopkins mas ocultei isso de Makepeace. Agora ele também sacrificou a si mesmo e vários de seus amigos.

— Somos sete agora — disse Nouda —, mas logo poderemos receber reforços. Só precisamos de mais vasos humanos.

— E graças a Makepeace temos bastantes — acrescentou Faquarl.

A grande entidade pareceu surpresa.

— Como assim?

— Todo o governo está numa câmara próxima, amarrado, amordaçado e pronto. Você devorou a memória dos magos, lorde Nouda. Não ia se lembrar.

Nouda deu uma louca risada, que derrubou uma cadeira próxima.

— É verdade... não adianta partilhar aqueles cérebros... Portanto, está tudo bem! Nossas essências estão protegidas! Não temos peias! Logo seremos às centenas pelo mundo, e nos alimentaremos, sem parar, do seu povo!

Bem, creio que não achei que ia ser um simples turismo. Eu vigiava Mandrake e Kitty; já quase haviam chegado à porta.

— Uma pergunta — eu disse. — Depois de toda essa matança, como vocês vão voltar?

— Voltar? — perguntou Nouda.

Faquarl fez-lhe eco.

— Que quer dizer com *voltar*?

— Bem... — a pirâmide de visgo tentou dar de ombros, com pouco êxito. — Voltar para o Outro Lugar. Depois que se fartarem daqui.

— Isso não faz parte do plano, pequeno djim. — Nouda girou a cabeça para mim num gesto súbito. — O mundo é grande. É variado. E agora é nosso.

— Mas...

— Nosso ódio cresceu tanto que não pode ser curado nem no Outro Lugar. Pense em suas próprias experiências. Para você também deve ser assim. — Um súbito clamor. Nouda retorceu-se, confuso, na cadeira, rachando o encosto ao meio. — Que barulho foi esse?

Faquarl riu.

— O amo de Bartimaeus, eu creio.

Gritos, berros... Claro, com a incompetência que era sua marca registrada, Mandrake não chegara à porta. Em vez disso, ele e Kitty haviam sido pegos pelo corpo de Jenkins, que começava a se mover com alguma coordenação. Era evidente que o espírito dentro dele aprendia rápido.

A voz de Nouda pareceu interessada.

— Tragam-no aqui.

Demorou um pouco; as pernas de Jenkins ainda não se dobravam nos joelhos. Mas finalmente dois humanos descabelados se achavam diante da cadeira dourada, as mãos de Jenkins nos pescoços. Tanto Mandrake quanto Kitty pareciam cansados e derrotados. Os ombros caídos, as roupas rasgadas; o casaco de Kitty fora esburacado pelo fogo. Sem que a vissem, a pirâmide de visgo deu um baixo e curto suspiro.

Nouda experimentou um sorriso horrendo; torceu-se e retorceu-se de excitação na cadeira.

— Carne! Sinto o cheiro! Que sabor divino!

Uma luz de desconfiança brilhou nos olhos de Mandrake.

— Bartimaeus! — ele coaxou. — Eu ainda sou seu amo. Ordeno que nos ajude agora.

Faquarl e Nouda deram uma gostosa risada; eu, não.

— Esse tempo passou — eu disse. — Você faria bem ficando calado.

— Eu *lhe* ordeno...

Uma profunda voz feminina emergiu da boca de Jenkins.

— É *você*, Bartimaeus?

O visgo levou um susto.

— Naeryan? Eu não a vejo desde Constantinopla!

— Escute a *mim*! Eu ordeno...

— Que há com o visgo, Bartimaeus? Você parece pontudo.

— Ééé, estou melhor. Mas e você? Cabelos ruivos, óculos, só duas pernas... Meio decadente, não?[6]

— Eu ordeno que você... você...

Mandrake deixou cair a cabeça. Não disse mais nada.

— Vale a pena, Bartimaeus! — disse Naeryan. — Você não imagina como é. O corpo é terrível, mas dá uma tal liberdade! Vai se juntar a nós?

— Sim! — interveio a voz estentórea de Nouda. — Junte-se a nós! Encontraremos um mago apropriado para você imediatamente.

O visgo ergueu-se o mais alto que pôde.

— Muito obrigado aos dois. A oferta é cortês e bondosa. Mas receio ter de recusar. Já estou farto deste mundo e de tudo nele. Minha essência me dói; meu único desejo é retornar à paz no Outro Lugar o mais rápido que possa.

Nouda pareceu um pouco decepcionado.

— É uma decisão estranha.

Faquarl falou com avidez:

— É como eu disse: Bartimaeus é, ao mesmo tempo, volúvel e perverso! Deve ser destruído com um Espasmo!

---

[6]Era verdade. A forma normal de Naeryan envolvia um torso preto-azulado, três olhos penetrantes dispostos a intervalos aleatórios, e uma multidão de membros, como uma aranha. Tudo bem, esse disfarce era um gosto que ela adquirira, mas bem mais digno do que *Jenkins*.

Um grande rosnado veio da garganta de Makepeace; o ar tremeu com a nuvem de calor. As roupas no corpo de Faquarl crepitaram em chamas. Nouda sugou o ar de volta. As chamas se extinguiram. Os olhos de Makepeace luziram.[7]

— Cuidado, Faquarl — disse a voz estentórea —, para que seu bom conselho não se torne oficioso. O djim está livre para ir embora.

O visgo curvou-se.

— Minha gratidão é imorredoura, lorde Nouda. Se lhe apraz ouvir-me mais, eu tenho um último pedido a fazer.

— Nesse dia de triunfo — disse Nouda —, em que começa meu reinado terrestre, atenderei aos pedidos mesmo do mais fraco, mais insignificante dos meus irmãos espíritos. E esse é você, sem dúvida. Atenderei ao seu pedido, se estiver em meu poder. Fale.

O visgo curvou-se mais ainda.

— Poupe as vidas desses dois humanos, lorde Nouda. O mundo, como você diz, é grande. Há muitos outros para devorar. Poupe-os.

Isso provocou uma certa reação. Faquarl deu um bufido de nojo, Naeryan fez um muxoxo de surpresa. Quanto a Nouda, cerrou os dentes com tanta força que vários querubins caíram de sua cadeira. Os olhos chamejaram, os dedos furaram o tampo da mesa como manteiga. Eu diria que ele não gostou muito.

— Eu dei minha palavra, djim, e não posso quebrá-la — disse a voz estentórea. — Mas isso é malfeito. Eu preciso de algum lastro na barriga. Esperava esses dois, sobretudo a moça. O rapaz parece azedo e musculoso... acho que a carne dele teria o gosto de vela... mas ela é comestível, sem a menor dúvida. E você quer que eu os poupe! Parece que Faquarl tinha razão. Você *é* perverso.

Essa era muito boa, vindo de alguém que propositalmente se prendera dentro do mundo humano, mas não discuti. Apenas me curvei mais.

---

[7]Em algum ponto no fundo desses olhos eu vislumbrei as terríveis energias do Outro Lugar, girando, girando. Não pude deixar de perguntar-me quanto tempo o corpo mortal sobreviveria à tensão de tal habitante.

— Tá! — Nouda provocava-se um ataque de raiva; com súbita e rude coordenação, o corpo de Makepeace levantou-se da cadeira. — Ter ligação com um humano... Ah, você é uma corrupção! Um traidor! Estou me coçando para destruí-lo... Mas, não, não posso quebrar minha promessa. Vá embora daqui! Desapareça da minha vista!

Eu não demonstrei minha raiva.

— Nós *temos* uma espécie de ligação — disse, em voz baixa —, mas por enquanto há limites a ela. Por isso me despeço. — A pirâmide de visgo virou-se para Mandrake, que estivera ouvindo, de rosto pálido. — Me dispense.

Levou vários segundos para responder, e mesmo assim só quando Kitty lhe deu uma forte cutucada. Ao falar, tropeçou três vezes e teve de recomeçar. Não elevou a voz acima de um sussurro; não olhou na minha direção. Em contraste — quando me levantei, tremulei, desbotei, desapareci —, Kitty não tirou os olhos de cima de mim.

Minha última visão foi deles encolhidos juntos, duas figuras curvadas e frágeis, sozinhos entre os djins. Que senti eu? Nada. Fizera o que podia. A palavra de Nouda era sua obrigação; ele pouparia suas vidas. Além disso, não era da minha conta o que aconteceria a eles. Eu ia dar o fora, e já era hora também. Tinha sorte de escapar com vida.

Sim, eu fizera o que podia. Não precisava pensar mais nisso. Estava livre.

Livre.

Veja, mesmo com toda a força *eu* ainda seria um cisco de insignificância comparado com Nouda. Que mais poderia ter feito?

Kitty

25

Para Kitty, os momentos depois da partida de Bartimaeus foram os mais sombrios e terríveis de todos. Sumiram os últimos fragmentos de esperança, e com isso mudou imediatamente o foco dos seus captores. Hopkins virara a cabeça; na cadeira dourada, Makepeace rolou os olhos vítreos para olhá-la. Ela sentiu a ferocidade do olhar dos demônios, da fria inteligência oculta por trás das caras de cera. Sabia o que era ser uma posta de carne numa pedra de açougueiro.

O grande demônio parecia ganhar controle de seu corpo humano — as torções e sacudidas diminuíam; ele se esparramava imóvel na cadeira. Em outra parte da sala, por um processo gradual semelhante, os corpos dos conspiradores haviam se posto de pé, e num espírito de experimentação cambaleavam em pequenos arrancos e saltos. Balançavam os braços, pulavam, agachavam-se, giravam no mesmo lugar. Tinham a boca aberta: a sala ressoava com a algaravia de idiomas, de risos triunfantes e gritos animais. Kitty arrepiou-se; parecia uma paródia de tudo que era humano *e* da dignidade que observara antes nos espíritos — mesmo os mais grotescos.

Às suas costas, falou o corpo do demônio Jenkins. Ela não entendeu as palavras. Hopkins balançou a cabeça, respondeu e voltou-se para o grande demônio sentado na cadeira. Seguiu-se uma longa conversa. Kitty e Mandrake ficaram parados, à espera.

Então o corpo de Hopkins se mexeu; o inesperado fez Kitty trepidar de medo. O corpo voltou-se para eles e chamou-os. Com rígidos movimentos eles atravessaram a sala para segui-lo, entre os demônios que davam piruetas, o homem barbudo agachado em silêncio num canto, e saíram para o corredor. Pegaram a passagem à esquerda, dando inúmeras voltas, desceram uma larga escada de pedra que levava ao subterrâneo e foram dar numa área com muitas portas. Kitty julgou ouvir gemidos que vinham de trás da primeira pela qual passaram. O demônio seguiu em frente; daí a pouco parou, abriu uma porta e fez um gesto para que eles entrassem. Era uma sala vazia e sem janelas, iluminada por uma única lâmpada elétrica.

A voz do demônio era áspera.

— Graças à inquebrável jura de lorde Nouda somos obrigados a ser misericordiosos. Você — indicou Kitty — não é maga, por isso se tornará uma escrava comum. Mas *você* — Mandrake — tem direito a uma honra maior. Vai se tornar anfitrião de um dos nossos antes do amanhecer. Não fique tão triste. Pense em todos os espíritos que escravizou! Esse julgamento tem uma agradável simetria. Até então vocês ficarão aqui. Não é bom que nos vejam em nossa atual condição.

A porta fechou-se, uma chave girou. Os passos foram recuando.

Kitty sentia o corpo tremendo com o choque e o medo contidos. Mordeu o lábio, tentou dominar o sentimento. Não adiantava — não tinham tempo para isso. Olhou para Mandrake, e para sua surpresa viu minúsculas lágrimas nos cantos dos olhos dele. Talvez, como ela, estivesse quase arrasado. Falava em voz baixa, como para si mesmo:

— Os demônios entraram no mundo... sem restrições. É uma catástrofe.

Não. Não tinham tempo para *isso*.

— Catástrofe? — perguntou. — Engraçado. Em *minha* opinião, as coisas estão melhorando.

— Como pode dizer...?

— Os demônios planejam me usar como escrava. Não é bom, claro. Mas meia hora atrás seu amigo mago gordo ia me *matar*. Eu vejo isso como uma visível melhora.

John Mandrake inflou as bochechas.

— Makepeace *não* era meu amigo. Era insano, um louco irresponsável e arrogante. E eu não ficaria tão otimista — prosseguiu. — *Nouda* pode ter prometido não matar você, mas isso não significa que um dos outros não mate. Me surpreende que não tenham visto isso. É o tipo de ambigüidade sobre a qual em geral saltam. Sim, eles a comerão logo logo, acredite.

Uma fúria gelada percorreu Kitty; ela se adiantou e deu-lhe um forte tapa. Ele recuou, chocado, levando a mão ao rosto.

— Por que *isso*?

— Por *quê*? — ela gritou. — Por tudo. Por me seqüestrar, por me meter neste rolo! Por ser membro do estúpido governo! Pela guerra! Por escravizar demônios e incitá-los a invadir nosso mundo! Por ser um completo e absoluto idiota! — Inspirou. — *E* pelo que acaba de dizer. Eu *não pretendo* morrer.

Parou, mas o manteve espetado com o olhar. Ele piscou os olhos, passou a mão pelos cabelos assanhados, desviou o olhar e tornou a olhá-la. Ela o encarava.

— Tudo bem — ele disse. — Desculpe. Desculpe pelo que lhe fiz... pelo que fiz antes e agora. Devia ter deixado você em paz. Lamento tê-la metido nisto. Mas de que adianta falar? Nada importa. Os demônios estão a solta pelo mundo e estamos impotentes para detê-los, portanto, quer você esteja aqui ou no pub, não faz muita diferença a longo prazo.

Kitty balançou a cabeça.

— Está errado. Sua desculpa não tem importância, e você é um tolo se não vê isso. Sou grata porque impediu Makepeace de me matar. Agora deixe de ser um mijão e tente pensar em alguma coisa para fazer.

Ele olhou-a.

— Espere... isso foi um agradecimento enterrado embaixo dessa pilha de invectivas?

Ela franziu os lábios.

— Se foi, foi muito pequeno. Agora... você é um mago. Mas não tem escravos à disposição? Nem mesmo alguns diabretes?

— Não. Todos os meus escravos morreram. Com exceção de Bartimaeus. E *ele* nos abandonou.

— *Ele* salvou nossas vidas.

Mandrake deu um suspiro.

— É. — Olhou-a atentamente. — E creio que não fez isso por *mim*. Por que...? — Arregalou de repente os olhos. — Espere, eu *tenho* isto. — Enfiou a mão no paletó e tirou um disco de metal. — Talvez você se lembre.

O coração de Kitty, após saltar de esperança, afundou feito chumbo.

— Oh, sua lente de cristal.

— É. O diabrete aí dentro vê e fala com terceiros, mas não pode agir. Não pode nos libertar, ou aos outros magos...

Interrompeu-se, pensando com força.

— A observação pode ser útil... — Kitty não podia esconder sua dúvida. — Desde que você possa confiar no que ele diz. É um escravo. Por que iria falar a verdade após esses maus-tratos?

— Em comparação com a maioria, eu sou um amo bondoso e sensível. Nunca... — fez um ruído de impaciência. — Oh, isso é ridículo. Brigar não vai nos levar a parte alguma. Vamos ver o que os demônios estão fazendo.

Ergueu o disco e passou a mão pela superfície. Kitty se aproximou, fascinada apesar de tudo. A superfície polida de bronze pareceu ondular; formou-se um vulto redondo, nebuloso e remoto, como no fundo da água. Foi inchando, se aproximando, tornou-se um meigo rosto de bebê, contorcido numa expressão da mais pura infelicidade.

— De novo, não, amo! — gemeu o bebê. — Eu lhe suplico! Não me castigue de novo com os cruéis Furos ou as infernais Brasas! Juro que farei o melhor que puder! Ah, mas tenho de aceitar sua brutal justiça, sua severa disciplina. Que escolha tenho eu, ai de mim...?

Acabou com um patético e prolongado fungado.

Mandrake olhou furtivamente para Kitty.

— Então... — ela disse, com um ar sinistro. — "Um amo bondoso e sensível"...

— Ah! Não! Ele está exagerando. É excelente em melodrama!

— Pobre bebezinho inocente...

— Não se engane. Ele é infernal e vil... Oh, de que adianta? Diabrete! Numa sala perto daqui você vai encontrar várias entidades poderosas disfarçadas em corpos de homens e mulheres. Que estão fazendo? Observe e não demore, ou eles o pegarão e porão numa grelha. Depois, e ainda dentro deste prédio, localize o governo dos magos. Estão vivos ou mortos? Podemos nos comunicar com eles? Finalmente, observe a situação nas ruas de Whitehall. Vêem-se forças do governo? Isso basta. Se mande.

Um grito queixoso; o disco ficou vazio. Kitty balançou a cabeça, aborrecida.

— Como pode você alegar *qualquer* autoridade moral quando mantém aprisionada uma coisa dessas? É pura hipocrisia.

Mandrake franziu o cenho.

— Deixe isso pra lá agora. Você queria que eu agisse. Estou agindo. — Havia nele uma nova urgência; andava de um lado para outro da sala. — Os demônios são formidáveis, em particular Nouda... é um marid, ou mais forte. Assim que aprender a controlar o corpo, sua força será terrível. Como podemos nos opor a ele? Se o governo fosse libertado, poderíamos invocar djins suficientes para destruí-lo. Mas o governo está cativo. Logo, que resta? — Olhou a lente de cristal, e o que continha dentro. — Há uma possibilidade — continuou —, mas as outras, contra, são demais.

— Como?

— O Cajado de Gladstone está neste prédio. Seria páreo para Nouda. Mas é magicamente guardado. Eu teria de encontrar um meio de pegá-lo.

— E fugir de Nouda primeiro — disse Kitty.

— E depois há o probleminha de saber se tenho força para usá-lo.

— É. Não teve da última vez.

— Tudo *bem*. Eu sei. *Estou* mais forte do que daquela vez. Mas também cansado — tornou a pegar o disco. — Onde *anda* aquele diabrete.

— Na certa está morto numa vala de maus-tratos. Mandrake — disse Kitty —, você sabe do mago Ptolomeu?

Ele franziu a testa.

— Claro. Mas como foi que você...?

— E seus *Apócrifos*? Já ouviu falar?

— Sim, sim. Está na minha estante. Logo...

— Que é o Portão de Ptolomeu?

Ele a encarou com uma expressão vazia.

— Portão de Ptolomeu? Kitty, isso é uma questão para intelectuais e magos, dificilmente para plebeus. Por que pergunta?

— Simples — ela disse. — Porque não sei ler grego antigo. — Pôs a mão no casaco esfarrapado e tirou o livro do sr. Button. — Se pudesse, teria descoberto por mim mesma. Suponho que você, com todos os seus privilégios, pode e leu. Que é esse Portão de Ptolomeu? Como se chega ao Outro Lugar? E pare de fazer perguntas a *mim*; nós não temos tempo.

Mandrake estendeu a mão e pegou o pequeno e fino volume, ligeiramente chamuscado onde o Inferno o atingira. Entregando o disco de bronze a ela, abriu o livro com dedos delicados e folheou as páginas devagar, ao acaso, os olhos varrendo as colunas. Encolheu os ombros.

— Uma obra de ficção; de um idealismo encantador, se não errado, em alguns dos conceitos. Algumas das afirmações... Bem, o Portão de Ptolomeu é um suposto método para reverter o processo normal de invocação, pelo qual o mago, ou algum elemento, espírito ou sensibilidade se retira por algum tempo para o espaço particular onde moram os demônios; o autor... por reputação era o alexandrino Ptolomeu... afirma ter feito isso ele mesmo, embora *porque* iria arriscar uma provação tão terrível esteja longe do óbvio. Chega para você? Oh, desculpe, isto é uma pergunta.

— Não, não chega. Qual é a fórmula exata? Ele diz aí?

Mandrake agarrou a cabeça, irritado.

— Kitty! Você ficou maluca? Temos coisas mais importantes para...

— Apenas *me* diga!

Ela partiu para cima dele, punhos cerrados.

Mandrake recuou; ao fazê-lo, a lente de cristal pulsou e zumbiu nas mãos dela. Voltou o rosto do bebê, parecendo assustado e sem fôlego. Por alguns segundos, não falou, mas apenas fungou e soprou sem moderação. Kitty balançou a cabeça, penalizada.

— Seu escravo voltou. Está praticamente morto, pobre coitado.

O bebê arrotou alto e falou num rouco sussurro:

— Quem é essa coitada?

Com pronunciada galanteria, Mandrake tomou o disco das mãos dela.

— Apenas nos diga o que você viu.

— Não foi uma bela visão, patrão. — O bebê futucou o nariz com um dedo agitado. — Estou certo em pensar que este será o último trabalho que você me dará? Devido ao fato de que está trancado numa cela e cercado por loucos demônios que se preparam para a vingança pela qual ansiaram milhares de anos? Só estou imaginando.

Kitty rangeu os dentes de impaciência. Mandrake olhou-a.

— Que acha? As Brasas do Inferno?

— Qualquer coisa.

O bebê coaxou de ansiedade e falou rápido:

— Eu segui suas ordens ao pé da letra; você não pode se queixar. Primeiro, os grandes espíritos. Ah, são poderosos; os planos se distorcem quando eles passam. São sete; todos usam corpos humanos de fato, que ocultam suas verdadeiras formas. No centro está Nouda: emite ordens rápidas. Os outros correm a cumpri-las. Nas câmaras vizinhas, os cadáveres de burocratas de Whitehall jazem como pinos de boliche. De uma sala ao lado...

Mandrake interrompeu o fluxo desesperado.

— Espere. Como os demônios se movimentam? Estão à vontade dentro de seus anfitriões?

— A maioria, não. Eles se movimentam como se tivessem os membros quebrados. Mas cantam com a alegria da liberdade. Eu gostaria de me juntar a eles — disse o bebê com um ar triste. — Poria seus ossos num prato de metal e faria música de percussão. Quer mais?

— Descrições, sim. Ameaças, não.

— De uma sala ao lado sai um rebanho constante de imundos seres humanos. Têm os braços amarrados, a boca tapada com cera e linho. Os grandes espíritos os conduzem como cabras para o precipício. Um a um, no centro do saguão, tiram-lhes as mordaças e soltam, e eles ficam perante a cadeira de lorde Nouda. Ele lhes dá um ultimato.

— Esses humanos — disse Mandrake. — Descreva-os.

O bebê fungou.

— Difícil... Pode você individualizar uma tribo de coelhos? — pensou um pouco. — Vários não têm queixo, e outros têm vários.

Kitty e Mandrake trocaram um olhar.

— É o governo.

— Nouda dá a cada um uma escolha. Seguindo uma certa fórmula, devem invocar um espírito para dentro de si. O djim Faquarl fica ao lado da cadeira de Nouda, segurando um pesado tomo: diz-lhe o nome a chamar. Se eles concordam, o procedimento segue em frente. Se não, são destruídos.

Mandrake mordeu o lábio.

— Qual é o consenso geral?

— Até agora, cada político concordou em entregar a mente. Preferem aceitar a mais vil humilhação a uma saída mais honrosa.

Kitty chutou a parede.

— Nouda não está perdendo tempo. Está criando seu exército.

— E ao fazer isso, afastando as únicas pessoas capazes de resistir a ele — disse Mandrake. — Diabrete, qual é a situação em outras partes?

O bebê encolheu os ombros.

— Depende do ponto de vista. De minha perspectiva, é cor-de-rosa. Restam poucos humanos vivos dentro do prédio. Além, no centro de Londres, grandes multidões de plebeus se reúnem, encorajados pela falta de reação do governo. Em Whitehall, dois batalhões de lobisomens mantêm uma defesa esfarrapada da área do Parlamento. Alguns magos tentam freneticamente comunicar-se com seus líderes, mas não adianta.

— Ah! Alguns magos ainda estão em ação! — Mandrake balançou avidamente a cabeça. — As ordens inferiores não assistiram à peça. Talvez nos ajudem... Que demônios eles usam?

— Uma cambada de trasgos que se escondem atrás de latas de lixo quando os plebeus passam marchando.

Mandrake gemeu.

— Não há esperança. Diabrete, suas notícias são más, mas você trabalhou bem — fez um gesto magnânimo. — Se eu sobreviver, você terá sua liberdade.

— Então vou ficar aqui por toda a eternidade.

O disco apagou-se.

— Então, não haverá ajuda externa — disse o mago, devagar. — Terá de ser o Cajado, se eu puder chegar lá. Se puder fazê-lo funcionar...

Kitty tocou seu braço.

— Você estava me falando do tal Portão de Ptolomeu. Qual é o método exato? É fácil?

Ele se libertou; olhos furiosos e pasmos.

— *Por que* você insiste nisso?

— Ptolomeu usou o Portão para chegar aos djins; foi um gesto de reconciliação, de boa-fé. Precisamos fazer isso, e rápido, se quisermos conseguir alguma ajuda.

— Conseguir alguma...? Oh, Deus! — Mandrake falou como se o fizesse com uma simples criança. — Kitty, os demônios são nossos *inimigos*. E têm sido há milênios. Claro, os poderes deles são úteis, mas são coisas perversas, e nos farão mal se puderem. Como ficou provado esta noite! É só dar a eles meia chance que eles invadem!

— *Alguns* deles invadem — disse Kitty. — Mas não todos. Bartimaeus não concordou em ficar.

— E daí? Bartimaeus não é nada. Nada além de um djim, reduzido a um fiapo, que eu mantive aqui tempo demais.

— Mesmo assim, ele nos é leal. Certamente a mim. Talvez até a você.

O mago balançou a cabeça.

— Bobagem. A lealdade dele muda a cada invocação. Apenas dias atrás serviu a outro amo, sem dúvida um de meus rivais. Mas isso não interessa agora. Para pegar o Cajado...

— Eu o invoquei.

— ... vou precisar sair. Você deve causar uma distração... Espere. O quê?

— *Eu* o invoquei.

Os olhos de Mandrake pareceram arder; ele oscilou. Emitiu com a boca estalos estranhos como um peixe fora d'água.

— Mas... mas você é uma...

— É — disse Kitty. — Sou uma plebéia. Bom trabalho. Mas isso não significa mais muita coisa, significa? Olhe à sua volta. Tudo está virando de cabeça para baixo: magos destruíram o governo; demônios são invocados de boa vontade por sua própria espécie; plebeus assumem o controle das ruas. As velhas certezas estão ruindo, Mandrake, e só aqueles que se adaptarem se manterão. *Eu* quero prevalecer. E você? — indicou a porta. — A qualquer momento Faquarl vai voltar e levar você perante Nouda. Quer continuar discutindo até lá? Sim, eu aprendi um pouco da sua arte. Invoquei Bartimaeus. Queria uma aliança com ele, mas ele recusou porque eu não confiava nele. Está cético a nosso respeito, você entende. Só uma pessoa no passado dele o tratou com absoluta confiança, Ptolomeu.

Mandrake esbugalhou os olhos.

— Como? Não o mesmo Ptolomeu que...?

— Esse mesmo. Ele usou o Portão, fez o gesto. Por que acha que Bartimaeus ainda usa sua forma? Ah, não compreendeu? Todos esses anos de treinamento e você não vê o que tem bem diante dos olhos. — Ela balançou a cabeça com um ar triste. — Quando eu o invoquei — prosseguiu —, Bartimaeus me disse que teria feito qualquer coisa por Ptolomeu pelo gesto que ele tinha feito. "*Não havia limite para nossa ligação.*" Foi como ele pôs a coisa. E você ouviu o que ele acabou de dizer ainda há pouco, quando partiu?

Uma dezena de emoções cruzara a face do mago, deixando-a vazia, humilhada. Ele balançou a cabeça.

— Não ouvi.

— Ele disse que tinha uma ligação *conosco* também, mas que havia "limites" a ela. Foi o que disse a Nouda. E olhava para mim quando falou. Não está vendo? Se eu puder segui-lo... — Ela olhava atrás de Mandrake agora, os olhos faiscando. — Eu sei que precisava chamar o nome de Bartimaeus como parte da fórmula mágica, mas além disso não tinha a menor pista. Até você dizer o que tem no livro.

Deu-lhe um sorriso.

O mago inspirou devagar e demorado. Depois abriu o livro e folheou-o até uma certa página. Por um momento, leu em silêncio. Quando falou, a voz era sem expressão.

— O procedimento é a própria simplicidade. O mago deita-se num pentáculo... deve sentar-se, ou deitar-se, pois o corpo desabará no momento da transferência. Não é preciso vela nem runas específicas; na verdade, essas barreiras são mantidas num mínimo, para acelerar o retorno do mago ao seu corpo. Ptolomeu sugere quebrar simbolicamente o círculo para ajudar nesse processo... Também recomenda segurar uma coisa de ferro, como um *ankh*, para impedir más influências; isso ou uma das ervas normais: rosmaninho ou coisa assim. Tudo bem, então, o mago fecha os olhos e tranca a mente a todos os estímulos externos; depois inverte a invocação básica. Seu verdadeiro nome é substituído pelo do demônio, e todas as direções são invertidas: "ir" em vez de "vir" e assim por diante. Finalmente, chama-se três vezes o nome do demônio "benévolo"... Ptolomeu o chama de "padrinho". É necessária a atenção do demônio para fazer uma abertura. Se tudo der certo, o mago se separa de si, o Portão se abre, e ele atravessa. Ptolomeu não dá detalhes de como ou onde. — Ergueu o olhar. — Satisfeita?

Kitty fungou.

— Gosto de sua suposição de que o mago deve ser homem.

— Escute, eu lhe contei o método. Veja, Kitty — ele pigarreou. — Estou impressionado com sua iniciativa e coragem, estou mesmo, mas isso é simplesmente impossível. Por que acha que ninguém seguiu as pegadas de Ptolomeu? O Outro Lugar é estranho e terrível, uma região fora das leis normais da física. Ia lhe fazer mal, talvez matá-la. E Bartimaeus... mesmo que você sobrevivesse, mesmo que o encontrasse, mesmo que ele concordasse em ajudá-la de alguma forma... é apenas um djim. O poder dele é ínfimo em comparação com o de Nouda. Sua idéia é nobre, mas as chances de sucesso são absolutamente mínimas. — Ele tossiu, desviou o olhar. — Desculpe.

— Tudo bem — Kitty pensou um pouco. — Seu plano... o Cajado. Quais são as chances de sucesso nisso, você diria?

— Oh, eu diria que eram... — viu os olhos dela, hesitou. — Absolutamente mínimas.

Ela sorriu.

— Exatamente. E na certa não fugiremos de Nouda, para começar. Mas se fugirmos...

— Podemos fazer o que pudermos — ele sorriu para ela, pela primeira vez. — Bem, se *você* tentar, eu lhe desejo sorte.

— Boa sorte pra você também, sr. Mandrake.

Um chocalhar de chaves, arranhar de metal; o ferrolho atrás da porta correu.

— Não precisa me chamar assim — ele disse.

— É o seu nome.

— Não. Meu nome é Nathaniel.

Sem cerimônia, a porta abriu-se. Kitty e o mago recuaram; uma figura entrou, de capa preta, implacável. O mercenário deu um sorriso de pedra.

— Sua vez — disse.

Nathaniel

26

Sem dúvida, a sensação imediata de Nathaniel foi de alívio. O mercenário, pelo menos, era humano. Ele falou rápido.

— Você está sozinho?

Parado na porta, o barbudo encarava-o firme com os olhos azul-claros. Não respondeu. Nathaniel tomou isso como um "sim".

— Ótimo — disse. — Então temos uma chance. Podemos esquecer nossas diferença e fugir juntos.

O mercenário permaneceu calado. Nathaniel insistiu.

— Os demônios ainda são lentos e desajeitados. Nós poderemos escapar e organizar defesas. Eu sou um mago notável; em algum lugar perto daqui ministros do governo estão amarrados. Se pudermos libertá-los, poderemos combater os invasores. Seus, é... talentos serão inestimáveis nas batalhas futuras. Assassinatos e outras atrocidades passadas serão vingados, tenho certeza. Talvez haja até uma recompensa pelos seus serviços. Vamos, senhor, que diz?

O mercenário deu um sorrisinho. Nathaniel retribuiu.

— Lorde Nouda — disse o mercenário — está à sua espera. Faríamos bem não nos atrasando.

Entrou na sala; agarrando Nathaniel e Kitty pelos braços, conduziu-os até a porta.

— Você está louco? — gritou Kitty. — Os demônios ameaçam todos nós e você serve a eles *de boa vontade*?

Na porta, o mercenário parou.

— De boa vontade, não — disse com sua voz grave, baixa. — Mas tenho de ser realista. O poder dos demônios cresce a cada momento. Antes do amanhecer, toda Londres estará em chamas, e os que se opõem a eles, mortos. *Eu* quero sobreviver.

Nathaniel retorceu-se no punho de ferro.

— As possibilidades são contra nós, mas *podemos* vencer. Pense duas vezes, antes que seja tarde demais.

A cara barbuda se aproximou mais: arreganhou os dentes.

— *Você* não viu o que eu vi. O corpo de Quentin Makepeace está na cadeira dourada, as mãos trançadas sobre a pança gorda. O rosto sorrindo, sorrindo. Um por um os magos de seu precioso governo são trazidos perante ele. Alguns ele deixa passar... vão ao pentáculo receber um demônio. De outros ele passa a gostar. Chama-os. Eles se aproximam da cadeira dele, impotentes como coelhos; ele se curva para a frente... — O mercenário cerrou a mandíbula com um estalo; Kitty e Nathaniel encolheram-se. — Depois ele limpa o colete e se recosta sorrindo. E os demônios em volta uivam feito lobos.

Nathaniel engoliu em seco.

— Não é agradável. Mesmo assim, com essas suas botas, sem dúvida você poderia...

— Eu vejo todos os sete planos — disse o mercenário. — Vejo o poder nesta sala. Seria suicida resistir a ele. Além disso, com o poder vem o lucro. Os demônios precisam de ajuda humana; não entendem muita coisa. Me ofereceram riqueza se eu servir a eles, e essa moça também tem essa opção. Quem sabe, cooperando com lorde Nouda, ela e eu possamos prosperar...

Estendeu a mão enluvada e tocou o pescoço de Kitty. Ela se encolheu com um xingamento. Uma raiva cega subiu dentro de Nathaniel, mas ele a conteve.

O mercenário calou-se. Mãos enluvadas agarraram as golas dos dois; com firmeza, mas sem brutalidade indevida, foram guiados para a porta e o corredor. Ouviram ao longe uma grande algaravia, uma cacofonia de guinchos e berros — o barulho crescente do pandemônio.

Nathaniel estava inteiramente calmo. Tão negra era a perspectiva agora que o medo se tornara redundante. O pior já chegara, a morte era quase inevitável, mas ele a enfrentava sem ansiedade. Sua conversa final com Kitty acendera um fogo dentro dele — parecia-lhe que ela queimara todas as suas emoções mais fracas. A cabeça ainda girava com as revelações do passado de Bartimaeus, mas era o próprio exemplo dela que o inspirava quando a crise se aproximava. Dificilmente importava que ela tivesse depositado suas esperanças no Portão de Ptolomeu — uma miragem, um fantasma, um conto de fadas que todo mago sensato havia muito ignorara —, era a expressão nos olhos dela que o fascinava. A excitação, a maravilha e a crença haviam brilhado naqueles olhos — sensações que ele já quase esquecera. Agora, por fim, ela lembrara, e ele estava agradecido. Sentia-se lavado, quase ávido pelo que viria. Olhou-a; ela tinha o rosto pálido, mas determinado. Ele esperava não enfraquecer na frente dela.

Os olhos dele correram de um lado a outro, absorvendo o ambiente conhecido dos corredores de Whitehall, os quadros a óleo, os bustos de gesso em seus nichos, as paredes apaineladas e a luz dos diabretes. Passaram pela escada que levava aos subterrâneos e, ao longe, o Cajado; instintivamente, Nathaniel tendeu para lá. A mão apertou sua gola. Dobraram a quina final.

— Aí — disse o mercenário. — Que essa visão ponha fim a seus sonhos.

Durante a ausência deles os demônios haviam estado ocupados. O Salão das Estátuas, durante 100 anos um tranqüilo lugar de reunião do Conselho, fora transformada pelos novos governantes. Via-se movimento por toda parte, barulho, burburinho descoordenado. Os sentidos de Nathaniel foram esmagados por um breve instante.

A mesa redonda e suas cadeiras haviam sido afastadas do centro da sala. A mesa estava agora na parede defronte; sobre ela, a cadeira dourada. Ali balançava-se Nouda, o grande demônio, numa atitude de temporário empanturramento. Uma perna pendia do braço da cadeira, a outra estendia-se para a frente. A camisa de Makepeace não fora enfiada para dentro da calça — pendia frouxa sobre a barriga inchada. Olhos vidrados; a boca esticada de uma forma incomum — com um sorriso cansado, como de alguém que acabara de concluir uma agradável refeição. Alguns trapos de pano e roupas espalhavam-se sobre o tampo da mesa em volta.

Embaixo da mesa, numa cadeira de cedro, via-se o demônio Faquarl envolto no corpo de Hopkins. Era ele quem organizava tudo: tinha um livro aberto nas mãos e emitia ordens secas ao grupo.

Os corpos dos cinco conspiradores originais — Nathaniel reconheceu Lime, Jenkins e o magrela Withers — eram agora operados por seus demônios com certa eficiência. Claro, ainda havia muitos tropeços e cambaleios, as pernas e os braços balançando com abruptos movimentos em *staccato*, mas eles não mais caíam nem se chocavam contra as paredes. Isso lhes possibilitara aventurar-se fora da sala e — como comunicara o diabrete da lente de cristal — trazer das celas membros escolhidos do governo. Fornada por fornada, grandes e pequenos, os magos eram transformados.

À esquerda, Lime e Withers montavam guarda a um grupo de prisioneiros à espera, uns 20 talvez, as mãos ainda amarradas. Não muito longe, num pentáculo próximo ao trono de Nouda, uma desses prisioneiros fora desamarrada; agora livre, soltava fatais invocações com voz trêmula. Era desconhecida de Nathaniel, supostamente de outro departamento. Ele a viu enrijecer-se e sacudir-se. O ar à sua volta reverberou quando o demônio que chegava tomou posse. Faquarl fez um gesto;

o demônio Naeryan, vestindo o corpo de Jenkins, levou-a delicadamente ao outro canto da sala, para juntar-se...

Nathaniel ficou de cabelos em pé. Lá estavam eles — mais de duas dúzias de magos de todos os níveis do governo, rolando, contorcendo-se, rindo, caindo, enquanto os amos exploravam suas limitações. Uma ou outra explosão de energia seguia contra as paredes; o ar cheio de murmúrios de línguas estranhas, estranhos gritos de alegria e dor. E que era aquilo entre eles, retorcendo a cabeça, erguendo e baixando as mãos como uma marionete, o rosto rubicundo reluzente e vazio? Nathaniel recuou.

Rupert Devereaux, o primeiro-ministro.

Apesar de tudo que ocorrera, apesar de sua antipatia nascente contra o que fora e representara o sujeito, sentiu lágrimas ardendo nos olhos. Por um instante teve 12 anos de novo, colhido no redemoinho de Westminster Hall, vendo Devereaux pela primeira vez — deslumbrante, encantador, tudo que *ele* aspirava ser...

O corpo de Devereaux deu uma cambalhota, chocou-se com outro e desabou num monte, a contorcer-se. Nathaniel ficou nauseado de horror; sentiu os joelhos cederem.

— Se levante! — O mercenário deu-lhe um empurrão pró-forma. — Entre na fila.

— Espere — Nathaniel voltou-se. — Kitty...

— Ela não partilha seu destino, pelo que você deve se sentir agradecido.

Nathaniel olhou-a, e ela por um único instante encontrou seu olhar; depois ele foi empurrado brutalmente para o grupo de prisioneiros. O corpo de Lime voltou-se, avistou-o; ele viu luzes verdes no fundo dos olhos. Uma voz rude, como o quebrar de galhos, saiu da boca frouxa.

— Faquarl! Aqui está o amigo de Bartimaeus! Você o quer em seguida?

— Claro que sim, Gaspar. Ele pode furar a fila. Virá depois *desta* criatura azeda. Lorde Nouda, suponho que você quer provar o gosto desta.

A voz estentórea roncou no alto.

— Já vi carne melhor no cadáver de um faraó. Quando ela se vira de lado, quase desaparece. Processe-a e acabe com isso.

Nathaniel fixava os olhos na figura dentro do pentáculo. Magra feito uma vara, os cabelos brancos assanhados, sua antiga ama Jessica Whitwell olhava parada o trono. O demônio no corpo de Withers acabara de retirar suas cordas: ela cerrava as mãos em punhos.

— Muito bem. — Faquarl consultou seu livro. — Número 28. Deixe eu ver. Escolhi o afrito Mormel para você. Deve se sentir honrada. Ele é um nobre espírito.

A sra. Whitwell ergueu o olhar para a figura no trono.

— Que planeja você para nós?

— Nem pense em se dirigir ao grande Nouda! — gritou Faquarl. — Você e sua laia nos escravizaram durante séculos, sem mostrar a mínima consideração. Que *acha* que planejamos? Essa vingança vem sendo incubada há 5 mil anos! Nenhuma parte do mundo estará a salvo de nós.

A sra. Whitwell deu uma risada de desprezo.

— Acho que você é superotimista. Olhe pra vocês todos, presos em corpos desajeitados, mal podendo andar em linha reta.

— Nossas inconveniências são apenas temporárias — disse Faquarl. — As suas serão permanentes. Inicie a convocação.

Jessica Whitwell falou em voz baixa.

— A todos os outros você deu uma opção. Não me perguntou a minha.

Faquarl baixou o livro; estreitou os olhos.

— Bem. Eu presumo que, como todos os demais, você prefere viver a morrer, mesmo uma vida operada por outros.

— Está supondo errado.

A sra. Whitwell ergueu as mãos e fez um sinal elaborado; gritou duas palavras. Uma explosão de luz amarela, uma nuvem de enxofre — seu afrito, usando a forma de um urso pardo nervoso — apareceu acima dela. Ela gritou uma ordem; um tremeluzente Escudo azul ergueu-se ao seu redor. O afrito mandou uma Detonação que assustou Faquarl; atingiu-o de frente, derrubando-o da cadeira até ele varar a parede pela metade.

Os demônios nos corpos dos conspiradores soltaram um clamor. Naeryan ergueu um dedo: da mão de Jenkins uma lança de esmeralda partiu para Jessica. O escudo absorveu-a; ela já se virava, correndo para a saída. O demônio Gaspar, dentro do corpo de Lime, saltou à frente para interceptá-la: Nathaniel estendeu a perna; o demônio tropeçou, não conseguiu se endireitar e estatelou-se no chão.

Nathaniel voltou-se e correu: acima dele, o urso afrito mandou sucessivas Detonações ao trono dourado.

Onde estava Kitty? Ali! Mas o mercenário a segurava pelo braço. Ela lutava, chutava, não podia se livrar.

Nathaniel correu para ela...

O chão tremeu; ele tropeçou, caiu — e por um momento olhou para trás.

O corpo da cadeira dourada mexera-se. Cercava-o um nimbo de fogo claro. Energias partiam estalando de seus dedos; os olhos eram marcas de prata no rosto escurecido. Estendia uma das mãos. O poder que saía dela — arqueando-se em cinco raios anelados, um de cada dedo — fazia as estátuas caírem e a alvenaria desabar do teto. Os raios eram aleatoriamente dirigidos: dois mergulharam inofensivos no chão; um saltou entre a multidão de demônios recém-invocados, destruindo vários corpos humanos. O quarto atingiu o Escudo de Jessica, quebrou-o em pedaços e foi direto às costas dela, matando-a na hora. O urso afrito desapareceu. Ela caiu no meio de um passo, de cara no chão.

O quinto raio explodiu o chão aos pés do mercenário; ele foi jogado para um lado, Kitty para outro.

Nathaniel estava de pé.

— Kitty!

Sua voz foi afogada pelos variados uivos, rugidos, latidos e trombeteios dos outros demônios na sala. Confusos e em pânico, eles dirigiam os portadores humanos para todos os lados, as pernas funcionando de modo estranho, os joelhos altos demais, fugindo ao acaso. Detonações e Infernos. Entre eles cambaleavam alguns magos ainda não possuídos, braços ainda amarrados, bocas amordaçadas, olhos arregalados. A sala enchera-se de fumaça, luzes e vultos a correr.

Em meio ao tumulto, Nathaniel chegou ao lugar onde caíra Kitty Jones. Não era visto em parte alguma. Ele se encolheu quando uma pulsação mágica passou acima, e olhou em volta uma última vez. Não, ela desaparecera.

Sem mais hesitar, ele se abaixou entre dois demônios que se debatiam e dirigiu-se para a porta dupla. Ao deixar o Salão das Estátuas, ouviu a voz de Faquarl erguendo-se acima da comoção.

— Amigos, tenham calma! Acalmem-se! A crise passou. Devemos retomar as invocações. Se acalmem...

Nathaniel levou menos de um minuto para chegar ao corredor e à escada para os subterrâneos de Whitehall. Abandonando toda cautela, saltou por cima da balaustrada e desceu os degraus de dois em dois. Para baixo, para baixo... o ar ficava mais frio, todo barulho acima se distanciava; ele nada ouvia além do arquejar de sua própria respiração.

No fim do terceiro lance, os degraus abriam-se para a entrada do subterrâneo. Dois dias antes — ou eram três? — ele ali viera como ministro da Informação, o arrogante amanuense lhe mostrara a sala do tesouro. Agora a mesa do amanuense estava vazia. Dava sinais de ter sido abandonada às pressas; papéis espalhavam-se em cima, uma caneta caída no chão.

No fim da câmara, uma passagem levava mais para dentro da terra. Uma linha de tijolos vermelhos marcava o início da zona de segurança. Nathaniel aproximou-se; quando ergueu o sapato para cruzar a linha, praguejou, parou e enfiou a mão no bolso. Cuidado! Quase disparara uma armadilha. Não se permitia nada mágico além da linha! Pôs a lente de cristal na mesa, alisou os cabelos e atravessou os tijolos.

Se pudesse contornar com essa facilidade a Pestilência que guardava o Cajado... Não tinha a menor idéia de como...

Um pequeno barulho atrás, um arranhar de metal.

Nathaniel parou, olhou para trás... Do outro lado da câmara, no pé da escada, o mercenário o encarava. Uma faca brilhante luzia em sua mão.

Kitty

27

Kitty fechou a porta.

Os barulhos vindos do Salão das Estátuas ecoavam em seus ouvidos; ela ouvia a comoção mesmo no fundo do corredor e através da madeira maciça. Permaneceu parada por um instante, apertando a orelha contra a porta. Mais que qualquer outra coisa, temia ser seguida pelo terrível homem barbudo. Alguma coisa nele metia-lhe mais medo que as hordas de demônios.

Ficou à escuta... Até onde podia distinguir, nada se movia no corredor do lado de fora.

Uma pesada chave projetava-se ao lado de sua mão. Com alguma dificuldade, e plena consciência da segurança apenas moderada que ela representava, Kitty abriu a porta. E voltou-se de frente para a sala.

Era exatamente como a lembrava da fracassada tentativa de fuga: o escritório de alguém, pouco mobiliado. Uma estante corria ao longo de uma das paredes; defronte, uma escrivaninha coberta por uma alta pilha de papéis. E, crucialmente, no canto próximo, gasto e escovado por muitos anos de uso burocrático — dois círculos, dois pentáculos.

Kitty precisava apenas de um.

O desenho do pentáculo era simples, daqueles que ela muitas vezes preparava com o sr. Button: estrela convencional, círculo duplo, fórmulas latinas normais. Fora pintado num tablado elevado e, devido às dimensões da sala, não era particularmente grande. Em outra parte — ela fez uma rápida inspeção — descobriu os acessórios mágicos habituais, reunidos nas gavetas das mesas. Giz, canetas, papel, tocos de vela, isqueiros, jarras de ervas variadas. As ervas eram o que ela precisava. Pegou-as com calma eficiência e as pôs no chão ao lado do círculo externo.

De outra parte não muito distante veio uma forte explosão. Ela se assustou, nervosa, o coração martelando no peito: olhou para a porta...

Concentre-se. Que tinha a fazer?

O resumo de instruções feito por Mandrake — não, por *Nathaniel* — nos *Apócrifos* fora rápido e difícil de digerir, mas ela se acostumara a essas coisas durante o tempo com o sr. Button. Tinha a memória adequadamente elástica.

Logo... um pentáculo convencional. Não era preciso velas. É, aquele estava ótimo.

Mas devia proteger o corpo — e isso significava ervas e ferro. Despejou rosmaninho, erva-de-são-joão e varetas de sorveira, misturou-os e separou o resultado em várias pilhas, que pôs a intervalos dentro do pentáculo. Quanto ao ferro, *isso* era mais difícil. Por um momento, ela correu os olhos pela sala em volta, em vão. Talvez tivesse de passar sem ele...

A chave. Seria de ferro? Kitty não tinha idéia. Se fosse, poderia protegê-la. Se não, não faria mal. Ela puxou-a da porta.

Que mais? Sim... Nathaniel falara alguma coisa sobre a quebra do círculo, um ato simbólico para permitir ao mago retornar ao corpo. Muito bem, podia-se fazer isso. Ela se curvou, e com a borda da chave fez um rasgão no círculo pintado. Era inútil agora para qualquer outra invocação comum. Mas não era isso que ela planejava.

Ficou ereta. Acabou-se. Não eram necessárias mais outras preparações físicas.

A não ser... A questãozinha do seu conforto. Encontrou na cadeira atrás da escrivaninha uma suja almofada velha, muito usada e surrada, e colocou-a no pentáculo como travesseiro.

Um espelho pendia da parede atrás da escrivaninha; quando retornava da porta, avistou-se ao passar. Só então parou.

Fazia um bom tempo que não via o próprio rosto; não se lembrava da última vez. Ali estava ela: os bastos cabelos negros, olhos escuros (até com marcadas olheiras), os lábios enigmáticos, um elegante machucado roxo acima de um dos olhos. Não havia dúvida, estava um pouco gasta. Mas ainda jovem, ainda bem.

E se tivesse êxito no que planejava? Coisas terríveis haviam acontecido aos magos que tentaram seguir o rumo de Ptolomeu. O sr. Button não fora específico nos detalhes, mas citara sombrios sinais de loucura e deformação. Quanto ao próprio Ptolomeu, ela sabia que ele não sobrevivera muito tempo após criar seu Portão. E Bartimaeus disse que seu rosto tinha...

Com uma praga, Kitty voltou-se do espelho. Na verdade, qualquer que fosse o risco que ia correr, não importava em comparação com o que se passava próximo. Decidira tentar, e estava acabado. Não podia fazer mais nada. Cair em prantos não ia adiantar. Logo.

Logo, não lhe restava mais nada a fazer senão deitar-se dentro do pentáculo.

O chão era duro, mas a almofada, agradável contra a nuca. Cheiros de ervas enchiam-lhe as narinas. Ela pegou a chave e fechou-a no punho. Uma profunda inspirada...

Ocorreu-lhe uma reconsideração. Ergueu a cabeça, olhou o próprio corpo, e para sua irritação descobriu um fato desagradável. Era comprida demais para o círculo — os pés saíam das linhas internas. Talvez não tivesse importância, mas talvez sim. Kitty rolou de lado, encolheu os joelhos até o peito e assumiu uma posição fetal, como se estivesse na cama. Uma rápida olhada de lado... ótimo, estava bem e arrumada agora. Bem e pronta.

Mas pronta para o quê? Uma súbita explosão de ceticismo por dentro. Aquilo não passava de mais um dos seus sonhos, uma das ridículas fantasias que Bartimaeus ridicularizara. Era o auge da arrogância achar que podia ter êxito onde ninguém mais tivera em 2 mil anos. Que estava pensando? Não era maga.

Mas talvez isso fosse uma vantagem. Bartimaeus estimulara-a a tentar, ela *sabia* que sim. Suas últimas palavras ao deixá-los ecoavam a descrição que fizera de Ptolomeu:

— Nós temos uma ligação... Mas por enquanto há limites a ela.

Por enquanto... Que era isso senão um convite implícito a ela, e só a ela? Ptolomeu não conhecera limites: fora ao Outro Lugar rejeitando todas as convenções mágicas estabelecidas — virando-as de cabeça para baixo. E não se precisava mais que o conhecimento básico da invocação para fazer o que ele fizera — as instruções nos *Apócrifos* eram inteiramente diretas. A parte crucial era chamar o demônio no fim. Kitty podia fazer tudo isso. A questão era: ia dar certo?

Só havia uma forma de descobrir.

Ela fechou os olhos e tentou distender os músculos. A sala era um grande silêncio — nenhum barulho atravessava a porta. Hora de iniciar a invocação? Não, alguma coisa ainda não estava certa... Que era? Após um momento, ela percebeu que tinha a mão fechada com tanta força sobre a chave que entrara fundo na pele. Era um símbolo do seu medo. Concentrou-se por alguns instantes, deixando o aperto afrouxar-se... Agora segurava o metal delicadamente. Melhor assim...

Fragmentos lembrados vieram-lhe à cabeça, palavras escritas por autoridades passadas sobre o Outro Lugar: *uma região de caos, um redemoinho de intermináveis abominações, um poço de loucura*... Pronunciamentos estimulantes, todos. Depois vinha o forte édito do sr. Button: *aventurar-se lá é um risco para o corpo e para a alma*. Oh, Deus, então que aconteceria a ela? Iria derreter-se ou arder? Ia ver...? Sim, mas o que quer que visse, dificilmente seria pior ou mais aborrecido que Nouda e seus híbridos aleijados — seus demônios vestindo carne humana. E nenhuma das autoridades do sr. Button jamais visitara o Outro Lugar. Era tudo pura especulação. Além disso, Ptolomeu *voltara* vivo.

Repassou na cabeça as palavras da invocação invertida, e depois — como demorar era apenas convidar mais medos — falou-as em voz alta. Até onde percebia, estava tudo certo — usou seu próprio nome, não o de um demônio, e trocou os verbos normais. Acabou invocando o nome de Bartimaeus, três vezes.

Feito.

Ficou ali deitada na sala silenciosa.

Passaram-se segundos. Kitty sufocou a crescente frustração. Não adiantava ficar impaciente. As invocações convencionais precisavam de tempo para chegar ao Outro Lugar. Ficou à escuta, embora do quê, não sabia. Fechou os olhos. Via apenas escuridão e trêmulos ecos cerebrais de luz.

Nada ainda. Evidentemente, o processo não ia dar certo. Suas esperanças se foram; ela sentia-se oca e meio triste. Brincou com a idéia de levantar-se, mas a sala era cálida, ela estava confortável na almofada, e após as privações da noite era uma felicidade descansar um pouco. Deixou a mente vagar em correntes de sua própria lavra: perguntava-se sobre seus pais, o que estariam fazendo, como aqueles fatos iam afetá-los; como Jakob, na distante Europa, reagiria; se Nathaniel sobrevivera à conflagração na sala. Viu-se esperando que sim.

Chegou-lhe aos ouvidos um barulho distante, um nítido toque de sino. Os demônios, talvez, ou sobreviventes tentando alertar a cidade...

Nathaniel salvara-a da faca do mercenário. Ela gostara de poupá-lo, obrigando-o a enfrentar a verdade de muitas coisas, sobretudo Bartimaeus... lembrava-se como o vira pela última vez, uma massa informe de visgo desolado, abatido pelo cansaço do mundo. Era errado estar a persegui-lo? Como qualquer outro, os djins precisavam de repouso.

O sino continuou a tocar. Era um som curioso, agora que ela pensava nisso — alto e puro, como se feito no cristal, não baixo e trovejante como a maioria dos sinos da cidade. E também, em vez de repetidas batidas, era uma única vibração contínua, que permanecia ligeiramente fora de alcance, na periferia de sua audição. Ela se esforçava para captá-lo...

Primeiro diminuía, depois ficava mais alto — mas, embora atraente, tinha um caráter impossível de fixar; perdia-se em algum ponto entre o pulsar do sangue, a respiração tranqüila, os leves farfalhos das roupas com o subir e descer do peito. Ela tentou de novo, de repente fascinada. O toque parecia em algum ponto acima, distante. Ela se esforçava por escutar, desejando poder chegar mais perto da origem. Tentou bloquear todos os outros sons. Seus esforços foram recompensados — pouco a pouco, depois com súbita rapidez, as badaladas se tornaram mais nítidas, não abafadas. Estava sozinha com elas. O sino tocava sem parar, como uma coisa preciosa na iminência de partir-se. Ela o sentiu muito próximo.

Seria visível também? Kitty abriu os olhos.

E viu muitas coisas ao mesmo tempo. Uma complexa grade de pedra em toda a volta, pequenas paredes e chãos que partiam em três dimensões, separando, juntando, arqueando, acabando. Entre elas havia escadas, janelas e portas abertas; Kitty passava rápida pelo meio, muito perto e de algum modo muito longe. Olhando para baixo, viu o corpo de uma jovem enroscado ao longe — lembrou-lhe um gato a dormir. Outras figuras estavam imobilizadas, como bonecas, em toda a volta da grade — grupos de homens e mulheres muito juntos, muitos caídos, como adormecidos ou mortos. Em volta viam-se estranhas coisas borradas de silhueta incerta — nenhuma humana nem completamente não humana. Ela não distinguia a natureza daquilo — cada uma parecia quase cancelar-se. Abaixo de tudo, num corredor remoto, viu um jovem paralisado na posição de quem corre, o rosto voltado para trás: atrás, uma estatueta que *se mexia* — um homem com uma faca, as pernas lentas, as botas cobrindo chão. E acima dos dois, vultos diferentes, remotos e indistintos...

Kitty sentiu certa curiosidade, mas seu verdadeiro interesse era em outra parte. O barulho do sino tornara-se mais alto que antes; em algum ponto muito próximo. Ela se concentrou com maior atenção ainda, e um pouco para sua surpresa o pequeno e belo rendilhado de pedras e figuras distorceu-se e saiu de foco, como puxado em quatro direções ao mesmo tempo. Primeiro, era bastante nítido, depois se desfizera num borrão; e em seguida até o borrão desapareceu.

Kitty sentiu uma onda de todos os lados; não uma sensação física, pois ela não sabia se tinha um corpo de fato, mas conceitual. Distinguiu vagamente quatro barreiras à sua volta: pairavam acima, mergulhavam para baixo, estendiam-se ao infinito de cada lado. Uma era escura e sólida, e ameaçava esmagá-la com peso implacável; a outra era um fluido furioso, que se elevava de repente para levá-la. A terceira barreira se lançava contra ela, com o invisível tumulto de um furacão; a quarta era uma brutal muralha de fogo inextinguível. Todas as quatro bateram nela apenas por um instante, depois recuaram. Com relutância, deixaram-na em paz e ela atravessou o Portão para o outro lado.

Kitty

28

Foi melhor para Kitty sentir o que se seguiu com o distanciamento de uma observadora, e não como impotente participante — de outro modo, teria enlouquecido na hora. Na verdade, a ausência de sensação física dava ao que via um certo tom onírico. A principal emoção era a curiosidade.

Viu-se em — bem, *em* não parecia muito adequado: viu-se como *parte de* um incessante redemoinho, que não começava nem terminava, em que nada era fixo ou estático. Era um infinito oceano de luzes, nuvens, cores e textura, em perpétua formação, correndo e dissolvendo-se em si mesmas, embora com um efeito nem denso nem sólido ou concreto como um líquido, nem tão evanescente quanto um gás; ao contrário, uma combinação dos dois, em que passageiros fiapos de substância se separavam e convergiam sem parar.

Impossível determinar escala e dimensão, como a passagem do tempo — como nada ficava parado nem se repetiam os padrões, o próprio conceito parecia vazio e sem sentido. Isso pouco importava para Kitty, e só quando tentou localizar a *si mesma* ficou meio desconcertada. Não tinha ponto fixo, nenhuma singularidade própria; na verdade, parecia muitas vezes estar em vários lugares ao mesmo tempo, olhando os vestígios a rodopiar de vários ângulos. O efeito era absolutamente estonteante.

Ela tentou fixar um determinado cisco de cor e segui-lo, mas descobriu que não era mais fácil que seguir o movimento de uma folha numa árvore distante açoitada pelo vento. Assim que se formava, cada cor se dividia, derretia, fundia com as outras, afastando a responsabilidade de ser ela mesma. Kitty foi ficando tonta de olhar.

Para piorar tudo, ela começou a notar também outra coisa, apagando e acendendo dentro do redemoinho geral — imagens aleatórias, tão passageiras que não conseguia fixá-las —, como fotos projetadas por luz elétrica a estalar. Tentou distinguir o que eram, mas o movimento era rápido demais. Isso a encheu de frustração. Sentiu que poderiam ter-lhe dito algo.

Após uma duração desconhecida, Kitty lembrou que viera ali para um propósito, embora qual, não lembrava. Não tinha tendência a *fazer* nada em particular; seu principal impulso era ficar exatamente como estava, movendo-se entre os disparos de luz... Ainda assim, alguma coisa na incessante mudança a irritava e mantinha separada daquilo. Queria impor um pouco de ordem, solidez. Mas como poderia fazer isso quando faltava solidez a si mesma?

Meio desanimada, forçou-se a mover-se para uma determinada mancha laranja e marrom que rodopiava a uma distância desconhecida. Para sua surpresa, moveu-se mesmo, mas em várias direções desencontradas; quando a visão se estabilizou, a mancha de cor não estava mais perto que antes. Tentou várias vezes, com o mesmo resultado; seus movimentos eram desviados e aleatórios: impossível prever o resultado.

Pela primeira vez Kitty sentiu uma leve ansiedade. Viu várias manchas de borbulhante escuridão que se enroscavam e desenroscavam entre as luzes; despertavam ecos de velhos medos na Terra — de nada e solidão, de ficar sozinha no meio do infinito.

Isso não adianta, pensou. *Preciso de um corpo.*

Com crescente inquietação, via o implacável movimento fluir em toda a sua volta, as imagens tremulando perto e longe, os estalos de luz e trilhas de cores sem sentido. Uma alegre espiral verde-azulada a dançar lhe chamou a atenção.

Fique PARADA*!*, pensou furiosa.

Era imaginação sua, ou uma pequena parte da espiral se desviara e diminuíra o ritmo por um instante? O movimento fora tão rápido que ela não tinha certeza.

Kitty viu outra espiral aleatória e tentou detê-la com a força de vontade. Os resultados foram imediatos e satisfatórios: um considerável tendão de matéria solidificou-se numa coisa que parecia a ponta enrolada de uma fronde de salgueiro, sem cor e vítrea. Quando ela relaxou a atenção, a espiral desdobrou-se e desapareceu de volta no redemoinho geral.

Kitty tentou de novo, desta vez querendo fazer, por força de vontade, com que uma mancha de matéria formasse um objeto mais denso, mais compacto. Mais uma vez teve sucesso, e concentrando-se mais conseguiu moldar o torrão vítreo numa coisa que se aproximava de um bloco, meio quadrado. De novo, ao desistir, o bloco dissolveu-se no nada.

A maleabilidade da substância em toda volta lembrou-lhe uma coisa que vira antes. Que era mesmo? Com dificuldade, sua mente agarrou-se a uma lembrança — do djim Bartimaeus mudando de forma. Ele precisava ocupar algum tipo de forma quando baixava à Terra, embora suas escolhas fossem sempre fluidas. Talvez, agora que as posições haviam sido invertidas, ela devesse tentar a mesma coisa.

Podia fazer uma forma para si mesma... E com isso a inspiração, o objetivo de sua visita, lhe voltou. Sim, era Bartimaeus que ela viera procurar.

A ansiedade de Kitty desapareceu; ela ficou entusiasmada. Passou a trabalhar imediatamente, fazendo um corpo para si.

Infelizmente, era mais fácil pensar do que fazer isso. Ela não teve dificuldade, aplicando mais uma vez a vontade, para formar com um pedaço das energias fluidas uma coisa que se aproximava de uma forma humana. Tinha uma espécie de cabeça bulbosa, um tronco deformado e quatro membros desiguais, tudo devidamente transparente, de modo que as cores e luzes atrás apareciam distorcidas na superfície. Mas quando ela tentou melhorar essa grosseira marionete em alguma coisa mais refinada e precisa descobriu que não conseguia se concentrar nisso de modo algum. Embora formasse e igualasse as pernas, a cabeça caía como manteiga derretida; quando corria a reparar a cabeça e acrescentar um rosto simbólico, a metade de baixo pingava e cedia. E assim prosseguiu, até a série de melhoras precipitadas ter arruinado inteiramente a figura, estabilizada como uma bolha com nádegas enormes. Kitty encarou-a insatisfeita.

Também se revelou demasiado complexa para manobrar. Embora pudesse dirigi-la de um lado para outro — flutuava no meio das energias furiosas como um pássaro numa tempestade —, Kitty descobriu que não podia dirigir cada membro individual. Enquanto lutava para fazer isso, a substância do corpo escorria das extremidades, como fios a desenrolar-se de um novelo. Após algum tempo, ela desistiu e deixou que a figura se dissolvesse no nada.

Apesar desse revés, sentiu-se satisfeita com sua idéia, em princípio, e pôs-se logo a trabalhar de novo. Em rápida sucessão, tentou vários outros corpos substitutos, testando-os para ver o controle. O primeiro, uma figura só de traços — como o desenho de uma criança —, continha menos substância que a anterior: Kitty conseguiu impedir que se desfizesse, mas descobriu que as loucas energias em toda a volta a fizeram desmoronar como uma mosca abatida. A segunda, uma lingüiça serpeante com um longo tendão na frente, ficou mais estável, mas esteticamente inviável. A terceira, uma simples bola de matéria a rodopiar, era muito mais forte e fácil de manter, e com ela Kitty percorreu uma considerável distância, atravessando serenamente o caos flutuante.

A ausência de membros é a chave, pensou Kitty. *Uma esfera é boa. Impõe ordem.*

A forma, sem dúvida, teve *algum* efeito no ambiente, pois Kitty não demorou muito a notar uma ligeira mudança no tecido que a bola atravessava. Até então as espirais de cor, as luzes trêmulas, as imagens intermitentes, todas tinham sido inteiramente neutras e não respondiam, fluindo ao acaso para onde queriam. Mas agora — talvez devido à nova atitude decisiva com que ela mantinha a esfera — pareciam tomar conhecimento de sua presença. Ela o sentiu no movimento dos redemoinhos, de repente mais definidos, intencionais. Começaram a mudar ligeiramente de direção — correndo próximo à bola e depois desviando-se, como em dúvida. Repetidas vezes isso aconteceu, com as espirais e os clarões ganhando cada vez mais força e número. Pareciam apenas inquisitivos, mas era uma espécie mais sinistra de atenção, como tubarões se juntando em torno de um nadador, e Kitty não gostou disso. Ela atrasou o avanço de sua bola, e com um cuidadoso exercício mental — agora ganhava confiança — se impôs à substância rodopiante. Tomando a esfera estática como centro, seguiu em frente, empurrando as espirais mais próximas e intrépidas, que se dissolviam e espalhavam.

A remissão provocada pouco durava. Quando Kitty se parabenizava por sua força de vontade, uma súbita espiral vítrea estendia-se da massa principal como um pseudópode de ameba e roía a borda de sua esfera, tirando um naco. Quando ela lutava para reparar o dano, outra espiral corria do outro lado e tirava outra fatia. Ela combatia, furiosa, as espirais. A massa principal tremia e pulsava em toda a sua volta. Luzes lampejavam em conjuntos aleatórios. Pela primeira vez Kitty sentiu verdadeiro medo.

Bartimaeus, pensou. *Onde está você?*

A palavra pareceu provocar uma reação na substância; uma súbita explosão de imagens estáticas partiu e desapareceu, mais forte e demorada que antes. Uma ou duas duraram o suficiente para ela captar alguns detalhes: silhuetas, rostos, pedaços aleatórios do céu, uma vez um prédio definido — um teto com colunas. As silhuetas eram humanas, mas com estilos de roupa desconhecidos. As figuras passageiras lembraram a Kitty ocasiões passadas, quando lembranças havia muito esquecidas surgiam em sua mente sem ser chamadas. Mas aquelas não eram lembranças *suas*.

Como em resposta a essa idéia, uma súbita explosão de atividade distante na confusão rodopiante terminou com uma imagem que se *demorou*. Era fraturada, como vista pela lente de uma câmera quebrada, mas o que mostrava era bastante claro: seus pais parados, de mãos juntas. Ela viu a mãe erguer a mão distorcida e acenar.

Kitty! Volte para nós.

Vão embora... Kitty reagiu confusa e consternada. Era um truque, óbvio que era, mas isso não o tornava agradável. Sua concentração vacilou; o domínio sobre a esfera e a única área de ordem pulsou e tremeu. A esfera desabou e cedeu; espirais de matéria saíram rastejando de todos os lados.

Kitty, nós amamos você.

Se mandem! Ela empurrou de novo as espirais. A imagem da mãe e do pai piscou. Com sinistra determinação, Kitty devolveu à esfera a forma certa. Dependia cada vez mais dela para qualquer semelhança de controle, qualquer semelhança de ser *ela mesma*. Mais que qualquer coisa, temia ficar à deriva de novo sem ela.

Outras imagens lampejavam, cada uma diferente, rápidas demais para ver. Algumas, embora mal perceptíveis, deviam ser-lhe conhecidas — despertavam sentimentos não articulados de agitação e perda. Um turbilhão de luzes; outra imagem, muito distante. Um velho apoiado numa bengala. Atrás dele, uma laje de escuridão.

Kitty, socorro! Está vindo!

O sr. Pennyfeather...

Não me deixe! A imagem olhou para trás e gritou de terror... A visão desapareceu. Quase imediatamente apareceu outra — uma mulher correndo entre colunas, uma coisa escura e ágil a persegui-la. Um clarão branco entre as sombras. Ignore-as. Eram apenas fantasmas, negros e vazios. Não queriam dizer nada.

Bartimaeus! Mais uma vez ela pensou no nome, implorando agora. Mais uma vez despertou atividade entre as luzes flutuantes e esporões de cor. De perto, com cristalina clareza, vinha Jakob Hyrnek, com um sorriso triste.

Você sempre tentou ser independente demais, Kitty. Por que não desistir simplesmente? É melhor não voltar à Terra. Não vai gostar se voltar.

Por quê?, ela não pôde deixar de fazer a pergunta.

Pobre criança. Você vai ver. Você não é mais como era.

Apareceu outra imagem ao lado, um homem alto, de pele escura, parado numa colina gramada. Tinha o rosto sério.

Por que vem aqui nos molestar?

Uma mulher com um alto adereço branco de cabeça, pegando água num poço.

Você foi uma tola vindo aqui. Não é bem-vinda.

Vim em busca de ajuda.

Não vai ter. A imagem da mulher armou uma carranca e desapareceu.

O homem de pele escura voltou-se para subir a colina.

Por que nos molesta?, tornou a perguntar, olhando para trás. *Você nos fere com sua presença.* Um tremor de luzes: também ele desapareceu.

Jakob Hyrnek deu um sorriso triste.

Desista, maga. Esqueça a si mesma. Não pode mais voltar para casa.

Eu não sou maga.

Claro. Não é nada agora. Uma dúzia de espirais o envolveu; ele estalou e chiou numa multidão de fragmentos rodopiantes que se afastaram flutuando.

Nada... Kitty olhou a bola, que durante sua recente desatenção se derretera feito neve. Pequenos flocos flutuavam do que restava da superfície; como sopradas por um vento, saltaram e dançaram para ir juntar-se ao redemoinho incessante em volta dela. Bem, era verdade, claro — ela não *era* nada: um ser sem substância, sem embasamento. Não havia sentido em fingir que não.

E eles tinham razão sobre outra coisa também: ela não sabia como chegar em casa.

A vontade desapareceu. Ela deixou a esfera reduzir-se, girando como um tampo e escorrendo para o nada. Kitty começou a vagar...

Outra imagem surgiu tremulando numa distância indeterminada.

Oi, Kitty.

Se mande.

E lá estava eu pensando que você me procurava.

Nathaniel

29

Durante quase 30 segundos Nathaniel e o mercenário se encararam em silêncio de lados opostos da sala. Nenhum dos dois se mexeu. A faca na mão do mercenário estava parada; a mão vazia pairava perto, ao lado do cinto. Nathaniel olhava com atenção, mas sem esperança. E estava inteiramente indefeso. No outro encontro tivera Bartimaeus a seu lado.

O mercenário foi o primeiro a falar.

— Eu tenho de levar você de volta — disse. — O demônio o quer vivo.

Nathaniel não respondeu. Não se moveu. Tentava pensar numa estratégia, mas tinha o cérebro paralisado de medo; cada pensamento movia-se com a rangente lentidão do gelo.

— Creio que vários dos hospedeiros em perspectiva foram mortos — prosseguiu o mercenário. — Nouda quer salvar tantos jovens quanto puder. Ou você preferiria uma morte mais honrosa? Eu posso satisfazê-lo.

— Nós não... — Nathaniel tinha a voz pastosa; a língua parecia grande demais para a boca — não *temos* de lutar de modo algum.

Um sorriso profundo.

— *Lutar?* Isso implica alguma igualdade entre nós.

— Me resta um escravo sob minhas ordens — mentiu Nathaniel. — Pense rápido, antes que ele ataque. Podemos trabalhar juntos contra o inimigo. É do seu interesse também, você deve ver isso: eu lhe pagarei bem, do tesouro nacional. Lhe darei ouro sem conta. Posso fazê-lo um lorde, lhe dar terras, territórios, o que quer que deseje seu negro coração. Apenas tem de lutar a meu lado. Aqui... nesses subterrâneos... existem armas que podemos usar...

Como resposta, o mercenário cuspiu no chão da câmara.

— Não quero terras nem títulos! Minha seita me proíbe tais frescuras. Ouro, sim! Mas *isso* os demônios vão me dar, se eu servir a eles. E... não fale! Conheço sua argumentação! E *daí* se Nouda destruir toda Londres... ou toda a Europa, aliás? Pelo que me importa, ele pode queimar o mundo todo. Não tenho fé em Impérios, ministros ou reis. Que venha o caos! Eu prosperarei. Aí, qual é sua resposta? Quer morrer aqui?

Nathaniel apertou os olhos.

— Minha resposta vem atrás de você nas pontas dos pés. Mate-o, Belazael! Abata-o!

Ao gritar, apontou a escada atrás. O mercenário abaixou-se, girou prontamente, viu a escada vazia. Soltando uma praga, tornou a girar, um disco de prata agora enconchado na mão, apenas um vislumbre. Moveu os braços; o disco sumiu...

Nathaniel virara-se e tentara correr num único movimento desesperado. Perdeu o equilíbrio, tropeçou na borda de uma laje e caiu...

O disco de prata lampejou no ar, bateu na parede acima dele e seguiu voando. Ele arriscou um olhar para trás.

Ao longe o mercenário atravessava a câmara em direção ao corredor, a cara fechada de irritação. Não tinha pressa; em torno das botas pairavam luzes e borrões. O primeiro passo era três vezes o de um homem comum; com o segundo estava nas costas de Nathaniel. Ergueu a faca. Nathaniel gritou, desviou-se para um lado...

Da pedra esculpida no corredor brotou um vulto cinzento, silencioso como fumaça. Um membro enroscado enrolou-se em torno da cintura do mercenário; um braço envolveu-lhe o pescoço. Ele ergueu a faca, golpeou. O vulto gemeu, mas apertou com mais força. Uma doentia radiação azul surgiu da sombra e envolveu o mercenário; ele tossiu e cuspiu. Outras sombras deixaram as paredes e o chão, envolveram as botas e as calças, agarraram a capa. O mercenário golpeava a torto e a direito; bateu um dos tornozelos — a bota de sete léguas ganhou asas. Num único passo ele já fugia pelo corredor, parando num cruzamento muito à frente. Mas o fulgor azul que pairava sobre sua cabeça e as sombras grudavam-se nele como sanguessugas, e outras ainda saíam correndo das pedras.

Nathaniel se encostou na parede para apoiar-se. Eram as *botas*, claro: a aura delas disparara a armadilha quando o mercenário entrara no corredor. As sombras haviam caído de pronto sobre o dono. O problema era se se tratava de um ataque mágico, e — como ele sabia por amarga experiência — a resistência do mercenário à magia era muito grande.

Mas a intervenção delas lhe dera um alívio. O subterrâneo do tesouro ficava em algum lugar à frente, depois de onde o mercenário se debatia e lutava. Não havia como evitar. Agarrando com cuidado o disco de prata (tinha as bordas muito afiadas), Nathaniel esgueirou-se pelo corredor, passou por inúmeras portas e voltas laterais, cada vez mais perto do cruzamento.

A essa altura, tantas sombras haviam se lançado sobre o inimigo que Nathaniel mal podia vê-lo. Estava oculto no meio de uma pilha de corpos a contorcer-se. Só o peso deles o obrigava a ficar de quatro; de vez em quando o rosto, roxo por trás da barba e a sufocante radiação, surgia. Ele parecia meio estrangulado, mas a faca ainda lampejava em volta. Cachos de essência derretida juncavam o chão.

É de prata também, pensou Nathaniel. *A faca — eles não agüentam. Mais cedo ou mais tarde ele estará livre.*

Essa idéia desagradável o esporeou. Chegou ao cruzamento; mantendo o disco erguido e de costas para a parede, rodeou-a, o tempo todo de olho nos combatentes. Enquanto fazia isso, uma sombra caiu, cortada em duas por um simples golpe. Nathaniel não perdeu tempo; não tinha muito.

Desceu o corredor e seguiu direto em frente rumo ao fundo da terra. No fim: a porta de aço com a pequena grade — a entrada para a arca do tesouro.

Nathaniel chegou lá correndo. Olhou para trás. Distantes sopapos, gemidos fantasmagóricos. *Esqueça o mercenário agora.* Que ia fazer?

Inspecionou a porta. Era bastante comum: a portinhola com a grade de visão, uma maçaneta simples, nenhuma outra marca. Poderia conter uma armadilha? Era possível; mas, também, o amanuense não falara numa. Uma Pestilência guardava os tesouros lá dentro, até aí ele sabia, mas como era acionada? Talvez simplesmente abrir a porta a disparasse...

A mão de Nathaniel pairou acima da maçaneta. Deveria?

Olhou para trás. Não adiantava, *tinha* de pegar o Cajado. De outro modo estava morto. Agarrou a maçaneta, girou e empurrou...

Nada aconteceu. A porta permaneceu fechada.

Nathaniel praguejou e soltou-a. Trancada, de algum modo... Vasculhou o cérebro. Não parecia haver buraco de fechadura óbvio. Alguma fechadura mágica à base de feitiço? Se era, ele jamais encontraria o Encanto.

Ocorreu-lhe uma idéia tola. Girou a maçaneta de novo. Desta vez *empurrou* mesmo.

Ah. A porta se abriu. Nathaniel deixou-a oscilar. Conteve a respiração...

Nenhuma Pestilência se manifestou. Luzes automáticas, talvez de algum diabrete cativo aprisionado no teto da arca do tesouro, se acenderam. Tudo se achava como ele vira dois dias antes: o plinto de mármore no centro, com uma alta pilha de tesouros; a sala, fora isso, vazia; o vasto círculo no chão de ladrilhos verdes em toda a volta do pedestal, chegando quase até a porta.

Nathaniel esfregou o queixo. Com toda probabilidade, se pisasse naqueles ladrilhos verdes a Pestilência se levantaria, e em segundos ele teria uma morte horrível. A idéia não era atraente. Mas como poderia contorná-la? O círculo de ladrilhos era largo demais para saltar, ele não tinha meio de passar por cima, e não podia voar...

A indecisão apoderou-se dele. Não podia voltar — a situação era desesperada demais, e Kitty contava com ele para ter êxito. Uma pedra de jade num delicado oval de ouro comprimido pendia de uma corrente do pedestal de madeira. O Amuleto de Samarkand... Nathaniel sabia muito bem o que aquilo fazia. Vira-o repelir o poder do demônio Ramuthra; podia cuidar da pequena Pestilência, sem dúvida. E se ele *corresse* o máximo que pudesse...?

Mordeu o lábio. Não — a distância até o plinto era grande demais. *Jamais* poderia chegar ao Amuleto antes que...

Não foi um *barulho* que o alertou; o corredor atrás estava em absoluto silêncio. Mas uma intuição, uma súbita e aguda previsão, fez eriçarem-se os pêlos de sua nuca e voltar-se. A visão ao longo do corredor deu-lhe um nó no estômago, fez seus joelhos fraquejarem.

Com a faca e o punho, o mercenário conseguira deslocar todas as sombras, menos uma; fragmentos das outras jaziam revirando-se no chão à sua volta. Novas sombras ainda brotavam da pedra talhada — uma delas disparou uma pulsação azul no mercenário que o mandou por um instante contra a parede, mas ele não caiu. Ignorando a sombra às suas costas, que buscava estrangulá-lo, o mercenário dobrou-se e chutou fora uma das botas, depois a outra. Elas caíram nas pedras e ficaram de lado.

O mercenário saiu das botas; na mesma hora o interesse da sombra por ele reduziu-se, ela afrouxou o aperto. Uma sacudida das costas, um volteio da faca de prata — onde estava a sombra agora? Dois pedaços buscando um ao outro com as garras no chão.

Nathaniel viu o mercenário partir pelo corredor para cima dele. Vinha implacável, mas devagar; tinha a capa esfarrapada, andava de meias. A ferocidade do assalto das sombras parecia tê-lo enfraquecido — tinha o rosto roxo do esforço; capengava, e tossia a cada passo.

Nathaniel ficou parado na entrada, meio dentro, meio fora da sala do tesouro. Fazia movimentos frenéticos com a cabeça — de um lado para outro, dos ladrilhos verdes para o mercenário. Estava angustiado de pânico; tinha apenas de decidir o método de sua morte.

Enrijeceu-se. Um dia, a morte *era* inevitável. A expressão no rosto do mercenário prometia-lhe dor. Quanto à outra forma...

O brilho frio do Amuleto fulgiu no plinto do outro lado da sala, chamando-o. Estava tão *longe*... Mas a Pestilência ao menos seria rápida.

Nathaniel tomou a decisão. Encaminhou-se para a porta, afastando-se da sala do tesouro, ao encontro do mercenário.

Os olhos azuis o vararam. O homem sorriu. Ergueu a faca.

Nathaniel girou nos calcanhares e correu de volta à porta. Ignorou o rosnado de raiva atrás, concentrando-se apenas na frente. Era crucial ganhar velocidade, atingir os ladrilhos verdes com a máxima velocidade...

Uma explosão de dor no ombro; ele gritou feito um animal, tropeçou, mas continuou correndo. Atravessou a porta; os ladrilhos verdes estendiam-se à frente...

Passos capengas logo atrás. Uma tosse abafada.

A borda dos ladrilhos. Ele saltou e cruzou o ar até onde pôde...

Aterrissou. Correu.

Em toda a sua volta, o sibilar de mil serpentes; um vapor verde-amarelado ergueu-se dos ladrilhos.

À frente o plinto; tesouros a brilhar. O Cajado de Gladstone, uma luva coberta de jóias, um antigo violino manchado de sangue; taças, espadas, capacetes e tapeçarias. Nathaniel fixava os olhos no Amuleto de Samarkand, trepidando com o impacto de cada passo.

Um vapor verde cobria tudo como um véu fino. Nathaniel sentiu picadas na pele — as picadas se intensificaram, tornaram-se uma súbita dor desesperada. Sentiu cheiro de queimadura...

Uma tosse atrás. Uma coisa roçou suas costas.

O plinto. Ele estendeu a mão, agarrou o colar, arrancou-o do pedestal. Saltou, contorceu-se, caiu esparramado sobre o plinto, espalhando jóias e portentos, atravessou rolando, caiu nos ladrilhos do outro lado.

Os olhos ardiam; ele os fechou. Tinha a pele em fogo; ouviu ao longe uma voz soltar um grito de agonia — era a sua.

Às cegas, pôs o colar no pescoço, sentiu o Amuleto de Samarkand roçar seu peito...

A dor desapareceu. A pele ainda ardia, mas era uma picada residual, não um tormento crescente, a não ser no ombro, onde pulsava com nauseante intensidade. Ouviu um sussurro, abriu um olho — viu o vapor enroscando-se em toda a sua volta, rodopiando, buscando sua carne, mas retirado inexoravelmente para dentro de uma pedra de jade no centro do amuleto.

Ergueu a cabeça de onde jazia caído. Via o teto, o lado do plinto junto a ele, o vapor que enchia a sala. A vista além disso estava oculta.

Então onde...?

Nathaniel mexeu-se; não rápido, mas com a rapidez possível. A dor no ombro impedia-o de apoiar o peso no braço direito. Com o esquerdo ergueu-se e sentou-se, e depois se levantou, devagar.

Do outro lado do plinto o mercenário esperava, cercado pela nuvem enfunada de vapor verde-amarelado. Ainda segurava a faca; tinha os olhos fixos em Nathaniel. Mas se apoiava com todo peso no topo do plinto, e tossia a cada respirada.

Devagar, ergueu-se. Devagar se pôs a contornar o plinto em direção a Nathaniel.

Nathaniel recuou.

O barbudo andava com o máximo cuidado, como se os membros doessem. Ignorou a fervilhante Pestilência, que roía sua capa, comia as roupas pretas, as densas meias nos pés capengas. Afastou-se do plinto.

Nathaniel bateu as costas contra a parede no outro extremo da sala. Não podia ir mais longe. Tinha as mãos vazias. Deixara cair o disco de prata em algum ponto da corrida. Já não tinha mais defesa.

A Pestilência rodopiava cada vez mais escura em torno da forma que se aproximava. Nathaniel viu uma careta cruzar o rosto do mercenário, talvez de dúvida ou dor. Sua resistência desaparecia? Já fora forçada a enfrentar o longo ataque das sombras, e agora a Pestilência também batia... Mudara a pele de cor? Estaria talvez meio amarelada, meio inchada...?

Os passos implacáveis continuavam; os olhos azul-claros o varavam.

Nathaniel apertou as costas contra as pedras. Fechou instintivamente a mão em torno do amuleto; o metal era frio ao toque.

A nuvem de Pestilência deu um súbito rodopio e enfunou-se em torno do mercenário como uma capa. Foi como se de repente encontrasse um buraco, um ponto fraco em sua armadura. Rodopiou como um enxame de vespas envolvendo um inimigo, ferroando, ferroando. O mercenário continuava andando. Tinha a pele do rosto rachada como papel velho. A pele abaixo caíra para dentro, como sugada e murcha. A cor desapareceu da negra barba. Os olhos azul-claros permaneciam fixos em Nathaniel, com um ódio consumidor.

Mais perto, mais perto. A mão que segurava a faca encolheu-se, nada além de um nó de ossos por baixo de uma película de pele. Ora a barba ficava grisalha, ora branca; os malares projetavam-se para fora como pontas de ardósia. A Nathaniel, parecia que ele sorria. O sorriso alargou-se, exibiu impossíveis dimensões de dentes... A pele do rosto caiu inteiramente, deixando uma caveira reluzente de barba branca grudada e olhos azul-claros, que deram uma explosão de brilho e de repente se apagaram.

Ossos em roupas pretas. O passo tornou-se um total colapso; ele caiu, rachou-se, desabou sobre si mesmo, espalhando uma confusão de trapos e pedaços em torno dos pés de Nathaniel.

A malignidade da Pestilência diminuiu; o que restou foi sugado para dentro do amuleto quando Nathaniel atravessou cambaleando a sala de volta. Ele chegou ao plinto. Vista por sua lente, a aura coletiva dos tesouros lhe feria os olhos. O mais brilhante era o Cajado. Ele estendeu as mãos (observando de forma subconsciente a pátina de pequenas feridas na pele) e pegou-o. Lembrou-se logo da maciez, da leveza da madeira velha.

Nathaniel não teve qualquer sensação de triunfo. Estava fraco demais. Tinha o Cajado na mão, mas só a idéia de ativá-lo já o deixava obcecado. A dor no ombro causava-lhe náusea. Avistou o culpado — um disco de prata caído sobre os ladrilhos. Ao lado, um segundo — o que ele deixara cair. Resoluto, curvou-se e guardou-o no bolso.

O Cajado, o Amuleto... Mais alguma coisa? Examinou a série de objetos no plinto. Alguns — aqueles de que ouvira falar — não tinham uso imediato; outros fulgiam misteriosos, e era melhor deixá-los em paz. Sem mais demora, ele deixou a sala dos tesouros.

No caminho de volta pelos corredores, as sombras guardiãs, atraídas pelas áreas pulsantes do Cajado e do Amuleto de Samarkand, tentaram emboscá-lo. Sua gélida radiação azul foi absorvida pelo Amuleto; qualquer indivíduo que se lançasse sobre Nathaniel era sumariamente sugado para dentro do pedaço de jade. Ele passou sem ser molestado. De passagem, pegou as botas de sete léguas; alguns minutos depois, cruzava a linha de ladrilhos e saía pela porta de entrada.

A lente de cristal continuava sobre a escrivaninha.

— Diabrete, você tem mais três tarefas, e depois estará livre.

— Você deve estar brincando. Uma delas é impossível, certo? Fazer uma corda de areia? Construir uma ponte para o Outro Lugar? Me diga. Me dê o pior.

Durante a ausência do diabrete, o mago desabou sobre a escrivaninha, apoiando-se no Cajado. O ombro latejava; a pele em volta do rosto e das mãos ainda ardia. A respiração saía em entrecortados arrancos.

O diabrete voltou. Tinha o rosto recém-escovado e brilhante; ele mal continha a avidez por dar o fora.

— Primeira pergunta. Os grandes espíritos neste exato momento deixam o prédio. Veja. — Uma imagem das profundezas: Nathaniel reconheceu a velha fachada de Whitehall. Fizera-se um buraco na parede. Dali saía uma alegre multidão. Homens e mulheres do governo, saltando com movimentos desajeitados e não humanos. Espocavam Detonações,

Infernos faiscavam, raios aleatórios de magia brotavam e desapareciam. No meio vinha a figura baixa e redonda de Quentin Makepeace.

— Lá vão eles — observou o diabrete. — Uns quarenta e tantos, eu diria. Alguns pareciam ainda um pouco inseguros nas pernas, como bezerros recém-nascidos. Vão se acostumar, tenho certeza.

Nathaniel deu um suspiro.

— Muito bem.

— Segunda pergunta, chefe. Você vai encontrar um depósito de armas subindo a escada, terceiro andar à esquerda. Terceira pergunta...

— Sim? Onde está ela?

— Lá em cima, pegue a direita e passe pelo Salão das Estátuas. A porta bem em frente. Aqui, olhe, eu lhe mostro se você quiser.

Formou-se uma imagem: o gabinete de um administrador de Whitehall. No chão, dentro de um pentáculo, jazia imóvel uma moça.

— Mais perto — ordenou Nathaniel. — Pode chegar mais perto dela?

— Posso. Mas não é uma visão bonita. *É* a mesma moça, veja bem. Não pense que não é. *Ali*. Está vendo o que eu digo? Não tive certeza, a princípio, mas reconheci as roupas.

— Oi, *Kitty* — disse Nathaniel.

Kitty

30

Você demorou, pensou Kitty.

Que quer dizer? Você acabou de chegar.

Bobagem! Estive flutuando por aqui há uma eternidade. Eles estavam todos à minha volta, mandando-me ir embora, dizendo que eu não era nada e não devia me dar o trabalho de procurar, e comecei a acreditar neles, Bartimaeus. Já ia desistir completamente quando você chegou ainda agora.

Desistir? Você não passou mais de alguns segundos aqui. Tempo da Terra, quer dizer. Não funciona da mesma forma deste lado. Mais distorcido. Eu tentaria *explicar isso, mas escute. O importante é que você está aqui.*

Não foi tão difícil assim. Creio que porque você me ajudou. Achei que não vinha.

É mais difícil do que você pensa. Você é a primeira desde Ptolomeu a conseguir. É preciso habilidade para separar-se de si mesma, o que para os magos é impossível, sendo quem são. Os que fracassam, ficam loucos.

Esse é o meu problema agora, essa separação. Não ser eu mesma.

Por que não tenta criar um disfarce para si? Uma coisa para lhe dar foco. Talvez se sentisse melhor.

Já fiz algumas! A única que deu certo foi uma bola, que pareceu deixá-los furiosos.

Nós não ficamos furiosos. Eu lhe pareço furioso?

Kitty pensou na imagem distante, tremulante. Era uma mulher elegante, morena, pescoço longo, um alto adereço de cabeça e um longo vestido branco; sentava-se num trono de mármore. Um rosto bonito e sereno.

Não, ela pensou, *de jeito nenhum. Mas você é diferente.*

Eu não me referia a ela. Aquilo não sou eu, é uma lembrança. Eu estou em toda a sua volta. Estamos todos à sua volta. Não é a mesma coisa que no seu lado do Portão. Não há diferença entre os espíritos aqui. Somos todos um só. E isso inclui você.

Espirais de múltiplas tonalidades e texturas rodopiavam em volta, como para confirmar. A imagem da mulher desapareceu; outras reapareceram. Kitty via cada uma delas uma dúzia de vezes, como refratadas no olho de um inseto, mas sabia que não eram as imagens que se multiplicavam, e sim ela mesma.

Isso não me agrada muito, pensou.

As imagens são lembranças; algumas até podem ser suas. É meio difícil virar a cabeça, eu sei. Ptolomeu também achou, mas se animou quando criou uma forma para si mesmo. E muito artística, uma boa aproximação de si mesmo.

Eu posso fazer uma bola.

Eu não *estou conversando com uma bola. Tenha um pouco de confiança.*

Ela se enrijeceu e aplicou a vontade às substâncias que brotavam; como antes, conseguiu criar alguma coisa que se aproximava de uma forma humana. Tinha uma grande cabeça oscilante, um corpo fino e comprido que terminava numa massa triangular e poderia ser uma saia, dois braços finos como palitos e um par de pernas meio parecidas com troncos. Uma aparência deselegante.

Vários tendões de matéria inspecionaram-na com muita atenção.

Que é isso?

É um braço.

Oh, certo. Que alívio. Humm... É assim *que você se vê, Kitty? Aí tem sérios problemas de auto-estima. Eis uma dica: suas pernas de verdade não são tão grossas assim. Pelo menos em volta dos tornozelos.*

Difícil, pensou Kitty. *É o melhor que posso fazer.*

Crie um rosto para si, pelo menos, e pelo amor de Deus, faça um bonito.

Kitty esforçou-se muito e conseguiu formar um par de olhos porcinos, um narigão de bruxa e uma boca num sorriso torto.

Bem, você não é nenhum Leonardo.

Uma breve imagem tremulava e desaparecia perto — homem barbudo encarando uma parede.

Já seria uma ajuda, pensou Kitty, *se eu tivesse alguma coisa para olhar além dessa* BAGUNÇA. Com extremo esforço, fez o corpo substituto projetar um braço da matéria rodopiante em volta.

Alguns dos tendões enroscados recuaram em fingido horror.

Vocês humanos são tão incoerentes. *Dizem amar a estabilidade e a ordem, mas que é a Terra senão uma grande bagunça. Caos, violência, dissidência e briga para qualquer lado que se olhe. É muito mais pacífico aqui. Mas talvez eu possa ajudá-la. Tornar as coisas um tanto mais fáceis. Mantenha o controle desse seu belo corpo, vamos. Eu não ia querer que essas coisas-braços caíssem, arruinaria a perfeição do corpo.*

Kitty viu regiões de matéria fluida se transformando. Fiapos adejantes de luz alongada alargavam-se, solidificavam-se em planos; círculos e espirais tornavam-se retos e altos, esgalhando-se em ângulos retos, juntando-se a outros e redividindo-se. Em poucos momentos, a imagem de um quarto se formara em torno de seu corpo; além dele, degraus que levavam a uma borda, depois ao nada. Acima, um simples teto plano, também translúcido. Além do teto, entre as pilastras, no meio do chão, o incansável movimento do Outro Lugar continuava sempre.

A ilusão de espaço físico fez de repente Kitty temer o vazio em volta; seu manequim se encolheu no centro da sala, tão longe das bordas quanto possível.

Como está isso?

É... Tudo bem. Mas e você?

Eu estou aqui. Você não precisa me ver.

Mas eu preferia.

Ah, tudo bem. Creio que eu *sou o hospedeiro.*

De entre as pilastras no fim da pequena sala saiu uma figura — o menino de rosto sem idade. Embora já fosse atraente na Terra, ali era de uma beleza resplendente; o rosto irradiava alegria e calma, a pele brilhava de luz e cor. Ele avançou em silêncio e parou diante da cabeça oscilante e o peito feito de traços de Kitty.

Obrigada, ela disse ressentida. *Isso me fez sentir* muito *melhor.*

Na verdade não sou eu, não mais do que isso aí *é você. Na verdade, você faz tanto parte dessa forma quanto eu. Não há divisões no Outro Lugar.*

Eu não me sentia assim antes de você chegar. Me disseram que eu não era desejada, que eu era uma ofensa.

Só porque você continua tentando nos impor ordem — e ordem significa limitações. Não deve haver limitações aqui: nada definido, nada definitivo. Quer seja uma desajeitada figura feita de traços, quer uma sala flutuante, ou uma "casa" como esta — o menino ajeitou indiferente um dos braços —, *dá no mesmo, e não pode durar muito. Aflige-nos ser restringidos de qualquer forma.*

Afastou-se dela e olhou entre as colunas e as luzes que passavam. O manequim de Kitty seguiu-o.

Bartimaeus...

Nomes, nomes, nomes! Agora são a última restrição. São o pior dos casos. Cada um é uma sentença de escravidão. Aqui *nós somos um só — não temos nomes. Mas que fazem os magos? Alcançam-nos com suas invocações; suas palavras nos atraem para fora, em pedaços que gritam. Quando cada pedaço atravessa, é definido: ganha um nome e poderes próprios, mas é separado do resto. Que acontece então? Como macacos amestrados, fazemos truques para agradar a nossos amos, para que não machuquem nossa frágil essência. Mesmo quando voltamos aqui, jamais estamos em segurança. Uma vez que se deu um nome a um de nós, podemos ser chamados de novo, e de novo, até nossa essência se desgastar.*

Voltou-se e bateu nas costas da imagem da bulbosa cabeça de Kitty.

Você está tão perturbada pela ligação *entre as coisas aqui que prefere se apegar a uma coisa tão pouco apetitosa como essa monstruosidade — sem querer ofender, tenho certeza — em vez de flutuar livremente e à vontade conosco. Para nós, na Terra, é o contrário. De repente, nos vemos isolados dessa fluidez, deixados sós e vulneráveis num mundo de perversa definição. Com a mudança de forma conseguimos um certo consolo, mas isso jamais afasta a dor por muito tempo. Não admira que alguns de nós sejamos ressentidos.*

Kitty ignorara o monólogo. Tinha tal antipatia pela crueza de sua criatura que vinha ajustando às escondidas o tamanho da cabeça, canalizando um pouco da matéria para inflar o fino torso. Também reduzira um pouco o nariz e fizera a boca menor e menos torta. É... estava acentuadamente melhor.

O menino revirou os olhos.

É exatamente *o que eu quero dizer! Você não tira da cabeça a idéia de que essa coisa de alguma forma é você. Não passa de um títere. Deixe-a em paz.*

Ela desistiu da tentativa de extrair algum cabelo da cabeça da criatura. Dedicou toda a sua atenção ao radiante menino, que ficou de repente sério.

Por que veio aqui, Kitty?

Porque foi o que Ptolomeu fez. Eu queria me provar, mostrar que confiava em você. Você disse que, depois que ele conseguiu, ficaria feliz em ser seu escravo. Bem, eu não quero escravos, mas preciso de sua ajuda. Por isso vim.

Os olhos do menino eram negros cristais cheios de estrelas.

De que modo você quer minha ajuda?

Você sabe. Aqueles dem... espíritos que se libertaram. Eles planejam cair sobre Londres, matar a população.

Ainda não fizeram isso? — observou casualmente o menino. — *Estão indo meio devagar.*

Não seja cruel! Em sua agitação, a criatura de Kitty ergueu os braços de palito e lançou-se para o outro lado do salão. O menino recuou, surpreso. *A maioria das pessoas de Londres é inocente! Não querem os magos mais que você. Estou lhe pedindo em nome* delas, *Bartimaeus. São elas que vão sofrer quando o exército de Nouda desembestar*

O menino balançou a cabeça com um ar triste.

Faquarl e Nouda são doentes. É o que acontece a alguns de nós quando somos invocados muitas vezes. A escravidão nos corrompe. Nossas personalidades se tornam brutalizadas, estúpidas, vingativas; demoramos mais em indignidades triviais sofridas em seu mundo do que com as maravilhas e prazeres deste lugar. É difícil de acreditar, mas é verdade.

Kitty olhou os clarões de luz e a infinidade de essência em movimento.

Que faz você de fato aqui?, perguntou.

Não é o que faço. É o que sou. Não espere entender: você é humana — só vê as superfícies, e também quer se impor a eles. Faquarl, Nouda e o resto foram distorcidos à sua imagem. Definem-se agora pelo ódio, é tão forte que na verdade querem *ficar à parte disso, desde que possam se vingar. De certa forma, é uma capitulação final aos valores do seu mundo. Escute, você está ficando melhor na manipulação dessa coisa...*

Protegida das energias plenas do Outro Lugar, Kitty achava mais fácil fazer seu manequim se mexer. Ele cambaleava de um lado para outro na pequena sala, balançando os braços e mexendo o balão que era a cabeça como se agradecesse a uma platéia. O menino balançou a cabeça, aprovando.

Sabe, é quase uma melhora do seu verdadeiro eu.

Ela ignorou isso. O manequim parou ao lado do menino.

Eu fiz o que Ptolomeu fez, pensou. *Provei-me para você. E você respondeu ao meu chamado e reconheceu-o. Agora preciso que você me ajude a deter o que os dem... o que Faquarl e Nouda estão fazendo.*

O menino sorriu.

Seu sacrifício é deveras grande, e em memória de Ptolomeu eu teria prazer em retribuir o gesto. Mas dois problemas impedem isso. Primeiro, você teria de me invocar de volta à Terra, e isso pode estar além do seu poder agora.

Por quê?, perguntou Kitty. O menino a olhava com uma expressão delicada, quase bondosa. Isso a desanimou. *Por quê?*, tornou a perguntar.

O segundo problema, continuou o menino, *é minha desgraçada fraqueza. Não fiquei aqui tempo suficiente para refazer inteiramente as energias, e Faquarl — para não falar de Nouda — tem mais poder num dos dedões dos pés do que eu neste momento. Não estou inclinado a entrar numa escravidão que certamente será fatal. Desculpe, mas é isso aí.*

Não será escravidão. Eu já lhe disse antes. O manequim esticou um braço para o menino num gesto hesitante.

Mas seria *fatal.*

O manequim de Kitty baixou o braço. *Tudo bem. E se tivéssemos o Cajado?*

De Gladstone? Como? Quem o usaria? Você não pode.

Nathaniel está tentando pegá-lo agora mesmo.

Tudo muito bem, mas pode ele usá-lo... Espere um minuto! O menino contorceu as radiantes feições, como se o controle da inteligência houvesse recuado com o choque; um instante depois, estavam tão perfeitas quanto antes. *Vamos falar sério. Ele lhe disse o* nome *dele?*

Disse. Agora...

Isso me agrada... Isso *me agrada! Ele vem me tapeando há anos, simplesmente porque eu* posso *ter dado o serviço, e agora diz a qualquer dona que encontra, de graça! Quem* mais *sabe? Faquarl? Nouda? Ele expôs o nome em néon e desfilou-o pela cidade? Estou lhe perguntando! E* eu *jamais disse a ninguém!*

Deixou escapulir da última vez que o invoquei.

Bem, tirando isso.

Mas você pode *ter dito aos inimigos dele, não pode, Bartimaeus? Teria descoberto um modo de fazer mal a ele se realmente quisesse. E Nathaniel sabe disso também, eu acho. Tive uma conversa com ele.*

O menino pareceu pensativo. *Huumm. Eu sei tudo sobre essas conversas de vocês.*

Seja como for, ele foi pegar o Cajado: eu vim pegar você. Juntos...

O resumo da história é que nenhum *de nós está em condições de briga. Não mais. Você não está, para começar. Quanto a Mandrake, a última vez que tentou usar o Cajado acabou derrubando a si mesmo. Que faz você pensar que terá a força para fazer isso agora? Ele estava exausto da última vez que o vi... Enquanto isso, minha essência está tão estourada que eu não poderia manter uma simples forma na Terra, quanto mais ser útil. Na certa, não agüentaria nem a dor da materialização, para começar. Faquarl entendeu bem uma coisa. Não tem de se preocupar com a dor.* Não, *vamos enfrentar os fatos, Kitty.* — Uma pausa. *Como? Qual é o problema?*

O manequim inclinara a bulbosa cabeça e olhava o menino com um ar de silenciosa atenção. Ele ficou nervoso.

Como? Que está você...? Oh! Não. De jeito nenhum.

Mas Bartimaeus, isso protegeria sua essência. Você não sentiria dor alguma.

Um-hum. Não.

E se você combinasse seu poder com o dele, talvez o Cajado...

Não.

Que teria feito Ptolomeu?

O menino deu as costas. Atravessou até a coluna mais próxima e sentou-se nos degraus, olhando o rodopiante vazio.

Ptolomeu me mostrou como poderia *ter sido*, observou por fim. *Achou que seria o primeiro de muitos — mas em 2 mil anos só você, Kitty, foi a única que o seguiu. A única. Ele e eu conversamos como iguais durante dois anos. Eu o ajudava de vez em quando; em troca, ele me deixava explorar um pouco o mundo. Eu vaguei até o oásis de Fezzan e os salões *de colunas de Axum. Flutuei sobre as cristas brancas das montanhas Zagros e as ravinas de pedra dos desertos de Hejaz. Voei com os falcões e os cirros, alto, bem alto acima da terra e do mar, e trouxe comigo lembranças desses lugares quando voltei para casa.*

Enquanto falava, imagens tremulantes dançavam além das colunas do salão. Kitty não as distinguia, mas tinha pouca dúvida de que mostravam fragmentos das maravilhas que ele vira. Mandou seu manequim sentar-se junto dele no degrau; os dois balançavam as pernas sobre o nada.

A experiência, continuou o menino, *foi emocionante. Minha liberdade ecoava a de minha terra, e meu interesse era despertado pelo que eu via. A dor que eu sentia jamais foi demasiado premente, pois eu podia voltar quando quisesse. Como dancei entre os mundos! Foi um grande presente que Ptolomeu me deu, e eu jamais esqueci. Conheci-o durante dois anos. E aí ele morreu.*

Como?, perguntou Kitty. *Como foi que ele morreu?*

A princípio não obteve resposta. Depois:

Ptolomeu tinha um primo, o herdeiro do trono do Egito. Ele temia o poder do meu amo. Várias vezes tentou se livrar dele, mas nós — os outros djins e eu — o atrapalhávamos. Kitty vislumbrou no meio da matéria rodopiante imagens repetidas de nitidez mais que habitual: figuras agachadas na borda de uma janela, segurando longas espadas curvas; demônios sobrevoando telhados noturnos; soldados numa porta. *Eu o teria tirado de Alexandria, sobretudo depois que sua viagem até aqui o tornara mais vulnerável. Mas ele era teimoso; recusou-se a partir, mesmo quando magos romanos chegaram à cidade e foram hospedados pelo primo na cidadela do palácio.* Breves clarões no vazio: seis homens pálidos, com grosseiros capotes pardos, parados num cais.

Meu amo gostava, continuou o menino, *de que o levassem pela cidade na maioria das manhãs, deixar os cheiros das feiras vagarem até ele — os temperos, flores, resinas, couros e peles. Todo o mundo se achava presente em Alexandria, e ele sabia disso. Além do mais, as pessoas o amavam. Meus irmãos djins e eu o levávamos num palanquim.* Neste ponto

Kitty captou a sugestão de uma cadeira cortinada, suspensa de varas. Escravos negros a carregavam. Atrás viam-se tendas e pessoas, coisas brilhantes, céu azul.

As imagens extinguiram-se; o menino continuou sentado, agora calado, nos degraus.

Um dia, continuou, *nós o levamos à feira dos temperos — o lugar favorito dele, onde os cheiros eram mais embriagantes. Fomos tolos por fazer isso; as ruas eram estreitas e apinhadas de gente. O avanço era lento.* Kitty viu uma longa e baixa barraca cheia de prateleiras de caixas de madeira, cada uma com um tempero colorido. Um tanoeiro sentava-se de pernas cruzadas diante de uma porta aberta colocando escoras num aro de metal. Outras imagens iam e vinham: casas, pintadas de branco; cabras passando no meio da multidão; crianças paralisadas em plena corrida; a cadeira de novo, as cortinas fechadas.

Eu avistei no centro da feira uma coisa que se movia num telhado à frente. Dei meu cajado a Penrenutet, me transformei num pássaro e levantei vôo para ir conferir. Vi acima dos telhados...

O menino interrompeu-se. O tecido do Outro Lugar era negro como xarope; girava furioso, devagar, iluminado por clarões de relâmpago. Uma imagem permanecia — telhados que se estendiam, embranquecidos como ossos por um sol ofuscante. De todo o céu pendiam figuras escuras em silhueta — grandes asas abertas, longas caudas esticadas; aqui e ali faiscavam luzes em escamas blindadas. Agora Kitty via horrores: uma cabeça de cobra, o focinho de um lobo, uma cara esfolada com dentes nus a rirem. O quadro desapareceu.

Os magos romanos haviam convocado muitos djins. E afritos também. Vieram de todos os lados. Éramos quatro djins. Que podíamos fazer? Ali na rua, entre as pessoas, resistimos e lutamos por ele. Uma confusão final de imagens, que entravam e saíam rápido de foco — fumaça, explosões, energias verde-azuladas estalando acima e abaixo de uma estreita alameda; seres humanos gritando; o demônio de cara esfolada caindo do céu, as garras futucando um buraco no centro do torso.

Outros djins também — um com cabeça de hipopótamo, um com bico de íbis —, parados juntos ao lado da cadeira cortinada.

Affa morreu primeiro, continuou o menino. *Depois Penrenutet e Teti. Eu lancei um Escudo, levei Ptolomeu embora. Varei a parede, matei os que me perseguiam, fugi pelo céu. Vieram atrás de nós como um enxame de abelhas.*

Que aconteceu?, perguntou Kitty. O menino calara-se mais uma vez. Não apareciam imagens no vazio.

Fui atingido por uma Detonação. Ferido. Não podia voar. Invadi um pequeno templo; ergui uma barricada para nós. Ptolomeu achava-se em mau estado — pior, quer dizer, do que antes. Acho que foi a fumaça, ou qualquer coisa assim. O inimigo cercou o templo. Não havia saída.

E aí?

Não posso falar disso. Ele me deu um presente final. É o resumo da história.

O menino deu de ombros então. Olhou o manequim de Kitty defronte pela primeira vez.

Pobre Ptolomeu! Achou que seu exemplo poderia ajudar a reconciliar nossas espécies. Convencera-se de que a história de sua viagem poderia ser lida e seguida pelos séculos afora, e levar à união dos mundos. Foi o que me disse, bem aqui! Bem, apesar de sua luz e clareza, estava completamente errado. Morreu, e suas idéias caíram no esquecimento.

A criatura de Kitty franziu o cenho. *Como pode você dizer isso, quando eu também estou aqui? E Nathaniel leu o livro dele, e o sr. Button, e...*

Os Apócrifos. *São apenas fragmentos. Ele não sobreviveu para escrever o resto. Além disso, gente como Nathaniel lê, mas não acredita.*

Eu *acreditei.*

É. Acreditou.

Se você voltar, e ajudar a salvar Londres, estará continuando a obra de Ptolomeu. Seres humanos e djins trabalhando juntos. É o que ele queria, não?

O menino olhou o vazio. *Ptolomeu não me fez exigências.*

Nem eu estou fazendo. Você pode fazer o que desejar. Estou pedindo sua ajuda. Se não quiser responder, tudo bem.

Bem... O menino esticou os minúsculos braços morenos. *Isso vai contra minha opinião, mas* seria *legal liquidar Faquarl. Precisaríamos do Cajado, veja bem. De nada adianta sem o Cajado. E não vou ficar muito tempo, sobretudo se* for *preso em...*

Obrigada, Bartimaeus! Num surto de gratidão, o manequim de Kitty se curvou e passou os braços de palito pelo pescoço do menino. A bulbosa cabeça descansou um pouco contra a cabeça fina e morena dele.

Tudo bem, tudo bem. Não fique sentimental. Fez seu sacrifício. Acho que agora é minha vez.

Com firmeza, mas contenção, o menino libertou-se da confusão de membros e se levantou no degrau.

É melhor você voltar, disse. *Antes que seja tarde demais.*

O manequim ergueu os olhos, a cabeça torcida numa acusação, e saltou de pé, furiosa.

Que quer dizer exatamente? Você não pára *de dizer isso. Que sacrifício?*

Achei que você sabia.

O quê? Vou esbofetear você dentro de um minuto.

Como? Você não tem mãos.

Ou... ou... empurro você pela borda. Simplesmente me diga.

A verdade, Kitty, é que o Outro Lugar não é bom para humanos. Assim como minha essência sofre na Terra, a sua *sofre aqui.*

Que significa isso?

Que você se separou voluntariamente de seu corpo. Não por muito tempo, o que é bom para você. Ptolomeu demorou mais, fazendo perguntas, sempre fazendo perguntas. Ficou aqui duas vezes o tempo que você já está. Mas...

Mas? Ora, VAMOS.

O manequim saltou para a frente, braços esticados, adiantando a cabeça agressivamente. O menino recuou para o degrau final, oscilando à borda do vazio.

Não está vendo como ficou boa em manobrar essa coisa? Estava impotente a princípio. Já começou a esquecer os laços terrenos. Quando Ptolomeu voltou, tinha esquecido quase tudo. Não sabia andar, mal usava as mãos... Foi preciso toda a sua força até para me convocar de novo. E não só isso. Enquanto você esteve aqui, lá na Terra seu corpo agoniza. Não pode culpá-lo, pode? Foi abandonado. Melhor voltar rápido, Kitty. Melhor voltar rápido.

Mas como?, ela sussurrou. *Eu não sei como.*

O medo a tomou; o manequim, a criatura com cabeça de bulbo, ficou parada desconsolada no degrau. O menino sorriu, adiantou-se e beijou-o na testa.

É fácil, disse Bartimaeus. *O Portão continua aberto. Eu posso dispensá-la. Relaxe. O trabalho acabou. Você fez sua parte.*

Afastou-se. O manequim, o menino e a sala de colunas explodiram em fiapos e trilhas. Kitty varou o redemoinho do Outro Lugar, entre as luzes e cores em rodopio. Vagou, vagou. Tudo em volta tinha a ausência de peso da morte.

Parte Cinco

Alexandria
124 a.C.

Opa, um tropeço — caímos nos degraus entre as colunas. À frente, uma porta de bronze, esverdeada pelo passar do tempo. Empurramo-la, entramos no santuário do deus. Ar frio, úmido, sem janelas. Tornei a empurrar a porta e passei com força um antigo ferrolho. Ao fazê-lo, alguma coisa bateu no outro lado.

Pus um Selo na porta para ficar tudo em ordem, e mandei um Fiapo de Luz que iluminou o teto, onde ficou zumbindo e tremulando com um fulgor rosado. No fim do aposento, uma estátua metálica de um sujeito barbudo nos olhava com grave desaprovação. Além da porta, e em todo o santuário, ouvíamos o bater de asas de couro.

Depositei meu amo embaixo do Fiapo de Luz e aproximei o focinho. A respiração dele estava irregular. O sangue empapava-lhe as roupas. O rosto devastado, só lanhos e rugas como uma fruta velha, perdera a cor.

Ele abriu os olhos; ergueu-se sobre um dos braços.

— Devagar — eu disse. — Poupe suas forças.

— Não preciso, Bartimaeus — ele disse, usando meu verdadeiro nome. — Não mais.

O leão soltou um rugido.

— Nada desse papo — eu disse. — Isso se chama tática. Estamos tirando um descanso. Eu saio daqui na marra dentro de um minuto.

Ele tossiu. O sangue jorrou.

— Para ser franco, acho que não posso enfrentar mais um de seus vôos.

— Ora, vamos. Será ainda mais interessante com uma asa só. Acha que pode bater um braço?

— Não. Que foi que houve?

— Foi essa estúpida crina! Não vi aquele djim vindo pelo lado. Ele nos emboscou; me pegou com uma Detonação! É a última vez que uso uma coisa cabeluda assim.

Ouvimos um pequeno arranhado perto do topo da velha parede lisa. Várias sombras cruzaram a faixa de luz. Uma coisa pesada pousou no telhado acima.

Ptolomeu praguejou baixinho. O leão franziu o cenho.

— Que foi?

— Lá na feira. Deixei cair o pergaminho. Minhas anotações sobre o Outro Lugar.

Dei um suspiro. Sentia o movimento em toda a volta, o estalar de garras na pedra, o pequeno arranhado de escamas nas telhas; ouvia os sussurros em latim. Eu os visualizava, agarrados a toda superfície do prédio como moscas gigantes.

— Uma pena — eu disse —, mas é nossa principal preocupação.

— Eu não acabei minha história — ele sussurrou. — Só restaram fragmentos em meu quarto.

— Ptolomeu, isso não tem importância.

— Mas tem, sim! Ia mudar tudo. Ia mudar o modo como os magos trabalham. Ia acabar com a escravidão de vocês.

O leão me olhou de cima.

— Sejamos francos — eu disse. — Minha escravidão... e minha vida... vão acabar em... oh, cerca de dois minutos.

Ele franziu a testa.

— Nada disso, Bartimaeus.

As paredes ecoaram o barulho abafado dos golpes.

— Vão, sim.

— Eu não posso sair, mas você pode.

— Com *esta* asa? Você deve estar... Ah, entendo. — O leão sacudiu a cabeça. — Nem pensar.

— Tecnicamente, eu sou seu amo, não esqueça. Digo que você pode sair. Digo que *vai* sair.

À guisa de resposta, eu me levantei, postei-me no centro do pequeno templo e soltei um rugido de desafio. O prédio tremeu; durante dois segundos depois cessou toda atividade do lado de fora. Depois recomeçou, diligentemente.

Trinquei os dentes de perversidade.

— Dentro de alguns momentos — disse — eles vão invadir, e quando o fizerem, vão aprender a temer o poder de Bartimaeus de Uruk! Seja como for, quem sabe? Já enfrentei cinco djins de uma vez antes.

— E quantos estão lá fora?

— Oh, uns 20.

— Certo. Isso decide. — Com braços trêmulos, o menino se pôs sentado. — Me ajude a encostar nessa parede. Vamos! Vamos! Quer que eu morra deitado?

O leão obedeceu e empertigou-se. Assumi meu posto diante da porta, que no centro fulgia rubro com um calor intenso e começava a estufar-se um pouco.

— Não peça de novo. Eu não vou me mexer.

— Oh, eu não vou *pedir*, Bartimaeus.

Algum coisa em seu tom me fez girar. Vi que ele me dava um sorriso torto, uma das mãos erguida.

Estendi a minha para ele.

— Não...!

Ele estalou os dedos, falou as palavras de Dispensa. Ao fazê-lo, a porta explodiu numa chuva de metal derretido; três altos vultos saltaram dentro do aposento. Ptolomeu fez-me uma pequena saudação e deixou cair a cabeça contra a parede atrás. Virei-me para o inimigo e ergui uma pata para esmagá-los, mas minha substância se tornara difusa como fumaça. Apesar de minhas desesperadas exortações, nada podia fazer para mantê-la firme. Toda luz à minha volta desapareceu, a consciência foi-se embora; o Outro Lugar puxou-me. Furiosamente, contra a minha vontade, aceitei o último presente de Ptolomeu.

Kitty

31

A primeira sensação foi de um terrível aperto. Com o súbito ato de despertar, as infinitas dimensões dela se reduziram de repente a um único ponto. Viu-se comprimida às margens de seu corpo, embaraçada com seu pobre peso. Um momento de sufocação, a horrível sensação de ser enterrada viva — e então lembrou como respirar. Ficou deitada no escuro, a ouvir os ritmos dentro de si: o sangue correndo, o ar zunindo para dentro e para fora, as bolhas mudando de lugar e borbulhando no estômago e intestinos. Jamais tinha percebido exatamente como fazia *barulho*, como era pesada, como era densamente compactada. Parecia uma apavorante complexidade, inteiramente impossível de operar. A idéia de *mexer-se* a confundia.

Aos poucos, a confusão se reduziu a um vago reconhecimento dos contornos de seus membros — os joelhos encolhidos quase até a cintura, os pés delicadamente sobrepostos um no outro, as mãos cruzadas no peito. Visualizou tudo na cabeça, e com isso inundou-a uma sensação de afeição e gratidão. Aqueceu-a: a consciência aumentou. Ela sentiu a dureza da superfície em que jazia; a maciez da almofada em que apoiava a cabeça. Lembrou-se de onde estava — e de onde estivera.

Kitty abriu os olhos. Viu tudo borrado. Durante um segundo, as linhas de luz e sombra a nadar a atraíram; pensou que vagava de novo no Outro Lugar... Depois firmou a cabeça e concentrou-se, e aos poucos, com relutância, as linhas firmaram-se e pararam, formando um quadro de uma pessoa sentada numa cadeira.

Sentava-se numa posição de extremo relaxamento. Tinha a cabeça caída de lado; as pernas afastadas. Ela ouviu a respiração rascante. Os olhos fechados.

Uma corrente pendia-lhe do pescoço; na ponta, um pedaço oval de ouro com um pedra preta-esverdeada no centro. Subia e descia com o movimento ritmado do peito. Entre os joelhos, um longo cajado de madeira repousava numa diagonal fechada. Uma mão o cobria frouxamente, para segurá-lo; a outra pendia frouxa no braço da cadeira.

Após algum tempo, ela lembrou seu nome.

— Nathaniel?

A voz saiu tão fraca que ela não soube se emitira de fato algum som ou dissera a palavra apenas na cabeça. Apesar disso, pareceu funcionar. Um grunhido, um bufido — o mago mexeu os braços e as pernas como se tivessem uma carga elétrica. O Cajado caiu no chão; com um movimento entre salto e mergulho, ele já se agachava ao lado dela.

Kitty tentou sorrir. Foi difícil. O rosto doeu.

— Oi — disse.

O mago não respondeu. Apenas ficou olhando.

— Então você pegou o Cajado — ela disse. — Estou com a garganta seca. Tem um pouco d'água?

Nenhuma resposta. Ele tinha a pele, ela notou, vermelha e baça, como se tivesse estado sob vento forte. Olhava-a com extrema atenção, mas ainda conseguindo ignorar completamente suas palavras. Kitty ficou irritada.

— Saia da frente — disse ríspida. — Eu vou me levantar.

Comprimiu os músculos da barriga, moveu um braço, apertou os dedos no chão para se empurrar. Um objeto caiu de sua mão com um clangor abafado. Ela foi tomada por uma onda de náusea; os músculos pareciam água.

Deixou cair a cabeça na almofada. Alguma coisa em sua fraqueza a assustou.

— Nathaniel... — começou. — Que...?

Ele falou pela primeira vez.

— Está bem. Fique descansando aí.

— Eu quero me levantar.

— Acho que não deve.

— *Me ajude!* — A fúria era alimentada pela ansiedade que desabrochava em súbito terror. A fraqueza não se explicava. — Não estou deitada aqui. Que é? Que foi que me aconteceu?

— Você ficará bem se ficar parada... — O tom dele não convencia. Ela tornou a tentar, ergueu-se um pouco e desabou com uma praga. O mago praguejou também. — Tudo bem! Aqui. Vou tentar apoiar suas costas. *Não* tente sustentar seu peso. Suas pernas vão... Aí! Que foi que eu lhe disse? Faça o que eu *mando* pra variar.

Pegou-a por baixo dos braços, ergueu-a e virou-a, arrastando-a para a cadeira. As pernas dela arrastavam-se atrás; os pés arranharam ao atravessar as linhas do pentáculo. Com pouquíssima cerimônia, Kitty se viu sentada. O mago estava à sua frente, respirando forte.

— Satisfeita agora? — perguntou.

— Na verdade, não. Que foi que me aconteceu? Por que não posso andar?

— Não são perguntas que eu possa responder. — Ele olhou as próprias botas, grandes e gastas botas de couro, e para o outro lado do círculo vazio. — Quando eu invadi este lugar, Kitty — disse —, o aposento estava gelado. Não consegui encontrar seu pulso, e você não respirava, apenas jazia caída aí. Achei que estava... pensei *mesmo* que você estava morta desta vez. Em vez disso... — Ergueu os olhos. — Então. Me diga. Você realmente...?

Ela ficou olhando-o por algum tempo, sem falar.

A tensão no rosto do mago afrouxou-se em vazio espanto. Ele expirou devagar, e meio sentou-se, meio desabou no chão.

— Entendo — disse. — Eu entendo.

Kitty pigarreou.

— Eu lhe conto num minuto. Primeiro me passe esse espelho, por favor.

— Não creio...

— Eu prefiro ver — ela disse, seca — a usar a imaginação. Por isso se apresse. Temos coisas a fazer.

Nenhum argumento ia dissuadi-la.

— Afinal — ela disse —, não é muito diferente do que aconteceu a Jakob com o Demolidor Negro... E *ele* ficou ótimo.

— É verdade.

O mago estava ficando com as mãos cansadas. Ajustou a posição do espelho.

— Eu posso tingir os cabelos.

— É.

— E quanto ao resto... me acostumo.

— É.

— Dentro de uns 50 anos.

— São apenas rugas, Kitty. Apenas rugas. Muita gente tem. Além disso, podem desaparecer.

— Você acha?

— Acho. Já parecem muito menos mal do que quando a encontrei.

— É mesmo?

— *Definitivamente.* De qualquer modo, olhe pra mim. Veja estas bolhas.

— Eu ia perguntar sobre elas.

— Foi a Pestilência. Quando peguei o Cajado.

— Oh... Mas é a fraqueza que realmente me assusta, Nathaniel. E se eu nunca...?

— Você vai. Veja você mexendo as mãos. Não fazia isso cinco minutos atrás.

— Não? Oh. Ótimo. Agora que você falou me sinto um pouco mais forte.

— Aí está, você vê.

— Mas é tão difícil — ela disse — olhar no espelho e ver... um rosto diferente. Ver que tudo *mudou*.

— Não tudo — ele disse.

— Não?

— Não. Seus olhos. Não mudaram, de jeito nenhum.

— Oh — ela espiou o espelho, em dúvida. — Você acha?

— Bem, estavam ótimos antes de você começar a ficar vesga. Aceite minha palavra. — Ele baixou o espelho, colocou-o na mesa. — Kitty — disse. — Eu preciso lhe dizer uma coisa. Os demônios estão sobre Londres. Depois que achei você, tentei acionar o Cajado de Gladstone, mas — deu um suspiro — não consegui. Não são os encantamentos. Tenho conhecimento que não tinha antes. Só que... não tenho o vigor físico para lhe impor minha vontade. E sem o Cajado não podemos enfrentar Nouda.

— Nathaniel...

— *Talvez* restem outros magos vivos e não possuídos. Não saí procurando ainda. Mas mesmo que possamos reunir alguns aliados e pôr os djins deles do nosso lado, Nouda está forte demais. O Cajado era nossa única esperança.

— Não era, não. — Kitty curvou-se para a frente na cadeira. (O que ele dizia era verdade — ela já se mexia com um pouco mais de facilidade. Para começar, tudo parecera desconfortável e desalinhado, como se ela estivesse fora de sincronia com ossos e tendões.) — Eu não fui ao

Outro Lugar só pra curtir — disse, com ar presunçoso. — Você pegou o Cajado, eu encontrei Bartimaeus. Agora só temos de juntar os dois.

Deu-lhe um sorriso.

O mago balançou a cabeça, constrangido.

— Que quer dizer?

— Ah. Agora você não vai gostar disso.

Bartimaeus

32

A nuvem de enxofre contraiu-se numa débil coluna de fumaça desabada no meio do pentáculo. Subiu em direção do teto com a força terrível de água esguichando de um bebedouro. Dois tímidos olhos amarelos materializaram-se no centro da fumaça. Piscaram ansiosos.

Eu estava pensando melhor.

O jovem de cabelos escuros no pentáculo defronte apoiava-se com todo o peso no Cajado. Reconheci imediatamente a peça de madeira. Difícil não reconhecer: a aura do talismã batia no meu círculo com a intensidade de uma explosão solar. Minha essência encolheu-se com a proximidade.

Mal. Fraca demais. Eu não devia ter concordado.

Vejam bem, parecia-me que o mago pensava a mesma coisa. O rosto dele tinha a deliciosa textura da puberdade.

Ele se aprumou o melhor que pôde e tentou parecer imponente.

— Bartimaeus.

— Nathaniel.[1]

---

[1]Cada um de nós se esforçava por emitir ruídos curtos, assertivos, rosnantes. Nenhum conseguia exatamente. A voz dele tinha uma espécie de tom em geral reservado a morcegos e assobios para cães, e a minha gorjeava como a de uma velha solteirona pedindo um sanduíche de pepino para acompanhar a xícara de chá.

Ele pigarreou, olhou o chão, coçou a cabeça e trauteou algumas notas estranhas... Fez tudo, enfim, menos me olhar direto nos olhos como um homem. Não que eu estivesse *muito* melhor. Em vez de enfunar-se de forma sinistra, a coluna de fumaça parecia decidida a fazer serpear os fios crescentes em padrões de trança. Se nos deixassem a sós, eu provavelmente acabaria tricotando um cardigã virtual ou coisa assim, mas após alguns segundos de agudas agulhadas veio uma rude interrupção.

— *Vamos* com isso!

Não há prêmios para adivinhar *quem* era. Mago e fumaça rodopiaram em seus círculos, tossindo e murmurando. Os dois tinham expressões de ferida ofensa.

— Eu sei, eu sei — disse Kitty. — Não invejo nenhum dos dois. Apenas *façam*. Não temos tempo a perder.

Devo dizer que ela parecia um tanto mais ativa do que eu esperava. Tudo bem, tinha uma aparência meio frágil, cabelos grisalhos e a pele enrugada e envelhecida, mas em *nada* tão ruim quanto ficara Ptolomeu. E os olhos brilhavam como os de um pássaro; brilhavam com a luz do que tinham visto. Eu a encarei com um misto de reverência e compaixão.

— Segure as calcinhas — eu disse. — Nós vamos lá.

— Certo — concordou Nathaniel. — Não podemos apressar essas coisas.

— Como você sabia? — ela bufou. — Que estamos esperando?

— Bem — ele começou. — É só que...

— Da *minha* parte — eu disse, num tom de discreta tranqüilidade —, eu concordei com a proposta na suposição de que meu anfitrião teria uma qualidade física moderada. Agora, depois de vê-lo, estou tendo dúvidas.

O mago me fuzilou com os olhos.

— Que significa isso?

— Bem, você não compraria um cavalo sem vê-lo, compraria? Eu tenho direito a uma inspeção. Vamos ver seus dentes.

— Se manda!

— Desculpe! — eu disse. — É um lixo. Mal fica em pé. O couro foi queimado por uma Pestilência. E tem uma ferida sangrando no ombro. Aposto que tem verme e tudo mais.

A moça franziu a testa.

— Que negócio é esse de ombro? Onde?

Nathaniel descartou a pergunta com uma das mãos e piscou os olhos.

— Não é nada. Não tem problema.

— Por que não me falou?

— *Porque* — ele rosnou —, como você não pára de dizer, não temos tempo.

— Tem razão — eu disse.

— Na verdade, não sei se *eu* quero ir em frente com isso tampouco — continuou o mago, recompensando-me com um olhar antipático. — Não vejo como pode dar certo. Ele está fraco demais para ajudar com o Cajado, além de ser absolutamente vil de mil formas. Deus sabe o dano que me faria! É como convidar uma matilha de cães a ir morar em seu quarto de dormir.

— É mesmo? Bem, *eu não* estou demasiado enamorado por ficar enjaulado em sua gosma terrestre — gritei. — Há uma coisa demasiado grudenta aí dentro. Toda essa fleuma, cera congelada e...

— Cale a boca! — gritou Kitty. Pode-se dizer que a viagem não lhe afetara os pulmões. — Vocês dois: *calem a boca!* Minha cidade está sendo destruída e precisamos que esse Cajado funcione. A única maneira de podermos pensar em fazer isso é combinando *seu* conhecimento, Nathaniel, com *suas* energias, Bartimaeus. Tudo bem, talvez os dois sejam um tanto incomodados, mas...

Olhei para Nathaniel.

— Você ouviu? *Um tanto*, ela diz.

Ele balançou a cabeça em profundo desgosto.

— Me fale a respeito.

— ... mas não vai durar muito. Horas, no máximo. Depois, Nathaniel, você pode dispensar Bartimaeus para sempre.

— Espere — ele disse —, quero garantir que essa criatura não tente destruir minha mente. Eu ficaria exatamente igual a ela.

— Ééé, *certo* — eu gritei —, e queimar meu único bilhete para fora daqui? Não vou ficar em *sua* cabeça por toda a eternidade, chapa! Não se preocupe. Preciso dessa Dispensa. Não vou tocar em nada.

— É melhor.

Fuzilamos um ao outro com os olhos por algum tempo.

A moça bateu as mãos.

— Tuuu-do bem. Todos em posição? Ótimo. Não arruinei minha saúde só para ficar sentada aqui vendo dois idiotas brigarem. Podem, *por favor*, ir adiante com isso?

O mago fungou.

— Tudo bem.

A nuvem enroscou-se mal-humorada para o céu.

— Tudo bem.

— Assim está melhor.

Eu jamais teria feito isso não fosse pela moça. Mas ela estava inteiramente certa, lá no Outro Lugar, ao me apelar em nome de Ptolomeu. Como percebera na hora, era meu ponto fraco, minha ferida aberta. E 2 mil anos de cinismo acumulados não haviam conseguido curá-la, por mais que eu tentasse. Pois durante todo aquele tempo longo e exaustivo eu carregara a lembrança de sua esperança — de que djins e seres humanos um dia agissem juntos, sem maldade, sem traição, sem massacre. Vamos encarar o fato, era uma idéia estúpida, e eu não acreditava nela nem por um instante — havia simplesmente provas demasiadas do contrário. Mas *Ptolomeu* acreditara, e isso bastava. Só o eco de sua fé já era poderoso o suficiente para me conquistar, quando Kitty repetiu o grande gesto dele e atravessou ao meu encontro.

Ela tinha renovado o laço dele. E uma vez feito *isso*, meu destino estava selado. Não importavam os gemidos e pragas de minha opinião, eu teria me jogado num poço de fogo por Ptolomeu, e o mesmo se aplicava a Kitty, agora.

Vejam bem... Poço de fogo? Tanque de ácido? Leito de pregos? Qualquer um deles teria sido preferível ao que eu estava para fazer.

Num círculo, o mago ocupava-se preparando-se psicologicamente. Consertava suas linhas, preparava o encantamento. No outro, a coluna de fumaça ia de um lado para outro como um tigre enjaulado. Notei que os dois pentáculos haviam sido furados nos perímetros para me permitir trânsito imediato de um lado para outro. Cara, eles eram confiantes... eu podia dar o fora dali e engolir os dois antes de partir com um sorriso e uma canção. Parte de mim se *coçava* para fazer isso, apenas para ver a expressão de meu velho amo. Fazia *eras* desde que eu devorara um mago.[2] Mas, claro, devoramentos não programados não estavam na agenda de Kitty naquele dia. Lamentavelmente, resisti à tentação.

Havia também a pequena questão de minha condição. Mesmo uma forma tão simples de fumaça mostrava-se difícil de manter. Eu precisava de proteção, e rápido.

— Em algum momento hoje — eu disse. — *Se* vocês não se importarem.

O mago correu os dedos nervosos pelos cabelos e voltou-se para Kitty.

— Qualquer comentário desagradável quando ele estiver lá e eu o dispenso na hora, com ou sem Cajado. Diga a ele.

Ela bateu um dos pés.

— Estou *esperando*, Nathaniel.

Uma praga, um esfregão no rosto, e ele partiu. A fórmula mágica foi meio improvisada, senti — não teve a elegância e refinamento a que eu estava acostumado. A cláusula "atrair esse maldito demônio Bartimaeus e comprimi-lo com impiedosa precisão" foi meio crua, por exemplo, e

---

[2]Duzentos anos, na verdade. Um amo checo tendia à gordura. Eu o criticava pela falta de forma física, criando aos poucos nele um senso de aborrecido desafio. Uma noite desafiei-o a tocar os dedos dos pés dentro do pentáculo. Ele conseguiu valentemente, mas ao fazê-lo projetou o traseiro por cima das bordas do círculo, permitindo-me quebrar meus laços. E, claro, era *um bocado* gordinho, mas tinha um gosto muito bom.

podia ser mal interpretada. Mas pareceu funcionar. Num instante, a coluna de fumaça subia inocentemente no círculo, no seguinte já estava alto e fora, por cima da quebra em meu pentáculo e do dele, e era puxada, puxada; puxada para a cabeça do meu amo...

Preparei-me. Tive um vislumbre dele apertando bem os olhos...

Plunk.

Desapareceu. A dor desaparecera. Foi minha primeira sensação. Era só o que importava. Foi como uma cortina aberta de repente com um safanão, e tudo passara da escuridão à luz. Como ser mergulhado numa fonte gelada. *Como* retornar ao Outro Lugar após meses de escravidão — as treliças entrecruzadas de dor que corriam por minha essência simplesmente caíram como casquinhas de ferida, deixando-me de repente a sentir-me inteiro. Era como ser renovado, reconstruído e renascido, tudo ao mesmo tempo.

Minha essência ondulou-se com uma enorme alegria, daquelas que eu não sentira na Terra desde minha primeira convocação de volta a Suméria, quando julgava que minhas energias podiam enfrentar *qualquer coisa.*[3] Eu não percebera o quanto minha recente fraqueza simplesmente se reduzia à dor acumulada; assim que ela se foi, eu era dez vezes o djim que era antes. Não admira que Faquarl e os outros tanto a tivessem recomendado.

Soltei um grito de triunfo.

Que ecoou curiosamente, como se eu estivesse preso numa garrafa.[4]

---

[3]*Isso* não durou muito, claro. "Oh, Bartimaeus, podia você simplesmente irrigar o Crescente Fértil?" "Podia desviar o Eufrates *aqui* e *ali*?" "Escute, pode aproveitar e plantar, por favor, alguns milhões de hectares de semente de trigo acima e abaixo da planície aluvial? Obrigada." Não me deu nem uma pequena ferramenta. Mas quando cheguei a Ur, eu não ondulava com nada daquela enorme alegria, oh, não. Minhas costas me *matavam*.

[4]Acreditem, eu sei tudo sobre a acústica das garrafas. Passei grande parte do século VI numa velha jarra de azeite de sésamo, tampada com cera, ondulando pelo mar Vermelho. Ninguém ouvia meus berros. No fim, um velho pescador me libertou, e a essa altura eu estava desesperado o suficiente para satisfazer-lhe vários desejos. Saí na forma de um gigantes de fumaça, soltei alguns raios e me curvei para perguntar-lhe o que desejava. O pobre velho caiu morto de um ataque cardíaco. Devia haver uma moral nisso, mas juro pela minha vida que não vejo nenhuma.

Um instante depois, veio *outro* grito, curiosamente alto e em toda volta. Ensurdeceu-me. Com essa distração, acordei para meu ambiente. Para o que me envolvia e protegia do mundo. Sem muita sutileza, era carne humana.

De Nathaniel, para ser exato.

Enquanto a terrina de sopa de Faquarl me dera um *modicum* de proteção da prata mortal em todos os lados, o corpo de Nathaniel fez um serviço muito melhor. Minha essência foi imersa — em carne, osso e pequenas coisas parecendo fios, que suponho fossem tendões; eu me espalhara por todo ele da cabeça aos dedos dos pés. Senti a pulsação do coração, o interminável fluir do sangue nas veias, o sussurro da caixa de zumbidos dos pulmões. Vi as passageiras ondas de eletricidade movendo-se de um lado para outro do cérebro; vi (com menos certeza) os pensamentos que elas significavam. E por um momento ali me maravilhei — era como entrar num grande prédio, alguma mesquita ou santuário sagrados —, vendo sua perfeição; uma coisa aérea feita de barro. Então veio o espanto secundário: que uma coisa tão encordoada de fato funcionasse, era tão frágil, tão fraca e desajeitada, tão presa à Terra.

Como seria *fácil* assumir o controle, tratar o corpo como uma carroça ou biga — um humilde veículo a ser dirigido para onde me agradasse! A mais fraca das tentações me percorreu... Sem parar um segundo, eu podia tê-la fechado no cérebro e abafado suas pequenas energias, puxado as alavancas para manter o mecanismo em marcha... Sem dúvida, Nouda, Faquarl, Naeryan e todo o resto teriam tido prazer em fazer isso. Era a vingança deles em microcosmo, o triunfo sobre a humanidade ganho em miniatura.

Mas não era para mim.

Não que não fosse tentador, vejam bem.

Nunca fui o maior fã da voz de Nathaniel. Mal a suportava ao longe, mas agora parecia que eu me achava amarrado dentro de um alto-falante a todo volume. Quando ele falou, as reverberações zumbiram e tremularam por minha essência.

— Kitty! — gritou a voz que era um grande elefante pesadão. — Eu sinto tanta energia!

A voz dela me chegou ligeiramente abafada, refratada pelas orelhas.

— Me diga! Qual é a sensação?

— Ondula através de mim! Eu me sinto tão leve. Me dá vontade de saltar para as estrelas![5] — Hesitou, como se estivesse embaraçado com seu entusiasmo nada mágico. — Kitty — disse —, eu pareço diferente?

— Não... Só menos curvado. Pode abrir os olhos?

Ele os abriu pela primeira vez, e eu olhei.

Era uma curiosa visão dupla, para começar; por um momento, ficou tudo borrado e vago. Suponho que era a visão humana dele — tão fraca e falha! Depois alinhei minha essência e tudo ficou mais nítido. Vasculhei o sétimo plano e ouvi Nathaniel arquejar.

— Você não vai acreditar! — ele berrou em meu ouvido. — Kitty! É como se tudo ganhasse mais cores, mais dimensões. E você tem um *fulgor* à sua volta!

Era a aura dela. Sempre mais forte que a média, desde a visita ao Outro Lugar ganhara um esplendor de meio-dia. Exatamente como fizera Ptolomeu. Nunca vi um outro ser humano parecido. Ondas de maravilha corriam pelo corpo de Nathaniel; o cérebro chiava.

— Você é tão *bonita*! — ele disse.

— Oh, só agora?

Ele realmente caíra nessa. Era o tom de estupefato espanto que o afundara.[6]

— Não! Eu só queria dizer...

Achei que era hora de me afirmar. O pobre-diabo não estava indo tão bem por si mesmo. Tomei o controle de sua laringe.

---

[5]Uma sensação lógica do seu ponto de vista. Ele *me* absorvera: um ser de fogo e ar.

[6]Nada muda. Nefertiti *vivia* fazendo isso com Akhenaton, aproximando-se quando ele cuidava das contas da colheita e perguntando-lhe que tal parecia com o novo e belo adereço de cabeça. Ele jamais aprendia.

— Se importa de falar baixo? — perguntei. — Não ouço seu pensamento.

Ele ficou inteiramente calado então. Os dois ficaram. Eu o deixei levar a mão à boca, como se tivesse soluçado na frente de outros.

— Certo — eu disse. — Eu. Como achava que eu ia ser gentil e tranqüilo pra você? Pense de novo, filhote. Somos dois neste corpo agora. Dê uma conferida.

Para provar o que dizia, ergui um dos dedos e metodicamente futuquei o nariz dele, que deu um guincho de protesto.

— Pare com isso!

Baixei o braço.

— Não é só o que posso fazer se quiser. Puxa... é um mundinho estranho aí dentro... Como estar coberto de musse de chocolate, só que sem o sabor gostoso. Algumas de suas idéias, Nathaniel... *Bem!* Se Kitty soubesse...

Ele lutou para controlar a boca de novo.

— Chega! *Eu* estou no comando. Concordamos com isso. Temos de agir em harmonia, ou arriscar a destruição.

Kitty falou de sua cadeira.

— Ele tem razão, Bartimaeus. Já perdemos tempo demais. Temos de trabalhar juntos.

— Ótimo — eu disse —, mas ele precisa *me* escutar. Eu sei mais que ele sobre Nouda e Faquarl. Posso me antecipar aos atos deles. E posso mexer o corpo dele muito bem. Veja só...

Calculei muito bem os músculos da perna; curvei-os, estiquei-os — minha essência fez o resto. Começando parados, saltamos sobre a mesa até o outro lado da sala.

— Nada mal, hem? — Dei uma risadinha. — Suave como seda.

Curvei a perna de novo, dei uma esticada... Exatamente ao mesmo tempo o mago tentou andar na direção oposta. Nosso corpo desabou, uma perna no ar, a outra a cerca de 170 graus dela. Dividimo-nos, demos gritos desarmônicos e caímos no tapete.

— É... — disse Kitty. — Suave *mesmo*.

Deixei que Nathaniel organizasse o trabalho de voltar a ficar de pé.

— Eu *sabia* que isso ia acontecer — ele rosnou. — Não tem jeito.

— Você simplesmente não gosta de receber ordens — eu disse, curto e grosso. — Não gosta que seus escravos comandem. Uma vez mago, sempre...

— Cale a boca! — disse Kitty. Fosse sua aura ou não, alguma coisa nela agora não tolerava discussão. Ficamos calados e deixamos que ela falasse. — Se vocês parassem de bater boca um momento — ela prosseguiu —, veriam que estão agindo juntos muito melhor do que Nouda e os outros em seus corpos roubados. Faquarl ficou à vontade no corpo de Hopkins, mas *ele* tinha prática. Os outros quase não tinham jeito.

— Ela tem razão... — disse Nathaniel. — Nouda não podia andar.

Foi preciso um djim para chegar ao centro da questão.

— Há duas diferenças cruciais — eu disse. — *Eu* não destruí sua mente. Isso tem de ajudar. Também sei seu primeiro nome. Aposto que isso me dá um melhor acesso a você do que os outros espíritos podem esperar adquirir. Aí está, você entende. Eu *sabia* que isso seria útil um dia.

O mago coçou o queixo.

— Talvez...

Nossas especulações filosóficas foram interrompidas por um grito impaciente.

— Seja o que for — disse Kitty. — Digam um ao outro quais são seus planos, e devem evitar armadilhas estúpidas. Agora, que tal o *Cajado?*

Que *tal* o Cajado? Esse tempo todo nós o tínhamos na mão, e apesar dos ossos e carnes isolantes de Nathaniel eu sentia sua imanência. Sentia o nervoso movimento dos grandes seres presos dentro dele, ouvia vagamente as súplicas para serem libertados. Os fechos e lacres que Gladstone aplicara à madeira ainda eram tão fortes quanto no dia em que ele os pusera. Sorte, isso — uma vez que, libertadas de repente, as energias represadas teriam arrasado um quarteirão urbano.[7]

Kitty nos vigiava de perto.

— Acham que podem ativá-lo?

— Sim — respondemos.

Nathaniel segurou o Cajado com as mãos. (Nesse caso, deixei que manipulasse nossos membros — precisávamos de *sua* fórmula para iniciar o processo, sua orientação. Eu dava apenas as energias extras, a força por trás da vontade dele.) Ficamos com as pernas ligeiramente separadas, o corpo preparado para o impacto. Ele começou a falar. Enquanto o fazia, eu olhava com seus olhos a salinha em volta. Lá estava Kitty, sentada na cadeira. Sua aura mais que se igualava à do Cajado. Mais adiante, via-se uma porta, quebrada por alguma pequena explosão. Empilhados no chão, vários bastões Inferno e esferas elementares. Fora Nathaniel quem as trouxera; usara um cubo de Detonação para destruir a porta. Ficara tão ansioso por Kitty que esquecera a dor no ombro e o cansaço, por algum tempo...

Coisa curiosa, sentir a mente de um homem funcionar. Mexia-se como alguém a dormir no escuro, enquanto em outra parte as idéias conscientes sacolejavam a fórmula mágica. Rostos passavam flutuando por mim: o de Kitty, uma velha; outros que não reconheci de jeito nenhum. E depois (um choque) também o de Ptolomeu, nítido como o tinir de um sino. *Tanto* tempo desde que eu o vira... 2 mil anos... Mas, claro, *essa* imagem não passava de uma lembrança para mim.

Hora de me concentrar. Senti minhas energias puxadas — sugadas pelas palavras de Nathaniel e convertidas em laços em torno do Cajado.

---

[7]Usar um artigo desses é um pouco como destampar uma garrafa de refrigerante. Não, talvez *seja* moderadamente mais excitante imaginar uma sacudida na garrafa primeiro. Depois, devagar, gira-se a tampa... O segredo é girá-la bastante para que ela chie apenas um *pouco*. Então o mago pode dirigir a força para onde quiser. É girar demais ou demasiado rápido que se fica com as mãos grudentas. Numa maneira de falar, os prédios notáveis destruídos pelo uso descuidado de talismãs incluem: a Biblioteca e o Farol de Alexandria, os Jardins Suspensos da Babilônia, a cidadela do Grande Zimbábue e o Palácio Submarino de Kos.

O encantamento chegava ao fim. O Cajado de Gladstone estremeceu. Claros raios de luz percorriam-no e congregavam-se ao lado do pentáculo esculpido na ponta. Sentimos os seres lá dentro forçando a racha que havíamos criado em sua prisão; sentimos as fechaduras de Gladstone lutando para lacrar-se. Negamos a elas as duas coisas.

A cantilena de Nathaniel chegou ao fim. O Cajado pulsou uma vez — uma brilhante luz branca encheu a sala em todos os planos. Tropeçamos onde estávamos: Nathaniel fechou os olhos. Então a luz recuou. Atingiu-se o equilíbrio. Tudo ficou parado. A sala silenciosa. Quase demasiado fraco para ser ouvido, o Cajado de Gladstone zumbia em nossas mãos.

Como uma só pessoa, nos voltamos para onde Kitty se sentava vigiando na cadeira.

— Prontos — dissemos.

Nathaniel

33

Apenas por um instante, quando o Cajado foi ativado e as energias do djim fluíram por ele para conter seu poder, Nathaniel se lembrou da ferida no ombro. Sentiu uma pontada de dor, uma súbita tontura... depois a nova força cresceu de novo dentro do corpo, e a fragilidade desapareceu. Ele se sentiu melhor que nunca.

O corpo ainda ecoava com a sensação desse primeiro instante quando os poderes de Bartimaeus se fundiram dentro dele. Foi como um choque elétrico, uma onda que ameaçou levantá-lo do chão, negar inteiramente a gravidade — todo o seu peso e cansaço esfumaram-se. Ele ardia de vida. Com súbita clareza (a mente parecia mais aguçada, recém-afiada), percebeu a natureza do djim — compreendeu seu incessante impulso para movimentar-se, mudar, transformar-se. Sentiu como era dura a sorte para sua natureza ver-se contida à força, represada entre coisas sólidas terrenas. Teve um vislumbre (só meio turvo a princípio) de uma interminável sucessão de imagens, lembranças, gravuras, que remontavam a um terrível abismo de tempo. A sensação não era diferente de uma vertigem.

Tinha todos os sentidos em chamas. Os dedos apalpavam cada entalhe do Cajado, os ouvidos captavam o mínimo zumbido. Mais que tudo, ele via e entendia cada plano — todos os sete. A sala estava banhada nas cores de uma dúzia de auras — do Cajado, dele próprio e, mais extraordinário ainda, de Kitty. Em meio ao fulgor, o rosto dela parecia liso e jovem de novo, os cabelos brilhavam feito chamas. Ele tinha vontade de olhá-la por todo o sempre...

Pare com essa besteira agora mesmo. Eu me sinto nauseado.

Era como se um desgraçado de um djim tivesse andado mexendo com a cabeça dele.

Eu não estava fazendo nada, ele pensou.

Não muito. O Cajado está pronto e funcionando. Precisamos ir.

É. Com cuidado, caso algum djim tivesse outros planos para suas pernas, Nathaniel virou-se para Kitty.

— Você deve ficar aqui.

— Estou me sentindo mais forte. — Para susto de Nathaniel, ela se aproximou um pouco na cadeira e, apoiando o peso com mãos trêmulas, se levantou. — Posso andar — disse.

— Mesmo assim, não vem conosco.

Sentiu o djim se agitar dentro da cabeça; a voz ecoou-lhe na boca. Como antes, o efeito era desconcertante. Também fazia cócegas.

— Nathaniel tem razão — disse Bartimaeus. — Você está fraca demais. Se a memória dele serve para alguma coisa, o que eu duvido, ainda há prisioneiros no prédio... se Nouda não matou todos eles. Por que não tenta encontrá-los?

Ela assentiu com a cabeça.

— Tudo bem. Qual é seu plano? Por que não usa o espelho com diabrete para ver onde está Nouda?

Nathaniel se mexeu.

— Bem...

— Ele o quebrou — disse o djim. — Libertou o diabrete. Um grande erro, em minha opinião.

— *Eu posso responder por mim mesmo* — rosnou Nathaniel.

Achava particularmente chato ser interpretado por sua própria laringe.

Kitty sorriu-lhe.

— Que bom pra você. Bem, até logo.

— É... Tem certeza de que vai ficar bem?

Sentiu a impaciência do djim. Seus membros tremeram; ele preparou-se para dar um salto, varar o ar...

— Vou ficar ótima. Aqui, olhe... é melhor tirar isso. — Ele baixou a cabeça, pegou o Amuleto de Samarkand no pescoço e estendeu-o para ela. — Use — disse. — Vai lhe proteger.

— Só contra *magia*, veja bem — acrescentou o djim. — Não contra ataque físico, nem tropeçar, nem bater na cabeça, nem enfiar o dedão do pé, nem nada assim. Mas, dentro dos parâmetros estritos, funciona muito bem.

Kitty hesitou.

— Eu tenho *um pouco* de maleabilidade — começou. — Talvez não deva...

— Não basta para enfrentar Nouda — disse Nathaniel. — Sobretudo depois do que você passou. Por favor...

Ela passou o colar pela cabeça.

— Obrigada — disse. — Boa sorte.

— Você também.

Nada mais havia a dizer. Chegara a hora. Nathaniel dirigiu-se à porta, queixo para a frente, olhos sombrios e determinados. Não olhou para trás. Um monte de detritos da porta quebrada juncava o chão; ele passou por cima com cuidado, no instante mesmo em que o djim forçava suas pernas a correrem e saltarem. Deu uma topada; tropeçou, caiu esparramado, soltou o Cajado e rolou de cabeça sobre os detritos e pela porta afora.

Que suavidade, disse Bartimaeus.

Nathaniel não deu resposta que se ouvisse. Pegando o Cajado de Gladstone, saiu pelo corredor.

Seguiu-se uma cena de inventiva devastação no Salão das Estátuas, onde as cabeças de mármore de todos os primeiros-ministros mortos haviam sido arrancadas dos torsos e ao que parece usadas para jogar boliche. A mesa do Conselho, quebrada, estava perto da parede; à sua volta, nas sete cadeiras, haviam colocado os corpos de vários magos em posições cômicas, como num fantasmagórico conclave. A sala sofrera todo tipo de ataque mágico, esporádico e aleatório: áreas do chão, parede e teto estavam quebradas, furadas, enegrecidas, derretidas e cortadas fora. Fragmentos fumegantes surgiam onde havia tapetes. Cadáveres jaziam embolados, abandonados, quebrados, como brinquedos jogados fora. Na outra extremidade da sala, um buraco gigante explodiu na alvenaria. O ar frio esguichava por ele.

— Olhe os pentáculos — Nathaniel disse de repente.

Eu estou *olhando. Tenho os seus olhos, não tenho? E concordo com você.*

— Como?

Que está pensando? Eles os destruíram sistematicamente. Querem tornar mais difícil para qualquer mago que tenha sobrevivido.

Cada pentáculo fora de alguma forma deformado e espalhado, as linhas cuidadosamente traçadas estouradas por rajadas casuais de fogo. Igual às cenas no Fórum de Roma, quando os bárbaros derrubaram os portões e os cidadãos se levantaram contra o domínio dos magos. *Eles também* começaram destruindo os pentáculos...

Nathaniel balançou a cabeça.

— Isso não tem importância — disse. — Cuide do trabalho imediato.

Estou cuidando. Mas o que posso fazer se você assalta minhas lembranças?

Nathaniel não respondeu. Avistara rostos que reconhecia estendidos no meio do lixo. Deixou cair os cantos da boca.

— Vamos — disse.

Que há com a dor retrospectiva? Você não gostava deles mesmo.

— Precisamos nos apressar.

Tudo bem. Deixe o movimento comigo.

Foi a mais estranha sensação de todas: relaxar os músculos, cortar deliberadamente todo comando deles, mas senti-los esticar-se e soltar-se, andar com grandes passos e saltos harmônicos, inchar com uma exuberância não humana. Nathaniel segurava firme o Cajado; fora isso, dava rédea solta ao djim. Com um único salto, ele já cruzara a sala e aterrissara num bloco caído. Uma pausa; moveu a cabeça para um lado e outro, e tornou a partir — um passo gigante, depois outro; passou abaixado pelo buraco na parede, elevou-se em outra sala, escura e devastada, cheia de detritos. Não teve chance de focalizá-lo; estava ocupado demais tentando enfrentar o estômago revoltado, com a emoção das energias despertadas dentro de si. Descia e tornava a subir — saíra daquele sala e atravessara outra —, passara pela escada reduzida a palitos, um amontoado de alvenaria do tamanho de pedras. Passou por um escancarado arco de pedra despedaçada...

Saiu nas ruas de Whitehall.

Aterrissaram, joelhos dobrados, prontos para saltar de novo. Nathaniel tinha a cabeça inclinada para um lado, girava os olhos; via todos os planos.

— Oh, não... — sussurrou.

Oh, SIM, disse o djim.

Whitehall estava em chamas. Acima dos telhados, as nuvens mais baixas fulgiam rosa e laranja; uma luz feroz cavava entre elas abismos de negrume, pontilhados de estrelas. Os grandes Ministérios do governo, onde jamais cessavam os negócios imperiais, achavam-se escuros e vazios. Todas as luzes apagadas, as dos postes também. Um prédio ao norte — seria o Ministério de Educação? Nathaniel não sabia — tinha um incêndio no andar de cima. Alguns traços trêmulos de vermelho ondulavam das janelas. A fumaça subia e misturava-se com as nuvens. Outros incêndios irrompiam em prédios defronte. Tudo tinha um tom irreal, como ilusões numa das peças de Makepeace.

A não ser pelo lixo, postes e estátuas caídos e — tombados escuros e pequenos como formigas escaldadas — corpos humanos espalhados, a rua estava vazia. Aqui uma limusine fora jogada pelo vidro da frente do Ministério dos Transportes; ali, uma das vastas esculturas (*Respeito pela Autoridade*) jazia em ruínas — restavam apenas os pés monolíticos sobre o pedestal. Os memoriais de guerra haviam sido do mesmo modo despedaçados, a rua meio bloqueada com granito. Mais adiante da lenta curva de Whitehall, na direção de Trafalgar Square, soou uma explosão surda.

— Para lá — disse Nathaniel, suas pernas arqueadas, saltou alto e mergulhou fundo. Chegou ao segundo andar dos prédios e a cada vez que tocava o chão era por segundos antes de saltar novamente. As botas chacoalhavam em seus pés.

— Você sabe que estou usando as botas de sete léguas — ele arquejou. O vento tirou-lhe o fôlego.

Claro que sei. Eu sou *você no momento, quer você goste ou não. Ainda não precisamos delas. Está pronto com o Cajado? Tem uma coisa lá na frente.*

Depois dos memoriais de guerra, de carros abandonados, o corpo de um lobo jazia no meio da rua, junto com pedaços de arame farpado, sinais de aviso, restos de um cordão policial. À frente ficava Trafalgar Square. A Coluna de Nelson erguia-se na noite, banhada num fulgor amarelo-mostarda. Pequenas explosões ressoavam de um lado para outro abaixo dela. Entre as tendas e barracas da feira de turistas, pequenas sombras fugiam e espalhavam-se. Alguma coisa saltava nos calcanhares delas.

Nathaniel foi descansar no canto da praça. Mordeu o lábio.

— Isso é caçar gente.

Meio esportivo. Na certa acha que está de volta ao Coliseu...[1] *Veja! Aquele homem sobreviveu à Detonação. Alguns desses caras são resistentes.*

---

[1]Os escravos e prisioneiros de guerra recebiam facas e eram mandados à grande arena romana para combater os djins cativos. A elite romana simplesmente *adorava* as perseguições e todos os hilariantes métodos de morte.

Nathaniel levou a mão aos olhos.

— Agora seus pensamentos foram para lados opostos. Mantenha a coisa simples. Eu não agüento.

Tudo bem. Cajado pronto? Bem, então, lá vamos nós...!

Antes que pudesse preparar-se, as pernas já tinham dado um salto: ele estava do outro lado da rua, entre as barracas a arderem. Afundou na fumaça — passou por uma mulher agachada e uma criança pequena. Um pulo, um salto. Direto em frente, de pé ao lado de uma fonte, curvado como um animal — o corpo de Clive Jenkins. Claros fogos verdes ardiam por trás dos olhos; a boca pendia frouxa, distendida. Um vapor amarelo saía enroscado das mãos.

Nathaniel ficou a olhá-lo, chocado, readquirindo o controle com dificuldade. Ergueu o Cajado...

As pernas saltaram mais uma vez. Ele se viu em pleno vôo. Atrás, uma explosão; minúsculos pedaços de concreto bateram-lhe no lado do rosto. Ele aterrissou na cabeça da estátua de um leão, logo abaixo da coluna.

— Pra que nos moveu? — gritou. — Eu estava me preparando...

Mais um segundo e seríamos explodidos. Temos de ser mais rápidos. Naeryan é uma afrito; não perde tempo.[2]

— Quer *parar* de fazer isso? Estou tentando me concentrar.

Nathaniel concentrava-se no Cajado, preparando-se...

Bem, se apresse. Ela está chegando mais perto. Se tivéssemos o Amuleto, estaríamos dando risadas. Por que você o deu a Kitty mesmo?... Huumm, é..., eu sei. É justo. Não é difícil manter uma discussão quando se pode alcançar a mente do outro. Oh — Detonação vindo. Vou pular.

— Vá em frente então.

Tem certeza? Não se importa?

---

[2]Conheci Naeryan na África, durante as campanhas de Cipião. A manifestação favorita dela era uma flexível dança do ventre, que atraía...

— Simplesmente vá.

Da fumaça emergiu uma figura que saltava horrivelmente. O afrito dentro dela dominara os membros, mas preferia andar nas pontas dos pés em vez de num passo humano. Um clarão de luz dourada explodiu a estátua do leão, mas Bartimaeus já havia puxado os tendões certos, usado os músculos — Nathaniel viu-se dando um salto mortal diretamente por cima da cabeça do monstro e aterrissando atrás dele.

Agora, disse Bartimaeus.

Nathaniel disse uma só palavra. O Cajado foi disparado. Uma lança de luz branca, dura feito um diamante, estreita como uma mão, partiu do centro do pentáculo esculpido no castão. O chão tremeu; Nathaniel rilhou os dentes. A luz errou o corpo de Clive Jenkins e bateu na Coluna de Nelson, partindo-a como um palito no pão. E desapareceu. Nathaniel ergueu o olhar. O afrito também. Em absoluto silêncio, a Coluna oscilou, deslocou-se e, muito devagar, pareceu crescer... Depois desabou sobre eles com um assobio que era quase um grito, e Bartimaeus já os empurrava para o lado, através do tecido de uma barraca queimada, rumo ao pavimento, batendo com força o ombro ferido, enquanto o monumento caía no chão e dividia a praça em duas.

Nathaniel já estava de pé num instante. A dor explodiu em sua clavícula. Uma voz de fúria gritava em sua mente. *Você tem de apontar isso direito!* Eu *aponto da próxima vez!*

— Não, não aponta, não! O demônio... onde está ele?

A essa altura, já se foi há muito tempo, sem dúvida. Você realmente estragou tudo.

— Agora escute... — Um movimento a alguns metros chamou sua atenção. Quatro caras brancas, uma mulher e os filhos, agachados entre as barracas. Nathaniel estendeu a mão. — Está tudo bem — disse. — Eu sou mago...

A mulher deu um gritinho; as crianças se assustaram e agarraram-se a ela. Uma voz sardônica soou na cabeça dele. *Ora, muito legal. Muito tranqüilizante. Por que não propor cortar as gargantas deles também, aproveitando a chance.*

Nathaniel praguejou para dentro. Por fora, tentou sorrir

— Estou do lado de vocês — disse. — Fiquem aqui. Eu...

Ergueu o olhar de repente. A voz na cabeça: *Está vendo?* Em meio aos farrapos queimados da barraca, as nuvens de poeira que se levantavam dos pedaços da coluna caída, ele captou um brilho verde. Concentrou-se de novo: nos planos mais altos, vislumbrou com mais facilidade os olhos estreitados, o furtivo salto no escuro. Cada vez mais perto, o corpo de Clive Jenkins se aproximava nas pontas dos pés, de barraca em barraca, na esperança de pegá-lo desprevenido.

Bartimaeus disse rápido: *Agora vai ser um Fluxo... Sou um djim, então sei disso. Os Fluxos cobrem uma grande área. Ela espera desestabilizar você. Posso colocar um Escudo sobre nós, mas isso pode mudar o curso do raio do Cajado.*

— Pode pôr o Escudo sobre essas pessoas?... Faça isso, então. *Nós* não precisamos.

Nathaniel permitiu que sua mão se erguesse. As energias correram pelos dedos esticados. Uma esfera azul se estendeu sobre os plebeus amontoados, lacrando-os. Ele se voltou para a praça. A poeira subiu; fragmentos negros voavam do tecido das barracas. Não se via demônio algum andando nas pontas dos pés.

— Onde está a coisa?

Como iria eu *saber? Você não tem olhos na nuca. Eu só posso olhar para onde você olha.*

— Tudo bem, tudo bem, se acalme.

Eu estou *calmo. É você que não está. Todos esses esquisitos produtos químicos disparando pelo seu organismo, estimulando-o. Não admira que os seres humanos não pensem direito. Ali! Não — só o vento batendo na lona. Ooh. Essa me assustou.*

Nathaniel vasculhou a praça. O Cajado zumbia em sua mão. Ele tentou filtrar a constante interferência da voz do djim, a inundação de lembranças; às vezes quase o abafavam. Onde se escondia o demônio? Atrás da base rachada da coluna? Duvidoso... longe demais... *Onde,* então?

Não sei, disse Bartimaeus. *Talvez ela tenha fugido.*

Nathaniel deu alguns passos hesitantes para a frente. Tinha a pele arrepiada; sentiu a iminência do perigo. Longe, do outro lado da praça, viu uma cerca, uma escada que levava para baixo do pavimento. Era o metrô, ou seja, subterrâneo... Por baixo da praça estendia-se uma rede de túneis que se ligavam com os trens e transportavam os pedestres sob as ruas. E esses túneis emergiam...

Em pontos diferentes da praça.

Vire-se! Ele pensou a ordem, relaxou os músculos, deixou que o djim fizesse o resto. Ao girar, disse a palavra, apontou o Cajado. Partiu um raio de luz branca — cortou o ar, atomizou o corpo de Clive Jenkins que vinha rastejando por trás. Num minuto, o demônio estava ali, a mão pegajosa estendida para mandar um Fluxo, e no seguinte já desaparecera, junto com a entrada do metrô atrás. Uma cinza fedorenta voava sobre o pavimento derretido.

Bom pensamento, esse, disse o djim. *Não me lembro de Naeryan algum dia ter sido tão sorrateira.*

Nathaniel inspirou devagar. Atravessou até onde o grupinho se agachava debaixo do Escudo e acenou com a mão. Bartimaeus retirou a esfera. A mulher se levantou rápido, agarrando as crianças.

— Whitehall é o caminho mais seguro — começou Nathaniel. — Os demônios se foram de lá, eu creio. Vá por ali, mas não tenha medo, senhora. Eu...

Parou; a mulher lhe dera as costas; rosto pálido, olhos mal-humorados e distantes, empurrou as crianças por entre as barracas.

Que espera você? A voz do djim cortou sua surpresa. *Você e sua espécie a meteram numa encrenca, para começar. Ela não vai se apressar a agradecer-lhe, faça você o que fizer. Mas não se preocupe, Nat. Não está totalmente só. Sempre terá a* mim.

Uma risada indesejada borbulhou na mente dele.

Por alguns segundos, Nathaniel ficou onde estava, a cabeça meio caída, olhando a desolação da praça. Depois aprumou os ombros, firmou a mão no Cajado, arrastou o tacão da bota uma vez no chão — e desapareceu.

Kitty

34

Kitty localizou os prisioneiros muito mais rápido do que esperava. A parte mais demorada foi no começo — quando se preparava para deixar a salinha. Ao se levantar, cada músculo do corpo clamou aos céus; ela se arrepiou como se sentisse um frio extremo; sentiu a cabeça leve. Mas não virou.

Tenho apenas de reaprender, pensou. Lembrar ao corpo o que pode fazer.

E era verdade que com cada passo arrastado sua confiança crescia. Chegou ao esconderijo das armas empilhadas ao lado da porta. Fez uma careta, dobrou os joelhos, agachou-se e manteve essa posição, oscilando e xingando, enquanto remexia na pilha. Bastões de raios, bastões de Inferno, esferas de elementos... objetos conhecidos dos anos de Resistência. Não tinha mochila, mas enfiou um Inferno e um bastão de raios na cintura. Duas esferas, com dificuldade, couberam nos bolsos da jaqueta. (Tirou os *Apócrifos* de Ptolomeu e os depositou, não sem certa reverência, no chão. Já tinham servido bem ao seu objetivo.) Entre os objetos mágicos havia um disco de prata, liso e afiado como uma navalha. Dominando uma leve e inexplicável aversão, ela o pôs no bolso também. Depois, apoiando-se na parede, levantou-se com esforço.

Com cuidado, aos poucos, deixou a sala, passando por cima dos fragmentos da porta, desceu o corredor e passou pelo trecho sombrio do arruinado Salão das Estátuas. Tinha uma lembrança — sons queixosos que vinham de trás da porta perto de onde Nathaniel e ela haviam sido aprisionados.

Enquanto prosseguia, Kitty tinha consciência de uma estranha divisão dentro de si. Jamais se sentira tão assustadoramente fraca, tão hesitantemente amarrada à força terrestre. Contudo, pelo mesmo motivo, tampouco se sentira tão inteiramente segura de si como agora. Muitas vezes antes tivera uma grande e irresponsável certeza, com a alegre confiança em sua juventude e vigor. Agora não era assim. Era um sentimento mais calmo, mais tranqüilo, sem qualquer ligação com coisas físicas, sem o nervosismo que essas coisas tendiam a envolver. Era uma espécie de segurança implacável; sentia-a irradiando-se dela quando seguia arrastando os pés.

O primeiro teste não causou o mínimo arranhão nessa sensação. No ponto onde o corredor se alargava, perto de um conjunto de escadas, encontrou um dos demônios. Provavelmente, o último a ter-se apoderado de um corpo; na certa, não o dominara com grande sucesso. O anfitrião fora um homem alto, cabelos louros e lanosos, vestindo roupas escuras de óbvio preço alto. Agora as tinha rasgadas em tiras, os cabelos em desalinho, os olhos opacos como vidro marinho. As pernas tropeçavam de um lado a outro do corredor, os braços se debatiam às cegas. Um rosnado de fera saía-lhe da garganta, com — de vez em quando — palavras iradas numa língua desconhecida.

A cabeça virou-se; avistou Kitty. Um brilho amarelo ardia por trás dos olhos. Kitty parou, à espera. O interesse do demônio se mostrou num súbito uivo louco que fez os vidros trepidarem nos armários ao longo do corredor. O bicho decidiu atacar, mas pareceu em dúvida sobre exatamente *como* lançar um bombardeio mágico. Primeiro ergueu uma perna, apontou o pé e descalçou o sapato. Depois tentou um cotovelo, com comparável sucesso. Por último, com dolorosa hesitação, ergueu a mão, um dedo trêmulo esticado, e soltou um raio de luz lilás, que bateu no Amuleto de Samarkand e foi logo absorvido.

O demônio inspecionou o dedo aborrecido. Kitty tirou o bastão de raios do cinto, adiantou-se sem pressa e mandou uma rajada de corrente azul tremulante, que varou chocalhando o corpo do inimigo. Coberto de fumaça negra, o demônio estremeceu, dançou, jogou-se para trás, desabou por cima da balaustrada e caiu quatro metros até a escada abaixo.

Kitty seguiu seu caminho.

Minutos depois, chegou à porta de que se lembrava. Escutando com atenção, detectou gemidos abafados. Experimentou a porta, viu que estava fechada e a explodiu com a primeira das esferas elementares. Assim que os ventos finais se dissiparam, entrou.

A sala não era grande, e o pouco espaço que havia era manchado pelos corpos caídos. À primeira vista, Kitty receou o pior; depois viu que todos se achavam bem amarrados e amordaçados, exatamente como quando haviam sido deixados pelos diabretes de Makepeace tantas horas antes. A maioria estava presa pelo mínimo de cordas e barbantes, mas lençóis ou grossos chumaços de rede negra envolviam um ou dois. Havia umas 20 pessoas na sala, apertadas feito sardinhas em lata, cabeça com pés. Para grande alívio de Kitty, ela viu que muitos se mexiam com tristes contorções, como vermes num jarro.

Um ou dois pares de olhos fixos lhe chamaram a atenção; os donos se contorciam e emitiam gemidos de súplica. Ela tirou um momento para recompor-se; as pernas tremiam com o esforço para chegar até ali. Então falou o mais claro possível.

— Estou aqui para ajudar vocês — disse. — Esperem com a maior paciência possível.

Esse pronunciamento causou uma extraordinária agitação, com apertões e gemidos. Pernas se debatiam, cabeças curvavam-se e torciam-se. Kitty quase foi derrubada pela balbúrdia dos corpos junto dela.

— Se não ficarem quietos — disse com toda severidade —, eu vou *deixar* vocês. — Imediata quietude entre os magos caídos. — *Assim* está melhor. Agora, então...

Com dedos desajeitados, pegou o disco de prata no bolso e, segurando-o com cuidado para não cortar-se, cuidou das cordas mais próximas, que se partiam como manteiga sob uma faca quente. Mãos e pés com cãibras tentavam mexer-se, os donos soltando gritos de dor. Sem cerimônia, Kitty retirou a mordaça.

— Quando puder se levantar — disse —, procure alguma coisa afiada e me ajude a desamarrar os outros.

Passou para o mago seguinte.

Dentro de dez minutos a sala estava cheia de homens e mulheres que capengavam e se esticavam; alguns sentados, outros em pé primeiro num dos pés, depois no outro, tentando arrancar os alfinetes e as agulhas dos membros dormentes e inchados. Ninguém falava; os corpos haviam sido libertados, mas as mentes continuavam mergulhadas em choque e descrença. Kitty trabalhava em silêncio com o penúltimo cativo, um grande cavalheiro envolto em rede. Ele parecia inerte; o sangue vazara pelo tecido em torno da cabeça. Ao lado dela, a primeira pessoa a quem libertara, uma jovem de cabelo despenteado, lutava com as cordas da última maga. Coberta com um grosseiro cobertor cinzento, estava muito viva; esperneava com furiosa impaciência.

Kitty passou o disco de prata.

— Tome.

— Obrigada.

Em questão de momentos os envoltórios de rede e cobertor já haviam sido retirados, e revelaram-se os dois cativos. Um, uma mulher de longos cabelos negros pendendo na cara vermelha e inchada, logo saltou de pé e guinchou de agonia quando a cãibra se manifestou. O outro, um velho imenso com a cara seriamente espancada, jazia imóvel. Tinha os olhos fechados; a respiração saía em arquejos irregulares.

A mulher de cabelos negros se encostou na parede e massageou uma das pernas. Soltou um rugido de dor e fúria.

— Quem? *Quem* é responsável por isso? Eu vou matá-los. Eu juro que vou matá-los.

Kitty se achava ocupada conversando com a mulher de cabelo desgrenhado.

— Ele está mal. Alguém precisa levá-lo para o hospital.

— Eu dou um jeito — disse a mulher. Olhou a sala em volta e avistou um jovem sujo. — George? Pode fazer o favor?

— Tudo bem, srta. Piper.

— Espere. — Exausta, Kitty tentava levantar-se, e estendeu a mão trêmula. — Pode me ajudar, por favor? Obrigada. — Voltou-se de frente para a sala. — Vocês todos precisam saber o que aconteceu. A situação lá fora pode ser... difícil. Os demônios estão à solta em Londres.

Arquejos, pragas; os rostos reunidos registravam frouxa consternação. Jovens e velhos olhavam-na, boquiabertos, vulneráveis e nada compreendendo. Desaparecera qualquer vestígio de segurança mágica — agora eram apenas seres humanos, em pânico, sem líder, reduzidos a nada. Kitty ergueu a mão.

— Escutem — disse — que eu lhes conto.

— Um momento. — A mulher de cabelos pretos estendeu a mão e agarrou-lhe o braço. — Primeiro, quem diabos é *você*? Eu não reconheço sua cara, nem — curvou um lábio — sua roupinha suja. Não creio que seja sequer maga.

— Certo — cortou Kitty. — Sou plebéia. Mas vocês fariam bem calando a boca e me escutando, se querem evitar ser mortos.

A mulher arregalou os olhos.

— Como *ousa* você...?

— É, fecha a matraca, Farrar — disse um homem.

A mulher pareceu sufocar; olhou em volta com um ar louco, mas soltou o braço de Kitty.

Com esta única exceção, todos na sala pareciam ávidos, até agradecidos, por ouvir o que Kitty tinha a dizer. Se era o choque residual que os mantinham calados, ou se vislumbravam na moça de cabelos grisalhos e rosto enrugado, cansado, alguma coisa que impunha inequívoco respeito, era difícil dizer. Mas ouviram com absoluta atenção o que Kitty lhes disse ter acontecido.

— E o *resto* de nós? — perguntou um dos velhos em tom queixoso. — Tinha pelo menos uns 100 sentados neste teatro. Certamente, não foram todos...

— Não sei — disse Kitty. — Talvez haja outras salas com prisioneiros que os demônios esqueceram, ou decidiram ignorar. Vocês vão ter de ver isso. Mas muitos de vocês estão mortos.

— E o sr. Devereaux? — sussurrou uma mulher.

— Ou Jessica Whitwell ou...?

Kitty ergueu a mão.

— Sinto muito, mas não sei. Acho muito provável que a maioria dos principais magos tenha sido possuída ou assassinada.

— *Esta* aqui não foi. — A de cabelos pretos falou com uma expressão selvagem. — Até que eles sejam encontrados, eu sou o único membro do Conselho que resta. Por isso agora estou no comando. Devemos pegar nossos pentáculos e invocar nossos escravos. Entrarei em contato com meus lobos da polícia imediatamente. Os demônios renegados serão encontrados e destruídos.

— Duas coisas — disse Kitty, em voz baixa. — Não, três. Primeiro, devemos cuidar deste homem. Alguém pode oferecer um transporte?

— Eu posso. O rapaz sujo curvou-se ao lado do corpo mole. — Vão ser necessárias três pessoas para isso. Sr. Johnson, sr. Vole, podem dar uma mãozinha aqui, me ajudar a pô-lo numa limusine?

Eles deram e partiram, apoiando o inválido entre si.

Um bater de palmas; a maga estava junto à porta.

— Para os pentáculos! — ordenou — Não há tempo a perder.

Ninguém se mexeu.

— Acho que a senhora ali tinha mais alguma coisa a dizer — disse um velho, indicando Kitty com a cabeça. — Devemos ouvi-la, não acha, srta. Farrar? Por cortesia, se por nada mais.

A srta. Farrar torceu os lábios.

— Mas ela não passa de uma...

— Eu tinha mais *duas* coisas a dizer — disse Kitty. Sentia-se muito cansada, tonta; precisava sentar-se. *Não, domine-se; faça o serviço.* — O principal demônio, Nouda, é bastante terrível. Seria suicídio vocês o abordarem sem a maior arma possível. E isso já está sendo feito. — Olhou o grupo silencioso em volta. — Um mago, *outro* membro sobrevivente do Conselho... — não pôde resistir a uma olhada à srta. Farrar — foi ao encontro dele. Está usando o Cajado de Gladstone.

Só ficou meio surpresa com as abafadas exclamações de pasmo. A srta. Farrar em particular pareceu ofendida.

— Mas o sr. Devereaux proibiu! — gritou. — Quem ousaria...?

Kitty sorriu.

— É Nath... John Mandrake. É melhor esperar que ele tenha sucesso!

— *Mandrake!* — A srta. Farrar tinha o rosto pálido de fúria. — Ele não tem o talento necessário!

— A última coisa que eu gostaria de dizer — prosseguiu Kitty, sem piedade — é que, sendo assim, o mais importante para nós — para *vocês*, quero dizer; *vocês* são os magos, *vocês* têm o poder — é dar proteção e orientação ao povo. Desde que Makepeace os aprisionou, não há liderança, ninguém para evacuar áreas onde os demônios estão à solta. Arriscamos baixas em massa nesse caso, baixas em massa. Se não agirmos, muitos plebeus vão morrer.

— Isso jamais nos preocupou antes — murmurou um rapaz nos fundos, mas a opinião geral foi contra ele.

— O que precisamos é um cristal — disse a srta. Piper. — Para ver onde estão os demônios.

— Ou uma tigela de cristal. Onde as guardam neste lugar?

— *Tem* de haver uma. Venha.

— Vamos aos pentáculos. Eu poderia invocar um diabrete, enviá-lo.

— Precisamos de mais carros. Quem aqui sabe dirigir?

— Eu não sei. Meu marido é quem dirige.

— Nem eu...

Na porta, uma tosse rouca, forçada. A srta. Farrar tinha o rosto impaciente, os cabelos enredados e assanhados; a boca, um fino talho. Mãos brancas empurravam a porta dos dois lados. Ela cruzava os braços, os ombros ligeiramente curvados — a posição lhe dava uma leve semelhança com um chapéu emborcado. O olhar cuspia veneno.

— Nenhum de vocês — disse — vale mais que um ministro subalterno. A maioria não é sequer *isso*; apenas secretários e amanuenses. O conhecimento de magia de vocês é dolorosamente limitado; e a opinião, ao que parece, ainda pior. Os plebeus cuidarão de si mesmos. Alguns são resistentes, sem dúvida, podem repelir algumas Detonações. De qualquer forma, são muitos. Podemos nos dar o luxo de perder uns poucos. O que *não podemos* é ficar parados aqui discutindo enquanto nossa capital está sob ataque. Como vamos deixar isso com Mandrake? Até onde acham que ele *é* um bom mago? Eu vou atrás dos meus lobos. Qualquer um com um resto de ambição pode me seguir.

Descolou-se da porta e, sem um olhar para trás, saiu para o corredor. Silêncio incômodo. Após uma pausa, três dos rapazes, cabisbaixos, cenho franzido, abriram caminho pelo lado de Kitty. Vários outros hesitaram, mas ficaram.

A jovem de cabelos desgrenhados deu de ombros; voltou-se para Kitty.

— Vamos com você, srta... um, desculpe, como se chama?

Clara Bell? Lizzie Temple?

— Kitty Jones — disse. Depois, em voz mais fraca: — Alguém aí pode me arranjar uma bebida?

Enquanto Kitty descansava, tomava a água mineral do suprimento de garrafas do Conselho, os magos menores puseram-se a trabalhar. Alguns se aventuraram pelas câmaras de Whitehall; voltaram tremendo e pálidos, com informações de corpos empilhados em quartos laterais, de pentáculos retalhados e rompidos, de devastações tais como ninguém jamais sonhara. Uma carnificina daquela se fazia em geral aos inimigos de longe. Era perturbador para os magos experimentá-la em primeira mão. Outros rastejaram até a frente do prédio e espiaram para dentro de Whitehall. Os prédios ardiam; cadáveres jaziam à plena vista — o que mais perturbava era a ausência de gente. Em geral, mesmo nas primeiras horas da madrugada, ônibus e táxis continuavam a passar por ali, junto com as idas e vindas das equipes noturnas nos Ministérios, e patrulhas da polícia e soldados. A maquinaria do governo, decepada pela traição de Makepeace e surpreendida pelo aparecimento de Nouda, parara por completo.

A destruição dos pentáculos era um revés, mas logo ficou claro que a ferocidade dos demônios excedia a eficiência deles, e aqui e ali descobriam-se círculos ignorados e poupados; enquanto isso, numa câmara perto do Salão das Estátuas, localizou-se uma gigantesca bola de cristal, antes empregada pelo Conselho; a trouxeram para a sala onde estava Kitty. Os magos congregaram-se, calados e sombrios. Sem preâmbulo, o mais forte indivíduo presente — um ministro subalterno da Pesca — invocou o djim preso dentro da bola, que recebeu ordens, em tom sonoro, para fazer sua tarefa: revelar a posição dos demônios renegados.

A bola ficou enfumaçada, escura... Todos se curvaram mais para perto.

Luzes dentro do cristal! Vermelho e laranja. Chamas a saltarem.

O foco ficou bom. Fogos furiosos, perto e longe; lanternas entre árvores escuras. À distância, um fulgor gigantesco e corcunda...

— O Palácio de Vidro — gritou alguém. — É o St. James Park.

— Os plebeus estavam fazendo manifestações lá.

— Vejam!

No primeiro plano, centenas de vultos a correr, rodando, espalhando-se como cardumes de peixes por entre as árvores.

— Por que eles não saem?

— Cercados.

Aqui e ali, explosões de magia, encurralando as multidões tomadas de pânico, redirigindo-as de volta sobre si mesmas. Vislumbres de movimento estranho nas margens — grandes saltos e vôos, corridas súbitas. Pulos, cabriolas, de formas humanas, mas não humanas nas alegres correrias, ativas de todos os lados. Uma saltou em plena vista embaixo de uma lanterna; viu um grupo de homens e mulheres fugindo em sua direção. Curvou as costas, preparada para saltar...

Um facho de luz branca — uma tremenda explosão. A criatura do salto desapareceu — em seu lugar, uma cratera fumegante. Uma figura passou por baixo da lanterna e desapareceu, com passos firmes; tinha um longo cajado na mão.

Kitty pôs a água mineral com todo cuidado no chão.

— Convoquem os demônios que possam — disse. — Se vamos fazer alguma coisa boa, é *ali* que temos de estar.

Bartimaeus

35

É preciso dizer que trabalhamos bem juntos. Melhor do que qualquer um de nós esperava.

Tudo bem, talvez tenha *levado* algum tempo para organizar o sistema — tivemos alguns momentos embaraçosos, quando nosso corpo fez duas coisas simultaneamente, mas sempre o retificamos, logo não houve danos.[1] E assim que entramos no passo de sete léguas realmente começamos a rodar, e a gozar das vantagens de nossa condição irregular.

Foi nosso primeiro sucesso contra a velha Naeryan que na verdade nos deixou em forma: nos mostrou o que tínhamos de fazer; como nos combinarmos para conseguir o melhor efeito. Deixamos de tentar adivinhar um ao outro e *delegamos* um pouco.

Eis como foi. Nathaniel cuidava das botas: se tínhamos uma longa distância a percorrer, ele dava os passos. Uma vez em nosso desti-

[1]Bem, não a *mim*, encaixado em segurança como estava ali dentro. Talvez Nathaniel tenha recebido alguns ferimentos desnecessários, como na vez em que eu apontava para a esquerda e o Cajado o atingiu no nariz; ou quando ele o disparou durante um salto exagerado, fomos explodidos e paramos no meio de arbustos de florezinhas amarelas. Ou o pequeno incidente no lago, quando ele ficou tão furioso (passamos embaixo d'água apenas uns meros dez segundos, e, vamos e venhamos, ficar um pouco enredado em algas jamais fez mal a ninguém). Mas em geral conseguimos evitar ferimentos auto-infligidos.

no (em geral um ou dois segundos depois — as botas eram um barato), eu assumia as pernas, imprimia-lhes um pouco de minha marca registrada, e lá íamos saltando como um impala, para a frente, para trás, para cima, para baixo, para a esquerda, para a direita, até confundir irremediavelmente qualquer inimigo, e de vez em quando até a mim mesmo. Enquanto isso, Nathaniel readquiria pleno controle dos braços e do Cajado de Gladstone; disparava-o sempre que chegávamos ao alcance, e como eu previa suas intenções, geralmente parava o suficiente para ele fazer isso. A única exceção (justificada, eu acho) foi quando eu corria para fora do caminho de uma Detonação, Fluxo ou Desmembramento Espiralado. É sempre melhor evitar essas coisas se se quer conter o impulso.[2]

Nós nos comunicávamos com pensamentos breves, meio monossilábicos: p. ex., *Corra, Salte, Onde?, Direita, Para Cima, Abaixe-se* etc.[3] Era tudo meio precipitado e coisa de homem, e deixava pouco espaço para introspecção ou análise emocional, um fator que se encaixava otimamente com a preocupação de ficar vivo, e também com um certo desligamento discreto que agora invadia a mente de Nathaniel. Não fora tão notável, a princípio, quando estávamos com Kitty (ele tinha a cabeça cheia de coisas mais suaves então — meio formada, ávida, olhando para fora), mas depois daquele momento em Trafalgar Square, quando a mulher lhe deu as costas com uma cara de medo e desprezo, emergiu rápido e o isolou do lado de fora. Suas emoções mais suaves eram novas e hesitantes — não gostavam de rejeição. Agora estavam isoladas; em seu lugar voltavam as velhas qualidades conhecidas: orgulho, distanciamento e férrea determinação. Ele ainda se empenhava em sua tarefa, mas fazia-a com uma atitude de vago desgosto consigo mesmo. Não muito saudável, talvez; mas ajudava-o a lutar bem

[2]Ou na verdade os órgãos vitais.

[3]Esta última foi uma observação que eu fiz na beira do lago. Infelizmente, Nathaniel tomou-a como uma ordem, o que resultou em nossa imersão temporária.

E lutar, agora, era o que tínhamos de fazer.

Naeryan, zanzando na praça, fora o mais lento dos espíritos; os outros haviam corrido, atraídos pelo barulho e cheiro de corpos humanos, sob o Arco de Churchill e os hectares escuros de St. James Park. Talvez, se os plebeus não se aglomerassem ali em número considerável, o exército de Nouda tivesse sido imediatamente disperso pela capital e se tornasse muito difícil de descobrir e emboscar. O que se viu foi o protesto do povo que se reunira a noite toda, encorajado pela inércia do governo; agora, para os ávidos espíritos, as massas pululantes ofereciam uma imperdível tentação.

Quando chegamos, a diversão já ia bem avançada. Do outro lado do parque, longe, os espíritos vagavam, perseguindo as hordas de seres humanos fugitivos segundo lhes dava na veneta. Alguns usavam ataques mágicos; outros preferiam se mover por se mover, testando a desconhecida rigidez dos membros, correndo a cercar a presa. Muitas das árvores distantes estavam em chamas com luzes coloridas; o ar era uma montagem de clarões, cordas espiraladas de fumaça, gritos agudos e clamor geral. Atrás disso tudo, o grande Palácio de Vidro iluminava os gramados febris: pelas projetadas lajes de luz o povo corria, os espíritos saltavam, os corpos caíam, a caçada implacável prosseguia.

Paramos sob o arco, na entrada do parque, absorvendo tudo.

Caos, pensou Nathaniel. *É o CAOS.*

Não é nada diante de uma batalha de verdade, eu disse. *Você devia ter estado em al-Arish, onde o sangue empapou a areia de vermelho por três quilômetros quadrados.* Dei-lhe um quadro mental.

Lindo. Obrigado por isso. Está vendo Nouda?

Não. Quantos demônios são?

O suficiente.[4] *Vamos.*

---

[4]Na certa uns 40, ou por aí assim. Mas quando entra em combate um sábio guerreiro só trata os inimigos um por um.

Ele bateu no calcanhar; as botas ganharam asas. Lançamo-nos na briga.

A estratégia ditava que os espíritos não notassem, *coletivamente*, nossa presença. Um a um, podíamos derrubá-los: enfrentá-los em massa seria mais complicado. Daí os rápidos ataques e o movimento contínuo. Nosso primeiro objetivo, nos gramados próximos, era um afrito envolto no corpo de uma velha; soltando gritos agudos, mandava Espasmos que ricocheteavam no meio da multidão. Em dois passos estávamos atrás dele. O Cajado pulsou. O afrito era uma lembrança a suspirar no vento. Voltamos, andamos... e estávamos longe entre as barracas da feira, onde três fortes djins, vestidos de gorda pele humana, se ocupavam com diligência em derrubar o Castelo do Sultão. Nathaniel apontou o Cajado e lançou-lhes um único e guloso clarão. Olhamos, vimos: no alto de algumas árvores um híbrido instável tocaiava uma criança — em três passos nós o tínhamos em nossa mira. O fogo branco o consumiu. A criança fugiu para a escuridão.

Precisamos de ajuda, pensou Nathaniel, *para o povo. Eles estão correndo em círculos.*

Isso não é probl... É, estou vendo. Vá.

Um passo, um salto — aterrissamos no telhado de um coreto, contornamos o mastro central e disparamos quatro vezes. Morreram três híbridos; o quarto, alertado pela morte dos outros, se abaixou e saltou para trás. Viu-nos e enviou um Espasmo. O coreto desfez-se em lascas, mas havíamos dado um salto mortal e nos livramos, deslizamos para baixo e, antes de as botas tocarem o chão, reduzimos a essência do criminoso a um redemoinho de faíscas que morriam.

Uma pontada de arrependimento, um afrouxamento do desejo. Nathaniel hesitou. *Aquela... aquela era Helen Malbindi! Eu* sei *que era. Ela...*

Ela está morta há muito tempo. Você matou o matador dela. Sacuda uma perna! Ali... ali à beira do lago. Aquelas crianças. Rápido — ande rápido!

Melhor nos manter em movimento. Melhor não pensar. Continuar lutando.[5]

Dez minutos se passaram; ficamos debaixo de um carvalho no meio do parque. Os restos de dois djins fumegavam no chão.

Percebeu algo nos espíritos?, pensei. *Quero dizer, o que você consegue neles?*

Os olhos? Vejo um brilho, às vezes.

Sim, mas também as auras. Parecem, de algum modo, maiores.

O que isso quer dizer?

Não sei. Parece que os corpos humanos não as estão abrigando bem.

Você acha...?

Os espíritos invocados por Faquarl são fortes. Talvez o que estão absorvendo faça-os mais fortes. Se...

Espere. No lago... E partimos.

Rodamos de um lado para outro do parque, entre os pavilhões e parques de diversão, os caramanchões e passadiços, sempre que víamos o clarão de um movimento predatório. Às vezes, o djim nos percebia e lutava; na maioria das vezes nós os matávamos sem que nos vissem. Não era possível resistir ao poder do Cajado, as botas de sete léguas nos conduziam mais rápido do que o inimigo podia ver. Nathaniel estava calmo e decidido; a cada minuto, controlava o Cajado com maior habilidade. Quanto a mim, fosse ou não a adrenalina que partilhávamos, comecei a

[5]Se o menino estivesse ali sozinho, sem minha presença que o alertou, teria agido com tal velocidade contra os corpos de seus companheiros ministros? Apesar de suas deformações, os rostos ausentes e os membros em ângulos estranhos, eu duvido. Ele era um ser humano; sempre, sempre os seres humanos gravitam para as superfícies.

me divertir imensamente. Despertei devagar, de novo, para a velha sede de sangue, para o feroz prazer do combate que conhecera nas primeiras guerras do Egito, quando o utukku da Assíria marchou dos desertos e a concentração de abutres cobriu o céu. Era o amor à velocidade e astúcia, a desafiar a morte e lidar com ela; era o amor a praticar novos feitos que seriam contados e cantados ao redor das fogueiras até o sol se pôr. Era o amor à energia e poder.

Era parte da corrupção da Terra. Ptolomeu não teria gostado.

Mas era muito melhor do que ser uma pirâmide de lodo.

Notei uma coisa e dei uma cutucada mental. Nathaniel parou onde estava, no meio do campo, para ter uma visão melhor. Ficamos parados algum tempo, pensando. Mantínhamos o Cajado na horizontal, agarrado em dedos descuidados. Ele fulgia e estalava, a fumaça branca desprendendo-se da ponta. O chão embaixo de nossas botas enegrecido, calcinado. Em toda a volta jaziam corpos, sapatos, paletós e cartazes; além *deles*, grandes árvores ardiam no profundo abismo da noite.

Do outro lado do parque as luzes brilhantes do Palácio de Vidro. Dentro, silhuetas de vultos distantes no gramado pareciam mover-se. Estávamos longe demais para distinguir algum detalhe.

Nouda? Faquarl?

Podia ser...

Cuidado. À nossa esquerda, alguma coisa vindo. Erguemos o Cajado. Da escuridão saiu um homem — humano, com uma aura insignificante. Não tinha sapatos, a camisa meio arrancada. Passou tropeçando em pés ensangüentados. Não olhou para nós.

Que bagunça, pensou Nathaniel.

Dê uma chance ao pobre babaca! Ele acaba de ser perseguido por 40 demônios.

Ele, não. Isto. *Tudo.*

Ah. Sim. É, sim.

Então acha que eram 40, no total?

Eu não disse isso. Um guerreiro sábio...

Quantos nós matamos?

Eu não sei. Não estava contando. Mas não há tantos aqui agora.

As áreas centrais do parque se achavam em grande parte vazias. Era como se uma pele ou barreira invisível tivesse sido furada, e a massa de movimento frenético se despejasse de repente, depois refluísse.

Nathaniel farejou e enxugou o nariz numa das mangas. *Então é o Palácio de Vidro. Já quase acabamos aqui.*

Um passo, dois... atravessamos o gramado e entramos numas sebes ornamentais, canteiros de flores, poços e fontes a tilintar. Nathaniel diminuiu o passo; avaliamos nossos arredores.

O Palácio de Vidro erguia-se como uma baleia do centro do parque, com 200 metros de comprimento e 100 de largura. Era quase inteiramente construído de painéis de vidro, no meio de uma teia de vigas de ferro. As paredes principais faziam curvas suaves; aqui e ali projetavam-se cúpulas secundárias, cristas, minaretes e torrinhas. Era apenas uma grande estufa, na verdade, mas em vez de conter alguns pés de tomate mofados e um saco de adubo ostentava linhas de palmeiras crescidas, um riacho artificial, passadiços aéreos, lojas de presentes e barracas de refrescos, além de todo tipo de diversões baratas.[6] Milhares de lâmpadas elétricas penduradas das vigas iluminavam a área noite e dia. Em tempos comuns, era um dos lugares favoritos dos plebeus para passar suas vidas.

[6]Entre elas: rinques de patinação, carrosséis do tipo monte um diabrete, a Tenda Mística de Profecia de Madame Houri, um sala de espelhos deformantes, a Gruta de Taxidermia do Urso Bumpo e a central "Exposição Um Só Mundo" — uma série de patéticas tendas que mostravam as "riquezas culturais" de cada país do Império (envolvendo sobretudo abóboras, inhames e colheres do amor de madeira grosseiramente pintadas). Os anunciantes do lado de fora proclamavam o palácio como "A Décima Maravilha do Mundo", o que, falando como alguém que teve participação na construção de cinco das outras nove, eu achei um pouco exagerado.

No passado eu raras vezes chegara perto do palácio, pois seu esqueleto de ferro arrepiava minha essência. Agora, porém, protegido dentro de Nathaniel, não tinha tais preocupações. Subimos alguns degraus para a entrada leste. Ali, samambaias e palmeiras tropicais se comprimiam contra a parte de dentro do vidro; era difícil ver além deles.

Fracos ruídos ecoavam no prédio. Não paramos, mas seguimos para as portas de madeira. Empurramos; as portas se abriram. Segurando o Cajado à frente, entramos.

Um instante de confusão; como vínhamos do frio da noite, sob o teto de vidro o ar era quente. Um instante de mágico fedor também — as plumas residuais de sulfurosas Detonações. De algum lugar à direita, além de um grupo de árvores e um bar de sushi em estilo japonês, vinham sons de lamento.

Plebeus, pensou Nathaniel. *Precisamos nos aproximar. Ver o que é que eles têm.*

Tentar o passadiço?

À esquerda, uma escada de ferro em espiral conduzia, por rápidas voltas, a um alto passadiço acima. Um ponto de observação elevado daria uma vantagem imediata. Atravessamos rapidamente e subimos os degraus sem fazer barulho. Subimos acima das espalhadas palmas da palmeira, apertadas contra a curva da grande parede de vidro, e saímos sobre o estreito passadiço, que se estendia como um fio de ferro até o outro lado. Nathaniel agachou-se; manteve o Cajado na horizontal em relação ao chão. Com movimentos lentos e cuidadosos cruzamos o vazio.

Não demoramos muito a poder ver o centro do palácio além das árvores, logo abaixo das mais altas cúpulas de vidro. Ali, num espaço aberto, imprensada entre um carrossel de cores gritantes e uma área de mesas de piquenique, vimos uma multidão de seres humanos, talvez uma centena, amontoados como pingüins numa tempestade de inverno. Eram controlados por sete ou oito dos espíritos de Nouda, de todos os lados.

O corpo de Rufus Lime achava-se entre seus veículos, como também — eu sabia isso por uma agitação dentro da mente de Nathaniel — o do primeiro-ministro Rupert Devereaux. Pela autoridade de seus movimentos, os espíritos pareciam à vontade dentro dos anfitriões. As auras espalhavam-se muito além dos contornos dos corpos. Mas não eram eles que chamavam nossa atenção.

Olhe pra Nouda, pensou Nathaniel. *Que* aconteceu *com ele?*

Eu não tinha resposta. No telhado do carrossel, talvez 20 metros à frente e outros tantos corpos atrás de nós, o velho corpo de Quentin Makepeace estava de pé. Quando puséramos os olhos nele pela última vez, Nouda tinha um pouco de dificuldade para lidar com as limitações do hospedeiro. Agora, tardiamente, parecia ter pegado o jeito. Tinha as pernas firmemente plantadas, os braços pendiam frouxos, o queixo erguido — a exata postura de um bem-sucedido general em plena campanha.

Também tinha chifres.

Três chifres negros, para ser exato, projetando-se da testa em ângulos irregulares. Um era longo, os outros, meros tocos. E não era só isso. Uma espécie de espinha dorsal dividira as costas da camisa; um rebordo verde-acinzentado projetava-se do braço esquerdo. O rosto irregular, inchado por pressão interna. Os olhos pareciam chamas vivas.

Isso é inesperado, pensei.

Sua essência está superando o corpo. Era a ilimitada capacidade de Nathaniel para declarar o óbvio que o tornava tão encantadoramente humano.

Vimos os olhos, espinha e rebordos encolherem-se de volta para dentro da pele, como por um severo esforço de vontade. Um tremor, uma sacudida; um momento depois, tornaram a saltar, maiores que nunca. Da boca aberta a grande voz saiu rugindo:

— Ah! Que desconforto! Sinto o antigo queimor. Faquarl! *Cadê* Faquarl?

Não está feliz, pensou Nathaniel. *Seu poder pode simplesmente ser grande demais. O tecido do hospedeiro está se rompendo e ele perdeu essa proteção.*

Não pode evitar devorar seres humanos desde que chegou aqui. Isso deve ter inchado sua essência... Examinei os plebeus que se encolhiam atrás dele. *E parece que continua faminto.*

Isso acaba agora. Toda a insatisfação e infelicidade de Nathaniel se haviam juntado numa fria e dura fúria. A mente era um pedaço de sílex. *Acha que podemos atingi-lo daqui?*

Acho. Mire com cuidado. Só temos uma chance. Melhor torná-la forte.

Quem está dizendo o óbvio agora?

Continuávamos agachados, espiando através dos ornados corrimões de ferro que ladeavam o passadiço. Quando Nathaniel se compôs para levantar-se, eu ergui um Escudo de precaução. Ao atacarmos, os outros espíritos, sem dúvida, iam buscar vingança. Avaliei as possibilidades... Primeiro um salto evasivo, para a palmeira ou para o telhado do bar de sushi atrás. Depois para o chão. Depois...

Já chegava de planejamento prévio.

Nathaniel se levantou. Apontou o Cajado para Nouda e disse as palavras...

Uma tremenda explosão, como se esperava

Só que não em torno de Nouda, mas de *nós*. Meu Escudo mal agüentou firme. Mesmo assim, fomos explodidos para o lado numa chuva de fragmentos de cristal, e saímos rodopiando pelos degraus da entrada até a escuridão dos jardins ornamentais muito abaixo. Aterrissamos com força, a queda apenas em parte amortecida pelo Escudo. O Cajado, arrancado de nosso poder, chocalhou distante na trilha.

Nossa consciência dupla foi separada pelo impacto; por alguns segundos, vibramos em separado numa única cabeça. Ali deitados, gemendo cada um do seu lado, o corpo de Hopkins surgiu a vagar pela despedaçada abertura muito acima. Desceu flutuando até os degraus e aproximou-se a pé, num passo calmo e firme.

— É Mandrake, não é? — perguntou Faquarl, em tom de conversa. — Devo dizer que você é um sujeitinho idiota. Se tivesse o menor senso, já estaria a 300 quilômetros daqui. Que diabo está acontecendo?

Se ele soubesse. Deitamos no chão, tentando muito nos concentrar. Devagar, nossa visão se firmou, a inteligência se realinhou.

— Lorde Nouda — continuou Faquarl — está um pouco brigão no momento e precisa ser tratado com cuidado. O gênio dele não seria melhorado pela ferroada de um brinquedo.

— *Ferroada?* — coaxou Nathaniel. — Eu vou acabar com ele.

— Acha mesmo? — A voz saiu cansada e divertida. — Nouda é maior do que você imagina. É faminto de energia; absorve-a como esponja. Veja como já está rugindo! Agradeceria seu ataque e nos comeria. Eu *gostaria* de deixar você tentar, mas estou cansado de perturbações desnecessárias. Contudo, num momento eu tomarei o Cajado para meu próprio uso.

Ergueu a mão lânguida.

Nathaniel abriu a boca para gritar. Eu a seqüestrei para um fim melhor.

— Alô, Faquarl.

A mão pareceu assustar-se; suas malfazejas energias continuaram presas. Por trás dos olhos de Hopkins, pontos gêmeos de azul brilhante chamejaram de espanto e confusão.

— Bartimaeus...?

— Pobre de mim.

— Como, como...? — Havia alguma coisa ali. Pela primeira vez em três dezenas de séculos a impregnável segurança de Faquarl foi abalada pela minha chegada. Ele não tinha palavras. — Como pode ser? Isso é um truque... uma projeção de voz... uma ilusão...?

— Neca. Sou eu aqui dentro.

— *Não pode* ser.

— Quem mais saberia a verdade sobre a morte de Gêngis? Aquelas uvinhas envenenadas que introduzimos na tenda dele sob as ventas de seus djins...?[7]

Faquarl piscou os olhos; hesitou.

— E então... *é* você.

— Minha vez de fazer a surpresa, amigo velho. E poderia dizer que enquanto você e Nouda andam brincando por aí, a maioria de seu exército já foi morta. Por mim.

Enquanto falava, senti Nathaniel contorcer-se. Não gostava de ficar impotente no chão — o instinto natural de preservação o deixava desesperado por levantar-se. Eu o sufoquei com um único pensamento: *Espere.*

— Ah, seu *traidor...* — Faquarl estivera muito tempo no corpo de Hopkins; lambeu os beiços exatamente como faria um ser humano. — Eu pouco estou ligando para essa perda... o mundo está apinhado de seres humanos, e há espíritos suficientes para preenchê-los todos. Mas quanto a *você...* Matar os de sua própria espécie, para defender seus velhos opressores... Não, enoja minha essência pensar nisso. — Cerrara os punhos; falou alto, de tanta emoção. — Nós combatemos um ao outro muitas vezes, Bartimaeus, mas sempre por acaso, por causa dos caprichos dos nossos amos. E agora, quando somos os amos por fim, e devíamos comemorar juntos, você prefere fazer essa feia traição! *Você*, o próprio Sakhr al-Jinni. Como justifica suas ações?

— *Eu,* traidor? — Para começar, eu o vinha mantendo a falar à espera de que nossa força se restaurasse da queda, mas agora era obrigado a falar. Ergui a voz ao velho rugido, que ecoava pelos bosques de pinheiro e mantinha as tribos encolhidas em suas tendas. — Foi *você* que deu as costas para sempre ao Outro Lugar! Até onde puder trair mais, desertar sua terra, encorajar os espíritos a abandonarem-na para sempre, tornando-se ocupantes desses sacos de ossos. E para quê? Que ganha você deste bendito deserto?

---

[7]Não vou entrar nisso. Era igual àquele servicinho asiático pouco tempo atrás.

— *Vingança* — sussurrou Faquarl. — A vingança é agora nosso amo. Nos mantém neste mundo. Nos dá uma meta.

— "Meta" é um conceito *humano* — eu disse em voz baixa. — Nós jamais precisamos disso antes. Esse seu corpo não é apenas mais um disfarce, é? Não é apenas uma barreira contra a dor. É o que você está ocupado em se tornar.

O fogo por trás dos olhos soltou um clarão de indignação, depois diminuiu de repente, ficou baço.

— Talvez, Bartimaeus, talvez... — A voz era baixa e triste; as mãos bateram na frente do terno amassado. — Aqui entre nós, eu admito uma sensação de certo desconforto, neste corpo, que eu não tinha previsto. Não é como a antiga dor aguda que durante muito tempo suportamos; ao contrário, é uma surda irritação que me chateia, um vazio por dentro que nenhuma chacina pode aliviar inteiramente. *Até agora*, pelo menos. — Deu um sorriso melancólico. — Mas eu pretendo continuar tentando.

— Esse vazio — eu disse — é o que você perdeu. A ligação com o Outro Lugar.

Faquarl me olhou. Por um momento, não falou.

— Se isso é verdade — disse com voz pesada —, você também a perdeu. É tanto ocupante quanto eu, Bartimaeus, cooptado naquele seu jovem mago. Por que fez isso, se despreza a idéia como a afirma?

— Porque *eu* tenho uma saída — eu disse. — Não queimei minhas pontes.

Os olhos em chamas estreitaram-se de perplexidade.

— Como assim?

— O mago me convocou. O mago pode me dispensar.

— Mas o cérebro...

— Está inteiro. Eu o divido com ele. O que é duro, reconheço. Não há muito tempo para andar por aí.

Nathaniel falou então:

— É verdade. Nós trabalhamos juntos.

Se Faquarl ficou surpreso quando eu falei a primeira vez, estava agora inteiramente confuso. A possibilidade simplesmente não lhe ocorrera.

— O ser humano retém a inteligência? — murmurou. — Quem então é o amo? Qual de vocês tem o domínio.

— Nenhum dos dois — eu disse.

Nathaniel concordou.

— É um equilíbrio igual.

Faquarl balançou a cabeça, quase com admiração.

— Extraordinário — disse. — Como perversidade, é única. Ou quase: aquele moleque de Alexandria do qual vocês viviam falando, Bartimaeus. Ele teria aprovado, não? — Curvou um pouco o lábio. — Me diga, você não se sente sujo por uma associação tão *íntima*.

— Não particularmente — eu disse. — Não é mais íntima que a sua, e muito menos permanente. Vou para casa.

— Oh, Deus. Que o faz pensar assim?

Faquarl moveu a mão; mas eu me antecipara. Nossa longa discussão nos dera uma chance de nos recuperar da queda: nossas energias se refizeram. Nathaniel tinha os dedos quase apontados na direção dele. O Espasmo verde-acinzentado atingiu Faquarl diretamente; apesar de não ferido, ele rodopiou — sua Detonação bateu no chão bem longe. Enquanto isso, exercitei nossos membros. Com um espalhar de terra, nos lançamos do solo, voamos acima do caminho e aterrissamos ao lado do Cajado. Nathaniel o pegou; viramos, rápidos como um raio.

Faquarl continuou parado no caminho, não distante, a mão meio erguida. A luz do Palácio de Vidro batia nele, misturando-se com a sombra. Apesar de termos sido rápidos, ele foi mais. Eu às vezes me pergunto se ele poderia nos pegar pelas costas, quando nos curvamos ao lado do Cajado, antes de apanhá-lo. Mas talvez nosso Espasmo o tivesse abalado, o fizesse perder o passo. É difícil dizer. Por um segundo, ficamos nos olhando.

— Sua descoberta é extraordinária — disse Faquarl. — Mas chega tarde demais para mim.

Fez uma espécie de movimento com o corpo carnudo; não me lembro qual. Eu não fiz nada, mas sabia da ordem imediata do menino. Uma estocada de pura luz — desbotou-se, desapareceu, varreu Faquarl da Terra.

Ficamos parados sozinhos na trilha, embaixo do palácio.

Sacuda uma perna, pensou o menino. *As pessoas estão chegando, e temos um trabalhinho final a fazer.*

Kitty

36

i

Foi uma felicidade para Kitty o fato de a maioria dos magos em seu grupo pertencer às categorias mais baixas, pois isso queria dizer que vários deles sabiam dirigir limusines que se achavam no estacionamento sob Westminster Hall; a Cantina dos Motoristas tinha muitas chaves. Quando chegaram cinco carros, acelerando, na rua deserta do lado de fora, Kitty e os outros já haviam recuperado as armas que puderam, feito a convocação de vários diabretes, e esperavam à porta. Sem cerimônia, enfiaram-se nos carros, quatro em cada, e com os demônios a pairar na sua cola seguiram em desfile rua acima.

Não foram longe. A meio caminho de Whitehall encontram a rua bloqueada pelo entulho derrubado de um memorial de guerra. A marcha foi impedida; laboriosamente, o comboio deu meia-volta, retirou-se para a praça do Parlamento e virou à direita para o St. James Park.

Se Whitehall estava vazio, as ruas ao sul do parque não estavam. De não muito à frente vinham explosões, reflexos de luzes e o barulho de lobos uivando. Mais perto ainda, como se uma barragem humana houvesse explodido, centenas de pessoas avançavam das ruas laterais, inundando a via principal e precipitando-se para as limusines.

Kitty sentava-se no carro da frente, ao lado do chofer. De repente, o medo saltou dentro dela.

— Se manda! — gritou. — Não é seguro.

O chofer viu o perigo, desligou o motor e mexeu na porta. Como uma só pessoa, deixaram o carro e correram em busca de abrigo; segundos depois a multidão inundou as limusines, os olhos desvairados, os rostos fixos em expressões de terror e desespero. Muitos passavam direto, correndo, vendo nos elegantes veículos negros, símbolos brutos do domínio dos magos, e os atacaram, chutando e gritando. Um tijolo apareceu do nada: um pára-brisa despedaçado; a voz da multidão rugia.

A srta. Piper amparava Kitty, que tremia com o esforço da fuga.

— Os plebeus... — ela sussurrou. — Estão enlouquecendo...

— Estão com medo, com raiva. — Kitty esforçava-se para readquirir as forças. — Olhe os ferimentos deles. Fugiram do parque. Agora, estamos todos presentes? — Ao olhar a linha de magos abaixo, ocorreu-lhe uma idéia. — Aqueles entre vocês que têm diabretes, coloquem-nos sob os paletós! — Sibilou. — Se alguém resistente os localizar, vocês serão feitos em pedaços. Prontos? Certo... vamos, não há tempo a perder.

Sem mais demora, continuaram a subir a rua a pé, mantendo-se pelos cantos quando o fluxo de tráfego humano passava ao lado. As primeiras ruas laterais estavam cheias de corpos correndo e se revelaram intransitáveis. Aos poucos, chegaram mais perto do barulho da luta.

Um clarão de luzes na escuridão. Silhuetados num prédio, os contornos de um homem. Fogos verdes enfunavam-se em toda a sua volta. Na rua abaixo, um pequeno número de lobos se concentrava; ouviram uma alta voz dando ordens, vislumbraram um vulto de cabelos negros...

— Aquela é a srta. Farrar — disse um dos magos. — Ela conseguiu reunir alguns lobos. Mas que... que vulto é aquele.

— Um dos demônios... — Kitty curvava-se cansada contra uma parede e olhava por um beco estreito abaixo. — Este caminho está livre. Vai nos levar até o parque.

— Mas nós não devíamos...?

— Não. Isso é apenas um espetáculo secundário. Além do mais, não creio que a querida srta. Farrar ia querer *mesmo* nossa ajuda.

O beco conduzia, por curvas e voltas indiretas, a uma rua tranqüila que corria pela borda do parque. Eles a atravessaram, e de um pequeno morrete viram a negra vastidão abaixo. Alguns fogos ardiam aqui e ali — em árvores, pavilhões, no pagode à beira do lago —, mas pouco movimento se via. Por sugestão de Kitty, enviaram-se vários diabretes para espiar o terreno. Eles voltaram logo.

— Uma terrível batalha foi travada aqui — disse o primeiro, torcendo as mãos em forma de teia. — A intervalos, o terreno está seco e esturricado. Efusões mágicas pairam sobre o terreno como neblina. Mas a batalha cessou em toda parte, a não ser num lugar.

— Muitos seres humanos pereceram — disse o segundo diabrete, de olhos saltados para fora. — Os corpos jazem como folhas caídas. Alguns estão feridos; gritam pedindo socorro. Uns poucos outros vagam ao léu. Mas a maioria fugiu. Ninguém permanece no parque, a não ser num lugar.

— Que lugar é esse? — perguntou Kitty, batendo os pés de leve no chão.

Sem palavras, os três diabretes se voltaram e apontaram as luzes do grande Palácio de Vidro.

Kitty balançou a cabeça.

— Por que não disse logo? Tudo bem, vamos lá.

Durante dez difíceis e silenciosos minutos atravessaram o terreno enegrecido. Kitty seguia devagar, completando à força cada passo contra os agudos protestos do corpo. Nas horas desde que voltara, sua força voltara em gotas constantes. Ainda assim, não ansiava por repousar. Sabia que estava chegando ao fim de sua resistência.

As informações dos diabretes haviam sido essenciais, mas a implicação era clara, e se encaixava com o vislumbre no cristal. Nathaniel e Bartimaeus haviam estado lá: foram eles que limparam o parque e possibilitaram a muitas pessoas fugir. Talvez — a esperança crescia dentro de Kitty a cada passo —, talvez logo concluíssem o processo; talvez os visse vindo ao seu encontro em triunfo, com um grupo de agradecidos plebeus na esteira. Sem dúvida, com o Cajado, era só uma questão de tempo.

Mas enquanto houvesse *qualquer* dúvida ela não podia esperar. Não podia deixá-los. Em seu pescoço, o Amuleto de Samarkand saltava de leve a cada passo hesitante.

Passaram-se cinco minutos. Kitty ficou com as pálpebras pesadas. De repente se abriram, alertas.

— Que foi isso?

— Uma explosão mágica — sussurrou a srta. Piper. — Na entrada leste.

Continuaram andando.

Quatro minutos depois, com o palácio assomando acima, entraram nos jardins ornamentais. Ao fazê-lo, o chão tremeu; uma penetrante luz branca espocou no caminho diante do prédio. O grupo parou de repente, à espera. A luz não se repetiu. O nervosismo estalejava entre eles como uma carga elétrica.

Kitty forçou os olhos na escuridão. O fulgor do palácio lançava a noite em sombra ainda maior. Era difícil ter certeza... Mas — sim — ali na trilha, um vulto de pé. Enquanto ela olhava, o vulto se mexeu e sua silhueta ficou contra o vidro.

Kitty hesitou apenas um instante. Depois cambaleou para a frente, chamando.

ii

Ao som da voz, Nathaniel parou. O ruído quase não lhe chegou ao cérebro, em parte porque os ouvidos zumbiam de 100 Detonações, em parte pelas vibrações do zumbido do sedento Cajado à mão, mas o pequeno chamado fez o que todos os demônios no parque não haviam feito: seu coração disparar.

Durante toda a batalha ele se movera com rapidez e eficiência, evitando a morte sem muito esforço e exercendo, por meio do Cajado, energias destrutivas maiores que a que muitos djins possuíam. Era uma experiência antes desejada pela maioria dos magos no correr dos séculos, e sem dúvida por Nathaniel em seus devaneios. Era a sensação de consumada superioridade, o deleite do poder brandido sem perigo. Ele dançou sob o escuro céu da noite, abatendo os inimigos. E no entanto, com toda a sua agilidade e esperteza, com toda a adrenalina bombeando pelo corpo, por dentro estava curiosamente inerte. Sentia-se distante, desligado e só. Se seu ódio pelos demônios que matara era baço e quase uma coisa natural, também o era sua simpatia pelas pessoas cujas vidas salvara. A mulher em Trafalgar Square mostrara o que ele podia esperar delas. Iam encará-lo com medo e nojo, e com razão. Era um mago. Graças a ele e aos seus, Londres estava em chamas.

O orgulho deu-lhe estímulo — isso e o djim que lhe falava dentro da cabeça. Sim, ia buscar acabar com a destruição. Mas depois disso... As ações eram uma coisa, as expectativas, outra. Não tinha idéia do que ia fazer.

E então, na palmeira diante do grande Palácio de Vidro...

O pensamento do djim vagou pela mente. *É a voz de Kitty, sim.*

Eu sei. *Acha que eu não sei?*

Só que você ficou bambo e pesado. Como papelão molhado. Achei que tinha tido um ataque de medo.

Não é medo.

É o que você diz. Seu coração está disparado. Ufa, e você ficou meio suado. Tem certeza de que não é febre?

Toda. Agora quer calar a boca?

Nathaniel viu-a aproximar-se devagar pelo jardim. Em todos os sete planos sua aura iluminava o chão como o dia. Um grupo de pessoas vinha atrás.

— Kitty.

— Nathaniel.

Olharam um ao outro. Então ele abriu a boca com um barulho horrível que parecia um arroto.

— E eu? Não se esqueça de mim.

Nathaniel praguejou e fechou a boca.

Kitty sorriu.

— Olá, Bartimaeus.

Uma raiva sem qualquer relação subiu por dentro de Nathaniel, que armou uma carranca para ela.

— Eu achei que tinha lhe dito para não vir conosco. Você está fraca demais. É perigoso demais.

— Desde quando eu dei ouvidos a você? Qual é a situação?

A boca de Nathaniel se abriu por si mesma; Bartimaeus falou.

— Destruímos a maior parte do exército de Nouda, mas ele mesmo continua à solta. Aqui — Nathaniel apontou com o polegar para trás por cima do ombro —, com outros sete espíritos e talvez uns 100 plebeus. E nós estamos...

— ... para cuidar deles — concluiu Nathaniel.

— ... numa séria encrenca — disse o djim.

Kitty piscou os olhos.

— Desculpe, qual...

Nathaniel mexeu o Cajado; tênues faixas de energia pulsaram e estalaram em torno de sua mão. Ele sentiu uma onda de alegre impaciência — ia destruir Nouda, salvar os plebeus e voltar para Kitty. Além disso, tudo mais poderia esperar.

Mas o djim atravessava seus pensamentos, falando insistentemente com Kitty.

— Nouda está ficando mais forte o tempo todo. Não reage como os outros. Talvez não seja tão susceptível ao Cajado quanto pensávamos.

Nathaniel interrompeu furioso.

— Que quer dizer? Vai ser ótimo.

— Não foi o que disse Faquarl.

— Oh, e você acreditou nele.

— Faquarl nunca teve tendência a mentir. Não era o gênero dele.

— Não, o estilo dele foi tentar nos matar...

Nathaniel interrompeu-se. Avistara um círculo de ouvintes silenciosos, olhando-o aparentemente a discutir consigo mesmo. Entre vários magos que reconheceu achava-se sua ajudante pessoal.

Pigarreou.

— Oi, Piper.

— Oi, senhor.

Kitty ergueu uma das mãos.

— Bartimaeus... há muitos prisioneiros aqui e nós temos pouco tempo. Temos alguma alternativa ao Cajado?

— Não. A não ser que essa multidão seja toda de magos do décimo terceiro nível.

— Certo. Então temos de tentar, para o melhor ou pior. Nathaniel — disse Kitty —, você vai ter de fazer o que puder. Se cuidar dos demônios, nós evacuamos os plebeus. Onde estão eles?

— Perto daqui. No centro do palácio. — Antes a presença dela o desconcertava; agora enchia-o de renovada determinação e crença em si mesmo. Falou rápido, com a velha autoridade. — Rebecca, quando entrar, vai ver uma trilha à direita entre as palmeiras. Leva para trás do carrossel até uma área aberta. É onde estão os demônios e os cativos. Se você esperar abaixo do caminho, escondida, eu atacarei do lado oposto. Quando os demônios me seguirem, tente levar os prisioneiros de lá para o mais longe possível. Se alguém tiver diabretes, use-os para ajudá-la. Está claro?

— Sim, senhor.

— Ótimo. Kitty... você deve esperar do lado de fora.

— Devo, mas não posso. Estou com o amuleto, lembra?

Nathaniel sabia que não devia discutir. Voltou-se para a entrada do palácio.

— Silêncio absoluto quando entrarem. Vou lhes dar um minuto para tomar posição.

Manteve a porta aberta. Um por um, de olhos arregalados e pálidos, rostos tensos, o grupo de magos passou e desapareceu trilha acima. Vários eram acompanhados por seus diabretes, que exibiam idênticas expressões de nervosismo. A última a passar foi Kitty, que parou por um momento no degrau.

— Bom trabalho — sussurrou, indicando com um gesto o parque vazio atrás. — Você e Bartimaeus. Eu devia ter dito.

Nathaniel deu-lhe um sorriso. A impaciência o cutucava por dentro. O Cajado cantava.

— Está quase acabando — disse em voz baixa. — Vá. Eu vou atrás.

A porta se fechou em silêncio às suas costas.

iii

Há momentos em que mesmo um djim quase onipotente sabe manter a boca fechada, e aquele era um deles. Eu não me escondia de nada ali.

O problema era que nenhum deles se achava no clima para escutar minhas dúvidas. Em primeiro lugar, farejavam o sucesso com muita força: do Cajado firme na mão dele; do amuleto quente contra o seio dela. Esses badulaques alimentavam confiança. E, além disso, já tinham feito demais para imaginar algum tropeço agora.

Mas o problema principal era a forma como jogavam um com o outro. Em poucas palavras, a presença mútua dos dois incitava cada um deles. Preso como me achava dentro de Nathaniel, eu, sem dúvida, via como a moça o inspirava.[1] Talvez não possa garantir tanto por Kitty,

[1]Via bem demais. Era como se ela disparasse uma banda interna de um homem só, buzinas, sinos e apitos, com entusiásticos címbalos amarrados entre os joelhos. Um barulho *ensurdecedor*.

mas em minha vasta experiência os caracteres fortes desse tipo tendem a gravitar um para o outro. O orgulho desempenha uma parte nisso, e também outras emoções. Nenhum dos dois deseja falhar; cada um redobra os esforços para impressionar. Fazem-se as coisas — mas nem sempre as coisas certas, ou esperadas.[2] E não se pode fazer muita coisa para deter isso.

Deve-se dizer, no entanto, que no caso presente na verdade não *havia* de fato qualquer alternativa viável para o plano de Nathaniel. Nouda era poderoso demais para os (meio sem brilho) restos do governo destruírem. Assim, o Cajado *era* a única opção. Mas a frase de Faquarl soava sem parar em minha mente: *Ele agradeceria um ataque de vocês e se alimentaria dele.* Pode me chamar de pessimista, mas isso me parecia meio sinistro.[3]

Mas era tarde demais para se preocupar com isso agora. O Cajado arrasara cidades. Com sorte, nos manteria em boa posição.

Kitty e seu grupo de esmolambados pegaram uma trilha entre as árvores; Nathaniel e eu, outra. Ignoramos a escada desta vez, mantivemo-nos no nível do chão. Ouvíamos à esquerda rugidos e gritos. Logo estava tudo bem: Nouda não fora a parte alguma.

Qual é o plano? Meu pensamento esvoaçou pela mente de Nathaniel.

Precisamos atrair Nouda, pegá-lo longe dos plebeus antes de atacarmos. Como podemos fazer isso?

Eu recomendo engodo. O engodo em geral dá certo.

Deixo com você.

É preciso cuidar dos outros espíritos também, pensei. *Antes ou depois?*

---

[2]Foi assim com Nefertiti e Akhenaton, claro. Num momento, eram olhares demorados e encontros no cercado do crocodilo; no outro, a destruição da religião do Estado e a mudança da capital do Egito para 90 quilômetros deserto adentro.

[3]Faquarl não era um sonso enrolador velho como Tchue; orgulhava-se de falar sem papas na língua. Veja bem, ele *tinha* uma fraqueza por gabar-se. Se acreditássemos em todas as suas histórias, o julgaríamos responsável pela maioria dos grandes marcos históricos do mundo, além de conselheiro e confidente de todos os magos notáveis. Tratava-se, como uma vez observei a Salomão, de uma afirmação inteiramente ridícula.

Antes. Senão eles matam os plebeus.

Você controla o Cajado. Eu nos mantenho em movimento. Estou lhe avisando, vamos ter de ser muito móveis para isso.

Ele fez um gesto de descarte. *Posso agüentar alguns saltos e pinotes.*

Pronto, então?

Os outros estarão em posição. Sim, vam... Oooohhh...

Até então eu não tentara voar, pois era preciso muita energia, mas aquele era o grande salto, aquele era onde tudo contava. E Faquarl parecera conseguir muito bem. Assim, sem mais aquela, nos erguemos acima da trilha, ao lado das palmeiras. Por um momento desagradável achei que o menino ia deixar cair o Cajado. Por outro mais desagradável ainda, achei que ele ia vomitar. Mas ele conteve uma coisa e outra.

Que é que há com você?

Nunca... nunca voei antes.

Isso não é nada. Você deve tentar dar voltas no ar num tapete. Isso o deixaria de fato *verde.*[4] *Tudo bem, inimigo à vista. Cajado em posição...*

Voamos por cima das palmeiras. Luzes elétricas brilhavam sobre nós, de baixo. Em toda a volta se estendia a grande cúpula de vidro; além, era a grande cúpula da noite. E ali à frente — o espaço aberto, com prisioneiros amontoados e guardas espíritos em grande parte como antes. Talvez houvesse um pouco *menos* prisioneiros desta vez; era difícil dizer. Mas surpreendentemente pouca coisa mudara. O motivo para isso se retorcia no topo do carrossel.

O pobre Nouda estava tendo uma dificuldade *terrível* com seu anfitrião. O corpo de Makepeace por pouco não chegara ao fim. De quase todas as superfícies despontavam protuberâncias de um ou outro tipo, reduzindo as roupas a tiras. Eram chifres, espinhas, cunhas, rebordos,

[4]Era um curioso fato histórico os magos britânicos não se interessarem pelo vôo mágico, inclinados (sabiamente, deve-se dizer) a confiar em vez disso em meios mecânicos. Mas outras culturas não tinham escrúpulos com a fusão de djim e objetos inanimados: os persas curtiam tapetes; alguns europeus na miséria curtiam almofariz e pilão. Magos chineses aventureiros até tentaram cavalgar *nuvens*.

asas, tentáculos e pólipos de uma dezena de tonalidades. Outros calombos permaneciam sob a pele, deformando-a em cristas e vales ondulados, de modo que os contornos humanos se achavam quase inteiramente borrados. Às velhas pernas se haviam juntado mais três, em variados estados de desenvolvimento. Um braço parecia ter ganho um segundo cotovelo — balançava de um lado para outro em complexa agitação. O rosto contorcia-se como o de um peixe inchado. Pequenas farpas estendiam-se das bochechas.[5] Os olhos haviam desaparecido em gotas de chamas.

A boca, que agora ia de uma orelha a outra, soltava um penoso rosnado.

— Que dor! Em toda a minha volta o beliscão do ferro! Tragam Faquarl aqui. Tragam-no aqui diante de mim. O conselho dele foi muitíssimo... ah!... *muitíssimo* insatisfatório. Eu quero censurá-lo.

O espírito dentro do corpo de Rupert Devereaux falou acovardado de baixo.

— Não sabemos onde está Faquarl, lorde Nouda. Parece que ele foi embora.

— Mas eu dei as mais severas instruções... ele deve... ah!... me servir quando como! Oh... é uma dor tão grande na barriga... um vazio que deve ser enchido. Bolib, Gaspar... tragam-me outra fornada de seres humanos, para eu me distrair.

Foi nesse momento que Nathaniel e eu, baixando das alturas, com o ar batendo em nós e o paletó enfunando-se atrás, matamos três espíritos com uma tripla explosão. Fizemos isso tão rápido, com tanta precisão, que os seres humanos a tremer próximos mal notaram que eles haviam desaparecido.

Os outros espíritos olharam para cima. As luzes do teto os ofuscaram: as respostas erraram o alvo, arqueando-se inofensivas sob o vidro. Baixamos. O Cajado chamejou, uma, duas vezes — mais dois híbridos sumiram. Uma volta — tão fechada que Nathaniel ficou por um instante

---

[5]Ainda estou falando de rosto aqui.

na horizontal em pleno ar; uma súbita queda, daquelas de revirar o estômago, quando um Estripamento voou acima. Outro disparo — esse errou o alvo. Gaspar, o espírito com o pouco invejável destino de ocupar o corpo de Rufus Lime, alçara vôo ele próprio. Subiu até nós, disparando Detonações. Desviamo-nos, voamos para trás de um grupo de árvores; quando saímos acima delas, suas copas explodiram em lívidas chamas. Embaixo, os seres humanos foram de repente tomados de pânico; separaram-se numa miríade de direções. Pelo canto de nosso olho vimos Kitty e os magos correndo das árvores.

No topo do carrossel, Nouda oscilava de um lado para outro, um pouco irritado.

— Que intrusão é essa? Quem nos ataca?

Passamos voando a uma distância ousada.

— Bartimaeus, aqui! — eu gritei. — Lembra de mim?

Uma súbita torção no alto, em direção à cúpula; o corpo de Rupert Devereaux subira ao nosso encontro — um fogo azul partiu de suas mãos. O pensamento de Nathaniel se projetou. *É esse o seu engodo? "Lembra de mim?"* Eu *faria melhor.*

Não consigo enganar direito quando estou... me concentrando em outra coisa. Subíramos até quase o teto de vidro; víamos estrelas brilhando pacificamente, ao longe. Então despenquei na vertical, como uma pedra. O Espasmo de Devereaux estilhaçou o painel acima e arqueou-se na noite. Nathaniel disparou o Cajado; pegou de raspão nas pernas do primeiro-ministro, que caiu em espiral e numa trilha de fumaça, mergulhando na Tenda Mágica da Profecia e explodindo numa rajada de luz iridescente.

Cadê Lime?, pensou Nathaniel. *Não estou vendo ele.*

Não sei. Olhe pra Nouda. Nosso problema agora é ele.

Esporeado ou não a entrar em ação pela minha coruscante inteligência, ou simplesmente por desagrado ao ver os restos de seu exército chacinado, Nouda de repente se mexera. Grandes asas verdes brotaram-lhe das costas. Devagar a princípio, mourejando sob as desvantagens de sua grotesca assimetria, ele cambaleou até a borda do topo do carrossel, hesitou como um filhote de passarinho em seu primeiro vôo, e saltou. As poderosas asas bateram uma vez — tarde demais. Ele já caíra no chão.

Pegue ele, eu disse. *Pegue ele! JÁ!*

Descemos tão rápido quanto eu podia, o queixo de Nathaniel travado com a velocidade da queda. Quando mergulhávamos, ele relaxou a contenção sobre as entidades do Cajado e abriu-o o máximo que ousou. As energias irromperam delas sobre o corpo retorcido numa flor de luz.

Continue, eu disse. Continue. *Não deixe nada ao acaso.*

Eu sei. *É o que estou fazendo.*

Nossa descida foi-se reduzindo. Pairávamos em pleno ar. Abaixo grassava um inferno branco como leite: Nouda e o carrossel no fundo. O calor chamejava, estalava o vidro nas vidraças próximas, queimava o ar à nossa volta. Erigi um pequeno Escudo para defletir toda essa ferocidade. As vibrações do Cajado tornaram-se maiores, subiram por nosso braço e chocalharam dentro do crânio.

Que acha?, pensou o menino. *Já chega?*

Deve chegar... Não, é melhor garantir. Um pouco mais.

Eu não posso segurá-lo muito tempo mais. — Ah!

Eu vira a sombra subindo, sentira o movimento no ar. Joguei-nos para o lado. Mas a Detonação nos apanhou, quebrou meu Escudo quando rodopiávamos para longe. O menino gritou e eu gritei com ele — pela primeira e única vez partilhei uma dor humana. Alguma coisa na sensação — talvez a surda imobilidade da carne, na forma como simplesmente ficava ali, aceitando o ferimento — fez o pânico ondular por minha essência. A mente do menino oscilou à beira da consciência. Os dedos afrouxaram-se no Cajado; as energias morreram. Eu o agarrei com mais força, desencadeei fogo branco sob o domo, para cortar ao meio o corpo de Rufus Lime. As metades caíram separadas no chão. Lacrei o Cajado. Aterrissamos desajeitados em meio ao grupo de palmeiras e vasos de plantas.

O menino desmaiava. Nossos olhos se fechavam. Forcei-os a abrirem-se, e pus minha essência a percorrer tinindo o organismo. *ACORDE!*

Ele se mexeu.

— Meu lado...

Não olhe. Estamos todos bem.

E Nouda?

Bem... isso não está tão bem. Do outro lado do espaço aberto, além de várias mesas de piquenique espalhadas, a terra se rompera, cheia de bolhas. Onde antes as crianças andavam no carrossel, uma cratera fumegante abrira a terra. E naquela fumaça uma coisa grande e informe rugia e tropeçava, gritando meu nome.

— Bartimaeus! Eu lhe ordeno: venha cá! Eu tenho de castigá-lo por seu descaramento.

Não parecia mais nada semelhante a um homem.

— Veja como minha força aumenta, Bartimaeus, apesar da dor! Veja como eu sacudo essa patética capa de carne humana!

Bartimaeus... meu lado... Não estou sentindo.

Está ótimo. *Não se preocupe.*

Você está escondendo alguma coisa... Esse pensamento... que era?

Nada. Eu estava pensando que temos de nos levantar; dar o fora.

— Onde *está* você, Bartimaeus? — gritou o vozeirão. — Eu o acrescentarei a mim. É uma honra!

Meu lado parece dormente... Eu não posso...

Relaxe. Vou ver se posso nos fazer voar.

Não, espere. E... Nouda?

Ele é um menino grande; pode voar se quiser. Agora...

Não podemos ir, Bartimaeus. Não se ele...

Ele agüenta. Nós vamos.

NÃO.

Tentei aplicar todas as minhas energias para voar, mas o menino resistia ativamente — os músculos esticavam-se, a vontade dele brigava com a minha. Elevamo-nos pela metade, desabamos entre as samambaias, acabamos encostados numa árvore. Uma vantagem disso: ocultava-nos dos muitos olhos de Nouda, agora um negror agachado indo de um lado para outro da borda da cratera.

Nathaniel, seu idiota. *Me deixe assumir.*

Não adianta.

Que é que você...?

Está *lá? Eu leio sua mente. Neste instante.*

Oh... isso. Veja, eu não sou paramédico. Esqueça. Posso estar errado.

Mas não está, está? Me diga a verdade uma vez na vida.

Um sub-reptício farfalhar nas folhas. Virei nossa cabeça, agradecido por essa oportunidade de mudar de assunto.

— Isso vai nos animar — eu disse, falando sério. — Eis Kitty.

iv

Ela tinha os cabelos empastados e em desordem. Um lado do rosto arranhado. Mas Nathaniel ficou aliviado em ver que, fora isso, parecia incólume. Mais uma vez revelou o alívio em raiva.

— Que faz *você* de volta? — sibilou. — Vá embora!

Uma carranca.

— Nós livramos os plebeus — ela sussurrou. — E não foi fácil. Veja o que um deles me fez. — Apontou o arranhão. — Belo agradecimento. De qualquer modo, tive de voltar para ver como vocês iam... indo. — Baixou os olhos para o lado de Nathaniel e arregalou-os. — Que diabos?

— Segundo Bartimaeus — ele disse suavemente —, não é nada para se preocupar.

Ela se curvou para mais perto.

— Deus do céu. Você pode andar? Temos de dar o fora.

— Ainda não.

Após a primeira dor, a dormência se espalhara rapidamente. Nathaniel sentiu-se um pouco tonto, mas se permanecesse imóvel, encostado na árvore, o desconforto era mínimo. Tinha a mente clara, ou pelo menos teria se o djim não estivesse mexendo com seus pensamentos, tentando bloquear conhecimento e influenciar suas decisões.

— Kitty, o ataque com o Cajado fracassou. A coisa é forte demais. Eu tentei o máximo de poder controlável, mas não foi o suficiente. Nouda absorveu a energia.

— Bem, então. — Ela mordeu o lábio. — Nós tiramos você. Depois pensamos de novo.

— Bartimaeus — disse Nathaniel. — Que acontecerá se deixarmos Nouda agora? Fale honestamente.

A resposta do djim foi retardada por um colossal baque e o barulho de alguma coisa se rasgando, vindos de alguma parte atrás dele.

— Com o passar do tempo — disse, falando pela boca de Nathaniel —, Nouda vai ficar chateado com os muitos prazeres da Exposição "Um Só Mundo". Vai voltar a atenção para o resto de Londres. Comerá o povo da cidade e inchará em tamanho e poder; esse crescimento estimulará mais sua fome, até a cidade ficar deserta ou ele explodir. Está bastante honesto pra você?

— Kitty — disse Nathaniel. — Eu tenho de deter esse demônio agora.

— Mas você não pode. Acabou de dizer. Mesmo com todo poder, o Cajado falhou.

— O máximo poder *controlável* — eu disse. — Tem mais uma forma de extrair poder dele, tirando a salvaguarda de Gladstone... os feitiços que prendem o Cajado. Todo... não, espere, me deixe acabar... todo o poder dele será desencadeado de uma só vez. — Ele sorriu para ela. — Acho que *isso* pode fazer Nouda parar.

A garota balançou a cabeça.

— Essa, não. Quem diz que isso não vai apenas torná-lo mais forte? Ora, Bartimaeus; não...?

— Há mais *um* fator a ser incluído na equação — disse Nathaniel. Com alguma dificuldade, ergueu o Cajado e apontou para o teto. — De que é feito este prédio?

— Vidro.

— *E*...

— Ah — a voz do djim interveio logo. — Você sabe, por mais que eu relute, ele talvez tenha razão nisso.

— Ferro — disse Nathaniel. — Ferro. E Nouda, sendo um espírito, não está protegido contra o ferro. Se o Cajado se partir, e tudo desabar em cima dele... Que acha, Bartimaeus?

— Pode dar certo. Mas há uma pequena falha.

Kitty fez uma careta.

— Exatamente. Como você quebra o Cajado sem se machucar? E a queda do teto?

Nathaniel esticou-se; o pescoço parecia frio e rígido.

— Deixe isso comigo. Vamos ficar bem.

Ela olhou-o.

— Tudo bem... Ótimo. Eu faço isso com você.

— Não, não faz, não. Os Escudos protetores de Bartimaeus não se estendem a você também. *Estendem*, Bartimaeus?

— Huuumm... não.

— Vamos ficar bem — tornou a dizer Nathaniel; a mente vagou um pouco; ele sentiu o djim estimulando-o. — Veja — disse —, eu estou com as botas de Sete Léguas. Nós alcançamos você. Basta se mandar agora e continuar correndo.

— Nathaniel...

— É melhor ir, Kitty. Nouda logo deixará o palácio, e a chance terá desaparecido.

Ela bateu o pé.

— Nem pensar. Eu não vou permitir isso.

O desafio esquentou-o. Ele riu para ela.

— Escute, sou eu o mago. Você é a plebéia. *Sou eu* quem dá as ordens a *você*, se lembra?

Ela franziu o cenho.

— Tem certeza de que vai poder usar as botas?

— Claro. Não tem problema.

— Então vou ver vocês dois lá fora? Prometem?

— Sim.

— Sim. Agora... *se mande*.

Ela voltou-se devagar, relutante; depois tornou a se virar para ele, agarrando o próprio pescoço.

— O amuleto! Vai manter você a salvo!

Estendeu-o, girando-o na corrente. A pedra de jade brilhava suavemente.

Nathaniel sentiu um grande cansaço.

— Não. Isso não vai me adiantar de nada.

Minúsculos raios de luz brilharam nos cantos dos olhos dela.

— Por que... por que não?

— Porque — interveio a voz de Bartimaeus — é um encanto poderoso demais. Pode absorver demasiado da energia do Cajado e permitir a Nouda escapar. O melhor que você pode fazer é pegá-lo, usá-lo e ir embora.

A voz dele ecoou em silêncio na cabeça de Nathaniel. *Que tal?*

Nada mal.

Ele olhou para Kitty. Ela parara com o amuleto estendido; os olhos vasculhavam o rosto de Nathaniel. Ele viu a aura brilhando em volta de todos, pegando tudo em claro e imaculado detalhe — a casca da árvore, os veios nas folhas, as pedras e a grama em torno de seus pés. Sentiu-se banhado dentro dela. O cansaço desapareceu.

Empurrou-se da árvore, bateu com o Cajado no chão e ele ganhou vida, fulgindo.

— Até logo, Kitty — disse.

Ela colocou o amuleto no pescoço e sorriu.

— Até. Você também, Bartimaeus.

— Adeus.

Então ela desapareceu entre as árvores, rumo à entrada leste, e Nathaniel já lhe dava as costas, sentindo a energia do djim ampará-lo, voltando-se para olhar a grande extensão onde a monstruosidade se desmontava em sua solidão, a rasgar, despedaçar e gritar por comida.

Que acha, Bartimaeus?, ele pensou. *Vamos lá?*

Acho melhor. Não temos nada melhor a fazer.

Exatamente.

V

Kitty já quase chegara à entrada quando ouviu o som de uma voz alta atrás, num tom imperioso de comando. O rugido de resposta do demônio fez o cascalho chocalhar na trilha e as palmeiras tremerem no domo. Então ela empurrou a porta e caiu no frio ar da noite.

Suas pernas tremeram com o esforço; tinha os braços tão fracos e incapazes como num sonho. Desceu os degraus e afastou-se pelo jardim ornamental, tropeçando no solo revirado e contornando às cegas as baixas sebes, até alcançar o espaço aberto do parque.

A luz do grande Palácio de Vidro brilhava em suas costas; ela via sua sombra estender-se no gramado iluminado. Para longe, para longe... Se pudesse chegar além das luzes, na escuridão, talvez descansasse. Impelia-se para a frente, reduzindo a marcha o tempo todo, à medida que a respiração se tornava mais rasa e os músculos mais exaustos, até por fim, apesar da fúria e desespero, parar bamba.

Nesse momento, tomou consciência de um barulho, um mortiço bulbo de som que parecia quase engolir a si mesmo, subindo e baixando na hora. O gramado que ela pisava subiu e desceu num pequeno tremor que desapareceu no escuro. Kitty voltou-se para o Palácio de Vidro, caindo de joelhos; mal teve tempo de ver o fulgor laranja do prédio ser comido por dentro por uma brancura ofuscante, que subiu e saiu pelos lados do domo, estilhaçando cada vidraça e fazendo as lascas de vidro explodirem na noite. A brancura escondeu o palácio; escorreu pelos jardins ornamentais, devorou a distância restante e envolveu Kitty, derrubando-a de cara no chão com seu poder. O Amuleto de Samarkand bateu com força em seu rosto; ela o viu vagamente fulgir, absorvendo furiosas energias. Em toda a volta um barulho terrível. Em toda a volta a grama ardia.

Então, com a mesma rapidez, as pancadas cessaram, o ar ficou frio e parado.

Ela abriu os olhos; com certa dificuldade, apoiou-se nos cotovelos.

Estava muito escuro. Em algum ponto, a uma distância desconhecida, um grande fogo ardia, vermelho-laranja. Silhuetado contra ele, uma complexa mistura de metal a retorcer-se, curvar-se, frágil como uma rede de arame. Ela o viu desmoronar sobre si mesmo e tornar-se denso e compacto. Com o mais fraco suspiro, desabou nas chamas, que se ergueram ao seu encontro, lambeu o céu e aos poucos tornou a cair.

Kitty quedou-se ali deitada, observando. Aos poucos, minúsculos flocos de vidro desceram em silêncio da noite. Dentro de poucos minutos, a terra reluzia como gelo.

Kitty

37

Às 9h30min, exatamente dois dias e cinco horas depois da explosão em St. James Park, o Conselho Interino do governo britânico se reuniu para uma sessão de emergência. Ocuparam uma agradável sala de comitê no Ministério do Trabalho, quase não afetada pelos incêndios de Whitehall. Um pálido sol filtrava-se pelas janelas; chá, café e biscoitos doces abundavam. A srta. Rebecca Piper, que presidia, dirigiu os procedimentos com seca eficiência. Cuidou-se imediatamente de alguns assuntos: a provisão de fundos para assistência e tratamento dos feridos e a anexação de dois hospitais militares para o mesmo fim. Um comitê subsidiário, com acesso direto ao Tesouro, foi então estabelecido para iniciar o trabalho de restauração no centro da cidade.

Em seguida vieram as questões de Segurança. Um ministro subalterno fez seu relatório. Sabia-se que quatro demônios híbridos ainda se achavam à solta; todos haviam sido expulsos das áreas urbanas para zonas rurais. Os diabretes acompanhavam as andanças deles e iam à frente organizar expedições onde necessário. Logo forças expedicionárias se juntariam para afastar a ameaça. Essa reação era complicada pela quase total destruição da Polícia Noturna e pelo desaparecimento, supunha-se morte, de sua líder, a srta. Farrar. O ministro subalterno esperava que uma força policial nova, inteiramente humana, acabasse por ser